报海拾贝集

郭建鹏 著

中国社会科学出版社

图书在版编目（CIP）数据

报海拾贝集／郭建鹏著. —北京：中国社会科学出版社，
2024.5.—ISBN 978 - 7 - 5227 - 3717 - 1

Ⅰ. I209

中国国家版本馆 CIP 数据核字第 2024RA3162 号

出　版　人　赵剑英
责任编辑　田　文
责任校对　王顺兰
责任印制　张雪娇

出　　版　中国社会科学出版社
社　　址　北京鼓楼西大街甲 158 号
邮　　编　100720
网　　址　http://www.csspw.cn
发 行 部　010 - 84083685
门 市 部　010 - 84029450
经　　销　新华书店及其他书店

印刷装订　北京君升印刷有限公司
版　　次　2024 年 5 月第 1 版
印　　次　2024 年 5 月第 1 次印刷

开　　本　710×1000　1/16
印　　张　24.75
插　　页　2
字　　数　432 千字
定　　价　129.00 元

自　序

　　自 20 世纪 30 年代《苏曼殊全集》①《集外集》② 出版开始，近现代作家作品辑佚工作成为文史研究的一个重要方向。尤其是 21 世纪以来，研究者整理出版了百余部近现代作家的全集，为近现代文学研究打下了扎实的文献基础。然而，因文献存在方式的特殊性，加之近现代报刊业异常繁荣，作者笔名使用泛滥，导致"全集不全"、集外佚文大量存在，这些造成辑佚者难以突破的瓶颈。文献梳理、考证、文本释读是文献辑佚的三门基本功课，任何一个环节出现差池，就可能产生"伪佚文"，为后续研究者带来麻烦。谨言慎行地做好文献梳理、考证、文本释读工作，才会减少失误，偶尔也会有插柳之获。如笔者本为做《欧阳予倩集》去寻找史料，在文献梳理中发现欧阳予倩署名"柳青"的文章，进而又发现多人以"柳青"之名在报刊上发文，为弄清事实，翻阅报刊查阅署名柳青的文章，通过进一步考证与文本释读，得出当前所见柳青集外佚文中，只有两篇属实，还意外发现两篇佚文。

　　当前，近现代文学领域作家的作品辑佚已成为常态化的研究工作，辑佚大家辈出，所获成果众多。面对文献史料，我们必须有一个清醒的认知：辑佚的目的是补充并完善文本，通过考证的方法使之走进历史真实，还原历史镜像。然近现代文学存在形式的特殊性，要求在辑佚过程中必须带有"问题意识"——先发现问题，然后解决问题，即为寻找佚文而辑佚。而那种带着为解决问题的使命去发现、辑佚，往往会被功利性意识带偏，最终导致辑佚工作的失误，甚至失败。同时，部分学者在辑佚过程中，重论轻考，即先依据二手资料进行文献排比，只要在掌握的线索范围

---

① 苏曼殊著，柳亚子编：《苏曼殊全集》，北新书局 1928 年版。
② 鲁迅著，杨霁云编：《集外集》，群众图书公司 1935 年版。

内，经过简单的论证，就得出结论，然后转入史料阐述环节，着重于文学性、艺术性、思想性、文学史观等角度来阐释佚文的价值。花费大量的时间查找、研究阐述的理论建构，使之趋于完美，打造一个新大陆。楼高万丈，毁于根基。考证作为辑佚的方法，是建筑高楼的基础，忽略了这一环节，必将引来塌方。

—

　　做近现代作家作品辑佚工作，首要进行的是文献梳理。首先对作家生平事略进行梳理，包括笔名、履历、交游等；其次对其出版（发表）作品的出版地、出版社、报刊主笔、报刊性质等进行了解；最后对当时社会环境、文学动态等进行考察。

　　做近现代作家作品辑佚工作，最忌讳的是先入为主，然后去找旁证资料来阐述主观判断的正确性，通过自圆其说的阐释，得出自我认定的结论。这种论证方式，一旦有确凿的新资料出现，必然不攻自破，成为谬论。同时，要认真对待原始资料的梳理、校勘，仔细甄别后裔的回忆、整理者的研究等二手资料，避免张冠李戴。仅依靠或借助工具书、外证来证明，即便史料丰赡，论言字字珠玑，也无助于解决问题。在近现代作家的笔名问题上，工具书并不是权威，尚有大量的遗漏、错讹存在。如李叔同的笔名，《中国近现代人物名号大辞典》记载有 287 个，《弘一大师全集》涉及 300 个，而笔者找到 343 个。陈玉堂等将"东斋"作李根源的书斋名，① 其实是李根源老师孙光庭的书斋名。同时，笔名具有随意性和多元化的特征，给文献辑佚工作带来诸多不便，一时很难分清著作权问题。"只有柳青一个人用此笔名"② 并不能成为确认署名"柳青"的作品即为柳青（刘蕴华）所著的依据。所以，必须先做好外围工作，文献梳理通透了，便会拨开迷雾见真知。

---

① 参见陈玉堂《辛亥革命时期部分人物别名录》，《辛亥革命史丛刊》编辑组编《辛亥革命史丛刊》第 5 辑，中华书局 1983 年版，第 224 页；蔡鸿源主编《民国人物别名索引》，吉林人民出版社 2001 年版，第 317 页。

② 王鹏程：《柳青在延安整风时为什么受到怀疑?》，《新文学史料》2010 年第 4 期。

二

考证，亦称考据，是以实事求是、言之有据为特点的治学方法，是文史研究者在治学，尤其是文献辑佚中必做的功课。做文献考证工作，不能受主观意识的干扰。"辨章学术，考镜源流"，需要我们在"还原历史客观真实"这个目的追求上，回应文学史叙事的核心问题，既含有作家思想意识发展轨迹问题，也包含着社会、政治、民族发展的问题意识。报刊文献给我们留下的万花筒一样的史料宝库，需要我们以实事求是的精神和原则去寻找历史真实与客观存在。

近现代文学作品的辑佚，需要大胆地怀疑，谨慎地考证，还应具有批判意识。辑佚是一项耗时、费力的研究工作，需要辑佚者花费大量的时间爬梳报刊书海。虽有目的但无确定性，即确定找某位作家的作品，但翻阅报刊却没有目的，或只能确定一个大致范围，在某个时间段的某些杂志可能发表过作品。在繁重的阅读中很多时候是劳而无功的，所以一旦发现佚文，那种喜悦如久行荒漠见绿洲，此时最重要的是，要沉淀下喜悦，带着怀疑的态度进行理智的审思。

有学者发文说苏曼殊写过论《金瓶梅》的文章，引起郭长海先生的怀疑，① 通过查证，原来引用者在引证阿英文献时，没仔细阅读，看见"曼殊"二字，就想当然地归到苏曼殊名下，殊不知梁启超的弟弟梁启勋也曾自署"曼殊"。若没有夏晓虹、郭长海先生的怀疑与扎实的考辨之功，误解估计还要延续下去。

在辑佚过程中所产生的问题意识，还应遵循科学性、逻辑性，建立严格的考据辨伪体系。在作家自己的历史叙事中，受外在或内在因素影响，可能会隐晦或遮掩某些事实，研究者须用科学的判定思维来还原作家经历过的历史面貌。"史学家的职责在于根据资料来叙述历史。'他们以所知的史实，而不是以自己的评价来表述历史'。"② "史识"与历史真实环境下的史料只有在整体观照下，才能完成问题意识下的求证及表述，还原作家

---

① 郭长海：《苏曼殊写过论〈金瓶梅〉的文章吗?》，《天津师大学报》1983 年第 4 期。

② ［法］布洛赫：《历史学家的技艺》，张和声、程郁译，上海社会科学院出版社 1992 年版，第 63 页。

的生平史实。

　　受政治、经济、文化及意识形态等诸多因素的制约，尤其是受作家本人或后人的影响，很多近现代作家全集不全或史料失真，为后来辑佚、辨伪留下诸多问题。辑佚的目的是通过文本文献的整理来还原作家的原生态，进而构建作家作品在大文学史观下的价值。辑佚既是辑佚者阅读量化下的史识考量，也是其学术规范的校验。辑佚者需要熟知当下，将所关注的作家研究透彻，还要密切追踪学界已取得的研究成果，在此基础上去检索作家生活时代的史料，没有海量的文献阅读积累，是难以发现佚文的。尤其是学界研究热点、已出全集作家的辑佚，堪同大海捞针。如《中国行进》的发现，是多位学者历经三十余年探佚的结晶，足见其艰辛。对作家作品的辑佚，更需要辑佚者具备前瞻的视野，对文学史及作家作品的熟识，最重要的是具有批判的精神与学术规范的涵养。正如此，在学者经过谨慎细微的辑佚，才完成《捞针集：陈子善书话》《考文叙事录》等杰作。反观《现代作家佚文考信录》的失误，并非著者"历史感的缺失"，而是因史料有限疏于考证所致，这也是大多数辑佚者出现失误的根源所在。当下，在国家层面的资助、扶持下，研究者免除出版的后顾之忧。同时，文献资源的数字化，减少了大江南北搜寻资料的旅途劳累，这些便利条件使当前辑佚工作出现"热"的趋势，而上述问题的存在则要求我们必须进行"冷"思考。文献梳理、考证先行，阐释其后，在科学、严谨的大文学观、史学观下来完善辑佚工作，进而推动近现代文学的学科建设。

目　　录

目 录

"丁香花公案"源流考

1839 年 4 月 22 日，龚定庵由京都南下，途中陆续写就具有自叙性的组诗《己亥杂诗》。其第 209 首为："空山徒倚倦游身，梦见城西阆苑春。一骑传笺朱邸晚，临风递与缟衣人。"诗下自注："忆宣武门内太平湖之丁香花一首。"诗本无罪，但诗中出现的"阆苑春""朱邸""缟衣""太平湖"等词，成为龚定庵与顾太清产生"恋情"的依据，并牵扯出龚定庵己亥离京与辛丑暴卒的问题，将奕绘、顾太清、龚定庵三者卷入"丁香花公案"，又演绎成学者论辩的课题。此案是"子虚乌有"还是"毋庸置疑"，需要从源头进行考述。

一 "丁香花公案"的生成与流传

顾太清生前，其作品除了沈善宝编辑的《名媛诗话》外，并无他载，其去世后，才有部分著作提及她。"光绪戊子、己丑间，与半塘同客都门，于厂肆得太素道人所著《子章集》及顾太清（春）《天游阁诗》，皆手稿。太清诗楷书秀整，惜词独缺如。其后仅得闻《东海渔歌》之名，或告余手稿在盛伯希处，得自锡公子。或曰文道稀有传钞本，求之皆不可得。思之思之，二十年于兹矣。"① 可见，况周颐在 1888—1889 年才得见《天游阁诗》，而且不是全本。1907 年，震钧在《天咫偶闻》中记载："八旗人才，国初最盛，乾嘉而后已少逊矣。余思辑刻八旗人著述，曾记书目一纸，其中闺秀著作内有顾太清《子春集》。"② 1909 年，徐乃昌据积学斋钞本刻印《天游阁诗集》二卷。1910 年，上海顺德郑氏将如皋冒氏钞本刊成的"风

---

① 况周颐撰，屈兴国辑注：《蕙风词话辑注》，江西人民出版社 2000 年版，第 589 页。
② 震钧：《天咫偶闻》卷五，北京古籍出版社 1982 年版，第 120 页。

雨楼丛书"之《天游阁集》交予神州国光社刊印，此本详载冒鹤亭注语。冒广生在其《小三吾亭诗》卷三中有《读太素道人〈明善堂集〉感顾太清遗事辄书六绝句》："太平湖畔太平街，南谷春深葬夜来。人是倾城姓倾国，丁香花发一低徊。"①"丁香花公案"随即发引。

1911 年 6 月 3 日，《申报》载《龚定庵轶事》一文：

> 外间近日竞载，载龚与明善堂主人事。主人名奕绘，号太素，为荣恪郡王绵亿之子，封贝勒，著《明善堂集》。侧福晋者，即太清西林春，著《天游阁集》者也。太清，姓顾，吴门人，才色双绝。贝勒元配福晋殁后，宠专房。贝勒由散秩大臣，管宗人府及御书处，又管武英殿修书处，旋改正白旗汉军都统。性爱才，座客常满。其管宗人府时，龚方为宗人府主事，常以白事诣邸中。贝勒爱其才，尊为上宾，由是得出入府第。与太清通殷勤，时相倡和。龚《杂诗》所谓"一骑传笺朱邸晚，临行递与缟衣人"，即指此事。闻太清好著白衣，故云。然太清貌绝美，尝与贝勒雪中并辔游西山，作内家妆，披红斗篷，于马上拨铁琵琶。手白如玉，见者咸谓王嫱重生。又贝勒所作词名《西山樵唱》，太清词名《东海渔歌》，当时特取其对偶云。②

此段文字细解读来，可知奕绘、太清的身世及二人之间的感情，同时也指出龚定庵与奕绘及顾太清的关系。更为重要的是，它指出"一骑传笺朱邸晚，临行递与缟衣人"为龚定庵写给顾太清的诗，缟衣代指太清，因其喜白衣。这则资料可谓肯定了"丁香花公案"确有其事。

其"外间近日竞载"并未言明何报争相转载，只查到一个月前《申报》所载《王孙秘事》：

> 龚定庵词有《瑶台第一层》一阕，咏某王孙事，某侍卫为之序。词旨凄艳，似六朝小说。序云：某王孙者，家城中，珠规玉矩，不苟言笑。某氏女，亦贵家也，解词翰。以中表相见，慕相慕重。杏儿者，女侍婢也。语其主曰："王孙所谓都尔敦风古，阿思哈发都。"都尔敦风古者，清语，言风骨殊异。阿思哈发都者，言聪明绝特也。言之再三，女不应。然神宇间，固心许之矣。未几，王孙遭家难，女家

---

① 冒广生：《小三吾亭诗》卷三，光绪年刻《冒氏丛书》本。
② 《龚定庵轶事》，《申报》1911 年 6 月 3 日第 4 版。

薄之。求昏，拒不许，两家儿女皆病。一夕天大雪，杏私召王孙。王孙衣雪鼠裘至，杏曰："寒矣！"为脱裘，径拥之女帐中。女方寝，惊寤，申礼防自持。王孙曰："来省病耳，吾亦不敢为非礼也。"杏但闻絮语达旦声。晨，送之去。王孙以颒绡巾纳女枕畔，女不知也。嗣是不复相见。旬余，王孙梦女执巾问曰："此君物耶？"曰："然。"寤而女讣至，知杏儿已取巾佐殓矣。王孙寻亦郁郁卒。此嘉庆丙寅丁卯间事，越辛未，予序之如此，而乞浙龚君为词以传之。其词云：无分同生偏共死，天长恨较长。风灾不到，月明难晓，叚誓天旁。偶然沦谪处，感俊语小玉聪狂。人间世，便居然愿作，薄命鸳鸯。幽香，兰言半枕，欢期抵过八千场。今生已矣，玉钗鬟卸，翠钏肌凉。赖红巾入梦，梦说，别有仙乡。渺何方。向琼楼翠宇，万古携将。子谓此事颇可传，如有曹雪芹其人者，取此事演为平话，而以乾嘉两朝八十五年朝野秘事纬之，其声价不在《石头记》下。①

上引为龚橙所删龚定庵手抄本文字。此段文字又见于光绪十年（1884）出版的谢章铤《赌棋山庄词话》②，龚橙为何将其删去，因无实据，不能妄自揣测。文中说是嘉庆丙寅丁卯（1806—1807）年间的事，作者记事在辛未（1811），随后请龚定庵写词。考当时顾太清时年十二三，二十岁左右的龚定庵不可能为太清写情词。有观点认为"王孙的恋事就是龚自珍用来自比的，《无著词》中《丑奴儿令》《南歌子》即与此事颇为相似"，实际上是错误的。③

1913年，心史（孟森）在《时事汇报》发表《丁香花》一文，内云："太清遗事，发自冒氏。……冒氏校刻《太清集》在宣统元年己酉，嗣是而后，乃有'丁香花公案'之传言。或者即冒氏据太平湖之地名，牵合龚集而造为此言，今乃藉藉人口，遂不知其所自起欤？抑冒氏自称为得闻太清遗事于周先生，此游谈亦为周先生所口授。从前说，则造因直始自冒氏；从后说，则如余前段所述，当时自有一多口之由来未可知也。"④ 孟森是针对刚流传的"丁香花公案"而撰文，他指出"丁香花公案"的始作俑

---

① 《王孙秘事》，《申报》1911年5月2日第4版。
② 谢章铤：《谢章铤集》，吉林文史出版社2009年版，第659页。
③ 苏全有：《丁香花疑案毋庸置疑》，《河南理工大学学报》（社会科学版）2009年第2期。
④ 心史：《丁香花》，《时事汇报》1913年第1期。1936年《心史丛刊》所载《丁香花公案》为前者的节选，但多出按语部分。苏雪林所援引孟文，当是1913年的《丁香花》一文。

者为冒鹤亭。同时，该文从太平湖的位置考证开始，对奕绘及顾太清的身世、龚定庵丁香花诗、顾太清出邸交游、作品存世与版本等问题进行了考证与介绍，得出龚定庵之死与奕绘无关、与顾太清更不能产生恋情的结论。"己亥为戊戌之明年，贝勒已殁，何谓仇？太清亦已老而寡，定公年已四十八，俱非轻狂荡检之时，循其岁月，求之真相如此。"① 可惜当时并未引起时人关注，"丁香花公案"继续发酵。

　　1915 年，静庵在《栖霞阁撷遗：龚定庵逸事》中记云："龚定庵曾为宗人府主事，其时某王以远支而管府事，定庵常以白事诣邸中。传闻王有侧福晋某氏者，素工文翰，爱定庵才，每藉左右递简唱酬。定庵集中《己亥》绝句有云'一骑传笺朱邸晚，临风递与缟衣人'。又词句云'奏记帘前，佩环听处依稀'，似即其事也。后为王所知，愠甚，颇有不利于定庵之意，定庵因此乞假南归。"② 1916 年，小横香室主人撰《清朝野史大观》中载："定庵生平性不羁，善作满洲语，嗜冶游，在京日所欢甚多，与某贝子福晋谊最笃。……某福晋于游庙时与定庵遇，既目成，以蒙语相问答，由是通殷勤。未几，为某贝子所知，大怒，立逼福晋大归，而索定庵于客邸，将杀之。贝子府中人素受福晋惠，侦知其事，告定庵。定庵子身走至江淮间，几乞食。"③ 本年，《小说新报》载："定庵居京师，为某贝勒知赏。其侧福晋顾太清以所著《西林春诗集》请教于定庵。"④ 1923 年，李伯元《南亭四话》卷一《庄谐诗话》载："龚定庵曾为宗人府主事，其时某王以远支而管府事，定庵常以白事诣邸中。传闻王有侧福晋某氏者，素工文翰，爱定庵才，每借左右递简唱酬。定庵集中《己亥绝句》有云：'一骑传笺朱邸晚，临风递与缟衣人。'又词句云：'奏记帘前，佩环听处依稀。'即纪其事也。后为王所知，愠甚，颇有不利于定庵之意，定庵因此乞假南归。"⑤ 1926 年，柴小梵在《梵天庐丛录》载："定庵官京曹时，尝为明善堂主人上客，主人之侧福晋西林太清春慕其才，颇有暧昧事。人谓《定庵集》中《游仙》诸诗及词中《桂殿秋》《忆瑶姬》《梦玉人引》诸阕，徜恍迷离，

　　① 心史：《丁香花》，《时事汇报》1913 年第 1 期。
　　② 静庵：《栖霞阁撷遗：龚定庵逸事》，《莺花杂志》1915 年第 3 期。
　　③ 小横香室主人：《清朝野史大观》，中央编译出版社 2009 年版，第 1109—1110 页。此文又见（民国）天台野叟《大清见闻录·下》，中州古籍出版社 2000 年版，第 219—221 页。
　　④ 吁公：《京洛浪游客诗话》，《小说新报》1916 年第 12 期。
　　⑤ 李伯元：《南亭四话》，上海书店出版社 1985 年版，第 31—32 页。

实皆为此事发也。后稍为主人所觉，定庵急引疾归，而卒不免，盖主人阴遣客之鸩也。"[1] 1928 年，刘大白在《旧诗新话》中写道："相传龚氏当时，曾和某亲王侧福晋有一段恋史；他就因此事被某亲王派人谋死。……他那段恋史，是否在三十一岁以前，却须细考，方可明白。"[2] 以上资料，可以得出如下几点认识：其一，龚定庵与奕绘相识于宗人府，进而出入奕绘府邸，与顾太清结识，有诗词唱和，独为其写诗（即丁香花诗）；其二，龚定庵风流多情，其《瑶台第一层·序》乃自写与某福晋的一段恋史，案发后被迫离京，归途暴毙。死因有二说：一为被某亲王派人谋死；另一为灵箫毒毙。[3] 这些素材经过曾朴的艺术加工，演绎成新版《孽海花》的第三回"半敦生演说西林春"与第四回"光明开夜馆福晋呈身"的故事。[4] 在曾朴的推波助澜下，并假以龚孝珙侍妾的口演绎而出，通过报刊传播并"坐实"。

1934 年，张天畸在《龚定庵诗词中的恋爱故事及其他》中提及此事："一八三五年（道光十六年），他在宗人府做主事。那时管理宗人府的贝勒是荣恪郡王绵亿的儿子奕绘（号太素，别署明善堂主）。他就在奕绘那里做僚属，有时候为了启白公事的原故，所以不时出入私邸。同时奕绘是个好弄文墨的人，渴慕其才，便不惜纡尊降贵地尊之为上客。因此，他得能和奕绘的侧福晋太清西林春有着接近的机会。""太清，吴门人，姓顾，小字海棠。她不但是位面貌端丽的美妇人，并且工于诗词，常常和定庵酬唱联吟。终于私通情愫，这样一来，自然使这位诗人感到'槎通碧汉无多路，窈窕秋星或是君'的恋念不了。后来事为奕绘贝勒所知，有杀害定庵之意，于是他只得把眷属留在北京，只身借故逃回了江南，太清也因是遣归吴门。"[5] 1935 年，周劭在《谈龚定庵》载："初定庵官京曹时，常为明善堂主人上客（主人盖奕绘，号太素，封贝勒）。主人之侧福晋西林春太

---

① 柴小梵：《梵天庐丛录》，故宫出版社 2013 年版，第 315 页。

② 刘大白：《旧诗新话》，开明书店 1928 年版，第 179—189 页。苏全有只引刘大白引文部分，省去刘大白怀疑之语，来例证刘大白肯定顾龚之恋，是错误的。见苏全有《丁香花疑案毋庸置疑》，《河南理工大学学报》（社会科学版）2009 年第 2 期。

③ 龚定庵为灵箫毒毙说又见实甫《闻客述龚定庵逸事戏题一绝》（《大陆报》1904 年第 11 期）。录诗如下：礼佛烧香事美人，定公出定亦前因。传闻也被灵箫误，那有天化不著身。（灵箫女仙为定庵所匿妓，亦名灵箫，穗卿云定庵为妓毒毙）。

④ 此本为 1928 年真善美版。

⑤ 张天畸：《龚定庵诗词中的恋爱故事及其他》，《社会月报》1934 年第 1 卷第 3 期。

清，慕其才，颇有暧昧事。后稍为主人所觉，定庵急引疾归，而卒不免，盖主人阴遣客鸩之也。此说大概最可靠，盖定庵集中《桂殿秋》《忆瑶姬》《梦玉人引》诸阕，实此事而作。"① 1936 年，周策继《龚定庵的诗和词》载："他在北京的时候，曾客郑邸，邸有侧福晋太清春（本江南故［顾］家女），冒充满洲姓西林氏。而面貌很好，又会吟咏，极羡慕定庵的才学，后来做了他的弟子，渐亲密起来。郑邸发觉了，想暗地里把定庵谋死。他得到这个消息，事先便逃跑了。到什刹海西时，在店中题了一首诗……"② 本年《心史丛刊》所载《丁香花公案》："按冒君于报章见此稿，即来访。云《天游阁集》后所引况氏笔记，实系旧笔……至太清事迹，冒君谓无以难我，然终信其旧闻不误，并非由己始倡此言。丁香花诗以'缟衣人'三字指为定公眷属，冒君谓用诗语为解，会意甚正当，故无可非难。至'长安俊物'一语，当时本关合定公诗，语甚含蓄，经揭出，遂尔透露，言次若有微愠也。定公与太清事，今京师士大夫多争言。其确者，如罗瘿公之流是已。存此与世人永久质之。一时喜新好异之谈，固未能以此折雅兴耳。"③ "冒君于报章见此稿"应该在 1913 年《时事汇报》发表《丁香花》之后，冒鹤亭找孟森解释关于《天游阁集》之事。他依据"少时闻外祖周季贶先生（星诒）言太清遗事綦详"而认定顾、龚恋情存在。顾太清晚年交游甚少，其朋友都早于她而亡，知其遗事而传播之人更少。1888—1889 年，太清作品流出府邸后逐渐引起时在北京的文人关注。查周季贶（1833—1904）没居京经历，其日记也没有与顾太清及后人交游记载。结合冒鹤亭（1873—1959）"少时"年龄，周季贶言太清遗事时间应在1877—1893 年，故难信其实。冒鹤亭援引此话，是否为应对孟森之责难，尚待明晰。

1941 年，蔗园在《苏铎》上发表《西林春和龚定庵：文坛上一件桃色公案》一文："关于定庵热恋西林春得祸的事实，历来说的人虽多，但是说得最肯定而抱着一股义愤，和满洲贵族势成不共戴天的，便是他的儿子龚橙（字孝珙，号半伦）。龚橙因为他父亲定庵的中毒横死，全由于文字因缘，热恋旗族命妇西林春，得罪朝贵而来；所以他刻刻不忘，

① 周劭：《谈龚定庵》，《人间世》1935 年第 35 卷第 15 期。
② 周策继：《龚定庵的诗和词》，《国光杂志》1936 年第 18 期。
③ 《心史丛刊》第三集，上海大东书局 1936 年版，第 180 页。

志在报复。"① 1944 年，冒鹤亭在《〈孽海花〉闲话》中写道："定庵集
中，《忆太平湖之丁香花》云：一骑传笺朱邸晚，临风递与缟衣人。《忆北
方狮子猫》云：故侯门第歌钟歇，犹办晨飧二寸鱼。确为太清作，然亦不过
遐想。……余因见太素集《上元侍宴》诗，自注有'邸西为太平湖，东为
太平街'语，赋诗云：'太平湖畔太平街，南谷春深葬夜来。（南谷在大房
东太清葬处）人是倾城姓倾国，丁香花发一低徊。'不意作者拾掇入书，
唐突至此，我当坠拔舌地狱矣。"② 此时冒鹤亭承认其为"丁香花公案"的
始作俑者，但为时已晚。经过近半个世纪的发酵、演绎、论辩，顾太清与
龚定庵的恋情已经被"坐实"。上述资料中，以讹传讹、捕风捉影者占据
了主体。冒鹤亭捏造顾龚恋情，是营销策略（推销鲜为人知的《天游阁
集》），或其他目的，难以定论。虽然出现了孟森、苏雪林等辩白之文，因
论据不足而难以自圆其说。继他们之后的论者，皆坚持己见，而结论又不
能服人，导致论争延续至今。

二 "丁香花公案"的辩白

自孟森发《丁香花》一文后，关于"丁香花公案"辩白之文陆续发
表。徐珂在《近词丛话》中写道："或曰龚定庵尝通殷勤于太清，事为贝
勒所知，大怒。立逼太清归，而索龚于客邸，将杀之。龚子身逃以免。然
其事未可尽信。"③ 到了 20 世纪 30 年代，出现了苏雪林、启功的辩诬之
作。④ 40 年代，蒋山青、金受申也撰文言明"丁香花公案"为子虚乌有。⑤
80 年代后，沉寂四十余年的"丁香花公案"再次引发研究人员的关注。孙
文光的《龚自珍暴卒考辨》《龚自珍己亥出都和丹阳暴卒考辨》⑥ 两文肯

---

① 蔗园：《西林春和龚定庵：文坛上一件桃色公案》，《苏铎》1941 年第 1 卷第 2 期。
② 冒鹤亭：《〈孽海花〉闲话》，《古今》1944 年第 41 期。
③ 徐珂：《近词丛话》，民国二十三年。
④ 雪林：《清代女词人顾太清》，《妇女杂志》1931 年第 17 卷第 7 期；苏雪林：《清代男女两大词人恋史的研究》，《武汉大学文哲季刊》1931 年第 4 期。曼殊启功：《书顾太清事》，《词学季刊》1934 年第 1 卷第 4 期。
⑤ 蒋山青：《李清照与顾太清：宋清两代的杰出女词人》，《女声》1944 年第 2 卷第 9 期，第 12—14 页；金受申：《再辨西林春受诬事》，《立言画刊》1944 年第 318 期。
⑥ 孙文光：《龚自珍暴卒考辨》，《历史研究》1986 年第 5 期；孙文光：《龚自珍己亥出都和丹阳暴卒考辨》，《安徽师大学报》（哲学社会科学版）1986 年第 3 期。

定了龚定庵离京（政治的压迫）和暴卒（疾病）与顾太清没有关系。黄世中《"丁香花"公案考辨》①从五个方面（关于西林顾春，前人对疑案的考述，"丁香花"诗笺解，地点、时间的考证，以诗词考事、取得内证）加以辨析，认定顾、龚恋情存在。②90年代至今，共出现了9篇关于"丁香花公案"论文。③还有几篇学位论文提及，但无新证。④通过上述梳理，可清晰地看出学者论述的焦点集中在两点：一是顾太清与龚定庵是否存在恋情；二是顾太清移出府邸是否与龚定庵的出都有关。⑤

　　通过梳理"丁香花公案"形成的史料，可知顾太清和龚定庵并不存在恋情关系。之所以被后世人为牵扯出一段情缘，关键点在顾太清的身份不清，其文学作品传世罕见。也正是在"丁香花公案"辩白之争中，顾太清的身份及作品得以清晰地呈现给读者，进而使顾太清研究更接近历史真实。在顾太清、龚定庵已有的研究成果中，不能忽视那些以索隐派方法研究二人关系所造成的曲解之作。如为证实1824年前二人已产生恋情，从龚定庵的《无著词》中寻找出《桂殿秋》《忆瑶姬》《洞仙歌》《意难忘》《临江仙》等，然后依据这些词断定龚定庵所恋之人乃居在京城西北水滨之地的偏室女子，和顾太清事迹极为吻合，进而得出定论。再如因龚孝琪对《无著词》多有删削添改，尤其是《桂殿秋》的创作时间，怀疑"龚孝琪为掩饰此事，故意将时间坐实到庚午，整整提前十年，借

---

① 黄世中：《"丁香花"公案考辨》，《温州师范学院学报》1987年第2期。

② 文中所述"1904年，金松岑、曾朴作《孽海花》，将龚、顾恋爱事演成小说"误也，早期版本并无此事。

③ 肯定者有：柯愈春：《读顾太清手稿——兼及顾太清与龚自珍的情恋》，《社会科学战线》1996年第5期；黄仕忠：《顾太清与龚定庵交往时间考》，《中山大学学报》（社会科学版）2009年第2期；苏全有：《丁香花疑案毋庸置疑》，《河南理工大学学报》（社会科学版）2009年第2期；朱家英：《龚自珍"壬午受谗"本事与龚、顾恋情探微》，《文学遗产》2015年第2期。否定者有：赵伯陶：《莫须有的"丁香花案"》，《满族研究》1992年第1期；赵伯陶：《关于满族女词人顾太清的几个问题》，《社会科学辑刊》1993年第1期；朱德慈：《丁香花公案辨正》，《淮阴师范学院学报》（哲学社会科学版）1999年第4期；桑农：《并将遗事辨丁香——读〈顾太清、奕绘诗词合集〉》，《书屋》2005年第6期；李芳：《"女中太清春"一说的形成与确立》，《文学遗产》2019年第2期。

④ 李冰馨：《清代女作家顾太清研究》，硕士学位论文，四川师范大学，2007年；张佩：《闻诗闻礼宛从容——顾太清诗词研究》，硕士学位论文，苏州大学，2011年；乔雪娟：《顾太清评传》，硕士学位论文，云南大学，2015年。

⑤ 引用孟森之作的论者，未发现孟森发表在《心史》上的《丁香花公案》为二次发表，略其附语而导致结论失误。

以掩人眼目"①。还有根据顾太清"亡肉含冤谁代雪,牵萝补屋自应该"句,得出太清的冤屈是由于顾龚恋情被揭发。再有因顾太清诗词里有太多的关于江南物象的描绘,指出其去过江南。由"两赋《蓼莪》感明发,五枝《棠棣》忆悲来"(此诗应是顾太清及其五个子女处境的真实写照)一句推演出:父母早殁,他的哥哥,字少峰,是个寒士,太清常资助他。弟弟名知微,曾随她丈夫太素学习书法。她的姊姊,名不可考,嫁给满族一个亲王的后裔。妹妹名霞仙,也嫁给满洲贵族,居于海淀。② 同时,因奕绘写有"相见十年前,相思十年后。江月阖庐城,春风恋素手"诗,被解释为二人在苏州相恋,并由奕绘接回北京完婚。(这些解读多为推测之语,导致结论失真,成为伪证)经查证,相识苏州之说应为"顾太清为顾八代之后,生于吴"的谣传。从顾太清家与荣府亲属关系看,二人不至于在苏州初识。

在"丁香花公案"的辩白之争中,论者采取先设置一个场景然后索骥填图的方法,再用索隐派研究范式来解读顾太清、龚定庵的诗词,加以主观推断,得出结论,其结果导致对二人作品的误读与错解。如把"阆苑"解释成"比喻贝勒府邸象王母所居之仙境"(若考"金銮并砚走龙蛇,无分同探阆苑花"句,其"阆苑"又何解?),把"朱邸"解释成奕绘的府邸,然后衍生出丁香花为荣府之丁香花,则此诗自然写与太清。抛开丁香花诗为写情之作,回归到龚定庵写诗场境,做简要分析。1839年,八月末九月十五日前,龚定庵北上接眷属,写了4首忆京都花的诗,写出他眷恋京都生活的真情。京都作为国家的政治中心,不仅是统治者的天堂,更是文人士子实现人生理想的舞台。龚定庵辞官离都是被迫的,因为他有未了事。1838年年底,因禁烟运动,朝廷形成两派,林则徐、龚定庵等主张禁烟,穆彰阿、琦善等反对,并占据上风。当时朝廷禁烟的态度还未明确,龚定庵发表禁烟言论必"忤逆长官",想随林则徐南下禁烟而被统治者拒绝的失意、生活陷入乞贷的困境是他倦游身的实况,而"我劝天公重抖擞,不拘一格降人才"的真实理想,未因宦途失意而破灭。"弱冠寻芳数岁华,玲珑万玉婢交加。难忘细雨红泥寺③,湿透春裘倚此花。"(《忆丁香

① 黄仕忠:《顾太清与龚定庵交往时间考》,《中山大学学报》(社会科学版)2009年第2期。

② 蒋山青:《李清照与顾太清:宋清两代的杰出女词人》,《女声》1944年第2卷第9期。

③ 红泥寺:泛指佛寺。因其外墙通常刷成泥红色,故称。被笺注成崇效寺或法源寺是错误的。

花》）从这首诗看，龚定庵在年轻时就喜欢丁香花，为了赏花不怕雨湿透春裘。若与《忆宣武门内太平湖之丁香花》共看，则不会产生顾、龚之恋的想法。结合时境，回关"一骑传笺朱邸晚，临风递与缟衣人"两句，得出"龚定庵不甘心就此倦游下去，还希望从宫墙里传出委以重任的圣旨，让他重回仕途而兼济天下"之解，亦不无道理。

三 "丁香花公案"实为子虚乌有

学界关于"丁香花公案"的辩白之争，虽各方论据充分，各执一词，亦存在交集，主要有三：一是顾太清与奕绘结婚（1824年）前，二人在苏杭相识并相恋；二是顾太清婚后到奕绘去世前，龚定庵请教于奕绘，或因女眷交游而结识顾太清；三是顾太清被逐出府邸，龚定庵出都并暴卒，皆因二人恋情暴露导致。

顾太清在1824年之前的生活履历，目前没有充分的史料能证明。所记之事大部分来自她的回忆性诗词记述，给人一种模糊感。有论者认为其早年跟随父亲做幕僚游历南方江、浙、闽、广等省份，[①] 而金启孮否认顾太清早年到过南方。鄂昌于1755年被乾隆赐自尽，44年后顾太清生，此时顾太清父亲鄂实峰年龄至少45岁，到顾太清始龀之年已近花甲，是否挈妇将雏游幕江南，有待考证。有学者认为顾太清与奕绘相识之前就曾与龚定庵有过恋情，地点在苏州，时间在1819—1822年，[②] 这种说法值得思量。[③] 在1821年前，龚定庵忙于科举，而且连续娶妻。即便顾太清随宦苏杭，罪臣之后的身份并不会因移居而被淡化，对正博取功名的龚定庵也是一个忌讳，所以顾龚相恋的可能性基本没有。在龚定庵入都会试留京之年（1819—1923），学者认为顾、龚居住在太平湖附近，"这就为青年时龚、

---

① 卢兴基：《顾太清的生平和创作探考》，载李国章、赵昌平主编《中华文史论丛》2001年第3辑，上海古籍出版社2002年版，第223页。

② 卢兴基：《尘梦半生吹短发，清歌一曲送残阳——清代女词人顾太清和她的词》，《阴山学刊》2001年第1期。

③ 1812年，龚定庵居苏州，与段美贞完婚。完婚后不久去杭州，后去徽州其父任所。1816年与何吉云暂住苏州，1818年短住苏杭，1819年春，进京参加会试。秋，回苏转沪。1820年进京参加会试。秋，赴苏州。1821年进京任内阁中书。此时顾太清入荣王府，担任格格的家庭教师。

顾相识过从带来了方便"①。"从时间上说，年未及三十而文名大盛的龚定庵，与寡处之中、二十左右、诗名鹊起的顾太清爱慕交往，是完全可能的。"② 若金启孮所说 1821 年顾太清入荣府担任格格教师之说是真实的，则顾与龚不存在相识的可能性，因为荣府与龚没有交集。认为"西林顾春养父顾氏，既是荣府的奴仆，当也住荣邸或邸外附近所在"，则是因史实不清产生的臆测，不足为据。

顾太清结婚前的身世，学者意见不一。文廷式认为她之前有婚史，"满族女史顾太清者，为尚书顾八代之曾孙女。初适付贡生某，为鄂文端之后人，夫死后，复为贝勒奕绘之侧室"③。文廷式也没弄清楚顾太清的身世，所以采取折中办法，姓顾，嫁给鄂贡生，西林春的说法就解释通了，而与奕绘结合为"寡妇再嫁"的结论则成为后人推断顾太清被逐出府邸的证据之一。然传统礼俗之规定，顾太清嫁给奕绘后再冠以先夫家西林氏之姓绝不可能。而今顾太清"冒名报档子"事已落实，是因辈分不对而改荣府包衣顾文星之女。④ 由上可知，顾太清与龚定庵相识、相恋于 1824 年前的诸多说法是不成立的。二人相识于顾太清婚后到奕绘去世前的说法，我们参照顾太清年谱进行简要说明：

1824 年，顾太清与奕绘结婚。奕绘《浣溪沙·题天游阁三首》第二首云："此日天游阁里人，当年尝遍苦酸辛。定交犹记甲申春。"

1825 年，七月，载钊生。⑤

1826 年，奕绘管理宗学，太清有《天游阁集》七卷。

1829 年，顾太清还不能填词。

1834 年，开始写词《东海渔歌》，通过奕绘结识项屏山。

1835 年，此年结识许云姜、石珊枝、李纫兰、陈素安、陆韵梅、汪佩之、梁德绳、吴藻。（见《法源寺看海棠遇阮许云姜许石珊枝钱李纫兰即次壁刻百福老人诗韵二首赠之》《四月廿二云姜招同珊枝、素安、纫兰过崇孝寺看牡丹，遇陆秀卿、汪佩之》）

---

① 黄世中：《"丁香花"公案考辨》，《温州师范学院学报》1987 年第 2 期。
② 黄仕忠：《顾太清与龚定庵交往时间考》，《中山大学学报》（社会科学版）2009 年第 2 期。
③ 文廷式：《琴风余谭》，《同声月刊》1943 年第 3 期。
④ 张淑蓉：《顾太清"冒名报档子"原因探析》，《社会科学战线》2013 年第 4 期。
⑤ 朱家英文"四年奕绘与顾春的婚事有了定局，五年顾春正式嫁入贝勒府"误。见朱家英《龚自珍"壬午受谗"本事与龚、顾恋情探微》，《文学遗产》2015 年第 2 期。

　　沈善宝结识龚自璋、许云林。

　　1836 年，交游词中提及许云林、李佩吉、钱淑琬、金夫人、徐夫人、康介眉夫人、刘季湘夫人。

　　1837 年，三月，顾太清、石珊枝、陈瑞、许延祁、西林旭五人慈溪修禊事。同年，结交沈善宝，冬结金兰之交。同时结识余季瑛、顾螺峰、孙媖如。

　　1824 年到 1838 年奕绘去世前，顾太清结束了颠沛流离的生活，开启了贵妇的文化之旅。写诗、学词，与奕绘唱和，走进奕绘营造的闺阁交游的朋友圈，是她婚后的主要生活。此时顾太清的交游圈虽已形成，但仅限于通过奕绘所形成的闺阁交际，与男性的往来也仅限于奕绘的亲族朋友。现存《天游阁集》1824—1838 年的诗词，涉及奕绘之外的男性文人，仅有载铨、阮元、阮受卿（阮元子）、许滇生、孙子勤（许云林夫）、孙松岑（许云林子）潘世恩、鄂少峰（太清兄）、禧恩、许青士、许金桥（石珊枝夫）、张坤鹤（道士）、徐廷昆等。因顾太清的诗名还没有形成，或者说只是在奕绘的交际圈里形成，只有极少部分人知道，看见其所著《子春集》的人更是寥寥无几。[①] 1844 年蔡殿齐所编《国朝闺阁诗钞》未收太清之作，足以为证。最早收入顾太清诗的是沈善宝编的《名媛诗话》（1846年），其卷八云："满洲西林太清春，宗室奕太素贝勒继室，将军载钊、载初之母，著有《天游阁诗集》。才气横溢，挥笔立成，待人诚信，无骄矜习气。吾入都，晤于云林处，蒙其刮目倾心，遂订交焉。……太清工倚声，有《东海渔歌》四卷，巧思慧想，出人意外。"[②] 并录《惜分钗·咏空冲》《浪淘沙·春日同夫子慈溪纪游》《醉翁操·题云林〈湖心沁琴图〉》《南柯子·山行》《早春怨·春夜》五首词。之后出版的《箧中词》[③]《闺秀词钞》[④]《白山词介》[⑤] 等均未录顾太清的词作，应与她几乎没有流

---

　　① 1831 年，完颜恽珠编成《国朝闺秀正始集》，载"顾太清"条小传曰："顾太清，字子春，汉军人，多罗贝勒奕绘侧室，著有《子春集》。"《国朝闺秀正始集》中辑录有《子春集》的六首诗歌：《送居士游盘山》《和居士雨后过南院韵》《秋夜》《题王蒙关山萧寺画》和《题陈松涛女史画》二首，《天游阁集》稿本未收。见恽珠《国朝闺秀正始集》，道光十一年（红香馆刻本）。

　　② 沈善宝编：《名媛诗话》卷八，王英志编《清代闺秀诗话丛刊》第 1 册，凤凰出版社2010 年版，第 479、493 页。

　　③ 谭献纂录：《箧中词》，清光绪八年。

　　④ 徐乃昌：《闺秀词钞》，清宣统元年。

　　⑤ 杨钟羲：《白山词介》，清宣统二年。

传到外的本子有关。而她的两部传奇《桃园记》《梅花引》和一部小说《红楼梦影》，更是无人知晓。综上，顾太清的名气非如今人所称未嫁奕绘之前就声名鹊起。从其有限的交际圈来看，她只是在京都贵族闺阁女性中产生了小范围的影响力，并且是以奕绘侧福晋的身份出场。基于此，顾太清与龚定庵发生交集之说需要重新考订。

再看顾太清婚后到奕绘去世前二人相交说。一说："奕绘和龚定庵任职宗人府，二者相识后再由奕绘引荐交识。"① 查龚定庵年谱，他于1835年任宗人府主事，《与人笺》写道："故和硕礼亲王讳昭梿，尝教自珍曰：史例随年代变迁，因时而创。……执事在史馆，谨述绪言，代王质之执事。"② 昭梿曾任职宗人府，与龚定庵交厚。此时奕绘已辞去宗人府之职，③ 二者是否有交集待考。另一说："龚定庵之妹龚自璋与沈善宝有诗词唱和，沈为顾太清的好友，故自璋与太清有诗词唱和，龚定庵通过妹妹得识顾太清。"④ "或通过继室何吉云认识顾太清。"⑤ 龚自璋与沈善宝交好在杭州，沈到北京后并无往来。何吉云虽然在1822年被归佩珊称为"名姝绝世"，与人唱和之作却不见于世。除归佩珊外，亦不见顾太清朋友圈内其他女诗人记载，二人的交往从何而来值得推敲。因顾太清史料十分匮乏，所以才出现以上猜测式推演与旁证。

在顾太清移出府邸与龚定庵出都的问题上，因众说纷纭，导致事实混淆。关于顾太清的出府，肯定者由"亡肉含冤谁代雪，牵萝补屋自应该"（《七月七日先夫子弃世，十月廿八奉堂上命携钊初两儿、叔文以文两女移居邸外，无所栖迟，卖以金凤钗购得住宅一区，赋诗以纪之》）句推为顾太清因与龚定庵的恋情事发而被逐出府邸，龚被荣府追杀，离京后被毒杀于丹阳。也有人认为是嫡庶之争，"罪臣之女"身份使得失去奕绘宠爱的

　　① 静庵：《栖霞阁摭遗：龚定庵逸事》，《莺花杂志》1915年第3期。
　　② 龚自珍：《龚自珍全集》，上海人民出版社1975年版，第344页。另，《与人笺》所属时间是道光二年（1822），误也。昭梿1829年去世，龚定庵写于昭梿去世后，故《与人笺》只能作于1829年后。
　　③ 雪林女士：《清代男女两大词人恋爱史的研究》，《国立武汉大学文哲季刊》，1931年第1卷第4期。《龚自珍研究资料集》题为《丁香花疑案再辩》，误，见孙文光，王世芸编《龚自珍研究资料集》，黄山书社1984年版，第256页。
　　④ 朱德慈：《丁香花公案辨正》，《淮阴师范学院学报》（哲学社会科学版）1999年第4期。
　　⑤ 黄仕忠：《顾太清与龚定庵交往时间考》，《中山大学学报》（社会科学版）2009年第2期。

顾太清被逐。这些问题又让研究者对顾太清的身世产生疑问，即顾是鄂尔泰之曾孙还是顾八代之后裔。学者考证得出：顾太清，原名西林太春，乃鄂善曾孙女、鄂尔泰侄曾孙女、[1] 鄂昌孙女、鄂实峰女，鄂尔泰三子鄂弼之女乃荣纯亲王永琪的福晋，即奕绘的嫡祖母。顾太清与奕绘虽无血缘但有亲属关系，且长奕绘一辈，这是二人结为夫妻的主要障碍。几经波折，1824 年春，顾太清以"冒名报档子"方式与奕绘终成眷属，[2] 顾太清姓顾之因释然。顾太清婚后在荣王府的地位如何，则成为研究者的盲点。"太清在奕绘生前曾摄行嫡室，性明察，颇为太福晋、妙华夫人亲眷、仆媪不满。"[3] 这是后人所言，在太清诗词中也有所体现。如《次夫子天游阁见示韵》四首之二："那能得句似春雷，女子惭无济世才。两赋《蓼莪》感明发，五枝《棠棣》忆悲来。事君尽礼原非谄，入道深心喜渐开。三十六年如梦过，观生观化实悠哉。"此诗写于 1836 年，若结合奕绘的《天游阁回环吟四首示太清》，可知奕绘劝解顾太清忘掉府里发生的不愉快。顾太清的五个子女已殇一，载铨与载钊等还存在析产、世袭爵位的间隙，她虽对待妙华所生子女如己出，但"九年占尽专房宠"的夫唱妇随生活必然遭人嫉妒与陷害，这才是她作为后母的真实境遇。顾太清被赶出府邸还与载钊有关，即载钊的生日恰为奕绘的忌日。[4] 否则，本来子嗣就不旺盛的太福晋不会仅因妇德问题驱逐顾太清及四个儿女出府。而后太福晋同意顾太清回府侍疾，分给载钊田产，可证其是接受顾太清的。太福晋去世后载铨的种种刁难则证明了顾太清出邸是嫡庶之争等诸多矛盾爆发的必然结果。

关于龚定庵的出都，一说是顾龚恋情被暴露，龚被迫出都；另一说为受谗出都。实际上，龚定庵出都并非仓促而逃，其出都前后都曾有友人为他钱行。出都前，汤鹏、吴葆晋为其送别，朱丹木为其治装。出都后，有友朋及共事宗室二十余人吟诗送别。从四月二十三日出都到七月初九日抵达老家，两个半月的时间，他会晤了 22 位友人。可见一路并无仓促紧迫之

---

①　顾太清、奕绘著，张璋编校：《顾太清奕绘诗词合集》，上海古籍出版社 1998 年版，第 697 页。

②　关于顾太清的身世，详见张淑蓉《顾太清"冒名报档子"原因探析》，《社会科学战线》2013 年第 4 期。

③　顾太清撰，金启孮、金适校笺：《顾太清集校笺》，中华书局 2012 年版，第 824 页。

④　太清西林春原著，金启孮、乌拉熙春编校：《天游阁集》，辽宁民族出版社 2001 年版，第 7 页。

感。考查龚定庵出都经过，内因是其仕途失意，厌倦官宦生活，① 外因是"忤其长官"② 和"照例回避"③。

顾太清自婚后直到去世从未离开过北京，只生活在家庭的小天地里。与同时代的女性比照，她的交际与才名逊色于她的朋友沈善宝、吴藻等人。顾太清去世前，其作品鲜见于文献记载。直到19世纪80年代后，其诗词稿本流出府邸，经过多方推介，才形成了"本朝铁岭人词，顾太清与纳兰容若齐名"之说。到了民初，因冒广生的人为捏造，牵扯出流传至今的顾、龚风流韵事，形成了所谓的"丁香花公案"。在男性文人的推波助澜下，"女性太清春"得以形成与确立。顾、龚恋情百年争辩的结果，促使研究者转向顾太清身世考证及作品的搜集，随着谜团一个个被解开，顾太清的形象越来越清晰，作品的发掘、整理为后人提供了多维解读的视角。同时，在顾、龚恋情的辩白过程中，因史料的发掘，龚定庵离都、暴卒的原因也拨开谬传见真相。

---

① 龚自珍早就有辞官的打算，从其诗作中可以看到，如《题兰汀郎中园居三十五韵》《论京北可居状》等。

② 汤鹏：《汤鹏集》，岳麓书社2011年版，第828页。

③ 《清代起居注册·道光朝》第53册，联经出版事业股份有限公司1987年版，第31465—31466页。

《黄绣球》作者汤宝荣新考

阿英在《晚清小说史》中对小说《黄绣球》大加赞赏："当时产生的妇女问题小说，最优秀的要推颐琐的《黄绣球》，30回。这部小说初发表于光绪三十一年《新小说》第2卷，至26回中止。（光绪）三十三年由新小说社印成单行本，续完。作者的真姓名不详。"① 作者"颐琐"的真实姓名为后来研究者所发掘。1991年，林薇在《〈黄绣球〉的作者是谁?》中考证出"颐琐当为梁启超的化名"②。1993年，此结论被郭长海教授推翻，经其考证，得出颐琐为汤宝荣。③ 同年出版的《中国近现代人物名号大辞典》"汤宝荣"条有了比较详细的介绍：汤宝荣（? —约1932前），江苏吴县（今苏州）人。字伯迟，号颐琐（署见1905《新小说》，著小说《黄绣球》，后见《小说月报》），室名颐琐室、小吴船。商务印书馆耆宿，任为总记室。涵芬楼丛刊，什九经其校勘。早年师事俞曲园，工诗，李宣龚每得诗必先与之商榷。任职时沈禹钟受其益，为忘年交。卒年十五余岁。④ 至此，《黄绣球》的作者颐琐为汤宝荣已明晰。之后，有两篇文章进行了补述，⑤ 但汤宝荣的生平创作依然模糊不清。本文通过新发现的史料，予以补述。

---

① 阿英：《晚清小说史》，人民文学出版社1980年版，第105页。
② 林薇：《〈黄绣球〉的作者是谁?》，《社会科学战线》1991年第3期。
③ 郭长海：《〈黄绣球〉的作者颐琐考》，《社会科学战线》1993年第4期。
④ 陈玉堂：《中国近现代人物名号大辞典》，浙江古籍出版社1993年版，第222页。
⑤ 徐新韵：《对〈黄绣球〉作者颐琐就是汤宝荣的补证》，《江西教育学院学报》（社会科学版）2003年第1期；范紫江：《清末优秀长篇〈黄绣球〉及其作者颐琐考》，《中国文学研究（辑刊）》2009年第2辑。

一　汤宝荣生平

关于汤宝荣的生平，笔者查到一则史料，如下：

> 先兄讳宝荣，字伯迟。原名鞠荣，字伯繁。七岁秉母教，督课綦严。未冠毕五经，为瑞安黄漱兰学使体芳所拔识，其后治词章经诂之学。尝居吴中，问业于德清俞曲园樾、湖州杨见山岘。一时订交，如元和江建霞标、同里费西蠡念慈、铁岭郑叔问文焯，深相契合。秋试两次，房荐不售。癸巳，萍乡文学士廷式闱批"文字迥不犹人，额满珠遗，惜哉"等语。至是弃科举，漫游四方。江阴缪筱珊荃荪介入芜湖袁爽秋昶道署为记室，中间曾为苏守王可庄仁堪罗致幕中，上元宗湘文源瀚权温处道招往佐理，宗故后遂移家于沪。维时新学盛兴，新会梁卓如启超办报，邀主编辑，以政见分歧而去。宣统元年，识海盐张菊生元济，入商务印书馆。时海上文友有沤社之组，徐仲可、叶楚伧、胡朴安唱和无虚日。辛亥，为吴兴沈缦云介入南京政府，欲以教育一席相属，嗣以政权北移，复辞归海上。民四，复入印书馆，与闽县李拔可宣龚、仁和陈叔通敬第极相得。壬申闸北之变，损失殆尽，家况日落，愤郁多病，精气两衰，延绵至今，因是不起，年七十有五。遗有《颐琐室已刻诗》四卷、《宾香词》一卷，尚余集外诗文若干待刊。嫂史氏，溧阳世族，现年已七十有七矣。生子未育，以弟子先传为兼祧。

> 先兄一生耿介，终身遭遇皆为文字所厄。晚年孤愤绝俗，而困顿尤甚。三十年前，尚著有《汲古阁〈汉书〉校正》及《字学辨正》等卷，稿已散失不存。诗文虽刊而未尝问世，本意尚待删正，今已不及为矣。文士心血，仅仅于此。呜呼痛哉！尚乞有道君子，哀其志而悯其遇，为其润色而传之，则感德不浅也。汤寅东甫谨略①

由上述史料可知，汤宝荣"四月十二日病殁沪寓"②，即民国二十六年

---

① 《同舟》1937年第5卷第8期；另《张元济全集》录此文，未确定日期，见张元济《张元济全集》第5卷诗文，商务印书馆2008年版，第490页。

② 《同舟》1937年第5卷第8期。

（1937）四月十二日。关于他的生年，在《颐琐室诗》①中有三首诗可证：卷一壬辰［光绪十八年（1892）］《今年九月二十一日，余正年三十矣。十月十六日，余妹将于归宝坻李氏述怀陈义，手书一诗以当衾滕》；卷二戊戌［光绪二十四年（1898）］《沈君习之敬学持示其九月内所作三十自述诗，微生三十有六，亦于九月生日，感而赋此。至是已年余，不拈一韵矣》；卷四庚申［民国九年（1920）］《补寿书屏六十》其二："翁寿今六十，我亦五十八。"由以上三首诗的题目及结合其去世时的年龄，可推知汤宝荣生于癸亥［同治二年（1863）］九月二十一日②。关于汤宝荣的生平履历，以简谱方式梳理如下：

　　汤宝荣（1863—1937），原名鞠荣，字伯迟、伯繁，别署颐琐、颐叔③、颐翁、颐琐室、颐道人、小吴船、颐琐堂主④、颐琐室主。早年受教于母，其在《颐琐室诗》序中写道："余七岁入塾，吾母于晨夕间必亲自督课。晨尽卯，夕尽亥。非疾病、行旅、寒暑靡间。至余年十四毕，五经而止。盖教养劬劳，若是其至也。"

　　早年曾与费屺怀念慈、江建霞标同学。

　　光绪十二年十二月十二日，汤宝荣好友马琛书病逝，随后赴杭为其送葬。事毕，携马琛书遗孤马叙伦回苏州，并聘请先生教习。

　　光绪十三年春，去温州就馆，并接家眷及马叙伦到温州。⑤

　　光绪十九年，落第后，自此弃科举。

　　光绪二十四年，汤宝荣移家到上海。在《颐琐室诗》卷四《沈寥二首叠德声枉赠之韵仍示书屏德声》"飘忽中年落海滨"句注"余始于沪，年三十六也"。可证其到沪时间为光绪二十四年。黄漱兰卒。

　　居上海后，常为小型日报《采风报》《游戏报》等撰谐嬉之言数则，以此资生。

　　光绪廿五年，汤宝荣与李叔同、任伯年、朱梦庐、高邕之等在上海创办"上海书画公会"。

　　宣统元年二月初七日，张元济介绍汤宝荣入商务印书馆编译所文

---

①　汤宝荣：《颐琐室诗》，民国十五年（1926），汤氏刻本2册（1函）。

②　朱德慈：《晚清小说家琐考》，《明清小说研究》2005年第1期。

③　张元济：《张元济全集》第1卷·书信，商务印书馆2007年版，第482页。

④　《新闻报》1893年8月5日第1版。

⑤　马叙伦：《我在六十岁以前》，生活·读书·新知三联书店1983年版，第4页。

牍课任事。①

辛亥，沈缦云介绍入南京政府，不久辞，归上海。

民国四年，汤宝荣出任商务印书馆总记室（总编）。

民国十二年冬，赴金陵。徐仲可作《序》赠之。②

民国二十一年，上海闸北之变期间，汤宝荣积攒三千元银元被兵掠。二月十九日，《申报》"失踪者之探访"中登载：汤伯迟寄寓北浙江路华安坊三弄五十号，在商务印书馆总务处任事。又高汤绣华同住一处，两家大小共有六人。是否避难他处，迄今未见消息。惶急万分，倘有人知其大略情形者，请函寄无欢喜桥高涵叔，为感。

民国二十六年四月十二日，病殁沪寓。

民国三十年，夫人史氏病逝，年八十一。

二　汤宝荣交游

1893 年 8 月 5 日《新闻报》上的《游荷花荡记》，署名颐琐堂主汤鞠荣。这篇游记里记述了汤宝荣 6 月 9 日从溧阳出发，与周筱栿、陈里千、吴逢之乘船游莳门荷花荡之事。

吴逢之（1859—1932），名素源，清末民初睢宁宿儒，著有《场南野叟诗文集》，南社社友周祥骏为其弟子。1900 年 8—9 月，汤宝荣首倡赠谢飞卿眉史诗，《同文沪报》刊载了 5 首吴逢之的诗，和者有空桑后觉、湘州醉乡瘦客、求愚轩主慕逸氏（谢慕逸）、琴川短病长愁客、菊庐主人（程讷，字棣华，一字瘦蝶，号菊庐主人，江苏上海人）、赋梅庵主、小楼剩墨。而后，汤宝荣又刊登了《庚子岁暮奉赠桃椎仙史七律二首即乞粲政》诗（《同文沪报》1901 年 2 月 25 日），和者有上虞畹清女史陈欣，从畹清女史的和诗可知汤宝荣与周病鸳的关系密切，周病鸳乃《同文沪报》副刊《消闲录》的主编。在 1900 年的《游戏报》上，登载了汤宝荣《罗君甘尝偕陆莼伯部即北上赠诗两首》《观剧桂仙作赠汪筱侬录请南亭亭长惜秋生政刊》的诗文，涉及罗甘尝、陆莼伯、汪筱侬和南亭亭长（李伯

---

① 《张元济年谱长编》将汤宝荣（颐琐）、汤鞠荣误为两人，见张人凤、柳和城《张元济年谱长编》下，上海交通大学出版社 2011 年版，第 1502 页。

② 徐珂著，李云编选、校点：《仲可随笔》，中共中央党校出版社 1998 年版，第 50 页。

元）、惜秋生（欧阳巨源），与之和诗的有泄溪赵三。此时期与之交往的还有落花诗人、柳绿云、沈悦庵、孙漱石、李漱筒（李叔同）、许幻园、亨金、河阳旧种花主、桃椎仙史等。由此可见，汤宝荣在 1900 年前后已蜚声文坛。

汤宝荣定居上海后，他的交游活动圈逐渐扩大。首先是文学创作上的合作朋友。1905 年，《新小说》上开始连载《黄绣球》，其作者为颐琐（汤宝荣）、二我（陈其渊①），是目前所见汤宝荣与二我唯一一部合作。汤宝荣除了与二我合作外，还与世弻合作《泪影书声》。世弻生平不详，只见翻译小说《珊瑚美人》《×传》及舍我《追忆一首寄芷侪师并示申伯世弻》一诗提及；与舍我合作《复仇与爱国》，舍我为成舍我；与苍园合作《虎父犬子》，苍园的身份另有文专述。汤宝荣还与铁锈合署小说《雏踪》，应为翻译作品，铁锈是否为外国原作者待考。

1919 年 7 月 22 日，胡朴安等成立鸥社。汤宝荣后来加入，并召集了第二十五次雅集，为歌人陆寿卿、徐金虎饯行。鸥社成员中多南社社友，汤宝荣与王钝根、徐仲可、陈匪石、胡寄尘等多有诗词唱和。除此之外，还与陈散原、俞明震、夏敬观、陈曾寿等有来往。（《读散原舺庵映庵苍虬四君游西湖诗呈映庵》）

在汤宝荣的朋友圈中，还有一位重要人物——张元济。在《张元济年谱长编》中汤宝荣出现 9 次：1909 年 2 月 26 日，张元济介绍汤宝荣入职商务印书馆编译所文牍课；1910 年 4 月 17 日，在给孙毓修的信中提到让汤宝荣代拟信函一事；5 月 10 日，又请其代拟唐景崧调学部尚书贺信；6 月 22 日，请其代拟致山东提学使罗顺循信；1917 年 8 月 31 日，托汤宝荣代复梁启超函；1930 年 8 月 19 日，托其代拟致王尔宏谢信；1931 年 1 月 16 日，请其代写杜亚泉诔词；1934 年 3 月 1 日，代笔写徐光启逝世三百周年一文。11 月 22 日，拟复致莫伯骥书。在《缪小山辑友人信札》中，张元济 16 通书信有 3 通为汤宝荣代笔。在张元济的书信集中，存有一封致汤宝荣的信，信中张元济请汤代笔，致贺华友何东与夫人麦氏婚后五十周年

---

① 陈其渊，字石泉，号涤骨，别署二我、嘉定二我，江苏嘉定人，《申报》《自由杂志》都曾刊载过他的照片，但具体事迹不详。从当前能见到的报载作品看，也是一位多产小说家，在《自由杂志》《申报》《小说新报》等报刊上发表十余篇小说。1928 年 3 月 21 日，《申报》登载二我著《刘家庙二杰全传》《张乙轶事》《秦丐》三部小说广告后，报刊上难觅其鸿爪。

及齐尔司君八十五岁生日。①

汤宝荣在商务印书馆工作了二十余年，深得同事的爱戴。在他去世后，商务印书馆同人鉴于其身后萧条，无钱归葬，遗孀待养，发起了《为募集汤颐琐先生赙款公启》②：

　　汤颐琐先生，高才硕学，节概耿介。在本馆服务二十余年，平日深得张菊翁、王总经理、李经理诸位先生之器重。不幸于四月十二日病殁沪寓，先生生平不事积蓄，其夫人亦年逾古稀，复瞖双目，生子未育，故身后颇为萧条。文人穷厄，自古同悲。兹经王总经理诸先生发起征赙，谋为恤嫠卜葬。现将启事及先生行谊附后。

　　敬启者：

　　汤颐琐先生，节概孤高，学诣渊懿。子云博览，曾见重于承明《东野诗》，穷竟自乖于生事。蹉跎遂老，块垒犹存。长日佣书，耄年取给，比以孱躯奄尽，众药失灵。殡舍萧条，一棺空寄，洵极人世之惨怛者矣。乃其夫人亦逾古稀，复瞖双目。所生都尽，余息何资？念丧乱之未平，终鲜兄弟；欲缓急之可恃，惟求友生。尚望与先生有雅故者，慨发弘情，共施援手。俾其夫人得所扶助，赖以因依。止遗嫠饮泣之哀，成后死可宗之德。先生旅榇亦亟须卜葬，拟就公墓豫营同穴，庶几百年有托，一暝无虞。想为诸君子所深闵而矜许者钦。如承惠赐赙款，请交上海河南路商务印书馆姚伯南、任心白两君代收。汇齐报告，是所企祷。

王云五　姚伯南　夏剑丞　黄蔼农　陈叔通　李拔可
张菊生　徐新六　傅纬平　黄仲明　庄百俞　任心白
同启

除了张元济外，汤宝荣抚恤遗孤之事也值得提一笔。据马叙伦《石屋馀渖》载：余父与丈契似金兰，然无谱系之联。夫人则与余母结盟，内外之交皆无间也。余父殁前，欲托孤于丈。及卒后一年，丈自苏州至杭会葬。挈余归苏州，延刘先生题为余授课，盖有延陵挂剑之意，风谊为余所感佩终身矢之者也。③

---

①　张元济：《张元济全集》第 1 卷・书信，商务印书馆 2007 年版，第 482 页。

②　《同舟》1937 年第 5 卷第 8 期。

③　马叙伦：《石屋馀渖》，建文书店 1948 年版，第 58 页。

三　新见五部汤宝荣小说

关于汤宝荣的著作，除已为人知的《黄绣球》《颐琐室诗》《宾香词》外，还有不少散落在报刊上的作品。目前查到的小说有 3 部，翻译作品 2 部，如下：

1.《背影》：碌鹿、颐叔著，载《小说月报》1916 第 7 卷第 9 期。该篇主要介绍某乙到长沙兄家拜访，因留住下来，在后花园无意间望见对面洋楼上一个靓影，于是陷入了单相思的困境。偶然的机会，结识了洋楼主人家亲属国宾，为见得相思女子真容，不惜找由头日日跑去见国宾，直到月余后的国庆节，才见到相思女子的真容，原来，自己梦境里的美妙女子是一个"丑鬼"，他的美梦终于惊醒。

2.《泪影书声》（短篇）：世弼、颐琐著，载《小说月报》1916 第 7 卷第 11 期。该篇主要介绍竹生父子读书改变人生的故事。竹生读书，最后贫困潦倒，年轻而亡，家贫无以葬，赖友人相助得以入土。鉴于此，其母其妇力阻止竹生子读书。后在其生前好友王氏的以身劝教及资助下，其儿入新学校，留洋三年，最终功成名就。从创作主旨看，实为讥讽迂腐的科举制及传统教育，鼓励新学。

3.《虎父犬子》（短篇）：苍园、颐琐著，载《小说海》1916 年第 2 卷第 10 期。在此须指出的是，《虎父犬子》重登《商旅友报》时，署名为苍园。此文实为说教之篇，讲述了祖孙两代发家、败家的过程。祖父靠盘剥及放高利贷发家，祖父置一切亲情而不顾，眼里只有金钱，积累了万贯家财。到了孙子辈，因其父母早亡，偏于溺爱而忽略了成人之教育。到其临死托孤，因生前寡情，养孤之人亦无心尽责，最终孙子夫妇染上鸦片之瘾，好吃懒做，荡尽家产。

4.《复仇与爱国》（短篇）：舍我、颐琐合译，载《小说月报》1916 第 7 卷第 11 期。该篇主要讲述大尉、露西斯隐居安洛村，由医生伯伦治足疾，而后大尉夫妇系列举动引发伯伦怀疑，进而逐步探秘，到最后才得知事情真相：大尉夫妇留学德国，德人罗菲亚爱上露西斯，因露西斯拒绝而生恨，并将仇恨转移到露西斯回国后与之结婚的大尉身上，设计毒杀大尉。大尉在生命的最后时刻杀了间谍罗菲亚，自己也因此牺牲。露西斯在大尉死后到爱尔兰粉碎了罗菲亚党徒的阴谋，最后践行了"生则同衾，死则同穴"的诺言。

5.《雏踪》（短篇）：铁锈、颐琐译，载《小说海》1916 年第 2 卷第 10 期。此乃一篇翻译侦探小说。小说述一银行总经理柯比携家人去非克门避暑，其女儿葛丽在拍球戏玩中突然失踪，随后围绕寻找葛丽而展开叙事。最终在科伦的帮助下，破解迷案，绑架葛丽者乃柯比的侄子域臣。文章大量的篇幅描写域臣沦落、加入绑匪团伙、实施绑架葛丽的过程。

从以上五部作品来看，虽为合作，但思想上与汤宝荣早期小说《黄绣球》可谓一脉相承。《黄绣球》主张男女平等、自由。《背影》的主人公某乙的"恋爱"经历，足以说明男性对女性外貌的在意。本一乡下人，追求新思潮，刻意打扮自己，但内心并没有褪去传统思想，否则，不可能见到所恋之人真容而"熟睡"。《泪影书声》则继承了《黄绣球》鞭挞科举毒害文人之笔。竹生读书之后贫困潦倒，死无葬身之资。竹生子读书，则功成名就，二者区别在新旧之学。旧学制已经阻碍了社会发展，也束缚了个体生命的全面发展，扼杀了人们求新求变的意识。《雏踪》虽为翻译小说，其对域臣沦为匪首的经历，与《虎父犬子》中的"孙子"堕落过程，都意在指鸦片、高利贷、黄赌为危害社会的毒瘤。

"秋瑾供词"与"绝命词"考辨

一 秋瑾供词考

1907 年 7 月 15 日，秋瑾就义于绍兴轩亭口，人们震惊于秋瑾之死，文坛政界一片哗然，遂形成晚清冤案的文学聚焦点。当时著名的《申报》《大公报》《时报》等都把秋瑾一案定为关注的热点。女性、鲜血、为革命献身，这些成为刺激文人创作的素材，他们纷纷拿起笔来为秋瑾鸣冤呐喊，这不仅触发了人们同情弱者的天性，更激起了国人国民性的觉醒。人们普遍认为秋瑾之死，是千古奇冤。

《时报》云：

> 仅一弱女子，藏一手枪，遂足扰一郡之治安，岂真如吾国社会所崇拜之九天玄女、骊山老母，有撒豆成兵之神术也耶？①

《申报》云：

> 古有"莫须有"三字以兴大狱，而今竟以"秋雨秋风愁煞人"七字以为罪案者，是则何人不在当死之例矣！②

民间的舆论让官府感到秋瑾一案的棘手，不得不收集罗织秋瑾的罪状。8 月 3 日，官府公布了"秋瑾供词"。事态的发展超出了清吏的预料——秋瑾罪状的公布，反而引起了更加针锋相对的驳论。"秋瑾供词"在《申报》披载时，报社当即以"编者按"的方式加以批判：

> 秋瑾之杀无供词，越人莫不知；有之则惟"寄父是我同党"及

---

① 胡马：《浙抚安民告示驳议》，《时报》1907 年 7 月 27 日第 2 版。
② 《驳浙吏对于秋瑾之批谕》，《申报》1907 年 8 月 1 日第 2 版。

"秋雨秋风愁煞人"之句耳。而今忽有供词，其可疑者一；秋瑾之言语文辞，见诸报章者不一而足，其文词何等雄厉，其言语何等痛快！而今读其供词，言语支离，情节乖异，大与昔异，其可疑者二。然死者已死，无从质证，一任官吏之矫揉造作而已，一任官吏之煆炼周纳而已。然而自有公论。①

当时人们并不承认此供词的存在，时隔百年，马自毅先生在《历史教学问题》撰文，认为秋瑾留有"供词"，并举证了四点理由：

1. 原件尚存。

2. 从内容上看，供词所说与秋瑾生平、观念符合。在事发仅二十余小时，大量情况尚不清楚时，要找人按照秋瑾笔迹、编造其生平（尤其是细节），恐怕不易。

3. 秋瑾弟弟秋宗章认可这份供词。……

4. 在已刊的《浙江办理秋瑾革命全案》中，官方往来文、电有四次提到秋瑾的口供、用词各有不同。……从目前传世的《秋瑾口供》内容与官方所述审讯时的情况一致也可以说明，清方档案及当时报纸所刊的秋瑾供词的确存在。②

推敲全文，考查史料，马自毅先生的四点理由是值得商榷的。

1. 从当时审讯情况看，秋瑾没有供词

当徐锡麟一案发生后，由于叛徒的出卖，1907 年 7 月 13 日，大通学堂被清兵包围，随即秋瑾作为首犯被捕。秋瑾被捕后，曾三次被审问，时间、地点、主审人各不相同。

7 月 13 日晚，贵福在绍兴府衙提审秋瑾，陪审为李钟岳、李瑞年、徐方诏。审讯内容见《中外日报》（1907 年 7 月 15 日）：

贵福升堂讯供，秋女士即诘管（官）云："余犯何罪？乃至于是！"官云："尔怀手枪之故。"贵又问："尔果与徐锡麟相识否？"秋答曰："曾经相识，但此皖变实不知情。余之所主张者，是男女革命，而非满汉革命。"贵即饬役将秋女士钉镣收禁。

7 月 14 日，山阴县署花厅，主审李钟岳：

---

① 《绍狱供词汇录》，《申报》1907 年 8 月 13 日第 3 版。

② 马自毅：《"秋瑾供词"辨析》，《历史教学问题》2004 年第 4 期。

山阴县令问："女子何以要讲革命？"秋瑾答："是男女平权的革命，非政治的革命。"又令其将平日作为用笔书写，秋瑾但书一"秋"字，又诘之，又书"秋雨秋风愁煞人"七字云。①

7月14日晚，贵福派幕僚余某审讯，"务得确供"。余某动用了太平架、跪火炼等极刑。秋瑾仍"咬牙闭目，坚不吐供"。

秋瑾自被捕到就义，清吏共审讯三次，虽每次主审人不同，但目的只有一个——让秋瑾供出余党。三次审讯，没有一次提出让秋瑾写供词，更没有给秋瑾写供词的时间。秋瑾也不具备写供词的条件，手脚被钉了铁镣，即使写，也不可能写出语句流利、字迹端正的"供词"。

从7月13日到秋瑾供词发表之前贵福与张曾扬的往来电文来看，贵福没有提到关于秋瑾供词的问题，如果秋瑾写有供词，贵福就不能在电文中说"供不吐实"的话语了。而在故宫档案馆《浙江办理秋瑾革命全案》的《节录绍兴府督同山阴会稽二县印禀》文中出现了与秋瑾供词相符的语言，内容基本一致，而且供词录于后，是巧合还是其作伪者露了马脚，不明自喻。由此可见，当时没有供词，供词是迫于舆论的压力而伪造的。

2. 现存秋瑾供词的真伪之辨

秋瑾勇于牺牲的精神受到时人的钦佩，此时的报刊很快从对徐锡麟的关注转移到秋瑾。人们围绕"秋案"对官府的劣行进行了抨击，认为秋瑾是新学界中人而非革命党，秋瑾之革命乃"汲汲焉提倡女学，以图女子之独立"，而非种族之革命。随后而形成的"秋瑾文学"，以其"冤"为主旋律。清吏为应付舆论，不得不收罗伪造秋瑾作为"反革命"的证据，于是，也就出现了公布于世的"秋瑾供词"的原件。今录于下：

六月

秋瑾即王秋氏供：山阴县人，年二十九岁。父母都故，丈夫王廷钧向与妇人不睦。妇人（我）于光绪二十九年间与丈夫离别，出洋往日本国游历，会遇徐锡麟、赵洪富，因此熟识。后来妇人（我）游历

---

① 《记大通学堂秋瑾被杀事》，《广益丛报》1907年第143期；另见《时报》1907年7月21日第2版。

回华（回国），在上海开设女报馆。始于上年十二月间（始）回到绍兴，由素识的蔡姓邀妇人（我）进大通学堂，充当（大通）附设体育会教员。与竺绍康、王金发都是素识（均属要好），时常到堂（已有月余，也系熟识）。赵洪富，前充体育会账房，已于五月二十四日走去。程毅到堂已有月余，也与妇人认识的。六月初四（今日）闻有营兵前来搜（拿）捕，妇人当即携取手枪并外裹皮包就想逃走，不料兵勇已到，不及逃避，堂内开枪，兵勇们也（等亦）开枪，就把妇人（并将我）连枪拿获，及（又）论说稿数纸、日记手折一个。程毅们也被拿获解案的。今蒙督讯，（此手稿是我所做）手枪是妇人的（亦是我物），论说稿是妇人的，日记手折也是妇人的，妇人（我）已认了稿底。革命党的事，就不必多问了。皮包是临拿时丢弃在堂，至赵洪富、竺绍康、王金发们现逃何处不知道，是实。①

（1）秋瑾供词原件存在，这是不能作为秋瑾有供词的证据的。封建社会中罪犯的供词一般是以犯人亲笔书写的自供和师爷即时录供的形式存在的。在没有确凿证据下，把现存这份供词定为秋瑾的自供是不对的。

（2）以供词的笔体、语言对比秋瑾平日的笔迹、语言，二者差别巨大。翻阅《秋瑾史迹》一书，与之对比，秋瑾的字迹远远不如此供词工整流利。秋瑾被捕当日晚就被钉镣收禁，而后又遭酷刑，要想写出语言通顺、毫无半点含糊话语的供词，实在让人不敢确信。秋瑾既说"革命党的事，就不必多问了"，而后又补充"至赵洪富、竺绍康、王金发们现逃何处不知道，是实"，显然是矛盾的，当时秋瑾不可能知道竺绍康、王金发是否逃跑的事实。后句话在程毅等供词中亦以原句出现，是清吏为抓捕竺绍康、王金发有意而为。可见供词实为清吏之伪造。

（3）秋案发生不久，即有人对供词的真实性持怀疑态度，并做了一番考察。如《神州女报》第一期《特别记事》栏报道：

> 后某至沪，见各报所载之秋瑾罪状，有种种之供词，与某所知确实情形大相径庭，遂即函询某刑名之弟。越七日得复函，知所宣布之罪状，系陈墨芳（绍兴府刑讯）与贵福等所捏造者。……②

此报道详尽到作伪者的姓名，可确认其真实、可靠。由此，因原件存

---

① 《秋瑾史迹》，上海古籍出版社1991年版，第226页。
② 《秋女士被害始末》，《神州女报》1907年第1卷第1期。

在而认为秋瑾留有供词是不成立的。

（4）综观"供词"内容，可谓错误百出。第一句话"秋瑾即王秋氏供"根本不符合秋瑾的思想和性格。秋瑾主张女子要独立，不为男人附庸，她从自己做起，冲出封建家庭的樊篱，走上独立的道路。1905 年 6 月19 日秋瑾在给秋誉章的信中写道：

> ……妹得有寸进，则不使彼之姓加我之姓上……

翻遍秋瑾的文章，查不到秋瑾在自己名前冠以王姓，连"秋氏"的字样都找不到，怎么能在供词中自称王秋氏。可见，此供非秋瑾亲自所写或口述。

第二句"年二十九岁"非秋瑾的年龄。虽然目前秋瑾生年还存在着1875 年和 1877 年的争论，但无论从 1875 年还是 1877 年推算，说她"年二十九岁"都是错误的。在一些资料里记录了秋瑾的年龄：

> 1906 年，在浔溪与徐自华结识时三十二岁
>
> 同年，在杭州与周亚卫结识时三十二岁

时过一年，秋瑾反倒小了四岁，可见荒谬。

第三句"光绪二十九年间与丈夫离别，出洋往日本国游历，会遇徐锡麟、赵洪富"，秋瑾第一次去日本是在 1904 年 6 月 29 日（光绪三十年五月十六日），到日本长崎，7 月 2 日（五月十九日）到神户。《神户新闻》：

> 昨天北京大学（堂）教员高桥勇先生带领留学生秋濵（误，璇卿）在去东京的路上上岸本地。在西村旅馆休息一下以后，当天傍晚由陆路前往东京。[1]

在日本，陶成章向秋瑾介绍了国内革命情况，并向其介绍了绍兴东浦徐锡麟的情况。1905 年 3 月，秋瑾由日本回国，即往东浦热诚学堂拜访徐锡麟，这是初识。1905 年，徐锡麟等五人捐官赴日本，秋瑾在新桥车站迎接了徐锡麟夫妇。这已经是第二次会面了，可见秋瑾与徐锡麟等人相识并非在日本，且供词所记时间比秋瑾赴日时间早了一年。

（5）秋瑾同父异母的弟弟秋宗章生于 1896 年，秋瑾就义时他才十二岁。他对秋瑾的了解能有多少？虽然在二十几年后他写了《六六私乘》《大通学堂党案》等史料性的文章。但大部分也是转引他人的资料，错误也是存在的。如：秋瑾在 1904 年 5 月出国前与友人在北京陶然亭话别，而

---

① ［日］樽本照雄：《秋瑾东渡小考》，《光明日报》1984 年 3 月 13 日第 3 版。

秋宗章误为光绪三十年（1904）秋。

秋宗章所录供词与笔者所见供词有出入，秋宗章没有指出此供词的真伪，也没有提出任何异议，并不等于他认可。上面秋宗章已经提到秋瑾的确切生年，供词中说秋瑾"年二十九岁"，秋宗章不会看不到。而他在供词后的"注"只是对秋瑾手足之情的怀念，不能说明他承认这份供词。

（6）从秋瑾被捕到就义不过三十多个小时，并不能因时间的短暂、大量情况尚不清楚就认为供词是正确的。正因为时间的短暂，为了应付外界的舆论压力，给人完全履行审案程序的"实象"，1907 年 8 月 13 日，绍兴官府才将这份漏洞百出的供词登报告示于众。

（7）关于指印，这是一个无关紧要的问题。徐小淑云：

　　……余某得不到革命秘密，只得用伪造供词，强捺指印结案……①

到目前为止，还没有证据能确认是秋瑾的手印。即使是，也属于正常。清吏取个指纹，那是易如反掌的事。当时的秋瑾完全失去了人身自由，不要说指印，就是性命都轻而易取。

（8）根据官方的来往文、电记录"供不吐实""据秋瑾供称""坚不吐供"，由"供不吐实"推论出秋瑾对家庭情况、个人经历等一般事项有"供"，而涉及革命秘密就"坚不吐供"，是不符事实的。前面已经谈到供词中关于秋瑾个人资料的错误。既然是秋瑾所"供"，就不该出现这么多的错误，导致整个供词都在"坚不吐实"。

7 月 14 日（六月初五日）

佚名云：后发至山阴县复讯，赐之坐则坐，赐之食，则不食。山阴县问尔女子，何以要讲革命？答以我是男女革命，不是种族革命。山阴县命将平日所作所为用笔写出。秋初写英文数字，绍令不解。强写本国字，则只写一秋字。再三强之多写，则写"秋雨秋风愁煞人"七字，此后无论如何再不肯写矣，始终并无确供。②

由此可见，正因为秋瑾没有口供，才导致官府千方百计地收集伪证来证明秋瑾的反革命罪状。革命女侠的坚贞不屈促使官府只好罗织罪名以就地正法。

---

① 徐双韵：《记秋瑾》，中国人民政治协商会议全国委员会文史资料研究委员会编《辛亥革命回忆录》第 4 集，文史资料出版社 1963 年版，第 217 页。

② 《秋瑾之波累》，毕志杜编《徐锡麟》，新小说社 1907 年版，第 110 页。

秋瑾之死，是晚清冤案的郁结。

通观当时报刊之舆论，均视此"供词"为伪造之词，直到1958年《秋瑾史迹》才将其供词原件收录；1961年，《文汇报》上发表了吴小如先生《秋瑾烈士生年考》[①]一文，文中提及此供词，但他只是用作证明秋瑾生于1879年。而此说被研究秋瑾的学者否认，亦可知供词"年二十九岁"是错误的。综上所述，秋瑾没有留下供词。

二

秋瑾遇害后，人们纷纷责难当权者，同时撰文为烈士呼冤，因之形成了"秋瑾文学"的热潮。有人开始整理秋瑾生前的遗墨，并将之公布于世。二十几年后，秋瑾的女儿王灿芝出版了《秋瑾女侠遗集》，把秋瑾在1907年六月初一写给徐小淑的残笺定名为《致徐小淑绝命词》。又有后人把"秋雨秋风愁煞人"定为秋瑾女侠的绝命词。"绝命词"在《辞源》中解释为：临终前所写与世决绝的文章。《汉书》四五《息夫躬传》："初，躬待诏，数危言高论，自恐遭害，著绝命辞（词）。"考查史实，不应该把秋瑾给徐小淑的残笺或"秋雨秋风愁煞人"定为秋瑾的绝命词。

1. 《致徐小淑绝命词》不是秋瑾的"绝命词"

秋瑾自日本归国后，积极地投入革命的大潮中。1907年春，与徐锡麟一起组织浙皖武装力量，相期举义。他们都是光复军的头领，徐锡麟为统领，秋瑾为协领，他们规划、制定了起义的路线。不幸的是，五月二十六日，徐锡麟起事失败，并壮烈牺牲。六月初一日，秋瑾阅上海报纸，始知安庆起义失败，沉痛万分：

六月初一日，上海各种日报既到绍兴，瑾始悉安庆事，执报纸坐泣于内室……[②]

皖江事败，噩耗传来，适为五月杪之某日……先姊与惠秋扃户，将梯下文件，悉付一炬……[③]

---

① 吴小如：《秋瑾烈士生年考》，《文汇报》1961年第24期。
② 陶成章：《浙案纪略》，1916年魏兰整理重印版，第47页。
③ 秋宗章：《六六私乘补遗》，《妇女共鸣》1937年第6卷第7期。

直到7月10日，秋瑾才得知徐锡麟起义失败成仁之事，并且哀痛不已，同时感到革命危机的到来。于是冒雨回家，焚烧了与光复会来往的机密公函。同日，致徐小淑一简，以悼念革命战友徐锡麟。据徐小淑云：

> 此先师于殉国前五日自会稽所寄者也。缄内并无别简，当时深滋疑讶，不意未及两日而恶（噩）耗至矣，悲夫！民国十六年夏历六月六日。①

徐小淑记载秋瑾邮寄给她的是残笺。至于秋瑾为什么会把残笺邮给徐小淑，我们已无法考证了。或许是秋瑾忙于销毁文件，疏忽所导致。此时的秋瑾绝对不可能预感到自己五日后就被贵福杀害的结局，而且秋瑾一直以为贵福并没有掌握她从事革命活动的证据。听到清兵入绍来拘捕她的消息，秋瑾没有丝毫的畏惧。

7月13日（六月初四日）

> 时金发适在校，欲谋抵敌。秋侠以己系女人，毫无证据，即被捕亦无妨，而催金发速行，与竺等为后图……②

> 十一时许，厨役自外归，告女士曰："刻在茶肆闻说，贵府今欲捕汝，请速避去。"女士曰："与我何干？真正胡说！况此校虽为徐锡麟所发起，不过旧职员之一分子，而学堂教员何得株连？我一清白女子，无纤毫之过犯，何必走避，以启情虚回避之口实耶？"时某亦在侧，劝之曰："君言诚是。然彼等酷吏，玩法邀功，在所不免。若不避去，恐将有所不利焉。"女士曰："天下宁无公理耶？"某曰："对野蛮之官吏，而欲与之讲公理，程度未到，未免太过！"女士曰："虽野蛮，野蛮不至此。予无罪，何必走？君若恐怖，避之可也！"……女士曰："此间之枪，系前熊太守批准照办，且亦为贵守所见惯，何待搜查？如彼过虑，听彼索还可也，何捕人之有？"③

直到清兵即将包围大通学堂，缉拿秋瑾之际，她还镇定自若，认为"我一清白女子，无纤毫之过犯，何必走避，以启情虚回避之口实耶"，况且大通学堂所置办的枪支弹药是经过知府批准的，贵福也见过，是没有理

---

① 秋瑾：《秋瑾集》，上海古籍出版社1979年版，手迹插页。

② 谢震：《王季高君行述》，见浙江省辛亥革命史研究会、浙江省图书馆编《辛亥革命浙江史料选辑》，浙江人民出版社1981年版，第469页。

③ 佛奴：《秋女士被害始末》，《神州女报》1907年第1卷第1期。

由来捉人的。直到这时，秋瑾还没有认清贵福的真面目。我们不排除秋瑾有杀身成仁，想用鲜血来唤醒广大沉睡的国民起来革命的意识的可能性，或者说秋瑾有些过度自信。7月10日，秋瑾致徐小淑信时，是在得知徐锡麟罹难后把心中的哀痛述诸笔端，但她并不知道清政府已经掌握了其他地方的革命动向，也不知道清政府抓获多少革命党人，更不知道清政府通过胡道南等劣绅掌握了自己从事革命的证据，包括内奸蒋纪云的叛变，更不可能预料到自己的被捕、走向死亡。所以，秋瑾写给徐小淑的信，即王灿芝在《秋瑾女侠遗集》中编入的《致徐小淑绝命词》不应该定为秋瑾的绝命词，也不能称作绝笔词。

2. "秋雨秋风愁煞人"也不是秋瑾的"绝命词"

1907年7月13日（六月初四日）申时，秋瑾被捕。在当日晚，贵福亲自提审。

1907年7月21日（六月十二日）《神州日报》记云：

> 秋瑾临审时，贵太守令"不必跪"，命"从实招供"。秋供："我无事！"贵讯："手枪何故带在身边？"秋供："以备自卫。"贵讯："男子不必带，何女子反要带手枪？"秋供："因女子，故要自卫！"后贵持一扇中题句讯曰："尔何故做此种不道之文？"秋供："文人笔墨，任意写之！"贵讯："何故有'革命'之语？"秋供："此种思想亦人人有之！"①

贵福企图从秋瑾口里得到更多的信息，可是，他的如意算盘打错了。审讯至最后，秋瑾以贵福赠送的联语"竞争世界，雄冠全球"为据，反指其为同党，弄得贵福十分狼狈。是夜，贵福恐怕革命党人劫狱和株连自身，乃连夜拟电文，请求张曾敭下令就地处决秋瑾。

> 卑府星夜请兵，蒙派到郡。今日申刻往大通学堂及嵊县公所起军火……并获秋瑾及余匪六名……现讯秋瑾供，坚不吐实……恳请将秋瑾先行正法，余匪讯有实据，再行电禀……福微。②

福为贵福，微为五日的代称。贵福发电日期实为4日晚。在张曾敭未来电文之前，为得到秋瑾的口供以搜捕余党，7月14日（六月初五日），

---

① 《神州日报》1907年7月21日第2版。

② 冯自由：《冯自由回忆录：革命逸史》下册，东方出版社2011年版，第983页。

贵福令李钟岳第二次承审秋瑾。

> 初五日，天阴雨湿，凄风动幕，公于花厅坐堂皇，召先大姊入，破例设座，略询数语，便随手授以墨笔，命录供词。先大姊初仅书一"秋"字，公促之再，乃足成"秋雨秋风愁煞人"七字，即世所传绝命诗是也。①

佚名和秋宗章的文章都提到了秋瑾写"秋雨秋风愁煞人"的经过，即李钟岳为录供词而为，此时贵福还未得到张曾敭杀秋瑾的电文。贵福得到的张曾敭电文是在 7 月 14 日（六月初五日）夜半到达的。

> 府越，秋瑾即行正法。速严讯程毅等各头目姓名、踪迹，设法严拿。徐匪（指徐锡麟烈士）家属一并掩捕。②

贵福接到电文后委派李钟岳监斩。由此可见，在六月初五日夜半以前，不要说李钟岳，即使贵福都不知道处决秋瑾的具体时间，何况秋瑾？而且秋瑾一直认为贵福没有足够的证据不能杀她，焉有留绝命词之举！所以"秋雨秋风愁煞人"不是秋瑾的绝命词，确切说是绝笔词。

3. 从内容上看，不应该把《致徐小淑绝命词》、"秋雨秋风愁煞人"定为秋瑾的"绝命词"

秋瑾看到徐锡麟被敌人剜心而死的报道，心里不由得颤抖，敌人太凶狠了，什么手段都使得出来，简直禽兽不如。痛恨之余，为革命同志的牺牲感到可惜，于是，挥笔写下了《致徐小淑绝命词》：

> 痛同胞之醉梦犹昏，悲祖国之陆沉谁挽。日暮穷途，徒下新亭之泪；残山剩水，谁招志士之魂？不须三尺孤坟，中国已无干净土；好持一杯鲁酒，他年共唱摆仑歌。虽死犹生，牺牲尽我责任；即此永别，风潮取彼头颅。
>
> 壮志犹虚，雄心未渝。中原回首肠堪断。③

秋瑾目睹着祖国一步步被蚕食，人民被剥削、被掠夺，伴随黎民一生的只有挣不脱的苦难。祖国的大好江山被侵略者和清政府弄得支离破碎，亟待志士仁人来解救。可是，志士的魂魄已经远去，想当年，把酒临风，共同唱

---

① 浙江省社会科学院历史研究所、浙江图书馆编：《辛亥革命浙江史料续辑》，浙江人民出版社 1987 年版，第 458 页。

② 《六月六日与李钟岳》，《国闻周报》1937 年第 14 卷第 22 期。

③ 秋瑾原著，郭长海、郭君兮辑注：《秋瑾全集笺注》，吉林文史出版社 2003 年版，第 403 页。

着自由歌，憧憬着美好的未来，即使为此牺牲也值得，生命会在后人的追念中获得永生。可是，壮士为革命过早地牺牲了，革命事业才刚刚起步，怎不让人愁肠百转！秋瑾失去的是革命战友，更是起义的中坚。眼看起义的日期即将到来，却在这黎明前的黑暗中损失了一员大将，怎不让人哀痛！这首词完全是秋瑾对徐锡麟的缅怀和悼念，是对革命前途的无助深感遗憾。挽词不但站在国家民族的制高点来抒发对死难者不幸遭遇的悲愤，同时也将自己甘为民族独立、人民自由，将革命进行到底的意志融入其中，但没有临危托志之意，所以不能说是她的绝命词。

　　"秋雨秋风愁煞人"，我们不需要去考证它的出处，联系背景和字面看：秋瑾写这个断句是李钟岳审讯时的笔供。时值盛夏，却能想到阴霾的秋雨与萧瑟的秋风，心中的苍凉穿透骨髓，绵延至体外。让人愁断衷肠的只有死去的无辜、未完成的事业和心中无法诉说的苦闷。

4.《致徐小淑绝命词》、"秋雨秋风愁煞人"定为秋瑾的"绝命词"的误解与误读

　　《致徐小淑绝命词》本为秋瑾悼念徐锡麟的挽词，为什么会被误解为秋瑾的绝命词呢？其误导的根源首先应该是徐小淑。秋瑾就义二十年后，徐小淑在秋瑾手迹后所写的"志"中，她无意中已为"绝命词"说做了错误的引导。但徐小淑称之为"绝笔"，没有定名为"绝命词"。并且在以后的《秋女烈士史略》《记秋瑾》等文中，徐小淑一直称之为"绝笔"。陶成章在《浙案纪略》中造成了秋瑾得知徐锡麟被清廷屠戮的惨案后即有"绝命"的错觉。秋瑾就义与寄给徐小淑的"残笺"仅隔五日，这是从时间上给人们造成的错觉。直到1960年9月中华书局出版的《秋瑾集》中，才把这封残笺命名为《致徐小淑绝命词》。自此以后，很多学者据此撰文，使其成为铁案。

　　"秋雨秋风愁煞人"最早是以秋瑾"供词"的身份被媒体宣之于众的。秋瑾就义以后，出现了不同版本的秋瑾诗文集、史料汇编和以秋瑾为题材的小说、戏剧等，这些均根据当时媒体的报载，把"秋雨秋风愁煞人"或称为"供词"，或称为"断句"。1960年中华书局（上海）出版的《秋瑾集》，把此断句辑入诗歌部分，正式题曰《绝命词》。1979年，上海古籍出版社重印《秋瑾集》，仍从中华书局版之说。以后，郭延礼先生选注的《秋瑾诗文选》《秋瑾研究资料》，周芾棠诸先生辑的《秋瑾史料》，依然

将此断句视为秋瑾的"绝命词"。自秋瑾就义一个世纪以来，文学界、史学界的学者关于秋瑾的研究可谓"蔚为大观"，唯独对秋瑾的"绝命词"没有加以细致地考证，沿袭旧说，贻误至今。

20世纪80年代初，谢伏琛和黄品兰二位先生就"秋雨秋风愁煞人"为秋瑾绝命词的问题发表了不同的看法。1983年11月21日、12月3日《北京晚报》刊登了朱小平的《关于秋瑾的绝命词》、王素洁的《秋瑾未必有绝命词》文章。朱小平认为"秋雨秋风愁煞人"是秋瑾的绝命词；而王素洁从时令、秋瑾的视死如归精神方面认为不是。1987年，金封先生撰文《秋瑾有没有留下绝命词》，从三个方面提出了当时学者颇为争论的观点；同年，晨朵先生撰文《秋瑾有没有写过绝命词》《秋瑾的确留有绝命词》，再次论证了秋瑾绝命词的问题。

秋瑾想把自己的夙愿留给后人，也曾想把自己对革命同志的眷恋和对亲人的思念留下来，写出来。然而天公不作美，时间并不给人机会，一次刚要写，就被贵福的催命符打断：

> 夜深，正商明禁婆为解刑具，具纸笔欲作书，忽闻叩门声急。禁婆隔门与语，答以覆审秋氏□，此时已夜深，决无覆审之事，趣禁婆速启门。门辟，灯光烛天，兵士已列队，如临大敌。禁婆入见秋氏，战栗不能出一言，泪落如线。秋氏曰："汝勿怖，待我出门往观。"及狱门，心知有变，语兵士曰："汝暂息灯，容我凝神片刻，有话问县官。"及见县官，诘以"余犯何罪至此！欲一见贵福，死无憾！"县官曰："吾极知汝冤苦，无回天力，奈何！且事已至此，见贵福胡为者？"乃与县官约三事：一、请作书别亲友；一、临刑不能脱衣带；一、不得枭首示众。县官许以后二事，秋氏谢之。①

通过多次的刑事逼供，秋瑾也预感到自己的大限不会太远了，贵福不可能就这样拖延下去，于是想留下"绝命词"。但没有等她写，山阴县令李钟岳领命而来，即将秋瑾押赴刑场。这时秋瑾仍没有忘记把自己的满腔愁绪和无限思念留给亲友，向李钟岳提出三项请求，第一便是"请作书别亲友"。而李钟岳唯独此事不敢答应，这为秋瑾留下了终生的遗憾，也是历史的一大损失。

---

① 芝瑛：《答某女士书》，《时报》1908年2月7—8日第9版。另见郭长海、秋经武主编《秋瑾研究资料·文献集》上，宁夏人民出版社2007年版，第233页，日期有误。

晚清小说家王钟麒考述

在晚清报界、小说创作与小说理论研究领域均取得不菲成就的王钟麒（无生），沉寂半个世纪后受到学人的关注，百年后的今天，众多学者将其纳入研究对象。在学术界对王钟麒进行纵向深入研究时，存在很多谬误，致使王钟麒在晚清文学史尤其小说与小说理论研究史上的地位及影响得不到正确的阐释。笔者在从事南社报刊文学研究的过程中，将王钟麒的生平、文学创作等资料进行了钩沉，特撰述成文，以求教于方家。

一

关于王钟麒（无生）的生平介绍，目前各种书籍版本不一，出现混淆、错误的文字叙述。经过一番考证，发现其失误源自署王钟麒之名者共有三人，其出生时间相隔 10—16 年，且同为江苏人，如下：

1. 王钟麒（1890—1975），江苏苏州人，字伯祥，五十岁后以字行，别号碧庄、容叟、容安、苏亭、巽斋等。编著《二十五史参考书目》《书林蠹勺》《庋稼偶识》《三国史略》《太平天国革命史》《增订李太白年谱》等。①

2. 王钟麒（1896—1976），江苏常熟人，字益厓。著有《地形学》《海洋学 ABE》《自然地理 ABC》《中日战争》《地学辞典》《郑成功》《太平天国革命史》等。②

3. 王钟麒（1880—1914），字毓仁，一作郁仁，号冼生生、冼生，一作无生生、无生，别署天僇、天僇生、僇民、大哀、益厓、三函、蹈海

---

① 申畅、陈方平等编：《中国目录学家辞典》，河南人民出版社 1988 年版，第 392 页。
② 张耘田、陈巍主编：《苏州民国艺文志》上册，广陵书社 2005 年版，第 68 页。

子、一尘不染等。祖籍安徽歙县，生于江苏江都（今扬州）。幼时研读百家书，雅好文学，弱冠时感于世变日非，遂力图以文词挽救时局。光绪三十二年（1906）赴上海，充《申报》笔政，加入国学保存会，并在《国粹学报》发表反清文章。从光绪三十三年（1907）起，先后襄助革命党人于右任创办《神州日报》《民立报》《民呼日报》和《民吁日报》。宣统二年（1910）由朱少屏、柳亚子介绍加入南社。辛亥武昌起义后，革命党人为光复南京组成江浙诸省联军，王钟麒任司令部秘书。南京临时政府成立后，任总统府秘书。1912 年 9 月，与章士钊创办《独立周报》。后因撰文触犯洋人，受到威胁，回扬州，以疾卒，年仅三十五岁。①

在后人关于王钟麒（无生）的撰文中，不少论著将王伯祥、王益厓的作品植入其中。②左鹏军先生对王钟麒的撰述（王永宽主编的《中国戏曲通鉴》采用左鹏军先生的说法③），笔者有不同的拙见。关于王钟麒的卒年，马浮在《江都王君墓志》一文中写道："年三十有四，昭阳赤奋若之岁，仲冬月在毕，遘疾陨灵。……以明年仲春葬君小茅山之阴，赵家庄之原。敛形复土，顺其终始，古之制也。"④"昭阳赤奋若"乃岁星纪年法，为癸丑，依据王钟麒生平，当为 1913 年。同时，在 1914 年 1 月 5 日《神州日报》刊登了《挽王无生联》（黄质），故王钟麒应卒于 1913 年年底。而柳亚子在《聊当面谈》中写道："民国二年十二月二十三日殁于报社，年仅三十有四。"⑤故王钟麒 1913 年 12 月 23 日病逝于上海。关于王钟麒的别署"益厓"，应为常熟王钟麒所署。关于"蹈海子"的署名权问题，最早归王钟麒名下者为颜廷亮、赵淑妍二先生，⑥二先生通过分析认为《民呼日报》等所刊文字之署"蹈海子""蹈""海"等者，俱应是王钟麒所作或至少是王钟麒参与写作之作。此说误，"蹈海子"应该

---

① 左鹏军：《晚清民国传奇杂剧考索》，人民文学出版社 2005 年版，第 58 页。

② 见郑逸梅编《南社丛谈：历史与人物》，中华书局 2006 年版；刘梦芙编《二十世纪中华词选》上册，黄山书社 2008 年版；齐森华等主编《中国曲学大辞典》，浙江教育出版社 1997 年版；王佳佳《南社徽州文人王钟麒摭论》，《徽州社会科学》2012 年第 7 期；梁淑安《南社戏剧志》，社会科学文献出版社 2008 年版；刘良明等《近代小说理论批评流派研究》，武汉大学出版社 2003 年版。

③ 王永宽主编：《中国戏曲通鉴》，中州古籍出版社 2008 年版，第 906 页。

④ 马浮：《江都王君墓志》，《雅言》1914 年第 5 期。

⑤ 郭长海、金菊贞编：《柳亚子文集补编》，社会科学文献出版社 2004 年版，第 226 页。

⑥ 颜廷亮、赵淑妍：《南社作家王钟麒的小说戏剧理论和创作》，《甘肃社会科学》2001 年第 2 期。

属于杨毓麟。① 笔者通过查阅资料，对王钟麒作如下简介：

王钟麒生于 1880 年，卒于 1913 年。其字毓仁，号无生，以号行。别署：僇、庸、无生生、大哀、超然、僇民、三函、述庵、天僇、庸仁、庸人、毓仁、郁仁、无生、无生、天僇生、无生生、一尘不染、积恨之府、痛心之斋等。早年居扬州期间，王钟麒与方地山、方泽山、宣古愚（黄叶翁）、周今觉并称"扬州（广陵）五虎将"。邓百意将宣古愚、黄叶翁误为二人，实为一人。② 与刘师培交往甚密，刘师培引荐其到上海，并介绍林白水与其相识。关于其到上海时间，冯自由谈到刘师培去上海时说，"以家贫不能自给，遂应友人王钟麒之邀莅沪，谋充讲席"③ 尹炎武称"家贫不能自给，乃从友人江都王钟麒先生游上海"④ 刘师培在 6—7 月间经王钟麒介绍到上海，王钟麒则应该早于 1903 年夏之前到上海。1905 年年初，邓实创办国学保存会，王毓仁（钟麒）、陈去病、高天梅、朱少屏、沈玄庐、柳亚子等纷纷加入。王钟麒第一次在《申报》上发表文章为 1906 年 8 月 27 日的《中国宗教因革论》（署僇），此后在《申报》发表了 40 篇政论文。自 1907 年起与于右任创办《神州日报》（1907 年 4 月 2 日）、《民呼日报》（1909 年 5 月 15 日）、《民吁日报》（1909 年 10 月 3 日）和《民立报》（1910 年 11 月 11 日）。1910 年 8 月，朱少屏、柳亚子介绍王钟麒加入南社，1910 年 12 月 17 日填写入社书，入社号 99。（颜廷亮在王钟麒条记 1909 年加入南社，误也。⑤）辛亥武昌起义爆发后，参加革命党人为光复南京所组成的江浙诸省联军，任司令部秘书员（署名王毓仁）。⑥ 南京临时政府成立后，任职总统府秘书处文牍科（署名王毓仁）。⑦ 1912 年 9 月 22 日，《独立周报》（周刊）在上海创刊，章行严任编辑，王钟麒任发行人。1913 年 12 月 23 日病逝于上海《独立周报》报社。

① 杨毓麟著，饶怀民编：《杨毓麟集》，岳麓书社 2001 年版，前言。
② 此说见姚民哀《说林濡染谭》，《红玫瑰》第 2 卷第 40 期（1926 年 7 月 28 日）。
③ 邓百意：《被"遗忘"的"文学巨子"——王钟麒研究述评》，《中国文学研究》2011 年第 4 期。
④ 陈奇：《刘师培年谱长编》，贵州人民出版社 2007 年版，第 42 页。
⑤ 刘世德主编：《中国古代小说百科全书》，中国大百科全书出版社 2006 年版。
⑥ 郭孝成编：《中国革命纪事本末》，商务印书馆 1924 年版，第 98 页。
⑦ 《总统府秘书人员表》，《时报》1912 年 1 月 22 日第 5 版。

二

王钟麒在其短暂的三十余年的一生中，创作了丰赡的文学作品。除在报刊上发表大量的政论、时评外，还有《天僇生诗钞》《无生诗话》《惨离别楼词话》、五十余部小说（包括翻译小说）、戏剧创作及戏剧理论文章等。关于王钟麒的小说、戏剧创作，笔者作一简单钩沉，汇表如下：

首载时间	题目	作者	刊物
1907 年 2 月 17 日	新年梦游记（短篇小说）	僇	申报
1907 年 4 月 1 日	志士之小影（短篇小说）	庸	申报
1907 年 7 月 25 日	南陬精卫纪（哀情小说）	僇	神州日报
1907 年 9 月 7 日	轩亭复活记（奇情小说）	无生	神州日报
1907 年 10 月 25 日	阴司侦探案（华生笔记）	僇	神州日报
1908 年 1 月 18 日	学究教育谈（短篇小说）	天僇生	月月小说
1908 年 4 月 1 日	《神州日报》祝典纪，仿西王母汉武帝诸内传文体（纪念小说）	天僇生	神州日报
1908 年 5 月	孤臣碧血记（历史小说）	天僇生	月月小说
1908 年 5 月 16 日	洪荒载笔（名人游记）	天放译述，天僇润词	神州日报
1908 年 6 月 8 日	双鸳浴血传（哀情小说）	天僇生	神州日报
1908 年 6 月 22 日	照胆犀·海上之新党（短篇小说）	无生	申报
1908 年 7 月 3 日	照胆犀·东瀛之留学生（社会小说）	无生	申报
1908 年 7 月 5 日	乞怜生传（短篇小说）	僇	神州日报
1908 年 7 月 26 日	剖心志（短篇讽世小说）	僇	神州日报
1908 年 7 月 29 日	照胆犀·内地之志士（社会小说）	无生	申报
1908 年 8 月 2 日	教育会（短篇小说）	无生	申报
1908 年 8 月 26 日	诸天水灾记（短篇小说）	僇	须弥日报
1908 年 8 月 31 日	新槐安国（短篇小说）	僇	神州日报

首载时间	题目	作者	刊物
1908 年 9 月 20 日	玉环外史（侦探言情小说）（译）	天僇生	月月小说
1908 年 9 月 28 日	新教育谈（短篇小说）	僇	神州日报
1908 年 10 月 5 日	重阳登高（短篇小说）	无生生	安徽白话报
1908 年 10 月 5 日	孽镜台（短篇小说）	僇	须弥日报
1908 年 11 月 17 日	张天师（短篇小说）	僇	神州日报
1908 年 12 月 5 日	雪天情窟记	僇	神州日报
1909 年 4 月 18 日	虚无党历史谈（一）（短篇小说）	僇	神州日报
1909 年 6 月 3 日	财奴鬼瞰图	僇	神州日报
1909 年 8 月 4 日	情天心影记（哀情小说）	僇	神州日报
1909 年 8 月 26 日	大王神（社会小说）	无生生	安徽白话报
1909 年 8 月 26 日	虚无党侦探谈（一）（短篇小说）	僇	神州日报
1909 年 8 月 30 日	伤心人语（社会小说）	僇	神州日报
1909 年 9 月 5 日	白玫瑰（言情小说）①	僇	安徽白话报
1909 年 10 月 17 日	劫花泪史（哀情小说）	天僇生	民吁日报
1910 年 5 月 15 日	龟与县丞（短篇小说）	天僇	神州日报
1910 年 6 月 25 日	恨海鹃声谱（哀情小说）	天僇	天铎报
1911 年 1 月 6 日	姊妹花（艳情小说）	钱生原稿，天僇润词	神州日报
1908 年	恩怨缘（黄剑血）②	一尘不染	女子世界
1907 年 4 月 14 日	血泪痕传奇（悲剧第一种）	无生生	申报
1909 年 5 月 15 日	穷民泪传奇	无生	民呼日报
1909 年 11 月 8 日	藤花血传奇（最新戏曲）	无生	民吁日报
1907 年 11 月 16 日	娲皇魂（时事新剧）	王无生	神州日报
1907 年 11 月 24 日	买路钱（时事新剧）	王无生	神州日报

---

①　刘永文在《申报》小说目录中录《白玫瑰》（短篇小说）的作者为天僇，实为天悲。见刘永文《晚清小说目录》，上海古籍出版社 2008 年版。

②　据阿英《晚清小说史》著录，有光绪戊申（1908）《女子世界》增刊本；复社翻印本改题《黄剑血》，宣统年间刊，附王无生《轩亭复活记》。

续表

首载时间	题目	作者	刊物
1907 年 12 月 2 日	烈士魂（时事新剧）	王无生	神州日报
1907 年 12 月 29 日	鸳鸯劫（时事新剧）	王无生	神州日报
1910 年 2 月 13 日	新年梦（无生新剧）	僇	神州日报
1910 年 10 月 11 日	民立报戏剧（新剧）	无生	民立报

★此表并非王钟麒全部小说、戏剧目录，详目见《王无生集》，待出版。

王钟麒在论及小说创作时，指出："古先哲人之所以作小说者，盖有三因：一曰愤政治之压制。二曰痛社会之混浊。三曰哀婚姻之不自由。"[1]在清末，国家政治、社会生活、婚恋自由这三因成为国家机器运转过程中矛盾的焦点，救亡图存、保种求强、人性解放自鸦片战争之始就植入中国文人政客的思维领域，虽经洋务运动、百日维新的催熟，但中国的前途依然渺茫，庚子之变，让爱国志士清醒过来，"夫若救亡图存，非仅恃一二才士所能为也，必使爱国思想普及于最大多数之国民而后可。求其能普及而收速效者，莫小说若"[2]。国族主义下的救亡运动成为王钟麒小说、戏剧创作的主旋律。

论及王钟麒小说、戏剧创作的主题，其自曰："吾尝冬之日，夏之夕，兴潜而独处，手三千年中外史事读之，至于劳人思妇，贞臣义夫，撼身决眦这迹，若有物焉，沈沈冥冥。"[3] 在千百年的文学传承中，不外中西，始终围绕着"国家政治生活"这根主线而旋动发展，尤其在动乱之际，"救国"不仅是历史之责任，更是人生之终极所求。在清末特殊的政治环境中，王钟麒试图建构一条文学（小说与戏剧）救国之路。"文学者，输入知识鼓舞感情之无上品也。……今日诚欲救国，不可不求有用之学。"[4] 王钟麒的有用之学，是通过创作、翻译小说来宣泄自己胸中的悲愤之情。王钟麒在小说创作过程中，传承、践行先哲小说三因素，如其小说《新年梦游记》，写其在女雌国得之女王以贵宾待遇，享尽荣华，正乐不思蜀准备

① 天僇生：《中国历代小说史论》，《月月小说》第 1 卷第 11 期。
② 天僇生：《论小说与改良社会之关系》，《月月小说》第 1 卷第 9 期。
③ 《悲剧自序》，《申报》1907 年 4 月 14 日第 18 版。
④ 僇：《论今日改良文学之必要》，《申报》1907 年 4 月 12 日第 2 版。

全家移居其国时，梦被路过官员之喧嚣声惊醒，回归现实生活。当时为慈禧当政，在内困外扰的困境中为求得残喘，"量中华之物力，结与国之欢心"，外国人在中国享有的特权致使其高高凌驾于中国人之上，《新年梦游记》于隐喻中尽抒揭露、讥讽之意。《孤臣碧血记》写的是缅甸亡国之后，其副将马六派不甘过苟且偷生的亡国奴生活，聚仁义之士于山谷之中，奋勇抗击英军侵略者，因内奸出现，马六派最终身首异处，起义失败，复国之梦破碎。王钟麒通过《孤臣碧血记》来警醒人们，不能过分地相信清政府最高统治者。缅甸皇太子额里华达并没有因杀掉马六派实现英国辅助其复位的幻想，而是被流放，这也是在警告当权者，一味地媚洋只是养虎为患，不会有好下场的。《照胆犀·海上之新党》《照胆犀·东瀛之留学生》讥讽了社会假维新之士颓废奢靡、数典忘祖之行为。《学究教育谈》则是对中国教育体制在朝着现代化进程中的真实写照。

　　王钟麒在《论戏曲改良与群治之关系》一文中写道："吾侪今日诚欲改良社会，宜聘深于文学者多撰南北曲（鄙人自撰有《血泪痕》《断肠花》传奇二种，尚未脱稿），宜广延知音之士审定宫谱，宜于内地多设剧台，宜收廉价，宜多演国家受侮之悲观，宜多演各国亡国之惨状。凡一切淫靡之剧黜勿庸，一切牛鬼蛇神迷信之剧黜勿庸，一切曲词之不雅驯者黜勿庸。夫如是则根本清，收效速。数年以后，国民无爱国思想者，吾不信也。吾故曰：欲革政治，当以改良戏曲为起点。"[①] 王钟麒创作的《血泪痕传奇》《穷民泪传奇》《藤花血传奇》，则完全体现着他毕生追求的国族观和浓郁的爱国激情。而且他的爱国剧作深深地打动了读者的阅读心理，以致他不得不抱病完成《血泪痕传奇》的下卷。

　　综观王钟麒的一生及其文学创作，尤其在小说创作及小说、戏曲理论研究上，可谓紧合时代之节拍，是小说界革命之引航者。他始终为情所困，此情乃重构国族话语之激情，此情乃感伤时事之悲情。

---

① 傥：《论戏曲改良与群治之关系》，《申报》1906 年 9 月 22 日第 2 版。

苏曼殊集外佚文及作品版本考

1918年5月2日，苏曼殊在上海病逝。之后，他的亲朋故旧开始整理其作品。1919年，胡寄尘整理的《断鸿零雁记》由上海启智书局出版。之后，一些报刊上陆续发表了曼殊的遗作。1927年，柳无忌著《苏曼殊年谱及其他》，先发表在《民众文学》与天津《大公报》上，后由上海北新书局出版。1928—1929年，柳亚子、柳无忌父子整理的《苏曼殊全集》五卷本由上海北新书局出版，此本为百年来出版的多种苏曼殊作品集中最完备的本子。最近笔者在翻阅报刊过程中，发现了《苏曼殊全集》集外作品（翻译小说1部，信函2通，诗2首），还有《燕子龛随笔》《断鸿零雁记》的版本问题。这些文献对苏曼殊的创作与交游研究不无裨益，今撰一文，以飨学界。

一 集外佚文·佚札·佚诗

1. 《赝珠案》

郑逸梅先生在介绍《晓报》时写道：

> 《晓报》三日刊，报头是邓粪翁写的，馆址在牯岭路延庆里，创刊号1925年7月1日出版，共七十五期，1926年3月2日结束。长篇小说有张个侬的《巾帼春秋》，味辛先生的《肤筐别史》。其他如陈蕙的《甄后年谱》，苏曼殊遗稿《赝珠案》（那是一篇译作），赵眠云的《时事谐咏》，蕙园主人的《慧影楼本事》，老铁的《虞山游记》，都是比较突出的。①

而笔者在查阅《时报》时，阅到一则消息：

---

① 郑逸梅：《民国旧派文艺期刊丛话》，汇文阁书店1972年版，第164页。

《晓报》三日刊，出版已逾半年，内容益见精采，第六十八期今日出版，所载时事、秘闻甚夥。特载有曼殊上人遗著《赝珠案》……①

于是，按此两条线索，翻阅《晓报》，查到 1925 年 11 月 29 日，12 月 2 日、5 日、8 日、11 日、14 日、17 日、20 日、26 日、29 日，1926 年 1 月 5 日、8 日、11 日、14 日、17 日、23 日、27 日，2 月 13 日连载《赝珠案》共十八次。在第一次上有序，介绍此小说稿本的来历：

> 曼殊上人，惊才绝艳，中洒伴狂，出入人海，卒以狂死。失一奇士，论者惜之。生平著作，杂见报章杂志。身后虽经其友人为之选辑，先后出版，然沧海遗珠，自所难免。一昨有收废字纸者，荷以筐过，我里视之，筐隙露一纸角，似有朱墨勾乙，而索得旧笺一束。发之，赫然曼殊上人手笔，不知何缘，乃入吾手，不觉狂喜欲绝。顾笺已破损蠹蚀，其第一笺之首数行且遭墨污狼藉，仅仅辨其署名有曼殊两字，纸角钤印，烂然苏氏。然其标题，则已漫灭不可识。标题之下，隐约有文，大约即原著者姓氏，亦苦惝恍莫辨，缘出己意妄拟三字，并为完成。其首数行词句“佛头著粪，读者当能为我谅也”。此稿文笔，稍嫌稚弱，殊不类上人所为，或其早时作品，惜其遗著早付剞劂，不然以此归附，则延平之剑，不为无因矣。泰山治鬼客自吴淞寄此，并志数语

泰山治鬼客究为何人，笔者暂未查到，只见其在《晓报》上发两篇短文，略知其为山东人。《赝珠案》因无法查到原著者，导致不能窥其原著全貌，只能根据此译本全文及曼殊卒年，初步断定翻译时间在 1916 年年末至 1918 年 5 月前。现将《赝珠案》录于下。

—

当一九一六年之十一月，纽约之格莱顿街，宣传有大窃案出现，失主琼斯伯爵，而盗则伯爵之老仆培克。赃物为一大珠，价值八百万金。而缉其事者，则为纽约警署侦探乔白孙也。乔白孙多智善索，于当时侦探界，颇负重望。此案之发，不过费一星期之侦索而已，赃盗具获，其手腕之敏捷，因足令人惊佩。以是纽约大小报纸，靡不争相揭载此大侦探家之功绩及其小影。其实报馆此举，钦佩乔白孙之神技其一端，而另一此，固不惜张大其翳，惊炫读报者之目光，俾推广其

---

① 《时报》1926 年 1 月 20 日第 9 版。

销路，盖亦广告术之一种耳。

某日，裁判所中，万头攒扰，竟至无一方寸之容足地，虽炭气熏蒸，窒息欲绝，亦不之顾。门外来者，尤续续不已，顾以客满，遂尝闭门之羹。法官检事书记等，金止其衣冠，据高而坐，被告培克，原告琼斯伯爵，暨旁听人新闻记者，咸各居其席，盖格莱顿街唯一之大窃案，将于今日作终结之判决也。培克貌谨愿，口呐呐不能言，而目睛莹然，泪珠欲坠，意此黑暗之世界，决无光明之路，为之洗刷开脱，惟慈祥之上帝，或肯为之援手耳。大侦探乔白孙，则貌现得色，历历陈述案情，如瓶水泻地，一馨无遗。观其唇吻之张阖勿已，度其胸中之得意，至少当如猎人之获巨狮，大将之得敌垒。而旁观者千百眼光，亦咸注目于乔白孙一身。无何，裁判官曰：本案物证人证两据确凿，琼斯伯爵之失珠已得，培克之罪案已定。乃命两警士前，驱培克押赴龙梭大监狱。维时，培克大声呼冤，跳号如阱虎，然以法律之尊严，宁有罪人反抗之余地，卒至牵曳以去，入诸圜扉耳。

二

格莱顿街之中区，有巨厦，都丽莫京者，伯爵之邸地。一日，有客造访，叩阍而入，阍者以刺面伯爵，视其刺曰佛塞洛及。伯爵沉思有顷，以为素与客无面，此来似突兀，能其名固彷佛甚稔，遂命肃客坐竣。未几，伯爵与客遂握手相见于会客室。洛及曰："下走此来，知君必有所疑，然走有要事，必待君为之助力，是以冒昧于谒，愿君有以恕之。"伯爵肃洛及欵坐，侧耳静听洛克言。洛及曰："失珠一案，不崇朝而珠还合浦，君之欲喜可知。然培克者谨愿人也，呐呐不善嚣，似非谲作者流。按之事理，珠直既巨，出脱匪易，既已窃得，何不隐藏于人所不易测知之地，而乃故示疑窦，致使一索而得？吾意培克纵愚，当亦计不出此。矧据乔白孙言，彼之得珠，直如探囊取物。乔白孙之于侦探界，初无藉藉名，亦未闻其有若何过人之智计，此中端倪，不无可疑。且培克受判后，大声呼冤，详思人赃俱获，更何冤之可言。"此时伯爵聆言，频点首报可。洛及又曰："当堂上问培克之为人，君不尝谓培克佣于君家已十余载乎？不尝谓其人忠愨，绝无过失乎？君得此珠，已阅十余年，然则培克曷不于前此窃之，而必俟之十余年复始萌盗机也。且此珠虽归合浦，君亦曾加以细察，毕充此珠是否改剑，此亦当在研究之列。"伯爵至是不觉瞿然曰："余殊粗忽，乃未计及。赖君提撕，无任感谢，珠固在是，当与君共审之。"
言既，入内取珠出。珠不甚巨，而宝光奕奕，二人反复审视久之，殊
无以别其真赝。

三

洛及曰："曷召珠肆中人来。"伯爵称善，遂以电话致康勃路珠
肆。未几，车声辚辚，肆中人已应召至。来者劳勃生，为格虚特拉珠
宝肆主人，特以伯爵宠召，遂降尊纡贵躬自踵谒。苟为常人门第，辄
便以肆伙应，且复迟迟其行，炎凉世态盖如此，固不仅格虚特拉一家
为然也。劳勃生执珠在手，反复审视久之，莞尔曰："此珠真也，价
值巨万，纽约市上，欲得如此珠者盖罕，固无怪启人之觊觎也。"言
已，肃立待命。伯爵此时亦不禁莞尔，谓洛及曰："无则君误矣，赵
璧既归，罪人已得，此波固可已耳。"洛及面大赪，劳勃生更笑指洛
及曰："下走业珠宝十年于兹，老眼当无所误，苟先生能实此珠为赝
鼎者，请抉我眸子去。"言已，磔磔大笑，鞠躬辞去。

四

斯时之洛及，局促几至无地自容，然仍毅然谓伯爵曰："此中必
有故，当看我之智力，以相探索。须知下走此来，非为贡媚，非为弋
利，特拟揭破窃珠真相伸张公理，俾可怜之培克不致无辜受罪耳。伯
爵且视其后，下走自信智力，殊不敢让人，当必有所报也。"言竟，
遂辞出。

五

侦探乔白孙居笛克街之三号，有妻曰丽娜，丑而悍。乔白孙目为
人事钩稽，所入亦殊非鲜，顾以丽娜之骄纵挥斥，辄复左右支绌，而
河东狮惯奴视薁砧，勃谇谯让，遂无虚日。一日，又以细故相口角，
丽娜词穷，摘其夫之隐事相抵，扬声曰："若恶人，乃栽诬培克，使
人圜扉，苟上帝而非愦愦，宜有以徵此恶人。"言出，乔白孙大惊，
急以手掩丽娜口曰："我今树降帜，此何言而可扬声召众者。"丽娜见
此着既占胜利，益复进取故示坚决，大呼者再。乔白孙遂屈其黄金之
膝盖，跪而乞赦于石榴裙下。而丽娜亦偃旗息鼓，倚枕作嘤嘤之泣。

六

洛及坐室中，徐徐吸其卷烟，烟上腾幻作春云之袅袅。时方停
午，其仆趋曰："午餐已具。"洛及摇首曰："且俟，将有友来共餐

也。"仆退，洛复喃喃自语曰："何无息也，所事果若何，然塔比殊有智计，经事又多，或不致偾乃公事。"方沉思间，门铃大震，洛大喜，跃起，履声已达室门外。洛大呼曰："塔比耶，趣进是。"客应声推门入，躯干伟硕，蓄微须，目炯炯有神光，顾以所事恒役其脑，故顶发已秃其半。是时以趋急，气咻咻然乃如市道之驴。面洛及曰："速饭余，未进涓滴可一昼夜，今则饥惫欲死，再不得食者，行见我于上帝之侧耳。矧余此行，实挟得好消息来，述之于杯鬯之间，尤足使腹胃增美感也。"洛及遂肃客入膳室，塔比以饥极，不遑择席，据而大嚼。食次，遂言曰："昨奉君命，以计入乔白孙屋，伏其卧室窗外，殊无所获。今晨彼夫妇乃以细故相勃谿。"因缕缕述其诟谇之词，状诸丑态，靡不毕肖。

七

侍者以羹进，塔比之言遂中断。洛及不耐，摇塔比之肩曰："趣言，趣言。"塔比笑曰："君毋躁，彼河东狮实吾曹之功狗，幸君而鳏，不然则君之所为，必将一一达诸闺以外，而使君之钩稽，横生千百重障碍耳。"言次，磔磔大笑，且指杯酒曰："酒味佳也，宜尽此为君贺。"遂引一觥。洛及蹙额曰："愿君少节诙谐，趣毕其词，无令人焦渴欲死也。"塔比曰："此波即平，乔白孙遂匆匆出门，余亟蹑而踵之，乔之自动车乃止于格虚特拉肆之前杆之侧。得不为所见，乔见无人，遽偕肆主入内室，此后事遂非余所知矣。"洛及聆言，频频点首，曰："乔之奸，今已洞瞩无遗。当着手探索，以实其罪。须知吾曹此举，未曾受任何一造之请托，特为伸张公道，惩戒奸宄而发，窃愿君之能出全力为吾助理也。"塔比曰："诺。"

八

龙梭大监狱者，盗贼之逆旅也。入其中者，无非神智奸慝之辈。顾法律足以保障人权，而用之偶失，则其效果适相反。谨愿之培克，所以无辜而入圜扉，此其明证矣。狱吏之职位虽微，顾其威权特尊，有所怒，则壁间所悬笞囚之皮鞭必大鸣，喜则亦然。大抵借彼可怜之囚徒，以供给其喜怒之试验。慈善之士，洞知个中情状，多大声疾呼以告当局，谓对罪囚当如何如何改良其待遇，而狱吏之威权如故，罪囚之痛苦如故，盖此类待遇，几已成为子孙万世之金科玉律。然狱吏之威权特尊，而其鉴别罪囚之能力亦特富，良以狱中生活，日惟周旋于罪恶之中，观其面，察其声，其罪恶程度之若何，即已昭然若揭。恒闻狱吏之言曰："上帝赋人以面目，实视所予之罪恶如何而定，故一加视察，绝无所遁。"其言虽诞，要亦从经验中得来也。培克入狱之第一日，狱吏博罗循例问姓名及罪案讫，即以二狱卒驱之入狱室。博罗自语曰："观其状殊仁，愿决非作奸犯科者流，顾出诸窃。然其人鼻准隆而正，瞳子无奕奕光，是必巽懦无胆，以巽懦无胆之士而为巨窃，不亦大奇。"言次，频频爬搔其半秃之发，若不能决然。既忽矍然曰："此又何与乃公事者，罪人之入狱者，自必有所应得。即或无辜，亦必有所自召。吾理狱务，则无令罪囚得间逃遁，斯即吾之职责耳。"

<h2 style="text-align:center">九</h2>

一星期后，有客乘车来此罪恶之窟，叩狱吏，谓拟一见培克，将有所询，其名曰洛及。初不审其为何许人，洛及乃自陈所自，并为狱吏述培克冤抑之点。狱吏曰："先生之言信也，培克之来，甫入门余即知其冤。余更事多，大奸巨慝，经余目者，殆不可以偻计，经余审察，必无有失。所恨职卑，且又未便越俎，殊无力平反此冤狱，而脱培克于无辜。然先生苟有所命，余誓为先生助，盖拯拔不辜，伸张公道，虽非职守所及，要亦上帝所许也。今且导先生以视培克。"遂召狱卒一，引洛及至规定之罪囚谈话处。夫以狱吏之残酷，今乃絮絮作仁者言，无亦读者诸君所大惑不解，须至此辈虽残酷，顾狼贪亦其天性，有以蹈之者，不难即实时令其摇尾作诸态。矧狱中人之嗜酒，殆已成为世界公例。洛及固洞知症结所在，先晋以币，复饴以甘言，遂使之一反狼毒旧状，而敏为仁人也。

<h2 style="text-align:center">十</h2>

培克曰："余之佣于主人也，于今十有五年，主人慈惠有加，弥足令人感谢，故余之服役益勤恳。主人之珠，藏之卧室之保险箱内，箱有重钥，不得其秘记，必无得启。而得此秘记者，舍主人主妇外无第三人。向例主人每晚必以十一时就寝，无或失时。出事之日，主人适以哥格拉侯爵之召，偕主妇赴其盛会，乃以夤夜三时许返邸。维时诸仆皆已高卧觅其好梦，惟余恐主人归时或有所需，枯坐以待。主人归见余独守，慰劳甚至。顾不图余之冤狱，遂于斯时发轫也。"

十一

余下键于门，遂反寝所。顾甫就枕，电铃忽大鸣，亟起应召。时主人面色惨白如死灰，木立卧室中央，主妇亦泪承于睫。余惊问所以，主人颤声曰："余珠亡矣，若辈果何所司，而一任奸人入余室，启秘钥，攫宝藏以去也。"余闻言，乃至惊悸失魄，急召诸仆叩所知。维时一室尽起，傲杂万状，迨珠亡之耗既宣，众声顿寂。人各互视其面，一若面部之观察，即可一索而得罪人者。顾一经诘询，则咸瞠目不知如何作答，盖若辈之忧危恐惧，正复与余相等也。少选，警署人来，乔白孙为其率先察保险箱，次及卧室各处，床帷几案，虽纤屑靡遗。最后乃入余等于一室，一一加以穷诘。众口咸谓各事其事，无敢或荒，伊谁入室，何时失珠，皆非所知。天既向晚，以主人当晏归，故匆匆毕事，各寻好梦，而所留者则惟一可怜之余耳。乔白孙遂召余前，以其严厉惨酷之面目向余，余故胆弱者流，当此巨冲，宁不戁悚，又以讷于言，所答辄复濡滞。而彼乔白孙者，遽指余为罪人，挥诸仆退，而以二警卒监视余之行动。

十二

嗟夫，余当此时，百啄莫辩，惟有嘤嘤以泣，与夫默诉上帝之垂佑。但事变之来，初未可几希幸免。以主人而言，平昔实深信余为人之忠慤。即出事之时，彼亦未尝有所致疑于余。盖知余谨愿，决不敢以身为法律之试验品。愿以乔白孙之一言，而主人遂喟然而叹，信余之真为罪人矣。乔白孙之言曰："培克非憒憒人，岂遂并钥声、足声亦不之闻，证之室中，足印累累，近保险箱处尤甚，故尝以培克之履试之，辄复吻合无间。然则此罪人虽或不能确指为培克顾其入罪之嫌疑，则固百濯而莫去矣。"嗟夫冤哉。是日之晚，我身初未一履斯室，此足迹又何来，而与余之履印相符，此诚令余百索而莫解者已。

著者至是，请先一述格虚特拉之珠宝肆。肆位康勃路之中心，资本雄厚冠于一时。主人劳勃生，体顾顾为五石瓠，浓髯被其颊几满，眸子精萤，时好左右作狼顾，性好博。其设此肆也初亦以博得资，期年之间遂获大赢，欲上帝以其已富有也。则复弄以厄运，此盖造化弄人之故智，初不仅劳勃生以为然，由是每博必负，劳勃生嗜博既深，愈负愈厉，终至负债累累。顾其肆之营业，仍如故，盖彼亦智者，知肆一闭歇，债主将猬集其身，必复无可摆脱也。

十三

某日之晨，劳勃生方盥，突有客至，瘠而长，摇摇如风前之竹。其名曰费瑟，博徒也，同辈以其长也，赐以浑号曰郎汤。劳勃生负博资至巨，屡索而访辄左，乃乘晨兴叩关。劳勃生无所遁，遂相见。劳勃生蹙蹙曰："不幸乃与君值，昨博不意大负，囊中乃不名一文，请予我三日当有以报也。"费瑟曰："君乃无赖，延约者屡矣。屡访又勿值，君之言如此，三日后索君，又不知将在何所矣。"劳勃生曰："有此肆，当不虞意外。"费瑟曰："此肆果可恃耶？若负逋多，宿者众集，破尔产且不足耳。"劳勃生怒曰："今姑以余之名誉担，何如？"费瑟亦怒曰："名誉耶？无赖如此，犹有名誉耶！余知若之名誉乃不如狗！"二人言渐迫，遂交哄，争方急，而乔白孙至。乔白孙与劳勃生有深谊，且为官中人，彼博徒见之，乃如鼠子之值狸奴，威焰立息。乔白生曰："费瑟，若勿呶呶，三日后见余于警署可耳。"费瑟嚅嚅曰："先生恕余，实以窘迫无奈，将背城一战，而囊中无所者，故访劳勃生，拟向之告贷，非敢索逋也。"乔白孙狞笑曰："狡哉，汝博徒告贷，宁有以强词者，趣去，毋溷乃云。"

十四

费瑟遂趑趄行，顾未数武，又躇足返，匿户侧，以其耳就锁窦。时方清晨，道上行人尚希，惟薄笨车载面包鹿鹿然过，与夫叫卖晨报之童子耳。偶有人过，见费瑟状，以为怪，将趋就询，费瑟则笑而挥手，人以其或为友好戏谑常事，遂亦望望然去之。

洛及面警长史麦登曰："君知琼斯伯爵失珠案，培克实冤乎！"史麦登愕然曰："何谓也？"洛及曰："伯爵所获之珠伪耳。"史麦登益诧，曰："伯爵奈何不之知？"洛及曰："中实有故，请为左右陈之。"遂缕缕复述前事，既而曰："复遣我徒诇劳勃生，知真珠乃在格虚特拉肆中。特劳勃生以负逋多，且深虞此事之或败，已决偕乔白孙携珠而遁。今罪人既得，特来请命，宜速以人往，不然则彼且作冥冥之飞鸿矣。"史麦登思索有顷，曰："君亦知诬人者应反坐乎？矧乔白孙又为本署中人，苟事而不实者，君其缧绁入圜扉矣。"洛及曰："事必无虚，君或不予信，请以二人监视余之行动。既得台命，余当伪为乔白孙状，往见劳勃生，彼时索其赃物，直如探囊取物。苟余之言而勿中者，则即以加之彼二人者，加之余亦无不可耳。"

十五

弟有一事，必得君允许者，乔白孙实为本案要人，亦宜以人察察，无令遁走。"史麦登曰："如君言亦佳，乔白孙事，当如君请。弟请君审慎出之，慎无自贻伊戚，君今且出小俟，当以二人偕君行也。"

少选，史麦登命人召洛及入，顾入者乃非洛及而为乔白孙，史麦登诧曰："君乃以何时来此？"乔白孙笑曰："适面君，君乃善忘。"史麦登益诧不解，乔白孙曰："我非乔白孙，固洛及也。"史麦登拊掌曰："妙哉！君之化装术也，今且以此二卒偕君往，特再诰君，倘事而不实者，君当于法庭见我矣。逮捕状在是，君且将去。"洛及曰："诺。"遂取状复目二卒，谓史麦登曰："此行殊险，此二卒者，果能胜任愉快否？"史麦登曰："固健者，且挟利器，当亦足矣。"洛及乃偕二卒行。

十六

劳勃生方自博场返，一夕罗掘，至是尽丧，偃坐沙发，垂臆而嘘。愿彼无赖之费瑟又至，大声谓劳勃生曰："若今可返我资矣。"劳勃生凝睇视费瑟有顷，喟然曰："若乃必愿令我置于死地，昨以一夕之罗掘，背城一战，全军皆墨，更何余资，足以畀若。"费瑟曰："若恶贼，昨乃嗾官中之狗噬余，若之诳言骋矣，乌足取信。其实若即大盈，亦必扪摸夹袋，蹙额而呼穷耳。"劳勃生大怒，一跃而起，戟指曰："与若无宿隙，胡乃咄咄逼人若是。"

十七

费瑟亦怒，跃如虓虎，直扑劳勃生。顾劳勃生肥顾多力，侧首避其锋，以一手攫费瑟衣领，力向后曳。费瑟遂踣，遽探怀出手枪。劳勃生急前，力掣其腕。于是斗室之间，遂成战场。斯时门忽陡辟，一人尘息而入，出枪拟费瑟曰："狗，若何为者？趣起，劳勃生，且释此狗。狗敢狂噬者，我枪洞其胸矣。"劳勃生起，费瑟亦起，灼灼视来人。曰："乔白孙此与汝事？劳勃生无礼，余必有以惩之。"乔白孙叱曰："毋声，声者且死。"费瑟无语，遽坚握手中枪指乔白孙。乔白孙跃而前，执其手，铿然一声，费瑟遂被梏，乔白孙力掷之使坐室隅。费瑟益怒，信口而詈，曰："乔白孙，汝恶贼，与劳勃生朋比为奸，诬培克入狱。行见上帝来褫若魄。"乔白孙笑曰："信耶！"顾劳勃生曰："且以珠予我，我将以示费瑟，恐彼未生见此怀宝耳。"劳勃生闻言大震，亟以目示意乔白孙，若毋畏葸，趣以珠来。凡事予自当之，彼费瑟者，岂得云狗，直鼠耳。劳勃生乃入其内室，有顷，怀珠而出，郑重置乔白孙掌中。乔白孙擎珠在手，谓费瑟曰："且任若观之，此果何物？"言未竟，门外警笛声大鸣，乔白孙忽变色藏珠于怀，顾费瑟曰："罪人在是，趣栲之。"费瑟略转折，栲已脱。一跃而劳勃生，劳勃生大惊无措，遂被逮。

<h2 style="text-align:center">十八</h2>

乔白孙狞笑谓劳勃生曰："若识我乎，且示以庐山真面。"言次，探手去其面饰，则赫然洛及也。劳勃生骇且愤，申申而詈。洛及曰："老友无然，会当送汝一面，彼可怜之培克，请俟之可耳。"

我今且述乔白孙，乔白孙既为侦探，自必有其爪牙，洛及之入格虚特拉肆中，其党急足驰报，乔白孙知事败，亟亟摒挡诸物，化装为一……

泰山治鬼客曰：此篇剥蚀已甚，最后数叶，完全无有，至此戛然而止，神龙藏尾，第可想象得之。译者名人，虽残缺勿忍割爱也。

2. 致包天笑先生函

朗生哥哥：

别来已久，每怅离群，此番报国之志益殷。著述之盛，当又美不胜收。曼虽廓落深山，亦时觉钦钦其在抱。昨岁由□书处，肃具片楮，藉达离悰，未识已登。

英盼否嗣后去来无著，久缺致诚。哥哥爱我既深，度能谅其劳劳行脚也。顷闻哥哥现身沪上，为众生广开甘露，说无上法，欢欣顶礼，难为譬说。吴中故人，音尘远隔，追怀畴昔，能不依依。尊处或回通书，幸为我道念。曼顷羁宁，一无所事。三春谢后，则卷单行矣。日来阴阴，绿遍秣陵，哥哥得暇，乞一苇沆江，晤谈数日。想哥哥多情胜我，必不使我思心弥结也。

清明后三日曼殊合十

此信登载于 1924 年《半月》第 4 卷第 2 期，题目为《二十年前致包天笑先生手书》。信中没有具体时间，从报载题目看，时间应在 1903—1904 年，查包天笑《钏影楼回忆录》，记载了苏曼殊（当时叫苏子谷）从上海跟随吴帧书、吴绍章兄弟一起到苏州，在吴中公学社任英文教员，包天笑得与之相识，并成为挚友，苏曼殊还为包天笑画扇"扑满图"。由此，该信当在 1903 年之后，苏曼殊离开苏州之前而作。由"顷闻哥哥现身沪上"，可知此时包天笑也离苏去了上海。包天笑去上海时间是 1906 年夏历二月中旬（1906 年 3 月间），① 由此可知，此信写于 1906 年 4 月 9 日（6日清明节）。

信中提到"曼顷羁宁，一无所事。三春谢后，则卷单行矣"，据周作人先生《译代河合母氏撰〈曼殊画谱〉序》："去夏始得卷单来东省余，适余乡居，缘悭不遇。"② 此序作于 1907 年，"卷单行"当在 1906 年。从"羁宁""秣陵"两词可知此时苏曼殊应该在南京，南京已经绿色满地，在此之前，苏曼殊应在长沙明德学堂任教。1924 年《半月》第 3 卷第 14 期载曼殊《风柳图》，上有跋："乙巳，与季平行脚秣陵，金凤出素绢索画，未成而金凤他适。及后渡湘水，作此寄之，宁使殷洪乔投向石头城下耳。"乙巳为 1905 年，此年苏曼殊与刘三去过南京，后苏曼殊去长沙。1906 年清明节前，离开长沙，返回南京。由此，可补当前各种版本《苏曼殊年谱》离开长沙的时间。

3．致李叔同函

息翁足下：

别后遄抵皖江，天涯风雨，思心弥结，未悉湖上风月如何？仁山居士博通藏典，言谈娓娓，令人忘饥，前瑛尝言谛闲、仁山二长老洵末世之善知识者，不慧得亲近左右，足慰飘零之苦耳。前昨下雪寸许，今已融化殆尽。弥增雪景幽趣，不慧恒出西门，登大观亭、迎江寺宝塔诸处，崦嵫落日，诚壮观也。寒假抵沪后，拟往西湖一游，与足下徘徊两日，再作飘零之计。一浮处士，久弗闻动定，请有以示我。

至盼

曼殊十一月××日③

关于此信的日期，信函提供者李芳远有言："犹忆先师弘一言，此际

---

①　包天笑：《钏影楼回忆录》，大华出版社 1971 年版，第 259—261、313 页。

②　苏曼殊著，柳亚子编：《苏曼殊全集》四，北新书局 1928 年版，第 20 页。

③　《曼殊与弘一之遗札》，《东南日报》1944 年 5 月 6 日第 4 版。

适当《太平洋日报》瓦解后，先师时膺经亨颐之聘，掌教西湖艺师（其《西湖游记》有云：壬子七月，余重来杭州，客师范学舍，残暑未歇，庭树肇秋，高楼当风，竟夕寂坐……），曼殊阇梨则尚未东游也。"查李叔同《西湖夜游记》，最早发表在1913年《白阳》杂志诞生号，署息霜，后又发表在《生活日报》《民国日报》《先施乐园日报》等报纸上。"曼殊阇梨则尚未东游也"这句话未见上述报刊，故为李芳远误记。从信的内容上看，写信时苏曼殊在皖江（即安庆），查《苏曼殊年谱》载："与柳亚子书：英初五晨间始抵安庆，暂住高等学校，桐荪兄亦同寓所。壬子十一月安庆。"① 此时苏曼殊在安庆主讲于高等学校。查苏、李年谱，均未载二者的交往，他们出现交集则在李叔同任《太平洋报》编辑时期。《断鸿零雁记》发表此时，同时二者为叶楚伧作《汾堤吊梦图》，此为二者结谊之始。本年秋，李叔同到杭州任教。由上所述，可知此信写于壬子年十一月（1912年12月—1913年1月6日前）。

4.《画意回文诗》两首

1937年《西北风》杂志第15期刊登了《曼殊遗诗：画意回文诗两首》②，录如下：

　　株株柳绿覆长堤，岸接斜桥横水低。沽客酒钱悬杖策，老农村雨带锄犁。

　　孤帆远映山头路，细草春环楼外溪。图画看来如一一，芜烟尽处到城西。

　　孤云暮逐鸟飞低，望远来兮西复西。湖水碧连青草岸，板桥红到绿杨堤。

　　芜烟断陇高迷路，细雨春花落满溪。扶杖一人闲立久，株株树尽看鸦栖。

除了刊登上诗外，还有附记交代此诗的来源："上诗予得之于林君铁尊处，原诗犹作者之手迹也，且知此二诗柳亚子所编全集中所未收，特为刊布，以饷爱读曼殊文字者。（原迹仍藏林君处）森附及。"经查，藏者林

---

① 柳亚子、柳无忌编：《苏曼殊年谱及其他》，北新书局1927年版，第25页。
② 《曼殊遗诗：画意回文诗两首》，《西北风》1937年第15期，第14页。另见《中华时报》1948年9月6日第3版。

铁尊（1871—1939），字鸥翔，号半樱，吴兴人。

二　《燕子龛随笔》《断鸿零雁记》的版本问题

1.《燕子龛随笔》刊载地与版本

柳亚子在《苏曼殊全集》（1927 年版）《燕子龛随笔》后有附记，写到《燕子龛随笔》共登载过四处地方：《生活日报》附张《生活艺府》六十三则（1913 年 11 月 17 日、20 日、21 日、24 日—27 日，12 月 1 日、9 日、10 日）；《华侨杂志》四十六则（1913 年第 2 期）；《民国杂志》六十四则；《民权素》四十二则（1915 年第 13 期）。柳亚子是依据《民国杂志》为蓝本整理而成，共六十五则。除此之外，笔者还在《文艺珊瑚网》（1914 年第一集）找到《燕子龛随笔》，署：姜泣羣释曼殊；1918 年《新世界》杂志连载《曼殊和尚随笔》（4 月 15、16、18、19、21、22、25 日，5 月 2 日）；1923 年上海大东书局出版了周瘦鹃编纂《燕子龛残稿》，内有随笔。经过以上诸多版本与柳亚子本对比，除顺序、个别字词差异外，只有一则差别大：

> 余南巡爪哇岛二岁，茫茫天海，渺渺余怀。忽接太炎居士素书，兼其近作《秋夜》一章，知居士深于忧患矣。诗曰：中原乱无象，被发入蛮夷。忍诟既三岁（载），裘葛从之移。秋风起初夕，大火忽流西。登楼望旧乡，天柱亦已颓。蠖诎徒为尔，垂翼思于飞。谁言乐浪乐，四海无鸡栖。安得穷石君，弹日沦溟池。草木焦以黄，桂（佳）树犹菶菶。将非天帝醉，金版资东缇。夏氏竟何罪？种类将无遗。昔人瞻周道，中心犹憯凄。何况阻海波，咫尺不可跻。邦家既幅裂，文采复安施，先民固有作，终恐遭燔煨。瘵（瘯）忧（思）亦奚济，鱼烂会有几。及尔同沈渊，又恐惧蛟螭。愿言息尘劳，无生以为师。

此段文字《生活日报》《文艺珊瑚网·燕子龛随笔》《曼殊和尚随笔》《燕子龛残稿》均载。在《苏曼殊全集》中，柳亚子精简为："余巡游南洲诸岛，匆匆二岁，所闻皆非所愿闻之事，所见皆非所愿见之人。茫茫天海，渺渺余怀。太炎以素书兼其新作《秋夜》一章见寄，谓居士深于忧患；及余归至海上，居士方持节临边，意殊自得矣。"柳亚子将此处删掉的《秋夜》诗，转到附录里，题为《秋夜一章寄曼殊爪哇》，作者章炳麟，内容与《生活日报》等所载相同，只是个别字不同（上文括号中字为柳亚子所录）。同时，发现此诗在《太炎文录初编》中题为《秋夜与黄侃联句》，[①] 与上述两版本比较，有个别诗句不同。可见，柳亚子在编辑《燕子龛随笔》时，除了对全文顺序作变更外，在文字上也做了比较大的修改。

2.《断鸿零雁记》的版本与捉刀人

曼殊恣意而为的性情，致他创作或做事常常半途而终。尤其是为报刊供稿，因他不能善终，只好由他的朋友代其善后。最明显者有胡寄尘与章太炎[②]为其"捉刀"。1931 年，有位叫寒山的作者发表一文《硬替苏曼殊捉刀者》，全文如下：

> 苏曼殊的小说，惊才绝艳，不论谁看了都得上瘾。他比较最有名的几篇，就是《碎簪》《断鸿零雁记》等等。听说曼殊做小说，最没有长性，《断鸿零雁记》最初是登在《太平洋报》上，后来没做完，就搁笔了。曼殊死后，文章的价值大增，书店老板忙着整理他的遗作出版，检到这篇《断鸿零雁记》，因为是未完稿，很觉为难，便有曼殊的朋友胡寄尘先生自告奋勇，给他续了几千字，算是凑成了一整篇，不久便出版了。我幼年时候读这一篇，总觉它结束处收得不好，文字也粗俗的很。及至知道后段不是他的嫡笔，倒反欢喜起来。[③]

此文指出《断鸿零雁记》的尾部为胡寄尘续作，但胡寄尘在《〈断鸿零雁记〉序》中并未提及：

> 曼殊大师所著诗文小说，多散逸不复存。此稿在民国元年曾载《太平洋报》，后报因事停顿，故是稿亦未刊毕。一时同人星散，楮墨多抛弃，惟师此稿存吾箧中。藏之数年，久欲为之校印成书，苦无机会。直阅七年，方得如愿。师所著《焚剑记》《绛纱记》等编，已有刊本，独此书无之，宁非恨事？今此编出，足以饷爱读大师文者。今大师示寂，亦已二载。一览遗作，为之泣然。
>
> 民国八年四月，寄尘叙[④]

---

① 徐复点校：《太炎文录初编》，上海人民出版社 2014 年版，第 251 页。

② 《文坛秘录（三）：章太炎为苏曼殊译诗》，《民众文学》1926 年第 5 期。

③ 寒山：《硬替苏曼殊捉刀者》，《小日报》1931 年 4 月 27 日第 3 版；另见《胡寄尘替苏曼殊续撰遗稿的一篇旧账》，《中国新书月报》1931 年第 6/7 期。

④ 曼殊：《断鸿零雁记》，广益书局 1919 年版，第 1 页；此序又见苏曼殊著、柳亚子编《苏曼殊全集》四，北新书局 1928 年版，第 50 页。

《断鸿零雁记》是目前所知苏曼殊创作的第一部小说，最早发表在《汉文新报》（印尼泗水），未完，时间约为 1910 年年底至 1911 年春夏。1912 年 5 月 12 日，上海《太平洋报》开始连载，最后一次是 8 月 7 日，仍未完。因目前所见《太平洋报》版本为柳亚子剪辑本，从 8 月 1 日到 7 日，《断鸿零雁记》均被剪掉，故难断定内容。胡寄尘究竟为其续写了多少文字，引人沉思。而后，笔者发现胡寄尘在《西湖画报》（1925 年第 1 期）、《民众文学》（1926 年第 13 卷第 21 期）、《民国日报》（1928 年 3 月 9 日）、《小说世界》（1926 年第 13 卷第 21 期）四处发文《记断鸿零雁》：

> 故人苏曼殊，出入于僧俗之间，能诗能画，尤善作小说。其小说多自写身世，如《绛纱记》《焚剑记》，皆是也，而《断鸿零雁》为尤著。其书今已行于世，人多知之。惟其书刊行之始末，则人多不知。今为记之，此亦一说林珍闻也。

> 按《断鸿零雁记》，于民国元年（或前清末年）曼殊所撰，随撰随刊载于南洋群岛某日报上。未几，其报停办，而稿之未刊出者甚多。适陈英士在上海办《太平洋报》，曼殊遂以《断鸿零雁记》稿付刊于该报，从头刊起，然原稿仍未完也。

> 是为民国元年夏秋间事，及民国元年秋，《太平洋报》以负债停版，同人星散，曼殊之小说又未刊毕。原稿在印刷所，无人过问。时余适在太平洋社任文艺栏编辑事，闻该社将倒闭之警，即从印刷所将原稿取出，暂为保存。

> 为时极匆促，余之行李，竟未及携出，被锁闭于该社中；而独携出曼殊墨迹二：一为其手写《断鸿零雁记》稿本，一则曼殊为楚伧所绘《汾堤吊梦图》也。然尚有一物未及携出，至今引以为恨事，即李叔同手书《莎士比亚墓志》原文是也。盖楚伧此时入京，其《吊梦图》存社中。及同人星散之际，秩序大乱，《吊梦图》与杂物同置架上，无人过问，余为检出。后楚伧归沪，乃还之楚伧；而《断鸿零雁》稿本，则存余处。惟李叔同书《莎翁墓志》，则不知流落何许矣。

> 《断鸿零雁记》稿，前数页系从日报剪下，黏贴于簿上者（即南洋某报登过者也）。其后乃曼殊亲笔所书，字极秀媚，惜被排字人油墨所污，殊属可惜。余藏之数年，两次谋为刊行，均不果。直至前年，始得如愿印行。然原稿系未完之稿，于刊单行本，似不相宜。不得已，余于其末略加若干字，似未完似已完而了结之。此非余好事，实无可如何也。

其书印行后，民国十三年，有某君为之译成英文，由商务印书馆出版。

　　民国十四年，余复于香港《工商日报》上，见有据《断鸿零雁记》小说，编为剧本者，即名曰《断鸿零雁》云。余虽仅见其一二，然凄咽动人，不能卒读。既有剧本，则他日复演之于舞台上，亦未可知也。①

　　1927年，柳亚子在《苏曼殊全集》中的《断鸿零雁记》后文附录了一段文字，录如下：

　　此书最初在一九一二年五月十二日至八月七日上海出版的《太平洋报》上发表。一九一九年胡寄尘嘱上海广益书局刊印单行本。一九二四年梁社乾译成英文本，由上海商务印书馆出版。一九二六年六月段庵旋辑入《燕子山僧集》。现在我们所辑录的，是根据广益本，但廿七章末尾"而不知弥天幽恨，正未有艾，吾搁笔不忍再言矣"数语，今仍照《太平洋报》改作"而不知余弥天幽恨，正未有艾也"，庶符曼殊本旨。中间字句亦有照《太平洋报》改正处。

一九二七年五月编者记②

　　根据柳亚子的提示，笔者找到了《断鸿零雁记》的3个单行本和2个作品集本：1919年广益书局胡寄尘编辑本；1930年三民公司出版社出版钱释云编校本；1934年新文化书社出版了胡协寅校阅、王文英标点本；1923年大达图书供应社出版《苏曼殊小说集》本；1926年段庵旋编纂《燕子山僧集》所收《断鸿零雁记》本；发现后四者底本均为胡寄尘本。

　　胡寄尘本　　　　　　　钱释云本　　　　　　　胡协寅本

---

① 苏曼殊著，柳亚子编：《苏曼殊全集》四，北新书局1928年版，第70—72页。

② 苏曼殊著，柳亚子编：《苏曼殊全集》二，北新书局1928年版，第169页；另，1934年启智书局出版的《断鸿零雁记》，为其再版本。

　　1923 年大达图书供应社出版《苏曼殊小说集》，魏秉恩在序中说："甲子秋，商务印书馆特向本局商借版权，译成英文，以饷海外。"① 柳亚子上文提到的"一九二四年梁社乾译成英文本"为大达图书供应社本。到 1928 年《苏曼殊全集》出版时，《断鸿零雁记》的版本共有两个：一为广益书局胡寄尘本，另一为柳亚子编的《太平洋报》本。最大的差异，即胡寄尘本添加了"余"及"吾搁笔不忍再言矣"共 9 字，同时删掉 1 个"也"字。由此可证，寒山所言"续了几千字"并不存在，乃夸大之词。

　　晚清民初的报刊，承载了大量的文学作品，同时发表者的笔名多变，出现作品的版权归属问题，一文多发或修改后再发，又造成作品多个版本的问题，为辑佚工作带来诸多不便。柳亚子、柳无忌父子能够辑全苏曼殊作品，厥功甚伟。本文所打捞的苏曼殊佚文佚札佚诗，虽数量不多，却分量不轻。苏曼殊与诸多南社社友尺牍交往密切，唯不见与包天笑、李叔同的信函，本文所载 2 通佚札，为他们的交游记录添上重重的一笔。同时，苏曼殊在 1912 年十一月五日前与李叔同的会面，当时还有谁参加，有哪些活动？1913 年正月苏曼殊去了杭州，住在西湖宾馆，是否与李叔同践约？这些疑问还有待于史料的发掘。

---

　　① 《苏曼殊小说集》，大达图书供应社 1923 年版，第 1 页。

于右任集外诗歌补遗

南社诗人于右任，早年因反清言论被迫离乡，也由此走上民族革命的道路。1907 年，于右任在上海创办《神州日报》，不久从《神州日报》脱身出来，接连创办《民呼日报》《民吁日报》《民立报》。民国元年后，于右任任职国民政府，积极参与国家政权建设。尤其在抗日战争期间，为抗日民族统一战线的形成不遗余力地奔走。1949 年，于右任去了台湾，但一直心系祖国统一，直到去世。其去世前的《望大陆》，成为诗界绝唱。作为诗人的于右任，1949 年前其诗文结集有《右任诗存》（1926 年）、《右任诗存笺》（1930 年）、《于右任先生诗文选粹》（1948 年）。于右任去世后，开始有人整理他的诗文作品，出现不同版本的诗文作品集。最为全面的是2006 年出版的《于右任诗词曲全集》①。《于右任诗词曲全集》按编年的方式收录其诗文，版本基本依据《右任诗存》进行增补。整理晚清民国作家的文集本属不易，更何况对老报人、政治家于右任作品的整理。《于右任诗词曲全集》的价值不言而喻，整理者功不可没。于右任政治活动频繁，加之发表作品常用笔名，必然导致难以辑全其作品。同时，《于右任诗词曲全集》的整理者对晚清民国报刊的查阅不足，少于借鉴学界研究成果，导致全集不全，集外遗珠存在。马大勇师及陈龙师弟在其基础上进行了补遗工作，辑佚 41 首。今笔者再补充 16 首，以作引玉之砖。

---

① 于媛主编：《于右任诗词曲全集》，世界图书出版西安公司 2006 年版；2014 年出典藏版，属于再版本。

1. 平子先生感事四绝哀艳悱恻，读之感不绝于予心，执笔欲和，因思以美人之心寄烈士之恨。平子原唱与海内外和者至矣，另择所托，庶可藏拙，不揣固陋，寄意于名士老将僧徒，其可乎？录之博吟坛一晒

浩浩天风脱鬓簪，悲时王粲旅愁深。繁英东道浑如锦，花近高楼触客心。　　（言日人之爱国）

均事流觞迹已陈，东风几度荡残春。飞花片片如红雨，独上离亭送远人。（政府者同民之离亭也）　　　（言政府之安闲）

独抱芳馨未解思，再三投赠费猜疑。絮飘江浦牵新恨，（俄舰交涉未知何如）草绿辽河忆旧知。　　（言外交之失策）

斜阳尚剩几分阴，且上新亭泣陆沉。草长莺飞春欲别，魂消魂断到如今。　　（言内政之无望　右系托之名士者）

辽海霜痕满鬓簪，男儿许国爱情深。樱花香瘗英雄骨，莫掩风霆激射心。　　（言日人之爱国）

白日何曾造膝陈，颓唐高卧度余春。据鞍为道将军老，病眼慷慨顾盼人。　　（言政府之安闲）

抚髀沉吟有所思，授人要害使人疑。金戈铁马频来往，踏破阴山知未知。　　（言外交之失策）

百道风云匝地阴，庙堂捷报久消沉。重围未解开生路，醉卧沙场笑到今。　　（言内政之无望　右系托之老将者）

游遍蓬瀛雪满簪，输佗一往爱情深。非无慧眼勘魔障，复有悲观绕净心。　　（言日人之爱国）

此诗载《时报》（1904 年 8 月 23 日），署：半哭半笑楼主。平子先生即狄葆贤（1873—1941），字楚青，号平子，别号平等阁主、六根清净人、平情居士等，江苏溧阳人。早年中举，后留学日本。1904 年在上海创办《时报》，主持该报长达十七年。1904 年 7 月 27 日，狄葆贤以平等阁主之名在《时报》发《感事四绝》诗，诗前有序：

忆庚子冬间，联军已破燕京。余偕日人游历旅顺、青泥洼辽东各要隘，俄人于彼处经之营之，不遗余力，直视为囊物。而日人每经旧时战地，指点陈迹，追数当年辄愤愤然。余心益戚戚焉。今者日俄衅起剧战于我国境内，余又适在东京，日人每谓此战也，端为支那嗟嗟，此言令人啼笑两难，惭感交集，率成短句，聊用自伤。

由狄平子的序可知，《感事四绝》是因 1904 年在东北地区发生的日俄

战争而写，于右任的诗为和诗，并托名名士和遁世僧人之身份来看待日俄战争。日人的"爱国"与清政府"安闲"中立政策形成鲜明对照，折射出诗人的忧愤之情。

2. 和平等阁主读今后之满洲书后四绝

依稀别梦恋垂杨，牵得情丝尔许长。同是飘零侬更苦，一弹指顷几沧桑。

白山黑水土花斑，莫道恩仇付等闲。芳草离痕牵大地，夕阳粉本照人间。

往事尘尘一局棋，美人秋水意迷离。桃花曾记刘郎笑，风雨连朝却怨谁。

璧月愁心一例删，鹍弦唱断念家山。儿家无定河边住，日日黄尘瘁玉颜。

此诗载《时报》（1905年9月3日），署：关西余子。平等阁主即狄平子。

3. 浪淘沙·题旅顺双杰传

绀海倒垂虹，浪吼鱼龙。何人击楫月明中？剩得穷途亡虏恨，泪眼西风。鹰隼脱樊笼，迅奏元戎。河山粉本去匆匆。雪窖冰天能报国，儿女英雄。

枯柳遍辽阳，染恨沙场。雄风卷地起残疮。问道军符星火急，哭断柔肠。大陆降严霜，捷报迷茫。当垆少妇亦勤王。从古国殇红粉少，百战留香。

1909年，世界社出版了汤红绂翻译的《旅顺双杰传》（日本押川春浪著），《浪淘沙·题旅顺双杰传》为于右任为此书的题词，署：神州旧主。汤红绂，浙江仁和人，曾留学日本，精通日文。肄业于东京女子师范学院，嗜读名家小说。著有《鹤熊夜话》《蟹公子》，翻译《龙宫使者》《无人岛大王》等小说。

4. 宜川县杂咏

暹马（毒草，亦名蝎子草）盈郊可奈何，山城小住一悲歌。将军族贵分茅土，（浑瑊封邑）公主园荒长薛萝。（唐宜阳公主封邑）要塞有时雄上郡，乱山无敌界黄河。七郎山上七郎庙，说部杨家遗事多。

此诗载《民国日报》（1918 年 9 月 23 日），署：神州旧主。1918 年 7 月，于右任奉孙中山之命，由上海出发，经河南、山西，渡黄河，过宜川县，经延安，最后到达故乡三原县。到三原不久，靖囤军成立陕西靖国军总司令部，于右任被大家推举为总司令。此诗是其经宜川时所作，时间当在 1918 年 7—9 月。

5. 题鲍问梅读书堂图

世人重尊辉，什袭极珍秘。抱器诚有心，师古倘无意。铜印何煸斓，云自坡老制。篆法斯冰遗，日读书堂记。殆将钤图籍，留用作标帜。流传七百年，经历几显晦。缅维嗜古人，搜罗出荒肆。宝印因绘图，图成岂堂异。不知在坡时，曾筑此堂未。有书贵能读，堂也无乃寄。披图复玩印，意定与坡契。君秉醲粹姿，青箱守先志。丹黄发其诠，咀含妙至味。高情时痛歌，余兴寄游艺。插架储奇编，传家挺贤嗣。岳岳折角才，便便饱腹笥。童孙更秀出，挽鬶竟问字。灯火慰老怀，卷轴真乐地。媲美眉山苏，文采光奕奕。珍重印与图，远过金玉遗。弓裘绍绵绵，永宝毋失坠。

此诗载《益世报》（天津版）（1922 年 10 月 25 日），署：右任。当日报纸共登于右任诗两首，第一首题为《十年中秋夜民治校园城楼望月》，与《于右任诗词曲全集》中《中秋夜登城楼》内容同，只出现"关河历乱无归路"中"历"为"离"字之别。鲍问梅即鲍逸，浙江钱塘人，原名绳度，又名淦生，字白子，号问梅。工书，善画梅，兼精铁笔。

6. 挽王步瀛

世事等楸枰，历劫难忘民立社。家声齐轼辙，述哀忍读子由诗。

此诗载《金钢钻》（1934 年 4 月 24 日），署：于右任。王步瀛（1852—1927），字仙洲，号白麓，晚号遁遁斋，又署息壤余生，陕西郡县金渠镇河底村人。民国元年（1912）拒任甘肃提学使，返里隐居。工书法、好金石、善诗文，有《庚子随扈程记》。

7. 王步瀛先生象赞

主《民立报》，为革命声。三茅阁之夜雨，忆往复于平生。才开一代而抱朴遗名，楸枰辍响，长念渊情。

此诗载《金钢钻》（1934 年 5 月 22 日），署：于右任。

8. 游放鹤亭路湿滑倒归而卧于旅馆陈陵亚君以往岁画成于髯观渠图嘱题因为此诗

泾惠渠成利有之，陈公画我我题诗。于髯定被苏髯笑，放鹤亭前滑倒时。

廿四年一月十日　于右任

此诗载《时报》（1935 年 1 月 14 日），题为《于右任游徐记》。

9. 奉题山腴老兄出峡避兵图

身老神明并未屏，秋风孤艇下江南。杜陵且莫伤离乱，净洗神州转眼间。

此诗载《中央日报》（1935 年 3 月 10 日），署：于右任。林思进（1872—1953），字山腴，号清寂翁，斋名清寂堂、霜柑阁，四川华阳人。著名学者、诗人、书法家，著有《清寂堂诗文集》。关于《出峡避兵图》，南社社友吴梅在其《出峡避兵图为林山腴（思进）作乙亥》中写道：山腴自蜀移吴，武进汤定之为作此图。吾乡频年凶歉，萑苻日多，亦非乐土也。赋此归之。① 时间是 3 月 13 日②，由此可推知，于右任的奉题诗写作时间应在 1935 年。

10. 为曹靖陶题看云楼觅句图

画本兼诗料，幽栖惬一椽。名山倚楼近，好句比云妍。旧雨催莲社，新村拓辋川。偶来杖藜客，分韵共陶然。

此诗载《徽州日报》（1935 年 9 月 15 日），署：于右任。曹靖陶（1904—1974），名熙宇，字惆生，号天风，别号看云楼主，安徽歙县人。曾任《时事新报》编辑。善诗，郁达夫从其学古体诗。黄宾虹为其作《看云楼觅句图》，梁启超、康有为、林纾、严复、蔡元培等人先后题咏。

---

① 王卫民编校：《吴梅全集·作品卷》，河北教育出版社 2002 年版，第 89 页。

② 马以君主编：《南社研究》第 3 辑，中山大学出版社 1992 年版，第 54 页。

11. 观猎词

是谁年少挽强弓，声作霹雳惊苍穹。原上诸兽弦上死，入山出山鼓英风。一路霜浓崖草短，匹马腾挪如惊鸿。披毛戴角不及避，白羽直贯心当中。鹰饥下鞲助杀气，须臾血肉堆林红。呜呼！剪尽狐兔不足贵，为我一扫豺狼空。

12. 出塞曲

寒风卷地声萧萧，关塞兵气连云骄。震雷当天威赫赫，壮士按剑怒变色。秉节拥旄远出师，一路旌旗指碣石。金鼓喧阗万马鸣，天朝飞下黑虎兵。磨牙倘肯肆拏攫，狐兔纷纷不足平。持重唯遵充国意，不战常闭亚夫营。呜呼！中原箭镞岂无用！将军角弓何时控；男儿要当为国死，誓死方能奸敌众。君不见，麒麟阁下诸功臣，其身决不自珍重。

此二诗节录《上海报》（1936 年 2 月 27 日），题为《于髯翁慷慨赋新诗》，作者雪蕉。文曰：监察院长于髯翁（右任）以善诗工书称著于时，近自监察委员杜羲投玄武湖自尽后，老友凋零（去年监委高友唐作古），心灵愈觉创痛，于固夙以“朱云折槛”自诩者，惟迩来对于国事，不愿多所建白，盖亦环境使然也。友有自秣陵归者，语我髯翁春来诗性甚豪，赋有《观猎词》《出塞曲》……。杜羲（1887—1936），字仲虑，直隶静海人，南社社友。1936 年 2 月 7 日因不满时政，投玄武湖自杀，并留有诗和自挽联给于右任。此时全民族抗日统一战线尚未形成，面对日本由东三省逐步扩大到华北的侵略步伐，全国爱国人士忧心忡忡。于右任在老友沉尸于寒潭后心怀悲痛，更伤于国事，于是“不愿多所建白”，只好寄情于诗词。

13. 诗人节二首

端午多遗事，民间记诵牢。只因思屈子，不独爱离骚。志以修能洁，歌尤想像高。皇天酬大节，即此起神皋。

民族诗人节，诗人更不忘。乃知崇纪念，用以凛危亡。宗国千年痛，幽兰万古香。于今期作者，无畏放光芒。

此二诗载《大公报》（重庆）（1941 年 5 月 31 日），署：于右任。《于右任诗词曲全集》只收了后一首。第一首最早见《沈醉日记》①，又见1993 年出版的《吟屈原诗集》② 和 2001 年出版的《奇书·好友》③，三书与《大公报》（重庆）版比对，只有"象"与《大公报》（重庆）"像"、"吐"与《大公报》（重庆）"放"不同。1999 年，郭澹波在《土楼居笔记》④ 提出异议，指出《沈醉日记》与湖南人民出版社出版的《于右任诗词集》（1984 年）同题诗内容不同的问题，由此可见，于右任同题写了两首。

14. 题傅学文同志译本丹娘传

荷戈别母登车日，溅血高呼杀敌时。雪地冰天搏豺虎，不将战死让男儿。

国殇随地作光芒，骑士诗篇传后方。自有精神铸堡垒，女儿一个到沙场。

同学巾蓉课草多，新文艺在伏伽河。征夫不落筛边泪，一曲丹娘是凯歌。

随节犹能张我军，登坛重与播方闻。髯翁共此关山月，浣笔巴江待册勋。

此诗载《丹娘》一书⑤，傅学文（1903—1992），宜兴市归径乡人，著名社会活动家。早年在和桥镇思齐女校和苏州女子中学读书，后考入大同大学，1925 年赴苏联莫斯科中山大学留学。1931 年，傅学文与南社社友邵力子在南京结婚，于右任证婚并致贺词。《丹娘》为傅学文编译的苏联作品，丹娘在苏联的反法西斯战争中被德国纳粹党杀害，年仅 19 岁。此书传到中国引起很大反响，宋美龄、孙科、郭沫若等均为其作序题词。

15. 双调折桂令题卢沟桥

年年七七追思，我也追思，你也追思，桥上人叹，桥前鬼哭，夜夜□□，吞炸弹奴才应万死，问谁人祸首果为谁？大战隆时，吉占时，中国兴时，日本亡时！

① 沈醉：《沈醉日记》，群众出版社 1991 年版，第 116 页。
② 梅云来、余波、张新明编辑：《吟屈原诗集》，湖北秭归屈原纪念馆 1993 年版，第 117 页。
③ 陈建初：《奇书·好友》，中国三峡出版社 2001 年版，第 4—5 页。
④ 郭澹波：《土楼居笔记》，龙岩市诗词学会，1999 年，第 107 页。
⑤ 傅学文编译：《丹娘》，文林书店 1945 年版，前言第 7 页。

此曲节录《天文台》（1945年7月7日），题为《于髯翁题卢沟桥》，记录者"自在"，文曰：宛平的卢沟桥，因倭寇的偷袭，放下一个火□，弄出中国大战争，七七的符号，也就传播世界，于右任院长昨用双调折桂令曲调，写了题卢沟桥一首……。由这段文白，可确认此曲的创作时间为1945年7月7日前夕，卢沟桥事变已经成为中华民族刻骨铭心的被侵略记忆，时已近抗日战争的尾声，谁为这场灾难负责，让人沉思。中国胜利之日必是日寇灭亡之时，此曲表达了于右任对抗战胜利的渴盼与信心。

16. 醉高歌

金刚山上云埋，鸭绿江心浪摆。卢沟自暗长城依，胡马嘶风数载。

此诗节录《小日报》（1947年5月16日），题为《髯翁"醉高歌"》，作者今影。文中说此诗作于抗战时期，具体作年待考。

以上是笔者在做南社报刊文学史料研究过程中，所辑于右任的集外诗歌。关于于右任的作品，目前出版的各种版本的作品集，都存在大量的佚文问题。如于右任早期的《剥果词话》已引起人们的关注，但他的诗话《独树斋见闻随笔》（连载《民国日报》）、《独树斋随笔》（连载《社会日报》）未见整理，其散落在报刊上的政论文、信札、函电等，亦鲜见成册，主要原因在于于右任的笔名繁多并难以考证，同时他发表作品的部分报刊亦难查阅。笔者在晚清民国报刊中爬梳十余年，考证出于右任的笔名、斋号等共26个，列如下：心、海、风、骚、伯循、剥果、草厂、大风、髯翁、骚心、诱人、于髯、独树斋、六志斋、牧羊儿、痛臂翁、于胡子、百花草庐、关西余子、神州旧主、太平老人、半哭半笑楼、半哭半笑庵、鸳鸯七志斋、半哭半笑楼主、啼血乾坤一杜鹃。

周瘦鹃集外佚文拾遗

　　周瘦鹃是一位多产的作家，他的创作主要以小说为大宗，20 世纪 30 年代前，其翻译与创作小说达到了巅峰。在这些作品中写情类又占据了大部分，所以他被划到了鸳鸯蝴蝶派行列，并被冠以"鸳鸯蝴蝶派五虎将"之一。而今，又被研究者冠以"哀情巨子"，导致人们只看到了他柔弱伤感的一面，遮蔽了他曾经忧国忧民的家国情怀，忽略了他那些爱国图强的作品，如《亡国奴之日记》《卖国奴之日记》《亡国奴家里的燕子》《行在相见》《为国牺牲》《南京之围》等。笔者翻阅报刊，找到几篇他的爱国之作，这些作品均不见王智毅编的《周瘦鹃研究资料》和范伯群、周全编的《周瘦鹃年谱》及《周瘦鹃文集》，今拈出，以作补遗。

1. 国庆庆甚么①

　　　不错，今天他们又打起了那面受尽侮辱、惨淡可怜的五色国旗，兴高采烈的在那里欢呼国庆、国庆了。

　　　国旗垂头丧气的飘着，只做着苦笑。凄风飒飒中，猛听国魂嚼齿怒呼道："国庆，庆甚么！可是庆那南京路上碧血空洒的许多惨死者已经雪冤了么？可是庆公道已伸，外交已得了胜利么？可是庆我国在国际联盟中占了优越的地位？可是庆一切不平等的条约都取消了么？可是庆全中国已统一，没有分裂了么？可是庆清明而强有力的政府已建设了么？可是庆全中国的军阀都携手谋国家福利了么？可是庆全中国已没有兵祸，永永太平了么？可是庆……"

　　　国旗垂头丧气的飘着，只做着苦笑。

　　"五卅惨案"发生的第三日（6 月 1 日），周瘦鹃在《申报·自由谈》

---

　　① 周瘦鹃：《国庆庆甚么》，《申报》1925 年 10 月 10 日第 17 版。

"三言两语"中写道："地上一抹一抹的血痕，被一夜雨水冲洗去了，但愿我们心上所印悲惨的印象，不要也和血痕一样淡化。"而后又写了短篇小说《西市辇尸记》①来控诉帝国主义者的罪行。8月5日"自由谈"复刊。周瘦鹃在"三言两语"继续控诉"五卅惨案"："砰砰的枪声，红红的血痕，孤儿寡妇们热热的眼泪，哀哀的哭泣。这是我们中国民族史上所留着的绝大纪念，任是经过了两个多月，已成陈迹，而我们的心头脑底，似乎还耿耿难忘吧！""《自由谈》销声匿迹，已两个多月了。如今卷土重来，满望欢欢喜喜地说几句乐观的话。然而交涉停顿，胜利难期。在下在本报上和读者相见，只索'流泪眼'望'流泪眼'罢了。"本文可谓是续篇，批判对象转向了国民政府。其中涉及几件重大历史事件：

（1）"南京路上碧血空洒的许多惨死者"：指的是 1925 年 5 月 30 日震惊中外的五卅惨案。

（2）"国际联盟"：指的是 1925 年中国自 1923 年第三届到 1925 年第五届连续三次被挤出理事会席位。

（3）"一切不平等的条约都取消了么"：1919 年，中国在巴黎和会上提出废除与战败国签订的系列不平等条约，但遭到以美国为首的西方帝国主义国家的拒绝，到 1924 年 5 月 31 日，苏联政府同北京政府正式签署《中俄解决悬案大纲协定及声明书》，才取得废约运动的第一次成功，但还有很多等待废除。

（4）"中国已统一，没有分裂"：1924 年 11 月 26 日，外蒙古地方政权在苏联的策划下，宣布从中国独立出去，成立蒙古人民共和国，但当时的北洋政府并未承认。

（5）"军阀都携手谋国家福利"：自 1920 年发生直皖军阀之战到 1925 年国内军阀混战一直不断，孙中山去世后，国民党内部展开了权力争夺战。国民党政权、直皖两派军阀建立的临时执政府都无力统一中国，中国内忧外患并存，战争连绵不断，民不聊生。

2. 爱国之妻 [独幕剧]②

　　地点：留学生 F 君家之一室

---

① 周瘦鹃：《西市辇尸记》，《半月》1925 年第 4 卷第 15 期。
② 周瘦鹃：《爱国之妻》，《申报》1927 年 8 月 3 日第 13 版。

时间：季夏之某晚

人物：夫妇二人

妇 （挥手作不耐状）咦？你这人真可厌极了。到了到外国，便开口外国、闭口外国，使人听得头也痛了。

夫 （两手插在裤袋中，作傲然之态）惟有到过外国的人，才能知道外国的好处，委实是说也说不尽许多。

妇 （冷笑）既是如此，你为甚么不高了鼻子，蓝了眼珠子，做外国人去，不惜你生在中国啊！

夫 是啊！我也正在这里追悔当初投错了胎。要是投生在外国，岂不好呢！（作懊丧之色）

妇 该死的，越说越不成话了。你既说外国怎样怎样的好，何不说些给我听。

夫 别的不必说，单是我们日用的东西，外国货可就比中国货好得多了。譬如一样一只茶杯，外国货何等玲珑，何等美丽，中国货就俗……

妇 （以手止之）算了，我不许你再骂中国货。要知中国的人，应当用中国的国货。倘四万万都像你这样不爱国，中国早就亡了。

夫 （微笑）好一位女爱国家！失敬得很。咦？今晚天气太热了，快给我开瓶汽水来。声明在先，要外国货的。

妇 外国货可没有，我备的是国货汽水。

夫 （面有愠色）那我不要喝。

妇 你不要喝，我偏要你喝。要知我备的是益利汽水，比外国汽水胜过十倍。不信，你且试一试再说。（入内取益利汽水一瓶至，开瓶，倾水于玻杯中。）

夫 （接而饮之，辨其味，喜动颜色。）奇怪奇怪，味儿倒不错。真比外国货好多了。

妇 （作媚笑）所以我劝你不要迷信外国货，以后还是爱爱国，多用用国货罢。

夫 好！好！我爱国，我先从喝国货的益利汽水做起。

夫妇相视而笑，各饮益利汽水。

（闭幕）

1927 年 4 月，蒋介石在南京建立国民政府。18 日，国民政府成立大会上发表《国民政府宣言》，其中第三条为"提倡保护国内之实业"。这是从政权层面上支持自辛亥革命以来国人提倡国货运动。国货运动目的是保护民族产业，进一步遏制列强在经济上的殖民。此篇独幕剧虽短小，但却讥讽了当时留洋人员对西方的盲目崇拜。另外，也可以看作国货的宣传广告。

3. 五月九日之新泪痕①

　　日本蕞尔一小国，他在地图上的地位，还比不上一颗弹丸黑子。先前世界各国，那里把他放在眼里。到得那年拼了拼穷性命，战胜了那大而无当的俄罗斯。于是，合着北京人所谓"抖起来了"。他们所最最眼红而欲得之而甘心的，便是我们这个地大物博的中国。一年年只在那里挖空心思的想法儿，毛手毛脚的讨些儿小便宜去。可是我们中国是大少爷做惯了的，倒也不大在意，他们的胆便益发大了。就在那年五月九日，提出"二十一条"来敲我们一下大竹杠。我们怕他的兵队舰队厉害，只索屈服。全国人民，含垢忍辱，无可奈何，很痛心的把这一天认为莫大的国耻纪念日。

　　好多年过去了，这一重奇耻大辱还没有湔雪。馋嘴的猫儿性不改，这回趁着国民革命军北伐的当儿，好端端出起兵来。第一次出了不算，第二次又来了。据最近的消息，在济南竟敢向我们挑衅，杀伤我们的官民。我方虽已向日本政府提出严重抗议，结果如何，尚在不可知之数。而日本的不顾公理，从此更大白于天下了。唉！可痛可恨的五月九日又来了。旧泪痕上，又加上了一抹新泪痕。中国的国民啊！请大家静着想想，该怎么样急起直追，湔雪这五月九日的重重国耻。

本文发表于"济南惨案"（又称"五三惨案"）发生之际。1928 年 5 月 3 日，驻济南北伐军与日军发生冲突，随后日军悍然屠杀中国军民，至 5 月 8 日进行攻城，11 日占领全城，济南沦陷。至此，日军共屠杀中国军民达 3254 人（其中男性 2100 人、女性 66 人、不明者 1088 人），负伤者 1450 人。② 日本灭亡中国的野心已久，从甲午海战起，到日俄战争强行侵占南满铁路，再到 1915 年 5 月 9 日北洋政府无奈接受"二十一条"部

---

① 周瘦鹃：《五月九日之新泪痕》，《申报》1928 年 5 月 9 日第 21 版。
② 陈岚主编：《蒋介石日记全揭秘》，远方出版社 2010 年版，第 1 页。

分条款，① 一直到 1928 年，日本侵华的步伐越来越快，范围越来越大。国人还沉浸在泱泱大国与弹丸之国的认知中，国民政府的妥协政策，日本不顾国际公理的霸道侵略，已经给出国人一个明确的答案，不起来斗争，只能再次受辱。

4. 元旦献辞②

一向悲观的我，在国军收复百灵庙时快乐一阵子以后，却不道乐极生悲，在民国二十五年十二月十二日那天，得到西安张杨叛变的恶消息，顿时好像着了一个窝心拳，被打落在一团阴霾里头，苦闷得甚么似的。直到十二月二十五日午后六时四十五分，从无线电中听到了蒋委员长脱险返洛的喜讯，猛觉得阴霾四散，重见霁月光风。于是把苦闷一笔勾消，欢天喜地的一直快乐到了今天元旦，便怀着满腔子快乐的心情，来向"妇女与儿童"特刊的读者说几句话。

检讨这过去的一年中，全国的妇女界与儿童界，确已觉悟到国难的严重，不再一味的在奢靡与荒嬉中讨生活，而渐渐地都能努力于伊们的工作，这是一种很可乐观的现象。尤其在绥远抗战发生后，全国的妇女们都在千针万线的缝制寒衣，给前方的将士们御冷，全国的儿童们，都在奔走呼号的募集金钱，给前方的将士们疗饥，这确是一服很有效力的奋兴剂，足以鼓励将士们奋勇杀敌的。

自西安事变蒋委员长蒙难之后，全国的妇女与儿童也都有很沉痛很恳切的表示，我们到处都听到女学生们痛哭流涕，忧虑国家大局之将不可收拾。连我家七岁的小儿子，放学回来，也在喊着"蒋委员长不出来，我们中国不得了"的口号。这就足见无论妇女，无论儿童，都在关心国事，而知道国家的可爱了。先前一般悲观的人，鉴于民气的消沉，往往叹息着说："中国不亡，决无天理。"而我看了近来的种种现象，不由得很乐观的说："中国而亡，决无天理。"

今天是民国二十六年的元旦了，蒋委员长早又在主持国家大计，领导全民族向前作生存的抗争了。我希望全国的妇女与儿童，追随着

① 全国省教育会联合会（又名全国教育联合会）要求全国各级学校以每年 5 月 9 日为国耻纪念日，称为"五九国耻"。

② 周瘦鹃：《元旦献辞》，《申报》1937 年 1 月 1 日第 8 版。

伊们的丈夫或父母，一致的为祖国努力。要知这不是蒋委员长一人的事，是我们全民族的事。无论是妇女，是儿童，都得耸起肩来，帮助着他老人家共同来挑这副救国的重担。

关于"西安事变"的政治解说，我们今天已有定论。在当时的国统区，因国民党对共产党的妖魔化宣传和"剿匪政策"，当时的国人，尤其是普通的百姓，很难去消解历史事件的真实与影响。所以他们认为张学良、杨虎城发动的"西安事变"是一场叛变。本文中所描述的妇女儿童界对蒋介石被"释放"的欢呼，从另一个方面也可以看到妇女儿童已觉醒，积极投身抗战救亡运动中。

5. 有血气的国人听者①

人之所以为人，因为他有血气的缘故，没有了血气，就等于行尸走肉，不能称之为人。

我要问问我自己，我更要问问国人，我们可有血气么？我们可能算是人么？人家折断了我们的一条腿，我们熬着痛，撑一根拐杖算了；人家扭伤了我们的一条臂，我们捱着苦，络一根绷带算了。我们始终是忍气吞声，一步步的让人，简直那里还有血气，那里算是人！

于是人家又来了，索性伸着铁钳般的手指，来叉我们的喉咙，要我们的命了。我们已到了生死关头，实在让无可让，忍无可忍了。

有血气的国人听着，芦沟桥不但是二十九军一部分将士的坟墓，也是我们中华民国全民族的坟墓，我们要以铁和血来保住芦沟桥，以铁和血来保住全中国。

6. 芦沟桥之歌②

一

此其时矣！此其时矣！秣我马，厉我兵，冲上前去，抵抗敌人。我只知有国，不知有身；我有进无退，虽死犹生。战而胜，长在芦沟桥扎我的营，战而不胜，就把芦沟桥作我的坟！

---

① 瘦鹃：《有血气的国人听者》，《申报》1937年7月14日第16版。
② 瘦鹃：《芦沟桥之歌》，《申报》1937年7月26日第16版。

（二）

此其时矣！此其时矣！以公理为先锋，以民气为后盾，冲上前去，抵抗敌人。一寸寸国土，一寸寸黄金；谁要抢着走，我和谁拼命。战而胜，长在芦沟桥扎我的营，战而不胜，就把芦沟桥作我的坟！

1937年，中国的局势发生了重大转变，日本一步步紧逼，将侵略的战火引向中国腹地。7月7日，日本在宛平城发动了震惊中外的"卢沟桥事变"。7月8日，中国共产党中央委员会通电全国，呼吁"全中国的同胞们，平津危急！华北危急！中华民族危急！只有全民族实行抗战，才是我们的出路"[1]。自此，日本帝国主义开始全面侵华，同时也宣告着中华民族全民族抗日战争的开始。随着时局的日益紧张，《申报》馆为号召全民抗战、鼓舞士气，在《春秋》栏上开始有意识地发表抗战诗文。作为副刊主编的周瘦鹃，也发表了响应文章。《有血气的国人听者》从敌人摧残我们的肢体到扼杀生命，步步深入，身体残缺了，可以活着，生命没了，就真正地被灭亡了。危在旦夕的国家需要大家保命、保种、保国；《卢沟桥之歌》回应着二十九军战士的浴血奋战、舍身成仁的精神，后来还被谱成曲传唱。

7. 苏州近事杂咏[2]

上

年丰未见仓廪实，粒粒都成席上珍；采菊东篱饥莫疗，渊明今作折腰人。

经济界突起狂澜，米粮绝迹市上，愚平居向无积储，几有在陈之厄，幸承新雨张克豫、祝森元二兄惠假石米，躬往盘门外碾米厂中分两次携归，合家得免枵腹，为之感激涕零，秋来愚方学陶渊明采菊东篱，兹乃不得不为五斗米折腰矣。

米似珍珠薪似桂，充肠鼓腹愿终违；健儿身手真堪羡，遮道拦车奏凯归。

人有向乡间购运柴米入城者，中道辄为健儿拦截以去，虽欲充肠

---

① 中共中央文献研究室编：《建党以来重要文献选编（一九二一——一九四九）》第14册，中央文献出版社2011年版，第396页。

② 分上、下两部分，分别发表于《申报》1948年11月11日第6版和12日第6版。署名均为瘦鹃。

鼓腹，不可得也。

限价权从八一九，偷工减料费心机；绝怜大饼如予瘦，直欲凌风款款飞。

大饼虽勉从八一九限价，仍售金圆二分，而减料偷工愈缩愈小，几欲凌风飞去也。

一掷兼金浑未觉，盘餐只有菜蔬陈；不知肉味垂三月，俗子居然象圣人。

限价猪肉，杳不可得，惟有以菜蔬佐餐，而日治三簋，亦非兼金莫办。

一夕罡风平地起，六街阛阓尽成空；书生轻信金圆好，无术送穷只益穷。

抢购之风一起，市肆什九皆空，愚以轻信金圆之价值，初未抢购一物，卒至衣食俱缺，悔之晚矣！

下

漫云民以食为天，冷却吴门万灶烟；结队清游艰饮啄，空垂涎滴过观前。

观前街与玄妙观所有菜馆点心店，金以原料采办不易，纷纷停业，沪上士女之结队来游者，苦不得食，败兴而去。

炭薪已尽难为继，茶灶尘封釜甑凉；饥火中烧正不耐，更无热水润枯肠。

邻近一熟水店，俗所谓老虎灶者，为愚家饮料取给之所，兹以燃料告竭，猝罢其业。

一见戎装胆为摧，迎门揖让不容推；升堂入室浑闲事，榻畔由他鼾睡来。

比来恒有纠纠桓桓者，强入民居赁庑。吴人慑其威，敢怒而不敢言，卧榻之旁，遂亦不得不容他人鼾睡矣。

媚水明山都减色，洞天福地等荒田；而今休说苏州好，如此苏州剧可怜！

苏州夙与杭州并有人间天堂之称，今若是，直驶驶乎，与地狱近矣。噫！

——作于八一九限价取消之前二日

1948 年 8 月 19 日，国民党政府宣布发行"金圆券"。同时，强迫收兑黄金、银元、美钞，限制物价，冻结工资。当时的上海随即陷入了经济崩溃的漩涡。在官定物价公布后，经营商大部分停止营业，市场出现抢购风潮，黑市物价飙升至十倍以上。到11月1日，国民党政府宣布放弃限价政策。作为毗邻的苏州，怎能幸免。如周瘦鹃所描述，"人间天堂"苏州在国民党专制统治下瞬间堕入地狱。作为一介书生的周瘦鹃，怎能料到政治的瞬息万变，幸得老友资助，才免得全家陷入无米之炊的困境。在这几首小诗中，也反映了当时的兵痞之乱，本就陷入生存困境的百姓，面对闯入户内的兵痞，敢怒不敢言。此组杂咏堪称杜甫的"三吏三别"之再现版。

8. 梦中得小草残花句，醒而忽有所触，因足成一律，以抒吾怀①

　　　春来常自怨东风，不定阴晴变幻中。小草依然随意绿，残花尚作有情红。

　　　山河间隔何曾远，会合难期总是空。日日相思人老矣，拼将微命付鸿蒙！

　　1945年秋，在日本宣告无条件停战之后，国民党接收上海，《申报》被接收后，周瘦鹃被授予《申报》设计委员，同时规定不用去上班，但按月发放薪水30元。此举引发本想回去继任《申报》副刊编辑的周瘦鹃的强烈不满，1946年春，周瘦鹃回到苏州，过上隐居式生活。1949年3月末，周瘦鹃写信给《申报》馆辞去设计委员虚衔。至此，他进《申报》工作整整30年。时年五十五岁的周瘦鹃，面对三十年的历史及人事的变迁，总会有些感伤。但是，从诗的最后一句，已经看到作者的希望和雄心壮志。"鸿蒙"二字更点出了国家就要变天了，希望即将到来。此诗发表一个月后的4月27日，苏州就解放了。

---

①　瘦鹃：《梦中得小草残花句醒而忽有所触因足成一律以抒吾怀》，《申报》1949年3月27日第8版。

《吴梅全集》校补

曲学大师吴梅，一生著述繁多，不仅在戏曲研究上奠定了现代曲学学科之基础，"海内固不乏专家，但求如吴先生之于制曲、谱曲、度曲、校订曲本、审定曲律均臻绝顶之一位大师，则难有其人，此天下之公论也"①。而且在诗词创作方面亦成果丰硕，"昔陆放翁《剑南》一集，十九志存匡复，先生方之，殆无多让，谥之曰民族词人，宁曰非宜"②? 关于吴梅的创作，其自己集得《霜崖诗录》《霜崖词录》《霜崖曲录》，自去世半个多世纪以来，其作品无人问津。1992 年，王卫民先生集成《吴梅全集》，并由河北教育出版社出版，这是学界之快事。然而，近读《吴梅全集》，发现有集外文存在，大约五十余首。但细琢磨，作为全集，不至于遗漏这么庞观。于是将其认真校读，才发现个中原因。原来王卫民先生只是将吴梅自辑《霜崖诗录》《霜崖词录》《霜崖曲录》原封不动收入全集，只补佚了《避寇杂吟·二十六首》、题《秣陵春》传奇二首、戊寅中秋、戊寅除夕忆仲培弟，对其他佚作并未补充。并且，王先生没有对其进行校勘，致使同题诗字句不同、同诗而题目不同等，让读者产生误解。吴梅生前曾就集外之作解释说："吾自选词三百首，留待死后刊出，其余可毁弃之，不需多印。凡为前人刊印续集、外集、补集者，不仅不为原作者之功臣，且违背其藏拙之意旨，而后人往往不明此意，刻意搜求遗佚，殊可笑也。"③ 因《吴梅全集》已做补佚工作，故今将其集外散珠拈出，以供研究者参考。

---

① 浦江清：《悼吴瞿安先生》，《戏曲》第一卷第三辑（1942 年 3 月 17 日）。
② 陈立夫：《悼吴瞿安先生》，《时事新报》1939 年 4 月 16 日第 4 版。
③ 王卫民编：《吴梅和他的世界》，河北教育出版社 2002 年版，第 224 页。

一

信阳题何大复集①

列地聊京雒，雄城控义阳。中州文物尽，余子态郎当。正始风流
沫，奇才吾道光。平生忧乐念，不独任词章。

射策承明日，兰成最少年。文章超北地，旌节壮南天。控疏风雷
橐，传书内外篇。海峰凭吊处，凄绝玉郎泉。

一代名山业，成弘据上游。宗风思历下，后起孕弇州。大雅今难
作，斯人不可求。蜉蝣争撼树，公论足千秋。

读纯农碧血花剧即集剧中语默题四绝

除却温柔不是乡，生憎无福到鸳鸯。沧桑世味何人晓，莫向春风
问短长。

死别生离百样磨，声声行不得哥哥。红冰碧血安排妥，我亦闻歌
唤奈何！

一夜西风送落花，年来怕过玉钩斜。眼中多少知音者，金粉飘零
黯暮霞。

淮水兴亡咽暮潮，国魂好像美人招。钟山王气惊飘荡，何处重寻
旧板桥。

善哉行

鸳鸯于飞，疾风吹之；虽无矰缴，不遑绥之。（一解）釜中煎豆，
灶下燃箕。托根不渝，贵贱乃歧。（二解）食熊则肥，食鼋则瘦。彼
其之子，云何不寿？（三解）谁光大道？入主出奴，谁树大节，矫矫
易污。（四解）

君子有所思行

单襦难御寒，寸铁难杀人。植基苟非厚，跬步皆荆榛。咄哉庐中
士，踧躩甘食贫。

遭时即不造，谁知席上珍。驱车出门去，无媒羞自陈。手持溪纱
泣，欲语先逡巡。

---

① 在《吴梅全集》中有《信阳读何大复集》，虽一字之差，但内容不同。此组 14 首见《南
社诗集》，开华书局 1936 年版。

江城地卑湿，首夏犹清新。相期慎眠食，尚弗丧其真。

企喻歌二首

抽刀不断水，举杯不断愁。介虫尔何物，骑马胜骑牛。

呜呜陇头水，采采陌上花。水统舆花谢，同此天之涯。

由石城登清凉山绕道访随园遗址

积阴满清晓，杖策扣禅关。初日大江黑，平林乱叶殷。笙歌影梅
龛，（梅村清凉山赞佛诗，为董妃作，即小宛也）坛坫小苍山。莫作
揶揄汉，性灵未易攀。

无题

东风偷嫁恐无缘，瘦损菱花绝可怜。晴日秋苏蚨蝶病，晚风人度
鹧鸪天。沈郎癯骨不盈把，帝子愁年那易捐。欲忏浮生惆怅事，一盦
佛火礼金仙。

娇扶小婢拜星前，罗袜盈盈两瓣莲。半枕缘愁中酒夜，一绡红泪
葬花天。更无春梦如寒蝶，自署香名是病鸳。欲寄相思到遥浦，云屏
阁睡绮恋笺。

梨花瘦尽若为情，痴立东风百感萦。缄恨更无人可语，慵妆转觉
媚横生。棠心懊恼宜浓睡，花意婀娜似薄醒。娇小韶年等闲度，熏笼
愁倚到天明。

宛转难温半叠衾，万愁都上五更心。恨如海样诗难写，人到情多
病易侵。豆蔻年华金缕曲，刺桐风月白头吟。展衾一照涕横集，手把
娇花懒上簪。

检点四首

紫鲸怖鸽有微温，自拜情天忏绮魂。白纻三千绕谱曲，碧城十二
未开门。云封桂窟秋无际，月晕梨涡夜有痕。检点平生惆怅事，不须
芳草怨王孙。

烛龙弹泪彻阶除，帘押银葱卷未舒。熙载心怀宁乞食，樊南词赋
尚佣书。情场窈渺忽忽过，法界华严了了如。九曲屏山人不寤，一庭
深露湿蟾蜍。

荆卿匕首竟通灵，雪愤鱼肠恨血腥。吉网罗钳开间纳，斧声烛影
隔江听。爱书喆烈魂何壮，钩党株连事忍经。独上东皋怀故邑，皖公
山色尚青青。

窄窄银河又暮秋，不惜风雨苦淹留。天寒易水何曾被，日落娥江

悔不投。劫忏红情工写怨，艳飞碧血惨埋愁。风波亭下冤霜急，一笑
昙花悟得不？

莫更二首和小洲

烛烬香销共一舟，绮窗如墨絮春愁。惊心夜月窥小人，瞥眼秋波
进雨流。浊世文章增涕泪，中年丝竹动朋俦。阮咸莫更当筵唱，孤负
箫娘记曲筹。

碧纱帘下暗香浮，梦影微茫散未收。孔雀东南绕避地，顽云西北
又高楼。雕笼不许藏鹦鹉，珊枕何妨碎蚍蜉。便是相逢成隔世，荒唐
镜誓几生休。

步北城狮子山访阅江楼遗址不得

六龙会此驻云车，何处重寻帝子家？千载长江流别泪，不应憔悴
宋金华。

读尤西堂钧天乐乐府

青衫似草可怜生，独自崎岖上帝京。莫怪年来头易白，愤王庙下
泪如倾。

文人口孽在词章，暮雨潇潇午梦堂。千古蛾眉同一哭，还魂记与
返生香。

读朱素臣秦楼月乐府

旧家词客数吴郎，哀乐中年鬓易霜。记取玉箫来世约，虎山山下
碧鸡坊。琼花终古艳江都，重谱虹桥仕女图。十里隋堤曾走马，不知
陌上有罗敷。

读李玄玉眉山秀乐府

蜀江水碧蜀山青，不信风时尚性灵。若论琼枝依碧月，夫人恰是
护花铃。

报答红儿绝妙方，新词解唱满庭芳。闭门推出窗前月，却喜梅花
有主张。

读舒铁云瓶笙馆乐府

当垆拥髻艳千秋，修月乘槎赋壮游。绝似豆棚风露中，水天闲话
夜窗幽。

琵琶弹碎王郎曲，铜柱诗成遍百蛮。留得一生歌哭地，南天怅望
铁云山。

题哲夫永寿残砖①

寒琼多雅癖，宝此汉时砖。南海留残拓，东京结古缘。大观成集帖，永寿孜编年。定有浮邱子，为君携墨毡。

偕小洲过明故宫②

一抹青山认故家，丝丝衰柳尚栖鸦。洛阳风雨燕台月，并作金陵顷刻花。（明祖都南，长陵都北，而由崧又继祖武于南，同此顷刻耳。）

桃花扇底诉飘零，禾黍高低蔓草青。试向通天台上表，不关恩怨孔云亭。

赠钝根③

衡湘自昔才人聚，绝代船山是我师。名下盛推王壬老，吴中又遇傅修期。十年不见长相忆，一醉陶然共赋诗。迟我空山歌哭地，翦灯同谱岸堂词。（枯坐空山，读桃花扇，钝根旧事也。）

观演铁云乐府博望访星盦易哭庵④

曩弄当筵杂白科，乘槎壮志悔蹉跎。不须更画旗亭壁，此亦黄河远上歌。

桃花人面久飘零，重掏檀痕教小伶。今日闻鸡谁起舞，银河风浪警秋星。（《桃花人面》《闻鸡起舞》，皆铁云杂剧，今不传。）

灵鹊佳期事有无，三秋一夕几功夫。文人惯作游仙曲，绝倒河东项曼都。

一曲鸾笙厌教坊，灵芝藕雪播词场。饶他傅粉参军妙，玉貌珠喉让女郎。（陈云伯《紫鸾笙》谱，戴女郎藕雪能歌，铁云桃花人面中《声声慢》一阕，今灵芝、玉楼又登场，按拍足可骖靳。）

登曾公阁有感⑤

癸卯秋日，同震泽某君过此。某君题其壁云：三盈小阁一方池，未是天长地久时。一将功成万里血，看来毕竟汉家儿。百年隐痛剥肌胃，满地生祠莽大夫。小阁江天容我望，人毫不惜惜人奴。余揣其意，一似重有忧者，感今吊昔，率书其尾。

---

① 《南社湘集》第三期，民国二十五年（1936）。
② 《沪江月》1918 年第 2 期。
③ 《南社丛刻》第十集，江苏广陵古籍刻印社 1996 年版。
④ 《新中国》1919 年第 1 卷第 6 期。
⑤ 《江苏》（东京）1903 年第 7 期。

英雄失路书生哭，汉家奇祸胡儿福。累累白骨战功高，一手掩尽天下目。朱衣君臣地下笑，夫差不免吴宫沼。庐中胯下尚有人，南冠痛哭愤王庙。叩关大子争上游，齐襄来复九世仇。公兮公兮投袂起，不惜牵羊大国羞。公之爵兮侯伯子，大官巍巍纡青紫。公之功兮千万祀，煮豆燃萁同根死。公之生兮立生祠，公之死兮传青史。公之才兮亦足多，偏衣金玦整太和。公之后兮海不波，燕赵之士慷慨歌。乌呼公死何太早，公若不死今日之事公奈何！

餐菊①

屈子离骚句，餐英志可伤。先生何所感，秋日独搴芳。陶令归来日，丛花处士庄。白衣人送酒，芳意醉重阳。

游摄山栖霞寺诗②

破晓出郭门，童冠已结队。遥岑不一拳。渐行大如盖，鼓勇学揉升。松风发清籁，漫山枫叶红。艳夺春花爱，路转峰益高。人影落天外，石凳盘危梯。有进不敢退，躬高聊纵目。大江抱襟带，一路心胆惊。至此得舒泰，回眸瞩下方。岚气浮朝霭，青苍间金碧。此景无从绘，与人奋归足。疾于舟下濑。须臾落山腰，别启众妙界。千佛皆傅粉，一一成少艾。群峰各逞妍，靓妆泼浓黛。一步一佳境，举趾迷向背。巍然古经幢，风霜未摧坏。雕镂穷鬼工，神妙到衣袴。谛观应化迹，深得佛三昧。吾闻摄山寺，齐梁盛彦会。总持碑既仆，僧绍宅安在？南都几丧乱，旧迹遭湮晦。偏山扪古刻，大通纪年最。隆万亦时见，独鲜清一代。我昔芒屩游，殿宇半倾败。弹指二十年，法筵重光大。觉师古道场，传灯亮无碍。丈室试参禅，虚空生梵呗。

经明故宫③

枝头嫩叶已藏鸦，南服沉吟唱楚些。禾黍高低秋雨冷，行人遥指帝王家。

和作④

雪魄冰魂伴骚客，暗香疏影属逋仙。多君闲却调羹手，收拾幽芳

---

① 《沪江月》1918 年第 4 期。
② 《江苏文献》1944 年第 1 卷第 3—4 期续 1。
③ 《国民日日报汇编》1904 年第 3 期。
④ 《医药学》1936 年第十三卷第十二期。

入短篇。昨夜轻雷芳意催，小园裙屐为谁来。好花不入东皇眷，此事应知第一回。华灯飞尽主宾谁，爱惜花枝亦一痴。却怪春风都不管，费人几首性灵诗。每为名花细细愁，漫将闲事诉从头。江南草长莺飞日，再约先生清夜游。

瑞龙吟·探梅邓尉苦念昔尘归舟惘惘感吟自遣步清真韵①

横塘路，无奈细草笼沙，乱云迷树。嬉春商略吴天，画船载酒，重来旧处。乍凝伫。还记万梅花下，那人当户。凭高短笛频吹，四桥暮雪，寒灯并语。何限湘累哀怨，忍过南瓦，重寻歌舞。回首断魂山川，凄艳非故。题香醉墨，休谱萍洲句。空追念双崦试桨，修廊联步。梦影随春去。芳辰俊赏，都成恨绪，霜点青丝缕。经数载，江湖听雨，夜寒对月，客衣谁絮？

龙山会·题巢南征赋论词图②

倚楫枫江夜，笑揽红箫，载雪词仙亚。晚花寒抱蕊，湖海气，销入华胥林下，（勒山先生曾欲辑《松陵词》而未果，君踵成之）回眼沸沧州，待凭吊，汾湖旧霸。展秋怀，搴宾校梦，（潘玉士刊《蓉洲谱》有搴宾图，朱古征刊《梦窗词》有校梦图）然脂暝写。还忆醉啸吴山，销箧新声，散古香无价。涤溪云水阔，流韵事，重补虹亭词话。京路倦游心，载瑶册，疲驴稳跨。自低徊，遥斟北斗，浩歌铜瓦。

寿春楼·题洪防思长生殿乐府③

招清虚纤阿，问开元影事，凄艳如何？记得长生秋夕，绛河微波。题玉燕，悲铜驼，算自来、欢场愁多。便锦袜留痕，香囊忏梦，愁过马嵬坡。梧桐雨，秋宵矬。指棠梨一树，谁吊青娥？可惜优昙身世。不如鹦哥。南内夜，无人过，掩镜眉、依稀双蛾。只天上人间，霓裳羽衣长恨歌。

秦淮曲宴词·集石帚词语

红云低厌碧玻璃，十亩梅花作雪飞。歌罢淮南春草赋，与君闲看壁间题。玉笙凉夜隔帘吹，巷陌风光纵赏时。三十六陂人未到，当初

① 《广箧中词》，人民文学出版社 2011 年版。
② 《国学杂志》1915 年第 1 期。
③ 《南社丛刻》第九集，江苏广陵古籍刻印社 1996 年版。

不合种相思。惆怅归来有月知，蒻灯心事峭寒时。文章信美知何用，谁识三生杜牧之？

凄凉犯·题庞檗子遗词依石帚四声①

玉田赋笔，经年懒，中仙一去萧瑟。可园试酒，横塘闻韵。俊游空忆，零星醉墨。更谁指、红楼信息。想当时、秋风旧国，两栽入瑶席。弹尽西州泪，几许骚魂，古藤阴侧。桂娥照影，也依依、故人颜色。漫谱吴丝，怕吹破、山阳夜笛。问吟踪、独有燕子尚记得。

鹧鸪天·彊村词隐图②

睎发行吟泽畔身，舺棱回首几重云。西风鲑菜人无恙，南国莺花梦不春。邛竹杖，縠（谷）皮巾，水天闲话上彊村。紫霞白石知音渺，青眼高歌自闭门。

戊寅·七夕③

抱影居深巷，连宵雨未停。一尘栖入口，万户隐双星。河汉风波恶，东南草木腥。微闻穷塞外，精锐走雷霆。

七月二十二日作

弥天战血哀尘劫，动地春雷愧盛名。经醉湖山得朝气，不祥文字感劳生。幽栖未办王官谷，美善如游护世城。（是日为余五十五岁诞辰，家人共进一觞。）何日长河洗兵马，一犁梅雨共归耕。

水调歌头·戊寅中秋

上界足官府，下土偏烽烟。江东都付荆棘，休问古幽燕。一望中原太息，万户苍生无色，倾国又符坚。指日睡狮醒，飞捷到甘泉。对佳节，思故里，惜流年。月如无恨，今宵为我西偏。安得楼船横海，化作霓旌仙队，雅乐奏钧天。更约广成子，谈笑定三边。

八声甘州·戊午季秋客京师步屯田韵④

浣征衫嫩雨蘸新寒，飘零客悲秋。甚华年选梦，沧波煮泪，偏说登楼。多事伤高赋远，去住两休休。残笛回风起，银汉斜流。莫说苕华人老，早谢堂燕散，芳意全收。笑惊霜倦羽，头白尚淹留，傍西风、关

---

① 庞树柏：《玉玲珑馆词》卷首，民国六年（1917）。
② 中央大学校友诗社编：《中大校友诗鸿》第5集，1998年。
③ 《民族诗坛》1938年第2卷第2期。
④ 《国民》（上海）1919年第1卷第1期。

河摇落，剩故宫、眉月伴扁舟。屏山外，数归鸿渺，独自凝愁。

霓裳中序第一·酬路金坡并寄仇涞之金陵

南云梦故国，坠叶青溪无信息。何处夕阳巷陌，记花榭试灯，星桥横笛。关河浪迹，怕谢堂莺燕偷识，沧波恨，碧城按曲，冷落旧瑶席。凄寂，凤台春色，待问讯西洲倦客。兰成词赋自惜，玉井苔荒，锦岭云隔。断红留醉墨，听故里么蟾夜泣。霜风老，京尘衣袂，去住两难得。

赠吴中曲友①

南羽调·胜如花

清明节，云水乡，美景良辰共赏。最难的胜地联欢，更休提钧天绝响。待按拍千花齐放，话因缘西楼粉香。论功名南柯枕长，万古情场，付词人传唱。真和假何须惆怅，试看他粉墨排当，试看他粉墨排当。

前调

从前事，还忖量，旧观桃花梦想。乐琴书小筑三楹，布氍毹平添十丈，点缀出骚坛清况。玩新词题诗几章，结新知题名几行。十载年光，幸白头无恙。还今夜风清月朗，好同听一曲《霓裳》，好同听一曲《霓裳》。

寿内子五十②

结褵始十六，弹指卅四年。贫家生事薄，身口无华鲜。敝屣尘世荣，伴我耕石田。珍惜到丝粟，乱世微命全。吾发已种种，君亦垂华颠。君言有独到，足为今女师。生儿作公卿，此意非吾思。危邦尸高位，尤非年少宜。幼日须习苦，不必饲肉糜。长日能自立，不必官台司。独有结姻事，毋夺儿辈私。父母一固执，隐患从此滋。卓尔新家范，惜哉无人知。饥驱遍南北，客舍常携君。夕阳对尊酒，丝竹时杂陈。两京盛冠盖，属和多阳春。君或脱钗珥，治具款众宾。兴至亦引吭，客散旋杜门。十载展双眼，棋局长安纷。一笑作达语，同是传奇人。养拙卧江左，事事襟抱宽。诸子四方去，糊口皆粗安。幼者病新愈，所惜昏未完。了却一重案，五岳可纵观。平生历百苦，至此如锡鞶。但得买山资，便舍首蓿盘。多君助我厚，感激镂心肝。稚孙同月生，（三儿良士新举一雄）拟绘全家欢。

① 《艺文》1936 年第 1 卷第 2 期。
② 《江苏文献》1944 年第 1 卷第 5—6 期。

北京寄赠塞庵①

频拈酒盏思佳侣，每看浮云忆故山。悟得迦尊微笑意，辟支论曦一齐删。

苏州三腐儒行赠黄子颂尧顾子巍成②

我生兀兀类蠹鱼，文人结习苦未除。黄子爱诗兼爱酒，插架更有万卷书。顾子读史多创获，近来偏嗜在诗余。两君与我颇契合，往往策杖来吾庐。宗邦学殖久荒落，世风一变尊象胥。逊朝史槭半沦溺，琳琅天禄遭焚如。抱残守缺吾辈事，那怕路鬼工揶揄。老黄苦吟两肩耸，咿唔拥鼻寒无襦。有时大醉吟兴健，秋花着露春云舒。老顾短视貌亦癯，细嚼宫征如贯珠。薲洲笛谱霜华腴，浩歌子夜聊自娱。江山未改文物殊，二子落落仍饥驱。强项不曳王门裾，低头若闭新妇车。今年相见城南隅，舴艋一棹邀我俱。枯肠得酒歌吴趋，睥睨四座大轩渠。我从客岁辞帝衢，留都养拙愚公愚。故乡虽好感索居，举杯岸帻谁相于。与君且烧东坡猪，不然同骑魏野驴。公等弹铗我吹竽，披襟啸傲追唐虞。归来一卷心神愉，丹黄甲乙珍璠玙。尧翁千里时起予，君家故事原非迂。王侯将相都空虚，平生素尚徒区区，莫笑苏州三腐儒。

送春③

春去殊难片刻留，万花无语不胜愁。东皇底事情怀薄，唤煞流莺不转头。

九十春光转眼非，桃花开尽柳花飞。含情欲挽东君住，几度思量倚落晖。

忽闻春去暗心惊，无计留行且送行。山色似非前日笑，鸟啼顿改旧时声。

绝怜小院红消瘦，转幸平原绿长成。寄语子规休浪叫，可知愁煞别离情。

阴阴新绿满江村，婪尾丛中罍酒樽。人为送迎偏易老，春经来去总无痕。

承恩众卉翻含怨，抱恨流莺欲断魂。花径落红深几许，渐稀游侣

---

① 《青年进步》1921 年第 47 期。
② 《青年进步》1923 年第 67 期。
③ 《学生文艺丛刊》1930 年第 6 卷第 2 期。

叩柴门。

泰县小西湖竹枝词①

轻携素手踏芳尘，时样梳妆出意新。靦面不将团扇掩，近来解放到佳人。

小西湖畔路西东，女伴如云踏软红。蓦地相逢低首笑，痴情全在不言中。

扭着腰儿缓缓行，语音轻脆赛娇莺。逡巡不向人丛去，生怕同侪唤小名。

文明大袖展招风，湖北湖南路远通。行转长堤无力气，呼郎挽挽过桥东。

淡扫娥眉抹雅霜，裙边袖角尽生香。下风傥幸何人立，触鼻芬芳一饱尝。

最爱新晴送晚凉，游人鱼贯各成行。谁家郎是莲花面，女伴喁喁费较量。

女郎十五解知羞，悄密行踪暗地游。心欲进行还却步，怕他夫婿在前头。

脸儿白白瘦长身，时式旗袍簇簇新。忽听后边人赞好，安排逗眼看来人。

芳尘游览小西湖，油碧香车小婢扶。纱里看人原饱眼，不知人可见侬无。

迂琐见怀儿宠之以诗过承誉奖未敢当也叠生字均奉答②

一病真从绝处生，有如久雨得新晴。纵教秦扁能医国，未必优施止漆城。从柳针茅成底事，风声鹤唳亦疑兵。景升豚犬劳矜宠，努力前修奋臂行。

迂琐与余同岁生先叠生字韵见示三叠前韵

百年强半感劳生，人海归来喜久晴，汲古十年惭短绠，苦吟五字拜长城，楼台烟雨南朝寺，子弟貂蝉北府兵。江左近来多感喟，邀君商略短歌行。

---

① 《学生文艺丛刊》1933年第7卷第4期。

② 《归纳》1933年第3期，共三首，其第一首《迂琐次简斋顺阳诗门韵索和》已收入全集，但有出入："照"《归纳》作"入"；"雨"《归纳》作"识"；"服新城"《归纳》作"谓迂琐"。

吴瞿安题朱素臣秦楼月①

旧家词客数吴郎，哀乐中年鬓易霜。记取玉箫来世约，虎邱山下碧鸡坊。琼花终古艳江都，重谱虹桥仕女图。十里隋堤曾走马，不知陌上有罗敷。

时贤画展吴梅题诗②

主宰画禅室，清河书画舫。一枕作卧游，万里示诸掌。（小诗写呈采白先生粲正，并博天都文物社诸君子一笑。）

赠君菁云生③

燕市筑声稀，同十里莺花，都成尘迹。秦淮酒家近，仅一尊鸡黍，重整歌喉。

十六字令　题瘦鹃愿天速变作女儿图④

空晨舞昙花，寄此中，无人会，惆怅诉东风。

题周瘦鹃断肠日记⑤

沟水各西东，莫问芳踪。斜阳巷陌笑桃红，早识如今容易别，何事相逢。花草又春风，枉怨吴侬。断肠多在少年中，拼取伤心留影事，泪墨题封。（调寄浪淘沙）

浣溪纱（薛素素为王百毂画马湘兰小影今藏周梦坡处因题此解）⑥

小市红梅结比邻，露兰题壁已无痕！落花门巷说长春，白练裙荒怜梦雨。秦楼月暗散歌尘，干卿底事独销魂。（《白练裙》《秦楼月》二传奇，明人赋湘兰、素素事。）

绛都春（夔笙新纳小姬作此调之用梦窗韵）⑦

缁衣断线，仗妙手自缝，羁愁天远，乍展蕙风，扶出琼枝吴王苑。南桥休说霜蟾怨，（夔笙写吴皋时尚鳏处）怕琴客芳心先乱，翠

---

①　《陕北日报》1937年6月6日第3版。

②　《新民报》（南京）1937年1月23日第5版。

③　《世界晨报》1937年1月29日第4版。

④　《生活日报》1914年6月20日第12版。

⑤　《申报》1921年3月6日第14版。

⑥　《国学丛刊》（南京）1923年第1卷第1期。共三首，其第三首已收全集，本首又见《大公报》（天津）1919年7月22日，题为：浣溪纱·题薛素素为王百毂画马湘兰小象，部分词有变；第二首《霓裳中序第一·毕节路君金坡朝銮见访宾寓为话南都近事赋此》又见《国民》（上海）1919年第1卷第1期，但部分字词有异同：怕谢堂莺燕偷识，沧波恨，碧城按曲……苔荒……听故且么蟾夜泣。《无锡新报》作：料那时莺燕还识，沧江暮，碧城赋别……落荒……但镜里秋丝未白。

⑦　《华国》1926年第3卷第1期。

帘重下，淞波试茗，小春庭院。

应见，垂虹夜雪，冻云凝画舸，紫萧幽旧。旧梦又温。今日刘郎商弦换，清华池馆真真面，待同听筼屏曲转，羡他修到双栖，玳梁燕暖。

减兰·题陶冷月画集其二①

溪山无恙，收入清河书画舫。一幅生绡，绝似龙眠旧白描。

漫夸先辈，墨史而今开别派。点缀天工，淡月荒波胜乃翁。

风入松·西湖博览会会歌②

薰风吹暖水云乡，货殖尽登场，南金东箭西湖宝，齐妆③缀，锦绣钱塘。喧动六桥车马，欣看万里梯航，明湖此夕发华光。人物果丰穰，吴山还我中原地，同消受，桂子荷香，奏遍鱼龙曼衍，原来根本农桑。

秋思·步月有怀次梦窗韵④

谁倚阑干侧，共素蛾来试故园秋色，明月二分，禁宵三五。花药低窄，念芳墨题红，个侬。初见寸黛抑，但看朱都化碧，算话别前情。惜香今恨，纵有素衣蔫泪，旧痕空忆。

遥夕重听漏滴，对凤绡想像妆饰。义山弦瑟，华年流梦，鬓丝雪白，甚刻骨相思未休。春去如过翼，怕倦客难认识。又病榻茶烟，零星恩怨记得，况隔天涯更北。

减兰⑤

故家无恙，留得清河书画舫，风月挥毫，经胜龙眠旧白描。

墨池好在，艺苑而今开别派，点缀荒寒，分付人间着意看。

小词书奉书旗先生两正

寿张叔鹏姨丈炳翔七十⑥

［南吕懒画眉］市隐壶天老怀幽，旧事沧波冷白鸥。闲将吟兴散

---

① 《申报》1926年10月22日第13版。

② 《申报》1929年9月12日第20版。

③ 目前所见当今出版的5种图书中，均将"妆"误作"点"。见：中国人民政治协商会议浙江省委员会文史资料研究委员会编：《浙江文史资料选辑》二十一，浙江人民出版社1982年版，第17页；高铭、黄可、南茜编写：《1929年的故事》，中国少年儿童出版社2001年版，第78页；王新全、徐鹏堂主编：《二十世纪百年故事：1929年的故事》，延边大学出版社2005年版，第65页；慈溪市政协教文卫体和文史资料委员会编：《纪实虞卿郎》，宁波出版社2014年版，第166页。

④ 《江苏革命博物馆月刊》1931年第2卷第6期。

⑤ 《艺风》1935年第3卷第11期；另见《书旗画集》1930年3月。

⑥ 《光华期刊》1929年第5期。

清愁。自种陶潜柳。门外风霜紧闭眸。

［太师引］傲王侯，交遍东南秀。俊才华名高斗牛，补金石王孙敛手。释文字钱段低头。更放翁诗稿盈万首，一句句流传人口。中年后，琴弦几修。检啼痕孤山梦影绸缪。

［大迓鼓］迁流，岁月悠。望浮云西北，何处高楼。官槐摇落人偓愁，只襟褷病鹤卧南州。冷眼中原，双泪未收。

［前腔］因由，几款留。记古红梅阁，旧主人刘，一时坛坫多名宿。王昙舒位许赓酬，交到忘年，应记昔游。

［尾声］老人七秩开华寿，鹤南飞新词乍奏。我也要紫褶青巾献一瓯。

二

《吴梅全集》收俞平伯、陈仲凡等 15 人 32 通信札，其来源有《南社丛刻》（《吴梅全集》误作《南社丛选》）《戏曲》《文献》《词学季刊》及手稿。在《戏曲》第三辑《霜厓书札》中，吴梅弟子梁璆辑得 15 人共 30 通。不解的是，《吴梅全集》除《与卢前书》外，其余 7 人 16 通文本均来自《霜厓书札》，未被收入者有 6 人 7 通（包括万云骏[①]、中央大学国学系诸同学、从弟仲培士本 2 通、冯超然、吴湖帆、庶祖母李兼谕长君见青赓尧）。[②] 既为全集，不知为何书札成为选辑。除上述外，《文讯》载《霜厓遗札》6 通，[③] 彭长卿辑 2 人 9 通，[④] 陈益辑致曹君直 2 通，[⑤] 胡永启辑致

---

① 又见杨传庆编，孙克强主编《词学书札萃编》，南开大学出版社 2015 年版；刘世剑、王梦华主编《中外书信大观》，上海文化出版社 1994 年版，第 562 页。

② 这些信函被学者整理出来，公布于网络，见豆瓣网"收皮囊的恶魔"2014 年 7 月 7 日日记，https://www.douban.com/note/367367407/。

③ 《文讯》1942 年第 2 卷第 1 期，此文与杜运威辑得吴梅与卢冀野书 6 通手稿相同，见杜运威、丛海霞《吴梅遗札六通笺释》，《文学研究》2021 年第 7 卷第 2 期。

④ 见彭长卿《吴梅致刘世珩书札三封》，《文教资料》1988 年第 1 期。其第 1 通又见《名家书简百副》，上海学林出版社 1994 年版，第 250 页；第 2 通又见王贵忱、王大文编《可居室藏清代民国名人信札》，北京图书馆出版社 2012 年版，第 352—355 页；第 2—3 通又见刘衍文、艾以主编《现代作家书信集珍》，汉语大词典出版社 1999 年版，第 83 页；《吴梅致刘世珩书札三通》，《文教资料》1991 年第 3 期，第 1 通另见郑逸梅藏品，郑汝德整理，雷群明选编《郑逸梅收藏名人手札百通》，学林出版社 1989 年版，第 177 页；《吴梅致刘世珩、张惠衣书札三通》，《文教资料》1992 年第 4 期。

⑤ 陈益：《吴梅致曹君直的两封信札》，《钟山风雨》2011 年第 5 期。

龙榆生1通，① 冯先思补辑8人27通。② 另，张宪文辑《林公铎藏札二十九通》中含吴梅致林公铎3通，③ 周翔辑《唐圭璋友朋书札七通考释》中含吴梅致唐圭璋1通，④ 柳和城辑致张元济5通，⑤ 笔者辑吴梅与饶汉祥、汪东、胡朴安、任常侠、王欣夫信札5通。就当前笔者目力所见，上述数据显示《吴梅全集》集外遗札已达66通。吴梅因交游甚广，与友朋来往信札频繁，内容涉猎广泛，本次辑得吴梅遗札，主要涉及日常生活交往及社会思想探讨。

致饶汉祥函

苾僧先生大鉴：

　　仰企鸿仪，有如饥渴。荷赐示属撰太夫人寿词，勉成南吕曲一套。只以为时匆迫，不及推敲音吕，持布鼓于雷门，殊不自量。伏希为我藏拙，勿张壁间。明日当造江西会馆拜寿也。手上即请侍安。

　　　　　　　　　　　　　　　　　　弟吴梅顿首⑥

按：吴梅与饶汉祥的交往记载极少，仅从《珀玗诗文集》中得一函，弥足珍贵。中华民国九年五月七日，是饶汉祥母吴太夫人生日。在其生日前夕，应饶汉祥之请，好友纷纷以诗词为其母祝寿。吴梅为吴太夫人做散套《南吕太师引》，其序曰："饶苾僧（汉祥）顾我寓斋，见示太夫人事略，且云今岁庚申太夫人年六十矣，嘱撰南词为祝，因作此报之。"⑦ 由上可知，此函当写在五月六日。

---

① 胡永启：《新发现吴梅论词书札一通》，《词学》2014年第2期。

② 见冯先思《吴梅佚文辑考》，《古籍整理研究学刊》2020年第3期。其中《与冒鹤亭函》文中出现三处错误："大为佩服，大为佩服"应为"为之佩服，佩服"。"拙诗一套"应为"拙词一套"；"拍正"误为"拍上"。此函收入章用秀编著《名家信札趣谈》，江西美术出版社2006年版，第108页；王贵忱、王大文编《可居室藏清代民国名人信札》，北京图书馆出版社2012年版，第352—355页；冯先思《吴梅致王立承论曲书札五通笺释》，《文献》2020年第2期。

③ 张宪文：《林公铎藏札二十九通》，《文献》1992年第3期。

④ 周翔：《唐圭璋友朋书札七通考释》，《文献》2018年第3期。

⑤ 柳和城统计有误，见柳和城《书里书外张元济与现代中国出版》，上海交通大学出版社2017年版，第579页。

⑥ 饶汉祥：《珀玗诗文集》下，湖北教育出版社2019年版，第592页。饶汉祥（1876—1927），湖北广济人，字苾僧。举人出身，早年留学日本。1911年在黎元洪处做幕府。后任湖北都督府内务司司长、湖北民政长、总统府秘书长，1927年归乡里。同年，病逝在广济。

⑦ 王卫民编校：《吴梅全集·作品卷》，河北教育出版社2002年版，第184页。

致汪东函

旭初先生道鉴：

《华国》细读一过，颇服但君《复书院议》。逊清南菁、诂经，成效卓著。即吾乡正谊，人才亦复不少。今日号称通才者，孰非书院中生徒，不独太炎也。惟但君所分科目，仍以中文为限。愚意不妨合中西文学及理科各实学，分题月课。而较其殿最，则学校可以不办。弟尝谓今之中小学校，实是玛非厂，吴谚所云玄色染缸，亦复相类。公不以为狂诞否？（下略）

手复大安梅顿首①

按：此函没有日期，但从函中所提《华国》杂志及但君《复书院议》信息，查出但君为但焘，《复书院议》发表在《华国》1924 年第 1 卷第 10 期上（1924 年 6 月 15 日刊行），此信发表在 12 月，可推知此函写作日期当在本年 6—11 月。

1923 年 9 月 15 日，《华国》杂志创刊于上海，汪东发起并任撰述，推章炳麟为主任。此函应是汪东寄《华国》与吴梅，吴梅读后针对《复书院议》的复函。近代书院改制是"百日维新"内容之一，它并没有因戊戌变法失败而终结。光绪二十七年（1901）五月，湖广总督张之洞、两江总督刘坤一联名上奏《变通政治人才为先遵旨筹议折——设文武学堂》，再次掀起传统书院走向新式学堂的潮流。因在改制中变化仓促、决策武断，备受争议。但焘《复书院议》便是针对此事而言，并提出复书院应"主以师儒，一如前代故事。其费或出自私人，或酿于群众，而地方长吏愿以公私费助其成者，亦得受之。所习科目，略仿经义治事分斋之制，而别于中置学士院，以处当代宏博之士。愚谓宜就四库全书分科研习，撮其机要。如《杜氏通典》之类，分期刊印。另于四库中选其秘要，刊为丛书。其刊书奖学之费，别为会计，不与经常之列"②。吴梅认为传统书院所取得的成绩是值得肯定的，在文化传承上的功绩是卓著的。但时代变了，若还按传统筹建、恢复书院体制，必将阻碍其发展。他提出"中西文学及理科各实学，分题月课"，此说对建立现代学制具有指导意义。但其否定学校推行"殿最"，认为"今之中小学校，实是

---

① 《华国》1924 年第 2 卷第 2 期。
② 但焘：《复书院议》，《华国》1924 年第 1 卷第 10 期。

玛非厂，吴谚所云玄色染缸，亦复相类"，则是戏谑之笔批判当时学制弊端。

致胡朴安函

朴安吾兄大鉴：

承宠召，适不在沪，未及瞻对，歉歉。辱介入中国学会，弟自揣无专长，颇用愧恧，既荷招致，自当应命。前乃乾兄亦有函来矣，弟对于乃乾兄《滂喜斋藏书记》事，此心不无耿耿，幸兄有以释之。手复，叩请著安。

弟吴梅顿首一月六晚①

按：此函日期当在中国学会成立后，故为 1929 年 1 月 6 日。1928 年冬，胡朴安先生等在上海发起中国学会，以"研究中国学术，发扬民族精神"为宗旨。经过两个多月的筹备，中国学会于 1929 年元旦正式成立。陈乃乾为会务部主任，姚石子为讲演部主任，胡朴安先生则为编撰部主任。在中国学会筹备阶段，胡朴安邀请吴梅加入，当时吴梅在中央大学任教，同时兼任上海光华大学的课，奔波于南京上海之间，所以错过了中国学会成立大会，于是致胡朴安此函。

关于吴梅与陈乃乾《滂喜斋藏书记》事，未见详细记载。《滂喜斋藏书记》为善本书录，由叶昌炽撰，计有宋元明及以下 110 种，朝鲜、日本刻本 14 种，抄本 6 种，详记其行款、题跋、印记及册数。1925 年，陈乃乾慎初堂据沈氏本影印，陈并作序于书前。吴梅就其序存在问题曾写信给陈乃乾，指其错讹。② 从此函中"弟对于乃乾兄《滂喜斋藏书记》事，此心不无耿耿，幸兄有以释之"可推知二人发生过不愉快，经胡朴安从中调节，二人重归于好。冯先思依据"吴梅所读《滂喜斋藏书记》当为民国十三年（1924）陈乃乾慎初堂铅印本。札末云'仲午卒于乙丑正月'"将"吴梅致陈乃乾信札·三"推定"当作于 1925 年以后"，过于笼统。1928 年，吴梅还为陈乃乾出版的《曲海总目提要》校勘，二人关系尚好（见"吴梅致陈乃乾信札·五"）。若"吴梅致陈乃乾信札·三"在"吴梅致陈

---

① 上海图书馆历史文献研究所编：《历史文献》第二辑，上海科学技术文献出版社 1999 年版，第 195—196 页。

② 《吴梅致陈乃乾信札其三》，见冯先思《吴梅佚文辑考》，《古籍整理研究学刊》2020 年第 3 期。

乃乾信札·五"之前，到 1929 年年初吴梅给胡朴安写信时还心存芥蒂，不符其性格。"吴梅致陈乃乾信札·三"应距给胡朴安写此函的时间不远。同时，"吴梅致陈乃乾信札·四"中写道"会费两元自当缴奉……希足下饬纪来校一取。好在诚之、子泉诸君亦须缴款"，"诚之"为吕思勉，"子泉"为钱基博，函中说他们三人都须缴纳会费，查他们三人与陈乃乾共同参加的组织，应是陈乃乾任会务部主任的中国学会，故"吴梅致陈乃乾信札·四"的日期应在 1929—1931 年。

致常任侠函

日前枉顾失迓为歉，承命减饮，兄当书绅也。写件奉上，外附《潜社汇刊》十四册。并呈文几，收到盼复。课余盍顾我一谈，此上即问

季青仁弟近祉

三月廿六日霜厓顿首①

按：1936 年 9 月 29 日，潜社举行了第六次社集，集后将《潜社词刊》《潜社曲刊》《潜社词续刊》合在一起成为《潜社汇刊》，1937 年 2 月 8 日，吴梅在日记中写道："午后徐生一帆、章生黄孙、杨生志溥、钱生王倬俱至，略谈去。徐交《潜社汇刊》五十部。""客散，以朱笔校《汇刊》过，又得错字若干，甚矣校书之难，几尘落叶，洵不虚也。"《潜社汇刊》于 2 月刻印出版。出版后，吴梅致函弟子常任侠并附赠《潜社汇刊》十四册，故此函当写于 1937 年。《常任侠珍藏友朋书信选》在函后注释为"经考鉴该信作于 1930 年代前期"，误。

致王欣夫函②

欣夫老表兄大鉴奉

书诵悉。《太古传宗》，弟在北平时见之，索价二百金，当时以校俸无着，不敢问津，至今悔之。陈评六种，弟有其五，独少《西厢》耳。所谓六种，为《西厢》《琵琶》《幽闺》《红拂》《节侠》也。独记白朴《钱唐梦》、李中麓《园林午梦》二种，是附在李卓吾评《西

---

① 沈宁编：《冰庐锦笺：常任侠珍藏友朋书信选》，国家图书馆出版社 2008 年版，第 394 页。常任侠（1904—1996），名家选，笔名季青、牧原、常征，安徽颍上人，著有《红百合诗集》。

② 王实甫原著，周锡山编著：《〈西厢记〉注释汇评》上册，上海人民出版社 2014 年版，第 309 页。

厢》后，岂陈评本亦附此二种耶？此二书足值三百金。请兄寄家报时（属）转告荫兄，切勿交臂失之。吴中能出价者不多，或可稍廉也。弟《曲丛》底本，焚（至）二十八种之多。富春堂（至）六种、墨憨斋八种，皆付劫灰。其他被毁亦皆精刊。《山水邻》各种，亦少三种。即使如价赔偿，何从购书耶？心灰意懒，当复何言！中大开学，电召多次，弟决计辞去，以三成生活，万难支持也。前托正华弟为弟父子谋一位置，（须不欠薪），未知有眉目否？便中祈为一探。迁居为未成，所看诸屋多不合意，奈何！

　　专复，即请大安。

弟梅顿首
五月十一日

　　正华弟暨诸同人前候安。

　　按：欣夫在《吴梅日记》中又作欣甫，即王欣夫（1901—1966），江苏吴县人。原名大隆，字补安。早年拜师金松岑学习国学，后又到金松岑的老师曹元弼处学习经学。著有《蛾术轩箧存善本书录》。

　　关于此函的写作时间，文中曾提"中大开学，电召多次，弟决计辞去，以三成生活，万难支持也"，查其年谱，在1938年五月，胡小石曾多次电召吴梅任教中大（此时中大已经搬迁至重庆），吴梅在五月二十七日与冯超然、吴湖帆书云："弟自上年九月携家来湘，继以三儿良士任事湘黔路，遂移湘潭，忽忽七月，免死而已。中大事以喉暗辞去。"[1] 在《致罗家伦书》云："湘、筑两电，先后来到，感荷之极，非言所馨。弟喉暗经年，至今未愈……以积病之身，处多难之日，谬膺讲席，陨越堪虞，此踌躇一也。此次入桂，本非初意，只徇诸儿入黔之谋，遂犯六月出征之戒，行至桂林，小大皆病，媳辈劳乏，势将临盆，不得已赁屋以居，稍苏喘息。"[2] 信尾亦提及租赁房屋之事，与之相合。同时，查王欣夫年谱，此时他与蔡正华正在上海圣约翰大学任教，故吴梅可于信尾同时问候。综上，此函写于1938年。同时，通过此函，还可以看到吴梅给冯超然、吴湖帆、罗家伦的信称"喉暗"来辞中大之职，实为委婉之辞。

---

　　[1]《吴湖帆年谱》作四月二十七日误。见王叔重、陈含素编著《吴湖帆年谱》，东方出版中心2017年版，第250页。

　　[2] 王卫民校注：《吴梅全集·日记卷》下，河北教育出版社2002年版，第981—982页。

三

　　吴梅作为近现代词曲大家，其学术功力不仅体现在词曲创作上，也融于词学理论中，这与他文献阅读与考据之功密不可分。今辑得《吴梅全集》集外序跋 7 篇，其对象主要是应友朋之邀，为其著述题跋。吴梅之跋语，非溢美之言，常常引经据典，或追述源流，或作品评骘，涉猎广泛，阐发新见，极具文献与理论价值。

读曲跋①

　　往余得杂剧传奇，辄作小跋书于后幅，大抵考订律度者居多，作者姓名事实，亦就所知者记录之，不贤识小固无足存，而为度曲家拥彗，犹贤于博弈云。己未九秋霜崖。

董解元《弦索西厢》

　　此曲有两本，一闵斋仿本，一明朱墨本，余自海上得之。闵本也，解元史失其名，《西河词话》谓金章宗时学士，《太和正音谱》谓其仕元初，制北曲。余谓金元间称谓，杂糅无伦，如称贵臣为郎君，（注一）称公子为衙内，此解元亦举子通称。如"王西厢风魔了张解元"，又"张解元参辰昂酉"云云，非如后世乡举第一方称此名也。通本不分卷数，不标出目，自首至尾，一气衔接。朱墨本分为四卷，大谬。此记开元剧先声，杂缀市语方言，不取类书故实，而朴茂浑厚，自出关王之上。所用牌名，非元剧中习见者。如《哈哈令》《倬倬戚》《乔捉蛇》《文序子》《文如锦》，止此词有之，未知当时歌唱若何。大成谱虽备载其词，并为厘订旁谱，然为后人悬揣之声，非解元旧谱也。记中各曲，皆用两叠，如诗余然，最为古朴。元剧则仅用前叠，而换头泰半不用，此亦可见词与曲变蜕递嬗之迹矣。

王实甫《西厢记》

　　此剧刻本至多，余所见如汤若士评本，徐天池评本，李卓吾评本，王伯良古注校本，中惟王本最佳。余架上仅留此种，余则转售他人矣。明人以西厢为关汉卿作，王元美《艺苑卮言》云：西厢久传为关汉卿作，迩来乃有以为王实甫者，《雍熙乐府·十九卷》有《满庭

芳·西厢十咏》，反谓汉卿撰而实甫续成之，可见明人论西厢，未有定议也。此剧合五杂剧而成，每剧四折，各有题目正名四句。全本依据董词，惟"寄书"一节，董词作"法聪"，王作"惠明"，为实甫所改，余皆仍旧。王本每折有注，考订至精。如"借厢折鹘伶渌老不寻常"，注云：鹘伶，伶俐也，元人呼眼为渌老。又"莫不演撒上老洁郎，既不沙睃趁显毫光"，注云：演撒谓有，洁郎谓僧，睃趁谓看，俱调侃语也，精妙无匹。盖元人方言，最难明白，经伯良一注，昭若发蒙。自金人瑞批本出，而实甫之面目全失矣。（注二）

　　注一：金有《皇弟都统经略郎君行纪》，《宋史·吴璘传》金有鹘眼郎君，以三千骑冲璘，为璘所败，皆指贵臣。

　　注二：金本臆改至多，余曾为勘订百余条，盖至不可读也。

　　在《弦索西厢》文中，吴梅提到闵斋伋本"通本不分卷数，不标出目，自首至尾，一气衔接"，而在《新刊合并董解元西厢记》的跋中，有"书中不分目，最为创格""余曩见闵遇五、黄嘉惠、汤玉茗诸本，自谓董词刻本，藏弆己富，今又得此刻，乃知旧刻之不见著录者甚多也"之语。①而闵遇五实为闵斋伋，遇五为其号。由此可知，吴梅所见《弦索西厢》为两个版本。关于闵斋伋本，应与现存明崇祯间闵斋伋刻本（《六幻西厢》十九卷之《董解元西厢记》二卷，金董解元撰，明崇祯间闵斋伋刻本，十行二十字四周双边。国家图书馆出版社 2013 年影印出版，收入《原国立北平图书馆甲库善本丛书》）不是一个版本。同时，吴梅在《新刊合并董解元西厢记》跋中写道"余尝为贵池刘葱石校勘此书，酌分正衬，期月卒业，盖读此书者，未有如余之勤且专也。"刘葱石即刘世珩，曾出版《董解元西厢记》（暖红室刻本二卷 1910 年版和暖红室校订不分卷本），后者目前未发现存本。由此可知，吴梅校订的即刘世珩暖红室刻本二卷《董解元西厢记》，其与吴梅题跋的《新刊合并董解元西厢记》为一个版本，而闵斋伋本与暖红室校订不分卷本或许是一个版本，也是世人未提及的新本。

　　关于《王实甫〈西厢记〉》一文，吴梅从版本与校勘的角度来谈自己的读本体会，认为王伯良古注校本最佳，指出王实甫实为《董解元西厢记》修改者，具有一定的文献考证价值。

---

　　①　王卫民校注：《吴梅全集·理论卷》中，河北教育出版社 2002 年版，第 728 页。

群碧楼藏书志序①

　　江南藏书之富，以金陵吴郡为最。金陵藏家，宗君子戴前序中，言之綦详。至甘氏津逮楼后，鲜有继起者。吴郡自明吴文定、王文恪、都元敬、文征明辈，各负声誉。迨毛氏父子绛云、述古传是而后，要以黄氏士礼居为大备。百宋一廛，形诸赋咏，海内好古之士，未能或之先也。其后若汪氏阆源，瞿氏荫棠，搜罗辑录，蔚为大观。实则士礼居故物，居其泰半。迨潘氏滂喜斋，江氏灵鹣阁后，亦鲜有继起者。至于世守弗失，长保清芬，仅有瞿、潘两家，余皆散失不可问。甚矣储弃之难也。邓君孝先，世为金陵望族。少时就昏常熟赵氏，得天放楼藏书读之，慨然有志于收书。通籍后，广事搜罗，辄倾囊橐。及自海外归，始尽收宋元钞本，积书至万余卷。又得莬翁旧藏《群玉》《碧云》二集，用以"群碧"名其楼。顾君之所藏，非尽莬翁旧物也。君得一书，必躬加题记。蚕眠细书，积稿盈尺。昔王铁夫戏黄莬圃云："积晦明风雨之勤，夺饮食男女之欲，以沈冥其中。"君亦有同情焉。既居吴下，朋旧造访，假观不吝。余尝私语同人，君生于金陵，而寓于吴郡，两地文献，赖以不坠。他日继津逮、滂喜、灵鹣而传者，必在君矣。未几闻君书尽出，余未之信也。急叩君，君曰："昔借债以买书，今鬻书以偿债。"聚散固无寻也。独念三十年雠校考订旧稿，弃之可惜。又鬻而未尽诸本，间亦有可存者，当别成一目，汇刊行世，则书虽亡而题识目录犹在也。余曰：达哉君也。魏晋以来，帝王公府收贮图籍，辉煌史册。经王莽刘石侯景之乱，尽成灰烬。牛宏五厄之说，自古然矣。顾此犹远代也。明清两朝天府之富，陵驾前朝，而大典沦于异域，天禄散在民间，此又何从感慨也。夫以一人之精力，奔走南北，节衣缩食，罄所入，举巨债，以求异典。积十年之久，而插架之丰，胜于南面，斯固足以睥睨一世矣。及其散也，犹留此盈尺卷帙，一字一语，可以证板刊之美恶，篇第之多寡，及储藏之先后，为后世考订之资。而姓名亦长留于天壤，不更足以自豪耶。匪特是也，莬翁题识，经人辑录，若者为自藏，若者为假读，已羼杂无可辨。今君书所载，皆出自一家箧衍。书虽及身而散，书录则及身而定，与爱日精庐事相类，此又一快举也。况鬻书存目，

多至七卷，善本精钞，琳琅满目。中如毛钞南宋小集五十册，为海内孤本，尤足珍贵。取柏梁之余材，已足庇寒士之大厦。君跋谓世间尤物何必南威西子者，此言实获我心。然则君之一身实为金陵吴郡文献之所系，余所谓继津逮、滂喜、灵鹣而传，为两地之后劲者，固不关乎书之存亡也。刻既成，君属一言序其端，因述之如此。庚午季冬吴梅。

群碧楼为邓邦述（1868—1939）的藏书楼。邓邦述，字孝先，号正闇，又号沤梦词人，晚号沤梦老人、群碧翁，江宁（今南京）人，为晚清民初藏书大家。邓邦述的藏书主要来自家藏和收购，尤其是其外家天放楼藏书，对其影响极大。"少时就昏常熟赵氏，得天放楼藏书读之，慨然有志于收书。"其收购图书行为，是中国私家藏书主人的一个缩影。他们往往重藏轻养，即倾其全力去搜罗古籍，但对其传承养护之道却极其轻视。一旦遇到经济问题，花毕生心血倾囊所得藏书就会很快散去。在天灾人祸面前，更是无能为力。在民国前，邓邦述倚仗家族和自身优势，不计代价"罄所入之余尽以买书"，辛亥革命爆发，清政府倒台，他也随之失去稳定工作，"辛亥国变，贫不自给"。到 20 世纪 20 年代，已是"老而益贫""不克举火矣"。吴梅此跋，既回顾了中国私家藏书流转的历史，也真实地评价了邓邦述藏书特点及荣衰史。

味闲堂词钞序①

往余少时习应试律赋，间读陶芑孙先生《味闲堂赋钞》，流利工稳，窃叹为不可及。又读词牌试帖诗，更喜其神妙。初未知先生之能词也。沧海以还，庠序学子鲜有为声律对偶之文者。余奔走南北，亦未遑理董乡先生之遗著，辄引以为憾。今年孟秋，先生文孙毓琪，介王君佩诤，以词稿属余为序。余尝谓逊清一代，吾乡词学，西堂实推冠冕。至凫芗而词境始大，闰生、仲环则益精密矣。戈氏顺卿，论律虽工，措辞犹拙，未能与诸子竞短长也。先生词皆称心而出，不傍门户，自发蕴结。其于韵律，若不深求。然而雕镂物态，摹拟人理，假闺房婉娈之私，寓身世侘傺之感，斜阳烟柳，绿芜台城，较乡先哲实未容多让焉。昔江都汪中淹贯经术，见赏于谢侍郎墉。既膺拔萃科，

---

① 陶然撰：《味闲堂词钞》，中华书局 1927 年版。另见《江苏革命博物馆月刊》1930 年第 8 期。

郁郁不得意，而狂名遍于海内。先生遭际，殆与汪氏同。顾容甫纂述，已盛行于世。先生诸作，仅决科射策之文，稍称述士大夫之口。即歌曲小技，必待毓琪而始传。然则显晦迟速，有时而不同歟。余读朱竹垞《紫云词序》，谓"词宜宴嬉逸乐，以歌咏太平"。先生诸词，不无愁苦之言。至如曼翁、兼伯，唱和酬答，极友朋之至乐，结山水之清音。集中《百字令》，有"小长芦后，风流重睹朱十"之句，一若深契锡鬯之语者。今则燕云黯淡，公私涂炭，追念同光，如在天上。叔夏读花外之集，公谨题霜腴之卷，益不胜承平之慕矣。

丙寅十月同里后学吴梅谨序。

陶然（1830—1880），字藜青，号苕孙。居长洲，咸丰辛酉科拔贡，课徒紫阳、正谊书院，陆润庠曾从其游。除《味闲堂词钞》外，还有《味闲堂课钞三刻赋》（二卷，二册，光绪四年长洲陶氏刻本）、《味闲堂赋钞》（分《前集》一卷、《续集》一卷，各一册，光绪三年初夏刻本）等。王佩诤为吴梅的学生，曾在1926年辅助陶苕孙后裔整理《蜆江渔唱》手稿，并作其跋："其三之二倘犹在人间，有延津剑合时乎？企予望之矣。"①1927年1月《味闲堂词钞》由中华书局聚珍仿宋版印刷出版，全书不分卷，凡一册，前有陈去病、吴梅、诸宝元叙，末有陶小祉、王睿、陶善钟跋，附柳以蕃《陶君苕孙墓志铭》。

陶然的词学成就，吴梅没有简单地去评价，而是追踪宗法，从苏州词人尤侗（晚自号西堂老人）谈起，追述陶梁（号凫芗，著有《红豆树馆诗稿》）及吴中七子之沈传桂（字闰生，著有《鲍叶斋诗稿》《清梦盦二白词》等）、朱绶（字仲环，著《知止堂即》和《湘弦别谱》一卷）、戈载（字顺卿，著有《潇碧轩诗》《词林正韵》《翠薇花馆词》，编有《宋七家词选》《续绝妙好词》）等人的词风，肯定其"较乡先哲实未容多让"。进而铺陈开来，从陶然的人生阅历到词作创作内容，给予中肯的评价，认为他的词作不同于"宴嬉逸乐，以歌咏太平"，而多人生慨叹与交游酬和之作，尽展性情与山水之音。与陈去病评价其"清空骚雅，丽而有则"② 相比，吴梅更深知于陶然，从学理上给予其公允而严谨的评价。

---

① 王佩诤著，王学雷辑校：《瓠庐笔记》，山东画报出版社2017年版，第237页。
② 陈去病：《陶苕孙先生词集叙》，《江苏革命博物馆月刊》1930年第7期。

南词板式为乐句述例序①

南词板式，有新旧二体。《琵琶》《幽闺》二谱，及沈氏叔侄之《南曲》谱，皆旧格也。入清以后，如徐灵昭、冯梦龙、张心其、胡随园诸书及《南词定律》《大成九宫谱》等，则皆新格矣。吾乡叶怀庭《纳书楹谱》，斟酌于新旧间，雅得其宜。世服其审音之细，不知其用意之苦，非大阐其旨，不能明也。弟子陆恩涌，颇思从事于此。余谓不如先将各调曲，逐句校核后，再定新旧板之适当者，则事半而功倍。陆君即费半年之力，成此一篇。所据为王弈清说，新旧无所偏倚。持较传唱诸谱，可无隔阂，亦云勤矣！他日读书有暇，本此以酌合新旧，再成《南词定板》一书，亦不朽盛业也。君其勉旃！

乙亥十一月霜厓吴梅

此序写于 1935 年，是吴梅为其学生陆恩涌撰《南曲板式为乐句述例》（1942 年由绍兴陆氏映月山房出版铅印本，1 函 1 册）而作。《南曲板式为乐句述例》是"以南曲《拜月亭》《杀狗记》《牧羊记》等剧中乐句为例，按其句法分为一字句至七字句及八字句以上各体，共八个部分；各体中又按乐句的板式特点，划分为'一句中有一头板者''一句中头板在首字，截板在末字者'等各类。乐句旁用朱笔点板，以证南曲板式不仅是曲中节奏，还是限定句法乐句的关律"②。

居逸鸿鸳湖记曲录③

丙子七夕，啸社同人约禾中怡情社诸君子，会于南湖之烟雨楼。奏曲竟一日夕，凡四十有二折，四方来会者达七十余人。盛矣哉，数十年无此豪举也！于是君子逸鸿汇录剧名、人名及当日诸事曰《记曲录》，属余为之序。序曰：梁魏遗音，盛于明季。虎丘中秋，岁有竞赛。及遭鼎革，不复振矣。乾隆六巡江南，淮阳豪贾，招集秀班，供奉称旨。洪杨乱后，万口喑矣。我生之初，海禁尚谧。金昌十里，间闻正始。辛壬以后，嗣响喑矣。不图垂白之年，克与斯会。东南俊彦，集于一堂。丝竹裙裾，如见永和之风。昔长安父老见光武诸于绣鄢，谓睹汉官威仪。今者古音克昭，唱和益众，升平之望，在旦夕乎？

① 《华风》（南京）1936 年第 1 卷第 16 期。
② 胡明明、张蕾、韩景林：《韩世昌年谱1898—1976》，北京燕山出版社 2016 年版，第 301 页。
③ 《戏曲月辑》1942 年第 1 卷第 3 期。

因正告逸鸿曰："斯夕之会，社同人他日赓续之，时不必秋期也，上巳也、中秋也、重九也，地不必鸳湖也、虎阜也、金陵也、明圣湖也，举无不可也。"同人愈以为然，逸鸿亦笑曰："诺。"遂书之以为息壤。

是岁八月朔长洲吴梅叙

关于此次雅集，吴梅在其日记有记载：

初七日（西廿三）。晴。早赴禾中，出城遇王昕东，询之，亦往禾中。继而仲培至，坐未定，而贝侣英、顾公可、许石安、吴昂千亦至，方知嘉禾曲会，四出邀人，合袁化、震泽、杭州、嘉善、硖石各处，成一大会，可云豪举。此日之叙，由上海啸社发起，而禾中怡情社，遂应之，合两省人才，同日奏艺，自民国以来，尚是第一次也。十时至嘉，以渡船至烟雨楼。楼四面皆水，旷望爽胸，新修才五年。奏曲在楼下，尽一日一夜，共唱曲四十四折，曲毕，天大明矣。曲目如下：《定情》《酒楼》《丛合》《密誓》《惊变》《闻铃》《弹词》《见月》《重圆》《说亲》《回话》《训子》《刀会》《写状》《见娘》《仙圆》《佳期》《拷红》《学堂》《盘夫》《书馆》《乔醋》《八阳》《山亭》《秋江》《折柳》《阳关》《拾画》《刺虎》《拆书》《赏荷》《后亲》《琴挑》《借茶》《寄信》《茶叙》《偷诗》《胖姑》《写本》《望乡》《牧羊》《告雁》《思凡》《访星》。

余仅作《重圆》中同唱，及《仙圆》中张果老而已。[1]

青门曲录跋[2]

往岁辛酉，余在都中，邵君次公为余言，沈君朓民，将刻其族祖青门先生之曲，属余为之搜集。因即往见朓民，商订体例。尘事杂沓，忽忽三年，未有以报命也。今岁季夏，归自金陵，朓民亦卜居吴下。时复过从。赓续前请。爰取旧藏各曲选本，汇录此帙。计小令五十三支，套数十三套，九十二支，虽未能完备，亦足成一卷矣。余案先生散曲，有《唾窗绒》一种，梁伯龙《江东白苎》卷一，杂咏《驻云飞》十曲，即效《唾窗绒》体者，惜全书久佚矣。兹录小令中，如《玉抱肚·风情》七阕、《题情》十首，《黄莺儿·闺情》五首，其格律与伯龙诸作略同，当即为《唾窗绒》旧稿。其词清爽骚雅，绝无尘埃气。虽流连风怀，要

---

① 王卫民校注：《吴梅全集·日记卷》下，河北教育出版社 2002 年版，第 766 页。
② 《群雅》1940 年第 1 卷第 5 期。

不乖"风人"之旨焉。惟《二郎神·闺情》一套，见《词林逸响》风卷。而《香柳娘》《黄莺儿》诸曲，每支换韵，不合套数作法。明季曲选，于作者姓名，往往审易。如《吴歈》《情籁》等所录，其作家姓氏，每多可疑者，则此套或非先生作也。先生行辈，与金白屿、王鸿渐相等，而金之《萧爽斋乐府》，王之《西楼乐府》，皆流传于世，独先生穷老醉乡，伶仃骨肉，遗书零落，若存若亡，沉薶至三百年，始得裔孙脁民一为理董，然则文字之显晦，亦有数存其闲邪。

癸亥孟秋长洲吴梅跋

按：须特别指出的是，"惟《二郎神·闺情》一套，见《词林逸响》风卷"句应在"明季曲选，于作者姓名"前，才符合文意。

关于《青门曲录》，潘景郑在《先师手辑青门曲录》中曾叙其事："曾倩先师霜厓吴先生捃摭各曲选本，如《南北宫词纪》《词林逸响》《太霞新奏》《吴骚合编》诸书，汇录成轶，得小令五十三支，套数十三套，九十二支，题曰《青门曲录》，虽不能复真本面目，而艳词雅调，约略可睹。"潘景郑还参比了任中敏辑《唾窗绒》，指出二者异同。[①] 吴梅在序中不仅交代了他汇集《青门曲录》的原因，而且详细写出了汇集来源及散曲特征，兼指明散曲《吴歈》《情籁》作者"审易"问题。关于《二郎神·闺情》署名问题，谢伯阳发现《二郎神·闺情》（首句：才郎去，绿鬓蓬松懒去梳）在《唾窗绒》《吴歈萃雅》《词林逸响》中归沈青门作，《乐府南音》注王渼陂作，《珊珊集》署名梅禹金，《乐府先春》归之潘雪松，《群音类选》《昔昔盐》《乐府争奇》并误作无名氏之曲。[②] 通过阅览谢伯阳《明人散曲作者互见考》系列论文，整理出 12 套 17 首署名沈青门且有异的散曲，[③]

---

① 潘景郑：《著砚楼书跋》，古典文学出版社 1957 年版，第 311—312 页。
② 谢伯阳：《明人散曲作者互见考》，《中国文学研究》1991 年第 3 期。
③ 如下：《八声甘州·托雁传情》（首句：如醉如〈似〉痴），署名沈仕与无名氏、张伯起；《八声甘州·拟闽人托雁传情》（首句：相思无底），署名沈青门、张伯起、无名氏或题属古调；《集贤宾·题情》三首（首句：红楼画阁天缥缈；春深小院飞细雨；窗前好花香旖旎）署名唐伯虎、沈青门；《好事近·怨别》（首句：兜的上心来），署名陈秋碧、沈青门、毛莲石、无名氏；《夜行船·为妓白莲赋》（首句：太乙峰头玉井莲），署名陈大声、沈青门、无名氏；《瓦盆儿·题情》（首句：相思到底），署名高深甫、沈青门；《字字锦·四时闺怨》（首句：群芳绽锦鲜），署名杨贲、沈青门、高东嘉、无名氏；《新水令·秋怨》（首句：一声孤雁送新秋），署名无名氏；《懒画眉·丽情》（首句：小名儿牵挂在心头），署名沈青门、燕仲义；《懒画眉·幽会》（首句：十二阑干），署名沈青门、无名氏；《好事近·闺怨》（首句：风月两无功），署名李文蔚、毛莲石、沈青门、无名氏；《锦缠道·泊舟连河怀清源胡姬》（首句：满帆风），署名史槃、沈青门；《梁州新郎·月夜游湖》（首句长空如洗），署名沈仕、陈五岳、无名氏；《梁州新郎·闺怨》（首句朱明佳景），署名沈青门、无名氏。

一些被吴梅收入《青门曲录》，也被任中敏收入《散曲丛刊〈唾窗绒〉》里。虽然吴梅疏于考证，没有确认《二郎神·闺情》的实际作者，但能看出其曲学研究功力之精深。

石寿山房集序①

　　卢生冀野，辑其曾王父云谷太史之文，凡骈散文制艺律赋古今体诗若干首，都为一集，而问序于余。余读之，作而叹曰：吾尝诵诗矣。周之盛也，《二南》《汝坟》《江汜》诸诗，皆和平中正之言也，及其衰也；《节南》《山雨》《无正》《繁霜》《十月》诸篇，又忧伤局蹐，若不胜哀怨也。文字之消息，国家之盛衰系之，自昔然矣。制艺之作，发于明，继述于清。明弘正间，一时作者，如王唐归胡辈，雍容大雅，无急征噍杀之音。至天崇而劖削深鸷，宗社遂□。清乾嘉间，登上第，占巍科者，咸正大弘畅，有扬鸾和钤之度。迨光绪之季，放纵以露才，渔猎炫博，而国势乃日益不振。《乐记》曰：声音之道与政通，文字又何独不然哉！太史生咸丰之际，不染房墨庸滥之习，研探经训，出辞渊雅，不务高深，人自不可及。试置诸弘正、乾嘉作者间，几沆瀣一气。赋亦简练道上，与唐贤接武。盖亲见同治中兴之业，涵泳盛化，发此德音。亦如小雅诗人，赋车攻吉日鸿雁诸章，而渐被宣王之泽者深也。居今日而读太史之作，秋平躁释，退然作承平之想矣。或谓冀野，此刻与当世学者凿柄不相入，奈何？余曰：不然。夫自洪永以迄同光，上下五百年中，建功业治学术者，无一不工斯艺，而能荟萃群言，诏示后学者，俞长城、吕留良而外，寥寥殊不多觏。篇帙散亡，言之呜咽。使为人后者，尽如冀野。不独两朝艺文，足供蒐采。而一家撰述，亦不至湮没无传，此正孝子慈孙之责也。余因之有感矣。先曾王父崧甫公，道光壬辰以一甲第一人及第，累官至礼部左侍郎。一主湘试，两督浙学。得士有何绍基、黄体芳诸子，世盛称之。生平邃于经，所著都十余种，今俱不存。余所及见者，惟《制艺丛话跋》《集韵考异叙》二文而已，欲如冀野之网罗放失，且□有所不能。悯下国之多艰，念故家而陨涕。明发不寐，益令余怆然无地自容者也。

甲戌午日长洲后学吴梅拜序

---

①　《南京文献》1947 年第 1 期。

1933 年 10 月，吴梅的学生卢前将其曾祖卢棻的诗词文编辑成《石寿山房集》（四卷本），请吴梅为序。卢棻（1834—1893），字云谷，祖籍镇江，生于江宁（今南京）。同治十年（1871）辛未科殿试二甲第 59 名进士，授翰林院编修。光绪五年（1879），迁任云南学政。致仕归宁后，主讲尊经书院。[①]

四

读《吴梅全集·霜崖诗录》，发现此中收录的部分作品与吴梅早期在报刊上发表的作品有出入，如下：

吴梅全集	报刊
避寇杂吟[②]	
第 1 首 瓮天虫语自酸辛	瓮天虫语独沾巾
第 2 首 七月十一日，敌空中投弹，爆毁多处，为祸苏之始。	八月十六日苏城初次被炸
第 3 首 居木渎二十日未出一游	居香溪二十余日未出一游
第 6 首 八月初八日行。自苏至京，车行甚速。	八月十二日行。自苏至京，车行甚速。
第 7 首 枕中亦有淮南秘，多恐风霜顷刻消。	枕中亦有淮南宝，多恐轰雷顷刻消。
第 8 首 过国学	过国学，被毁十之二，图书馆亦罹劫。
第 9 首 老病相如百感生，……遥知茅屋秋风起，青眼高歌洗甲兵。	老病相如万感萦，……遥怜茅屋秋风破，青眼高歌洗甲兵。
第 11 首 检校群书大费神。……鸡鸣风雨忆斯人。	四库罗胸未疗贫……潇潇风雨忆斯人。

---

① （清）梁章钜著，陈居渊校点：《制艺丛话　试律丛话》，上海书店出版社 2001 年版，第 64 页。

② 《斯文》1943 年第 3 卷第 7、9、12 期，另见《民族诗坛》1938 年第 4—5 期，题目为：避冠杂咏。

续表

	吴梅全集	报刊
第14首	三绝曾探黄鹤铭，……小庐镇日惟高卧①，铁笛梅花亦倦听。	三绝曾扪黄鹤铭，……蓬庐镇日客高卧，铁笛梅花未忍听。
第15首	岘首重来谁堕泪，衰兰丛菊抱冰堂。	岘首重来余涕泪，衰杨丛菊抱冰堂。
第16首	极天横祸捷雷霆。……八月二十日汉上被祸死伤达五百许，胭脂山在武昌，芭蕉巷在汉口	揭天横祸捷雷霆。
第18首	幸逢杨意赐杯羹。	多逢杨意赐杯羹。
第19首	定王台上许停骖，放目山川一纵谈。自笑此身无定向，附注：抵湘潭	定王台下共停骖，指点江山试纵谈。自笑劳人生计拙，
第20首	环庐一带竹篱笆，门外秋塍发菜花。亦有飞鸢行站站，不惊林下野人家。	环篱一带竹篱笆，门外秋塍发菜芽。亦有飞鸢行跕跕，未惊林外野人家。
第21首	老去诙谐语不穷。百岁辞场应首列，蚍蜉撼树笑群公。	阮瑀翩翩作记工。不厌江河垂万古，蚍蜉撼树笑痴虫。
第22首	午睡薝腾不费钱。	午睡薝腾似小年。
第23首	花影移窗月又西，全家鼻息逐高低。自知不作还乡梦，但拥寒衾等晓鸡。	花影移窗月渐西，家人鼻息逐高低。自怜难作还乡梦，不整寒衾待晓鸡。
第24首	谁怜皇甫是书淫？……独操南风托楚音。	亦知皇甫是书淫？……自操南风托楚音。
补12首	独处江皋借箸筹。	独赴江皋借箸筹。

题《秣陵春》传奇二首②

	晋唐残帖记澄心，法物凄凉感古今。彻悟渊明形影旨，为君倚笛一沉吟。	秣陵春色愁如许，知尔萧条身世悲。法曲凄凉谁按拍？不堪流涕说兴衰。
	金华殿上题名日，白夹飘然一少年。老去填词多隐语，暮春野祭作神弦。	金华殿上题名日，白夹飘然一少年。老去填词多感慨，龙髯攀泣渺南天。

---

① 《民族诗坛》"惟高卧"为"容高卧"，见《民族诗坛》1938年第5辑。
② 以下五首见柳亚子编著《南社诗集》第一册，本首题目为：读吴梅村《秣陵春》乐府。

续表

吴梅全集	报刊
题天香石砚室棋谱	
但能饮酒不能棋。楠庭嗜棋亦嗜酒，示我图谱征我诗。颇闻棋法在善守，……近来此技久沦废，……四大家法已消沉，棘门灞上如儿戏。楠庭好棋二十年，……巾角逍遥赛谪仙。世间万事各有癖，用尽心兵书一册。长安棋局正纷纭，莫向人前分黑白。……力学三年成国手。……与君睹棋再赌酒。	止能饮酒不能棋。楠庭嗜棋兼嗜酒，示我图谱邀我诗。颇闻棋诀在善守，……近来此技等捐弃，……四大家法半沦亡，棘门灞上真儿戏。楠庭嗜棋二十年，……巾角弹棋赛谪仙。乌呼，世间万事皆有癖，使尽心兵书一册。长安时局正纷纭，便向人前分黑白。……力学三年懒国手。……与君赌棋再赌酒。
湘真阁①	
秦淮此夜有微霜。	秦淮秋老不胜凉。
南曲计一出②	
断雨残虹听伎堂。	零落青溪听伎堂。
旧院行③	
东南王气有如此。……美人武定桥头住，水榭风来暗香度。不须松柏结同心，门前即是西陵路。枣花帘卷凝新妆，子夜啰哢皆擅场。顿老琵琶张卯笛，缠头掷锦来侯王。一自中原催战鼓，十里朱楼罢歌舞。南渡衣冠异昔时，西昆弦管翻新谱。我今重上凤凰台，古意苍茫付酒杯。……可怜故国埋蒿莱。鸣筘芳树悲风动，秦楼未醒南朝梦。……碧血红颜千古痛。空城寂寞打春潮，……莫问沧桑花月影，孝陵松杠亦萧条！	淮水青青钟山紫，东南王气乃有此。功成捧爵称千秋，君王诏起十三楼。美人家傍桃根渡，水阁风来暗香度。不须松柏结同心，门前便是相逢路。枣花帘下斗明妆，子夜新声皆擅场。顿老琵琶张卯笛，缠头掷锦皆侯王。一自中原催战鼓，十里朱门罢歌舞。北里烟花有月知，西昆弦索无人谱。我来重上凤凰台，……可怜故国生蒿莱。西山日落悲风动，寒鸦枯木南朝梦。……红泪千秋心骨痛。清溪烟雨白门潮，……莫唱淋铃天宝曲，孝陵梧槚已萧萧。

① 《南社诗集》题目为：自题《暖香楼》乐府后。

② 《南社诗集》题目为：《镜因记》（未完稿），计九出。

③ 《南社诗集》题目为：走马城南行（石灞街为旧院故址，南都盛时，依约可思也。仲夏与小洲暨缪秩平（衡）过此，市间萧瑟，盖又经兵火矣。乐府有走马城南行，见郭茂倩古乐府，作此以示小洲秩平，同此悲喟矣）。

续表

吴梅全集	报刊
玉漏迟·路金坡（朝銮）访我斜街寓斋，次草窗韵，即题其《瓠庐词》后，己未二月丁卯。雪窗读金坡《瓠庐词》，倚弁阳老人题《梦窗霜·花腴卷调》。	
斝酒看花，休计近来愁抱。回首西园赋笔，空梦里珠香萦绕。窥镜笑，庾郎鬓影，都非年少。短衣染遍京尘，甚此夕当歌，有人凄啸。万里南云，闲了故园花草。静里一樽相对，尽过客留题凡鸟。寒衣悄，铜街尚馀残照。"静里"句，草窗词诸刻作"载酒倦游处"五字句。惟《历代诗余》作"载酒倦游何处"。今从之。	斝酒淹花，……怎此夕当歌，有人凄啸。万里南云，荒了故山烟草。俊侣问何处，尽驻日东风归鸟。寒意悄，铜街尚馀残照。"静里"句，《草窗词》诸刻作"载酒倦游处"五字句。惟《历代诗余》作"载酒倦游何处"。今从之。
题广州城砖拓本·庚申（砖为南宋时物，有文曰"端平三年六月修大乡人八百"十二字，盖理宗时造也。蔡哲夫（有守）嘱题，为作短歌。）①	
端平三年六月日，修大乡中人八百。邪许齐唱筑城谣，苦哉用尽丁夫役。广州城下民力疲，汴州城外敌骑驰。金社虽屋元兵入，行看大厦难支持。四时尽说西湖好，三朝忍读北盟稿。留此干净广南城，可惜又近崖山道。椎毡摹拓小朝廷，……君才不让遗山叟，盍补南天野史亭？	端平三年六月日，修大乡人计八百。邪许齐唱筑城谣，壮哉用尽丁夫役。广州城下春风生，汴梁城外多哭声。金社虽屋元兵入，赵家从此无中兴。临安日下罪己诏，江淮未见红旗报。留将干净广州城，可怜又接崖山道。残砖摹拓小朝廷，……何妨看作陶家甓，再启天南墨妙亭？
瞻园梅花歌：次江晋之（迟）韵癸亥②	
咏梅盛推杨万里，白石小词差快意。垂垂疏影悄无言，默默柔魂呼不起。我乡艳说邓尉山，……江郎独绘金陵花，妙手不让大小李。瞻园古花经两朝，开谢自见造化理。托根此日君最高，纵遇冰霜应不避。……老去婆娑心未死。……世间定有称心事。微闻官阁回东风，不信韶光淡如水。劝君努力爱春华，小园且住为佳耳。二月江城雨信稀，	咏梅惟有杨万里，白石小词差得意。暗香疏影悄无言，淡月柔魂呼不起。吾乡艳说邓尉山，……江老独赋金陵花，好诗不让大小李。瞻园一夕惊风雷，孰与名花勤料理。托根此日幸最高，历劫从来谁许避。……此树婆娑心未死。……此间那称心事。微闻官阁生东风，未必韶光淡如水。园林雪后态横斜，不妨小住为佳耳。江南二月风雨稀，

---

① 《南社诗集》题目为：题哲夫端平三年砖拓。

② 《医药学》第十三卷第十二期（1936年）第74—79页。《瞻园咏梅集》共五首，本首《医药学》题目为：和作。

吴梅全集	报刊
云笙再和前诗，翛然意远，所谓"老树著花无丑枝"也，四叠前韵报之。①	
君言字字如吾意。咏花写到花中魂，……平生爱饮兼爱花，……每为嬉春开酒筵，时复探芳置行李。花开花落小兴亡，……悟彻寒暄天地心，坦然任运漫趋避。自来好物不坚牢，芙蓉早凋幽兰死。惟有此花冠众芳，意态倔强令公喜。果然冷淡守生涯，……三月春深好放船，……江城摘笛吹落梅，君歌一曲吾倾耳。相携共醉瞻园中，不烦寄慨花荣悴。	君诗字字在吾意。惜花写到花中魂，……平生爱书又爱花，……每为游春开酒筵，时复游山置行李。花开花落小沧桑，……一枝悟彻天地心，却笑世人工趋避。从来好物不坚牢，芙蓉早凋芳兰死。惟有梅花傲一春，意态倔强殊可喜。果然冷淡作生涯，……二月东风好放船，……江城玉笛吹落梅，君歌一曲吾倾耳。相期共醉瞻园中，莫言花事今憔悴。
晋之次韵见示，有"好花每苦风雨摧，美人亦作尹邢避"之语，为低徊久之，三叠前韵②	
经年滞迹长千里，惟君知我登楼意。官梅留伴古墙根，老干苔封鳞甲起。园林一望雪作团，干净只此方寸地。诗筒忙过上巳天，不问人间闲桃李。齐向瞿仙候起居，要乞东君勤料理。他年花国策诗勋，鲦生甘作三舍避。……无色无空无生死。仙才君许追圃翁，禅语吾将参法喜。空堂招得美人魂，高卧都忘尘世事。瞻园便是罗浮山，况见蓬莱三浅水。神仙侍从处士花，……萧萧寒月出东斋，花容不似嫦娥悴。	半年留滞长千里，有谁知我登楼意。老梅最称幽人心，病鹤褴襂中夜起。园林十亩雪作团，干净只有方寸地。诗筒忙过赏花时，韵事竟同元白李。齐向瞿仙问起居，一切芳华置不理。倘从花国策奇勋，三家焉肯三舍避。……无色无花无生死。仙才应许追逋翁，禅语有时参法喜。空山招得美人魂，定上瑶台修故事。瞻园山势拟罗浮，但少蓬莱清浅水。神仙侍从高士花，……萧萧寒月出东墙，春容休讶嫦娥悴。
蔡云笙（晋镛）见和前诗，因复次韵③	

---

① 《医药学》题目为：迟鸿云笙叠韵见示因三次前韵。

② 《医药学》题目为：四叠前韵。

③ 《医药学》题目为：前诗三人中皆未专赋瞻园，因五叠前韵以示迟鸿云笙，此后亦可不作矣。

吴梅全集	报刊
看花人至皆如意。禊游不逊曲江边，……屈指东风次第来，大功坊畔成禁地。天家嘶骑几探芳，……五百年后花又开，老邮未悟沧桑理。吾侪足傲南面王，群芳罗拜无回避。……此园梅花犹不死。独标古艳抱冬心，花若有知应自喜。帝王难挽造化功，留得江南一奇事。……供养依然北湖水。将花上拟六朝松，……窥镜莫讶花容悴。	年年春至花如意。禊游不让曲江边，……看到东风第一枝，大功坊成锦绣地。乌衣裙屐翩然来，……五百年后花又发，老邮不悟沧桑理。花魁进号作花王，莫怪群芳尽回避。……瞻园梅花偏不死。一枝荣悴见天心，花若有知应色喜。帝王难夺造化功，留与江南传韵事。……供养依然建业水。此花倘比六朝松，……春风莫似秋霜悴。

回春辞·戊戌①

吴梅全集	报刊
铜蠡昼静清漏长，罗屏四角生春光。美人十五时世妆，手拨银筝歌紫凰。……蓬莱波暖东风香，诸于绣襦开明堂。云汉灿灿垂文章，璆然剑珮朝花王。仙山楼阁春堂堂，请君安坐乐未央。	铜虬夜永灯花凉，罗帷一白生春光。美人十五清且扬，手拨红霞飞紫凰。天鸡嘶风回朝阳，宝琴瑶瑟弹潇湘。洞庭波暖东风香，诸于绣襦供华堂。绿房愿奏通明章，璆锵剑珮朝花王。午阴流梦春昼长，请君安坐乐未央。

虞美人·潘生景郑（承弼）嘱题《先德兰石卷》②

吴梅全集	报刊
仙梦知难续。船庵风雪抱清芬。	好梦知难续。船庵风雪守清芬。

临江仙③

吴梅全集	报刊
漫天晴雪扑雕鞍。……看遍六朝山。	漫天晴雪扑归鞍。……但看六朝山。

眉妩·长安秋感④

---

① 《医药学》及《南社诗集》题目为：回春词·辛亥八月十九日作。

② 《制言》1935 年第 3 期第 3 页，题目为：题潘干臣《画兰图》卷。

③ 《制言》1939 年第 52 期第 1 页。

④ 《新中国》1919 年第 1 卷第 3 期，又见《大公报》（天津）1919 年 7 月 30 日第 11 版；《新中国》《大公报》（天津）题目为：眉妩·题珏庵填词图。

续表

吴梅全集	报刊
看斜阳烟柳，淡月霜花，……春明路，……认半襟鸩泪犹暖。万人海，独听荒城鼓，恨欢事天远。回眼、蓬莱三浅，苦茂陵秋老，青鬓先换。西北高楼起，雕檐外，窥人多少莺燕。钿车麝展，正画堂重理丝管。及听到啼乌，……	看新亭烟柳，故国霜花，……春明外，……怕半襟鸩泪无限。更凄感，鹤梦辽东醒，甚欢事天远。回眼、蓬莱清浅，早茂陵人老，青鬓应换。零落红桑影，江南路，横塘梅雨肠断。醉歌自遣，对少年金缕愁展，又秋冷颟洲，……

寿楼春①

| 曾赋红情。可念朱楼阑夜，……料近年桑干潮平。……芳郊外，凉风生，想西陵杜曲，还有流莺。又怕红绡留字，紫云知名。先话别，重寻盟，任客中明朝阴晴。便韦曲相逢，霜天雁鸣，秋满城。 | 曾赋闲情。可念朱楼残夜，……料近来秦淮潮平。……春明外，凉风生，想西陵杜曲，应有流莺。又恐红绡留字，紫云知名。杨柳色，章台青，听笛中梅花江城。正词客伤高，吴霜鬓星，秋满庭。 |

翠楼吟·金陵秋感，寄张仲清（茂炯）②

| 月杵秋高，霜钟晓急，今宵梦回天际。湖山沦幻劫，……停云惊起，怕万一阴寒，……忍记金粉江城，也建牙吹角，羽林千骑。玉京芳信渺，便南浦归帆慵理。……雄心碎， | 月杵声沉，霜钟响寂，今宵故人无寐版。沏山沦小劫，……南云凝睇，又水国阴晴，……可记残粉宫城，指暮虹亭阁，冶春车骑。玉京芳信阻，怕丝管经年慵理。……秋心碎， |

秋霁·访朱古微丈（祖谋）于听枫园。庭菊盛开，玄言彻悟，次梅溪韵③

| 扶醉探花知未得，记海槎去，谁向岭表重阳， | 扶醉探花还记得，但海槎去，重问岭表重阳， |

桂枝香·登扫叶楼，倚王介甫体④

---

①　《新中国》题目为：寿楼春·社稷坛小集有怀秦淮旧游。

②　见（清）沈辰垣等编《御选历代诗馀》，浙江古籍出版社 1998 年版，第 702 页。《广箧中词》题目为：翠楼吟·秦淮遇京华故人。

③　以下 2 首见中央大学校友诗社编《中大校友诗鸿·第五集》，1998 年，第 9—10 页，题目为：秋霁·次梅溪韵题诵村丈手稿。

④　《中大校友诗鸿·第五集》题目为：桂枝香·题龚半千画册。

吴梅全集	报刊
妆点晴峦似画，……芳园半亩，恨无留迹……问烟月（读去声）扬州，何异江国。湖海豪情，认取旧家绪墨。白头愿共云山老，甚荒城笳鼓还急。暮寒天远，支筇归步，寺僧应识。	妆点晴峦古画，……当时俊侣，梁燕能识。……对如此江山，谁伴幽寂。湖海元龙未老，醉嫌天窄。笛中唱到渔歌子，剩无多，金粉堪惜。暮寒人远，何时重认，旧家裙屐。

北越调①	
樽	灯
词	琼
徐洄溪重起汾湖，叶怀庭再见姑苏。	锦平原为甚荒芜，好世界直恁糊涂
吾	嗏
大事不糊涂	吾自爱真吾

杨忠愍公遗墨歌②	
孤臣记事	逐客放笔
音偶	偶然
长留宝物昭江天	摩挲岁月四百年
我怀文达老名士	芝台先生差解事
府	阁
还	远
幸有	只此
先生之风山水长，想见辣手裁文章	江波浩浩江风凉，即此便是名山藏

浣溪纱慢·海上遇旧燕③	
狂	空
谢堂	绮窗
客子风怀写	客里风怀寡

---

① 《小说月报》1916 年第 7 卷第 5 期第 4 页，题目为：北越调。
② 《无锡新报》1923 年 2 月 1 日第 8 版，题目为：杨忠愍公遗墨歌。
③ 以下两首见《光华期刊》1929 年第 5 期；又见《南方杂志》（南宁）1933 年第 2 卷第 6 期。

续表

吴梅全集	报刊
早	怎
甚南城旧陌	问南城秀箔
粉气销残霸	粉气残霸
忍听素娥	君听翠蛾
今宵月读去声下	荼（排字错误，应为荼）蘼花下
凄凉犯·戊辰端午	
劫	榴
海榴荐俎，塘蒲佩剑	海醉照眼，新蒲贳醉
凄咽	难说
抱	自
奈	怎
试	请
南州	南朝
等闲	几多
梦忝光阴	细雨黄梅
到	贯
鸠	莺

扁舟寻旧约·寓斋对雪，有怀九珠叔。适陈匪石（世宜）至，邀城南探梅，赋此索和①

珠箔惊寒，铜壶延日，碎琼飞屑无痕。四山沉睡，危楼倦倚，暮天换遍颓云。老夫开笑口，对银海还倾数樽。岁华催晚，明年健在，扶杖待晴曛。思故宅平江高卧客，傍打头茅屋（读上声），经几黄昏？苦吟心眼，穷阴气候，此时半臂谁温？画阑呵手地，有蓑笠邻翁扣门。绛梅开未？相携远走城外村。	珠箔回风，银屏停月，碎琼一白当门。故山遥隔，高楼倦倚，半天易换颓云。老梅开小圃，伴孤馆依依泪痕。夜寒如水，低头中酒，欹枕待晴熏。思旧日千峰僵卧客，料眼中看尽烟醒花昏。几多金粉，寻常巷陌去可怜胜有三分，……好偎热当年笑颦。灞桥驴背，吟怀宛转劳梦魂。

雪梅香·蜡梅

① 以下十一首见《小雅》1930年第1期《霜厓词消寒集》，又见《制言》1939年第55期，次序和内容有变，本文不做内容校正；本首《小雅》题目为：飞雪满群山·喜雪次友古韵。

续表

吴梅全集	报刊
馀	消
猩瓶	银瓶
彤	重帏
老	光
惊心	凉暄
都	先

醉翁子·仲清、九珠叔过百嘉室夜话①

总	好
重	休
还忍津桥听鹃	听饱津桥杜鹃

满江红·寒鸦

亭皋	江关
休	体
已	早
江潭	新亭

早梅芳·雪中放舟西崦②

一天	十分
林	山
画	尽
正羊裘未脱	纵羊裘未脱
意	气
短楫	一叶
醉来	酒边
苹渔	蕢州

①《小雅》题目为：醉翁操·围炉话旧；《制言》题目为：醉翁操：仲清九球叔过百嘉室夜话。
②《小雅》题目为：早梅芳·西崦钓雪。

吴梅全集	报刊
雪狮儿·登冷香阁①	
轻寒未着	羁情正恶
被满地霜筂吹觉	况满地筂声吹落
日长人独	独怜漂泊
绛	降
料	纵
没	绿
阑	高
怕	但
澄潭	寒潭
怨	俊怀
绕佛阁·沈石田《竹堂寺探梅图》②	
距	去
馀几	谁理
念	对
图	画
尘界弹指，再来苦想禅林太平世。	欢事，弹指再来，远想禅林太平世。
放笔问红蕚，万古名花长久未？	放笔问红蕚数点，寒香庭下醉
扶杖	携
还	长
侯王	汀洲
何事？寺故为杨和王别墅	何计
梦横塘·胥江村店独酌，倚苕溪体③	
苇香	莼香

---

① 《小雅》题目为：雪狮儿·冷香阁眺远。
② 《小雅》题目为：绕佛阁·题沈石田《竹堂寺探梅图》。
③ 《小雅》题目为：梦横塘·横塘载酒。

续表

吴梅全集	报刊
谁伴凌波？市桥寻问，酒家消息。	谁伴凌波市桥，寻问麴上生消息。
品味先识	已近坊陌
试入壶中，招素鹤紫裘吹笛。	试入壶天招坐客，紫裘吹笛。
婵娟泛轻鹢。	婵娟泛轻鹢
老怀凄艳	冶怀凄断
江南春·赵大年《江南春图》	
粉墨读去声	粉黛
青韶	韶光
佳节	春热
鸩	鹅
绵弄雪	棉似雪
园亭	园林
难夸两处风月	难寻此地花月
天宝	天水
开纸招春	开卷评量
石湖仙①	
溪山	烟波
纵天藻留香，风景非故	正春满汀洲，官柳吹絮
早	已
制	句
回顾，叹旧家已半尘土	四顾问旧家几处尘土。
湖亭尚余废垒	湖光尚留醉眼
长桥	荒桥
绿水丛祠，白苹荒渚	碧海新尊，碧云新侣
处	许

---

① 《小雅》题目为：石湖仙·石湖春泛。

续表

吴梅全集	报刊
杯且举	休起舞
兰陵王·南归别京华故人，次清真韵①	
旅	水
新柳长亭乍碧，东郊外回望九重。日冷觚棱淡无色。吴闾问旧国，应识长洲病客。销凝处。缟化素衣，凄绝幽闺费刀尺。	江浦烟痕晕碧，蘅皋外飞絮满天，十里东风尽离色，缊衣又去国，应识兰台上客，销凝处，犹记汉潭春郭，攀条未盈尺。
哀吟认鸿迹，正	繁华恨无迹，但
饥驱低首嗟来食。算百岁如梦。万人如海。摇鞭归去趁快驿。笑多事南北	黄金难买嗟来食，空曲岸停鹥，断桥持盏，年年扶梦过破驿，况南下还北
叹白发读上声江关。天地孤寂。西楼把盏相思极	待策马人归，巢燕楼寂，长堤展眼凄凉极
待	正
浩歌	嫩寒
又	怕

绮寮怨·淮张旧基，新拓池囿，酣嬉士女，彻夜行歌。偶过瞻跳，余怀凄黯，爰倚此解，素仲清和。清真此词下叠，暗韵至多，如"江陵""何曾""歌声"三语，皆是协处，自来声家多未知也②

伤	惊
高寒	吹凉
共	试
异国飘萍	抱叶蝉鸣
有	只
常	平

---

① 《小雅》题目为：兰陵王·柳步清真韵。

② 《光华期刊》1929 年第 5 期，第 18 页；另见《南方杂志》（南宁）1933 年第 2 卷第 6 期，第 17 页。本首题目为：绮寮怨·淮张废址，新拓园亭，士女酣嬉，几穷昏旦。偶一瞻跳，余怀渺然，因倚此解。

续表

吴梅全集	报刊
待	共
隔浦莲·过销夏湾①	
蘅芜路	南塘路
湖山好	闲吟眺
晴峦水树	晴岚水榭
闲吊，通天多事修表	凭吊，吴天残霸如埽
江南好·喜潘丈芯庐（昌煦）南归②	
探春往事	南城走马
燕南信息，莫问荒邮	寻常巷陌，客燕谁留
正铜仙辞汉	对昆明台榭
绕郭荷花相迓，结芳珮应试归舟。还驰念丁沽远客，遥夜望高楼。谓高丈鲜隐	可惜吴舲归处，恰梅雨添润衣簟，空相念，丁沽远别，遥夜望高楼。
西子妆·重过西湖③	
总	已
又	看
待	问
峦	岚
征招·南塘观荷，次白石韵④	
澄湖一片红妆影，沙棠载将佳士。散发倚朝阳，喜无人来此。碧筒吾醉矣，对乡国不知秋思。	天妆恰称凌波影，沙棠载来秋士。岸帻稳吴艭，怎西湖无此，碧筒人醉矣，料幽客独添芳思。
如镜	无际
水行	水乡

---

① 以下四首见《国学论衡》1934 年第 4 卷下期；本首题目为：隔浦莲·销夏湾怀古。
② 《国学论衡》题目为：江南好·喜芯庐至并怀鲜隐。
③ 《国学论衡》题目为：西子妆·西湖。
④ 《国学论衡》题目为：征招·荷荡小集用白石韵。

续表

吴梅全集	报刊
采莲歌，横塘路，江南盛时情味。近岸落霞飞	绕堤行，拈花笑，南皮故家风味，藻镜入苍霞
起菽一二	起菱歌一二
误	语
问	算
善哉行赠超然①	
沪渎	春江
闭门	点笔
餐	饕
酣卧开草庐	高卧关草庐
百	万
方	始
万念祛	游太虚
据	裾
奔走兼	避兵偶
出游卜夜与	出门无事邀
吴质湖帆	吴质
谢玄绳祖	谢石
穆侯藕初	穆侯
陈园蔬	供清蔬
兴来一曲歌霜乌，鄱阳雅谑时轩渠，稗官杂说征《虞初》	撇笛按谱歌吴歈，稗官杂说征《虞初》。鄱阳雅谑时轩渠
满地烽火全微躯，今我不乐胡为乎？	离群索处心烦纡，回首陈迹徒嗟吁。满天烽火痛切肤，颠倒紫凤迷天吴。
琼琚	璠玙

① 《苏州旅言》1936年第21期，题目为：相逢行赠冯超然。

续表

吴梅全集	报刊
追	催
往事多	旧梦今
知	闻君
前贤	故事
足	堪
明发别君归东吴，除非同梦游华胥。	君纵不饮倾半壶。
仙昌长拍·板桥寓庐寄王孟碌（琪）海上①	
定更雅	更秀雅
风	缁
重九鹤园小集分韵得醉字②	
晦	蔽
小友	裙屐
列等次	衡等第
自恨陋劣才，苦为妻子累。苔岑开彦会，时作尹邢避。良辰欣握手，孤吟辄拥鼻。	自恨饥驱身，屡作尹邢避。狂言时解颐，微吟聊拥鼻。
双袖	袖手
鹑首倘赐秦，天胡为此醉。	石桥倘流觞，不辞为君醉。

　　吴梅生前曾自订作品，成集为《霜崖诗录》《霜崖词录》《霜崖曲录》等，其发表在报刊上的作品或删掉或修订，出现版本、内容的不同。《吴梅全集·作品卷》前言说："所收作品，有两种版本以上的，均加以校核。仅存一种版本的，除明显的笔误、排误径自改正外，其余皆不予妄改。"③实际上，在版本校订上仍有不少遗漏，在标点上亦出现失误。这些失误若谨慎些，则可以避免。如《吴梅全集》霜崖曲录中的《北越调·斗鹌鹑》，此为散套，题目应是《北越调·寿粟庐七十》（在《小说月报》上题为

---

①　《戏曲月辑》1942 年第 1 卷第 3 期，题目为：仙昌长拍。
②　《苏州旅言》1936 年第 21 期，题目为：辛未九日鹤园禊集分韵得醉字。
③　王卫民校注：《吴梅全集·作品卷》，河北教育出版社 2002 年版。

《北越调·寿俞丈七秩》），在曲牌上应该为：【斗鹌鹑】【紫花儿序】【小桃红】【黄蔷薇】【柳营曲】【三台印】【庆元贞】【尾声】①。在标点上，存在错讹之处更多。如："探药鼎守丹炉"应为"探药鼎，守丹炉"（《北越调·斗鹌鹑》）；"早匆匆铜驼泪洒"应为"早匆匆、铜驼泪洒"，"却重逢今宵月读去声下"应为"却重逢、今宵月读去声下"（《浣溪纱慢·海上遇旧燕》）；"白头怕结长生缕"应为"白头怕结，长生缕"，"奈今朝芳兰试浴"应为"奈今朝、芳兰试浴"（《凄凉犯·戊辰端午》）；"更无俊侣寻春画中意"应为"更无俊侣，寻春画中意"，"再来苦想禅林太平世"应为"再来苦想，禅林太平世"；"写花魂洞箫吹起"应为"写花魂、洞箫吹起"（《绕佛阁·沈石田〈竹堂寺探梅图〉》）；"已不是浦裙风色"应为"已不是、浦裙风色"，"今天下沉酗日"应为"今天下、沉酗日"，"招素鹤紫裘吹笛。记前度旗亭买醉"应为"招素鹤、紫裘吹笛。记前度、旗亭买醉"（《梦横塘·胥江村店独酌倚苕溪体》）；"社中人诉诸学臣黎元宽"，诸学臣、黎元宽为人名，应加"、"（《绿牡丹跋》）。另外，在其他卷里，也存在校对失误："钧台书院"误成"钓台书院"（《范张鸡黍》）。

以上仅是笔者在报刊上见到的《吴梅全集》之外的作品，今拈出以飨读者。就全集编排体例来看，编者并未进行分类、加工，如"作品卷"诗词部分来自"日记卷"，还有大部分没有从"日记卷"中提出来。如：

> 午后题许剑芙扇页，为《龙女牧羊图》，成二绝："勃窣小谪落红尘，雾鬓风鬟似洛神。一诺传书便身报，仙家眷属太无因。"又云："北海孤臣能抗节，南湘神女擅倾城。儒冠下第知多少，侥幸成仙是柳生。"②

再如：

拾翠羽

> 微步蘅皋，愁见旧家京洛。幻灵踪仙山楼阁。盈盈一水，怨怀无托。千古恨，惟有美人沦落。尺幅轻绡，留取古欢依约。更休问废台

---

① 《吴梅评传·作品选》中将【小桃红】写成【小挑红】，见王卫民、王琳编著《吴梅评传·作品选》，中国文史出版社1998年版，第170页。

② 王卫民校注：《吴梅全集·日记卷》，河北教育出版社2002年版，第7页。

铜雀。吴笺双璧，十三行作。今夜长，谁鼓玉琴秋鹤。①

若能够单独整理出来，将其列入辑佚卷，不仅能够更全面地反映出吴梅作品的思想、内容、艺术成就，也为研究者提供方便。

---

① 王卫民校注：《吴梅全集·日记卷》，河北教育出版社2002年版，第3页。

林宗素并非张佚凡

南社是一个提倡女权的文学革命社团，共吸纳了 70 名女社友。其中张佚凡（张雪）是第一位参加南社雅集的女社友，在南社第三次雅集后被选为庶务。笔者作南社社友名号表时，发现张佚凡的笔名在不同的书籍中却有所不同，现拈出，以作剖析。

柳亚子在《南社纪略》中写道：

> 张佚凡，名雪，字逸帆，一姓林，又称林宗雪，女士，浙江平湖人。上海尚侠女校教员，光复时任女子北伐队队长，后与无锡裘祝三同居，创办女子植权公司，已故。①

陈玉堂《辛亥革命时期部分人物别名录》中张雪条注：

> 张雪，生卒年代不详，浙江平湖人。尚侠女校教师，入南社，曾担任妇女北伐队队长。字：逸帆、佚凡。别署：林宗雪。法名：耀真。晚年出家于杭州紫阳祇园庵所取。②

陈玉堂在《中国近现代人物名号大辞典》张雪条中又做了补充：

> 张雪：女。浙江平湖人。字佚凡，又字逸帆，一姓林，又名林宗雪、林宗素（署见 1912 年《妇女时报》6，发表《女子参政同志会宣言书》），法名耀真。南社社友。任尚侠女校教师。南社成立时担任庶务。辛亥革命时任女子北伐军队长。晚年出家于杭州紫阳山祇园庵。③

徐乃翔、钦鸿二先生编写的《中国现代文学作者笔名录》中又作如是说：

---

① 柳无忌编：《南社纪略》，上海人民出版社 1983 年版，第 22 页。

② 陈玉堂：《辛亥革命时期部分人物别名录》，见《辛亥革命史丛刊》编辑组编《辛亥革命史丛刊》第五辑，中华书局 1983 年版。

③ 陈玉堂编著：《中国近现代人物名号大辞典》，浙江古籍出版社 1993 年版，第 469 页。

　　张雪（？—？）浙江平湖人。字：逸帆。曾用名：张佚凡、林宗雪。①

　　从以上几则资料我们可以看出，陈玉堂先生在张雪条中多了林宗素和耀真两个名号。先看林宗素这个名字，顺着陈玉堂先生的提示，查到《妇女时报》上发表的《女子参政同志会宣言书》，随即查有关女子参政同志会的资料。1911年11月30日在《神州日报》上刊登了《女子参政同盟会广告》，末署"中国社会党本部女党员同启"。1912年1月23—24日，《天铎报》刊出《女子参政同志会会员林宗素宣言》，与《妇女时报》上发表的《女子参政同志会宣言书》为同一篇文章。1912年3月3日《天铎报》刊出《女子参政会纪事》，林宗素以十二票当选为会长。按此推理，张雪词条后可补充其为中国社会党党员、女子参政同志会会长。事情止非如此，作为社会党党员的林宗素在加入女子参政同志会之前，于1911年年底在上海参加了陈光誉、武问梅发起的男女平权维持会；之后又参加了唐群英任会长的中华民国女子参政同盟会（由女子参政同志会、女子后援会、女子尚武会与金陵女子同盟会、湖南女国民会多会合并而成）；继而担任女子法政学校校长。林宗素参加如此多的社会社团和政治活动，柳亚子为何只字不提？还是南社林宗素另属他人？

　　在林宗素参加的各种妇女团体中，我们可以看到唐群英、张昭汉的名字，可见三者有共同的革命理想和目标：为女子参政权而抗争。唐群英和张昭汉相识于日本，同为同盟会会员。在同盟会女会员中，我们不仅找到了林宗素的名字，亦见到林宗雪的名字，一个人是不能以两个名字参加同一个组织的，故可以确定林宗素不是林宗雪，原来林宗素确有其人存在，那就是林万里的妹妹林易。林易亦非一个平庸女子，现对其生平作一简单陈述：

　　林宗素（1877—1944），原名易，福建闽县（今闽侯县）人，林万里胞妹。1898年前后，林宗素随林万里到杭州，在杭州参加了浙江教育会的活动，结识秋瑾。1902年，协助万里创办《杭州白话报》。四月随兄嫂到上海，同年秋，在登贤里兴办"爱国女校"并担任该校教员。不久，又兼任蔡元培等人创立的"爱国学社"教员。1903年二月，东渡日本，在东京女子高等师范学校学习。到日本不久，参加了革命妇女团体"共爱会"。

<hr />

① 徐乃翔、钦鸿编：《中国现代文学作者笔名录》，湖南文艺出版社1988年版，第318页。

同年十一月，回上海，任《中国白话报》编辑主任和《俄事警闻》《警钟日报》的编务，成为当时上海报界名记者和编辑。1905 年三月，再次东渡日本，于东京女子高等师范学校求学。十二月十六日，林宗素在东京加入中国同盟会。不久，因日本文部省颁布《取缔清国留日学生规则》，愤而退学回国，随后加入辛亥革命的队伍。抗日战争期间，携家避居云南，后病逝于昆明。

关于张伏凡（林宗雪）亦作简要补充：生卒年不详，其母姓林，故亦以林姓。参加第三、四共两次南社雅集，与其妹妹张馥桢同为同盟会会员，姐妹俩对秋瑾怀有深厚感情。林宗雪曾任女子国民军司令，在女子国民军解散后，与战友们一起创办了植权女子物产公司，以推销国货为宗旨，后因无力承担高额税收而破产。精神上的打击和生活上的落魄，致使林宗雪一病不起，其妹张馥桢无力承受如此打击，与好友选择了遁入空门，在杭州出了家。

至此，可以得出，林宗素并非张伏凡的笔名，而法名耀真却与其妹的归宿相吻合，"著名的女革命党人张馥真竟被旧的封建势力逼得出家，到杭州紫阳山祇园庵削发为尼，法名耀真，黄卷青灯伴随着痛苦与叹息度过了一生"[1]，故不是张伏凡的法号。

陈玉堂先生的失误被《百年南社话先贤》（《嘉兴日报》2009 年 1 月 6 日）一文沿用，今又见上海金山"留溪论坛·南学纵横"里误用。笔者特指出，供南社研究者参考。

---

[1]　中国人民政治协商会议全国委员会文史资料研究委员会编：《辛亥革命回忆录》第六集，文史资料出版社 1981 年版，第 71 页。

《鲁迅全集》中"素民"考

在《鲁迅全集》中有一封《致蒋抑卮信》，此信写于 1904 年 10 月 8 日。信中写道"闻素民已东渡，此外浙人颇多，相隔非遥，竟不得会。"① 关于"素民"何人，已有学者进行了考释，② 但错讹颇多。近来笔者查阅到相关资料，对"素民"其人做一简要补充。

一 "素民"汪叔明生卒年

素民为汪叔明，陈玉堂在《中国近现代人物名号大辞典》（全编增订本）汪叔明条注为：汪叔明（1873—?），浙江杭县（今杭州）人。原名熙，改名希，又名希曾，以字行，亦字素民、淑明，号匪石（见 1903《浙江潮》，有《中国爱国者郑成功传》等，后有《郑成功传》单行本。存考)③。陈玉堂先生也只提到生年，没有卒年。由此，继续查下去，发现有两条信息可备用：

> 1.《癸卯三月至甲辰十月浙江留日学生调查录》载：汪希（素民），年龄 30，籍贯钱塘，二十八年十一月自费到日本，预备入校。

> 2.《甲辰四月至十月浙江留日学生调查录》载：汪希（素明），年龄 31，籍贯钱塘，三十年八月，官费到日本，法政大学。④

上两条也可推出其生年为 1873 年，但具体日期尚不清楚，在《许宝

---

① 鲁迅：《鲁迅全集》编年版（第 1 卷 1898—1919），人民文学出版社 2014 年版，第 63 页。
② 景山：《鲁迅书信部分人物事件考释》，《新文学史料》1979 年第 4 期。
③ 陈玉堂：《中国近现代人物名号大辞典》（全编增订本），浙江古籍出版社 2005 年版，第 544 页。
④ 汪林茂辑：《浙江辛亥革命史料集·第 1 卷：二十世纪初的浙江社会》，浙江古籍出版社 2014 年版，第 361、373 页。

蕅日记》中发现两则记录：

1. 1920 年　廿四日（3 月 14 日）星期。十一时到陈仲恕寓作生日会，会者有十二人，皆杭人也：……汪叔明希，四十七，九月廿三，寓后王公厂，内务部参事。……杭人向无集会，此举亦甚佳，每月一集，以十一人公祝一人，各出分资二元，因廿六为仲恕生日，以此为第一集，其月无生日者，则以前月、后月之复者推之，座位则序齿，三时散。

2. 1923 年廿八日（11 月 6 日）六时到忠信堂为汪叔明五十生日公祝。①

从第 1 条我们可以推出汪叔明生于 1873 年的九月廿三日，至于第 2 条提到的廿八日，应与第 1 条提到的公祝生日有关，时间推后。那么，他又是哪年去世的呢？

1942 年四月七日。老友汪叔明病久且笃，经济窘迫，为之集款料理后事，得胡藻青助五百元，陈仲恕四百元，吾亦勉凑四百元，他如张屏青、朱达斋、寿拜庚、韩强士各有资助，四月七日竟不治而逝，不胜伤感。②

此条为《项兰生自定年谱》记载，由此，可推出汪叔明卒于 1942 年 5 月 21 日（四月七日）。

根据上述史料，概括为：素民，姓汪，名希，字素民，又作淑明、叔明。生于 1873 年 11 月 10 日（九月廿三日），卒于 1942 年 5 月 21 日（四月七日），杭州钱塘（今浙江杭州）人。

二　"素民"汪叔明事略

关于汪叔明的生平事迹，依据现有资料进行了梳理，以编年的方式进行考略。

1896 年，参加杭州府东城时务策论考试，名列前八，受到杭州府林太尊款待。

十二月杭府林太尊又试东城时务策论，以前观风卷知为吾作，特

---

① 许宝蕅：《许宝蕅日记》第 2 册，中华书局 2010 年版，第 714、975 页。

② 《项兰生自定年谱》，上海市档案馆编《上海档案史料研究》第十一辑，上海三联书店 2011 年版，第 282 页。

嘱吾以本名应试，题仍以时事为主，遂投一卷，前列者为邵伯絅、仲威昆仲，吾亦得列前茅，此外有汪叔明希及褚某等。前列八人订期在有美堂盛馔延见，由高啸桐先生招待，饭后分先后与林太尊相见，接谈许久而退。①

1897 年，入求是中西书院。

浙江巡抚廖谷似寿丰以发封之普慈寺址创设求是中西书院（以讲求实学为旨故定名求是），委派杭州府知府林迪臣启兼任总办，陆冕侨师懋勋为监院，下设事务二人，一掌文牍为陈仲恕，一司会计为俞吉斋，并聘美教士王令赓课格致、化学、英文，卢子纯葆桢课算学，陆叔英康华课英文。招收二十岁以上之举贡生监三十名，由杭州府考试察看录取，月给膏伙，优者随时给予奖金。五月廿一日（阴历四月二十日）开学，吾得陆冕师函林太尊指名嘱往应试，录取榜首后即到校上课。同榜十人，有汪叔明、张峄材、钟璞岑等。②

按：项兰生是近代著名爱国民主人士、教育家、银行家，名藻馨，字兰生。1873 年生于浙江杭州，1957 年在上海去世。他曾在杭州参与创办《杭州白话报》、安定学堂（现为杭州第七中学）、浙江兴业银行等，并先后在浙江高等学堂（现为浙江大学）、大清银行、中国银行、浙江兴业银行、汉冶萍公司等担任要职。

1899 年，任养正书塾教习。

养正书塾虽然"义取蒙养，故名养正"，学业程度实际是中等性质，所设科目初为国文、小学（说文）、经学、修身、算术、历史、地理，后添设格致、体操、英文、音乐等。养正书塾开办时，聘杨文莹为总理，陈黻辰为总教习，陈敬第、汪希、魏易等人为教习。③

1901 年 6 月，参与创办《杭州白话报》。

六月（旧历五月）创办《杭州白话报》，发起者陈叔通、汪叔明、孙江东、袁文楸、林琴南、汪秋泉等。时杭州尚无活字印刷机关，决用木刻，暂在吾家举行。款由同人捐集，每月出二册，每年售一元，

---

① 宣刚整理：《项兰生自订年谱》（一），上海市档案馆编《上海档案史料研究》第九辑，上海三联书店 2010 年版，第 190 页。

② 宣刚整理：《项兰生自订年谱》（一），上海市档案馆编《上海档案史料研究》第九辑，上海三联书店 2010 年版，第 191 页。

③ 张彬主编：《浙江教育史》，浙江教育出版社 2006 年版，第 394 页。

吾总其事。其宗旨以开通风气，宣扬中外大势，提倡新政学业为主。①
1902 年元旦，参加蔡元培婚礼。

　　蔡元培新婚，杭州学界人士宋恕、汪希、孙翼中、陈介石、叶景范等前来贺喜。②
清明节杭州府中学堂闹学潮，马叙伦等被劝退。

　　杨监督写完单子，请教习们表态："此三生应否除退？"随后陈叔通教习扶病上前，率先签注意见——"宜除退"，而林獬（白水）、汪希（叔明）、魏易（冲叔）等教习依次提笔写"宜除退"。③

　　1902 年，宋恕在杭州与陈黻宸、陈汉第、陈叔通、汪希、潘鸿、高凤谦及求是书院、养正学塾高才生多人相往还，并资助口文学堂。在其《日记》中述"养正学生风潮"及陈黻宸偕学生马叙伦等出走的经过。④
8 日（阴历七月十七日）（周作人）至杭州。与鲁迅访问了《杭州白话报》馆，见该报创办人汪素民等。⑤
1904 年春，参与杭州女学堂筹备工作。

　　清光绪三十年（1904）春，杭州教育会发起兴办女学，由邵章、陈敬第、孙智敏、胡焕、钟濂、郑在常、袁毓麟等禀请浙江巡抚聂缉椝立案开办杭州女学堂。留日学生汪希、傅疆、孙江东、高子周、袁文薮等负责筹备，赁积善坊巷民屋为校舍，聘钟濂之母钟顾郁文为监督，于三月十七日（1904 年 5 月 2 日）正式成立，当时有学生 45 名，分编三级，为小学程度。⑥

　　1906 年 11 月，由杭州佛教公所绅监督汪希及僧永胜等 12 人赞助，在杭州举办国民小学堂 4 所，初等小学堂 1 所，经费由僧教育会拨付。⑦
1907 年夏，任浙江省立禁烟局副董，后辞职。

　　夏六月地方官绅，仰浙抚张中丞意，创设省立禁烟局，吾被推举

①　上海市档案馆编：《上海档案史料研究》第十辑，上海三联书店 2011 年版，第 289 页。
②　张晓唯：《蔡元培评传》，百花洲文艺出版社 2015 年版，第 179 页。
③　卢礼阳：《马叙伦》，群言出版社 2014 年版，第 11 页。
④　邱涛编：《中国近代思想家文库·宋恕卷》，中国人民大学出版社 2014 年版，第 551 页。
⑤　张菊香、张铁荣编著：《周作人年谱 1885—1967》，天津人民出版社 2000 年版，第 53 页。
⑥　杭州市教育委员会编纂：《杭州教育志》，浙江教育出版社 1994 年版，第 144 页。
⑦　余起声主编：《浙江省教育志》，浙江大学出版社 2004 年版，第 33 页。

兼任局董，求是同学汪叔明副之，驻局办公。……十月将收集之烟
具，在吴山当众烧毁。吾旋辞职，仍专力办理安定校事。继吾任者为
高同甫。汪叔明亦同时辞职。①

1907 年 11 月 4 日，参加汉冶萍煤铁有限公司老股创办人和新股发起
人会议。

　　11 月 4 日，总理盛宣怀及汤寿潜（抑厄代表）……汪希……共
21 人代表老股创办人和新股发起人召开会议，通过"议单"共 15 条，
对 10 月份颁布的《汉冶萍煤铁有限公司大概章程草拟》进行了若干
调整。②

1911 年 11 月，蒋伯器到浙江接任都督，汪叔明参与其事。

　　约陈公侠等留日同学与浙军人员一谈，均表欢迎。在沪时又托人
跟陈仲恕、汪叔明、孙江东、金九如等乡先生商议，同到杭州办事，
方可决定，于是陈、孙首先赞成，汪、金亦赞成。③

1912 年 5 月，加入共和党。

　　共和党成立大会记……汪希、陈敬第、高凌蔚、蔡元康、王家
襄。请众注意，仍指任黄君云鹏说明其故。黄君报告谓造次权宜办法
之理由：（一）干事五十四人手续太繁；（二）此次系合并，初成各团
各不相知，选举难以尽当，故第一次用各团分举，大会宣布之法。全
体赞成。时已五时半，遂宣布散会。④

1913—1914 年，代理实业司长汪希兼任秘书闻将开去，专司实业。⑤

1915 年 4 月 19 日，任司法部襄校委员。

　　初六日（4 月 19 日）夏用卿同龢、濮绍戡彦畦、陈季侃阁、毛艾
孙祖模、向构甫瑞彝、许东畬星璧、王筱侯扬滨、宗加弥能述、汪叔
明希、秦晋华瑞蚧、萧龙友方骏、陆仲芳世芬为襄校委员。⑥

---

　　①　宣刚整理：《项兰生自订年谱》（一），上海市档案馆编《上海档案史料研究》第九辑，
上海三联书店 2010 年版，第 292 页。

　　②　张后铨：《汉冶萍公司史》，社会科学文献出版社 2014 年版，第 149 页。

　　③　《辛亥革命的回忆》（张云雷口述，陈朱鹤记录），温州市政协文史资料委员会编《温州
文史资料》第 7 辑，1991 年第 175 页。

　　④　《时报》1912 年 5 月 10 日第 9 版，同日《申报》第 7 版；11 日《新闻报》第 9 版。

　　⑤　《时报》1913 年 11 月 11 日第 3 版；另见《政府公报》1914 年第 798 期。

　　⑥　许宝蘅：《许宝蘅日记》第 2 册，中华书局 2010 年版，第 528 页。

1916 年，任浙江都督府咨议官。①

1918 年 11 月，与经亨颐结为儿女亲家。

　　二十四日晴。星期。上午欲他出，为客所阻。午后倦卧。即晚，在寓宴汪叔明亲家，颇畅饮。陪客为沈馥生、蔡谷清、陈一易、朱谋先等。陈乐书、金润泉不到。何敬安来已散席，但其诚意已可表见矣。②

1920 年，授其一等一级内务奖章。③

1921 年，授其二等文虎章。④

1923 年，授其二等宝光嘉禾章。⑤

1924 年 12 月 16 日—1926 年，任金华道尹。⑥

1928—1929 年，任南京国民政府外交部秘书处秘书。

　　国民政府外交部令：交字第三号（中华民国十七年二月二十二日）：令各秘书科长：为令派事兹派楼光来汪希谢冠生钱昌照黄仲苏为本部秘书……⑦

1930 年，辞去青岛市政府代理参事之职。⑧

三　关于两部署名"匪石"的作品著作权考证

　　《中国近现代人物名号大辞典》（全编增订本）汪叔明条为我们提供了两个信息：一是汪叔明号"匪石"，二是在《浙江潮》发表《中国爱国者郑成功传》，后又有单行本《郑成功传》。于是，去查《浙江潮》，发现以下条目：

　　1. 谈丛：《野获一夕话》　匪石　《浙江潮》　1903 年第 2—5、

　　①　《浙江公报》1916 年第 1532 期。

　　②　经亨颐著，张彬、经晖、林建平编：《经亨颐集》，浙江大学出版社 2011 年版，第 488 页。

　　③　《政府公报》1920 年第 1407 期。

　　④　《内务公报》1921 年第 98 期。

　　⑤　《政府公报》1923 年第 2709 期。

　　⑥　《浙江省军政民政司法职官年表》，沈云龙、刘寿林编《近代中国史料丛刊续编·第 5 辑：44 辛亥以后十七年职官年表》，文海出版社 1974 年版。

　　⑦　《外交部公报》1928 年第 1 卷第 1 期。

　　⑧　《青岛市政府市政公报》1930 年第 14 期。

7—10 期

《野获一夕话》包括：发厄、虚无党制造家、嗟南宋六陵、余所闻李来中、家明、秘密党、国会谈、茶与帽、法王路易受审时之口供、洪秀全国际谈判、伤哉孔子之裔、洪王宫联、杭州净慈寺僧所述、文八股、顺民历史、奇诏、吴三桂复父书、永历士子、剃发。

2. 学术（传记）：中国爱国者郑成功传　匪石　《浙江潮》1903年第2—6、8—9 期

3. 社说：浙风篇　匪石　《浙江潮》1903 年第 4—5 期

4. 学术（文学）：中国音乐改良说　匪石　《浙江潮》1903 年第 6 期

以上四条若按陈玉堂所提示，应该都是汪叔明的作品，但署名"匪石"者并非一人，就目前所见资料，与其同时代署名"匪石"者还有两人：

1. 萧楚女（1893—1927），我党早期著名的政治活动家，曾任《中国青年》编辑。著有《中国民族革命运动史》《帝国主义侵略中国史》等。原名：树烈。乳名：朝富。学名：楚汝。字：秋、秘。笔名：楚女、寸铁、小青、火花、女、丑女、丑侣、丑信、玉、记者、初遇、青峰、抽玉、侣、弧、孤父、匪石、野马、野火、楚、醽。①

2. 陈世宜（1883—1959），别署匪石、倦鹤、小树、白下老鹤、旧时月色斋等。1906 年赴日本留学，同年加入同盟会，1908 年回国。1912 年 4 月 25 日由柳亚子、朱少屏、苏曼殊介绍加入南社，入社号264。本年去马来西亚，任《光华日报》记者。1913 年回国，任上海《民权报》《生活日报》《民信日报》《民国日报》《中华新报》等报记者。

这团迷雾如何解开，还需要认真分析。通过阅读，还找到了一条信息，即日本学者增田涉在《西学东渐与中国事情》书中写道：

我要特别加以叙述的是，匪石的《郑成功传》。匪石是明治年间侨居我国的清国人的笔名。当今，张泰谷的《笔名引得》（1971 年，台湾"文海出版"）提出以"匪石"为笔名的有汪叔明和陈世宜，这人到底是哪一位尚不清楚。但此书于明治三十七年由东京"清国留学

---

① 周家珍编著：《20 世纪中华人物名字号辞典》，法律出版社 2000 年版，第 908 页。

生会馆"发行。①

1903 年秋，在《清国留学生会馆第三次报告》中即云汪已告假回国。1904 年《东方杂志》第九期《各省游学汇志》栏载《浙省选派官绅前往日本就学政法》消息一则云："兹将学员姓名列后，官则……袁毓麟、汪希共十八人。"据上可证实，汪希两次留学日本。此时正是依据日本资料写成的《中国爱国者郑成功传》发表《浙江潮》期间。

再看《浙江潮》与汪叔明的关系："百里在日本士官学校读书时，不废文笔，他和《新民丛报》很接近，却也在同盟会的《民报》写稿。他又组织了浙江同乡会，创办了《浙江潮》，自任第一届主编，执笔的有汪熙、邵章、孙江东等。"②而此时，距离陈世宜留日差三年，同时，萧楚女此时刚十二岁左右，还在为生计奔波，不可能留日，将《浙江潮》署名"匪石"的文章归于萧楚女名下是错误的。综上所述，《中国爱国者郑成功传》的作者"匪石"应为汪叔明，《浙江潮》署名"匪石"的文章亦为汪叔明所作。③

《中国近代文学大系·翻译文学集 1》在短篇小说部分收入了法国都德著《最后一课》，在其注释中写道："《最后一课》都德著，陈匪石译，选自《湖南教育杂志》，1903 年 1 月出版。"在"编者按"中对译者介绍："本篇译者陈匪石，名世宜，30 年代历任各大学教授，为著名之词家。"④当查阅《湖南教育杂志》时，它的创办时间为 1912 年 6 月，《最后一课》载 1913 年第 2 卷第 1 期（1913 年 1 月 31 日），之后出版的研究著作大多沿袭 1903 年说。译者"匪石"是否为陈匪石，这是一个值得商榷的事。

查阅萧楚女的著述，未见其有翻译作品，故应该排除《最后一课》为其翻译的可能性。现在只剩下陈"匪石"、汪"匪石"与《最后一课》的关系了。

---

① ［日］增田涉：《西学东渐与中国事情》，由其民、周启乾译，江苏人民出版社 2010 年版，第 177 页。

② 曹聚仁：《蒋百里评传》，东方出版社 2010 年版，第 164 页。

③ 黎显衡：《萧楚女》，广东人民出版社 1982 年版；另，张春田将《中国爱国者郑成功传》归陈世宜名下，见张春田《革命与抒情：南社的文化政治与中国现代性（1903—1923）》，上海人民出版社 2015 年版，第 92 页。

④ 施蛰存主编：《中国近代文学大系·翻译文学集 1》，上海书店出版社 1990 年版。

林纾在《论古文白话之相消长》中说：

> 至白话一兴，则喧天之闹，人人争撤古文之席而代以白话，其但始行白话报。忆庚子客杭州，林万里、汪叔明创为《白话日报》，余为作《白话道情》，颇风行一时。[1]

可见，汪叔明也是早期的报人和白话运动的倡导者。我们再看《最后一课》的翻译文本，译文纯用白话，通俗明了，可以说是早期优秀的白话文译作。遍查陈匪石的作品，并未发现一篇译作，而且在其自传中亦未提起其翻译作品事宜。同时，《湖南教育杂志》刊登《最后一课》时陈匪石尚未回国，从时间上不具备投稿的条件。

反过来，我们再看胡适译的《割地》与匪石译的《最后一课》的关系。据胡适日记记载翻译《割地》的时间为1912年9月26—29日，最早刊在上海的《大共和日报》，时间为11月5日。而后，又刊于1915年3月《留美学生季报》（第2卷第1号）。而《湖南教育杂志》刊登《最后一课》的时间是1913年1月31日，在两者之间。有的论者认为"匪石本"不具有译文所应体现的独立性，从根本上来说是出现在90年前的"伪译本"。[2] 论者通过二者翻译手法、语言运用等比较，得出如此结论，但也说出了二者的不同。这就要考虑到当时的出版和社会环境等诸多因素。首先当时对"剽窃""侵权"的概念还不是那么重视，上海的报纸经常刊登一些改头换面的文章，但匪石译《最后一课》除题目更改外，还有些词语进行了更改。如胡适把语法术语 parctiiPe 译为"动静词"（现通译为"分词"），匪石本为"疏状字"。如果匪石不懂得语法或者说没有其他文本做参照的话，是不可能做如此改变的。基于此，可以肯定的是，译者"匪石"并没有直接"抄袭"胡适的《割地》一文。倾向于白话文，又有一定的翻译基础，结合匪石在《浙江潮》上发表的文章，及汪叔明在教育事业及爱国思想的展现，此"匪石"应该是汪匪石即汪叔明。

另外，笔者还查到了3篇文章，仅列名目于下：

---

① 林纾：《论古文白话之相消长》，见赵家璧编《中国新文学大系》第2集，上海良友图书公司1935年版，第79页。

② 韩一宇：《"陈匪石译"〈最后一课〉与胡适译〈最后一课〉考略》，《出版史料》2002年第3期。

《敬告金华道全属父老昆弟文》，汪叔明，《净业月刊》1927 年第 11 期

《战争论》，汪叔明，《现象月刊》1933 年第 1 卷第 6 期

《资本主义的危机与人类文明》，汪叔明，《现象月刊》1933 年第 1 卷第 2 期

新见《阿 Q 正传》的十二部续写本

从《狂人日记》到《阿 Q 正传》及最后小说的结集者《呐喊》的出版，每篇都在刻画"沉默的国民的魂灵"，但鲁迅依然感到"在中国实在算一件难事"，尤其是被他"不甚看重"的《阿 Q 正传》，"我虽然已经试做，但终于自己还不能很有把握，我是否真能够写出一个现代的我们国人的魂灵来。"① 如果说这是鲁迅"缺乏信心的坦诚表白，而非例行的谦词"，② 那存在的这种裂缝又该如何弥补呢？"我虽然竭力想摸索人们的魂灵，但总自憾有些隔膜。在将来，围在高墙里的一切人众，该会自己觉醒，走出，都来开口的罢，而现在还少见，所以我也只得依了自己的觉察，孤寂地姑且将这些写出，作为在我的眼里所经过的中国的人生。"③ 这堵阻隔大众走出来开口说话的高墙，源自儒家的"君子"处世哲学、政治体制与道家的崇尚自然，打破高墙封锁的钥匙却是由西方"名匠"打造，因严重缺乏对中国本土经验的了解走上沉重之路。最终在启蒙、批判的中西融汇中逐渐开启希望之门，这一过程却是在《阿 Q 正传》成为经典的路上被接受、转化、重铸中完成灵魂的解放与救赎。百年来，人们在评判、阐释、推崇这部经典之作的过程中，忽略了鲁迅创作的初衷，更少于关注 20 世纪 30—40 年代《阿 Q 正传》的改写本④，导致其成为鲁迅研究上的

---

① 彭小苓、韩蔼丽编选：《阿 Q70 年》，北京十月文艺出版社 1993 年版，第 38 页。

② 张均：《鲁迅为什么不看重〈阿 Q 正传〉——兼论国民性批判写作与启蒙主义之关系》，《中山大学学报》（社会科学版）2004 年第 5 期。

③ 彭小苓、韩蔼丽编选：《阿 Q70 年》，北京十月文艺出版社 1993 年版，第 39 页。

④ 除了本文提到的十二部外，笔者见到的还有：《阿 Q 从军记》（《浙江日报》1944 年 8 月 12 日）；《阿 Q 的儿孙》（《正气半月刊》1946 年创刊号、第 1 卷第 4 期）；《阿 Q 新传》（《纪事报》1946 年 12 月 12 日）；《阿 Q 的儿子》（《南潮报》1947 年 2 月 7 日）《阿 Q 的妹妹》；（《河南民报》1946 年 5 月 17 日）；《阿 Q 的私生子》（《中华日报》1947 年 1 月 10 日）；《阿 Q 悔悟记》（《浙瓯日报》1936 年 9 月 15 日）；《阿 Q 新传》（《泰兴大公报》1947 年 4 月 5 日）；《阿 Q 别传》（《工商新闻》（南京）1947 年第 13—14 期）。因其篇幅短小或为连载但仅见少部分，故未纳入本文论述。另《西北文化日报》于煤村的《小阿 Q》已有学者著文论述，不再赘述。

一个盲点。从目前笔者掌握的史料看，此时期关于"阿Q"形象再阐释的改写本与鲁迅笔下阿Q的国民性特质既有继承又有差异，在顺延鲁迅国民性批判之风的同时，更换了政治叙事的外在元素与思想认知的内在逻辑，使之回应于当时的历史与社会语境。

一

自"九一八"事变以来，"阿Q精神"[1] 经过阅读者、评论者与媒介的共同推介，在抗战语境中以阿Q复活、重塑、再阐释的方式从文学场域转型于民族、政治、社会场域，成为社论、时评、政论、小说等各类文体的"战时名词"，通过政治文化诠释的维度来批判国民政府、民众的"以败为荣""自欺欺人"的劣根性，赋形于国民性批判与革命话语的民族意识中。"一九三一年，日本帝国主义者占领了东北，彷徨失措的中国当局，便要求国际联盟与九国公约签字国来申张公理，制止日本帝国主义者的暴行。其结果，弄得东北四省只好在'三千万人民及其子子孙孙永远不忘祖国'的'阿Q精神'之下来收还了。"[2] 鲁迅的国民性批判着眼于传统文化中束缚精神与自由的"毒瘤"，试图从内部来唤醒国民"逆来顺受"的麻痹思想，完成精神层面的启蒙与救赎。此时的"亡国灭种"危机不是来自强大的西方帝国联合势力，而是"弹丸之国"的日本，战败羞辱感将"阿Q精神"从历史叙事转嫁到战时语境。

发表在暹京（曼谷）《新民校刊》上的《阿Q》，[3] 为目前所见最早的改写本，作者为初中二年级学生。《阿Q》叙事时间在民国十九年（1930）秋天，以阿Q偷鸡被陈秀才打嘴巴、不许阿Q姓陈拉开序幕，"忍得一时之气，免得百日之忧"的阿Q在掌掴声中退出陈姓祠堂，当遇到看客围观时，摇身一变"妈的，谁怕他，姓陈不姓陈有什么……"此场景似乎将我们拉回到赵太爷训斥阿Q的画面，接续下去的是关于"阿Q"这一名称的来历，与鲁迅在序中"阿贵""阿quei"讨论同源，只是换个"洋学堂"

---

[1]　最早见霉江与鲁迅的通信中，见《莽原》1925年第20期，"九一八"事变后，大约有76篇文章以"阿Q精神"作为标题。

[2]　壮行：《严重的国际形势与中国》，《新社会》1934年第6卷第9期。

[3]　莫沙：《阿Q》，《新民校刊》1936年第1卷第7—8期。

的学生身份。此阿Q因父母溺爱而养成了好赌的恶习，在族叔"你父亲死了"的呼唤声中赌光了身上所有钱，最后来句"妈的，不要啰嗦"。父母相继去世，阿Q欠下了高利贷，让其难以承受的是原本借了二十块钱在陈秀才嘴里确凿为"一统五十块，不计利息"。"后来村中人们的评论是：阿Q自取其祸，自讨其苦，至于是不是二十块，却没有人敢下断语，阿Q的被打，也许就是一种反证。"阿Q自父母双亡后靠在豆腐店打工来解决温饱，在"挑水事件""洗澡事件"后被豆腐店东家辞退，阿Q"世界这么大，谁稀罕你这碗饭"，然后决然离开了豆腐店。饥饿促使阿Q重新找到了一份新职业，到洋学堂当校役。好景不长，随之而来的是东三省沦陷，阿Q借助洋学堂信息灵通的便利，向众人传播战事，很快成为瞩目的人物。"一·二八"事变后，蔡廷锴将军一度被人们称颂，被誉为"一代名将""抗日民族英雄"，战后获南京国民政府授予青天白日勋章。可惜《淞沪停战协议》签订后连同他的十九路军被调到福建"围剿"工农红军。在"围剿××"取得暂时胜利时，国民党军队又开始"清乡运动"。阿Q被糊里糊涂地带走，因无人保释再次糊里糊涂地被押上断头台。"做平民要捉，做××要枪毙，做什么——"是阿Q被枪毙前苦闷的思想。此文的改写，继承了鲁迅笔下阿Q所存在的惰性，并毫无主见，缺少作为生命体存在的独立精神与生存个性。正如编者在后记中写道："这里的阿Q，不是鲁迅先生的那个阿Q，然而阿Q毕竟还是阿Q，虽则时间不同，风趣两样，可是阿Q那种特有的精神，却没有什么二致。"

《阿Q别转》① 中，阿Q被"假洋鬼子"（此假洋鬼子非未庄的假洋鬼子）救活后便在未庄消失了，跟着他的主子"让这一个有大烟囱，在水里会走的东西把他们带到了一个很生疏的地方。那里，来来往往的都是红毛鬼子，说话也是红毛话，穿的都是'假洋鬼子'似的'夷装'。这，在阿Q想来，大概就是以前赵太爷所说的'海外'和'外国'了。这几年来，经过'假洋鬼子''红毛鬼子'的熏陶，他已不再是在未庄时代的阿Q，和初到城里的阿Q了。阿Q已经是另外一个阿Q了，头发又在秃顶上生了出来，而且梳得光光的，像一面镜子。身上穿的是'夷装'，嘴里说的也是'洋话'。出来，鼻上还架一副托力克，手要拿一根司的克，皮鞋橐橐……"在第8期写阿Q领导着学生闹学潮："这事情进行得很顺利，因

---

① 齐雯：《阿Q别转》，《国风》（上海）1939年第1卷第1、3、8期。

为那里学生，有的不问事。问事的几个，早已为阿Q的党徒们所收买了。所以，顷刻间，这学校陷入了一个不可挽收的状态之下了。学生打教师，罢课，毁教具，无恶不作。阿Q更派了二名喽啰拿了手枪，驻守校门口，以壮这批叛徒的声势。一天复一天，学潮弄得更大了，甚而蔓延到其他各个学校中了。"因《国风》杂志不全，仅见1、3、8期，但从目前见到的3期连载看，文中出现的"红毛鬼子""卢布"，虽然不能判断是上海哪次共产党领导的学生罢工运动，但从文字叙述上作者显然是否定学潮，在第8期末尾说"阿Q是奴才，奴才当然明了主子的心理的。阿Q，他这奴才，又是高人一等的，那么，他当然可以明晓他那'洋主子''总指导'的心理，脾气，而来投其所好的。阿Q，他这一次来见他那主子的目的，有几个：第一，想报报功，表示表示他有理论，有群众，更有行动。第二，想骗一些钱来用用，来玩玩外国妓女，来喂喂那批小走狗们——他的部下、师爷们，乃至徒子徒孙们。第三，想拍拍'洋鬼子'的马屁，要他多捧捧"。

1945年8月15日，日本天皇宣告停战，中国人民长达14年之久的抗日战争终于结束。《阿Q还乡记》① 以抗战结束为起点，"阿Q经了八年抗战的洗练，态度比先更沉默，自然也更世故了。他眼见大家纷纷提箱携筐赶车搭船，耳闻大家沸吵腾腾都说'好了！鬼子打跑了，现在好回家乡大家都可以安居乐业了'，不禁也挑起了'怀乡'之感，他倒并不眷念于土谷祠的生活，但时刻不能忘情于曾经屈膝求爱的王妈，摸过滑腻的脸的小尼姑和欺侮过他的王癞胡"。于是阿Q踏上了回乡路。此时的中国，面临着两大问题：一是对日在华资产接收及日俘处置，二是国共两党内部矛盾。阿Q目睹国民党官员大发国难财，将日本人的、汉奸的财产占为己有，于是也想去捞一笔，结果差点被当"强盗"抓了。在继续还乡行中遇到日本战俘，发现他们吃喝安好，想闯进去解决腹饥，结果被赶了出来。前行中差点遭遇黑心旅店老板以买票为由坑他一笔，而后因无通行证被国民党官兵查到关了两天审过三次，因无名无姓被放行。走到共产党占领区又因无路条而被送到办事处。在办事处黄政治员的引导下，阿Q成为"傀儡"，演砸了一场预演的戏，导致"未庄群众欢迎慰劳新×军大会"一地鸡毛。阿Q被当作国民党奸细吊起来"毒打"一顿，直到绥靖部队进入未

---

① 庆英：《阿Q还乡记》，《尖兵》1946年第10卷第1—2期、第11卷第1期。

庄，阿Q已奄奄一息。黄政治员让阿Q在慰劳大会上的讲话颇有政治意义："第一点是打倒贪官污吏，因为国民党太腐败，贪官污吏太多，我们要打倒他，并且欢迎共产党出来参政。第二点是反抗征粮征兵，因为久经战乱，农村破产，大家不得活命。第三点，发动参军运动。不愿受压迫的组织起来加入新×军。大家携手革命。"阿Q的还乡，实则以抗战胜利之际如何处置"胜利果实"的政治问题为背景，进而描述了国民党内部依靠权力大发国难财，对待日俘的"暧昧"态度，对共产党领导下的政权及军队组织的防备。对新四军政权的描写，则迎合了《尖兵》办刊宗旨，所以带有歪曲的思想，但考量当时中国共产党领导下的革命队伍及相关政策，反映了党组织的缺陷。

《复生的阿Q》①中，阿Q到了冥府，向闫君述说在未庄的不幸，闫君劝他"现在的世界就是不平等，你有十足的自尊心所以要处处碰钉子。必定会随机应变，能大能小，吹钻拍……件件俱全，样样皆鲜，才有你存身所在，你看阳间有多少不择手段成名的，多少奉公守法失败的。这算数能胜理，人能胜天，你也不要难过，我准备还遣你回阳世也享享那花天酒地、肉食锦衣的生活，补补这生的缺憾"。因报纸不全，到11月8日，接续的是阿Q与日本女间谍结婚了。在阿Q的陷害下，刚直的财政厅厅长任后不久被迫辞职，取而代之的是阿Q。随后阿Q违规操作，中饱私囊，又与军阀的父亲联合起来招兵买马、制造武器，又用暗杀的手段恫吓政府派去的官员，导致无人敢去。在日本女间谍的怂恿下，他们又飞向南京，投靠了汪精卫。在此期间，他们与多方势力勾结在一起，出卖祖国利益，进行权钱、权色交易。在对待学生运动上，他接受女间谍的提议，采取屈打成招、威逼利诱、栽赃陷害等手段，最后校长和两个学生被判死刑，保释的共收150万，阿Q和女间谍得100万。汪精卫称赞"夫阿Q，乃余之膀臂也，举国人士皆如斯此事，焉有不王乎"。当抗日战场节节胜利的消息传来，阿Q和女间谍坐卧不宁，开始谋划退路，打起发汉奸财的主意。"一二年之后，阿Q变成了第一号的大富人，又添了一个二阿Q，女间谍已是徐娘半老了，阿Q又娶了一个舞女，朝暮极人间之乐，过着逍遥放荡

---

① 萧飒：《复生的阿Q》，《光华日报》1947年10月30日，11月8—10日、12日、20日、26日，12月2日、4日、12日、13日、15日、25日、26日，1948年1月6—8日、10日、15日、17—22日，残本。

的生活，穿着协和服，留着日本胡，大有日本天皇的气派。"很快到了1945年8月14日，日本战败，阿Q再次受女间谍点拨，经西南他父亲的求人运作，成为先遣军中将司令，后又冠以某会中将特派员和××部接收委员。"阿Q又趾高气扬，女间谍也换了装，入了中国籍，第七号情报员等一起子特务腿子也组织了特动军除奸团，穿上军装，戴上领章，仍活动在各个场合。阿Q不仅想保留自己的财产，还想发点接收财，××纱厂他自吞了，××公司也变为他私人的财产，并且还接收三座洋房，五部汽车，阔了的阿Q更阔了，他发了个汉奸财，又发了胜利财，那些八年抗战辛酸备尝的人员，却变为少食无食的可怜虫。"在经历诸多举报、报纸揭露阿Q的各种罪行后，阿Q通过金钱收买手段，摆平了不利的局面，最后当选了国大代表。"阿Q当选了，这小子真做梦也梦不到，近来他除了请客应酬以外，专候国大的召开时间。编者语：阿Q到了这时也正走着红运，至于将来如何，编者也不敢断定。"

鲁迅赋予阿Q的"革命"思想，是为了实现"自我"的"救赎"，即通过革命的方式取得在未庄的生存权、话语权，从利己主义出发满足"欲望"。但阿Q对"革命""革谁的命"一无所知，更多的是一种"迷茫""无主观意识"下的心血来潮。在抗战初期的文学阅读与战时舆论宣传场域中的阿Q，也充满了"革命"的斗志与欲望，但其实现的方式发生了变化，他们在主观意识的支配下去实现、追逐"自我价值"与"社会认同"，甚至在失去民族正义的道德底线下成为勾结日伪的汉奸和大发国难财的国民党统治集团里的一员。上述四部《阿Q正传》的改写之作，勾勒出战时语境之下"阿Q"们活跃于政治舞台的真实目的，通过回归现场的书写方式，来回应鲁迅国民劣根性批判的一面。同时，因政治语境的干扰，创作者意识形态的认知不同，此时的"阿Q精神"已发生了彻底的变化，在"革命"旗帜的遮掩下，借阿Q参与国民党的"接收活动"，讥讽那些投机倒把、大肆敛财的政客，他们在抗战中毫无民族气节，抗战胜利后又摇身一变，重新粉墨登场，成为"爱国抗敌英雄"。从抗战众声喧哗的舆论声中，剥离出另类的阿Q形象，在服务于政治话语权下跨越立场的藩篱，承担起民族主义情感的战时记忆，这是难能可贵的。但一些社会语境的话语叙事，也暴露了在抗日民族统一战线下国民党的抗日态度消极及共产党领导群众实施抗战宣传的不足。

二

关于"阿Q式"国民"革命"的目的，鲁迅归纳为："简单地说，便只是纯粹兽性方面的欲望的满足——威福，子女，玉帛，——罢了。然而在一切大小丈夫，却要算最高理想（？）了。我怕现在的人，还被这理想支配着。"① 在《阿Q之子》②《阿Q歪传》③《续阿Q正传》④《阿Q复活了》⑤《阿Q鬼传》⑥ 五部续写之作中，显然赓续了鲁迅的总结。

《阿Q之子》中的小阿Q，因甩鼻涕而被暴打一顿，在"祖传"的"妈妈的"声下一句"十八九岁的小阿Q爸爸的身上"讨饶于人。在电车上，被卖票的以"表演个天女散花"的方式端下电车，小阿Q就是这样出场的。饥饿是阿Q等底层人最需解决的问题，经王善人的引荐，他成为六芳居的伙计。在胖大肚子掌柜的盘剥下，小阿Q和三个伙计每天仅睡四个小时，不停地干活，想罢工却有契约，只好忍受着。等到夏天，因六芳居的"便宜货"导致小阿Q和众食客闹起痢疾，在喷了掌柜一脸肮脏东西后小阿Q胜利出逃，并遇见了李三爷，随即跟到李三爷府上，做起了"跑上房"与收房租的职业。于是小阿Q阔了起来，与烟、酒结成三结义。好景不长，因逞强去涨王家的房租，不但挨了打，还被追到李三爷府上讨说法。李三爷一口痰吐在小阿Q脸上，"李三爷吩咐狗不理把小阿Q的东西，全给搬出李公馆，即时离开李公馆。同时，还告诉小阿Q，你走你的，至于王宅的事，公馆自理，将来结果如何，也与小阿Q无关。小阿Q无心听这牢什子的臭话，爷们走！对，咱走；你不养活爷，还有养爷的地方了。

---

① 鲁迅：《热风·五十九"圣武"》，《鲁迅全集》第1卷，人民文学出版社2005年版，第372页。

② 陈沉：《阿Q之子》，《庸报》1940年5月23日、25日、30日，6月3日、6日、10日、13日、17日、20日、24日、27日。

③ 八挈：《阿Q歪传》，《新疆日报》1946年4月7日、14日、22日，5月5日、12日，残本。

④ 叶宽之：《续阿Q正传》，《新蜀夜报》1947年6月27日第2版，《前线日报》1947年5月25日第6版。

⑤ 若谷：《阿Q复活了》，《罗定民报》1948年7月18日、9月16日，1949年3月16日，残本。

⑥ 老侃：《阿Q鬼传》，《大刚报》（汉口）1948年5月13—22日。

李公馆的一切，咱，不再提它"。表面上小阿 Q 好似有骨气地走了，却欠着众人的债离开，且依然无法解决饿肚子的问题。在一个小店里，因"口无遮拦"骂一个拉胡琴的大个子，"小阿 Q 的胆子有点大：'本来，不都是人生父母养的人，是比人家两样？'大家不知道骂谁，都不答理他。小阿 Q 得理决不让人：'还拉胡琴哩，瞧瞧棒子吧！咱说了你啦，瞧你有啥法儿？'大个子抬头瞧了瞧他，没答碴儿。小阿 Q 自以为是英雄，'无论是谁，都得怕咱，除非是他不要脑袋了！'于是，又骂！于是又大声的骂！凡此种种，种种凡此，会叫人们看了生气，听了更生气。但是大个子人家不理，只是拉胡琴"。在一而再再而三的挑衅下，大个子发怒了，召集一群人把小阿 Q 打了一顿并捆了起来。好不容易逃出来，到一个村庄寻找吃食，可被村里人当贼抓了起来，不容小阿 Q 分辨，就地挖坑活埋。"泥土齐了小阿 Q 脖颈。小阿 Q 有点气闷，想起了以前人们给自己说故事，故事中好汉们所说的话，'你们活埋吧，爷爷二十年后又是一条汉子！'好！大家鼓掌，这时，大地上一切都沉寂了。有的，只是被埋在土坑中的小阿 Q 叫骂之声，和村人们叫好之声而已。"

《阿 Q 歪传》中的阿 Q，其飞黄腾达是在抗战胜利后，他投机钻营，发了建国财，导致×长见他由哭丧脸瞬间转为满面春风，×主任更是对他恭维有加。"进城摆架子"成为阿 Q"骄傲地摆出他现在与以往迥乎不同的财东身份"的唯一方案。进城的装扮：阿 Q 穿着某长西服，骑着骨瘦如柴的黄骠马（主任主动借给的），后面跟着的卫队（做高粱饭的厨子阿毛、借来的三支手枪），同时主任作陪进城。进城的目的：憧憬着迪化如何热闹，跳舞、二转子、洋楼……怎样摆架子，获得尊重、愉快和幸福。在入住宾馆中极尽显摆，梦想女人、二转子因老役工"不解其语"而破灭。虽然他主张"民主""信仰""言论"自由，但依然是以"独裁"的方式统治他的"虾兵蟹将"，在经历解手、洗脸等大事情的小困难之后，阿 Q 想到的只有一个字："官"。在公共汽车上，他的眼睛里全是"樱口""杏眼""旗袍""曲线"，充满淫秽之光。为了显摆，在某食堂举办了寿诞之筵，结果一顿饭花去了他原有财产的十分之一，最后只剩"后悔""心疼""情面"六个字在他的脑海里。阿 Q 诗意的生活如肥皂泡，在阿毛的"没料喂马""饿了一天"的话语下被击破。

《续阿 Q 正传》从阿 Q 复活开始，记述了阿 Q 重返未庄，受到未庄群众的礼遇，自己也"开窍"了，学会做人了。在平常的一天演绎了一个平常而又不平常的故事。阿Q遇到赵乡长（赵太爷），赵乡长先是打骂他，后突然变脸，微笑着说："阿Q，阿Q呀，我是革命党，革命党里就不准叫赵皇帝。阿Q，你真和气，你真懂礼，嘻嘻。""乡长，你一巴掌□就知道，连话都不讲一句。""好汉子，我打的很重，你就知道让他痛，不用手摸一下？哈哈，真的，我要，我一定要给你提拔。"提拔就是收了王七二百万元转手花两万元让阿Q替王八（王七儿子）当兵，在赵乡长、乡队副、军事科长的"操作下"，阿Q"等待募兵大爷来接收"。

《阿Q复活了》开篇阿Q因天帝大赦天下而幸免于死，而后隐姓埋名寄居在洋大人的后花园，当他一身洋装回到土谷祠时，已是"经过八年抗战、两年胜利，复员接收……许多的机会，给予他在物质生活的享受，已经不是今天金融动荡的社会可以威胁的了"的阿Q了。复活的阿Q做了三件事：参加未庄乡长选举（因选举会上与小D斗殴败北）、在未庄办学校（因传出调戏女教师的谣言而失去办学兴趣，最终回到城里）、离开未庄又回到未庄贩卖烟土（报纸上刊登"警探昨破获烟土二万余两，贩毒犯人亚×（阿Q）被拘"）。

《阿Q鬼传》从阿Q被砍头复活写起，在身无分文、饥饿的状态下游荡到城里寻找果腹的机会，在店铺处处闭门的情况下只好回到未庄。在未庄时来运转，借赵太爷的死发了一笔"横财"，白无常给了他帮赵太爷挑东西的脚钱，虽然被"拿雨伞"的克扣了很多，阿Q还是满心欢喜。有了钱便去城里喝酒，遇见了孔乙己。"孔乙己，不是我说你不好，你这件长衫也可以脱脱了，还装什么鸟面子？"孔乙己心里有点难过，认为阿Q这样不客气地当面抢白他，实在是一种侮辱，便说："茴香豆的茴字，有四种写法，你知道吗？""茴字又不好当茴香豆吃，你看你到现在还是穷的出骨，连碗酒都吃不起，你看我，只一趟就有这许多钱。"阿Q说完话，又把手伸到袋里，把钱掏得锵锵响。"人心不古。世风日下，穿长衫的没有用了。"然而，阿Q一点也不懂他在说什么，阿Q劝着孔乙己，一碗酒，一口口地向肚里灌。当阿Q把钱挥霍完后，再次回到原点，但这次阿Q便聪明了，既然城里不好过，那就出城到郊外，在义冢靠混吃混喝祭祀之物获得二次重生，并成为孩子头头，这时他依然惦记着孔乙己，想给孔乙己留一份。当遇到有人反对他的做法时，"心里便先有点胆怯，假如这些孩子造起反来，非但孔乙己的一份不着，也许自己的一份也将失去，所以他也不再开口了"。在义冢的生活并不能长久维持下去，阿Q再次选择进城，无意中走到转世投胎的关口，通过仔细观察，发现穿衬衫的、制服的与其他人不同，在观察之际获得"鬼警"机密——收受贿赂，但袋子有洞，掉下钱来，阿 Q 捡到后又通过"贿赂"很快混过关口，完成了穿长衫投胎转世。"于是中国有了穿长衫的新阿 Q，年纪是三十多岁了。"

以上四个阿 Q 和小阿 Q，正如《阿 Q 鬼传》的作者在后记中说的："我的有写《阿 Q 鬼传》的动机，是因为睁眼看去，中国到处都有阿 Q 的存在，并且这些阿 Q 都在活动着。然而阿 Q 被鲁迅先生枪毙了，要复活是不可能，所以只好让阿 Q 去投胎，变成一个新的阿 Q。当然，以前的阿 Q 和现在的阿 Q 有许多地方不同，现在的阿 Q 比以前的阿 Q 漂亮，聪明，有智识。现在的阿 Q 是穿长衫的，喝过墨水的。"他们的存在，是为了满足自我欲望，在社会各个层面发挥着"智识"。在强者面前，身份的差异是一条永远无法逾越的鸿沟，正如小阿 Q 为李三爷讨要房租最后被驱逐，至终他也没明白自己的"正义感"为何不能得到李三爷的庇护。尽管阿 Q 复生并致力于刷社会存在感，在一次次"折腾"之后逐渐接近或者实现"威福""子女""玉帛"欲望，但最终都归于尘土，回归原点。"爷爷二十年后又是一条汉子"，这种乌托邦式的"阿 Q 精神"寄托，构成了对现实阶层之间的讽喻。

三

《阿 Q 歪传》①《阿 Q 传后》②《阿 Q 在一九四八》③ 这三个文本中的阿 Q，置身新的环境，被书写成一个成功的阿 Q 形象。如谭正璧所言："旧的躯壳里寓以新的灵魂，把现实寄托在历史故事里，而寓以讽刺的意味。"④

《阿 Q 歪传》开篇序中写道，在人物的性质上，鲁迅先生所写的阿 Q，就同我所写的阿 Q 完全两样：鲁迅的阿 Q 是抽象的，并不是真有其人的。

---

① 阿 U：《阿 Q 歪传》，《福尔摩斯》1936 年 1 月 7—13 日、15 日、17—21 日、27—31 日、2 月 1—12 日、14—16 日、18—20 日、22 日、24—29 日、3 月 1—8 日、10—15 日、20 日。注：此日期按报纸所标为阴历，便于书写，改用阿拉伯数字替代中文汉字，特此说明。

② 吴易：《阿 Q 传后》，《西北日报》1946 年 7 月 31 日、8 月 2 日、6 日、11 日、12 日、15 日、17 日、23 日、25 日、28 日、10 月 8 日、9 日、12 日、15 日、26 日，残本。

③ 龙子：《阿 Q 在一九四八》，《大刚报》（汉口）1948 年 1 月 25—26 日，残本。

④ 谭正璧：《〈长恨歌〉自序》，《长恨歌》，上海杂志社 1945 年版，第 1—2 页。

可是我所写的阿Q，却是实在的，真有这么一位仁兄的。……他是四川人，而且是四川的成都人，他今年三十二岁了，他家里有父亲，有母亲，有兄弟，有伯叔，有一个黄脸婆和一个小乖乖。阿Q到上海来，完全是无目的性的，经历了"未见火车""难兄难弟"后，便开启了与他初恋表妹同学的"甜蜜的梦"，在这个过程中，他的朋友和表妹恋爱，四人住在一起，过着畸形的"摸的恋爱"生活。维持两个月后因为贫穷而"联合失恋"。在经过痛苦的失恋自救后，他到上海闸北一中学任教英语课去了。懒惰的阿Q，因自身太脏，导致上课时虱子跑到领带上，黑白分明，遭到学生质疑，而他巧舌如簧地辩解后讲起了"穿衣哲学"。在无家可居的岁月里，他与众人挤在亭子间，懒惰的本性更是让人难堪，撒尿居然顺着雨水管直流到楼下，终究有一天被女房东发现"黄河之水天上来"，吓得其"半天缓过神来"。后辞掉教员之职，改为撰稿谋生。经过多次投稿、退稿，再废寝忘食地创作，他成功了，成了作家，然后又开启了"一场冬梦"，与一位被"布尔雪维克"睡过且害二期肺病的女人谈起了恋爱。阿Q二次失恋后到福建投奔人民革命政府去了，到那受到器重，做起《人民日报》的编辑。在当编辑时，因缺乏实质性新闻素材，阿Q便造假新闻，"比如说南京的军队在闸北打了胜仗，他就把胜字糊掉，旁边写一个败字。满好一条电报，就在明天的《人民日报》上发现了"。随着福建人民革命政府的失败，阿Q得了一个月的遣散费、月半薪水，又回到了上海，开启卖稿和第三次恋爱生活。"从此，阿Q又是疯疯癫癫，又是乱谈恋爱，又是喝酒，又是胡闹，又是失恋，差不多阿Q的一身都沾满了失恋的痛史，这不仅使阿Q伤心，就是个旁人看得也伤心。而我同他写歪传，也伤心得写不下了。"

《阿Q传后》从"在宵夜馆里"开始，心烦意燥的阿Q无意间看见报纸上登载了孔筼心小姐解除婚约启事，于是心怀求婚之态上门拜访，结果在众人撮合下捕获孔小姐的芳心，过上了未婚先蜜月的生活。凭着阿Q的钻营，他在战后"伙计放炮，老板上吊"的经济衰败下大发横财，使得孔老太爷"心满意足"、孔老太太"成天咧着嘴，称赞女婿的能干"。这边的阿Q，却在床上做着春梦，梦想小尼姑、吴妈，春梦在院子里车夫调戏女佣罗大嫂而被其咒骂的吵闹中中断。婚后的阿Q，又走上了"生财有道"的发财路。从兰州出发，借道重庆飞往上海，在军政当局的保护下，开办了惠民信用农贷公司。胜利后的第二年，阿Q名利盈载返金城。"阿Q平安达兰州以后，立即建议市政当局，改修市容，建立各种工厂，一面以大笔资本，投资兴建天兰段铁路，并继续着向新疆方面伸展。在阿 Q 的开发西北先建设甘肃的第一炮中，由于阿 Q 继续不断的努力，替这寂寞古老的金城确实增加了不少生色。兰州城才披上了时髦的新装。"小说结尾，赵太爷的第四代孙赵仲年因家境衰落投奔阿 Q，"仇人路窄，阿 Q 想起了从前赵家的作威作福，对自己的种种处待，不禁对赵仲年着实教训了一番。还说了许多青年人不想上进一类的揶揄话。阿 Q 本来□□□想发泄发泄积郁了几十年的怨气。仔细一想，这个人虽然没有亲眼目见自己在未庄的光景，但不免有所传闻，要是将来一旦宣传起来，实在与自己脸上不光彩。他想到这里，仇恨亦又深了许多，立即毫不客气地打发他走。当赵仲年快快地离开了阿 Q 的家，心中十分愤恨，但亦自知无法讨较，究竟人家是有钱有势的人。"

《阿 Q 在一九四八》中，阿 Q 在刑场上因提前倒下而"复生"，然后消失二十年后回到未庄，并改名赵洪贵。他不计前仇，与赵太爷结了姻亲，提拔王胡（当了乡长）、假洋鬼子（据说在昭和时代，他原是大日本什么的一个顾问，但胜利以后自称为地下工作者。而且由于阿 Q 帮忙，已荣膺未庄中心学校校长），在他们三人的努力下，阿 Q 于"官""商"之外又多了一层"民意代表"的资格。1948 年元旦，赵洪贵衣锦还乡，大宴宾客，并为其专著《精神胜利论》做了"广告"。

《阿 Q 歪传》中的阿 Q，始终没有正视过自己的存在性和社会性问题，随波逐流，缺乏个体生命的认知。谈恋爱也仅仅存在于欲望的表面，并无心灵上的契合，以游戏的心态游走于异性之间。在革命的问题上，是处在生存的边缘之际寻求生命的庇护，是求生的欲望促使而为之。所以他既无力操纵自己的发展，又难以跟随现实社会的步履。《阿 Q 传后》与《阿 Q 在一九四八》中，阿 Q 以"拜金""钻营""合作"的方式取得"上位"，然后接续的是"复仇""衣锦还乡"式的"大团圆"结局，其背后暗隐着国民政府统治下的政治危机。虽然抗战结束了，但在重建家园过程中，经济上的"二次掠夺"与政治上的"官商勾结"，以病态的想象力去践行"威福，子女，玉帛"的欲望，以篡改现实的方式攫取最大利益，权势大厦必将塌方于民意丧失之下。

结　语

鲁迅曾说："意盖谓凡一个人，其思想行为，必以己为中枢，亦以己为终极：即立我性为绝对之自由者也。"① 其所谓的以己非个人之私欲，而是建构于国民之上的民族独立之自由者。这个自由者，存在于社会各个阶层，即急需救赎的国人，摆脱奴性、隔膜与悲苦，从"沉默的国民的魂灵"里解脱出来，成为"尊个性而张精神"的具有独立思想的自由人。作为荒诞又无自我的阿 Q，在后人的解读中出现误解与误读，甚至思想上的错位，主要源自各自代表的阶级意识与接纳鲁迅国民性批判的内在逻辑。从十二部续写之作中，我们可以看到续写者的阶级立场，在全民族救亡运动中，阿 Q 成为逆流中的附庸，或者战时语境中出现的对共产党政权的有意与无意间的抹黑、曲解，成为续写者与阿 Q "以私利为中心"的无形之间的契合。正如费孝通所说："为自己可以牺牲家，为家可以牺牲族……当他牺牲族时，他可以为了家，家在他看来是公的。当他牺牲国家为他小团体谋利益、争权利时，他也是为公，为了小团体的公。"② 故从续写者让阿 Q 复生的那一刻起，阿 Q 已不是鲁迅笔下的阿 Q，只是借用鲁迅《阿 Q 正传》的前文本来讥讽时弊，借阿 Q 的多维品性中的一点或几点再现世风人情，传达对民族、政权和国民生存现状及精神世界的反思与批评。相对于 1949 年之后当代作家的"重写"和"续写"之作，这十二部续写之作更接近鲁迅"以互文性开启古今并置的时空格局"，续写者通过阿 Q 劣根性的多次叠印交叉的方式，将"阿 Q 似的革命"书写替代了"精神胜利法"，进而跃居国民性的核心，深化于民族救亡与政治变革之际的国民性批判主题，在《阿 Q 正传》走向经典化的过程中，赋予"当下性"政治特征和思想价值。

---

① 鲁迅：《文化偏至论》，《鲁迅全集》第 1 卷，人民文学出版社 2005 年版，第 52 页。
② 费孝通：《乡土中国》，天地出版社 2020 年版，第 46 页。

欧阳予倩戏剧革新理念与政治观的互文

——从集外佚文谈起

欧阳予倩的戏剧革新思想从形成到成熟、深化，横亘了半个世纪，推动了中国戏剧现代性的发生、发展。受"三界革命"影响，在日本春柳社时期，欧阳予倩与李叔同等同人开启了戏剧界革命的步伐。回国后，他自编剧本并参与舞台演出，不断总结实践经验，对旧戏存在的弊端时有针砭。他的"戏剧是社会教育的工具，想借此以作爱国的宣传"① 的思想与新文化运动碰撞后，更激起了他戏剧革新的信念，大胆地提出了自己的戏剧改良观。五四运动之后，他不断审视、反思新文学家提出的戏剧革新之理念，"人家都骂看戏的人是盲从，就我而论，从前研究戏剧也完全是一味盲从，到了前四年便到了极端怀疑的时候，到如今方渐渐有具体的主张"②。他借鉴西方与日本诸国成熟的戏剧理论，将之与中国传统戏剧精华融汇于一起，走上了以"革命""艺术"为核心的"平民戏剧运动"之路。虽然遭到"无产阶级戏剧运动"倡导者的批判，但其以丰富的学识、社会考察与舞台实践的诸多元素结合，形成了具有鲜明政治、时代气息的戏剧革新理念。

欧阳予倩的戏剧革新理念与政治观体现在他具有民族观的著述中。这些著述大部分发表在当时的报刊上，产生了深远的社会影响。因年代久远，很多文章尘封于报海，虽经学者爬梳，依然有遗珠散落。笔者在检索晚清民初报刊时，发现欧阳予倩的6个剧本（《傀儡之家庭》《皮格马林》《玩具骚动》《油漆未干》《长恨歌》《弱者，你的名字是女人!》）和3篇演讲（《中国戏剧的发展》《怎样完成剧运?》《抗战中的皮簧戏》）及1篇

---

① 欧阳予倩：《自我演戏以来》，中国戏剧出版社1959年版，第23页。
② 欧阳予倩：《演剧闲谈》，《申报》1924年1月31日第21版。

文章（《起来，旧剧界的同志们》）鲜有论及，今作简要论述，以飨学界。

一　剧本中的政治隐喻

20 世纪 20 年代前后，欧阳予倩开始翻译介绍英、法、德、日、苏联等国剧运情况，随后开始翻译西方剧本，目前所见，有 7 部翻译剧，除《空与色》（1928 年新东方书店将其与《潘金莲》合一起出版单行本）、《欲魔》（收入《欧阳予倩全集》）出版过外，《傀儡之家庭》《皮格马林》《玩具骚动》《油漆未干》均散落于报刊，《最后的拥抱》（原名《杜丝加》）至今未见剧本。另外还有 2 部创作剧《长恨歌》《弱者，你的名字是女人!》亦少见研究者提及。

这 7 部翻译剧，最早翻译的是《傀儡之家庭》。[①] 早在 1911 年，此剧就被搬上中国舞台，[②] 1918 年罗家伦、胡适在《新青年》发表其翻译剧本，[③] 1919 年鲁迅先生在北京女子高等师范发表《娜拉走后怎样?》的讲演，[④] 1923 年北京女子高等师范师生上演了此剧，[⑤] 到欧阳予倩改译《傀儡之家庭》时，易卜生及剧中主人公娜拉在中国知识分子阶层已经产生了深远影响。比对罗家伦、胡适的译本，发现欧阳予倩的翻译进行了"归化"处理，如第一幕开始：

> 忆兰：金妈，把这些年糕跟水果拿到里边去放好了，别让小孩儿们看见。（金妈答应，下。忆兰取钱对送的人说）这儿是八块半钱，另外给你两毛钱酒钱罢。
>
> 送力：谢谢!（下。……）（欧译）
>
> 娜拉：伊妈! 你快把这株圣诞树藏好，不到夜里点着的时候千万不要把小孩子看见。（拿出钱袋儿向着挑夫）多少?
>
> 挑夫：五十鸟耳。（钱币名）

---

① ［挪威］易卜生著，欧阳予倩译：《傀儡之家庭》，《国闻周报》1925 年第 2 卷第 14—16 期。

② 蓝苹：《蓝苹小姐、第一次给我们认识的是舞台上的娜拉》，《群星集》1911 年，卷期不详。

③ 罗家伦、胡适：《娜拉》（A Doll's House），《新青年》1918 年第 4 卷第 6 期。

④ 陆学仁、何肇葆：《娜拉走后怎样? 鲁迅先生讲演》，《北京女子高等师范文艺会刊》1919 年第 6 期。

⑤ 何一公：《女高师演的"娜拉"》，《晨报》1923 年 5 月 17—18 日第 2 版。

娜拉：这是一块克郎，不要找了。（挑夫说过谢谢，走出去。……）
（罗、胡译）

若从接受的角度来看，欧阳予倩的文本适于舞台与平民，拉近了与受众的距离，使之如身边人、身边事。从欧阳予倩的剧本创作来看，此剧为《泼妇》《回家以后》的续本，为"五四""娜拉出走"问题寻找答案。欧阳立颖的悲剧促使欧阳予倩反思胞妹命运悲剧之源，[①] 他在《回家以后》里塑造的女主角吴自芳，不过是"五四""离婚潮"中一个中立的解决方案，即如新文化运动主流人物鲁迅、郭沫若等与恋爱的对象组建现代家庭，与包办的发妻采取离婚不离家的生活方式。对女性来说，虽然能够偏安一隅，不到被社会、宗法的枷锁打击得体无完肤，甚至生命消殒，但对处于平等、平权的"五四"新思潮的宗旨来说，不是救世良方。"忆兰"的觉悟、觉醒，最终走上独立，虽然抛弃的是家庭供给、儿女情长，却是女性真正独立的根本。要取得独立的经济支配权，必须具有获取经济来源的主动权。如果说《回家以后》的"复古"带有欧阳予倩对传统文化中道德的缅怀与追忆之情，《傀儡之家庭》的改译则是他涅槃后的认知，并在他以后的翻译和创作中越来越成熟。

《皮格马林》（独幕剧）[②] 原作者为德国 Schmidt Bonn，今译萧伯纳，爱尔兰作家。皮格马利翁是希腊神话中塞浦路斯的王子，才华横溢，在艺术特别是雕塑上造诣颇深。一次偶然的机会，他获得一整块光洁的象牙，并将其雕刻成一位女子。因其投入全部精力而做，最终陶醉于自己的成就中，于是祈祷神灵，希望它成为自己的妻子。皮格马利翁的虔诚打动了爱神阿芙洛狄特，在爱神的帮助下，雕塑复活成真人，与皮格马利翁结成伴侣。萧伯纳依据此故事改编成五幕剧《皮格马利翁》（今译《卖花女》），欧阳予倩选择的是这个原版故事，将其编译成独幕剧。在爱情面前，皮格马利翁愿意抛家弃子，满足石像的需求，可石像一旦看到更有利于满足她奢侈需求的倪左思时，再也不顾赋予她生命的皮格马利翁的苦苦哀求，强烈要求倪左思将其带走。"你，是谁？我是谁？我爱你吗？这是假的。但是看起来，你有你自己的生命，而不欢喜你这样。你也和某个女人一样，故而我是不爱你了。"正是皮格马利翁的觉醒，才让石像复活的生命再次

---

① 详见周立《自由离婚下面的新鬼》，《觉悟》1922 年第 8 卷第 17 期。
② ［德］Schmidt Bonn：《皮格马林》，予倩编译，《戏剧》1930 年第 2 卷第 1 期。

消逝，回归为一座冰冷的石像。当欲望、权利被世俗化后，一切圣洁的东西便不复存在。反过来看，女性没有独立的资本而滋生超越自身价值的欲望，一旦价值物化，最终只能回归原点。

欧阳予倩在伦敦曾看过《油漆未干》①的演出，对他影响颇大。1935年国立暨南大学将其搬上舞台，所用剧本为欧阳予倩译本，后连载于《文艺月刊》。开篇欧阳予倩写道："此剧本来照原文直译，因便于上演起见，颇有修改，这是上演的本子。"《文艺电影》上还发表了欧阳予倩的介绍文字。② 关于此剧的上演，报刊上出现了一种说法：

> 欧阳予倩与剧联之暗斗，海上之为戏剧运动者，其内幕无不分有派别，如田汉所组之南国剧社等，意识自属于左倾，反之即与左倾处于敌对地位。派别既严，于是暗斗之事，遂在所不免矣。及最近，海上剧联人员，忽有上海舞台协会之组织，一度在金城开演，其情形颇为活跃。公然在金城继续表演者，为卷土重来之欧阳予倩。则中此曲折，固为大可研究者也。闻之此中人言，予倩本参预闽变之役，初不容于中央，嗣经某要人之周旋，复由予倩赴京表示悔过，始获谅解。于是予倩之工作目标，乃异乎剧联中人。上次上海舞台协会在金城之公演，网罗人物，声势颇张，即为剧联向予倩进攻之表示。予倩见之颇不怿，遂亦暗为筹备，并拉拢导演者应云卫及演员王苾等，在金城继续表演《油漆未干》，以为对抗之计。吾人探索内幕，当可知金城此次之两次表演，实为近今戏剧运动中之一大暗斗也。③

1932年，欧阳予倩在广州加入"左翼剧联"，其后因参加反蒋抗日的福建人民政府即"闽变之役"而被迫流亡日本。回国后继续从事剧运革命活动。在与田汉等合作过程中，因欧阳予倩的平民剧运主张和田汉等倡导的"无产阶级戏剧运动"发生分歧，所以出现了所谓的"暗斗"。过后田汉指出："我们从来不是轻视技巧的，但我们更多地看重政治任务所在，我们不惜日以继夜地把戏剧突击出来，因此我们被称为'突击派'，而予倩的艺术馆代表着所谓'磨光派'。谁不愿把自己的艺术磨得更光呢？但

---

① ［法］伏墅窪：《油漆未干》，欧阳予倩编译，《文艺月刊》1935年第7卷第2期。
② 欧阳予倩：《"油漆未干"介绍》，《文艺电影》1935年第3期。
③ 金刚：《欧阳予倩与油漆未干》，《时代日报》1935年3月18日第4版。

我们不主张为磨光而磨光。我们是主张在突击中磨光的。"① 从这些只言片语中，可以看出欧阳予倩在当时艰难的处境——以专业的戏剧家的视野来改造传统戏剧，完成剧运的过程中又肩负着政治使命：民族救亡。

《油漆未干》反映了人性的贪婪，在欲望面前，道德、仁义被践踏得毫无底线。反观胜利者关妮，作为最底层的女性，以其无私的爱去呵护、营运她与克里斯宾的爱情，即便克里斯宾去世，曾经留下的爱依然是她人生最宝贵的存在，与哈致形成鲜明的对比。晚清以来，女性解放始终是民族救亡中的一个主题，若晚清男性还带有政治目的去倡言女权，五四运动以后则转向女性自我独立的道路。欧阳予倩与身边女性于社会思潮的漩涡中寻找答案。在创作剧《长恨歌》《弱者，你的名字是女人!》中，答案越来越清晰。《长恨歌》② 取材唐明皇、安禄山与杨贵妃的历史故事，与历史叙事相反，在杨国忠、虢国夫人、韩国夫人相继成为唐明皇政权争夺的牺牲品之后，杨贵妃突然醒悟，认识到自己的一切来自百姓，而不是权势。于是她选择回归百姓，为百姓献上一段舞后自尽，留给百姓的警语"皇帝的话切莫听他"却值得深思。《弱者，你的名字是女人!》③ 中，礼芬、丽芳姐妹俩继承礼芬丈夫遇难的抚恤金后，依靠投机者俞子昂逐渐过上奢靡的生活。俞子昂的始乱终弃不仅伤害到原配妻与子，也伤害到礼芬姐妹，当礼芬得知丈夫俞子昂与妹妹私通并使其怀孕而离家出走，但她还没意识到问题的根源，直到校长的话点醒梦中人："因为你害怕生活的艰苦，因为你贪图享受、方便、奢华，因为你妄想有钱和结婚就可以安全……悲剧的结果，在今天是必然的! 上海疯狂的一切，不应该是你负责的! 甚至于，不完全由上海人负责! 可是，你自己的一切的一切呢?"我们无力操纵社会，却可以把握自己的人生。礼芬最终谋求了职业，成为独立的个体，才从弱者群体摆脱出来，有了坚强的信念。此剧的价值在于为迷惑、沉沦的女性指出新路。欧阳予倩历经三十年的思考终于得到了成熟的答案。

欧阳予倩的戏剧革新思想，还有一个被忽略的方面，即对儿童剧的关

---

① 《欧阳予倩文集》编辑委员会编辑：《欧阳予倩文集》，中国戏剧出版社 1980 年版，第 16 页。

② 欧阳予倩：《长恨歌》，《半月戏剧》1941 年第 3 卷第 3—12 期。

③ 欧阳予倩：《弱者，你的名字是女人!》，《时事新报晚刊》1948 年 2 月 2—9 日、13—29 日，3 月 1—9 日。

注。如他翻译的《玩具骚动》①。五四运动以来，在革命者眼里"为人生而艺术"与"为艺术而艺术"成为对立的关系。其实艺术也是人生，作为戏剧来说，在阶级社会，它成为阶级的代言和阶级对立的武器，为存在的强者呐喊，为维护本阶级利益做宣传，在文化被少数统治者掌控的时代，戏剧便成为控制和操纵底层百姓思想的武器。百姓的喜闻乐见则是精神寄托和释放生存压力寻找快感的方式，所以传统戏剧和剧本有强大的生命力。而在五四运动之后，文化与新思想的普及需要一个替代的过程，在更新过程中，新与旧必然产生冲突，解决的方式便是循序渐进或强制式。但近代中国政权频繁更迭与割据的存在，难以强制推行；同时，因思想启蒙的持久性，决定了革命的手段只能是循序引导。儿童接受新事物是容易的，并能即时起到良效，并带有波及性的传导。《玩具骚动》一剧没有史料可证明在当时的影响，却有先导之功。在全民抗战的历史中，儿童的作用得以凸显出来，如1938年熊佛西等编导的《儿童世界》在成都的轰动。②

二 "平民化"中的思想启蒙与革新

1929年至1931年，欧阳予倩任职广东戏剧研究所，这三年让他获得了思想上反思和提高的良机。在戏剧活动实践中，他的戏剧理论得以提升，发表了系列论文及创作剧本。如何去完成戏剧革新运动，他在《怎样完成剧运？——告广东剧艺实习班诸生》③ 中写道：

亲爱的同学们！你们到这里来学演剧，你们是想作一个舞台艺术家，决不是只想作一个普通的戏子，作一个大老倌就算满足。

你们是要替民众喊叫，不是为自己的金钱喊叫。

你们是想完成戏剧运动来作革命者，不是为自己享乐好顽。

你们是不是抱定以上的宗旨来的？如果不是，你们就来错了；如果是，你们就要尊重以下的几个条件：一、要有健全的身体……二、要有坚强的志行……三、要能勤勉耐苦……四、要认清途径……

---

① ［新俄］Bardovsky：《玩具骚动》，欧阳予倩译，《戏剧》1931年第2卷第3—4期。

② 杨村彬：《儿童节成都儿童抗敌活动——1938年〈儿童世界〉之演出》，《导演艺术民族化求索集》，中国戏剧出版社1991年版，第145—164页。

③ 予倩：《怎样完成剧运？——告广东剧艺实习班诸生》，《中央日报》1929年9月27日第9版。

　　……我们要认清以下几点：戏剧运动是革命运动。戏剧运动者是革命者。戏剧运动，是循着一定程序策略，去推翻旧时的戏剧，来建设适时代为民众的戏剧的事业。

　　在这里，可以看出欧阳予倩培养戏剧人才的目标：为自己规划一个有价值的人生，保证实现人生价值的前提是有健康的体魄和坚定的信念，更重要的是成为替民众呼喊的革命者，这也是他剧运思想的核心。欧阳予倩认为："在我们的戏剧里，能把民众被压迫及困苦的情形喊叫出来，岂不也是应该的！虽不一定是要让阔老官知道，就为民众自身，也应该把困苦喊叫出来。……政治和社会的问题，但与艺术是密切的关系。倘若艺术全不理这种问题，那么这种艺术一定是很空虚的。"① 在具体的实践上，他强调："我们的戏剧运动，在步骤方法上讲，是研究的、创造的；在精神上，是'平民的''整个的''中国的''世界的'。"② 欧阳予倩的"平民戏剧运动"思想实际上蕴含了两种元素："革命戏剧运动"与"艺术戏剧运动"，它们属于一车两辕，并驾齐驱。

　　1937 年 6 月 13 日，欧阳予倩应邀到中华职业教育社做演讲，题目是"中国戏剧的发展"，记者施良做了记录。③ 此篇记录稿主要讲的是欧阳予倩对中国戏剧发展史的梳理，重点在文明戏传到中国后对中国戏剧的影响。在话剧产生后，旧戏和文明戏都发生了变化，并融入了民族思想。而对于五四运动后出现的话剧运动，欧阳予倩并没有从表面来总结话剧的变化，而是从它所吸纳的外来因素的角度做了高度的概括和比较，如对法国、日本、苏联等戏剧出现的变化及对中国的影响。此记录虽然简短，但能够反映出欧阳予倩戏剧革新思想的理论来源，也反映出他对外来戏剧艺术的研究深度。

　　1937 年 7 月 7 日，卢沟桥事变震惊全国，随即中国共产党发起建立全民族抗日统一战线号召，掀起全民族抗战运动，波及全国各阶层、团体等爱国民众。在上海"八·一三"淞沪战役爆发后的第四天（8 月 17 日），郑伯奇、欧阳予倩、洪深等在卡尔登大戏院成立上海话剧界救亡协会。10 月 7 日，田汉、欧阳予倩、郭沫若等成立上海戏剧界救亡协会。12—13

---

① 欧阳予倩：《怎样完成戏剧运动》，《民国日报—戏剧研究》1929 年第 13 期。
② 欧阳予倩：《怎样完成我们的戏剧运动？》，《晨钟汇刊》1929 年第 8 期。
③ 欧阳予倩：《中国戏剧的发展》，《大公报》（上海）1937 年 6 月 19 日第 12 版。

日，欧阳予倩连续两天在交通部国际电台演讲了《抗战中的皮簧戏》，他指出：

> 如把旧戏的内容考察一下，可知它所包含的使命，不外乎鼓吹旧时的忠君爱国的封建思想，以及妇女必须无条件服从男子，奴仆无条件服从主人的奴隶道德；此外就是关于支持科举制度的宣传。……以如此腐败的内容，其不适合于现代生活是当然的事。……但是我们不能否认，旧戏有悠久的历史和广大的观众。它在农夫、小市民和兵士的心目中，树下了很深刻的印象。……况且旧戏的内容固然腐败，但它的表演形式却不乏优点。……然而帝国主义者们却在对旧戏表示好感，这是我们所不能忽视的。在香港、平、津以及东北各地，帝国主义的统治当局对于话剧和电影，检查得非常严厉，但于旧戏却网开一面，非常优容。纵有加以检查或取缔的，只是偶然的例子罢了。如果我们玩索旧戏之所以受帝国主义的欢迎的原因，就可以断定它在革命和抗争的民众中间，是已完全失去效用的了。但是它既然拥有这样广大的观众，所以我们应该设法将它的形式和表演的技巧利用一下，使它们变成抗战中宣传的武器。①

在这里，欧阳予倩非常清晰地解析旧戏存在的根源：一是为封建上层阶级服务是其长期存在的根基，二是拥有广大的观众和麻痹群众反抗思想是在当下受帝国主义欢迎的主要原因。欧阳予倩的睿智在于能够看到旧戏的时代价值，即从旧戏中发现优点并加以改变和利用，使其成为抗战宣传的武器。从具体的实例举凡中可以看到中国民众受封建思想毒害至深，以致忘记敌我不可共存的矛盾，同时，也看到旧戏对鼓舞士气的影响。在此基础上他提出"利用旧戏的骨干，装上新的血，新的肉，使它赋有新的生命，同时也能适合下层群众的口味。我们将设法到各地的城市，尤其是乡村里去演出，以引起全中国的同胞对于这一次神圣的民族抗战的认识"。改革旧戏，服务于民族救亡的政治需求，一直是欧阳予倩戏剧革新思想的核心。

1937 年 10 月 26 日，欧阳予倩在《救亡日报》发表《起来，旧剧界的同志们》一文，对于抗战的迫切性，他并未产生一蹴而就的将旧戏及演员

---

① 欧阳予倩讲，李培林速记：《抗战中的皮簧戏》，《大公报》（上海）1937 年 10 月 12 日第 4 版。

改革成抗战革命戏和革命者的思想，而是在充分考虑现实社会存在的实际情况，提出：

> 我们要利用下层民众在看惯听惯的二簧戏的形式来宣传抗敌救亡的意义，使其容易明了，容易接受。这当然是很艰苦的工作，其中问题也相当多，可是并非没有办法，最紧要的是参加工作的人要有坚强的决心去克服种种困难——目下各戏院都要开了，他们未必全部演有救亡意义的戏，最低限度，希望他们每日能加入一两个有救亡意义的短节目，或者在对白和歌唱里面加入些救亡的词句，凡属参加过协会的会员，尤其要彻底明了协会歌剧部组织的意义，随时负责把这意义向同行说明，使大家都逐渐明了，一同参加工作。如果我们在协会的旗帜底下组织剧团，那就不能和普通的戏馆一样，最低限度应当就现阶段最高的可能范围一步一步完成其任务。
>
> ……
>
> 旧戏是有力的工具，不是无足轻重的东西，如果在这个时候，还要演含着毒素的戏，那是自外于中国国民，不仅是戏剧界救亡协会应当加以严格的批判，恐怕也难逃社会的谴责。①

革命的戏剧必然要涉及政治倾向，代表一定阶级或集团的利益。而在实施过程中往往忽略艺术性，甚至忽略受众者的接受水平、认知能力，这是五四运动以来戏剧革新运动难以推广的瓶颈。欧阳予倩所倡导的"平民戏剧运动"的最大特点在接地气，充分站在受众群体的认知层面上思考革新运动的实施策略，利用旧戏的优点及广大的受众群体进行循序渐进的改革，通过思想启蒙进而转到革命宣传，最终实现民族救亡的目的。正如冯乃超所说："民众戏剧的革命化，根本地，若不站在民众自身的社会的关系上，代表他们自己阶级的感情、意欲、思想，它永远不会成为民众自身的戏剧。"② 欧阳予倩通过多篇文章阐述了这一观点，并应用到舞台演出和剧本创作中。在戏剧革新方面，他提出首先是思想的革新，即革去旧戏中的封建糟粕，让其服务于全民族的抗战统一战线活动，从民众对旧戏的期待中进行改革，进而达到思想启蒙和解放的作用。让民众从本质上意识到抗战的重要性，认清帝国主义侵略的本质。其次，从内容革新上讲，要具

---

① 欧阳予倩：《起来，旧剧界的同志们》，《抗战戏剧》1937 年第 1 卷第 2 期。
② 冯乃超：《中国戏剧运动的苦闷》，《创造月刊》1928 年第 2 卷第 2 期。

有时代性和政治观，传统的戏剧大部分是为维护封建统治和服务于统治阶级消遣而编写的，从历史的发展观和政治视角来看，不利于民族救亡和抗日统一战线的形成，反倒成为侵略者继续麻痹民众的工具。最后，从表演艺术形式来看，现代话剧很难动摇传统戏剧在人们心中的地位，所以遭到抵制。实践也证明了要彻底抛弃旧戏是不可能的，只能从思想和内容方面进行改革，用"旧瓶装新酒"的方式让受众去接受，最终完成革新的目的。

　　欧阳予倩的妇女解放思想与政治观，从他涉足戏剧演出时就已萌生。他最早参加的春柳社，是留学生肩负民族救亡运动的社团，政治意识是春柳社活动的灵魂。那时春柳的启蒙思想深受"三界革命"的影响，尤其是在政治意识上，妇女解放是民族救亡运动中呼喊声最高的，一直绵亘到"五四"新文化运动，而后走得更远。在这种思想潜意识的影响下，欧阳予倩舞台演出、剧本创作、戏剧理论的建构，始终萦绕着女性解放与自我救赎的思想，并逐渐走向成熟。走平民路线，是欧阳予倩更深层次的思考，是对晚清至"五四"思想革新思潮的重新认识和实践检验的结果，尤其是五四运动之后，在文化政治化并成为政治意识传播媒介的主流导向下，他能够清醒地认知"三界革命"以来普遍存在的问题，并独承批判的重压，走出另一条道路，来完成戏剧革新与思想启蒙的双重任务。

抗战时期田汉佚诗辑述

　　"九一八"事变后，随着东北沦陷，抗日烽火在文坛以燎原之势迅速燃起，形成了具有划时代意义的抗战文学及庞大的作家群体。作为其中一员，田汉在报刊上发表了大量宣传抗战思想的戏剧、杂文、新旧体诗歌。这些散见于大小报刊的诗歌，反映了田汉对国家的担忧，对日寇的敌忾，对民生的史诗记载，及对友朋的赞誉、抚慰、寄托之情。经过爬梳报刊，发现18题23首诗歌为《田汉文集》《田汉全集》等所遗漏，并存在版本异同问题，是为简单梳理，以飨学界。

一

　　田汉对战后黎民颠沛流离生活的描写，字里行间处处凝结着他对国运危殆、民族沦亡的忧伤意识。如1934年田汉曾与友人写《不饿死诗》，并在去镇扬途中口占《飞渡长江》三阙：

　　　　丈夫不饿死，谁暇事雕虫。天生好筋骨，意气摩苍穹。纵目观宇宙，顾眄颇自雄。一朝响霹雳，起彼聩与聋。（《不饿死诗》）

　　　　天边血轮也似的夕阳，盖世无双的艳绝雄壮。我心头在燃烧的智光，可闪出和你比一比量。

　　　　翱翔江天自由的群鸥，犹夷回旋有无限舒畅。我亦是个自由的囚徒，曾几番飞渡万里长江。

　　　　浩浩茫茫的万里长江。一条滚龙也似的奔放。我欲乘之直上天国去。人间何处是我之家乡。（《飞渡长江》）①

　　此组诗创作前的1933年，蒋介石与日本订立了《塘沽协定》，实质是

<hr>

① 《社会日报》1934年1月9日第2版。

承认日本对东三省及热河"合法性"的占领，华北出现危机。9—10 月，田汉通过左翼剧联发动组织上海剧团举行公演，为东北义勇军募捐。此举受到国民政府当局的限制，11 月便动员一批军警开始镇压。11 月 16 日，《大美晚报》刊登了"影界铲共会"布告，称"祈对于田汉（陈瑜）、沈端先（即蔡叔声）、丁谦之、卜万苍、胡萍、金焰等所导演、所编制、所主演之各项鼓吹阶级斗争贫富对立的反动电影，一律不予放映，否则必以暴力手段对付，如艺华公司一样，决不宽假"①。国民政府的高压与艺华老板严春堂的动摇，使田汉等失去阵地，革命事业陷入困境。从上诗中可以看到，虽然遭遇事业上的钳制和人身自由的限制，但田汉并没有失去斗志，只要不饿死，就要驰骋于天地间，发出振聋发聩的吼声。囚得住身体，却锁不住追求自由的思想，飞渡长江，乘风直上，才能俯首家乡。这里的"家乡"，孕育了他收复祖国山河的壮志。

1937 年 6 月，日本和德国合拍影片《新地》（一名《新土》）在上海上映。这是侵略者公然对中华民族的侮辱，引发上海各界爱国志士的反抗。先是 140 名文化界进步人士联名发表《上海文艺界反对〈新地〉辱华片宣言》，随后 376 名上海电影戏剧界人士发表《上海电影戏剧界宣言》②，宣言提出五项要求，充分表达了爱国激情。作为呼应，田汉作《"新地"歌》③：

　　当将军沉酣于纱窗，当政治家贪恋着美睡，当战士们枕着长枪，听不见进军的鼓吹，在夜的满洲的大野，纷驰着敌人的铁骑，屠杀我无数的同胞，收缴我无数的武器，草木也带着血腥，山川也含着涕泪，这样我们的老家，变成了敌人的"新地"，啊！敌人的"新地"！

　　青纱帐也给一块块铲掉了，为的怕成为义勇军的窠，铁路也一条条地筑起来了，为的好进攻苏俄。男孩子给吃上白面了，免得他们向敌人反戈；女孩子在强暴者的腕里，竖着敢怒不敢言的双蛾，自由难道就这么死灭了，民族的正义就这么消磨？不，决不，胜利终究在我们这一边，群众毕竟是我们的多。快起来，打回我们的老家，收复我们的旧山河！啊！我们的旧山河！

---

① 《大美晚报》1933 年 11 月 16 日，转引自鲁迅《准风月谈》，兴中书局 1939 年版，第 229 页。

② 《新演剧》1937 年第 1 卷第 2 期。

③ 《艺文线》1937 年第 3 期。

这是一首新体叙事长诗，从现实中写起，在叙事中将东北沦陷区的实况娓娓道来。东三省的沦陷，不是兵不如人，是上层领导者的贪恋，贪恋用国土换得一时的安睡；是政治上的"不抵抗"，将肥沃的黑土地拱手与敌人，让手握钢枪的士兵束手待毙，眼睁睁地让敌人去屠戮。将生于斯长于斯的东北民众推进敌人的魔窟，任人宰割，随意蹂躏。在奴化教育的高压下，这里的百姓被侵略者吞噬着肉体，瓦解着我们铭刻于骨的"民族""自由"之精魂。山河含悲，草木皆泪。"正义"不会被消磨，因为我们是这里的主人，这里是我们的家乡。传承千年的"还我山河"之吼声，再次回荡于白山黑水之间，响彻中华大地。不能依靠他人，只要我们奋起还击，必将胜利。虽然我们装备不如人，但：

> 豪弦哀竹皆兵器，蟆首蛾眉亦丈夫。抗战真须齐努力，愿凭粉墨走江湖。[①]

此诗发表于 1939 年 6 月 16 日上海出版的《杂志》上，题为《近作》。根据诗的内容，可推断此诗与戏剧团有关联。1939 年春，田汉、任光、龚啸岚等"为了恢复焦土上的繁荣，安定大火后的人心，并从抗战工作中提高旧歌剧的文化水平计"，在长沙举办为期三个月的"长沙旧剧演员讲习班"，进行"国际国内形势、戏剧与抗战的关系、文艺工作者的职责等方面的教育"[②]。在讲习班结束后，田汉开始带队去乡下进行抗战宣传，提出"运用一切艺术形式来宣传抗战"。此诗应是抗战宣传之作，鼓舞演员们只要真心齐抗战，手中的乐器皆为斗争的武器，女子亦可成为抗战之伟丈夫，到社会中宣传抗战，贡献一己之力。

与《"新地"歌》堪称姊妹篇的是《赤地七千里：战前纪蜀灾实感》[③]：

> 缸中既无米，瓶中更无酒。赤地七千里，却向何处走？少壮犹可为，老弱惟坐守。黄叶离枯枝，沼泽裂大口。狗亦饿食人，人亦饥食狗。请问肉食者，何以善其后？

> 兄来携其弟，子来挟其娘。生命与财产，一肩两箩筐。不顾山之高，不顾水之长。沃土既成灰，农民多离乡。飞鸟莫相笑，汝亦为食亡。

> 秋风吹白日，水干池亦开。人死半无棺，有棺不能埋。可怜待死者，

---

①　《杂志》1939 年第 5 卷第 1 期。

②　张向华编：《田汉年谱》，中国戏剧出版社 1992 年版，第 278 页。

③　《川康建设》1943 年第 1 卷第 2—3 期。

炊爨到枯骸。人食已不足，争食更不该。回首望山头，遍地乌鸦来。

　　树皮亦已枯，草根亦已焦。枯焦亦何妨，采掘不辞劳。人多草易尽，负锄转山腰。犹有带恙娘，忐忑过长凳。

　　秋高八九月，白露不成霜。清溪断余流，草木皆枯黄。婆孙仰屋坐，身边欹破缸。欲哭已无泪，欲断已无肠。可怜三岁儿，长跪求其娘。娘饥久无乳，可哺只血浆。写此流民图，聊以赠膏粱。

　　1939—1943 年，日军对四川进行了轮番轰炸，尤其是 1939 年至 1941 年年底，日军出动飞机 7144 架次，投弹 25788 枚，炸死 22300 余人，炸伤 25600 余人。1943 年，日军年轰炸四川共计 236 架次，投弹 563 枚。[①] 覆巢之下岂有完卵，田汉的"流民图"真实地再现了川民苦苦无依、挣扎于死亡边缘的困境。无米可炊，无屋可居，一肩两箩筐，担的是生命与毕生心血。秋高气爽的季节，本应到处是丰收忙碌的景象，可呈现在眼前的是一派荒凉，草木皆焦，饿殍遍野。即便活着，也是饥肠寸断，含乳饮血。这就是陪都重庆遭遇日寇灭绝人寰的轰炸后满目疮痍的图景，荆棘铜驼的亡国之悲，田汉希望能将这"流民图"寄与上层，给川民以膏粱。

　　抗战伊始，田汉很快步入反日侵略的抗争队伍中，虽然没有枪林弹雨下的戎马体验，但其创作大部分源自抗日战场传来的信息及社会现实生活中的见闻，真实地反映了百姓在日寇铁蹄下的生活图景。同时，承接了"国家不幸诗家幸"的诗歌传统，肩负起以诗记史的使命，其诗成为抗战文学的重要组成部分。

二

　　有学者说："田汉的旧体诗词创作直接承续了近现代南社的诗歌传统，且受到宋元和明清易代之际遗民诗的熏染，饱含了强烈的遗民意识，属于广义的'遗民之诗'，而有别于强调遗民的时间性和现实身份的狭义的'遗民之诗'。"[②] 其实，不只旧体诗，田汉的新体诗歌也充满了身如浮萍的

---

　　① 四川省档案馆编：《川魂——四川抗战档案史料选编》，西南交通大学出版社 2015 年版，第 9 页。

　　② 李遇春：《田汉旧体诗词创作流变论——兼论他与南社的诗缘》，《文学评论》2012 年第 2 期。

遗民心态。田汉的忧国愁绪在他的诗歌创作中处处可见，这种愁绪承载了他半个世纪人生经历的记忆，也是他革命思想的核心。尤其在抗战时期，这种苦闷愁绪源自日寇对中华大地的残忍入侵，对国民党政权"攘外必先安内"政策的愤懑。

1935年，对田汉来说，是个多事之秋。因左翼剧联公演问题而处在"监视"状态的田汉，在除夕之夜就发起了牢骚，亦醉佯狂中写下胸中的苦闷（共四首①，见下）。

悲来吟

悲来乎，悲来乎，此身如浮萍，飘泊之何处？何处有乐园，何处有乐土？

悲来乎，悲来乎，白日催人老，朱颜容易枯。今我少年儿。憔悴旦如斯。

悲来乎，悲来乎，辞亲客异乡，日日长相思。相思不相见，恻怆摧肺腑。

忆漱瑜②

略

话除夕

除夕送去了寒冬，明朝便是春天了。春天来了，春天来了，我还是御着这厚厚的玛陀罗斯哟。一个大也没有，何消说快饮屠苏酒。流浪者的悲哀呀，明年此日此夕，不知尚有我在否。

诉哀情

哦！蜡烛已经换去了三次，酒杯里满满浮着我的泪珠。唉！可笑我这般苦吟，苦吟岂是我的事。……家在万里，归去无计。权且饮这泪酒一杯，明天的事再到明天提……

第一首借《诗经·硕鼠》之喻，来书写自己身如浮萍，没有一块适合自己的土地，依旧漂泊的生活，催人憔悴。久别亲人，难以诉说的相思之苦，悲怆自肺腑生。作为第一首的回应，第三、四首借景寄情，严冬即

---

① 见《上海报》1935年2月9日第3版。

② 本首与《田汉全集》第十一卷诗词《茶花女》基本相同，故不录。仅个别有出入，今指出："寻出十年前吾妻制就的茶花女"，《田汉全集》作"寻出六年前制就的茶花女"；"睹十年前吾爱之遗物"，《田汉全集》作"睹六年后南国的新装"。

去，春天的气息本是暖意，可"我"依然被"严寒"侵袭，没有畅饮屠苏酒的快意，更多的是忧愁，在乱世之中，能否迎接来年的除夕还是一个未知。这种朝不保夕的生活，让人焦虑的是国家的命运谁来主宰？"家在万里，归去无计"，这是必须面对的现实，苦酒一杯，可以了却今日之忧，无法消解明日之愁。感慨国事，悲悯身世飘零，满腹愁绪，这就是除夕之夜田汉的心态，多种压抑导致他与家人"乱发脾气"，自己关闭起来，做起了苦吟诗人。

第二首是追忆妻子易漱瑜的诗，虽然后来田汉又有几任妻子，但他一直对青梅竹马的易漱瑜念念不忘。在其忌辰，亦有诗来悼念追忆：

> 黄昏引导着寂静，我置身在这石头城中。我此时是在太空的幽暗里，黑夜之车正在前进着。哦！前进，前进，我却不敢瞻望着那茫茫的前途——一个秘密的智慧，他将送我到那可怖的万丈深渊里了。

> 夜星，你正在照耀着他们，好像是希望之光么！我的心借着你的光明燃亮了。我觉得有些不可了解的愁心常常在冲动，一年又一年，一天又一天。我想到了那亡故的爱人儿，我心头老实感着无限的凄清。温柔的光呀，你可就是她的灵魂不是？[①]

1925 年 1 月 4 日，易漱瑜在田汉的怀中去世，五年的婚姻，二人产生了难以忘怀的真挚爱情。他们共同赴日求学，归国后又一起创业。易漱瑜的死，给田汉带来的心灵创痕是深重的，在他的戏剧创作中（《苏州夜话》《湖上的悲剧》《南归》），处处流露着失落爱情之后的苦闷、孤寂，即便获得新的爱情，也难以抚平昔日的伤痕。到 1935 年，田汉经历了与黄大琳、林维中两次婚姻，与康景昭、白薇的情感纠葛，每次都有着美好的憧憬，每次都以血淋淋的伤痛结束。其实，从田汉对爱情的诉求来看，不是后来者缺乏完美，而是易漱瑜对田汉影响太深，易漱瑜既是田汉情感的寄托者，也是事业的辅助者，这些都是后来者欠缺的。安娥的出现，可以替代易漱瑜的位置，但现实却让这段情感走得曲折，甚至带着满身的伤痕。所以田汉追忆易漱瑜，称其是"希望之光"，来点亮心灵的灯。

度过除夕不久，田汉就被捕入狱。直到 7 月，在徐悲鸿、宗白华等人的保释下得以狱外就医，但被限制不得离开南京。虽然自由受限，但与友人遣兴山水，可减少一些烦绪。在 1935 年的重阳节，曾有诗作：

---

① 《上海报》1936 年 11 月 19 日第 6 版。

　　劫后楼台病后攀，诗魂合傍翠螺山。骑鲸几辈□捞月，振笔何人解吓蛮。欲托梅花寄幽意，待寻灵石补时艰。大江东去前贤远，莫使匆匆鬓发斑。①

署名"恼"的辑录者在诗前交代：

　　戏剧家田汉，出狱以后，继以疾病，困顿京华，大有"冠盖满京华，斯人独憔悴"之慨，因时至秦淮听歌遣兴，或游于附近山水胜处，重九日，田往游采石矶，登太白楼，感而有作，得七律一首。

　　此时的田汉，虽身陷囹圄，依然怀着家国之忧，拖着劫难后的病躯，登高远眺，遥望滚滚东去的长江水，追忆曾经忧民忧国的先贤，李白《吓蛮书》与梅花岭上的史可法，虽已成为历史，但其精神却是长存的，是可以激励后人"寄幽意"，寻求"补时艰"的良方。韶光易逝，救世不能等待，田汉的这种思想一直延续到中华人民共和国成立。

　　在抗日战争胜利后，本该重整山河的中国民众再次陷入战争的灾难中，为了民主、自由，田汉等戏剧界人士继续进行剧运革命运动。在其51岁生日那天，田汉写有一首打油诗：

　　老汉今年五十一，努力剧运不肯息。中国民主需团结，剧运团结更出力。目前剧运虽低落，但是方向没有错。民主自由誓争取，我还年青一齐走。改造社会到光明，大家举起泥土手！②

诗后附有田汉自言：

　　我从事剧运已三十年，但三十年来剧运的发展是曲线的，要我们努力方能迈进无阻。中国非团结不可，只要自己有生之年，必使自己活得有意义，并争取伟大的团结，自己永久站在这块土地上，作中国人，永久利用这一块好好土地。

　　此时第三次国内革命战争进行了三年，民心所向已见分晓。田汉此诗表明了自己三十年来坚持并领导剧运革命是正确的选择。

　　田汉一生交游广泛，与友人之间的赠答诗，亦饱含着浓浓的家国情怀。在他的赠友诗中，既有对友人身心、事业上的殷殷关怀，也有对国族新生的期盼。如田汉与"黄氏三姊妹"（黄侯、黄今、黄美）的交往，当黄侯三姐妹拜访田汉时，他赠物并赋诗与她们：

---

①《铁报》1935 年 10 月 12 日第 3 版。

②《力报》1948 年 6 月 14 日第 3 版。

赠黄氏三姊妹丝绣"洞庭秋月图"①

忍见危邦半瞆聋，天涯常作未归鸿。荒波骇浪程途惯，错节盘根意气同。桃李不言缘品重，文章无价以穷工。峨眉山望高千丈，更上峨眉第一峰。

长沙带来湘绣一帧，持以赠黄侯姊妹等，祝其成功，予谓功不可幸成，未有不经百炼而能成钢者，因写一律以勉之，亦以自勉也。

一九三五·九·三一

需指出的是，此诗写作时间"九·三一"是错误的。1935 年 4 月，黄侯带着影片《峨眉山下》到上海准备公映，但受到检查，② 7 月 9 日，《中央日报》刊登"国产片《峨眉山下》即将运京放映，主演黄氏三姊妹来京"③ 短讯。9 月 4 日，《峨眉山下》在上海金城大戏院第一次公映，④ 9 月 28 日，黄氏三姐妹为次日在南京公映《峨眉山下》于中央饭店召开新闻发布会。⑤ 11 月 10 日，《陆沉之夜》在世界上演。⑥ 由此，《陆沉之夜》创作时间当在 7 月田汉出狱后到 11 月前（上演前还需要排练），黄氏姐妹拜访田汉日期当在此时间段内。查日历，阳历 9 月 30 日为阴历的九月初三，距上演有月余，阳历 10 月 26 日为阴历九月廿九，距上演仅半月。考察多种因素，此诗写于 9 月 30 日比较合理，即《峨眉山下》在南京公映后的第二天，黄氏姐妹拜访田汉并求写《陆沉之夜》之时。

1936 年 5 月中旬，黄侯带着满身疲惫回家乡重新发展，⑦ 与黄侯告别时，田汉又赠离别诗：

不是江南浅淡春，送君四出洞庭滨。峨嵋谣诼寻常事，一点初心且自珍。⑧

黄侯来京沪的得失：《峨眉山下》放映成功，患了眼疾，三姐妹分道扬镳，⑨ 也就意味着她全心投入的电影公司破产，可谓百感交集。田汉再

---

① 《戏世界》1935 年 11 月 13 日第 3 版。
② 《明星（上海 1933）》1935 年第 2 卷第 6 期。
③ 《中央日报》1935 年 7 月 9 日第 3 版。
④ 《申报》1935 年 9 月 4 日增刊第 3 版。
⑤ 《中央日报》1935 年 9 月 27 日第 7 版。
⑥ 《新民报》（南京）1935 年 11 月 7 日第 6 版。
⑦ 《晶报》1936 年 5 月 19 日第 3 版。
⑧ 《新江苏报》1936 年 5 月 26 日第 9 版。
⑨ 《民报》1936 年 4 月 29 日第 3 版。

次安慰她不要放弃，不要因为"谣诼"影响自己为四川电影事业奋斗的初心。

同时期与田汉交往的还有一位黄小姐。陈同生在《在最黑暗年月里的战斗——狱中斗争回忆录》中写道："有一位黄小姐来看他，送来很多东西。老大送了一首诗给她，其中有：'自知处世无媚骨，相怜犹幸有娥眉'之句。"① 陈同生提到的诗曾在报刊上发表，只不过有出入：

狱中闻黄白英归自海外欲相存问②

秣陵二月雨如丝，闻道秋英海外归。处世自知无媚骨，怜侬犹幸有蛾眉。试从高处观棋局，好把生涯作剧诗。欲倩流莺问消息，等闲飞上绿杨枝。

在《田汉全集》中收《给一个茶花女的信》，信中的白娥"就是南国社的演员黄白英。不久以后，便和田汉同居。她本来是来找妈妈的，不料竟找到了丈夫，而且成了她最后的归宿"③ 此事真伪还有待考据。田汉在《AB对话》中交代过她的身世，二人相识于1929年的广州，后来黄白英加入南国社。此诗为田汉在狱中听说黄白英从海外归来所作。比对陈同生的回忆之诗句，当以报刊发表为准，毕竟陈同生是二十余年后的回忆，有所失误当在所难免。④

1944年7月，因日寇进军湘桂，广西省当局下令桂林疏散。9月，柳亚子与田汉等友人告别，曾为国难当头而痛哭流涕。而后，田汉离桂，友朋来相送，田汉作七绝二首⑤：

赠李瑞熙

亚公痛哭辞漓水，闻道潇湘更可伤。此去越城林壑险，好凭三户赶豺狼。（与瑞熙兄同住桂林三年余，别时却在大疏散中，风雨未临，征车待发，写此慰勉。）

赠周游

一囊词笔千囊弹，此是非常百里侯。保得神州干净土，渊明何必胜

---

① 陈同生：《不倒的红旗》，中国青年出版社1959年版，第221页。

② 《北平晚报》1935年12月27日第4版。

③ 杨之华编：《文坛史料》，中华日报社1944年版，第321页。

④ 需要指出的是，张耀杰在转引陈同生回忆材料时，黄小姐替换成了黄侯，是错误的。见张耀杰《影剧之王田汉：爱国唯美的浪漫人生》，山西教育出版社2003年版，第292页。

⑤ 《东方文化》1945年第2卷第2—3期。

周游。（周游兄于桂北紧张时，接长资源县政，武装赴任，意兴盛壮。）

第一首《赠李瑞熙》曾见《田汉先生的一首佚诗》一文，发现者涂宗涛有详细记载。① 在柳亚子的《磨剑室诗词集》中《赠李瑞熙》诗前序写道："瑞熙自桂林来渝，出示寿昌赠诗，有'亚公痛哭辞漓水'之语，感而赋此，即送燕京之行。"② 可证此诗为田汉所作。但第二首《赠周游》则为世人所未知，由此诗可知当时送行者不单李瑞熙，还有周游。当时周游将去资源任职县长，此时失业的李瑞熙将随周游同往。田汉希望周游在资源不畏艰难，能为百姓造福。而对李瑞熙的叮嘱如兄长，期望他能勇于面对困难，与敌寇勇敢地去斗争。

1936 年 10 月 26 日，曹禺与郑秀在南京德瑞奥同学会举行了订婚礼，参加者众多，作为曹禺的挚友，田汉除送一幅中堂外，还写了一首"歪诗"：

女以男为家，男以女为室。室家至足乐，国亡乃无日。万兄殉国宝，英年擅写实。揭出黑漆团，病者可讳疾。从来舞台上，非无救亡术。时局虽万变，出路只有一。不与强敌战，无由脱桎梏！携手火线下，羡兄有良匹。从容画蛾眉，且待战争毕。譬如《雷雨》后，登山看《日出》！③

曹禺与郑秀邂逅于 1931 年高中毕业前，进入清华园后，曾联袂登台演出。1934 年 7 月，《雷雨》在《文学季刊》第 1 卷第 3 期上发表，曹禺因而崭露头角，获得郑秀的青睐，二人暑假回郑家"相亲"。1936 年 6 月，《日出》在《文学月刊》上发表。"曹禺蜚声文坛的三部曲《雷雨》《日出》《原野》都是在他们幸福的相伴下完成的。"④ 这些不同寻常的恋爱史，都被田汉写入诗中；同时，对曹禺的政治倾向和革命思想给予重点书写，希望夫妻二人能够继续坚持剧运革命活动，争取早日完成抗日使命。

1938 年 3 月 14 日，陶行知的儿子陶晓光和蒋秋芝喜结连理，陶行知

---

① 涂宗涛记述此诗发现经过：这首诗和诗后题辞，原件为宣纸毛笔墨书条幅，字作行楷，长 70.1 厘米，宽 28.6 厘米。此件我数年前发现于地摊，经鉴定，系田汉于 1944 年 8 月底或 9 月初桂林大疏散时写赠友人李瑞熙的。见涂宗涛《苹楼夕照集》，山西古籍出版社、山西教育出版社 1998 年版，第 101 页；劳造：《田汉先生的一首佚诗》，《文史春秋》1996 年第 4 期。另，注语有两处不同："风雨未临"，涂宗涛本"临"为"止"；"写此慰勉"，涂宗涛本"慰"为"互"。另见吴孟庆主编《文苑剪影》，上海辞书出版社 2006 年版，第 33 页。

② 中国革命博物馆编：《磨剑室诗词集》下，上海人民出版社 1985 年版，第 1369 页。

③ 《大中时报》1937 年 1 月 8 日第 8 版。

④ 曹树钧编著：《曹禺晚年年谱》，安徽大学出版社 2016 年版，第 247 页。

的朋友邵力子、黄炎培、许世英、田汉等纷纷写诗祝福。同是贺新婚的诗作，田汉对陶晓光和蒋秋芝新婚贺诗却是另一番风格：

> 前有王阳明，后有陶行知。读书作何事？挺身以救时。陶公更完人，大众之导师。一生为民主，九死守军旗。卒以积忧瘁，星殒申江湄。其人虽已远，举世歌其诗。良善亦足慰，卓荦多佳儿。于是各有长，于学多所窥。今更得佳妇，甘苦愿共之。行将大遗业，岂止高门楣？天下尚多事，羽书东西驰。民主反民主，惨斗不可解。努力追圣德，并肩负艰危，春天以匪遥，晓光亲秋芝。①

此诗可分成两部分来解读，上半部是颂扬陶行知先生，将陶先生取得的业绩媲美于大儒王阳明，超越王阳明之处在其为民主奋斗的一生，其品性泽被后世，为后人景仰。下半部赞誉陶晓光，能继承先父遗志，夫妇共同光耀门楣；同时，勉励他们并肩克服困难，追求民主之斗争的胜利。

田汉对莎士比亚情有独钟，早在 1921 年就用白话翻译了莎翁的《哈孟雷德》（《少年中国》第 2 卷第 12 期），这是莎士比亚戏剧的第一个中文全译本，1922 年冬中华书局出版单行本。1924 年，他又翻译了《罗密欧与朱丽叶》。② 1937 年春，当田汉看到由《罗密欧与朱丽叶》改编的影片《铸情》时，百感交集，观后赋诗五章：

一九三七春夜观《铸情》有感③

> 是桃李花开的春夜，是红尘满眼的新京，偕患难相从的伴侣，观此恨绵绵的《铸情》。
>
> 爱情是这样的伟大，他填平了仇恨的深坑，爱情是这样的糊涂，把云雀当成了夜莺。
>
> 让野心家为黄金而战争吧！我宁殉美人的红粉。让老年人走向破灭的坟墓吧！青年们来一个热情的长吻。
>
> 青年人岂无长剑？他只为真理而牺牲。青年人岂辞坟墓？那只应在绝塞孤城！
>
> 读完这银坛巨制，重顶礼莎翁的荣名。只惜李思廉的霜鬓，辜负

---

① 《生活教育通讯》1948 年第 8 期。

② 关于此译本，有学者评价说："他仍然只是想着一小群读者，而不是别的，这个译本也许对一个中国大学生有点帮助，但作为上演的本子则是很不济事的。"见张振先《莎士比亚在中国》，载《莎士比亚综述》第 6 期，剑桥大学出版社 1953 年版。

③ 《铁报》1937 年 4 月 12 日第 2 版。

了瑙玛的碧眼盈盈!

三

因田汉发表诗作与存稿之间有出入,致使《田汉文集》《田汉全集》所选文本与报刊上发表之作存在异文,还有的或是田汉删掉或是遗漏,让整理者难以完成全集之重任,出现集外佚文。1937年4月26日的《世界晨报》上发表了标题为"田汉近作题沈逸千画"的2首诗,其第一首与《田汉全集》(十一卷诗词)收录的《题沈逸千作〈画驴运粮〉图》除第一句"烈发眸"与全集"忍凝眸"不同外,其余完全相同。但第二首则为全集未收之作,录如下:

　　危岩窄路下临河,闻道人间有架窝。吾族岂因艰苦退,风沙千里策车驼。①

同年,田汉曾创作电影脚本《船娘曲》,因多种原因未完成,但其创作的歌词却保留下来并发表在不同的报刊上。最早是在《铁报》上发表的《田汉之"船娘曲"与后湖两绝》,后其他报刊也刊登过,但发现《田汉全集》收录《船娘曲》与《新民报》上田汉手迹②及《诗歌小品》上刊载的相同,③与《铁报》所载不同,不同之处主要在第二节,列如下:

　　花儿不好藕儿鲜,叶儿上有露珠儿眠。你若是欢喜清幽不爱闹,姐儿送你到太平门外古城边。——先生!上我的划子罢!一毛钱。④

附《后湖两绝》⑤:

一

　　潋滟春波绢样柔,杏黄衫子木兰舟。江南喜有新女儿,双桨如飞过亚洲?

二

　　红了樱桃绿了蒲,江山如此足歌呼。金人近又骄如许,莫忘当年

---

① 《世界晨报》1937年4月26日第4版。
② 《新民报》(南京)1936年7月21日第4版。
③ 《诗歌小品》1936年第2期。
④ 又见《影与戏》1937年第1卷第22期。
⑤ 又见《东方日报》1937年4月28日第4版,题为《后湖曲》,其中第一首"新女儿"为"新儿女"。

习武湖。

玄武湖，宋元嘉时为习武湖，历代多练水师于此。汉居金陵，以近湖，亦爱于台城钟山间弄舟为乐。云云。

其他报刊转载者"红泪"曾在诗前有交代：

剧作家田汉，近居首都，写作剧本甚忙。除为中国旅行剧团改编《阿Q正传》及新南剧社之《史可法》外，最近正在修改前所写作之电影脚本《船娘曲》。是剧取材于南京唯一名胜"玄武湖"为背景，内幕系描写一段可泣可歌之革命史实，情节婉转，作风别致。……按是项主题歌原稿长至千余字，今仅删剩两节。当《船娘曲》属稿之初，原为新华公司作，拟由史东山任导演，惟剧中取景系玄武湖之夏季，正当满湖荷花盛开时，嗣因荷花季节已过，是剧遂亦中止开摄，更兼剧中国防意识甚浓，果欲摄制，原稿尚有修改之必要，故延搁至今。兹闻是剧摄制影片权已为明星公司取得，将由程步高任导演。但开摄时期，至早亦须至今夏荷花开时也。①

根据《田汉年谱》记载，1937年3月下旬写《阿Q正传》，4月18日开始收集史可法资料。此序当写在4月18—27日。文中涉及对更换摄制公司和导演，未能开拍的原因等。其实，未能按时拍摄，除了时令问题，最重要的是涉及"国防意识"，难以通过审查。这则资料可补年谱不足。关于《船娘曲》片中的主题歌，红泪提到"原稿长至千余字"，今发现一个七百余字的文本，录如下：

老妇：喂，先生要划子啵？一毛大洋摇到城头上挂着斜阳。

少女：喂，先生，坐我的划子吧，只要一毛钱坐到月儿出现在紫金山上。

青年：好吧，小姑娘，摇拢来啊，给我一把轻轻的桨。

合唱：摇啊，摇啊，摇到水中央，清波儿微微的漾，荷叶儿淡淡的香，芦根儿抽着新绿，柳条儿披着娇黄。

青年：姑娘，我问你，你姓什么？

少女：先生，我姓黄。

青年：名字呢？

少女：阿祥。

---

① 《铁报》1937年4月28日第2版。

青年：你家呢？

少女：在菱洲上。

青年：哪儿？

少女：咯，就是那间小草房。

青年：家里几个人？

少女：爸爸和哥哥。

青年：妈妈呢？

少女：早没了娘。

青年：你有人家没有？怎么不响？哈哈，哪有十八岁姑娘没有郎！我真羡慕你们的生活哩，住在这样的水云乡！

少女：咳，先生，你哪儿晓得我们穷孩子的忙？每天，放下桨，去采桑，樱桃熟了又怕鸟儿尝，竹片儿不停，守到大天光。

青年：是吗？真是三百六十行，做一行怨一行。

合唱：摇啊，摇啊，摇到小桥旁，桥头偎侬多鸳鸯，桥下水战何颠狂。良辰美景难再得，哪顾湖波湿衣裳。

少女：先生，你望着什么？

青年：这倒在湖中的？

少女：是钟山，可不像明镜里照新妆？

青年：那古色苍然的呢？

少女：是台城，瞧，小树儿斜长在城墙上。可是，先生，你为什么那样凄凉？这儿给了你什么印象？

青年：我也曾爱过一个小姑娘，我和她在北海里荡过桨。

少女：北海在哪儿？

青年：在北平，我们东方最伟大的地方。

少女：现在你的爱人呢，先生？

青年：她已经变了心肠。

少女：北平呢，那儿还好吗？

青年：那里变了帝国主义的练兵场，千百万华北的同胞，在那儿呻吟，在那儿反抗。可是南方却像没有事的一样，听吧，他们的口琴儿吹得多么的悠扬。

合唱：口琴儿吹得多悠扬，莫为闲情空断肠，压境今有强寇强，不是战，就是降，南宋故事君记取，不要等金兵渡河再慌忙。①

《田汉全集》卷十一中《游洞庭西山小诗》第八首，曾载《福尔摩斯》报上，题为《苏州纪游诗·之一》，诗下有注，今为补上：

> 游西园佛寺时，适做晚课，缁衣数十百辈，随钟磬木鱼声而合掌佛号者，大半皆青年男女也。一立最前排者，断发时装，披袈裟，心志最专，半小时中，未尝一睁眼，其受人间伤害，殆亦最甚与？②

1935 年，田汉被捕入狱，在狱中作诗词数首，今已收入《田汉全集》，但未见《渔家傲·女犯》篇，该词被当时多家报刊刊载，③ 录如下：

渔家傲·女犯

（狱中颇优待，但每食亦不过一白饭一素菜而已）

> 何处苏三新起解？乱头粗服风流在。已是双蛾愁锁坏，羞无奈，人前解下香罗带。好梦又教笳角碍，晨光已射囚窗外。黄豆萝卜都不爱，你莫怪，监中可有梅干菜？④

1946 年署名"子曰之人"的在《是非》上登了《田汉之爱情诗》，⑤ 录如下：

> 郎有心，姐有心，不管什么姓刘与姓孙。姐有心，郎有心，不怕山高水又深。山高也有人走路，水深也有过渡的人，有志之人事竟成。

田汉在《跃动的心》一文中写道："忙于《洪水》的我只写了几支歌，如'郎有心姐有心'……"⑥ 查戏曲《珊瑚引》，中有"郎有心，姐有心，不怕山高水又深，山高也有人行路，水深也有驾船人"⑦。两相比较，上述《田汉之爱情诗》，应算改编的民歌，非田汉原创。

---

① 《铁报》1936 年 7 月 22 日第 3 版。

② 《福尔摩斯》1937 年 5 月 22 日第 4 版。

③ 《社会日报》1935 年 4 月 1 日，题为《囚徒之歌》，收《口占》《菩萨蛮·狱中赠伯修》《渔家傲·女犯》《如梦令·虱子》（另见洪深《田汉狱中词》，《戏世界》1935 年 8 月 8 日，缺《口占》），除《渔家傲·女犯》外，其他已收入《田汉全集》，但部分字词有变动，不录。其《口占》另见《晶报》1935 年 4 月 16 日，《四川晨报》1935 年 4 月 23 日；《囚徒之歌》另见《杂文》1935 年第 2 期，题目改为《苦囚之歌》。

④ 第二句"乱头"，《田汉诗词解析》作"头乱"。"叫笳角"，《田汉诗词解析》作"叫笳声"。见李振明编著《田汉诗词解析》，吉林文史出版社 1999 年版，第 20 页。

⑤ 《是非》1946 年第 4 期。

⑥ 《田汉全集》第 15 卷文论，花山文艺出版社 2000 年版，第 267 页。

⑦ 《田汉全集》第 9 卷戏曲，花山文艺出版社 2000 年版，第 7 页。

老舍集外佚简、佚文及其他

在翻阅报纸时，发现 1949 年之前报纸上署名"舍予""舒舍予""老舍"的大有人在。① 这些署名给考辨老舍（舒庆春）的作品带来一定的难度，同时带来集外佚文的问题。在考察报载"舍予""舒舍予""老舍"作品过程中，发现两篇佚简、一篇佚文未收入全集，还有关于《海岱画刊》发刊词的片段及 2013 版《老舍全集》失误之处，特拈出刊布于此，补益于老舍文献。

一

此次发现的两通老舍信札，发表报刊略去了收信人姓名，但从内容看，完全是友朋之间的家常里话，应该与老舍有着亲密的交往。第一通附文于下：

> ×兄：
>
> 昆明一别，忽又二载，光阴易逝，心惊颤，去岁"流年"不利，初秋割盲肠，也总算"一刀之苦"了。未出院，而家小自北平逃来，租房，买盆罐，千头万绪，都赖友好帮忙，十分紧张。家小到碚，儿女已不相识，只微笑赞美馒头真白，盖北平无粮，他们已忘记馒头的真正颜色矣。小女拉虫，男孩患湿疮，服药打针，动辄千元，而馒头之消耗，又有惊人速度，"叙天伦之乐事"真当改"吃馒头之破产"矣！
>
> 病初好，即略事写作，黑字落在白纸上即算成功，不暇推敲，馒

---

① 《十一个舒舍予》，《中央日报》1954 年 5 月 5 日第 3 版；《同舟》杂志刊登署名"老舍"的 11 篇文章，非本文所指老舍之文。

头不能错过一顿，而稿费必源源而来也。内人喘息未定，即去编译馆作事，月可得官米一石，除去虫砂，实获八斗，渊明不为五斗折腰，想系全是虫砂，而无米粒之故。过年时，幸庆得三书《老张的哲学》《赵子曰》《二马》皆在渝重版，有些版税可拿，遂能买肉一斤，声势浩大。不幸，肉被小窃盗去半斤，乃宜而"诸事从简"。是时也，肠胃病又发，日夕水泻，而头昏再起，工作停顿。病后，遵医嘱戒酒，吃东西又极小心，此又不知何以"一泻千里"？北平语"活该倒霉"或系最好解释。

去夏，燕大梅校长来渝，相与约定：家小过蓉，即赴燕大，学校负找房之责，弟当赴蓉为燕大授课，本极怕教书，可是找房比教书又可怕若干倍，故定此互惠条约。但是，家小系自宝鸡直来重庆，并未过成都，于是解约，复旦大学在北碚对岸，屡约教课。体弱，头昏昏，教书则宜放弃写作，写作即不能兼课，二者必去其一。想来想去，还是舍教书而取写作。美其名曰"坚守岗位"，究其实则"从手到口"鬼混而已。

今年四月入城，文友相约庆祝写作二十年纪念，力阻不获，惶愧万分！会后，因决定拟治长篇小说，期于两年内得字百万，以为习作念年之"自我纪念"。文艺贵精不贵多，百万废话还不如一首动人的"五绝"。但，新文艺中，小说尚无长及百万言者，苟能作到，亦足聊备一格耳。近中，每晨写千字至二千字，下午休息，头昏始终未全好，一过劳，则脑中如久置之鸡蛋，空了一块，故只好细水长流，以免欲速则不达。

写作之外，略事生产：前月，购老母鸡一，使孵蛋二十个，成绩不错，得鸡九只，儿女拍手相庆，谓将有鸡蛋吃矣。九只中，拾柴者窃其一，病死者五，今仅余三只！院中植豆，鸡啄其芽，乃改种番茄，今已有果如钮大。"囤积"十行纸数刀。鼠毁啮者过半。是知生产与囤积亦大非易易，而文人即是饭桶，于此证之！

蒙嘱写短篇小说或杂感，小说因正写长篇，不敢"兼差"，杂感则心中虽杂，而不敢即感，只好以函代稿，随便说说家长里短，既如老友对面闲谈，且符"莫谈国事"之旨。

匆覆，祝吉

弟舍敬上

此函原载《生活导报》，后被《浙江日报》（1944 年 10 月 7 日第 Z1 版）转载，题《从一封信来看中国作家的生活——老舍的一封信》。开篇"昆明一别，忽又二载"，是指老舍 1941 年去昆明之事。1941 年六月初，罗常培、梅贻琦和郑天挺到重庆看望老舍，约他到昆明游览并讲学。八月二十六日，老舍到达昆明，除了考察文协云南分会的活动外，还在西南联合大学做了 4 次讲演，与杨今甫、冯友兰、闻一多、萧涤非、吴晓铃、沈从文、陈梦家等学者、作家交往甚密。十一月十日，结束这段旅行，回到北碚。1942 年十月四日，老舍在赵清阁的陪同下去医院做了盲肠切割手术，直到二十日出院。十一月十七日，胡絜青带领子女到达北碚，"在'文协'北碚分会找了间房子（即蔡锷路四十四号），胡絜青在编译馆找了个工作，每月有一石平价米的收入。从此，老舍在北碚有了一个家"[①]。1943 年四月十七日，在北碚举行了"老舍先生创作二十周年纪念会"，郭沫若、茅盾、沈钧儒等三百余人参加。《新华日报》《抗战文艺》《新蜀报》等媒介报道了此事。根据文中提到"前月，购老母鸡一，使孵蛋二十个"等事，可大致推断此信写于 1943 年五六月间。

第二通题《作家生活的一斑——老舍的自述》，如下：

××兄

短稿还是无法给你写，你看，每晨我要固定的写一篇小说。坐一早半天，也许能写出一千多字，也许一个字写不出。不管写得出与否，一过午我即不再拿笔，我的精力只够坐那么一早半天的！只要我一放胆赶活儿，我的头晕病会马上就回来！

在夏天，即使我的身体很好，我也没法在午后写作，我的一间卧室兼客厅兼书房兼洗澡间的"百科全屋"由正午十二点到夜里十二点还是一百度以上的"热烈"！路上可以烙饼！我没法□□□；这间宝贝房若是以千元一月的租价出租，人们会因争着要而打破了头！在此过夏，颇似过火焰山，没有美猴王的本领是大有□亡的危险的。我没法在火焰山上写文章！

近几天来，连上午我也休息了。我正在戒烟。从二十二岁起吸香烟，至今已有一世纪四分之一的时间。习惯成自然，没有烟我写不出字来。但是，因河南与湖南的战事，这几天的烟价像发了疯似的往上

---

① 杨立德编：《老舍创作生活年谱》，云南民族出版社 1989 年版，第 79 页。

涨。我须至少以百元才能换取一包最劣的烟，每日百元，一月就是三千。我一共能写多少钱呢？况且，每日百元只能买最劣的烟啊。可以休矣！我停止了买烟。

真难过呀！

自去秋戒酒，至今已快一年。我并未感到多大的痛苦。酒本来不是每天必喝的，而且戒了之后肠胃确实感到舒服。

烟不是酒，此戒与彼戒大大的不同！我说不上来是身上哪里不舒服，可是我不但不能写字，看书，而且连说话都不大利落了！我全身的血脉似乎都像黄河改了道！

但是，我不能屈服！假若是为了骆驼牌的，或三炮台，屈膝也还有话可说，为那又霉、又臭、又硬、而且贵得出奇的，"长刀"与什么"人头狗"，我实在不甘心伤了自己的尊严！

我必须戒烟！烟戒好之后，我打算戒茶，戒饭；一直戒到不用棺材也会死！

好吧，假若你愿意，即请发表此函吧，别的朋友也许正等我的稿子，此函将会告诉他们：那伟大的勇士正和烟□争斗，没功夫写文章啊！

匆匆祝吉

弟舍启

八·二十五①

关于老舍戒烟的问题，他曾专门写了一篇短文《戒烟》（发表在1944年九月九日《新民报·晚刊》，另见《烟草月刊》1947年第1卷第2—7期，两文中部分话语与此函重复。另，同年发表的《文牛》一文也谈到戒烟问题。文中提到戒酒的问题，在《戒酒》中提及："去年，因医治肠胃病，医生严嘱我戒酒。从去岁十月到如今，我滴酒未入口。"②"治肠胃病"应指1942年十月做了盲肠切割手术一事，由此可确证，此信写于1943年八月二十五日。

---

① 《中央日报》（昆明）1944 年 9 月 3 日第 Z1 版。

② 老舍：《老舍全集 15：散文·杂文·书信修订本》，人民文学出版社 2013 年版，第398 页。

二

《申报》上署名"舍予""舒舍予""老舍"的文章达百余篇，但不全是满族作家老舍（舒庆春）作品。为此，另一个舒舍予还特此发表一则《替老舍声明》，文曰："某周刊上记作家老舍，在未顽文学以前，曾于从前《申报·自由谈》上写过戏评文字。我得声明一下，在老早的《自由谈》上写戏评一类东西的舒舍予，不是现在的老舍，而是从来不懂《老张哲学》的区区。区区怕有人指老舍的《老张哲学》是我做的，所以一样要替他亦声明一下。"① 这则声明为整理《申报》上的老舍文献提供了充分考据，发现 1911—1923 年署名"舍予""舒舍予"的作品有了明确的作者，不会误植老舍（本文所指）名下。关于《申报》上署名"老舍"的 16 篇文章，② 有 15 篇已收入《老舍全集》，一篇《狮子和蚊虫》③ 未收入，应属佚文，列如下：

狮子和蚊虫

狮子是兽类中的大王，世界上的动物们，可说没有一个见他不怕。可是，谁也想不到居然竟有一只小蚊虫，非但不怕他，并且还打了个胜仗。事情是这样的：

一天，小蚊虫飞到狮子面前说："阿狮啊！你自以为是兽中之王吗？你靠了你的爪和牙，专欺侮弱小兽物，算不得什么。他们都见你怕，我却还要来跟你比比武。"

小蚊虫开始在它的脸上叮，狮子怒极了，就把脚掌用力的向脸上打。小蚊虫很顽皮的这里叮一下，又飞到那里再叮一下，那只狮子把脚掌打得满面都是血，痛得哭了。

"嗡嗡！嗡嗡！你这么大的东西，终究败在我区区的手里！胜利！胜利！"

小蚊虫一路唱着胜利歌，得意洋洋的飞去了。

---

① 《铁报》1946 年 2 月 28 日第 2 版。

② 老舍：《题傅抱石先生红叶图》，《申报》1945 年 12 月 12 日 4 版。另见《老舍全集》13 卷《在傅抱石赠赵清阁〈红梅扁舟图〉册页上题诗》，因未找到《红叶图》，不能确定与赵清阁所指《红梅扁舟图》是否为同幅图，但诗完全相同。

③ 《申报》1940 年 11 月 24 日第 15 版。

三

桑子中在《我记忆中的朋友老舍先生》一文中写道："1932 年到 1937
年之间，课余之暇，我在大明湖畔铁公祠内，创办了海岱美术馆，同时主
编《海岱画刊》，特请老舍写的发刊词。该刊为山东《民国日报》副刊，
每周出版一张，随报附送，不另取资，当时该报为济南第一份大报，该刊
也是第一份画刊。新闻照片、绘画艺术，由画刊印出；政策法令、社会报
道，由报纸登载，两相配合，相得益彰，又经老舍撰写了发刊词，该报声
誉日渐提高。"① 可惜的是，老舍给桑子中写的《海岱画刊》发刊词至今未
见全文，"《海岱画刊》发刊词任何人都没有找到，包括桑先生本人包括上
图。只能存目"②。关于《海岱画刊》出版时间等，桑子中及《老舍年谱》
亦未清楚，只是笼统地说 1934 年。笔者翻阅《东南日报》时发现一则"文
坛新讯"，不仅有《海岱画刊》第一期出版时间，还辑录了发刊词的片段，
录如下：

> 幽默作家老舍，近在济南编辑《海岱画刊》，每十日出一张，第
> 一期已在本月二十日出版，内容多侧重于古代的拓片，亦间有新闻意
> 味的照片。他在发刊词上说：就现有定期画刊而论，多数的是在第一
> 面摆上女明星，"大家闺秀"和女校高材生；而后是一些杂拌儿图片，
> 写些不三不四的文字。这类画刊比新闻更过瘾，影响也更坏。因有图
> 可寻，自然神往。但有这样的画刊，还不如没有。接着又说，"那么
> 画刊必须有，而且要办得好，不但作新闻纸的补充，且作它的矫正。
> 本刊的印行就是这个。自然，并没有人告诉我们必须这么办，也还没
> 有人说办画刊就得是这样，还没有人禁止不这样的画刊，这不过是我
> 们自己一点志愿罢了。同行并非冤家，我们没有唯我独尊之意。我们
> 不一定能作到所想到的。"③

须指出的是，文中误把老舍当成了编辑。根据这篇文章的发表时间，
可确定《海岱画刊》出版时间是 1934 年 7 月 20 日，为十日刊。关于《海

---

① 舒济编：《老舍和朋友们》，生活・读书・新知三联书店 1991 年版，第 580 页。
② 李耀曦、周长风编著：《老舍与济南》，济南出版社 1998 年版，第 374 页。
③ 《东南日报》1934 年 7 月 30 日第 10 版。

岱画刊》的编辑理念，老舍说得非常清楚，矫正往日定期画刊利用"美女图"来博眼球，忽略文字的功能。同时强调要做《民国日报》的有益补充，并谦虚地说，想的和做的并不见得能达到统一，只是尽力而为。虽然这只是只言片语，却保存了《海岱画刊》的编辑理念和办刊方向，弥足珍贵。

新版《老舍全集》的出版，对推动老舍研究厥功甚伟，因其工程浩大，难免出现不足，如14卷《和平》，标注原载1945年11月12日《和平日报》。若是以1945年的《和平日报》为底本的话，则准确的信息为《谈和平》，载1945年12月15日第4版，且结尾没有"《扫荡报》今改称《和平日报》，实寓深意，敬撰小文，以质高明"；15卷书信《致陈白尘》误把发表年当成写信年份，正确日期是：1942年十一月二十五日。《致友人书》写信日期1944年五月二十日，年份误，应为1943年。《海外书简》又载《明报》（1948年2月2日第3版），题为《作家书简》，落款日期十二·二。同时，内容上有个别字出入（如"今年，只剩"，《明报》缺"只"字；"多想写一点旅美杂感"中"多"，《明报》为"久"）；16卷《谈诗》，注释已明确是给臧克家的信，则应该收入书信集里。还有一篇《阿特丽女士欢迎会小纪》及1940年11月2日老舍在《戏剧春秋》杂志社组织的"戏剧的民族形式问题座谈会"上的发言，《老舍年谱》均收入[①]，但新版全集未见，实为憾事。

---

① 张桂兴编撰：《老舍年谱》上，上海文艺出版社1997年版。

冰心佚文及三篇演讲稿的补正

一

冰心在燕京大学读书期间受到校长司徒雷登的赏识与器重，其去美国留学及回国后留母校任教都与司徒雷登有着密切关系。作为知遇之交，冰心夫妇对其心存感激。1936年适值司徒雷登六十岁寿辰，冰心写了三篇文章，其中两篇发表在《燕大友声》上（《司徒雷登校务长的爱与同情》及翻译的《司徒雷登博士传略》，已收入全集），第三篇发表在《兴华》上，却鲜为人知。文中先叙述了燕京大学给司徒雷登祝寿，此外国立四大学校长蒋梦麟、梅贻琦等在清华大学同学会亦设宴邀请名流为其祝寿；而后记叙了燕京大学初创时期的艰难，除了经费紧张外，教师、校舍等亦在困境中。燕京大学能从困境中走出来有两点：一是司徒雷登的科学性管理理念，即学校学科设置和学生所学与社会需求结合起来，让学生毕业能找到适合的职业，注重实验教学；二是从社会寻求资助来解决经济问题。能得到郝尔君的遗产赞助，更多的来自司徒雷登个人的人格和社会信誉。这篇文章与《司徒雷登校务长的爱与同情》相比，其史料价值更高。原文录如下：

燕大司徒校长祝寿[1]

北平燕京大学校务长司徒雷登博士，在华创办校务将二十年，于我国教育界之贡献甚大。本年为其六十寿辰，该校当局及同学定期举行盛大庆祝。

国立四大学校长蒋梦麟、徐诵明、李蒸、梅贻琦亦在清华同学会设宴为司氏庆寿，柬请陆志韦、袁同礼、胡适等暨美大使馆多人参加云。

---

① 《兴华》1936年第33卷第25期。

司徒博士在一九一八年被聘为燕京大学的校长。

那时的燕大是一无可取，我们很局促的住在城内，没有教员，也没有设备。这机关是新组织起来的，充满了骚扰与纷乱。学生不到百人，教员中有两位中国人（陈在新博士与李荣芳博士），许多西方教员不合于大学教授的条件。这新事业的经济方面更是使人沮丧，预算是五万元，收支却只有两万五千元，那就是说常年经费有一半是落空的。

燕大发展的第一阶级就是聘请（和供给）教授。第二就是寻访城外的相当地点，使燕大团体可以有自己的生活。再后就是校舍的建设，每一所新建筑都要求一笔新的维持费，机器厂就是最厉害的一个。"和一匹庞大的饿兽一样。"司徒博士焦虑的说："你把所有的钱都扔给它，它立刻吞噬无余，而且永远没有餍足的时候。"

教授和校舍吸引来了许多学生，每一个学生又构出经济上的难题，学生交来的学费（这是全世界大学都一样的）只抵教育费的七分之一。燕大就没有财力来抵偿这差额，基金就是成为不可不有的，这是现在最迫切的需要。

司徒博士对于教育的各方面都感兴趣，从起头他就用几门功课与几个学系来试验，使其能适应社会确定的需要，并知道毕业生是一定有职业的。有几个这种的试验，因为没有经费，现在都停止了。如今还有的如医预科、护士预科、新闻学系和教育学系都属于这种性质的。一方面，司徒博士从未放弃他对于学问的兴趣，有几种重要的研究，也都因他得到了赞助。最显著的成功就是哈佛燕京社，该社专研汉学，是用一位欧柏林大学（Oberlin College）毕业生郝尔君（Hall）的遗款来设立的。他遗言以他的遗产来建立各种机关与基金社来研究中西文化的接触。过的许多种捐款都是同一的目的，而燕大所得的是最大的一份。司徒博士说，这是因为遗产的管理人相信了燕大的前途，他们自然是以燕大的校务长为根据，来推量燕大的前途的。

司徒先生一生的事业皆在中国。近二十年来，一手造成燕京大学的基础，最可钦佩。先生的伟大处在于个人与事业合一，一切精神皆集中在事业上，爱护事业与爱护自己的生命无异。这种精神实说来本极为平常，但人能做到真正的平常，实际即已异常伟大，先生对于事业的精诚契合，最足为世人的师法。

二

冰心《我的中学时代》一文，最早发现者为赵慧芳，录自《慕贞半月刊》，并以同期的《谢冰心印象记》一文做参证。① 遗憾的是，《慕贞半月刊》版并未完整记录整个演讲过程和内容，使史料价值打了折扣，且无法知晓冰心演讲的具体日期。1936 年 5 月 1 日，《华北日报》登载《冰心女士明日在慕贞女中讲演》：

> 崇内孝顺胡同嘉慕贞女子中学，为使学生多得课外知识起见，于每星期六周会之期，均约请校外各界名人，赴校讲演，藉长学生见闻。已邀请作过讲演者，有陶希圣、熊佛西、李蒸、吴卓生、萧洞千诸氏。本星期六之讲演，已请定文学家谢冰心女士担任，于明日上午十一时，假该校大礼堂举行。闻女士之讲演将取谈话式，并由学生随意提出问题讨论云。②

5 月 3 日，《华北日报》登载了署名铁笙的《冰心女士自述她如何度过中学生活》的文章，内容分为"朴素的衣衫""入学的困难""交友的烦恼""决心的自拔""学医的自愿""中学的经验""多项的问题"几个部分。③ 这两次报道，明确了冰心演讲的时间、地点和内容。此文的作者"铁笙"，即张铁笙。接下来还有几家报纸报道此事：5 月 6 日，《新民报》（南京）转载了《北平通讯》题为"苦口婆心劝少女冰心自述同性爱常常把信偷偷地夹在书皮底下暴露女生私生活"一文；④ 13 日，《南京日报》亦转载《北平通讯》，不过标题变了，为"女作家冰心女士自述中学生时代私生活对同性爱的秘密和盘托出本想立志学医竟成女诗人"。⑤ 细读后，发现《华北日报》、《新民报》（南京）、《南京日报》三报内容为张铁笙一人所写，只是不同报刊加了不同的标题。笔者还在《慕贞半月刊》第 2 卷

---

① 赵慧芳：《冰心关于"同性爱"的演讲》，《中国现代文学研究丛刊》2013 年第 5 期。另，文中《冰心演讲同性爱记》提到的《上海的日报》应为《上海报》（1936 年 7 月 6—8 日），即玉壶转录之日报。

② 《华北日报》1936 年 5 月 1 日第 9 版。

③ 《华北日报》1936 年 5 月 3 日第 9 版。

④ 《新民报》（南京）1936 年 5 月 6 日第 3 版。

⑤ 《南京日报》1936 年 5 月 13 日第 5 版；另见《江西民报》1936 年 5 月 14—15 日第 2 版。

第4—5期合刊上发现一则《全校争看谢冰心》校闻，录如下：

> 上星期六周会时的讲员是出人意外喜欢，校长也知道早叫同学们喜欢几天，前三天便布告出来，谁都知道久仰的母亲作家冰心女士要来了。到了星期六，一打钟每个人都是快快的跑向礼堂，坐了一会，知道是来了，却只看见张铁笙先生和梁太太的两只手，伸进门来让，良久冰心女士才出现了，中等身材，头发由前面分梳到后面挽了一个髻，深绛色的夹袍，黑色高趾鞋，长尖形的脸，操过流利的国语，态度很表现出贤妻良母的风味来。首由梁太太（燕大的李大姐）介绍，张先生又以新闻记者的口气补充了几句，谢女士讲了半小时，以后是问答式的谈话，同学们争先恐后，都怕坐失良机。散会后早有许多人围住，冰心女士的秀丽潇洒的字便一个个上了同学的纪念册上了。以后是教职员请冰心女士聚餐，席间觥筹交错，颇形热闹云。

文中提到的梁太太，即冰心燕大同班同学李铭钟。张铁笙以新闻记者身份参加演讲会，且"上星期六周会"与《华北日报》5月1日报道吻合。5月20—23日《世界日报》上连载松影的《我的中学时代——记冰心女士讲演》，此文记录翔实且全面。与其他报载不同在：对演讲前后的插絮繁简不一，《慕贞半月刊》不仅全略去，而且将问答环节省略，造成记述不全。另外，在冰心衣着表述上出现差异，《华北日报》为紫红色，《全校争看谢冰心》写为深绛色，《世界日报》松影写成玫瑰紫。出现不同，应是记录者对颜色识别的误差。其他提到的演讲内容除文字表述差异外，事实完全相同。因松影《我的中学时代——记冰心女士讲演》为首次发现，录如下：

> 现在的冰心，虽然不如当年的冰心那样被人崇拜，敬服与赞叹，然而她毕竟是文学界的一位健将，是一位诗人；又加之由她现在的深居简出，而想到当年她的盛名，所以一听说冰心女士要在 M·C 女中讲演，我便疯了似的想去听听。
>
> 冰心女士讲演，本来不是公开的，可是我们因为人情面子而得到了听讲权，的确感到荣幸。
>
> 我曾读过冰心女士的许多作品，然而与冰心女士却无一面之缘。虽然在她的作品里，我已模拟出一位温柔，婉善，漂亮的女性，可是那究竟是"模拟"，所以一颗好奇的心在忐忑的跳动，冰心到底是怎样的一位冰心？

　　时刻一分一分的过去。听完人家的校歌及主席的介绍后，冰心女士在一阵掌声中微笑着上台了。她穿着一件玫瑰紫的长衫，精神十分愉快，面色红润，操着漂亮的北平口音。先客气了几句，便开始正文，题目是"我的中学时代"，节录如下：

　　我的中学时代是从一九一四至一九一八，那时我是十三岁。诸位都知道我的中学母校是贝满女子中学，是一个教会学校，功课非常紧。我小时又没入过学校，只是在家里念点书，刚一入学校，自然感觉到很多的困难。当时第一个大难题就是我的口音。那时我刚从山东来，说话自然免不了山东口音。我每一说话，同学们都笑我，气得我常常大哭，有时轮到讲演也不敢上台去讲。幸而我还是小孩子，对于口音很容易改变。不到半年的功夫，这第一个难题算解决了。

　　第二个问题就是算学，在家里根本就没学过，所以感觉到非常困难，以致第一次月考只得六十二分，那时七十分才算及格，于是我伏案大哭，后来拼命的用功，第二次月考便得到八十二分，渐渐的也居然赶上了。那半年的总平均分能得到九十二分，真是出我意料之外。这三次的分数是我一生忘不了的，其余则一概记不得了。

　　第三个难题就是念圣经。那时我对圣经根本一点也不认识，更哪里去谈兴趣？所以常常为难。幸而渐渐明白，这第三个困难也就冰释了。

　　那时我很用功，又加以有些汉文的根基，所以先生们都很夸耀我，自己也觉得有莫大的光荣。可是安心用功不到一年，就又发生了事情。

　　那时，普通一般中学校里，都有一种现象，可以说是一种不好的现象，就是交朋友。发泄情感于同性身上。当时有一个四年级的学生，他的父亲大概是在教会里作事，她因我是外教人，所以要感化我和我交成朋友。那时我如得到一个姐姐似的朋友，自己也很高兴。我俩感情很好，每天完了课便写信，厚厚的，差不多十几页，可惜我没存着，否则一定很有趣。再一种现象就是爱教员，差不多每人都有一种眼光，凭她的眼光去选定一个教员，讲恋爱，写信，可是我却不曾。

　　人人都有一种占有性，尤其是在爱情上，我和那位朋友，常常为了别的朋友打架，整天家哭哭啼啼。后来我醒悟了，发现这种事情太无聊，太狭隘而且荒废学业，于是有一天把我给她的信都偷回来，付之一炬。闹同性朋友算是告一结束。

　　后来我们的感情，注重在大的一方面，我们的一班都如同姐妹一般，对于功课互相研究，进步甚速，又因年级渐高，对于公务也热心起来。学生自治会我是常常参加。

最后一年是专心预备毕业，同时却感到恐慌，就是对自己的前程，一点主意也没有。在一般名人传里都说什么"少有伟志"，我却不然，教书吧，没兴趣。学医吧，我的身体，我的一切均不适宜。结果终于一九一九年入了大学，那时我只十六岁。

现在归结起来，作一个结论：（1）中学时代，功课太紧，规矩过严，学生没有发展个性的余地，可是在青年意志不坚定的时候，是应该如此。（2）恋爱，结婚均不宜过早，同性爱亦然。我现在很感谢，我很快的便觉悟了，没有受到损失。否则，一失足成千古恨，真不堪设想。（3）信教却能给人以好处。诸位不要误会我是来传教的，因为信仰宗教之后，每当你作错了一件事情时，能因受了良心的责备，使你觉悟。

现在我所要说的话都说完了，还有二十分钟的功夫，诸位有什么问题可以随便问，不必客气。

会场的空气立刻紧张了许多，下面发生了许多喃喃的私语，似是在商量要提出的问题；可是都不好意思先问，经主席再三的解说，于是问题送出，兹节录于后：

问：德国希特勒倡女子回到家庭去，女士以为如何？

答：希特勒主张男女分业，所以倡女子仍回家庭。至于中国女子则根本未出家庭，便无所谓了。

问：马丁夫人来平讲演节育问题，对于节育女士赞成否？

答：我非常赞成。作母亲的可以减少痛苦，但节育并非减少孩子的数目，而是孩子与孩子之间的年限要分配均匀。

问：女士近来生活如何，有何著作？

答：我的生活很简单，每天上午八点到十点或十一点，教书或写文章。午饭后睡两点钟的午觉，三点后应酬朋友，哄小孩玩等零碎事情。我的作品分别在《大公报》文艺副刊，《文季》或《自由评论》上发表。

问：请指导一研究文学之方法。

答：要多看多写。

问：婚姻应如何解决，例如父母已代定而不满意者，将如何？

答：婚姻关乎终身，非常重要。如家庭代定而自己不满意，千万要解释明白而求解除。若自己选择时，亦应十分小心以免后悔。

时钟打了十二下，冰心女士又在一阵掌声中下台了。大家都争着请冰心女士签名了。可惜我不是人家的学生，所以既不敢请求签名又不敢提问题。我们在冰心女士的身后一同下了楼，注视着她翩翩的走去，我们才走开了。

我非常高兴，我能在意外中看到冰心女士而且听到她的讲演。冰心女士不常出来，假如万一应朋友之请再讲演的时候，很盼望在不多得的机会中给青年学生一些急需的知识，诚恳的希望我们的冰心女士，不要真的被时代所遗弃！①

三

《日本观》演讲为解志熙先生首发现，② 而后凌孟华依据《申报》《宁波日报》《时事公报》作了补正。不知何因，凌孟华没有认真对读二文的差别。③ 笔者在查阅报刊中，发现冰心《日本观》演讲最早见报是 5 月 30 日的《新民报》（南京），题目为"谢冰心讲日本观感"。次日，此文被《申报》等 25 家报刊转载。通过对比，发现《日本观》演讲有三个版本，即《新民报》（南京）版④、

---

① 松影：《我的中学时代——记冰心女士讲演》，《世界日报》1936 年 5 月 20—23 日第 8 版。

② 解志熙：《风云气壮菩萨心长——关于 20 世纪 40 年代的冰心佚诗及其他》，《汉语言文学研究》2012 年第 3 卷第 3 期。

③ 凌孟华：《1947 年冰心日本观感演讲之钩沉与补正》，《文艺争鸣》2013 年第 10 期。

④ 《新民报》（南京）1947 年 5 月 30 日第 4 版，有小标题：衣食住行、妇女地位、山水人物、中日关系。另，经阅读文本，发现此本为《申报》等 24 家报纸共同转载"中央社南京三十日电"底本。其他刊登此文的报纸有：5 月 31 日《申报》（第 2 版），同日的《益世报》（重庆）、《益世报》（上海）（第 3 版）、《中华时报》（第 2 版）、《前线日报（1945.9—1949.4）》（第 2 版）、《武汉日报》（第 3 版）、《苏报》（第 2 版）、《东南日报》（第 2 版）、《通报》（第 2 版）、《大刚报》（汉口）（第 3 版）、《琼崖民国日报》（第 3 版）、《经世日报》（第 4 版）、《中华日报》（第 2 版）、《浙瓯日报》（第 2 版）、《新蜀报》（第 2 版）、《正义日报》（第 3 版）、《华北日报》（第 3 版）、《川南时报》（第 2 版）、《中兴日报》（第 2 版）、《西京日报》（第 3 版）、《中央日报》（永安）（第 3 版）、《锡报》（第 1 版），6 月 1 日《宁夏民国日报》（第 2 版），6 月 3 日《闽江日报》（第 2 版），6 月 19 日《甘肃民国日报》（第 1 版），各报所载题目不同，但内容相同。如《益世报》（上海）题目为"谢冰心述日本观感青年团员听讲掌声不绝"，内容加了标题"东京破坏极严重""日本妇女的可悲""鱼是没有声音的""樱花是不结果的""华侨待遇非昔比""我们要原谅他们""切望自己要争气"。《益世报》（重庆）题目为《不必怕日本复兴只怕我们不复兴谢冰心在京讲日本观感》，无小标题；《锡报》题目为"日本观感"，小标题有"不大讲话是因为吃鱼的关系""我们应以爱的力量感化他们"，但缺日本山水一段，其余相同。内容基本与之相同，只个别语句有差异。

《妇女文化》版①、《昆仑日报》版②，它们各有所长，《昆仑日报》最完整翔实。因《昆仑日报》版未被学界提及，现录如下：

关于日本
——记冰心女士的演讲

史青辑

三民主义青年团中央团部于二十九日下午七时，在该部大礼堂举行第五十次文化讲座，请最近从日本归来，而不久又将赴日本的谢冰心女士演讲，题目是《关于日本》。

因为那儿是青年之家，因为冰心女士是国内最有声誉的女作家，也因为曾经侵略中国，而目前已向中国无条件投降的日本，是青年朋友们所最关心的问题，所以昨晚前往听讲的人特别多，六点多钟，便有成群结队的青年男女走进中央团部的大门，其后越来越多，在演讲开始以前，礼堂上便坐满了人，最后愈来愈多，不但礼堂内挤得水泄不通，甚至窗台、讲台上也站满了人。

冰心女士身体不好，所以声音也小，再加上人多，后面的人没办法听到。在一致的要求下，中央团部李俊龙处长临时充当扩音器，冰心女士小声的讲一段，李处长再用宏亮的声音重述一遍，这样，后面的人听到了。但是李处长很客气的表示，因为冰心女士是文学家，经一次重述便会失去了文学的美，所以他要求大家尽可能的静下来，让后面的人也听到冰心女士的原音。大家静下来，后面的人也隐约可以听到一点大意。③

她最初讲述去日本旅程中的情形，接着更谈到她到日本后受异邦人士热烈欢迎的情形。因为她是中国有名文学家在胜利后第一个到日本去的人，所以便享受到日本人所给予中国人最热烈的欢迎场面。

关于战后日本人的衣、食、住、行，可以用缺乏的困苦几个字加以概括的形容，说到衣，无论什么样的人，都是穿着破旧的衣服。有

---

① 谢冰心讲，宜文记录：《日本观感》，《妇女文化》1947年第2卷第4期。

② 《昆仑日报》1947年6月24日、27日第2版；又见《和平日报》1947年6月1日、4日第2版。

③ 《和平日报》多出一段文字："冰心女士因为到蒋夫人那儿去，所以七时二十五分才到场。在巨雷般热烈的掌声中，她走上讲台，经李处长简短的介绍词后，她便在又一阵热烈的掌声后开始演讲。"

很多去看她的人，虽然是穿着他们最好的一套服装，但衣服全都是旧的，而且大多都破了，鞋子也是破烂的。就连日本天皇的西装，袖子上也已添上了补丁。说到住，因为在战争中，房子被炸破的太多了，也是挤得一塌糊涂，甚至麦帅属下的一位官员全家八口人，也只能住六个席子的位置。在今天的日本，普遍的情形是保险柜都做了卧室。说到行，更是特别缺乏，无论火车、汽车或电车，每一辆都挤满了人。在地下铁道的车站上，每当一列车停下来，便有很多的人从车门中挤出来，使你几乎不敢相信，那样一辆小小的车子会容得下那么多的乘客。因为车子都太挤了，在东京，几乎每天都有挤死人的情形。说到食，那更可怜，他们没有盐，没有糖，缺乏米，缺乏面，他们不但营养不够，甚至不能得到一饱。战后日本人日常生活中所需要的衣、食、住、行，虽然都是那样普遍的缺乏，以至于每个日本人都在极艰苦的日子中过生活，可是他们对于国家的忠诚，对于前途的自信依旧异常坚定，这是日本人的长处。

日本的妇女最可爱，因为她们太善良了，也最可怜，最可恨，因为她们太软弱了。她们在家庭中没有地位，在社会上没有地位，在政治上更没有地位，一切的一切都只依从着男子的支配。女子本性善良，假若她们能以真诚的爱影响日本的男子，也许日本的侵略性会减低，可是日本女子没有尽到这项责任。

日本的学生同样是天真活泼，他们有很多人中国文很好，而且讲得一口很好的标准国语。在一次演讲后，有许多日本学生用标准国语对她问话，都表示日本人从不知道中国人是这样善良，在过去他们都在被军阀们蒙蔽着，可是今天都表示痛惜，也对中国人表示钦佩。日本教授更是很多对中国文字有深刻研究，对中国文化深深的敬佩，所以，他们大多数在日本亲美、亲英、亲华的许多派别中代表着亲华的一派。

日本大学及研究所的设备都很好。在西京大学东方文化研究所的图书馆中，曾看到中国所没有的许多代表着中国古代文化的文物。那时感到非常高兴，因为那儿表现出了中国悠久而美好的文化，但也非常难过，因为那些代表中国文化的文物是被一些对中国并不亲善的人们用不良的手法拿去的，所以深深的恨"他们"——日本军阀。但并不恨日本人，因为大多数日本人是善良的，那些教授对于"他们"的做法也表示抱歉。

日本的山水普遍说来都很好，但并非天然，而是人工的。日本每个国民都知道爱护花草树木，和怎样培植他们自己的景物的风习。日本的红叶尤其美，有着各种深浅不同颜色，在秋高气爽的时候，红叶的景色恐怕是世界上所没有的。这次回国后。直到今天下午才抽暇到清凉山扫叶楼，虽然不希望看见美丽的红叶，但想看看叶子，总不能算是奢望吧？可是这个希望却也没有得到满足。甚感怅惜！还有，日本风景区都非常洁净，可是中国风景区的墙壁上却都被游人给画满了，奉劝青年朋友们，不要在风景区的墙上去留名，因为你的大名不会有人去看的。

日本人很喜欢野餐，但他们并不因此而把风景区弄得满地污秽。反看我们自己：是去年的一个早晨，到西湖的白堤去散步，曾看到几个学生在路旁亭子中读书。及至他们去了，却在亭子中遗留下满地的花生皮及碎纸，当时我便用手把那些东西捧出去。可是一个人的手能捧得了多少呢？看到日本风景区的那种洁净，更觉得惭愧。

日本的风景区，除了日光外大都看到了。那儿的颜色，大多是黑、灰、白三色，只有极少的红柱子是例外，所以也就表现得特别安静而雅致。正因为太暗淡了，几乎近于悲观。日本的樱花也看过了，相当的失望。那种不红也不白，有点近乎灰色的颜色，再加上凋谢得太快，而且又不结果实，一个中国人对它实在毫无好感。因为中国人最喜欢厚道，而且希望开花后能结果，所以只有一种共有八层花瓣的"俊喜樱"还比较好些。但日本人却是喜欢那种快开快谢，而且灰色的花儿！

在日本的华侨也很苦，但在待遇及配给方面都比日本人好，地位也增高得多了。那儿台胞也相当多，所享待遇亦同。中国军事代表团有二百多人，比任何使馆规模都大。那儿年轻的军官却很神气，为国增光不少。团址亦很好，是纪念昭和太子的养正馆，很宽大，车子很多，行也不成问题。代表团下分军事、政治、经济、文教等六组。……

在去日本前，很多人都在警告我不要被日本人的花言巧语所骗，而忽视他们复仇的心理与行为。但是日本人并不想复仇，因为除了那些军阀外，一般的日本人民也多是善良的。我曾告诉他们，他们惟一的出路就是中日携起手来，切实做到中日密切的合作。他们大多数的人都很同意这种看法。而且因为日本还保留着相当的原气，所以建立中日的友谊亲善的关系，对中国也是有利的。为了达成这项目的，我们第一要尊重日本人，以宽大的态度换取他们的尊敬。第二要爱护日本人，像爱小弟弟样的爱护他们，这样便会在他们的悔悟中争取对我们的尊敬。现在已经有别的国家在作这种工作了。因为我们同为黄种，而且文字相近，又有很多日本人懂中国话，按理说我们应当作得最好。

在这次回国时，曾有很多日本人送行，他们会以诚恳的态度表示他们对中国的尊敬与亲善。最后我愿意说，日本人太可怜了，在过去他们是受了军阀的骗，大多数日本人并不可怕，可怕的是我们自己不争气，我们不该怕日本人复仇，最可怕的是中国自己不能统一与复兴，所以现在我们的作法，除了对日本宽大外，全国青年们应当以最高的理智，最真纯而热烈的情感，贡献于国家，以期从速促成国家的统一与复兴。

此外，日本青年很愿意看到中国的读物，大家可以尽量设法寄到日本去，并且还可以给日本学生通信，以期建立中日人民间的感情，以促成我们的和好。

最后冰心女士表示最近将再去日本，不知何时回来，很愿与青年朋友联络。但因时间关系，不能多与大家见面，最后愿意把地址留给大家。

她的话讲完了，但地址并没有公开讲给大家听。接着一群人挤上前把她团团围着。这人群送她到汽车上，还不肯放她走。很多人送上纸请她签字，很多人问她的住址，她穷于应付，但也没办法逃脱这群热情的孩子们，最后还是李处长命令司机开车。车子的灯开了，喇叭呜呜的响，人们才让开了一条路。在那辆车子慢慢的向前蠕动时，一阵热烈的掌声泛起，这掌声一直把她送出中央团部大门。

史青的记录不仅有演讲前的介绍，还有演讲完冰心离开场面的记录。在演讲内容上，较《妇女文化》版翔实。三个版本比较，《昆仑日报》《妇女文化》版文字相当，《新民报》（南京）版则少近一半字数。《妇女文化》版在介绍生活条件方面有关于农村的述说，其他两个没有。在日本学生、教授方面，《昆仑日报》《妇女文化》版比《新民报》（南京）版详细。《新民报》（南京）舍去了前二报提到的日本青年和教授对侵华一事的"歉意"和"悔恨"，冰心对他们的"原谅"的话语，以"日本青年很希望中国青年能和他们多多通信，交换出版的刊物。我接触到很多教授，他们不但学识丰富，并且极有礼貌，始终很留意的听你讲话，很肃静，很安详。就是吃饭的时候也是如此，这也许是他们多吃了鱼的关系，因为鱼是没有声音的（全场大鼓掌）"带过，从政治性来说表达得比较平和，且简约凝练。

四

关于冰心参加"蒋夫人之文学奖金"评阅时间和演讲问题，学界现有成果并未清晰，在此作一补充和更正。按时间顺序作一简述：

1940 年 3 月 8 日（民国二十九年正月卅日）《中央日报》（重庆）登征文启事《蒋夫人文学奖金简则》①。

1940 年 7 月 10 日（民国二十九年六月初六）征稿延期：

《重庆航讯》蒋夫人文学奖金征文办法，自三月八日公开以来，报名应征者极为踊跃，原六月底为报名截止期，兹因各方来信要求延期者极多，特将报名日期延至八月底截止，十月底截稿，明年元旦揭晓。②

1941 年 1 月 7 日（民国二十九年十二月十日），开始初审。

中央社重庆七日电　蒋夫人文学奖金评判委员会，兹已聘定委员十人。主任委员由谢冰心担任，钱用和任秘书，评判员分两组，论文组为陈布雷、钱用和、罗家伦、吴贻芳、陈衡哲。文艺组为谢冰心、郭沫若、苏雪林、朱光潜、杨振声。全部稿件已开始初审云。③

1941 年 2 月 27 日（民国卅年二月初一），冰心在新运妇女指导委员会演讲，题目为"由评阅蒋夫人文学奖金应征文卷谈到写作的练习"。

---

① 《中央日报》（重庆）1940 年 3 月 8 日第 3 版；另见《妇女新运》1940 年第 2 卷第 2 期，《妇女新运通讯》1940 年第 2 卷第 6 期。另王炳根编著《冰心年谱长编》上，上海交通大学出版社 2019 年版，第 254 页"据 1940 年 2 月 30 日出版的《妇女新运》第 2 卷 2 期"中所指"2 月 30 日"原刊是"阴历二月卅日"。

② 《新闻报》1940 年 7 月 10 日第 11 版。

③ 《前线日报》1941 年 1 月 8 日第 2 版。

二月十七日（民国卅年二月初一）冰心女士讲……从去年三月八日蒋夫人文学奖金举办以后，转瞬已一年多了。现在本会第三期季刊拟出征文专号，要我说几句话，我就把这次征文的经过情形和评阅文卷的一点感想约略说说，以供读者们的参考。[①]

1941 年 7 月 2 日（民国卅年六月初八），蒋夫人文学奖金揭晓。[②]

由上述资料可明确：冰心演讲日期在 1941 年 2 月 17 日（民国卅年二月初一）。《妇女新运》第 2 卷第 9、10 期登载的冰心演讲文或从《中央日报》（重庆）转载，或是宋雯一稿多投。但可以确定的是，《妇女新运》第 2 卷第 9、10 期最早出版时间不能早于 1941 年 2 月 17 日，因《妇女新运》第 3 卷第 1 期出版时间在 1941 年 3 月 28 日至 4 月 25 日（民国卅年三月），所以《妇女新运》第 2 卷第 9、10 期出版时间当在 1941 年 2 月末到 3 月 28 日前，而非学者推断出的"1940 年 12 月至 1941 年 1 月之间出刊"[③]。厘清了冰心演讲时间与"蒋夫人文学奖金"评定问题，有助于冰心年谱及文学活动纪事的编写。

---

① 《中央日报》（重庆）1941 年 3 月 10 日第 4 版；《妇女新运》第 2 卷第 9、10 期合刊转载宋雯记。

② 《大公报》（重庆）1941 年 7 月 3 日第 3 版，详细名单见《新闻报》1941 月 12 日第 12 版。

③ 解志熙：《人与文的成熟——冰心四十年代佚文校读札记》，《鲁迅研究月刊》2010 年第 1 期。

冯沅君、陆侃如史料辑考

袁世硕、张可礼先生主编的《陆侃如冯沅君合集》是当前冯陆创作史料之集大成者，为学界研究工作提供了极大便利。此书出版之后，李剑锋先生与贺伟又做了些补遗工作，并编成《陆侃如、冯沅君论著创作译著年表补》，再加1986年尚达翔先生编写的《冯沅君先生年谱》①，冯、陆二人生平创作已日臻完备、清晰。上述史料因年代久远，冯、陆早年的文章有不少发表在报刊上，难免挂一漏万。随着民国报刊数字化，尘封的报刊文献陆续面世，一些未被收入合集的史料被发掘出来。今仅将笔者搜集到的冯沅君、陆侃如先生集外佚文，一并拈出。同时，将一些前人著作中的错讹、遗漏之处进行校正。

一 冯沅君陆侃如书札辑校

冯沅君的书信在袁、张二先生编的合集中没有进行专门搜集编辑，估计与书信往来皆为草书，辨识较难有关；所看到的书信，很多不具时间，判定顺序也较繁难；还有书信散落各处，收集起来不易。凡此种种，导致我们难窥其貌。没有书信这种私人化文件，研究其人就很难丰满起来，期待在将来搜集整理冯、陆与师友的往来书信，我们的发现或可抛砖引玉。所录书信来自《胡适遗稿及秘藏书信》②《胡适来往书信选》③《清晖山馆

---

① 尚达翔：《冯沅君先生年谱》，《河南师范大学学报》1986年第4期。
② 耿云志：《胡适遗稿及秘藏书信》36，黄山书社1994年版，第610—617页。
③ 中国社会科学近代史研究所中华民国史组编：《胡适来往书信选》下，中华书局1980年版，第119—120页。

友声集·陈中凡友朋书札》①《性别·社会·人生》②，因为这些信函的书写时间不详，或只有月日而没有年，笔者略作考述，补足其年；或没有任何时间信息，根据信函内容及相关资料，考出大致时间。现将信件依时间先后编排如下，并加按语。

（一）

适之先生：

　　因环境的压迫，我不得不抛却可爱的学生生活，而来南京金陵大学给陈斠玄先生代课（他往广东去了）。幸而功课每周只有八小时，尚未全将精神和时间赏给人家。听说先生很关心我的事，所以将我的现状说说。以后有见教的地方，请寄信至金陵大学文科办公室。

　　致祝

健康

生冯淑兰上
二月廿一日

　　按：斠玄，陈中凡字。陈中凡在《悼念胡小石学长》一文写道："1924 年秋金陵大学改组国文系，才回到南京。和他共事不到一学期，我就应广州中山大学之约，匆促南行，于 1926 年春北返。"③ 据《陈中凡年谱》，1924 年 12 月，陈应广东大学校长邹鲁之聘，任该校文学院院长兼教授。1925 年，任广东大学文科学长兼教授，年底离穗返宁。④ 按此推断，此信为 1925 年 3 月 15 日（农历二月廿一日，后文同，不再写"农历"二字）所作。

（二）

适之先生：

　　我于昨日安抵北京，勿念。前承写信介绍，谢谢。下月初可回南，可再奉谒领教。

　　我前日定的船是新康，本说九日动身，不料到十一日方开船。我因无事，故于十日到东方各书馆看书去，不料门关着。因又想起先生

---

①　吴新雷等编纂：《清晖山馆友声集·陈中凡友朋书札》，江苏古籍出版社 2001 年版，第 397 页。

②　沈智：《性别·社会·人生》，上海三联书店 2010 年版，第 279 页。

③　郭维森编：《学苑奇峰·文史学家胡小石》，南京大学出版社 2000 年版，第 39 页。

④　姚柯夫：《陈中凡年谱》，书目文献出版社 1989 年版，第 19 页。

所说商务标点古书之事，去找王云五先生谈谈。他拿《千种丛刊目录》给我看，并说希望我去料理国学基本丛书的事，我想藉此可读读书也好。如果商务肯出较金陵大学更大的薪水（每月一百六十元以上），我便可允王先生之聘，否则我便接受陈斠玄的聘书了（明春沅君也在金陵）。先生如遇王云五，烦转述鄙意，余面商。

学生侃如
十二、十六

如有我的函电，不必转了，因我日内即南下。

按：冯沅君 1925 秋、1926 年春在金陵大学任教，此信应该作于 1925 年。

（三）

适之先生：

阅日刊，悉先生安抵伦敦，甚慰。

商务稿件事已办妥，勿念。

我到清华已逾半载，□□□兄亦至此。我拟编《中国诗史》的上卷《古代诗史》，初稿已成，现在正在改作，约今年底可脱稿。我拟交亚东出版，用版税结。因为商务太迟（我的《乐府古辞考》去年寄去，至今尚未出版，不知何故）。先生若有信给汪孟邹先生，请先替我说一声。

前在上海郑振铎家见 Giles 的 *Games of Chinese literature* 一书，笑话真不少，他不但把《山鬼》改成散文，□□□改成诗歌，并且说宋玉是屈原的 nephew，若作外甥解，我们可说宋玉是女须的儿子了。

学生侃如
十五、十、一

按：此信为 1926 年。

（四）

适之先生：

关于宋之时玉田的年岁，确有我和先生计算末亡的不同，故结果微有出入。但所谓"三十三"者亦非笔误。我当时曾同侃如说，《四库提要》谓宋亡时玉田年三十三不可信，宋亡时玉田实三十二，侃如听错，故如此说。前年暑假要作玉田年谱，此稿去夏交朴社印（今未印成）。载北大研究所月刊，先是不完备得很，许多眼见的材料都未收入，现在奉上月刊一册，请先生指正。

承询下半年行止，至感。暨南约我下半年讲词或词史等课，我也不量力的答应了。友人查若兰女士，女师大理化部毕业，年来历在安徽省女师等校任算学、物理诸课。近其家中因继嗣问题，和亲族们发生许多纠葛，因此她很希望到上海一带做事，好避免那些无聊人的搜刮。她家中极清寒，只有祖母和母亲二人。前几天她的祖母死了，她的姑母们（假托她祖母的命令）强迫她母亲立已放逐的养子为子嗣，并要将她家中少许遗产及她母女的私产全霸占去。后来虽然花了许多气力，弄的养子为嗣，家产则子女均分，然那些鸱鸮般的妇女和亲族们仍然盘据在她家里胡闹。这种情形，朋友们知道自不免代她着急，因此恳求先生，如果遇有聘请中学算学、物理教员的，给查女士帮帮忙。

生淑兰

七月三日

雪林女士通讯处为吴淞路底海山路德康里西七八九号张寓。学生侃如附奉。

按：信中涉及南宋张炎年谱的文章，发表于 1926 年《北京大学研究所国学门月刊》第一卷第三期，题目为《南宋词人小记二则》，内收：玉田先生年谱拟稿、玉田家世及其词学、张镃传略（附录）。信中说到暨大任课，为 1927 年秋应暨南大学国文系主任陈中凡之邀，故此信完整时间信息是 1927 年的 7 月 31 日（七月初三）。

（五）

适之先生：

中公国文教员的聘书昨已发下，惟骥伯尚未收到。现在安庆方面还没有说定，不知中公能否先给他一张聘书？

学生侃如

二月八日

按：1928 年 5 月，中国公学聘用陆侃如为国文教师，之前被聘者拿到聘书。

（六）

适之先生：

前函谅达。

顷接徐嘉瑞兄来信，又提及找职业事。但我人微言轻，很难为力。不知先生可否替他设法？

沅整理《南宋词家专集》已成者为张、周二家。《玉田》付朴社印，年余未出书，《草窗》拟在上海印，先生可为介绍否？

《歧路灯》二册以后，朴社来函云将续印，大约不愿移让亚东吧！

前日读先生看的《吟秋词》及我乡刘君作的小说，怎样？刘君之作，不甚佳。《吟秋词》则也许在《白话文学史》上可占一地位。

学生侃如

17、4、27

附嘉瑞原信。

沅附笔

按：此信为1928年。

（七）

适之先生：

芝生信已转给侃如。常烦您转信，又抱歉，又感谢。

芝生来信，介绍陈寅恪给我，这种办法未免太荒谬，我决意谢绝。

芝生所得的报告，我认为不尽可信。因为：

（一）庄父已死，冒庄信亦如此言，而报告者谓庄父尚存，且任海门厘捐局事。

（二）海门小县，向无厘捐局，且闻厘捐已废，局尚不存，何处任事？

（三）报告者谓其妻与庄认识，并知其为陆氏未过门的媳妇，而报告上始则以庄为张，继则言系传兄之误，前后抵牾。

（四）淮西（我的次兄）亲访陆家的报告，再三言人口是实，其家中佣人数目亦调查甚悉，而未言及其家媳妇。

且报告者有袒庄及捣乱嫌疑：

（一）其妻既与庄认识，则其报告来的多感情作用，未可信为公允。

（二）侃如暑假回家，听其家人说前数日有口操北音的青年到他家，自称为我的未婚夫牛汉阳，并说我同他的婚约未解除等鬼话。侃如父问及指导他来的人，他所说者竟和报告者好多相同。我与牛氏婚约解除已三四年，河南教育界人士都知之；牛汉阳久休学家居，他家又是视出门为畏途的土财主，决不会因我与侃如订婚而跑到海门，牛汉阳在天津南开中学尚未毕业，又未到过他处，如何认识隶籍通州的报告者。因此我认为到海门的牛不是真牛，指使者即报告者。

其实这些辩解也不过顺便同你谈谈。如果侃如的家长将庄亲笔所写的解约合同影印登报，并在官厅存案，这般坏东西也无所用其伎俩。不过侃如父亲因为芝生说他欺骗，曾函芝生打消婚议，现虽经侃如托人劝得回心转意，尚持非芝生先向他赔罪，不愿存案登报。芝生虽说愿意赔罪，但非陆家先登报存案不可，且又介绍陈寅恪，更不知他有无赔罪诚意。我想还是侃如父亲可以情感动，不似芝生别有用心。故今天劝侃如寄信，请求他别同芝生计较，先办存案登报等事。您以为如何？

生淑兰上

四·一二

按：陆侃如于6月9日（四月二十二日）写信给胡适，其中云："昨沅君接芝生信，据云又得报告，知我确已离婚，不过是结婚后的离，不是订婚后的离。报告来源与前几次同。"① 由两信可知，冯、陆二人的婚事遇到前老家所订亲事纠缠，其间冯友兰（芝生）掺入其中，节外生枝，竟然要让爱妹另择贤婿陈寅恪。设想当年陆侃如压力不小，毕竟陈寅恪各方面条件不让自己。据《冯友兰先生年谱长编》，谱主曾于1928年1月7日、9月8日两次致函胡适，1929年1月21日赴沪，24日主冯沅君、陆侃如婚礼。② 冯友兰的两封书函竟然保存在《胡适遗稿及秘藏书信》中，从信中我们可了解当时的细节。1928年1月7日函：

陆君英年高才，与舍妹婚事，学生个人甚预玉成，但家慈于去年返河南原籍，现不在京，正将先生及孑师盛意由邮转达，俟得复信当即可决定一切也。③

9月8日冯友兰致胡适函：

近接侃如来信，知与庄女士关系已断，并经律师证明。学生即据此与家慈婉商。家慈虽仍不免疑虑，但已允听舍妹自决，不加干涉，

① 耿云志：《胡适遗稿及秘藏书信》34，黄山书社1994年版，第609页。

② 蔡仲德编撰：《冯友兰先生年谱长编》，中华书局2014年版，第94—95、99、106页。

③ 耿云志：《胡适遗稿及秘藏书信》36，黄山书社1994年版，第594页。

此事可谓告一结束。

　　侃如与舍妹现可宣布订婚，宣布方法除发帖通知朋友外，仍请董康证明，并登报宣布此层。学生已与侃如言言及知。①

由此可知，1928 年 1 月 7 日冯友兰给胡适信，当属反对二人婚事，经过胡适、蔡元培等人的斡旋，同意了婚事，9 月 8 日的信正是最后的表态。1929 年 1 月 24 日（农历一九二八年十二月十四日）终于冯陆结成百年佳姻缘。《冯友兰先生年谱长编》记载冯陆上海婚后，谱主代表家长前往海门陆家，月底返回北平。此信完整的时间信息为 1928 年 5 月 30 日（四月十二日）。

（八）

适之先生：

　　昨沅君接芝生信，据云又得报告，知道我确已离婚，不过是结婚后的离，不是订婚后的离。报告来源与前几次同。

　　谚云："事实胜于雄辩。"芝生说我不但已结婚，并且未离婚。现在把"未离婚"的话取消了，允说后来也许会取消"已结婚"的话。

　　我不知芝生是无心的误信史料，抑是故意的捏造史料。我暂且缄默，等他自己花样变清楚以后，再请他实践"愿向措宣先生及足下负荆请罪"的话。

　　《国学基本丛书》第二集目书，现正在拟议中，请先生开示楚学类要籍二十种（在第一集十八种以后的，包括佛学）。

学生侃如
四、二四

沅君附笔请安。

　　按：陆侃如与冯沅君的婚事，参考冯沅君写给胡适的信，冯友兰介入是 1928 年的事，1929 年 1 月 24 日二人结婚。故此信应为 1928 年。

（九）

适之先生：

　　程仰之兄现在那里？附上我给他的一信，烦转交。其中论《山海经》的意见，望看一看，指教指教。现在是个"束书高阁，闭眼瞎说"的时代，开明的一部《小说史》，《文学周报》上的神话论文，关于《山海经》的话使我们莫名其妙。先生当有以教我？

---

① 耿云志：《胡适遗稿及秘藏书信》36，黄山书社 1994 年版，第 596—598 页。

卫聚贤兄的《国语》稿遍检不得，不知何故，已函告他。他说补作还容易，因为初稿在，不过初稿不在南立。

为买先生的《白话文学史》，一天便要上一次"新月"，他们说话也不可靠，今天去，他说明天有，明天去，他说后天有，甚至上午去，他说下午就有，从十五号到今天十九号，还是没有出来。大概到端午节，说该装订好了吧！

学生侃如
六月十九日

按：1928 年《新月》第 1 卷第 5 期刊登陆侃如 6 月 19 日写给程憬的信《论山海经的著作时代（与程憬先生的一封信）》，胡适《白话文学史》6 月由新月出版，端午节为 6 月 22 日，可确定此信写于 1928 年。

（十）

适之先生：

今晨接手示，立即偕沅君奉谒。因为除谈功课外，兼拟报告婚事现状。不料先生外出，遂匆匆留一条子而去，现在特写此信细说。

芝生所说登报存案等等，本亦无甚困难，不过因家严生气，所以未能即办。近来因亲友疏通，他老人家态度已渐和缓。为取信芝生起见，特请□康代办一切（正如媒人要找先生与蔡先生一样）。董代表双方所登启事，剪下附上一份，乞登阅。地方法院的批示，大约日内即好。如无好事之徒再来挑拨，婚事□□不再发生问题了。婚事的举行，大约在我们的纪念日十一月二十四日，不知中公能否给我们一所小住宅？功课方面一任先生与□□□无不同意，不过如先生允照上午所留条子上所说办理，则更好。先生原说九点钟外，又加五点钟，大约是补之金钱方面的。这一层好意，我充分的感谢。

在先生书桌上瞥见安徽大学请先生当校长的信，师母说先生不去，不知究竟去不去？

前数日连上两函，一封谈谈预科国文用书的，一封是请先生做保证人的，□□收到？

学生侃如
七月廿六

沅君附笔请安。

按：据《胡适年谱》，胡适应邀担任安徽大学校长在 1928 年 7 月，陆侃如看到的正是邀请函。

（十一）

适之先生：

《全三国诗》今奉还，乞检收。

前嘱编高中教本《楚辞》，今已脱稿。另编《乐府》一种，亦已写定，今呈上稿本六册，乞加指。

去年友人童士恺送我《毛诗植物名考》数册，今送上一册，或可供先生《诗经新解》的参考。另呈《寿恺堂集》八册，是吾乡周彦升所著。在学术荒芜的海门，周先生算是鸡群之鹤了。他的《晋书校勘记》收入《庚雅丛书》内，北大也有一部。这是他的诗文集。他和我的祖父是表亲，故他的儿子送了几部给我，今又转送一部给先生。统希哂纳。

学生陆侃如

按：此信没写日期。《陆侃如冯沅君合集》第八卷《致胡适信》其中一信云："嘱编高中教科书的《楚辞》，大约今年年底可成，暂定目录如左。""我在一月里曾有信给先生，说应该从'唐以前的诗'里分出'乐府'来，另作一书……我这话的意思，是我自己想担任编《乐府》的工作。"同信还提到要作《中国古代诗史》的题目。后一信说"侃有《古代诗史》旧稿"，意与冯沅君的旧稿合为"完全的文学史"，信后时间为民国十七年。由此推测此信应该是1928年年底所作。

（十二）

适之先生：

拙稿写完后，承先生允许作序，并允设法出版，是我很感谢的。

我前次电话中所说的反证，是关于宋玉及《大招》的。宋玉的时代，不能移至屈原前了，《大招》也不能说是汉人的作品了。

这二文，我昨日已改好。因朱易先先生屡次索阅，故先送到他处。先生南归日期订定后，请打一电话给我（东局三九二一），或写一信来（第一院对过同安公寓），我当即至朱先生处索回呈上。

学生陆侃如

四、二十一

附我前天替朋友向教育部朱炎之索留学章程，已接到一份。第一条说部试分四种（1）国文；（2）外国文；（3）调查经济的反馈；

（4）口试。口试是就"所学及志愿"发问的，却未说及动、植、理、化、史、地等科的试验，不知何故？

按：陆侃如 1928 年完成《宋玉评传》，1929 年完成《宋玉集》，此信应写于这二年中。

（十三）

适之先生：

珂罗倔伦说，他曾做一篇《论原始的中国文》，登在一九二〇年的《亚细亚》杂志上。据说这篇文章曾论及《论语》《孟子》《左传》的"吾""我"的用法。不知先生处有此杂志否？若有，甚望赐阅。

生沅君

昨晚林君迫我同至先生处，幸先生不在家，不然我更不安了。他已定回北平就汇文了，请释念。张为骐函想已通览，他忧《诗学丛书》不知何所指。我想，为中公预科国文分班，可否留一二班给他？皖峰病渐愈，已可吃稀饭，请放心。

学生侃如

新月书店编辑及营业物部主任是谁？便希示知。

按：冯沅君与陆侃如同信写给胡适，没有日期。考陆侃如信中提到张为骐的事，张为骐于 1929 年 9 月 27 日（八月廿五）致函陆侃如："去冬适之先生说，想叫你编部《诗学丛书》，此须约人合写，故以为询。"[1]《胡适日记》1930 年 2 月 14 日云："下午陆侃如来，我知道他是发起开会之一人，极力劝他们不要使马君武先生不安，第二不可以去就争我的去就。他答应了。"[2] 这是此信后目前能见到的有关陆侃如与胡适交往的仅存文字。依上断定，此信在 1929 年 9 月之后，1930 年 3 月 2 日前。

（十四）

适之先生：

那天从先生那里出来后，便依先生的意思打了个电报给侃如。今天他来了封快信，使我很不高兴。他说："十一日安大全体教授开会，

---

① 耿云志：《胡适遗稿及秘藏书信》34，黄山书社 1994 年版，第 273 页。

② 胡适著，曹伯言整理：《胡适日记全编（1928—1930）》，安徽教育出版社 2001 年版，第 671 页。

选了九位教授组织校务维持会。这个会是丁绪贤先生为主席，张慰慈、何奎垣诸先生为委员，侃如也是九委员之一。他还说杨亮功先生说如果齐宗埙不愿代教务，李民之不愿代文学院，则由他代文学院或教务。"玩其语气，似颇得意。侃如本来是比我喜欢活动的，但我认为这并不是他的长处。年轻人只应该本分的读书教书，不应务外。若果不守本分则不但偾事，而且耽误了自己。这是我的迂腐的见解。因此，我接了他的信后便复他一封快信，劝他少揽闲事。先生赞成他这样吗？如果也不赞成的话，请先生费神劝劝他。

还有徐旭生先生那里，因为侃如嘱咐不接他的电报，不要去接洽，故至还未去谈过。先生看，再迟几天可以否？如果去见徐先生时，要不要再申叙辞职之意？另将事实说明。传单电报给他看可以吗？请先生给我个回答。这真是令我不安的事，又麻烦先生了。

张骥伯自保定回来了，去见过先生了吧？

敬祝

健康

生沅君敬上
三月十三日

侃如的意思是留在皖辞女师大（他不晓得先生同徐先生洽谈的结果），但我是赞成他早点北来，如果可能的话。

按：杨亮功在 1930 年 6 月—1931 年任安徽大学校长。1930 年 6 月，杨亮功邀陆侃如、冯沅君到安徽大学任教。时陆侃如在安大，冯沅君已经任职北京女子师范大学。此信的完整时间信息是 1930 年 4 月 11 日（三月十三）。

（十五）

适之先生：

前天因为一时不高兴，便写了封乱七八糟的信给先生，请原谅。

昨晚侃如来电，文云："行止难定，先将文件详情告徐。"因侃如未决意辞，故今晨见旭生先生时，只将"文件"给他看，并未带辞函。我先将安大近两月的情形告诉他，最后说："虽然侃如也许不久就来，但如此迁延下去，太对不起徐先生了。徐先生如有要人时，务请不必客气。"他的回答和上次回答先生的差不多。他说："且空着，侃如什么时候回来什么时候再说，好在研究所人很多。"这件事现在可算告一结束了。知否，将闻。

敬祝

健康

生沅君敬上
三月十八（日）

按：此信与上一封信同为 1930 年所写。

（十六）

适之先生：

我们五日离沪，九日到津，十二日到平，现寓府右街石板房二条一号。本想早点写信给先生，后见刘叔雅先生，悉先生日内即来平，故作罢。昨日访任叔永先生，打听先生的行止，始知先生在最近期内并无来平之议，故今日始写此信。

女师大研究所已去过一二次，一切尚无头绪。暮气深沉，可忧一叹。平校大都在风雨飘摇中，我们殊悔此一行，然别无啖饭处，不得不然乎。

平地有两点差强人意，一是参政材料较多，一是各科专家较多（指中国学言）。治学自较上海为胜。

日来访几位旧师友，大都"裘马轻肥"，住着大公馆，寓所里满是古董，谁说北平是萧条的故都？

今天颉刚约游三海，满肚子的话，下次信上说罢。

敬祝健康！

生侃如、沅君同上
七、廿一晨

师母均此。

□武说中公六月薪已发，我们已函请会计课汇平。恐他们不睬，烦先生便中托一托君武先生。因为我们正等钱用呢。又及。

按：陆侃如夫妇辞去中国公学教职到北平任职，冯沅君任职北平女师大时间为 1930 年，可确定此信写于 1930 年。

（十七）

适之先生：

今晨阅报，知道先生被选为德国国家学院会员，且是东亚第一人。真是件荣誉的事，故特专函道贺。又，关于北大预支薪水事，承先生设法帮助，感谢的很。我们大约月底离平，拟在十七日十二时（星期日）请师友们吃中饭，不知先生有空没有？专此，敬祝健康！

学生侃如、沅君同上

六、九

按：1932年6月2日，胡适被选为德国国家学院会员，[①] 9日陆侃如写信祝贺。

（十八）

适之先生：

安大本期已结束，沅君到皖替我收拾行李。好容易等到个招商船，昨天算是到上海了。日内即同回海门，小住三五日，即返沪搭船北上，约月底可到平。亮功先生下期拟在北大任课，闻曾函恳先生设法，不知结果如何？他很盼望先生早些告诉他。骥伯的职业不知已找到否？我曾托何奎垣先生介绍他到成都大学去，尚未得复。大江书铺要办个万科文库，我也推荐过他，但大江似不大欢迎太专门的稿子。端节在即，听说他的手头很拮据。先生提携后进，不遗余力，想必能替他找个合适的位置，以便专心治学也。专此，敬祝健康！

学生侃如

六、十六

师母均此。

沅君附笔请安。

按：杨亮功在1930年6月—1931年任安徽大学校长。1930年6月，杨亮功邀陆侃如、冯沅君到安徽大学任教。陆侃如于1930年在安徽大学任教职，一直到1932年他们赴法留学前。此信应是冯沅君帮助陆侃如收拾行李赴法前所作。

（十九）

适之先生：

前上一函，想已达览。《独立评论》迄未接到，亟念之至。别先生将三月，渴欲一读先生近著也。此间报纸少载中国消息，我们只知道华北风云日紧，不知平津治安有无影响，念念！我们在此读读法文，逛逛名胜，倒也安闲。大学将开学，我们想见见伯希和先生，而

---

① 《江西教育行政旬刊》1932年第2卷第4期。

且还有一点小事情，必须同他谈谈。敬请先生写一信，介绍一下，以免冒昧。听说现在欧亚通信由美洲转递，须三星期，大约六个星期后，可收先生复信了。专此，致祝健康！

学生侃如、沅君敬上
九月十三日

按：1932年秋，陆侃如、冯沅君入法国巴黎大学，可知此信写于他们赴法后。

（二十）

适之先生：

承赐《独立评论》十三期，甚感。十四期以后，不知何惠下，念之。生等入巴黎大学研究院事，已经十月一五日教务会议通过，刻已正式注册。现在文科哲学部听□的社会主义及社会经济学二课，□的社会道德学及社会问题二课。拟在最近二年或三年内专听社会学的课。我们根底浅，而又无讲义可看，必须看许多指定的参考书听讲时方方便。故觉得非常的忙。现在是圣诞节及新年了，校中放假，趁此机会打算练写译书，俟译完后，再寄至。

教正

　专此敬祝　阖第年禧

生沅君侃如敬上
十二月十二四日（廿四日）

按：《独立评论》十三期出版日期为1932年8月14日，十四期为1932年8月21日，同时，陆侃如与冯沅君于1932年秋入法国巴黎大学。此信所缺时间年自然是1932年。

（二一）

适之先生：

听说先生不大舒服，很挂念，天气骤变，大约是受了凉吧。

电话中同先生谈起的两部稿子，是关于张炎与周密的（二人的词集枞岁篇，关于他们的短文）。张炎的集子朴社曾代印行，周密则从未问世。因为朴社的生意不好，所以在我们赴法时，曾托先生同书店接洽，希望能用此多筹点旅费。后来因为在法还没有感到什么经济上的困难，故一直未同先生提过。现在呢，上海有个书店愿意印，所以我们想把这两部稿子取回来，整理下子寄去。我们打算礼拜天上午进城，如果先生没功夫接见的话，请将稿子交号房转下。这真太麻烦先生了，尤其是在先生不舒服的时候。

敬祝健康！

生沅君敬上

廿二日

侃如同叩

按：冯沅君《山中白云词》于 1928 年 11 月由北京朴社印行。陆侃如、冯沅君 1935 年 7 月完成学业后回国，此信应是回国后所写，且定于 1935 年秋冬。

（二二）

适之先生：

今天本来想进城看先生，顺便取回诗史稿及"博爱堂"圖，但是自罢课以来，交通几乎断绝了，进城很不方便。只是沅君为了到天津去教书的原故，不得不坐了洋车冒寒进城，我正好托她到先生处，除取回那两样东西外，还要请写"左传真伪考"的封面。这书自《新月》停闭后，即改由商务出版，除左传考外，又加了高本汉（即珂罗倔伦）其他论文，改称"高本汉史学论丛第一集"，旧封面是先生写的，现在想必愿意写新封面吧？敬祝健康！

学生侃如

十二月十五日

附封面样：

瑞典高本汉著　陆侃如译

史学论丛第一集

左传真伪考及其他

××题

（附纸二）

按：《左传真伪考及其他》由商务 1936 年 4 月出版，故此信写于 1935 年。

（二三）

××先生：

手示敬悉，盛意殊感。

关于××九月号撰文事，沅拟将平时读书笔记整理奉上。题目是《元杂剧与宋明小说中的几种称谓》（约六七千字），这自然是很浅薄的，聊以塞责而已。文稿在誊写中，容缓奉。侃如因母丧返里，一时恐将方命。敬祝健好。

沅君

六月廿四日

按：此信载《风雨谈》（1944 年第 11 期）《现代女作家书简》。《现代女作家书简》为多位女作家信函集，录冯沅君一通。《陆侃如、冯沅君论著创作译著年表补》中录为“《现代女作家书简》，冯沅君，《风雨谈》第十一期”。而《冯沅君主要著述目录》1936 年中记：“杂文：冯沅君。1936 年。《现代女作家书简》，《风雨谈（11）》。”① 此条若指《风雨谈》的出版时间，则是错误的。若指此信函的写作时间，题名又不符。查《元杂剧与宋明小说中的几种称谓》发表在 1936 年《宇宙风》第 27—28 期，署名沅君，《宇宙风》第 27 期出版时间是 10 月 16 日。由此可定，该信写于 1936 年 6 月 24 日。

（二四）

适之先生：

不同先生见面，转眼已逾半载了，幸喜在报纸上时得读到先生的言论。

师母寓居上海，过沪时本想前去请安，因不知地址中止。祖池上兄，前闻在香港，日内想当抵滇。生等因不堪敌方压迫，早拟离平。这燕京内部多汉奸，同事间借□攻击。故于寒假中起身南下，上月底安抵昆明。寓圆通街一四五号龚厅长宅内。昆明虽是个偏僻的省会，但因近来避难者甚多，生活程度日益增高，若无职业，恐难维持。云南大学下年将改为国立，各学院皆有变动，该校校长熊迪之先生（留法，清华教授），文法学院院长林同济先生（留美，南开教授）处，不知先生能否赐书介绍，如果可以的话，更盼用航空快信见复。因为逐鹿者多，迟则恐捷之者先得。如果云大以外的文化机关有可服务的机会，亦望先生代为留意。现在先生远涉重洋，为国宣劳，而生等还以琐事奉渎，真是说不出的不安。大德不谢，唯有祝先生健康而已。

生侃如敬上

沅君同叩

四月十五日

---

① 姜丽静：《历史的背影：一代女知识分子的教育记忆》，教育科学出版社 2012 年版，第 372 页。

通信处：云南昆明圆通街一四五号龚厅长转

按：1938 年 11 月 24 日，国立云南大学举行开学典礼，故此信应写于 1938 年。

（二五）

彦堂学长兄：

久未奉候，殊深系念。顷读《图书季刊》介绍尊作，欣悉著述日富，敬佩敝佩。弟等前秋离粤来川，任教东大，碌碌无足述。此间语言学一科久无人担任，拟聘贵所董同龢先生来校讲授。敬希示知董先生现在名义待遇，以便正式礼聘。立候赐复，并乞勿为外人道。专此，敬颂

阖第清吉

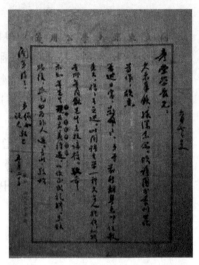

弟侃如、沅君敬上
五月二十日①

按：1938 年，东北大学由西安迁往四川省三台县，陆侃如任文学院主任。此札是陆侃如写给"中央研究院"历史语言研究所研究员董作宾先生的。信中谈到欲聘历史语言研究所董同龢到东北大学讲授语言学，侧面打听董在史语所的头衔和待遇。董作宾（1895—1963），甲骨学家、古史学家。1928—1946 年在"中央研究院"历史语言研究所工作。董同龢（1911—1963），江苏如皋人，毕业于清华大学中国文学系，曾任"中央研究院"历史语言研究所研究员，毕生致力于语言学、中国音韵学、汉语方言学研究。

（二六）

适之先生：

四月中曾托驻美使馆转上航信，略陈离平经过，并恳介绍至云南大学任课，想蒙收阅，迄今未获复示，至深悬念。顷闻先生已由美赴英，谨祝旅途安适。在先生方为国宣劳之际，生等一再以私事相烦，

---

① 冯远主编：《尺素情怀 清华学人手札展》，清华大学出版社 2016 年版，第 214 页。

惭悚而外，尚复何言。惟是异乡困处，生活迫人，除向先生申诉恳助外，实亦别无他途。报载政府为训练中学师资，将于湖南设立国立师范学院，并聘请廖世承先生为筹备主任，朱经农、吴俊升诸先生为筹备委员。该院创办伊始，或较他处易于设法（拟恳同时介绍生等二人，由该院选聘一人）。

专此敬祝健康！

生侃如、沅君同上
七月廿九

又：武汉大学迁至四川嘉定后，闻须添聘国文教员一人，未知确否？可否赐函王抚五、陈通伯两先生，推荐一下

通信处：云南昆明圆通街一四五号龚公馆内

按：从内容与通信地址上看，此信与上通写于同年，即1938年。

（二七）

适之先生：

再过十七天，就是北大四十一周纪念。也就是先生四十晋九的生日。在中国现代史上，先生的地位与北大同样的重要。淑等一面祝母校前途无量，一面也祝先生政躬康泰，德业日新。自从抗战以来，淑等行踪不约而同的聚于大后方来，去夏教部添设了六个师范学院，中山大学的师院也是其中之一。绪贤、子安、侃如同时受聘，任教于理化、英语、国文三系。沅君初在武汉大学，今夏亦来中大，在文学院中文系任课。淑与雪美现亦在此。川湘两省本约淑主办儿童保育院，经已辞谢。徽江距昆明约二百华里，刻正修筑公路。自中大迁来后，较前繁华已多。旧城虽渐隘，但背山面水，风景尚佳。近日南宁失守，此间人心不免稍有摇动，不过目前国内政治渐上轨道，而外交方面又有先生等主持，那么最后胜利，当已为期不远。到明冬庆祝先生五十生日时，为公为私，都要留一永久的纪念。有人建议出版一论文集，也有人建议汇刻先生的著作，成一精装的统一的版式的全集。不知先生以为如何？余容续陈。敬祝健康！

陈时　萧雪美　冯沅君
丁绪贤　胡子安　陆侃如
二十八、十二、一

再者，通伯的小妹允敏于9月间与竺藕舫先生订婚，明年正二月

间结婚。知注附闻。又及。

按：此信时间线索不少，写信时间是 1939 年。

（二八）

孟实先生：

　　嘉州别后，忽已五载。近读大著《诗论》，获益良多，一如接清尘也。拙稿《古优解》顷由商务印就，兹特寄呈，如蒙赐书正谬，感幸何似！

　　敬颂

撰安。

冯沅君敬上
四月十六日

　　侃如附候

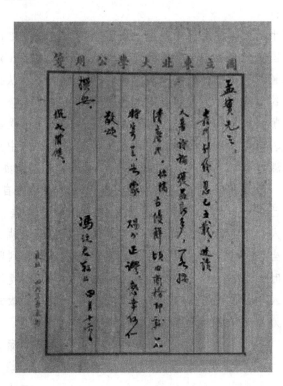

按：此信载潘仁山《读冯沅君老师致朱光潜先生的信有感》① 一文中，潘先生记，此信写于 1944 年，《古优解》出版 3 个月后。

（二九）

适之先生：

九年的抗战期间，先生在美，我们转徙西南各地。自二十六年冬，与丁庶为诸先生联名函贺诞辰后，至今已六年半了。这几年来心中老想起全祖望给方苞的诗："廿年荷陶铸，十年惜别离。六年遭荼苦，余年患阻饥。以此成惭负，著书杳无期。犹喜素丝在，未为缁所移。"我们离平八载，前四年在中山大学，后四年在东北大学，流亡中书不易得，精神时间又多浪费，沅君只写了些关于戏剧史的文章（《古优解》及《元明杂剧题记》），侃如在作《中古文学系年》，以年为纲，以人与作品为目，是西元一至六〇〇年间的文人综合年谱，只成了东汉三国一段的初稿（曾整理一部分发表于《清华学报》《中大研究所集刊》《文学期刊》《中原》《志林》等杂志），今检手迹所存者，另包呈政。东大于夏初改二年聘约，我们也许随校到沈阳，不过那里军政空气过浓，不是个读书的地方，将来环境较好的地方如有机会，即舍而他去。

近来交通困难，东大教职员尚多留三台，一个月后若能动身，那么双十节左右便可拜见先生了。

敬祝健康！

学生侃如、沅君同上
八月十五日

通信处：四川三台东北大学

按：卢沟桥事变后，陆侃如、冯沅君随高校流离西南，1938 年春任教中大与东大，短期任教武大。1946 年随东大回到沈阳。写此信时还在四川三台，时间应在 1945 年。

（三十）

适之先生：

前过京得承教，极欣幸。因临行时过于匆促，故未能往拜辞。十二月初到沈，一路平安。东大于一月初开学，不过各方面还没有上轨

① 山东大学校刊编辑室编：《山东大学建校五十五周年特刊 1926—1981》，1981 年，第 123 页。

道。寒假不放了，到暑假一定去北平拜见。

到沈住定后，即持先生给的介绍信，往访徐诵明先生。徐先生以先生故，特令妇科主任柚木教授为沅君治病。在医院内住了二十多天，现已出院，一切很好，请释念。

最近《东方杂志》上登了沅君一篇文章，附呈请政。

敬祝健康！

学生侃如、沅君同上
二月四日

按：冯沅君《再论诸宫调的引辞与分章》1946 年发表于《东方杂志》，结合冯陆在东北大学的任教时间，确定此信写于 1946 年。

（三一）①

清阁先生：

久耳盛誉，得大札幸甚。承索拙稿尤感念。② 惟数年来未写文艺，闻命殊惶惑。如贵刊亦收文学史性之研究论文，将来必勉力为之，以答盛意也。（望赐回示）

敬颂

撰祺

冯沅君敬上
一九四七年三月九日

侃如附候

（三二）

清阁先生：

前月二十九日大札敬悉。凭心讲，我实在不敢当"作家"这个头衔。因为第一，二十年未写文艺；第二，以前的作品实见不得人。所以实心实意不愿，也不敢参加这个集子。但因为您一再催索，颇觉情不可却，姑且送一篇四不像（补注：不晓得它是诗或是文）。这本是纪念一个亲人的旧稿（从未

---

① 以下五通信全来自赵清阁编《沧海往事：中国现代著名作家书信集锦》，上海文艺出版社 2006 年版，第 156—158 页。

② 赵清阁自注：我为展光图书公司编《无题集》（现代女作家小说散文专辑），特约冯沅君写成短篇小说《倒下了这个巨人》，此乃沅君辍笔小说创作后之第一篇小说，亦最后一篇。

示人），现修改送上。如能不用最好，免我出丑。

此颂

撰祺

沅君

一九四七年五月二十日

（三三）

清阁先生：

久无音问，得十五日书极快慰。我们本定于本月内到山大，但最近据旅行社说本月内无船到青，须等到下月初。如果您能多住三五日，我们便可见面了。秋虽已至，上海想仍热，您何必忙着走呢？

敬问

安好

沅君敬上

一九四七年八月廿三日

侃如附候

赵清阁自注：此信寄自北京，时我住青岛写作，失之交臂，遗憾终生。

（三四）

清阁先生：

前月自成都返青，得大札，当即奉复，此时想早达也。承惠稿费，谢谢。收据烦转。因战事关系，东大复员（补注：指回到山东大学。山东大学在抗战时期曾先后奉命迁校、停办，抗战胜利后国民政府任命赵太侔为校长负责恢复工作）又生波折，至快恐将在下月末矣。张先生索稿，盛意可感。唯目前书已装箱焉，旧稿无多。写作殊不便，容缓图之，何如？侃如同此，嘱致歉意。中秋至，上海月饼何如？一笑。

敬颂

撰祺

沅君

一九四七年九月六日夜

侃如附候

（三五）

斛玄吾师：

廿七日示敬悉。暑中在平，曾返北大、清华，且时至琉璃厂等处访书。文化人生活艰苦，书肆便不景气，多改他业。诸家中以修绠堂为首，书多，价亦公平。示开诸书已函其代觅，先开价目寄京，如当尊意，可即令其寄书也。闻江南方苦木樨蒸，岛上秋已深矣。

　　敬请

道安！

晚生沅君敬上九月卅日夜

　　侃如同叩

　　按：此信无年，据《清晖山馆友声集·陈中凡友朋书札》所载，此信写于 1947 年 11 月 12 日（九月卅日）。

（三六）

适之先生：

　　离平时，适值先生赴京开会，未获面辞，怅怅。生等最后决定来青岛，因为沈阳太不安定，而开封则交通太不便。刻住教授第一公舍，与丁巽甫先生为邻。闻李仲揆先生明日亦将抵此。

　　敬祝健康！

学生侃如、沅君同上

　　按：原函日期约略显示为"九"，"日"不清楚。陆侃如与冯沅君离开东北大学到青岛山东大学任教，时间为 1947 年秋，信中提到胡适赴京开会，查《胡适年谱》，1947 年 8 月 26 日为筹备"中央研究院"第一届院士选举，胡适为此赴南京。[①] 此信当写于 1947 年 9 月初。

（三七）

适之先生：

　　另包寄上《中古文学系年》的例言及目次。我在抗战八年中，写了"系年"的稿子约一百万字，复员后整理了西历一至三〇〇年中的稿子，约五六十万字，拟先设法出版。本想在暑假中到平时把稿子面请先生指正，后来没去成，邮寄又嫌太多，故只把例言及目次寄上，希望先生能在百忙中给我些指示。在此物力艰难的时候，恐怕只有大书店如商务者方能接收这部稿子，很盼望先生写一封向朱经农先生介绍的信，否则连商务也怕不能要。介绍信写好后，请先生寄给我，以便与全

---

　　① 耿云志：《胡适年谱》，福建教育出版社 2012 年版，第 291 页。

稿同时寄沪。屡次为琐碎的事麻烦先生，不安之至。如果这部书的出版，能对母校五十周年和先生还□纪念略有贡献，便是很大的安慰了。

专此敬祝健康！

学生 侃如 敬上
十一月五日

沅君附笔请安。

按：此信提供的时间信息一为"抗战八年"，一为"母校五十周年"（即1948年12月17日），故此信应写于1947年。

（三八）

适之先生：

好久没有写信给先生了，想着暑假中可以到平面聆教益，不料沅君病了，物价又高，北平之行只好暂作罢论，俟将来有机会再说。张骥伯兄的夫人曾女士于抗战期间被敌机炸死，后来续娶王女士，王女士之父是个佛教徒，今秋做生日，拟请先生写匾。骥伯写好信寄给我，托我到平时当面恳求。现在我们暂不北行，故将他的信附上。诚知先生很忙，不该拿这些琐事奉渎。不过骥伯盼望极切，如果先生偶然高兴的话，请写好寄给他（四川宣汉县桃花乡新场）。

敬祝健康！

学生侃如敬上
七月二十一日

沅君附笔请安。

按：此信用纸为山东大学用笺，"想着暑假中可以到平面聆教益"，此信不是去山东大学当年所写，应是第二年，即1948年。

（三九）

外文出版社图编部：

十月三十日来信及《聊斋志异选目》都已收到了，这个选目大体都很好，但其中如"石清虚""粉蝶""牛癀""戏术二则"等篇，意义似乎不大，可否删去，请予□□。此致。

敬礼

冯沅君
十一·十九

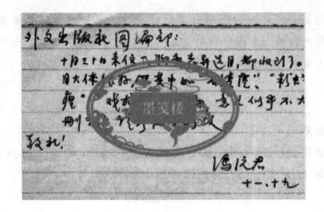

按：此函据拍卖行标注为 1959 年，具体年份待考。

（四十）

沈智同志：

谢谢你借给我们的报纸，给我们很大帮助。其中大部分我们没有看到的。

讲稿日内就看见，把我们意见告诉你。二日晚七时半，一定去听课。不知在什么教室？

我们定的十年学习计划，最近在教研组检查了一次，民主党派的小组会上也讨论过，打算修改一下。现在把原稿送给你看，请多提意见。

祝努力！

冯沅君

陆侃如

四、廿五

按：此信无年，据沈智《冯沅君、陆侃如伉俪的半张信笺》所述，为 1961 年，① 公历 6 月 8 日。

（四一）

中华书局北京编辑所：

九月三十日（62）编字第 2471 号来信及约稿合同六种十二份收到了。其中三种合同上所写编著人姓名及排列次序和我原来建议的不同，想系抄写人员的笔误。今退回，请另写寄来为荷。

---

① 沈智：《性别·社会·人生》，上海三联书店 2010 年版，第 279 页。

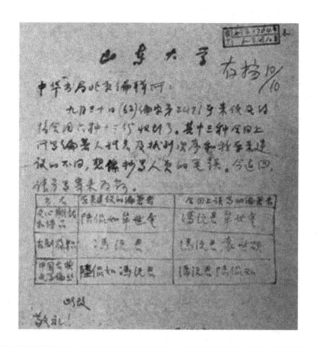

书名	原来建议的编著者	合同上误写的编著者
文心雕龙和诗品	陆侃如　牟世金	冯沅君　牟世金
古剧校□	冯沅君	冯沅君　袁世硕
中国古典文学论丛	陆侃如　冯沅君	冯沅君　陆侃如

　　此致
敬礼

冯沅君

　　按：此函因水印遮盖，落款日期无法辨识，据上面标识，收信日期为1962年10月10日。从信的内容及收信日期看，此信大致写于10月3—7日。

（四二）

中华书局北京编辑所文学组：

　　三月二十九日（63）编字第219号来信及约稿合同二纸，收到了。

前年你组约写《古典诗歌概论》时，我已同意了，但去年你局寄来许多约稿合同时，都没有这一种。我当时认为你组已改变计划，因而排列我的写作计划时，就减去了这一项。除你局外，别的出版社也有来约稿的。目前我的写作计划，已排到 68 年，现在如果我加入《古典诗歌概论》一项，势必排到 69 年，这样，恐怕太晚了，会妨害到你组的总计划。因此，我不得不退还约稿合同，请另约别的同志写。

这是非常抱歉的事，请原谅。此致
敬礼！

陆侃如
四月四日

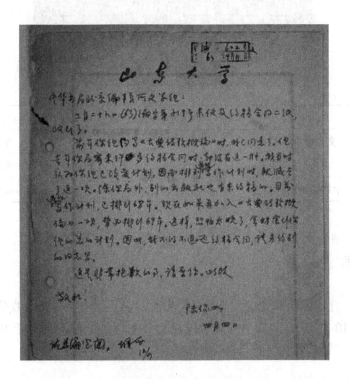

按：根据收函标识，可确定此函写于 1963 年 4 月 4 日。

（四三）

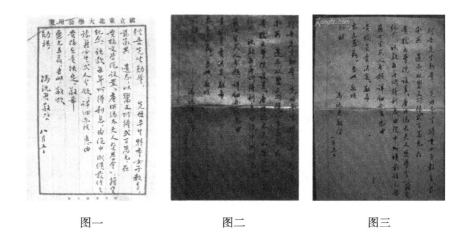

图一　　　　　　　图二　　　　　　　图三

从吾先生勋鉴：

　　先母平生特重女子教育，兹承其遗志，以鬻文所得贰百万元，在贵校文学院设置"唐河冯太夫人奖学金"，藉资纪念。该款每年所得利息，由院中成绩最佳之豫籍女生贰人分领，详细办法悉由贵校负责决定。敬希惠允为荷。专此敬颂

勋祺

冯沅君敬启

八月五日

　　按：图一来自方继孝《冯友兰三兄妹及其墨迹》[1]，图二来自李剑锋教授《再度邂逅冯沅君》[2] 一文，因文中记述来自孔夫子网，于是从孔夫子网找到一个拍卖图片（图三）。经比对，图二、图三应为同版。比对图一和图三，发现二者不同，故留存。关于此函的日期，从信的内容看，是冯沅君写给姚从吾先生关于在河南大学设立"唐河冯太夫人奖学金"一事。查河南大学历任领导履职时间，1946 年 12 月至 1948 年 8 月姚从吾任河南大学校长。故此函当在 1947 年 9 月 19 日（八月五日）。此时冯沅君、陆侃如夫妇已到山东大学任教。

---

① 方继孝：《冯友兰三兄妹及其墨迹》，《收藏》2009 年第 7 期。
② 李剑锋：《再度邂逅冯沅君》，《山东大学报》2010 年 6 月 30 日第 F 版。

下面三通未能考出写信时间。

(一)

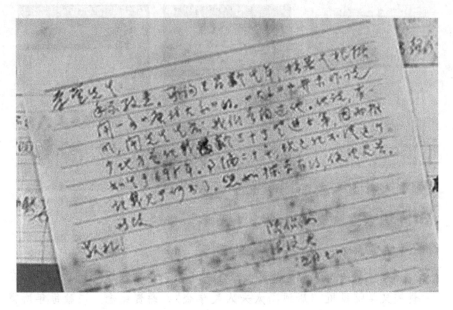

孝萱先生：

　　手示致意。承询王昌龄生年，拙著也根据闻一多《唐诗大系》的，《大系》中并未作说明。闻先生生前，我们咨询过他。他说有一个地方曾记载昌龄三十岁登进士第，因而生于 698 年。及隔二十年，现已记不清这个记载见于何书了。您如探索有效，便望见告。

　　此致

敬礼

陆侃如
冯沅君

(二)

　　柳母丸，欧母荻，卞氏有母继芳躅。儿读书，母为师，儿果腹，母忍饥，含辛茹苦甘如饴，贤而有立儿是期，子纯孝，天锡母，索书辞，为亲寿，仰母令德忘厥丑。孝萱先生索书娱亲，以此应命，并希两政。

陆侃如，冯沅君

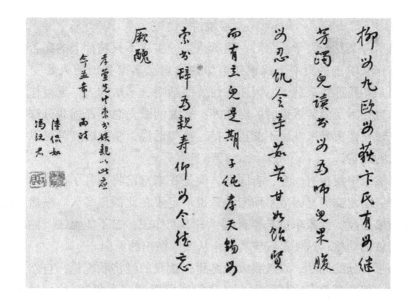

（三）

适之先生：

　　现有一件小事情要麻烦先生。海门王荫款先生去世了，他的女孙豫生女士（现在中法大学肄业）托我转恳先生作首白话象赞，或只题几个字亦可。这无非是"借光"之意，想先生必能原谅？关于 Mrs. Tow 的钟点，据说 M. Redus 曾转递。

　　先生之意，诏可开一班"初级演剧"，不知究竟怎样？

　　专此敬祝健康！

学生侃如
二月八日

二　冯沅君陆侃如集外佚文

1. 冯沅君的佚文佚诗

　　《买烧饼》是短篇小说，所叙故事为一女子考女子大学失败后的经历，如为自叙，可弥补作者上国立女高师前的一段空白，其中的意蕴与散文《敬与爱》产生互文关系。其他诸文或于经历、或于思想都可丰富对冯沅君的认识。

买烧饼①

自从考某女子大学落第后，我所感受的实在不只精神上的痛苦。固然我也有作女学士的野心，我也知道像我这累次名落孙山的人要受人家轻视；但是在我这每天肚子总因要东西装而咕噜过多次的人，觉得作女学士的滋味也许不及酒醉饭饱时的滋味好：轻蔑的眼光总不能损我分毫，而三天不吃饭便要头晕眼花，不能再支持。换句话说，精神的痛苦可以说抵不过物质的痛苦。

虽然京中我也有同乡，有同学，但是我来京已将两月了，现在学校既考不取，南北交通又因战事而断绝，说不定要在此漂流多久。纵然我的面皮比城墙还厚，谁家乐意老养着这"一不能作工，二不能卖钱"的净吃白米大馒首的动物；这便是我冒着大雨从人家搬出的原因。

为了住处的问题，真教我大费踌躇；就我的经济状况论，自然应该住坏公寓；但是坏公寓内住的大半是我们那里所谓"混鬼"。住好的罢，其中虽有家眷及女学生，而差不多都是每间房每月要五六元，茶水伙食还在外。左思右想，女子是社会上视为易损坏的物品，我虽不甘以易损坏的物品自居，但随俗雅化，究竟是人生处世之大道。于是我本着"千金之子，坐不垂堂"的主义，决然毅然选择个头等公寓住下。

住处问题是与吃饭问题有关系的。我现在手里只有十一块，我既不能找到相当的职业，在这人浮于事的北京，又少有经济关系的朋友亲戚，而公寓房钱一月要开销八块，茶水钱要一块半，试问这两块半钱如何能支撑一个月？固然南北交通一恢复，我马上就可回家；但是你知道这些英雄好汉，那天方兴尽收兵？故不得不从长计较。一块钱现在可以换二百六十个铜子，两块半钱可换六百五十个铜子，平均每天只有二十一个多铜子用在吃饭上。烧饼两个铜子一个；一顿一碗面一个烧饼绝对吃不饱，倒不如吃五个烧饼，喝点开水便宜，又省得到饭馆去只吃几个铜子的东西，招堂倌看不起。可是烧饼谁买呢？教公寓的听差去买，他们一定要笑话，只好自己去买罢。于是决定每天傍晚上街一次，买上十个烧饼，一个子的盐，回来时向茶房要壶开水，将房门从里面扣上，将盐放在开水里，吃烧饼，喝盐开水。

买烧饼是谈何容易的事，所有卖烧饼的都仿佛一个先生教的似的，都

---

① 《京报·副刊》1924 年第 1 期。

是摆在大街两边、行人往来的地方；而在摊旁吃烧饼的，大都是作苦工的兄弟们。当你走近烧饼摊时，这般穷兄弟都张开他们那双眼睛，异常惊异的向你望着，意思好像说：烧饼不是好吃的东西，我们这穷鬼吃是应该的，怎的你小姐也来买了？我经他们这满含着惊异的眼光一看，真羞得连头都抬不起来，只想向他们哭诉道：兄弟们，你别看我褂儿裙儿穿得还整齐，那里知道我还不如你们。你们每日还有点儿进款，此外还有那些衣冠楚楚，姿态雍容，"像煞有介事"而实无事，三五成群，专在人空中乱钻的人，他们一见你到烧饼铺或烧饼摊去，便站在你的一旁，"指桑说槐"的说轻薄话给你听。呵呵，这些肮脏气岂是笔墨所能尽述。

今天傍晚又照例提着大口袋去买烧饼，谁知因为今天下午有人来寓闲谈，出去的晚了，向来卖烧饼给我的铺子的烧饼，都已经卖完了，没有法子，只好再往北去找，找着一家是回回开的，找着一家又是回回开的，好容易找到街北头，可找着一家非回回的，而他的烧饼又冷了，为免除腹中饥火中烧的痛苦，真不愿再找了，权请卖烧饼的捡五个放在炉中热热吧。不料正当我在摊旁徘徊等烧饼热的时候，忽然从摊旁绸缎庄里出来一对阔人。男的看上去大概有五十多岁了，头发已有小半苍白的，大胖身材，满脸横肉，口边微带点胡子，身穿深蓝色花丝葛夹袍，元色起花的缎子马褂，走起来一摇三摆，大似浑身的肉都在衣内乱战。女的看去只有十六七岁的样子，湖色花缎夹袍，袍的周围镶着洋行里卖的八九毛一尺的黑色上起五彩花的花边，脚穿底子有二寸来高的蓝色平金花鞋，肉红色的丝袜子，头发烫得虚腾腾的，两个耳朵上都垂有两朵软发，宛如戏台上武生帽旁的绒球。钻石和珠子镶嵌的夹子压发，一闪闪直和绸缎庄门口悬的电灯争光。面上不用说□满面脂擦的"有红似白"，配上两个翡翠坠，娉娉婷婷紧跟着那位阔佬倌，大有投到他怀里要他□着走的神气。我不见她还好，一看她心上立刻起了种极复杂的情感。羞赧？不是。我并未作什么贬损人格的事，虽然我自己来街上买烧饼。恨罢？我恨谁。然与我素无仇怨呵。原来她不是别人，是我的母校 K 省第三女师的高材生 C 女士，现在某大政客的如夫人。想当日五四运动救国时候，侃侃登台。三千多的听者闻其言论，无不感动泪下，誓为学生的后援，不独是女学界的优秀份子，简直是 K 省学界的领袖。谁会想到前后只是五年，竟截然成两个人儿。金钱！势力！可怕阿！我和她虽隔班的同学，但是我是她的近同乡，所以她一见我登时面上也发红起来，欲待装不认识，又因相离太近，平日关系太切，只好利用她的机变的天才，马上将惭愧的情感，用傲慢的态度掩遮起来，把头轻轻一点说："不想在这个地方会遇你，买什么？"我是正想向她辨明，我不是这样卑下，竟来亲自买烧饼。（我虽说知道这烧饼不是贬损人格的事，可是当时我委实觉得难为情。）可是我的话还未出口，她已经同她的什么老爷，旁若无人的上汽车了。我只有抽了口气说："倒霉！"

烧饼烤好了，装大口袋里，提了回来，向茶房要了壶开水，关起门来仔细咀嚼。虽然吃下去胃里未免有点扎的荒，可是终于不饿了，精神也较未吃之前格外兴奋，抓起本《古文观止》，翻出陶潜的《归去来辞》，打起那抑郁顿挫的调子正襟危坐的读起来。

张静庐君的《单恋集》①

我在家中坐得太寂寞了，乃到文化书社去找新出版的文艺作品来看，不想这次找聊的结果，更使我感到无聊。

文化书社在开封算是比较新的书社，以前我曾经去过两次，虽说规模小小的，然而杂志一类的书还不少。谁知时异境迁，只剩了一案，几架破败不堪的书。惆望的心情一见这落寞的景象，我本就想走，可是心中又觉得进店来而不买一点东西出去，似乎不大好意思，遂买了一本张静庐君的《单恋集》。为的是张君的名字，我仿佛常听到似的。而且近来描写恋爱的作品，不是得意人的夸耀，便是失意人的悲泣，千篇一律，很教人看腻了。此书的名儿，既如此别致，想，中许大有可观。

记得《鲁森堡之一夜》上有句仿佛这样的话："爱情与轻薄是难以分别的。"这话中委实有几成真理。这不必援引往古，只看现在那般轻薄子弟，那个不是挂着恋爱的招牌！然而此二者也只是难以分别而已，并非不能分别。我以为真正的爱情，总是真挚尊重对方的人格的。在尊重人格的范围内，就是过分亲昵点，都不要紧。不然就是不很重的话，也是轻薄，或不道德。试看这本书中所写的若"旅馆之一夜"、若"似曾相识"等篇，简直是流氓或拆白的行为，曾把对方看成人吗？曾有丝毫真情吗？

我并不是说文艺只应该表现反映人生的良善方面，不该表现反映人生的丑恶方面。我承认表现善与表现恶的文艺，在文艺之国中有同等之价值。但是我最不满意张先生以单恋名此书。若果恋爱是这样，我劝人们都

①《京报·副刊》1924 年第 4 期。

不要歌颂恋爱，尽可以把恋爱看作洪水猛兽，并且祈祷上帝将人们心中的恋爱种子都拔出而用火烧焦。

不道德的文艺也有好的，我又不是研究道德学的，似可不必如此在文学的内容上苛求；但此书的描写、表现艺术似乎都欠缺的很。因为他不使读者读后对弱者同情，觉得此社会的污浊，只像喝白开水，没有一点儿味道。

也许除却我这无聊的外少有人看他，我似乎不值得为他写许多。不过我觉得这种东西最好是都不要看，免得费去冤枉的时间与金钱，遂竟写了这几句。

附言：我向来有不大欢喜称赞人的，而喜欢信口雌黄指摘人的短处（其实也不见得是短处），但是同时我承认人家也有指摘我的自由，所以我对于别人对我的批评总是默然。

日记的一页①

连日学生们送了不少 Albums 来，教给她们题几个字。我是最怕写字的，自从我作小学生时就如此。给别人题字尤其使我怕，这对于我简直是个 Punition，我将被迫去出丑。但这些 Albums 却引起我不少趣味，这是别人在上面留下的踪迹。我在上面看见从相片上剪下来的青年男子的大头，我看见用秃毛笔，淡墨画的大兔子，我看见压干了的花瓣……这都使我冥想 Albums 的主人以及她们朋友的奇想，慧心，滑稽的性格。在题词上更可以看出将毕业的学生的惜别，彷徨的心情。在一个本子上写着：

一年的同宿舍，四年的同课堂，我们合了俩人的力量作了许多坏事情。

冬天就偷煤藏在床底下，等到晚上，烧上炉子。两个人变成了煤黑子，皮着脸，披着大衣，在呵手，将炉门挡上一个大脸盆。斋务刚一走，我们就笑出泪来。我看她是小花脸。她看我是小丑，我们跳起来，脸盆也跳起来给我们打锣。

考试来到了，我们就骂书，摔书，书页子变成一只只的白蝴蝶在床上、桌上乱飞。

我们四年的日子也就像书页子那样乱飞去了。

———————————

① 《青年界》1937 年第 12 期。

而今我们要开始大人生活，不许笑，不许骂。一棵白杨树遮着白楼角，你还能再想到他，也许有点暖意，那会惹你落泪。

另一个本子上写着：

六年同学们融洽的情感加厚了生活力，暖和了心。不希望同学们放些美丽的吓人的词藻在上面，只渴望能写些朴实的日常生活的片断，和一些中恳的对好朋友应说的话，好等到将来这些珍贵能逗引我重回到这快乐的圈子里来打个转子。

还有，还有，辞句虽有工拙的不同，而所表示的情致则极近。"人言愁我亦欲愁"，这些感伤的辞句直把我带到惆怅的氛围中了。（四月十日）

敬与爱①

在风行一时的万世师表里，女主角方尔嫁曾说："她愿意一切人都喜欢她。"这句台词颇能道出女子，尤其是青年女子的心理。爱是人人需要的，青年女子更视他为无上的珍品。她们需要家人父母兄弟的爱、朋友的爱、尤其是异性的爱。异性的爱往往变成她们的第二生命。为了他，她们甘愿，有时竟是盲目的贡献出自己的一生。

这种心理是错的还是对的？在我看来是错的，至少其中有一部分如此。生在中国目前这个男女尚未真正平等社会里的女人，首先应争取的是别人对我们的敬意，其次方说到爱。不含敬意的爱，不独应该贬值，有时真可以说是一种侮辱。人可以爱他所尊重的，也可以爱他所卑视的。我们不都会爱画眉鸟、哈巴狗吗？孔子与子游论孝，曾说："至于犬马皆能有养，不敬何以别乎？"孝如是，爱也是。一个堂堂正正的人，不论其为男女，应该不愿接受这种无敬意的爱。觉悟的娜拉，所以决然毅然走出她曾以为幸福的"玩偶家庭"，就是为受不了那种不敬的爱，含有侮辱毒素的爱。可是不幸，目前我们女人所遇的爱，偏偏少有敬意。

敬的获得确比爱难，同时敬接受也不似爱那样容易。就给予者说，敬的成分理智多感情少，爱则反是，我们诚心敬重某人，是因为佩服他的品性才能。爱呢？他的产生可能由于一时的冲动，纯粹官能的满足。故敬的给予，常不似要爱那样随便。就接受者说，爱富于诱惑性，像糖、像酒、软绵绵的，使接受他的人陶醉，昏迷；敬不然，他没有爱这种魔力，他带

① 《松辽文化》1947 年第 2 期。

点硬性，像清茶，故敬的接受，常不似爱那样热烈。过去千百年畸形的社会制度，残酷的减低了女人的才能，缩小了女人的眼光，因之在今日的社会里，还有不少男人，有意无意的用爱画眉鸟、哈叭狗态度去爱女人，也有许多女人不知不觉的自足于这种爱。而敬的给予与接受，在男人是吝啬的，在女人是淡漠的。

女人们谁不希望男女平等，但我们要知道真正的平等是基于彼此人格的尊重。我们应该改正我们的错误的心理，将敬与爱调换个位置。为了敬的获得，我们应该准备下巨大的代价——砥砺品性，努力工作，献身于人群幸福的增进。

月夜杂感①

我慕岭间云，卷舒意自如。尤羡天边月，莹澈四海隅。何独落拓人，穷蹙滞帝都。耿介知音少，寥廓旅情孤。严霜被皋兰，渺渺独愁予。流光不可接，搔首屡踟蹰。

言怀去年月，皎皎耀古汴。清辉盈遂除，明河净如练。相将至西园，慰此尘游倦。籁芊敛林薄，手抚鸣琴荐。阿母怜我痴，嬉游无斥谴。弄我双小鬟，扑萤挥纨扇。我歌儿时曲，四座为欢忻。流年暗相催，韶光逝飞箭。一为辞故里，时事又迁变。南朔隔山河，对此徒眷恋。

孤影怯秋灯，客心转悄寂。窗明此何色，寒月照霜白。何处豪华家，极宴娱嘉客。玉盘荐珍羞，金樽泛缥碧。妙舞河汉回，浩歌金石裂。漏尽天欲曙，饮乐殊未极。焉知河南北，茕独为沟瘠。

初夏游公园②

雨后园林净如洗，杨柳丝丝夕阳里。昔时十里照水红，只今惟有青莲子。

北河沿晚步

幽渺寒潭凝碧玉，上有垂杨如绿幪。夕阳树外透光来，一抹独照板桥曲。

---

① 《金陵光》1926 年第 15 期。
② 《国学月报》1927 年第 2 卷第 2 期。

晚坐寄莒君

黄昏小院抱愁坐，篱畔虫声已报秋。栏曲怀人应惆怅，沉沉暮霭堕层楼。

薄暮自大学归

萧条又值晚秋天，横舍疏钟度暮烟。衰柳岸边闲伫立，寒流深处夕阳寒。

2. 陆侃如佚文及《小梅尺牍》

闵著《春深了》序①

《春深了》是我的朋友闵之寅先生的诗集，我们读他的诗，须认定他是一个富于感情的人。因为他的境遇不尽如意，故借诗歌来发泄他的怨愤。我忝为他的知己，请略述一二，以为读者们的帮助。

之寅先德开三先生，本住于冒辟疆的故乡。因提倡教育，改庙宇为学校，致撄乡人之怒，千人以上蜂拥而入，火其居，遂迁居紫琅山之北。时之寅仅三岁。这件事影响于小孩子的脑筋颇深，遂造成他的近于 Hysteria 的症候。及至婚姻问题发生时，便迫他抛弃了在哥伦比亚大学所习的社会科学，而努力于新诗的创作了。

之寅初与苏州二女中的 KMY 女士订婚，情义颇笃；听说在他赴美留学前，曾同居了一月，唯不及乱。及之寅因父丧归国，两方略有嫌隙，遂至解婚。之寅费了九牛二虎之力，想法转回，而 K 女士决绝不允。之寅写信给我说："以我爱 Y 之心，Y 乃不谅我一时之误。"又说："予对于 MY 之热情，遇此情形，若再拖延，实有发疯之险，恐要成神经病。"又说："不想我一腔真情，得此结果！"

及闻 K 女士已与别人结婚，他始绝望，曾写信给我说："呜呼！人生际遇如此，将来不为杜甫，不应剁成肉酱乎！"这种决心，我们很希望他成功。

我所以详述此事，因为非此不足以了解这数百首诗。既不了解，便无

① 陆侃如：《闵著〈春深了〉序》，《弘毅》1927 年第 2 卷第 3 期。

从赏鉴他们的文学价值。

《春深了》是之寅在诗坛上努力的第一次的成绩报告。集中大部分是"小诗"。

"小诗"自古便是中国诗坛上的珍品。古代诗歌中，一句的如《吕氏春秋》所载的"候人猗兮"。

二句的如《吴越春秋》所载的"梧宫秋，吴王愁"。

其余三四句的更多了。《诗经》中如《庐令》《十亩之间》《无衣》等等，亦不下数十首。汉代之《三候》《五噫》，亦属此类。这是中国小诗的第一期。

魏晋以后，长江流域生许多优美的小诗，总名为《靖商曲》。属于吴声歌的如：

> 啼着曙！
> 泪落枕将浮，
> 身沉被流去！　　《华山畿》

属于神弦曲的，如：

> 开门白水，
> 侧近桥梁。
> 小姑所居，
> 独处无郎。　　《青溪小姑曲》

属于西曲的，如：

> 自从别君来，
> 不复着绫罗。
> 画眉不注口，
> 施朱当奈何！　　《攀杨枝》

这不过就记忆所及，略举一二，以代表中国小诗的第二期。

这种体裁颇为当时文人所赞许，六朝人的集子里颇多这种小诗，而以谢宣城为最。自此以后，唐代的五七言绝句，便是中国小诗的第三期，词中的小令便是第四期，曲中的小令便是第五期，这是人所习知的，不必详细叙述了。

近来颇有人介绍西洋和日本的小诗，国内仿作者甚多，造成中国小诗的第六期。数年中，小诗的专集也出版了不少。《春深了》便是其中之一。

小诗的特点，不仅在篇幅的较短，尤在其表现的方法。无论是抒情或是写景，并不把千头万绪纷然杂陈，却只表现其中最精彩的一点，使读者只觉得余意悠然不尽，而不觉其枯窘。这方算小诗的上乘。

之寅的诗既是"不平之鸣"，故抒情多于写景。其中也有些"浅入浅出"的，但也有怨而不怒，深得风人之致的，例如："且偷出片刻韶光，完成我的乐趣罢。"（《纽约小诗》之二）"满意吗？是的。痛苦吗？是的，而且很深呵！"（《春深了》之八）还有几首，似乎暗示他的婚姻问题："气候越冷酷，情意更热烈呵！"（《春深了》之四）"过去韶光在那里？快美，酸辛，多半遗忘了！"（《纽约小诗》之十七）这几首很可当得"深入浅出"的评语，表现并无一些涩，而所暗示者甚远，使人咀嚼不尽。

之寅写景的诗，亦复清隽可爱。《泰山游记》二十首，是集中较幼稚的作品，然亦有佳者。如：

> 云中，绝壁，悬崖，
>
> 不时地
>
> 倒挂几株松树。（其十）
>
> 白石的亭
>
> 骤雨般泉，
>
> 依傍着，
>
> 喧哗着，
>
> 笼盖在阴雨里。（其六）

又如：

> 满耳的梧桐声，
>
> 丝丝的雨都绿了。（《梧桐》）
>
> 微风吹过，
>
> 光明在露湿的叶上闪烁了。（《病后》之三）

这便是能掇取景色中最重要的一点而表现之，故为写景小诗中之上乘。

以上是我读了之寅的抒情写景的小诗后的意见，不知读者们以为如何。然而我所最爱读的，还不是他的抒情写景诗，却是他的论诗的小诗。论诗的诗，在旧诗中是很多的，在新诗中却不多见，《春深了》中论诗的小诗可算新诗坛绝无仅有的了。

之寅的意思，以为这世界本身便是一篇诗，里边写着月写着花，写着山水，写着爱情，也写着血和泪。及至诗人写在笔下，却已非上乘，何况未必能尽量发泄呢？故说：

> 最是春天
>
> 诗情繁盛了，
>
> 人众里
>
> 谁没有诗的生活？（《春深了》之五）

还有《纽约小诗》之二十，也是这个意思。但这两首议论稍嫌抽象，不如左列二首之佳：

> 绿草高树之间，
>
> 诗的意，
>
> 化作轻烟，
>
> 在曲梯旁边舞呢。（《纽约小诗》之十一）
>
> 小儿的生活，
>
> 诗的意呵。
>
> 青春的生活
>
> 诗的情吗？
>
> 或是音乐的呢？（《春深了》之一）

这两首之中，前一首尤饶妙趣。

之寅第一部诗集便得如许成绩，我们觉得他前途希望是很大的。故略述我个人的意见于此，以介绍于读者之前。

十四年十月，侃如序于北京。

卷首语①

我们印行季刊，这是第二次。上次全载论文，此次全载创作。这一点，可以显示我们这系所走的两条并行的路。

在我们看来，现在各大学的中国文学系似乎都未走他该走的路。他们所注重的，大都是经学、小学，以及古文学的研究；而注意到新文艺的创作的，似乎很少。中国文学系的青年也许应该有一点经学、小学的常识，然而那决不是他们全力研究的东西。他们所该致力的是这两点：一是正确的了解过去的文学，一是努力的创造将来的文学。二者之中后者尤其重要，而认清楚这一点的人可惜不多。现在，我们把本系教授和同学们半年

---

① 陆侃如：《卷首语》，《中国文学季刊》1929 年第 1 卷第 2 期。

来的作品的一部分汇刊在这里，希望国内外的先进予以指教。

新石器时代遗址发现[①]

北平克复大学院派卫聚贤君等往北平接收教育文化机关事毕，卫君往山西、河南调查古迹，遂在山西万泉县北吴村、南吴村、袁家庄、荆村、荆淮村、南涧村、涧薛村、文村及县城附近文水县上贤村，汾阳县花枝村，榆次县长凝村，河南渑池县英豪镇，洛阳县汤家湾，发现新石器时代遗址十余处，其中以山西万泉、文水两处为最多。卫君即将在遗址中所掘得之石斧、石锛、石刀、石环、陶鬲、陶鼎、泥瑗，彩色陶片等，装一大箱运往南京，已陈列在教育图书馆中，并拟组织大规模掘发云。

云南的烟祸[②]

云南素有"山国"和"土国"的名称，山国是由于多山而来，但是土国，并非因为土广而得，却是多量鸦片产额所邀致的荣显的徽号！每年仲夏时候，在昆明市街道上常常看到一批一批的挑夫，挑着鸦片。走到进城的大路上，稍等一下；可以看见大批的马帮驮着货进城，你若仔细打听，那些赶马的人都会答应"西路货""东昭的上土"……一类鸦片的名词。从许多人丛集谈话的地方，可听到"广帮昨已到了""今年是要多收老灰"……商号里的老板所说的是"外边也在种烟了，今年销路不大对"；"汉口的交涉没有办好，货出去怕被没收"这一类的谈话和现象，只要稍稍留心，随处可以听到。因为昆明是生鸦片烟的渊薮。

至于售卖熟膏，更比这生货的情形还要伟大壮观，全昆明市差不多有数百家卖熟膏的商店！只要到街上去走一走，包你可以看见，并且可以看见每条街上都有几家，多的有至十数家的也有。在每一家的铺面柱子上，都有"包是老土""包是山货"……等红纸贴着，写上尺来见方的大字。铺内挂着水牌，白字黑板的写着各项熟膏的名称价钱。"什么市烟每两几元，酢烟几元，枯烟几元，参味烟几元……"又有租了丈把宽的房子，摆几张床，铺了草席，放上家什的烟馆。走在街上，可以嗅到一缕缕烟的香味。那鸠形鹄面的人，出出进进，争先恐后。他们——瘾君子，到烟铺去

---

① 陆侃如：《新石器时代遗址发现》，《东方杂志》1928 年第 25 卷第 19 期。

② 陆侃如：《云南的烟祸》，《华年》1932 年第 1 卷第 22 期。

过瘾，都说是"上馆"，也仿普通人上饭馆酒馆一样，有时遇见一个满面烟容的小孩，问起他的年纪，他答道："才过九岁！"这些这些，都是政府禁烟成绩的洋洋大观！也可以说是榨取人民脂血的展览大会！

听说除了驮出外省销售的鸦片，其余要收"出口罚金"；农人栽种要收"禁种罚金"，人民吸食要收"禁吸罚金"……此外上面所说的熟膏店，还要缴什么"售膏罚金"。到期时，或是自己去缴；或是由人来收，总不能少掉。"出口罚金"由全省禁烟局收，"禁种罚金"各县承收解省，至于"禁吸"和"售膏"的罚金，则统归昆明市政府收。可是用途，我就没有查明了。

恩格斯两封未发表的信（译文）[①]
（一）致哈克奈思女士书

亲爱的哈克奈思（Harkness）女士：

你托维士泰里（Vizetelly）先生转下大著《城中女工》（*Jeune fille de la Ville*），我很感谢。

我很高兴而贪恋地读你的书，这是本小小的杰作，正如我那替你翻译的朋友爱智霍甫（Eichhof）所说的，他还说（你该满意）他的翻译非常忠实，因为节略或修改都会减损原作的价值。

你书中最引我注意的，除写实主义者的正确外，还表现出一个真的艺术家的胆量来。这不但表现在你对救世军的解释上（这救世军与自足的小资产阶级意见根本不同，而你的故事差不多第一次对他们说明为何救世军能在民众内得到巨大的拥护），而尤其表现在你书中故事之朴素的外形上——这故事是很旧的，他讲一个无产的少女为中等阶级的男子所诱惑。若在低能的作家，必将以人工的穿插来掩饰故事的平庸，但平庸还是很显然的。你呢，却有把握去叙述个旧故事，因为你能藉描写的真实来转旧为新。

你所写的亚述格兰（Arthur Grant）先生，也是件杰作。

如果我还要批评的话，那或许就是你的描写还不十分写实。我以为，写实主义不但要事情的真实，还要在典型的环境中确切地表现出典型的人物来。在你所写的范围中，人物可算是典型的；但环境（在他们周围而使

---

① 陆侃如：《恩格斯两封未发表的信》，《读书杂志》1933年第3卷第6期。

他们活动的环境）便不能算是典型的。在《城中女工》中，劳工阶级好像是被动的，不能自助也不想自助的群众。一切把他们从可怜的穷困中提拔出来的尝试，都从外边和高处来的。［事实上，正如圣西门（Saint-Simon）所说的，这是最可怜，最穷困而又人数最多的阶级；或如罗贝奥文（Robert Owen）所说的，这是最可怜而又最委屈的阶级。］你的描写，对于一八〇〇及一八一〇年圣西门与罗贝奥文时代，可算是正确的；但对于一八八七年，对于一个参与过五十年无产阶级斗争的人，一个永远主张劳工阶级的解放该是这阶级自己的工作的人，便不能算是正确的了。劳工阶级对压迫者之革命的抵抗，他的半自觉的或自觉的争取人权的扎挣，已是历史上的一部分，而值得在写实主义中占一地位。

我并不责备你未写个纯粹社会主义的故事，一部我们德国人所谓表现新趋势的小说，在这里面写出作者政治的及社会的理想来。这并不是我的意思。……我所说的写实主义，还可存在于作者成见之外。让我给你个例子。我认为巴尔扎克（Balzac）是个写实主义的艺术家，较之过去现在未来的许多左拉（Zola）伟大得多。他在《人类喜剧》（*Comédihumaine*）里给我们一个法国社会最好的写实的故事，从一八一六到一八四八年，依时代先后来逐年描写，描写那渐渐发展的资产阶级的行为，描写他们对一八一六年复辟后想竖起旧政治旗帜的贵族加以压迫。他把这旧社会的剩余者当作范本，来描写他们怎样在粗野的暴发户的压迫之下逐渐消灭了，或者变化了；描写那些以风骚自炫而恰合于她们婚姻中的地位的阔太太们，怎样逐渐把地位让给那些藉结婚来取得金钱与化妆品的资产阶级女子。在这幅中心图画旁边，他还加上法国社会的一切故事。我在他书中所得经济事实的智识，较之从历史家、经济学者及职业的统计者那边还多。巴尔扎克在政治上确是个正统派，他的杰作是哀悼高级社会之不可救药的崩溃的挽歌，他是对命定消灭的阶级表同情的。但虽然如此，他的讽刺从没有比描写他所最同情的贵族男女时，更透澈，更刻毒的了。他描写得最可佩服的唯一的人，反而是他最深的敌人，《圣美里修道院》（*CloitreSaint-Merry*）里的革命英雄，那是最能代表这时代（一八三〇至一八三六年）的民众的人。我所认为写实主义最大的胜利，老巴尔扎克最大的特点，便在他不得不违反自己对阶级的同情及政治的成见，便在他能见到自己所喜欢的贵族不得不崩溃而不配享受个更好的命运，便在他能找到那时代所能有的未来的代表人物。

可是我也该帮你说句话。在这已开化的世界上，没有一处的劳工阶级，比伦敦东部的更少抵抗力，对自己命运更被动的，力量更薄弱的了。而且谁能说你没有充分的理由，只去描写劳工阶级生活的被动方面，而把自动方面留给后来的作品呢？

弗来代里克·恩格斯

（二）致特里尔君书

亲爱的特里尔（Trir）君：

本月八日来示中的叙述，颇关重要，谢谢你。

最近高本阿格（Copenhague）政府的事件，你是被牺牲者；今将鄙见奉告，先从我和你不同之点说起。

你在原则上拒绝与他党合作，连暂时的都拒绝。我因是太革命的了，故并不绝对拒绝这种方法，只要事情是利多而害少。

若说无产阶级不革命便不能取得政权，而取得政权又是走到新社会去唯一的道路，于此我们并无不同之点。为了使无产阶级在决胜负的时候能克服敌人，马克思和我从一八四七年来便坚决主张组织个阶级的政党，他具有阶级的意识，与他党分开且相反对。

但这并不是说，这一党不能在某种时候为了自己的目的去利用他党，而且也不是说，在实现有利于无产阶级的计划时，或是在经济发展与政治自由的路线上前进的计划时，也不能暂时维持他党。任何在德国为取消贵族世袭财产及其他封建遗物而斗争的人，或为反对官吏渎职，反对保护关税制，反对反社会主义的法律，反对集会及工运的限制而斗争的人；我都愿援助。如果我们德国的进步党或你们丹麦的左派真是激烈的资产阶级政党，而不是见着俾斯麦（Bismarck）或爱斯特鲁（Estroup）来恐吓便变成兔子的那种说空话的人，那么我决不绝对反对和他们暂时合作，为的达到个一定的目的。当我们的议员投票赞成他党提案时——他们常常这样做——便已是种共同的行动了。不过我赞成这种办法，只限于对我们确有进益时，或可帮助国家在经济和政治的革命路线上之历史的进展时。这一切都看党的无产阶级的特质是否危险；这一点于我是个绝对的限制。你可在一八四七年，在《共产党宣言》里找到这种政策的叙述，而且我们在一八四八年，在第一国际及他处，都实行过。

且把道德问题放在旁边——这里与道德无涉，所以我不提起——我是个革命者，我接收一切可以达到目的的方法，最激烈的与最和平的都一样。

这样的政策需要聪明与毅力，但是可有一种政策不需要聪明与毅力的呢？无政府主义者及莫里斯（Morris）说，这种政策会使我们腐化。但是如果劳工阶级只是个愚者弱者的社会，如果他只包含些无才无德的人，那么我们立刻走开好了。果真如此，无产阶级与我们全体在政治场中便无所作为了。无产阶级与他党一样，在几次不能完至预防的错误以后，就会变得更聪明的。

故依我看来，你把战略与原则相提并论，未免错了。在这里，我认为只是战略的问题。不过有时战略的错误也会毁坏原则的。

就我观察起来，你反对干部（hovedbestyrelsen）的战略，是应该的。丹麦左派早就在演无聊的反对政府的喜剧，且在全世界面前充分的表现他的无用。

他失却机会——如果他曾有机会的话——去武装起来惩罚破坏宪法的人。而且左派大部分人显然渐有与爱斯特鲁妥协的趋势。在我看来，无产阶级政党若和这样的政党合作，必致长久丧失自己阶级的特点。你就这运动之阶级的特点来反对那种政策，我是很赞成的。

至于干部对你及你朋友的举动，这种对党内反对派的开除；老实讲，在一八四〇至五一年中的秘密团体便如此做过的；在秘密团体中，这种开除是必要的。在奥康诺（O'Connor）专权时，英国宪章党的实力派也常有开除之事。但是宪章党（实力派）正如其名称所指示的，是专为斗争而组织的；故用狄克维多制，而开除则为斗争所必需。可是在和平时，我却只知道拉萨尔（Lassalle）及斯威柴（Schweitzer）的党徒是用这种专制的方式的。斯威柴见人疑他与柏林警察有连络，故觉得开除的必要，因此反促成德国劳工协会的瓦解。现在大概没有一个社会主义的劳工政党会照丹麦的样子来对待党内发现的反对派的，幸而那位洛生伯（Rosenberg）君在美洲也已改变了。一切政党的生命及其发展，全靠和平派及激烈派的切磋琢磨。那些开除激烈派的人，适足促激烈派进展。劳工运动建立在现社会之严格的批判上。这批判是他生活的要素，他怎能避免批判，禁止讨论呢？难道我们向别人要求言论自由，却来毁灭党内的自由吗？

如果你愿将此信完全公布，我觉得也可以。

你的忠实的恩格斯

　　附记：以上面两封恩格斯的信，是最近由马克思恩格斯列宁学院发表的。致哈克奈思女士者，转载于二月二十日的巴黎《人道日报》上；致特里尔者，转载于《布尔扎维克》半月刊的第十卷第二期上。我现在是根据法译本转译的。

　　哈克奈思女士名玛格兰（Margaret），为英国社会主义的作家，以所作《城中女工》就政于恩格斯。恩格斯复信是英文写的，发于一八八八年四月。特里尔名海尔孙（Herson），（我有位德国朋友告诉我说，特里尔姓名在丹麦文写作 GersonTrier，法译由俄文转译，故有此误，记此待考。）他是丹麦社会主义党中央委员，因反对与丹麦资产阶级政党左派合作，故被开除。恩格斯给他的信，写于一八八九年十二月十八日，发于伦敦。

　　　　　　　　　　　　　　　　　　　　陆侃如　记于巴黎拉丁区

江苏海门的农田[①]

　　顾颉刚先生嘱我为《禹贡》作文，并指定叙述海门的经济状况。因人事的牵制，直到现在方草草缴卷，所叙的还只是农田方面的。其他部分，只好待将来有空再补充了。

甲　地价

　　海门的农田，本常均以"一千步"为计算的单位，合四亩一分六厘六。近数十年来，每千步价格凡三变。光绪年间较低。自民国初年以后，因棉花售价顿昂，故地价亦随之上涨。近年来土匪较多，又常有荒年，所以地价又下跌了。

　　每千步的价格不仅因时而异，也因性质不同而有高低之差。第一种是"底面地"：所谓"底"，又名"苗地"，其所有者须向政府纳税。所谓"面"，又名"过投地"，其所有者须向"苗地所有者"纳租。而"底面地"的所有者，乃是合二者于一身，故只纳税而不纳租；或者自己耕种，或招佃人而收租。这种地在海门占最多数，其价格亦较他种为高。光绪年间每千步约值五十至百元，民国初年约值三百元至四百元，现在约值二百元至三百元。

　　这种"底面地"还有两种变相的地：一种是"弊田"，即无"苗"之

---

　　① 陆衍庐：《江苏海门的农田》，《禹贡》1936 年第 5 卷第 6 期。

底面地。底面地本当有"苗"，否则即为有面无底之地，而须向"苗地所有者"纳租。而弊田则并非另有个"苗地所有者"存在，故其所有者既不纳租，又不纳税。不过一旦为政府查出，则须另缴"苗"价，故其价格较普通的底面地低十分之一至二。

还有一种是"活契地"，即是由甲卖给乙，而甲可以原价自乙赎回的地。甲方卖面不卖底，故乙方也是无"苗"的。国税仍由甲方交纳，乙方则每年贴助若干，其价格约为普通底面地之半。

底面地又名"通划地"，因为海门地处南通崇明之间，近通者地制与通同，故名。其近崇而同于崇者，名"崇划地"。通划地的底与面为一人所有，而崇划地则底与面分二人；有底者有苗，有面者无苗，其价格亦因此而异。有苗的崇划地，光绪年间每千步约值五十元左右，民国初年约值百元左右，现在则只值四十元左右。

无苗的崇划地，在光绪年间每千步约值一百元至一百五十元。民国初年值二百元至二百五十元，现在则值一百五十元至二百元。如上文说过的，无苗者须向苗地所有者纳租，其租价详后。

海门地除通划、崇划两种外，鼎足而立的尚有"老租地"，又名"额租地"。所谓"额租"，即谓租价有定额，其地价亦因有苗无苗而异；有苗者，即"底"的部分，光绪年间每千步约值十元左右，民国初年约值三十元左右，现在约值二十元左右。

无苗的老租地，即"面"的部分，光绪年间每千步约值百元左右，民国初年约值三百元左右，现在约值一百五十元至二百五十元。他的所有者与无苗崇划地的所有者一样的须纳租，不过很轻（详后），亦有再转租给佃人而收租的。

无苗的崇划地与老租地的所有者，其实乃是佃人而非地主。不过是有本钱的佃人，其所纳的租较一般佃人为轻。如果他再转租给别人，从中取利，那便近于上海人所谓"二房东"了。

乙　租与税

各种地的价格之所以不同，是由于收入多寡的不等。例如"老租地"，其地价在三种中为最低，就是因为他的收入最少。其"面"的所有者向"底"的所有者所纳的租，光绪年间每千步是二元左右，自民国初年以来则自三元至四元不等。如果"底"的所有者是慈善机关，（海门的老租地大都为慈善机关所有，亦有属于他县的慈善机关者），则收租更轻。光绪年间每千步是一元左右，自民国初年以来则为二元至三元。

崇划地的"面"的所有者向"底"的所有者所纳的租，则大都用"议租"制。在春夏间所收获的麦及蚕豆等（即所谓"小熟"），是不纳租的。秋天收获的黄豆、苞米（玉蜀黍）及棉花（即所谓大熟），则纳四分之一。不过奇怪的是，这并非实收数目的四分之一，而是预先估计这一千步地可收若干，从而推算四分之一为几何。如果实收数较预计者为少，则"面"的所有者便吃亏了，反之则吃亏的乃是"底"的所有者。这预先估计之数是由底与面的所有者双方逐年面议的，故称"议租"。这四分之一的收入无论如何总较"老租"为多，故崇划地价亦较高。

底面地的收入则在三种中为最高。其收租方法有四种：光绪年间流行的为"分租"制。每逢收获时，地主与佃人当场各分一半。小熟以麦与蚕豆为主，大熟以苞米、黄豆及棉花为主。如果佃人种有别种杂粮，如芝麻、高粱、白薯等，也各取其半。唯一的例外是小熟的大蒜，因佃人成本较重，故地主只取三分之一。

这种方法较麻烦，故自宣统以后，盛行的乃是"包租"制与"现租"制。所谓"包租"者，即无论佃人收获若干，他交给地主的租是固定的。小熟包纳麦一石至一石二斗，大熟包纳苞米及黄豆各一石至一石二斗，故俗名"包三石"，如果佃人种别的东西如棉花之类，他仍须纳苞米与黄豆。

所谓"现租"，即是现钱的租。在佃人种地前一年的冬天，须先将租款付清，故又名曰"预租"。俗语所谓"插犁交租"，即在初冬用犁耕田预备种麦时，即须将次年的租钱交清，不管到时收获如何。租价在民国初年是每千步二十元至三十元。近年来土匪多，荒年也多，这种办法渐难实行。即偶有实行者，也减到每千步十五元至二十元了。

与"现租"相近的，又有一种名为"秋租"的。所异者，现租是在前一年的冬天交清的，而秋租却是在当年秋天交的。其数目与现租同，不过迟一年交，佃人叨光不少了。

还有须附带说明的是"顶手"与"住身租"二种。所谓"顶手"，就是保证金。佃人要种一块地，大都须先付若干元于地主，每千步三元至十元不等。此款存地主处，直到佃人不种时方付还。不过也有些佃人未付此款的。

如果佃人住宅即在地主的地上，则须另纳"住身租"，每千步十元至二十元，但大都不满一千步。此住宅所在地也有"顶手"钱，每家约十元至三十元。

以上是地主所收的租。至于他所纳的税，可分国税与地方税两种。海门地主所纳国税又可分二种：膏腴之地纳"漕粮"，每千步约三角。硗薄的纳"芦课"，每千步约三分。其实这里膏腴与硗薄之分，恐怕是数百年前的事实。土地情形早已变迁了，而国税之数如故。

地方税名"亩捐"，即按亩收捐之意。在光绪年间是没有的，到民国初年约合每千步五角左右，现在则增至一元二三角。

丙　农产物

上文"地价"一节说明地主的成本，"租与税"一节说明地主的收支，本节中要说到佃人的收支了。自然上文所说的租，是地主的收入，同时也是佃人的支出。现在所说的乃是每千步收获与耕种的消耗与赢余。

海门的地每年可收种两次。小熟的麦，每千步可得三石左右，蚕豆可得二石左右。大熟的苞米，每千步可得五石左右，黄豆可得二石左右。苞米与黄豆是种在同一地内的。棉花每千步可得二担左右。此外还有柴。这里所谓"石"，是指十斗；所谓"担"，是指一百斤。斗的大小无法说明，斤则合二十两至二十二两。其卖价略如下表：

	麦	蚕豆	苞米	黄豆	棉花
光绪年间	三元左右	二元左右	二元左右	五元左右	十二元左右
民国初年	五元左右	四元左右	四元左右	八元左右	三十元左右
最近	五元左右	四元弱	四元强	七元左右	十八元左右

注：麦、蚕豆、苞米、黄豆以十斗为单位，棉花以百斤为单位。

此外每千步还可有十元至十五元的柴可收。

每千步的成本不大容易估计。就最近数年而论，每千步的麦地约需种子二斗，肥料四元，人工二十余工。蚕豆地每千步约需种子二斗，肥料一元，人工十工左右。苞米地约需种子一斗，肥料四元，人工二十工左右。黄豆地约需种子二斗，人工十五工左右。棉花地约需种子四十斤（棉花子每百斤约合三元左右），人工二十余工。黄豆与棉花不需肥料。这里所谓人工，只指普通的耕种与收获。如苞米收到家中还须"出工"，棉花则逐日拾取时又有"拾工"，尚不在内。

工价在光绪年间，每日五十文，现在已增至一角一分。供给工人一日三餐，在光绪年间约费一百文，现在约须一角九分。苞米的"出工"不论日而论石，光绪年间每石一百文，现在增至二角，还须供给午饭。棉花的"拾工"，光绪年间每斤五文，现在三十文，不供给饭。肥料的价格，从光绪年间到现在，差不多是一与二之比。

海门农家种稻者不多，近来方渐渐多些。每千步的稻田，约需种子五元，肥料二十元，人工三十元。可收入稻约七石（米价每石十二元左右）。

总结起来，每千步（即四亩一分六厘六）的收入大概有七十元左右，其支出约三十元左右。如果地主自己招工收种，则每千步可得四十元左右的赢余（为佃人所交租之倍数）。如果是佃人种的，他一方须付租款，一方面则成本却减少（因为人工是自己的），或许有三十元左右的赢余。如果是自耕农，则赢余可增至五十元左右。这自然指丰年而言，歉收时又当别论了。

一九三六，二，十

我第一次见到司徒先生①

我第一次见到司徒雷登先生，还在十七八年前。

那时，我在南通中学里读书。校名叫作江苏省立第七中学，是四年毕业的旧制中学。校长是张季直高足缪敏之先生。他自己不懂外国文，却很了解外国文的重要，所以特别注意学生的英文程度。他的办法是：教英文最好请英美人；而且，正如中国士大夫学做文章须读四书五经一样，学生学做外国文须读外国经书。因此，他请南通教堂里的外国牧师来在课外教我们读《圣经》。我们念的是《圣经》中的《约翰福音》，现在我还记得。

一天，这位牧师告诉我们说，他们教堂里将有一位大学校长来讲演，约我们去听。是个星期日的上午，我们几十个同学便第一次跨进这教堂门。他登台介绍，说这位先生将赴北京（那时还不叫北平）就大学校长之职，顺道到南通来看看。接着便是司徒雷登先生的讲演，他用的是中国话，我们这一群孩子觉得非常奇怪，怎么一个外国人说中国话说得那么流

---

① 陆侃如：《我第一次见到司徒先生》，《燕大周刊》1936 年第 7 卷第 6 期。

畅呢！他讲演的内容，现在记不起来了，但我脑子中却永远留着这么一位雍容和蔼的外国学者的印象。

去夏在燕京见到司徒雷登先生时，说起这件事，他也为之莞尔。

一九三六，六，一九

鲁迅先生月祭①

（一）编印《鲁迅全集》的需要。

鲁迅先生逝世，转眼已一个月了。哀悼是不消说，一时的哀悼当变为永久的纪念，如茅盾先生所说，把绍兴县改称"鲁迅县"，在通都大邑创立"鲁迅文学院"，或者在鲁迅先生沪寓的地带建筑伟大的纪念堂等等。这些都是我们后死者的责任，然而就现在的情形看来，一时还谈不到这些纪念计划的实现。

其实表面上的纪念还是次要，最重要的是学习。二十年来，鲁迅先生久已做了一般青年的导师。我只觉得我们辜负了这么一位伟大导师，没有能够充分的利用他的教训。我们要跟他学习的不仅在文艺，尤其是在认清我们目前的地位、责任与工作，不为万恶的环境所腐化而变节，始终勇敢地向前迈进。

要学习他，首先要了解他。人人都"读"他的书，但是不见得人人都"细读"他的书。前天报上载日本正在编印《鲁迅先生全集》，是在中国尚无所闻，难道中国人真的不想了解这位现代唯一的"文化巨人"吗？我诚诚恳恳地向一切哀悼鲁迅先生的人们建议：赶快编印他的全集，以"普及版"出售，让人人都有了解并接受他的教训的机会。

十一月十八日

（二）鲁迅先生是偏狭的吗？

鲁迅先生死后一个月中，哀悼的文章固然很多，诬蔑的话可是也听得不少。最普通的一种就是说他尖酸、刻薄、度量小、爱骂人。这可是个莫大的错误。

且看鲁迅先生自己的话。《作家》第五号上，载他论"统一战线"一文，中有一段说：

例如我和茅盾、郭沫若两位，或相识，或未尝一面，或未冲突，或曾

---

① 陆侃如：《鲁迅先生月祭》，《青年作家》1936 年第 1 卷第 1 期。

用墨笔相识，但大战斗却都为着同一的目标，决不日夜记着个人的恩怨。然而小报却偏喜欢记些鲁比茅如何，郭对鲁又怎样，好像我们只在争座位，斗法宝。

看了这段话，若还说鲁迅先生偏狭，那便等于信口胡柴的小报了。

古人说："论道当严，取人当恕。"这正是鲁迅先生的态度。为着同一目标而战斗，应当勇往直前，但是对于个人的恩怨，却不应该日夜记着。这是多么光明磊落的态度！

十一月二十七日

北平陷落的周年①

今天又是七月二十八了，我忍不住要回想到去年今日的北平来。

我那时住在北平西郊的一个教会大学里（按即燕京大学——编者）。暑假已放，每晨五时我总到球场练习网球。在七月八日的早上，我第一次听到隐约的炮声。下午有人从城里带来号外，方知昨夜卢沟桥开了火。自此时起，时局忽紧忽松。同事中有的携眷他往，学生也走了不少。我因沅君病盲肠，还勉强留在那边。

不久，敌军轰炸廊房了，哀的美敦书也向我军提出来了。在二十七上午，一位同事告诉我，美使馆已令美籍教授退入使馆界。学校与驻兵的西苑相隔仅一条汽车路，而敌军扬言将于翌晨轰炸西苑，故中国籍教授都有点担心。二十七夜间，我和沅君都不敢睡，因为不知敌机将于何时降临。天将明时，倦极了，刚闭上眼，敌机轧轧之声，从寓所屋顶上过去，把我们惊醒了，接着就是轰炸的声音。那天厨子因病回家，我和沅君同一个女仆便仓皇避入体育馆的地窖内，因为那是全校中最坚固的建筑，可当作临时的防空壕用。

后来，同事们来暂避的愈聚愈多；而校外民众挤来躲一躲的，也不在少数。最使我们兴奋的，便是捷报频频传来。校中本有临时情报的组织，所以我们很快就知道丰台、廊房、通州、天津车站……都被我军占领了。那天傍晚，留校师生在小礼堂开会庆，大喊"祝中华民国万岁!!!"

---

① 陆侃如：《北平陷落的周年》，《战时知识》1938 年第 5 期。

记安南的旧戏[①]

我总算和安南有缘，已经走过四次了。第一次在赴欧途中，停留于西贡及舍隆等地者二三日。其余三次都在滇越道上往返。因此，我认识的安南人也较多。第一个安南朋友还是邮船上认识的，后来在巴黎的课堂里也遇到不少。最近还认识了几位服务于河内及广州湾的文化机关里的安南人。渐渐的由生而熟，由事务上的接洽变成友谊的"聊天"，以至于无所不谈。下文所记安南旧戏的情状，即根据他们所谈者，再参以书本上的记载。

安南可说没有独创的戏剧，其新戏来自法国，其旧戏则是中国戏的支派。

他们旧戏的戏班子大约可分三种：一种是世家豢养的，其搬演即在家中厅堂内；一种是各地游行的，其搬演都在街头或旷野；又一种是有固定的剧场，也有固定的观众的。近数十年来，私家旧戏班之风已微（这自然是亡国的影响），但安南旧家尚以邀请邻近平民看不出钱的戏为必不可少的善举。这种戏常是雇游行的戏班子到家中搬演者。不过近来游行的戏班子也渐少，而小规模的戏园则颇兴盛。这兴盛的原因之一，便是当局对创办人毫无法律上的限制。

我没有机会听安南的旧戏，然因朋友的介绍，却参观过一次旧戏的戏园。进大门后，即为观众所坐的大厅，约占全体建筑物之半。至余一半又分成两部分：一为戏台，台的正中供有神龛，又一为演员食宿及化装之所。乐器则在戏台的两端。在演员的屋子内，挤满了床、桌、砌末、唱本等。同时也供的有神，神座约尺许见方，每逢开演时，必焚香于其前，停演时则否。神前供有糖果、蜜饯、香蕉、花生等物。据说有某几戏园内还供有孔子的神位。

一个正规的戏班子，至少须包含二十位演员。八位男演员专扮神仙、王公、文武大小官员，以及各级的好人和坏蛋。六位女演员专扮女神、女战士以及各种人士的妻室。其余六七人为候补演员。其中至少须有二三人为知名的脚色，为全体的台柱子。这些人除由老板供食宿外，又有三十至五十元（越币）的月薪。此外还有捧角的人送的礼，可以算是"外快"。

---

① 陆侃如：《记安南的旧戏》，《今日评论》1939 年第 1 卷第 2 期；另见《时代文艺》（西安）1945 年第 1 卷第 1 期。

至于鸦片，则送的也有，老板预备的也有。演员们每日下午五时起床，吃饱了饭，排定了节目，于是一边抽烟，一边准备出台。

那些戏园还不懂得运用广告，大都只在开演前将本日戏目及演员写在一张大纸上，挂在园门口。若遇大规模的名剧，则印成传单，交演员及乐工等一切在园内工作的人，分头送给他们的亲友，以及本城的要人。票价头等五毛，二等三毛，三等二毛（越币）。遇名剧时也增高些，然亦很少超过一元的。

戏台上所用乐工大都是六人，所用乐器大约有十五种。其中有一种所谓"赞美的鼓"（Tambour Deloge）是颇特殊的。全鼓红色，高约二尺，置于三脚架上。据说从前此鼓应由观众中资望最高的一人来打击，算作一件光荣的事，而现在则任何人都可充此职了。这鼓的应用，与其他乐器迥殊，乃是对于某句剧词或某种动作加以赞美的表示。这正如我们的"叫好"或鼓掌相同。现在击此鼓者却常每分钟击二三次，不再分别什么好坏，故观众已不复留意于此，而几乎成为赘疣了。

其余乐器可分两类：第一类中包含四种鼓与一种锣。第一种鼓专于演员由白而唱或由唱而白的过渡时用之，第二种专于大将出台时用之，第三种专于大战开始时用之，第四种则在肉搏时自始至终均须打击。第二三种鼓黔于台后的演员寝室内，无固定的乐工。至于锣则于戏中有宗教仪式时方应用。这五种乐器只是戏台上某种动作的标识，没有多少音乐上的意义。第二类方可算是真正的乐器，包含九种：两种小鼓、两种胡琴，一笛、一琵琶、一喇叭、一铙钹、一拍板。

布景极简单。戏台正中是神龛，龛两旁为两门，龛前有一桌，桌旁略置椅凳，无论是客厅、餐室、卧房，抑是官署，永远是那一套。有时把戏变台成户外的景色，今略举数例。一，庙：在台中央铺一草席，席上置一桌，桌旁置二椅，桌上也置一大椅，椅上又置一凳子，上有香烛及饭碗，并悬一红地金字的牌子，上写"关公"二字，这便算是一座关公庙。二，山：在台中央置一方桌，桌上置椅，算是一座山；而于桌之四角伏四个孩子，手中各持六尺长的棍子，棍端擎以带叶的树枝，算是山上的丛林。三，舟：两人伏于台之前部，手持一幅灰色布，不断地抖着，算是河流中的波浪。另有二人，手持木桨，嘴里不断地发生出"咿哑"的声音，渐渐走近那幅布来，同时又有一人掷一草席于布上，便算船已近岸了。他如车轿犬马门窗等，也不必细述。这些，近人美其名曰"布景的象征主义"

(Symbolisme scenique)。

剧本的内容据说大都是历史的，而且常常取材于中国史。其中三国一段尤为安南人所爱好，如"周瑜三吐血""曹操献剑"等。说是历史的，不如说是传说的。这些构成剧本内容的传说的故事，一般安南人早已熟悉，所以他们听戏并不对于剧情有什么好奇心。有一位法国学者注意到这一点，便拿来与希腊戏剧相比拟，说剧情虽为人人所知晓，但希腊人愿与同国人共同陶醉于本国传说之中，以古史之再现于戏台而感到自豪与满足。（参看 Qeorges Coulot 所著 *Je theatre annamitee lassique* 第六章，页一二〇）其实呢，这正与北平人看旧戏一样，观众的兴趣不在剧情而在某个演员的唱做。情节虽已烂熟于观众胸中，而名角的唱做却是百看不厌、百听不厌的。

以上略述安南旧戏的情状，自从法人在大城市建筑新式剧院后，旧戏的势力已渐渐退缩到小城市里去了。

佚诗一首：

和杨子英[1]

乾坤正板荡，南朔苦奔波。谁通风尘际，更闻离别歌。天涯知己少，行箧奇文多。珍重垂云翼，不须叹跌蹉。

1928 年 7 月《文学周报》第六卷开始登载《小梅尺牍》（一——三），1929 年 1 月第七卷接续刊登（四—九），共 9 次 13 通信。《小梅尺牍》是解读冯沅君关于爱情小说的重要文献，也是新文学的重要史料。今录于下：

第一号

素秋：

昨日汽车上不便阅信，回校后始拆阅你面交的信。又阅你十八晨的信。一时五内沸郁，百感交并，茫茫然感到有生以来从未感到的悲哀，不知涕之何从。呆坐了两个钟头，却写不出一个字作覆。坐到九点钟，觉得支持不住，就把空白信纸十张寄上。素秋，假使你能够了解我的，便一字不着又何妨？假使不能或不愿或不敢了解我的，便写一万字也等于零。唉，"夫复何言"。

九时把空白信交邮局后便就寝，同学们以为我因路上疲倦而早睡，所

---

① 陆侃如：《和杨子英》，《艺苑丛刊》1943 年第 2 期。

以也不以为奇。我独自再三翻阅你信上的话，思前索后，不知不觉地滴了许多祖父殁后从未滴过的眼泪。那时我虽平睡着，但因举首阅信的原故，眼泪竟有一支流到我口中，我细细咀嚼这个眼泪，觉得它的滋味又是苦涩又是甜蜜，唉！

伤心了一会儿，朦胧睡去，未明即醒。我再翻阅你游北海的信及诗，我何幸而为素秋"心头吹不散的人影儿"。我也想说几句话，在枕上想得了几句，洗脸时又想得了几句，用完点心后便写定三首。（今晨比昨夜神志清醒得多，故能写定这三首，并能坐下写回信。）

昨晚虽糊突，幸尚记住你嘱信寄 C 院的话，不然你一定更不高兴。但是，我原不敢冒昧寄到你家里去的，只因妄想早些收回信，故请示于你，而你也就慨然允许，说是"一样的"。小梅虽"聪明"，然也只能参透这消息的一半。他只能推测你现在后悔的原因，而不能知道你前天允许的原因。虽然，他也愿意在闷葫芦中原谅你的苦衷——假使你有"苦衷"——他并不忍生气。

从 A 大到 B 大的我，自然觉得 B 大景色很好；但是同北海比起来，似觉差些，北海之可爱即在水。去夏，我常在月夜独自划船，有意思极了。冬夜在冰上徘徊的滋味，我尚未领略过。但是我现在思想变了，我诅咒"只游"（"只游"一词见况夔笙《蕙风簃漫笔》）。然而"非只游"的滋味，也只能于梦中偶一遇之罢。呵！可爱的梦！

以上覆你十八日手书，现在覆你面交的信。这信包含十九晚的三张和二十晚的六张。十九晚的三张写得凄婉极了。素秋一定有一件"难言之隐"，然而素秋不屑和我讲，我那里敢问呢！（我希望我的推测完全错误。）就是斗胆问一次，不过又碰一次钉子罢了。

二十晚的六张，是我眼泪的主因。你面交时，曾说信内有不客气的话，我以为是批评我的作品的，那知竟不是。你不允许我当面拆阅，大约即为此。当你怕我拆阅而把这信夺回时，你的手触到我的手——呵！你的手触到我的手！我觉得你的手很冷，不料你信中的语气比你的手更冷唉！"鲜艳的花儿"不怕霜雪摧残，"心头的人影儿"不怕狂风吹散，所怕的是花儿本来不鲜艳，人影儿本来不在心头！唉！然而我是愿意原谅别人的，何况将仲子作者也未必比仲子心上更快乐呢？而且仲子若不能了解将仲子作者，则将仲子作者当更如何烦恼呢！

"同化！同化！"这是你的 Pride，但我也有我的 Pride。当你说"鲜艳的花儿，祝你战过了一切风霜"的时候，较之作"生意终消歇""堕欢不可拾"的时候，相差多远？

素秋，你叫我沉静，但叫我怎么沉静得下呢？无论如何我十二万分的愿意承受你的教训的。今天是星期六，从下星期一起，即动手好好的读书作文。至于抒写情感方面，尤其是我所愿意努力的。但是，请相信我，这完全是为素秋而努力读书的，有这样一个有力的鼓励者，或可把我迫上轨道了。我所怀疑的是"鲜浓食物不能多吃久吃"一句。为何不能多吃久吃？素秋，这食物是我的生命的渊泉，你为何这样冷酷呢？为何这样忍心呢？率性自始便不给我吃也好，为何略给我尝了一尝，等我要求大吃特吃时，却又拒绝我了？写到这里，我的眼泪又流了！

小梅

一月二十二日

第二号

素秋：

在北河沿谈话中，我要求你允许我用"爱友"之称，其实大可不必。我知道你是爱我的，我也知道我是爱你的。我们互相爱，互相知道便是，何必在称呼上表明呢？昨日下午心境不宁，说了好些没意思的话——甚至使你生气的话——你当然能原谅我的。我看着你的恹恹病态，真是说不出的难过，本想早些离所，让你早些回家安息，然而几日方能一面，却又不忍早走。偏又有几位不知趣的人来，使你不能不勉强说话，我真恨死了。但后来不知何故，你又自动的走到朱宅。亲爱的，望你善自珍摄，为你自己而珍摄，也为着你的"爱友"而珍摄。最好请著名医生替你检验一下，看究竟是怎么一回事。假使并不要紧，也好使我们放心；若确有妨碍，也该好好的疗养一下。千万不要马马虎虎！

今天北海同游者虽众，但我总觉得无大意味。我一人独自沉吟，回想这两月来的事情。这种事情不发生于 A 大时代，而发生于既毕业后，真是莫名其妙。我从前认识的几位女学生，我多少总有些瞧不起；有一位并且到过我家里，我的母亲很喜欢她，说她很天真，很温和，但我总觉得我的母亲是被欺骗了。我一方面这样想，一方面又默诵你夜游北海的诗。当我们在水上走的时候，我又想象你和哥嫂夜游的情景，以及"心头吹不散的人影"的头衔。我这变态被同游的朋友发现了，便不约而同的笑我 Home-sick，却不知我是 Lovesick！亲爱的，我想什么家，我的家早被你放的

"火"所焚毁了！请宽恕我不遵教训，你昨天再三说"不许胡扯"，不料如今写信还要"胡扯！"

你二十六晚十二时半的信可说是"一字一珠（泪珠）"，我不知你写时如何？我看信时，眼眶里糊涂得很，看不清楚；只好背着灯光，拭了拭再看。这种滋味，我是第二次尝到。第一次在何时，你总会知道的。

你以为二十六日上可接快信的覆书，这是事实所不许的。由北京到 B 大的信，一天有两次：一次在下午一时许，一次在下午三时许。你在二十三日写的信，我是在二十五日下午一时许收到的；你在二十四日发的快信，我是在二十五日下午三时许收到的。然而 B 大的邮局（即设在校内，如 A 大之收发课然）下午四时即关门。我接到你的快信后，一方面看着你仓皇着急的神情而难过，一方面又见着"爱友"之称而感激——试想这是何等荣幸的称呼！我自己也麻醉了，不知怎样安慰才好。及我赶速写完，邮局早已关门。所以你预计收信的时间，正是我发信的时间。既在二十六日发出，快信与平信无甚分别，左右是在二十七日到你家的，所以便以平信寄出。而且我想你所着急的"何故何故"，我在二十二及二十三两日信上早已说过，下午你到××所总可收到的。不料因此使你失望，真对不住！我希望这种"失望"永远不再发生，关于我们的通信。

你说我的悲哀半出于误解，是的，我以后总努力免除"误解"。但这是件必须而又不易的工作。昨天我见着你的冷淡的神情，以及"不许胡扯"的警告，我一方面体谅你的病，一方面却也有些"误解"。我总觉得你太矜持了，或者是女性的含羞也未可知。所以我的心上早已发出了一万个"爱"字，但始终不敢冒昧"说"出或"写"出。我只说我"爱读"你的诗词，或说你的脾气是"很可爱"的，但始终不敢说"我爱你"，恐怕你要生气。不料我的"没字书"竟使你的笔下溜出一个字——一个一般女子最不轻易流露的字，因此我也敢写这个字了。所以我很感谢那封"没字书"，然而不管你的信写的怎样多情，见面时的态度总是很冷淡。不错，爱在心上，又何必现在面上！我想到这一点，便没有"误解"了。

关于我给你的信被偷拆一事，你不肯照直说，不知何故？昨天见着你欲哭的神情，不忍再问了。这本是一件不打紧的事，我不过随便问问，不知你为何如此伤心。这些小事也值得"未语已含颦"吗？我并不一定要知道拆信人的姓名，你又何必这般代守秘密？亲爱的，我希望什么事你都不要瞒我。但我要声明，这不过是我的希望，丝毫不想勉强你，请不要误会。至于你的身世，我从一位 C 大的朋友处得知一二，但没有你说的这样详细。前信所说"不屑"，实是请将不如激将之意，并不是说你真不屑和我讲。承你忍痛说出，我真感激得眼泪盈眶。亲爱的，你为何竟处于这样可怜的境地？我恨我不是"名流"，不能满你的家庭的意，但我又深自庆幸，幸而不是"名流"，不然你一定不睬我了。"温和的"哥嫂的爱可以不管，但是"热烈的"母亲的爱，又怎样处呢？……

无论如何，我已拼却此生，不想享福了。"自然对着心爱的人儿饿着，也比对着讨厌的人吃海菜席好。"这是你的主张，我也这样想。吃甜水未必是"幸福"，吃苦水未必是"不幸福"。亲爱的，我若能同你一起吃苦水，便是我最幸福的事了。遇见了你，我方了解人生的真义。我回想过去的二十四年，我真是一块"顽石"。所以我在 A 大时，友人们都称我为"宋儒"。无论如何，请你别再为介绍"愁"字给我而难过。你若有些难过，我心上当更如何难过？你若能体谅我难过，请你自己先不要难过。从前种种，请你一切忘了，如何？"善忘"，"善忘"——这是人生的快乐的钥匙。请你看这"鲜艳的花儿"面上，努力忘却从前的一切！我们现在努力培养这花儿罢，努力抵抗现在的风霜罢，过去的障碍，不要再提起它了。总怪我不好，我因为忍不住闷葫芦，又触起你的旧创，我真该死！如今约定以后无论谈话或写信，均不许说及旧事，如何？若能连诗词上都不说起，则更好。我们且歌咏现在的花儿罢！春天到了，别再回顾冬天！

"回车复路"的问题不谈也好，即使讨论也是无结果的。总之，车是回不了的，路是复不了的。打定主意走罢，不管荆棘如何，迟早总有一天到目的地的！我们且拿"有志竟成"的格言来自慰自励罢！亲爱的，你说如何？

我叫你改署个别人所不知道的名字，不一定怕别人冒名，实是想知道你的乳名，好让我一日念三万遍！亲爱的，不要拒绝我罢！

我想前途未必如你所预想的那样黯淡，假使确是如此，我丝毫也不后悔，你想也必不后悔。但我总觉得前途尚有一线光明。我想总有一天，我们目的达到，而又不使你母兄伤心。亲爱的，这一天迟早会来到的。"听他去！听他去！"不要为着过去而烦恼，也不要为着现在而烦恼，且希望着将来罢。

和此信同时写的，还有一张纸。但暂时不给你看。何时方是适当的时期，现在不知道。三月五月罢，三年五年罢。且藏着，那时再看。——小梅。

一，二九，夜十一时半

第三号

素秋：

亲爱的素秋竟病了，我真该死！怎么办呢？日来我的感情激动得厉害，茫茫然，昏昏然，不知身在何处！今天接到你病中写的覆书，更不知怎样答复！此时心中深深的镌着"素秋为我而病"六个大字。这是我的罪案，我不敢求你宽恕——这是不能宽恕的！怎么好！怎么好！我读你的信，只急得绕屋转！幸而朋友们均不在校，唉！亲爱的素秋，最亲爱的素秋，这怎么好！

你的病是受了刺激而发的，而这个刺激的主因便是我。唉，唉！我悔恨死了！悔恨死了！我虽不十分壮健，但受些刺激还吃得住，我的亲爱的素秋那里经得起这旧病复发呢！人家欢欢喜喜地过年，独我素秋终日不舒畅，我那里对得起这位多情的爱友！唉，唉！怎么好！

你说病未必是可诅咒。不错，假使有"有风趣的富有安慰的热情的谈话"可听，自然也可算是"幽静而清雅的温柔"。但是，假使触目皆是"微温的"——即使不是冷酷的——人，满耳都是浮泛的慰语，没有铭心刻骨的"热情的谈话"，则病者心里痛苦当不胜言！唉！"热情的谈话"！"热情的谈话"！恐素秋和我一样的缺乏这件东西，又是同样的渴求这件东西！最亲爱的，什么时候你可以把这件东西给我，我可以把这件东西给你？

但是，俗话说得好，"留得青山在，依旧有柴烧"。若"青山"不在，便无法可想了。你说"铁百炼而成钢"，我极表同情。然若炼未及百次，而铁已失踪，则何处得钢呢？素秋是明白人，当可懂得这个意思。唉！最亲爱的，最亲爱的素秋，我恭恭敬敬的捧着这颗最真挚，最诚恳的心，恭恭敬敬的跪在你面前，双膝跪在你面前，请求你自己保养身体！我所请求的只这一点——请求你别糟蹋这身体！素秋，最亲爱的素秋，如果你是爱我的，如果你是真心爱我的，好歹别辜负我这请求的诚意！素秋，我听你的劝告而用心读书，千万望素秋也为我的劝告而保养身体！

而且，亲爱的素秋，你的境地并不是人间最痛苦的境地。如果你前信所说的话是事实，则你的身子业已自由，不过不忍拂逆你母兄的主张而略受牵制罢了。若你真被迫与那笨伯结婚，那才是不可挽救的痛苦！现在尚不至此，则何至完全绝望呢？照你这颓废的神情看来，竟与黛玉闻宝玉婚宝钗时同样的。亲爱的素秋，你何至如此？如果你的"难言之隐"仅如前信所述，则你实无如此颓废之必要！实无如此颓废之必要！实无如此颓废之必要！（如果在前信所述的以外，另有别的隐衷，那便非我所知的了。）

亲爱的素秋！最亲爱的素秋！最最亲爱的素秋！如果你是爱我的，如果你是真心爱我的，让我再说一遍，请求你听我的劝告，保养自己的身体，留待后日，留待后日！亲爱的素秋，请想一想，请细细的想一想如果你"人生途"得到，"停留的机缘"那时置你的"爱友"于何地？他的一生岂不也被你拉到同一命运上去？纵使他自愿如此，你心上岂非也觉不安？这且不去管他，但高堂近七十的老母呢？她既不忍你在"人生途"中飘零，岂忍你"留停"？最亲爱的素秋，请你细细想一想！

写至此，摇铃吃晚饭，饭后再来写。朋友们都去看电影，参与音乐会去了。因今晚是除夕。唉，"舞榭歌台满帝京，愁人对此倍凄清"！西郊少爆竹，不至扰素秋的爱友，而且他此时念家的心已被念友的心所占据住了。唉！人人在快乐中过年，独我素秋在病——为我而生的病——中过年！每念及此，心中如何的难过！素秋叫我不要记挂，但是怎能忘却！

二月一日下午十时（丙寅除夕）

第四号

素秋：

四天（一月三十，三十一，二月一，二）连上四信，（号码是16Ao，16Ap，16Aq，16Ar）当均达览。我预计昨日（元旦）可接你的信，不料邮局放假；今天邮局开门了，但等到天黑，仍未接到。亲爱的，我是如何的失望，又如何的着急！不知你是遵守"减少次数"的话，抑是病得无力写信？我的心焦急得很，不知我爱友此时病况究竟如何。素秋呀，素秋，我实在万对不起你！万对不起你！

昨夜睡不着，起来挑灯独坐，翻阅你从前写给我的信（共二十九次）。我看着你的情意一封深似一封，心上快活极了。我不知那里来的福气，竟做了素秋的"爱友"，做了素秋"心头吹不散的人影儿"！我觉得你自始便和我拼除客套——不知只对我如此，抑对任何朋友都如此？就我而论，初交便除客套的朋友，只有你一人。其余别说初交，便认识几年了也还以客套对我。所以我对你特别感激，而相互的友谊便发展得很快。

我对你的感情可分三期。从我初闻你的名至初认识你，这五年中我对你的态度是"敬"。我知道你的学问，知道你的才调，便异常倾慕你，异常注意你——所以前信告诉你，说你的可爱的姿态在五年前便已印在我的心上。此时敬中是否有爱的分子，我自己也不大明白。这是第一期。我认识你后的第一个月中，我读到你的悲伤的诗，看到你的悲伤的信，我不期然而然的对你表无限的同情心，便想竭我的力来感化你，鼓励你，告诉你世界是快乐的，告诉你前途是光明的。Friendship is everything，我妄想可以帮助你。这时我对你的态度是"怜"，这是第二期。但是你失败了，我不曾同化你，却已被你同化了。我不知道怎样会渐渐的抛弃了"甜水"，甘同素秋一起吃"苦水"。我们的通信一天勤似一天，我们的友谊一天密似一天，渐渐的"心有灵犀一点通"，渐渐的"为伊拼得人憔悴"——我自投罗网了，做了万能的"爱之网"的俘虏了。素秋，这是第三期，我对你的态度不用说是——是神圣的"爱"字。

若你不在××所办事，我的第一期会由五年延长为五十年，因为我是不愿在不认识的女学生背后追逐的。要想认识，必须有相当的机缘。试看我给你第一封信与第二封信距离至二月之久，便可知道。如果我终身在第一期中，那我终身都是"顽石"的生涯。幸而——半在意中半在意外——急转直下的由"敬"而"怜"而"爱"而我们的关系竟被称为"鲜艳的花儿"！亲爱的，我现在很知足，没有别的希冀了。

胡写又是四张。素秋，你在病中，不敢叫你多写，惟愿你早日痊愈了罢，不但可畅快写信谈话，也使我放了一条心。

二月三日下午九时

第五号

今天是旧历初三了，等了一天，仍未接到你的信。究竟是怎么一回事？素秋的病如旧？重些？抑轻些？你总该知道我此时如何的焦急！我百无聊赖，便把你的"旧书"翻阅一遍，这是唯一消遣的良法！

二月四日下午九时

昨夜写了一段，便停止，因为预料今天定可接到你的信。唉！"谁知不然！"我等了一天，仍未等着。素秋，素秋！我白白的盼望四天，从早晨盼望到黄昏，然而天天是失望！素秋！素秋，究竟怎么一回事？若说实行"减少次数"，那么隔了三四天，也好给我一信了。若说病中无力写信，我自然不忍勉强你，然你总知我是如何的挂念，即使不能多写，那怕赐下片纸只字——只要片纸只字——也可使我得到一个安慰。素秋，素秋！你难道忘了这"西园"中还有一个刻刻挂念的"爱友"吗？素秋！素秋！我心上烦极了，焦极了，坐不安，立不宁，热锅上蚂蚁似的，不知怎样好！

没有法子只好拿小说来消遣。然只消看了几页，心上又烦起来，便在房中转来转去——咳！亲爱的，最亲爱的，你如何不赐我片纸只字来安慰安慰我呢！

今天是旧历初四了——真可笑，我竟在信上作起日记来。我初疑北京邮局放假，以致无信；后至邮局一问，原来确是放假，信件仍是照常递送的。我在一月三十一日、二月一日、二日、四日发的信，想均早达览，如何始终不给我一封回信？咳！最亲爱的素秋！最亲爱的素秋为何始终不给我一封回信？

素秋！素秋！如果你还没有忘了这"西园"的"爱友"，请赶速回我一信！若因心跳而疲乏，请少写些，那怕只一张信纸也好，纸上写好一句话也好。只要是你的信，总可给我以无限的安慰。素秋，素秋！我此时心上烦乱极了，说话也无头无绪——千句话并一句说，便是盼望你速回我一信，速回我一信！一张纸也好，一句话也好！

素秋！最亲爱的素秋！我在这里立候着！千万速回信！

二月五日下午五时

第六号

秋亲爱的（此三字本拟涂去，但既已写好，实不忍涂去，万望格外宽恕我一遭，下次定不敢再犯！）秋：

今天（六日下午）方接到你二日的信，欣慰奚似！四五天不见信来，急得什么似的！且喜你病已愈，以后望格外珍摄！格外珍摄！

承嘱写信不可"太浓"，自当"照办"。我写信常常任我一时性子，不加思索？浓时说不来淡话，冷时写不来热信。这样任性，自然要引起朋友的厌恶，以后当"痛改前非"！

我想不但说"浓话"惹厌。恐次数多，张数多也要使人不耐烦，以后当竭力缩短减少。说到这里，我忍不住泪盈眶了。

我并无"误会"，不但你自信无疏我之意，我也深信你无疏我之意。素秋，素秋！一切一切，我绝对信托你，我绝对信托你！

你"承认此时还未到送像片的时期。小梅请耐心罢"！是的，除了"耐心"还有什么法子？但是，如果这"时期"终要来到的，那么……如果素秋并未打算有这样一个"时期"，那么……

咳，"夫复何言"！

近来眼泪不知为什么这样多。

你"用心用意的梳头，用心用意的傅粉"，但是——但是——谁适为容？……

我竭力把要说的话的缩短为一张——否则至少四张——并且连这一张也不打算付邮。且等你下次信来，写好回信，一起寄出，免得违反"减少次数"之约，使你厌恶。

二月六日下午五时半

p. s.

昨晚写好并不打算寄出。只因今天不能不进城，只得拿他先行付邮，不能等别的信了。也许我人已到城，信还未到。我至迟明日下午必回校看你的信，我预计今明两日你必有信来。此次进城，不一定为朋友们底邀请，实因有几个长辈处不能不去敷衍一下。明日上午也许到××所看你，也许不去看你，我心上很想看你，但又怕见你，——我每见你一次，心上便像"十五个吊桶，七上八下"，怎么镇静下去呢！但愿素秋不要把我当作小孩子，把神圣的爱情当作骗小孩的糖块！

七日晨七时半

第七号

素秋：

你接连几封信上都劝我冷静一下，我虽绝对信托你，没有什么误会，但是，老实说，我心上多少总有些"不高兴"，但我日来细想的结果，知道这"不高兴"完全是错的，你劝我的话实是金石之言。现在再看了你八日的信，更可证实此说。秋，我究竟是一个血气未定，初入怅惘的人，所以一发不可收拾，理智早被情感所淹没了。亲爱的秋，究竟经验富于我，故能"拼着惹场不欢喜"极力纳我于轨道。秋，可爱而又可敬的秋，我佩服你佩服到五体投地，感激你感激到热泪直进。此时理智渐渐复原，请秋放心。

你疑我们情谊发展之速，怕是一时"变态心理"。在你一方面讲，或许是如此。在我一方面讲，的确不然。我"钦慕"你，从表面上看来，只是最近数月的事，自然太快；然在我心上，却蕴蓄五六年了。那有"变态心理"而能历五六年如一日？总之，秋虽爱我，然尚未完全信托我，故怕根浅的花儿易萎，怕此时相爱是一时心理变态，又说铁百炼而成钢——总之，你对于我，还有些些不放心。这一点，我很愿原谅你。不过我却要明白告诉你：我对你是完全信托的。不知你何日方能完全信托我。

　　你说此时一句话一封信都是他日快乐或悲哀的种子。这句话使我害怕，我想不至如此严重罢？谅解——谅解——我们要努力互相谅解。误会——误会——我们要努力免除误会。秋，请你相信我，我是永远真心爱你的，不过我说话写信，或许有使你不高兴的地方，这种地方却完全出于无心——请立予谅解，莫生误会。秋，请不要疑心这可怜的梅，他永远是您的忠仆，决不会向您赌气。

小梅
二月十日下午九时

第八号

秋：

　　昨天看见你廿一日的信，心上说不出的舒畅，便提笔写了一封极任性的复信。今天又接你廿二的信，才知道那些任性的话，都是秋所不愿听的，便想将它们涂去。后来一想，前信上涂去了的话，你仍旧细细认出，并且打算驳我，可见涂不涂是一样的，何必多此一举。你看了高兴也罢，不高兴也罢，我也管不了许多！（话虽如此说，我那里舍得故意使秋不高兴呢！）

　　我对秋的态度，自信是极小心的，极体贴的——如果我能这样对待父母，人家一定称我孝子了。然而只消我微微的说了一些"怨抑的话"，秋便不高兴，便冷，便说梅薄情。秋对我发脾气是应该的，可是梅呢？哼也不许哼一声儿！不错，这是秋的"好意"，"好意"尚如此，坏意又怎样？（这句也冤你。）多情的秋，且请你把女性的骄傲收敛一些儿罢，别如此蹂躏我的精神！

　　你说"对爱友发脾气是好意"的话，本是昨日来信上的。昨日看了，我只觉得你撒娇撒痴的可爱。可是今日来信的态度全变了，所以连昨日来信上的话也要提起发发牢骚。其实你今日来信上也没有十分使我不高兴的话，我既爱你，有什么不能谅解，不过秋既爱我，也不该如此蹂躏我的精神！

　　秋好疑人，所以防我也要疑她。可是剖开我的心看看，看可有丝毫疑秋的心！我说不料这么早便把身世告我，实在是欣幸之意。因你推诚相待而感激之意，何尝是怪你太早，太轻易以身世语人？天下有比这更大的误会吗？我感激你，而你以为我怪你，——秋即使不能体贴到心坎上去，何至如此误会我的意思？这真是"意表之外"的事！

你还说，如果件件允许我，我也许要说"却不料这么早便依我"。秋，你如果爱我而允许我种种要求，难道我反因此疑你吗？难道我反因此怪你"太早"吗？我虽传染了你的"多愁善感"的情调，可是——谢谢上帝！我尚未传染你的"神经过敏"的脾气！

其实呢，我虽极力解释，然你对我尚在第二期中，尚怕我"情不真"，我便说一万句也难使你相信。不过，你既怕惹后悔，何不率性由第二期退回第一期？话虽如此说，我总盼祷这块顽石早些点头，盼祷你早些进入"第三期"。秋，我确已到了"第三期"了，很焦急的盼祷你也来呢！

梅

二月二十四日下午六时

第九号

秋阿秋：

昨日下午别后，回想临别时的甜蜜的……不但使我魂消意荡，且感激至于泪下。秋这样爱我，我此时便死去也毫无遗憾了。秋"下不为例"之约，我自当遵守，无论如何，总请不要忘了这痴心的梅。

你自己怪你自己"太不好"，使我心上异常难过。请别再自责了，"从前种种譬如昨日死"，我决不介意。不过我的"开顽笑"的脾气，也同秋的"赌气"的脾气一样，永远改不了。有时我拿"往事"来同你开顽笑，或拿你小说里的语句来调你，请你相信，我并无丝毫恶意，不要见怪。

你说，若同我整天在一处，怕要见天生气。我想这决不成为事实。譬如昨日，咱俩差不多可算整天在一处了，何尝生气？岂但不生气，还有许多甜蜜的调笑。你说我"小孩子爱淘气"，是的，你生你的气，我淘我的气罢。

你以驴儿喻人生，也有点像。不过我总希望——祈祷——秋以后"苦酒无从酝酿"。你不许我胡说，我不许你诉苦——不是不许诉苦，是要使你无苦可诉。无论如何，秋以后大约不会再有"荒墟坟里骨"之句。秋，我去年祝你"生命的春天与一九二七年的春天同至"，现在可算应验了。此次进城略受冻，然收获却极丰富。秋当可料到我心上是怎样的踌躇满志！

梅

二月二十六日下午六时

第十号

阿秋：

如果你肯吃我的肉，喝我的血，便是此生的大幸。我想我虽不是"面团团"的，但血肉还够你吃喝，千万别再吃喝你自己的血肉。秋，你的劝告我总听的，我的劝告你总不听。我劝你别如此悲观，而你老是如此。

你说我说话矛盾，我不承认。我说"不要把爱友当作听差"，是希望你不要对爱友一味"蹂躏"，毫不顾惜，何尝是怕做"忠仆"呢？"仆"既称"忠"，主人何忍一味"蹂躏"他呢？但这也不过是一时冤你的话，你当然不是好心"蹂躏我的精神"。你的脾气不能改也罢，不愿改也罢；但是前天当面说过，一方面有浮云，一方面还要有和风；如果有云而无风，云便永远留在那里，岂秋所希冀如此吗？如果和风永远不绝，那便大块浓云我也忍受。总之，我对秋实已把在家时所有的"火气"消除殆尽，偶然也许有些怨抑的话，但决无愤怒的话，秋当能鉴此微忱。

梅

二月二十七日下午八时

第十一号

阿秋：

今天连接一日二日两信，我读了，不禁偷偷的哭了一顿。亲爱的秋，前天晤谈时，我曾说"你不但不信托我，并且不相信我信托你"，当时你否认，然而今日的来书却证实了。我前信所说，不过我想怕自己万一使你失望，便要失去你的爱，并非疑你反复。你对我的"缠绵痴情"的厚意，实在感激得无言可表，只怕我自己要在无意中使你灰心，使你受到挫折。然而——我可对天起誓——决非疑你反复，决非疑你反复。你因为只怕我疑你，所以又拿"回车复路"的话来试我。但是我早已说过，海可枯，石可烂，头可断，身可裂，然而要我忘掉了可爱的秋，实在是不可能的，永远绝对的不可能。

最亲爱的秋，请相信，我是绝对信托你的，决非疑你反复。我所怕的是我自己万一要在无意中得罪你。如果秋因此而不爱我，那也是我自己不好，并不敢怨秋。爱情本是不可思议的，数月胜过数年，也是可能的事。并且因秋爱我这般热烈，我更感激零涕，何至反加疑虑呢？你不疑我已属万幸，我何至无原无故的疑你？秋该明白了解我的意思罢？

我最后勉励你一句，秋，如果我们真心相爱，风霜的确无所施其技。

然而秋爱梅那及梅爱秋的真挚呢？这并非冤你，说你不真；不过你的"真"和我的"真"比较起来，终觉略逊一筹罢了。然而秋好在你近两信充分表现你的"痴情"，我心下真是说不出的感激。

从下午接你信到现在，总烦乱得很，写信也随笔写写，请原谅。总之，我爱你，真挚的爱你，如果说话不得体，使你发脾气，我总忍受。

梅

三月三日下午十一时

第十二号

阿秋：

秋既爱我，请格外原谅原谅我，好不好？我是一切话都随便说的，尤其在秋面前毫无顾忌。如果发作我几句，我倒也甘心忍受；不料你自己因此"要愁要感""如梦如醉"，教我如何放心得下？秋，小孩子不好，你只管怪他几句就是了，何必自己愁闷！秋，知道吗？你怪他，他决不生气；你愁闷，他倒要难过万分了。秋，你明知他无恶意，请宽宽心，好吗？

我真该死，常做你"愁和感的媒孽"。但是"拌了嘴，又赔了罪，更深深的了解了彼此的心际"——从前的花儿能如此，现在的花儿为何不能如此？秋，我诚诚恳恳的向你赔罪，你可否格外的恕我？我自信对你并无不满意的表示，你也明知我无他意，请你随即丢开，不要介意，好不好？

秋虽说知我无他意，然不免有点误会，故说了许多伤心话。如"今日如此，他日可知"，如"共处一个月，就不如此痴了"，如"男子所要求者，秋知之详矣"。——秋，你知道我看到这几句，心上何等难受！最亲爱的秋，我记得前信上并未说甚气话，不知何故秋如此伤心。便是请你饬听差收拾灰尘，也不是怪秋呀。亲爱的秋，我不但不敢怪她，不忍怪她，并且也不必怪她，因为她没有什么事可以引起我怪的。——本来在一般人认为可怪的事，在爱人看来不但不可怪，也许还觉得可爱呢。爱情的魔力原是不可思议的大呵！

最不能使我心服的，便是说我爱你是因为不知道你有种种脾气。知道了便不爱了。秋，你何忍说这句话来冤我？你的习气，我岂不知？便是我自己，也是很疏懒；在家时，我的书房也不是我自己整理的。我对你何尝有丝毫不满意的心？你对我满意不满意，我不知道。然而我对你，总觉得什么都是好的。唉！爱情的魔力原是不可思议的大，秋信不信？

　　亲爱的秋，一切总请你原谅。我自略识人事以来，从未轻易爱过人；这也许因为我自视为高，不轻易睐人，反赢得"宋儒"之称。现在爱上了秋，无论她怎样冤我、骂我，对我发脾气，对我搭"女绅士"架子，我总仍旧爱她，心永远不灰，永远不变。我的态度始终如此，无论她怎样折磨我。她自称多情，大约也有些不忍罢。

梅

三月六日下午六时

第十三号

阿秋：

　　今天天气也可算是"春阴酿雨"，又不曾接到你的信，所以心上总是郁抑得很。其实呢，从昨午接你五日下午信后，心上一直不舒畅。前天读你的六七首绝句，读到"漫言别后相思苦，闻说人行已断肠"，心上为你的柔情所感动，对你万分怜惜，不知怎样安慰你才好。秋如此爱我，到死也不会忘掉。不料五日信上，颇有疑我薄情之意。秋呀，你如此多疑，怎样好！昨夜信上已略加辩白，可是总觉得还未说得透澈，故今日再写此信。其实动手写信之时，心——乱得很，信笔写来，终难将我之心事表白于万一，奈何！

　　亲爱的秋，从我们认识以来，那一次不是细心体贴你，那一次不是把自己的脾气压到零度以下。你怪我，我忍受；你冤我，我忍受；你骂我，我忍受；你无论怎样发脾气，我总一味顺你。我明知你也真心爱我的，偶然向我发作几句，我心上不但不生气，并且把它当作一件荣幸的事。因为秋如不爱我，当然对我很客套的；如今破除客套，便算"异典"，我那忍生气！唉，亲爱的秋，我自信对你如此，也不算过负你的热情了。

　　偶然我忍不住，说了几句怨抑的话。心上便十分担惊，惟恐触怒你。所以有时已写在纸上，覆看时便涂去，甚至全张撕去重写。有时我认为还算平妥，便把它寄出。结果呢？常要惹起你向我发一顿脾气。那时我总一味顺你，只怪自己不该说怨抑的话。这并非矫情，实在我心上不忍向你生气。即如前信，我自信并无多大得罪你的地方。"谓行多露"是句开顽笑的话，难道真和你计较吗？在你来信责我之前，我已有信告你，说定星期四进城，以便星期五整天陪你了。秋总可明白我的心吧？至于请你伤听差收拾桌椅，更不是厌你不洁净，这本是听差的事，与你何干？亲爱的秋，你不厌我，已属万幸，我那忍厌你？

亲爱的秋，请别再误会了。我看了"今日如此，他日可知"的话，心上一直忧愁到现在。我忧愁的是：秋要寒心罢？秋以为我薄情，不敢爱我罢？如果我真有不是，引起秋的寒心，那我惟有自己怨自己，何敢妄自表白？无奈这完全是误会。亲爱的秋，请别再误会了。梅爱秋的心是始终如一的，决不存些小厌恶之心。请放心，秋，请放心。

爱人中间，常常他怕她不爱他，她又怕他不爱她。秋怕梅将来不如现在之痴，梅呢？还怕秋减少她的热情。这种"怕"大都从误会上来的。亲爱的秋，即使我真有得罪你之处，你也要看花儿的面上，加以原宥；何况我并未怎样得罪，你为何"情不禁的要愁要感，如梦如醉"呢？唉，秋呀！我不知你此时心境如何？我呢，同今天天气一样。惟愿秋的健康未受影响。两张纸又完了。心上的话何尝写出万一！

梅

三月七日下午六时

三　冯沅君三部小说集初版时间辨正

在新文化运动中，冯沅君以《卷葹》《春痕》《劫灰》而著名，为现代文学史写下了动人心魄的一章，但是关于这三部小说集的初版时间，学界说法不一，《卷葹》有 1926 年①、1927 年②说，《春痕》有 1926 年③、

---

① "1926 年说"影响比较大，如孙瑞珍《和封建传统战斗的冯沅君》，《新文学史料》1981 年 4 月，第 165—171 页；郭志刚主编《中国现代文学书目汇要·小说卷》，书目文献出版社 1994 年版；钱仲联等主编《中国文学大辞典》，上海辞书出版社 1997 年版；费振刚、温儒敏主编《百年学术·北京大学中文系名家文存 1898—1998》，江西教育出版社 1998 年版；杨义《中国现代小说史》，中国社会科学出版社 2007 年版，均持 1926 年说。

② 尚达翔：《冯沅君先生年谱》，《河南师范大学学报》（哲学社会科学版）1986 年第 4 期；徐乃翔主编：《中国现代文学词典》第 1 卷"小说卷"，广西人民出版社 1989 年版，第 427 页；谢冕、李矗主编：《中国文学之最》，中国广播电视出版社 2009 年版，第 488 页。

③ 张泽贤：《中国现代文学小说版本闻见录 1909—1933》，上海远东出版社 2009 年版，第 79 页。刘勇、李怡总主编：《中国现代文学编年史 1895—1949》第 5 卷 1924—1926，文化艺术出版社 2017 年版，第 191 页。

1928 年 10 月①、1929 年②、1930 年说③；《劫灰》有 1928 年④、1929 年说⑤。由于没有定论，造成文学史书写的混乱，有必要进行澄清。

1.《卷葹》的初版时间

袁世硕、张可礼先生主编《陆侃如冯沅君合集》第 15 卷《冯沅君创作译文集·小说卷》，三个小说集都保留了陆侃如同一日（1928 年 2 月 25 日）撰写的《卷葹》再版后记、《劫灰》跋和《春痕》后记；同书第 8 卷《陆侃如散论集》也收录了《冯沅君小说集〈卷葹〉再版后记》《冯沅君小说集〈春痕〉后记》和《冯沅君小说集〈劫灰〉后记》，这三篇短文是我们确定三部小说集初版时间的重要文献和线索。《卷葹》后记云：

> 再版所加二篇，《写于母亲走后》曾在《莽原》上发表过（署大琦）。《误点》是作者三年前未完稿，最近方补完的。因风格相近，故附卷末。
>
> 以上的话本该作者自己向读者说明的。只因作者秉性疏懒，故托我代说。
>
> 　　　　　　　　　　　　　　一九二八，二，二五，陆记。
>
> 　　　　　（原载《卷葹》，北京北新书局一九二八年六月再版）

按陆侃如的后记，《卷葹》再版于 1928 年 6 月，那么初版于何时？学术界普遍认为是 1926 年。⑥近日检阅鲁迅书信，发现有四封涉及这一问题。1926 年 10 月 29 日，鲁迅给陶元庆的信：

> 很有些人希望你给他画一个书面，托我转达，我因为不好意思贪得无厌的要求，所以都压下了。但一面想，兄如可以画，我自然也很

---

① 杨铸：《冯沅君〈春痕〉的初版时间》，《中国现代文学研究丛刊》2008 年第 1 期。

② 李润波、张惠民：《老版本书收藏》，浙江大学出版社 2007 年版，第 96 页。

③ 香港中央图书馆特藏文献系列编辑委员会编：《刘唯迈文库目录》，香港公共图书馆，2007 年，第 110 页。

④ 甘振虎等编：《中国现代文学总书目·小说卷》，知识产权出版社 2010 年版，第 47 页。

⑤ 阿英：《阿英全集》第 2 卷，安徽教育出版社 2003 年版，第 337 页。

⑥ 《阿英全集》第 2 卷："一九二三年始创作起，到一九二九年止，她先后发表了三个创作集，即《卷葹》（一九二六）、《春痕》（一九二六）和《劫灰》（一九二九）；而这三个集子是非常有系统地表现了一个女性的生活的转变。"（安徽教育出版社 2003 年版，第 337 页）钱仲联等总主编的《中国文学大辞典》中"卷葹"条："《卷葹》，短篇小说集，冯沅君著。北新书局 1926 年出版，收《隔绝》《隔绝之后》《旅行》《慈母》《误点》《写于母亲走后》等六篇。"（上海辞书出版社 2000 年版，第 1759 页）严蓉仙《冯沅君传》："《卷葹》在鲁迅先生的关照及王品青好友李小峰的帮助下，年底（1926）由北新书局出版了。"（人民文学出版社 2008 年版，第 84 页）。

希望。现在就都开列于下：

一《卷葹》，这是王品青所希望的。乃是淦女士的小说集，《乌合丛书》之一。内容是四篇讲爱的小说。卷葹是一种小草，拔了心也不死，然而什么形状，我却不知道。品青希望将书名"卷葹"两字，作者名用一"淦"字，都即由你组织在图画之内，不另用铅字排印。此稿大约日内即付印，如给他画，请直寄钦文转交小峰。①

11 月 22 日给陶元庆信：

未名社以社的名义托画，又须于几日内画成，我觉得实在不应该，他们是研究文艺的，应当知道这道理，而做出来的事还是这样，真可叹。《卷葹》的封面，他们先前托我转托，我没有十分答应，后来终于写上了。近闻他们托司徒乔画了张。兄如未动手，可以作罢，如已画，则可寄与，因为其一可以用在里面的第一张上，使那书更其美观。②

与此同时，鲁迅给韦叔园和许广平的书信里也谈到《卷葹》编入《乌合丛书》一事。10 月 25 日致韦叔园的信：

前得静农信，说起《卷葹》，我为之叹息，他所听来的事，和我所经历的是全不对的。这稿子，是品青来说，说愿出在《乌合》中，已由小峰允印，将来托我编定，只四篇。我说四篇太少；他说这是一时期的，正是一段落，够了。我即心知其意，这四篇，是都登在《创造》上的，现创造社不与作者商量，即翻印出售，所以要用《乌合》去抵制他们，至于未落创造社之手的以后的几篇，却不欲轻轻送入《乌合》之内。但我虽这样想，却答应了。不料不到半年，却变了此事全由我作主，真是万想不到。③

11 月 20 日给许广平的信：

提起《卷葹》，又想到了一件事。这是王品青送来的，淦女士所作，共四篇，皆在《创造》上发表过。这回送来要印入《乌合丛书》。据我看来，是因为创造社不征作者同意，将这些印成小丛书，自行发卖，所以这边也出版，借谋抵制的。凡未在那边发表过者，一篇都不在内，我要求再添几篇新的，品青也不肯。创造社量狭而多疑，一定要以为我在和他们捣乱，结果是成仿吾借别的事来骂一通。但我给她

① 《鲁迅文集全编》，国际文化出版公司 1995 年版，第 2306 页。
② 《鲁迅文集全编》，国际文化出版公司 1995 年版，第 2306 页。
③ 《鲁迅文集全编》，国际文化出版公司 1995 年版，第 1972 页。

编定了，不添就不添罢，要骂就骂去罢。①

上述四则资料从 1926 年 10 月 25 日到 11 月 22 日，再现了鲁迅编辑《乌合丛书》收入《卷葹》的过程。第一条材料里提到的王品青，既是鲁迅提携的年轻才俊，也是冯沅君的第一任恋人。鲁迅说"是王品青所希望的"暗含了王品青对冯沅君的热爱以及鲁迅对二人关系的了解。严蓉仙在《冯沅君传》叙述这一段事情："这年（1926）秋天，鲁迅先生已经去了厦门，王品青把淦女士发表在创造社刊物上的四个短篇寄给了鲁迅先生，请他用'卷葹'作书名，编入他的《乌合丛书》之中，并转托鲁迅先生请陶元庆画封面。"②鲁迅很重视此书，不顾成仿吾反对，也通融了集子体量过小的缺憾，表示"我给她编定了"。在 10 月 29 日的信中提到"此稿大约日内即付印"，11 月 22 日给陶元庆的信、11 月 20 日给许广平的信都说明书已经编好，尚未出版。那么会不会在 1926 年最后一个月出版？其实最可靠的途径是找到《乌合丛书》刊本便真相大白。幸运的是，我们找到了《乌合丛书》本《卷葹》，封二赫然写着出版时间为 1927 年 1 月，署名淦女士。按照北新书局的惯例，通常会及时在《申报》上登载广告。果然 1928 年 2 月 18 日《申报》刊登销书广告："《乌合丛书》之六《卷葹》，实价二角半。"可是这个广告时间有点迟缓，让人蹊跷。查阅《申报》，发现北新书局在 1927 年一年没有在该报登载广告，1928 年恢复业务，就出现了《乌合丛书》的广告。王品青为自己爱的人做完这件有意义的事，原本就不康强的身体受到失恋的刺激，竟然在 1927 年离世了。

① 《鲁迅文集全编》，国际文化出版公司 1995 年版，第 1400 页。
② 严蓉仙：《冯沅君传》，人民文学出版社 2008 年版，第 84 页。

《卷葹》1927 年出版的信息，并非全无记载，倪墨炎在《从淦女士到沅君》一文或可作一旁证：

> 淦女士是驰名于二十年代文坛的女作家。她先是在创造社的刊物上发表作品。她的第一本小说集《卷葹》，很受鲁迅的器重，曾被编入《乌合丛书》于 1927 年问世。它收《隔绝》《旅行》《慈母》和《隔绝之后》四篇作品，该书由司徒乔作封面，画着一个裸体女子被绑在木板上，漂浮在波涛之中。①

唐弢在《晦庵书话》对初版版本信息有所补充，说：

> 冯沅君小说三册：《卷葹》《劫灰》《春痕》，北新书局出版。今所见者，封面题字，均出陆侃如手笔。惟初版本《卷葹》，则由司徒乔作画，为《乌合丛书》之六，开本颇阔，内收小说四篇《隔绝》《旅行》《慈母》《隔绝之后》。署名曰"淦"，盖犹刊物上投稿时之笔名，再版改署沅君。②

现在我们可以明确，《卷葹》初版只有四篇，是由王品青编好交给鲁迅，鲁迅将其收入《乌合丛书》，1927 年 1 月由北新书局出版单行本。因为初版只是权宜之计，很快就有了"再版"。陆侃如《冯沅君小说集〈卷葹〉再版后记》说《卷葹》再版于 1928 年 6 月。《申报》6 月 16 日就登出广告："再版《卷葹》，沅君著，实价四角。""'捣麝成尘香不灭，拗莲作寸丝难绝'，这两句香美的诗，透出沅君女士的这小说集中含的深味，初版时所收为《隔绝》《旅行》《隔绝之后》《慈母》等四篇，今趁再版之机会又加入性质相近的《误点》《写于母亲走后》等两篇，较前更有精采。"这条广告信息告诉我们《卷葹》的初版售价二角半；再版《卷葹》，收文六篇，售价四角。

2. 《春痕》《劫灰》的初版时间

关于《春痕》的初版时间，郭志刚主编的《中国现代文学书目汇要·小说卷》介绍说：

> 《春痕》，中篇小说，淦女士著。1926 年上海北新书局出版。这是一篇带有自传性质的中篇小说，或隐或显地留有作者与陆侃如相识相

---

① 倪墨炎：《现代文坛随拾》，上海书店出版社 2013 年版，第 32 页。
② 唐弢：《晦庵书话》，生活·读书·新知三联书店 1980 年版，第 184 页。

爱的过程和心理。①

认为初版于1926年。此说所据为何？之前有二文值得关注，其一是尚达翔的《冯沅君先生年谱》，1926年条下云："同年先生《卷葹》初版。②"其二是贾植芳、俞元桂主编《中国现代文学总书目》，其书认为《春痕》"上海北新书局1926年初版。③"杨铸《冯沅君〈春痕〉的初版时间》推断，认为《中国现代文学总书目》的编者并没有见到1926年版的本子，看到的只是再版本，再版本上面写着"1926年10月初版，1929年1月再版"的字样。④但是"1926年说"几乎是现代文学研究界的共识，张泽贤在《中国现代文学小说版本闻见录》中如此介绍《春痕》：

> 《春痕》，沅君（冯沅君）著，北新书局版，无版权页，不知出版时间。据笔者所知，此书1926年10月初版，每册实价三角半。毛边平装，4品，右翻竖排。尺寸：13.8×19.8厘米。⑤

谢冕、李矗主编的《中国文学之最》也持此说，据此得出一个结论，说冯沅君的《春痕》是中国现代文学史上第一部书信体长篇小说。⑥

当然，也有不同意见。高凤胜在《我的老师冯沅君教授》则认为此小说写于1927年，说：

> "我主张朋友间的情感要淡而持久。然而我们的友谊何以发展得如此快，我也不知道。鲜艳的花儿，祝你战过了一切风霜！"（《春痕》十四），话语虽短，但含情脉脉。从两人"爱苗初长"到"定情"这段爱情生活的历程，约略地烙印在冯沅君于1927年写的、由50封书信组成的中篇小说《春痕》中。冯沅君就是在这样的创作与爱情的漩涡里，结束了为期三年的大学生活。⑦

---

① 郭志刚主编：《中国现代文学书目汇要》，书目文献出版社1994年版，第21页。

② 尚达翔：《冯沅君先生年谱》，《河南师范大学学报》（哲学社会科学版）1986年第4期。

③ 贾植芳、俞元桂主编：《中国现代文学总书目》，福建教育出版社1993年版。

④ 杨铸：《冯沅君〈春痕〉的初版时间》，《中国现代文学研究丛刊》2008年第1期。

⑤ 张贤泽：《中国现代文学小说版本闻见录（1903—1933）》，上海远东出版社2009年版，第79页。

⑥ 谢冕、李矗《中国文学之最》："《春痕》是中国现代第一部书信体长篇小说。"（中国广播电视出版社2009年版，第488页）此时，蒋光赤的书信体长篇小说《少年漂泊者》1927年2月已经出版三版。

⑦ 山东省政协文史资料委员会编：《山东文史集萃》（修订本）下集，中国文史出版社1998年版，第415页。

既然 1927 年写作，就不可能在 1926 年出版。《春痕》是由 50 封书信组成，第一封日期为 1926 年 12 月 27 日，最后一封为 1927 年 5 月 20 日，从常理上看也不可能故事未写完就出版。

《春痕》再版时附陆侃如后记，时间是 1928 年 2 月 25 日。杨铸推断，认为再版时关于初版的时间有印刷错误，他认为初版日期是 1928 年 10 月，[①] 由于此本版权页无出版日期，证据是书封正下方横排的 "1928"。

对这一问题，我们发现一些资料，或可提供新的思路。钱杏邨《女作家笔下的女性》写读《春痕》之感，落款日期为 1928 年 8 月 22 日，[②] 说明此时《春痕》已经出版。另《语丝》1928 年 7 月 30 日、《申报》1928 年 8 月 20 日、21 日所登载的《春痕》销书广告，有出版社、书价、内容简介，当不是预售广告，而是已出广告。[③] 另《春痕》"陆侃如后记"转述了作者关于此书的三个信息：一是此书由五十封信组成，历时五月；二是此书并无长篇小说的结构，但小说女主人公的性格、故事是衔接的；三是取名来自首二字。这应该是小说全部完成后的信息。后记最后括号里有云："原载《春痕》。上海北新书局 1929 年出版。"这里包含两层意思，第一层意思说此后记原载于 1928 年的初刻本；第二层意思说 1929 年再版时同样作为后记。从第一层意思看，后记写于 1928 年 2 月 25 日，出版应该不会太远，7 月底前初版，钱杏邨 8 月 22 日读该小说合情合理。

《劫灰》由《劫灰》《贞妇》《缘法》《林先生的信》《我已在爱神前犯罪了》《晚饭》《潜悼》《EPOCH MAKING》八篇组成，后加陆侃如的"跋"。陆侃如的跋文交代此集前情后缘：

> 《劫灰》是作者的第三小说集。她的小说分集大概视风格与题材而定，而风格与题材又可察命名与题词而知。……独这第三集是合若干篇风格不同题材各异的作品而成，想不起一个适当的命名，故即以首篇之名名全集，而题词"我瞻四方，蹙蹙靡所骋"二句也只能代表首篇。总之，这一册是杂碎。各篇中有的在《语丝》《莽原》上发表（署沅君或大琦）；有的在《现代评论》上发表过（署易安），只有

---

①　杨铸：《冯沅君〈春痕〉的初版时间》，《中国现代文学研究丛刊》2008 年第 1 期。

②　阿英：《阿英全集》，安徽教育出版社 2003 年版，第 337 页。

③　《申报》同日还刊登《语丝》四卷三十三期出版广告，查《语丝》四卷三十三期的出版日期为 1928 年 8 月 13 日。同理，《春痕》也不可能是预售广告，而是已出广告。按《语丝》上的《春痕》广告时间，《春痕》的初版应在 7 月 30 日之前。

《潜悼》《EPOCH MAKING》二篇是作者未发表的近作。

（原载《劫灰》，上海北新书局一九二九年出版）

陆侃如的后记会让人产生误会，以为《劫灰》的初版时间是 1929 年，事实此集初版最迟不晚于 1928 年 5 月 14 日前，因为《申报》1928 年 5 月 14 日已登载《劫灰》的推销广告；1929 年 8 月 24 日又登广告，称"二版《劫灰》，沅君著。实价三角半"。显然 1929 年版不是初版，而是二版。两个版本都附着陆侃如的后记。

四　杂俎

在当前的文献史料里，有些史料所载信息出现错讹、遗漏或不清楚之处，先拈出做一补校。

1. 错讹之处

关于《晋鄂苏越旅行记》作者、出版日期

《陆侃如、冯沅君论著创作译著年表》作：

> 冯沅君（署名冯淑兰），《晨报副刊》八月九日至九月十五日。

《民国山西读本：考察记》[①] 结尾处：

> 淑兰附志
>
> （选自《晨报附刊》，一九二二年八月九日至十七日；原标题为《晋鄂苏越旅行记》，现标题为编者另拟）

《历史的背影：一代女知识分子的教育记忆》[②]：

> 游记：冯淑兰，192。《晋鄂苏越旅行记》，《晨报附刊》，1922—08—09—1922—09—07

按：姜丽静在注解中写道：

> 根据袁世硕，严蓉仙冯沅君论著、创作年表 // 严蓉仙. 冯沅君.[手稿]；袁世硕，严蓉仙. 2008. 冯沅君主要论著、创作年表 [M] // 严蓉仙. 冯沅君传. 北京：人民文学出版社：355—369；张克礼. 2003. 陆侃如先生论著译著年表初编 [M] // 人文述林. 济南：山东

---

① 苏华、何远编：《民国山西读本：考察记》，三晋出版社2013年版，第68—91页。
② 姜丽静：《历史的背影：一代女知识分子的教育记忆》，教育科学出版社2012年版，第368页。

大学出版社整理，并根据笔者收集的一手资料略有更订。

对比作者提供的参考文献，并未有超越，反倒出现更订错误之处。经查阅原报，录入如下：

《晋鄂苏越旅行记》载于《晨报附刊》（1922 年 8 月 9 日至 9 月 15 日），共 28 次，署名淑兰女士。在 9 月 15 日结尾处，署叔兰附志。

关于《〈汇纂元谱南曲九宫正始〉跋》出版地，《陆侃如、冯沅君论著创作译著年表》作：

陆侃如，天津《大公报·图书副刊》十月十五日。

经查阅原报，更正为：

陆衍庐，上海《大公报·图书副刊》1936 年十月十五日第 13 版

2. 增补

《陆侃如、冯沅君论著创作译著年表补》载：

《读〈宝马〉》，冯沅君，《月报》第六期。（按：据《月报》所录文末说明，该篇原载《大公报·文艺副刊》，待查）

今补《读〈宝马〉》载上海《大公报》1937 年 5 月 16 日第 12 版

3. 补遗条目

《南游心影》载《教育公报》（1921 年第 8 卷第 10 期），题下署：杜威博士讲演，淑兰笔记；另见《民国日报》（1921 年 6 月 22 日），题下署：杜威先生在北京高师讲演，淑兰笔记。此条未见于当前研究史料。

二十四年我的爱读书①

一是 A. Canel 的 *Recherches Sur Les Fous*（一八七三年刊于巴黎）。

欧洲封建时代的 Fou 相当于中国古代的"倡优"，此书叙述其起源及历代掌故颇详，可补普通通西洋中古史及西洋戏剧史的缺陷。

二是 R. Millant 的 *Les Eunuques*（一九〇八年刊于巴黎）

此书述西洋"宦官"史很详尽，近来很有人把太监认为中国独有的坏制度，其实这却是"古今中外"所共有的，不能单怪中国。

三是 Y. Guyot 的 *La Prostitution*（一九二〇年刊于巴黎）

---

① 《宇宙风》1936 年第 8 期。

关于西洋妓女制度的书很多，但都不如此书叙述之正确而有风趣。不过作者是法国人，故对于别国的情形稍嫌简略些。

以上署：侃如

（一）R. Grousset 的 *Linde*（一九三〇）

作者是著名的研究亚洲文化的学者。这部书是他的东方文化史的第二册，专讲印度的神话，诗歌，建筑，雕刻，绘画等。插图既多且精。

（二）F. Strowski 的 *Tableau de Ia Litterature Francaise Au xix^e et au xx^e Siecle*（一九二四）

作者在巴黎大学讲现代文学，这部书讲法国近百年来的文学颇称周详，论断也很公允。所以在同类的书中，他最流行。

（三）E. Pottet 的 *La Conciergerie*（一九二〇）

作者虽不甚知名，但这部书却极有趣味。自从 Conciergerie 变成监狱后，其中住过不知道多少历史上有名的人物，他们的轶闻都聚汇在这部书中。

以上署：沅君

二十五年爱读书[①]

（1）HENRY DONIOL 著的 *LA RE'VOLUTION FRANCAISE ET LA FEODALITE*（巴黎 GUILLAUME ET CIE 出版）。

（2）ALPHONSE AULARD 著的 *LA RE'VOLUTION FRANCAISE ET LE R'EGIME F'EODAL*（巴黎 LIBRAIRIE ALCAN 出版）。

（说明）以上两书均论法国革命与封建制度的关系，不过前者兼及英德俄意诸国，后者专论法国。

（3）郭鼎堂著的《先秦天道观》（商务出版）。

（说明）对先秦哲学有深刻的了解。

以上署：陆侃如

一、SAINT—PE'RIER 著的 *L'ART PR'EHISTO-RIQUE*（巴黎 LES E'DITIONS RIEDER 出版）。

（说明）此书叙述 E'POQUE PALE'EOLITHIQUE 的绘画、雕刻甚详。

二、钮少雅著的《九宫正始》（北平文奎堂影印本）。

（说明）这是新发现的明代南曲谱，收元代已佚南戏极多。

---

① 《西北风》1937 年第 15 期。

三、田军著的《八月的乡村》（上海容光书局版）。

（说明）近年的小说中，它最值得一读。

以上署：冯沅君

目前，关于冯沅君陆侃如年谱的编纂，只有尚达翔先生编纂的一种，距今年代已久，发表后又多有新史料出现，导致不适合当前学界参考。笔者将发现的几则相关史料附录于下，供研究者参考。

教务处布告①

旁听生冯淑兰、熊婉蒨、李韵笙，报名请补克兰夫人奖金学额，经教务处会议议决："该生等无成绩可凭，须经过考试一次，再行决定。"兹特定于本星期四（二十七日）下午四时在第一院第一教室面试，望即按时前来受试为要。

十二年九月二十四日

图书主任启事②

陆侃如君鉴：

有事须面谈，望于本日（三月八日）下午四点钟至五点钟间来第一院图书主任室一谈。

按：此函为李大钊致陆侃如，当时李大钊任北京大学图书室主任。此函收入《李大钊全集》。③

蔡元培复陆侃如函④

来函嘱题两个寿匾，一个中挂，现实无暇，请谅。

顾随复陆侃如函⑤

侃如先生：

上周到校上课，蒙赐尊著，连日稍忙，不曾作书致谢，不罪不

---

①　《北京大学日刊》1923 年第 1299 期。

②　《北京大学日刊》1922 年第 976 期。

③　李大钊：《李大钊全集》第 2 卷，河北教育出版社 1999 年版。

④　高平叔撰著：《蔡元培年谱长编》中 1917—1926，人民教育出版社 1996 年版，第 570 页，查《北京大学日刊》1922 年 10 月 13 日（1084 期），未见。

⑤　顾随：《顾随全集》卷 9 书信二，河北教育出版社 2014 年版，第 31 页。

罪。窃意《南戏百一录》与《戏文本事》之后，复有《南戏拾遗》
功行可谓圆满，嘉惠士林不浅也。但书中元"西厢"与明"西厢"杂
糅，要是智者之一失耳。专肃，敬颂

　　春祺。

　　　　　　　　　　　　　　　　　　　　　　弟顾随顿首
　　沅君先生统此。

　　尊著一百十八页底至一百二十一页上端所录曲十三章，除"锦前
拍"一章外，馀俱见李日华"西厢记"中（暖红室本）。但暖红室所
刊诸曲，初刻版本与后刻者不同，兄所据似是初刻者也。

柳青集外伪佚文考辨

王鹏程先生先后在《新文学史料》《文学评论》《现代中文学刊》发表三篇文章，将《中央日报·平明副刊》（重庆版）、《永生》周刊、《月刊》《学习与生活》上的 11 篇署名"柳青"的文章归为柳青的集外佚文。实际上，除《家庭》（柳青已说明创作时间、发表地）、《王老婆山上的英雄》二文外，其余 9 篇都属伪佚文。此外，吴心海先生在《中华读书报》上发文所指的柳青佚诗《抗战进行曲》亦为误证。这种失误的产生，源于缺乏对文献的梳理，又无实证的考据。

一

王鹏程所论及的柳青佚文，大致发表在 1936—1946 年。首先查 1936—1946 年可见报刊署名"柳青"的文章，除去已收入《柳青文集》的文章，粗略统计有 44 种期刊 63 篇文章，涉及北京、上海、天津、南京、广州、延安、西安、重庆、武汉、绍兴、如皋等出版地。经初步考证，在这 63 篇文章中，可确定的有杨柳青 1 篇、欧阳予倩 2 篇。在阅读柳青《自传》[①] 等相关资料后，发现 1936—1945 年，柳青大部分时间在陕西，只去了一次北京（1937 年读完高中，随后去北京考大学，未成）。1936 年开始，柳青以"柳青"为笔名发表文章，至于是否用其他的笔名发表文章，暂且不考。再看报刊上发表的文章时间、数量、地点。《北平的新生》发表在 1936 年 4 月 4 日出版的《永生》周刊上，比柳青《待车》发表时间早了近半年。柳青能记得《香客》因刊物停刊未发表，不可能记错《待

---

① 根据柳青《自传》《我的思想和生活回顾》整理，见蒙万夫等编《柳青写作生涯》，百花文艺出版社 1985 年版，第 1—18 页。

车》是他第一篇见报文章，故《北平的新生》当不是柳青（刘蕴华）的文章，也可证《北平的新生》的作者是另一个柳青。

王鹏程《柳青在延安整风时为什么受到怀疑?》一文，吴心海提出质疑，且提出《关于"上海屋檐下"及其改编》非柳青所作的新证。① 王鹏程回应"《上海屋檐下》曾在延安被搬上舞台"，并举例了大量的旁证来说明此问题。其实，在《关于"上海屋檐下"及其改编》发表前，《中央日报》（重庆）登载了4篇相关文章。前两篇是《上海屋檐下》上演广告，时间为1月11日。② 后两篇说明了一个问题，即《上海屋檐下》为改编剧本：

> 七七图书馆，为募集图书基金，自昨天起，在国泰大戏院公演夏衍先生原著经宋之的先生改编的一个国防三幕剧《上海屋檐下》。③

> 这次七七图书馆的募捐公演，因为没有适当的脚本……但当开始排演的时候，大家才感到，《上海屋檐下》所表现的人的生活，其实是对于目前的抗战，有着相当的距离！于是修改的责任，便落在我的头上。……我现在愿意把改动了的部分，及必需改动的原因，声述在下面。④

吴心海在《重庆柳青延安柳青各有其人——读〈柳青在延安整风时为什么受到怀疑?〉》一文中也运用了前三篇史料，但未发现《上海屋檐下》改编者为宋之的这有利的证据。《关于"上海屋檐下"及其改编》作者柳青是看了宋之的的改编剧之后写的评论，并于23日发表在《中央日报》上。在观剧到发表剧评十二日内，即便延安上演《上海屋檐下》，绝不可能是宋之的的改编本，仅时间上就满足不了。此时的柳青（刘蕴华）尚在延安，无去重庆的履历，故此柳青定非延安的柳青（刘蕴华）。至此，举再多的旁证也只能成为伪证。

"只有柳青一个人用此笔名"⑤ 并不能成为确认署名"柳青"的作品即为柳青（刘蕴华）所著的依据。笔者在梳理文献时，通过时间排序和内

---

① 吴心海：《重庆柳青延安柳青各有其人——读〈柳青在延安整风时为什么受到怀疑?〉》，《新文学史料》2012年第1期。

② 《剧人将上演"上海屋檐下"》，《中央日报》（重庆）1939年1月8日第4版；《"上海屋檐下"明日起在国泰公演》，《中央日报》（重庆）1939年1月10日第4版。

③ 少春：《〈上海屋檐下〉观后杂记》，《中央日报》（重庆）1939年1月12日第4版

④ 宋之的：《关于〈上海屋檐下〉》，《中央日报》（重庆）1939年1月13日第4版。

⑤ 王鹏程：《柳青在延安整风时为什么受到怀疑?》，《新文学史料》2010年第4期。

容阅读后发现,《津浦铁路日刊》署名"柳青"的《台城》与《大公报》（上海）上署名"杨柳青"的《台城》是同一篇文章,确定杨柳青用笔名"柳青"发表过文章;《半月文萃》上署名柳青的2篇文章是欧阳予倩的作品,"柳青"也是欧阳予倩曾用的笔名;另外两个署名"柳青"的作者:一个经常在津京的报刊上发文,另一个在上海的报刊上发文（此"柳青"与王芸生、民主人士张澜有关系）。这些意外收获为证实有多个"柳青"存在提供了可靠翔实的史料。

王鹏程提到柳青在《月刊》（1946 年第 1 卷第 5 期）发表的《王老婆山上的英雄》一文,其实早在 1939 年 4 月 16 日,便在延安出版的《文艺战线》（第 1 卷第 3 期）上发表,文章完成时间是"一九三九,一,八,在晋东南潞城"。而《误会》创作于 1939 年 8 月,最早发表在《七月》（1940 年第 5 卷第 4 期）,题目作《一个题材》,收入《地雷》时改为《误会》,并追加了创作地"隰县川口镇"。这些史料的发现,直接导致"目前见到的柳青最早的小说创作,是他 1939 年 8 月在山西隰县川口村创作的短篇小说《误会》"[①] 结论不成立。

二

王鹏程用以证明《中央日报》（重庆）署名"柳青"的文章为柳青（刘蕴华）所作的证据之一:

> 柳青从 1941 年 2 月份起,除了本职工作以外,还有一项工作,就是承担延安向重庆邮寄稿件的任务。当时叫"文化站",实际只有柳青一人。总之,延安作家是完全可以在国统区的刊物上发表作品的。[②]

柳青自述 1941 年一月至八月负责延安向重庆邮寄稿件的任务,[③] 但这不能成为 1941 年前柳青就向重庆投稿的证据,更不能用"延安作家是完全可以在国统区的刊物上发表作品"这个笼统、宽泛的陈述来证明柳青投稿的事实。因为延安作家可以在国统区发表作品,不能证明柳青发表过作品。柳青在国统区发表过作品,即茅盾主编的《文艺阵地》上的

① 王鹏程:《柳青早期佚作散论》,《文学评论》2011 年第 4 期。
② 王鹏程:《为什么是这个柳青——答吴心海先生》,《新文学史料》2013 年第 4 期。
③ 在《自传》中作 1942 年,结合上下文及《我的思想和生活回顾》,发现《自传》错误。

《牺牲者》（署名柳倩，1941 年 6 月）、《地雷》（署名柳青，1942 年 4
月），不能证明他在《中央日报》（重庆）上发表过作品。这种证据或理
由用来支撑学术论文，只能说是"混淆视听"。更何况考证不是臆想或
以偏概全的推论，需要实事求是地拿出确凿证据。正如吴心海所指，柳
青当时在编辑《文艺突击》，而梁实秋"抗战无关论"的观点遭遇《文
艺突击》"复"的批判。① 矛盾的真实存在，反倒证明柳青不可能一人在
解放区、国统区的报刊上上演"双簧戏"。而王鹏程关于柳青的四篇文章，
全陷入了"自我推理"的错误窠臼里，即便是反驳吴心海的质疑，亦如出
一辙。

　　在辑佚过程中所产生的问题意识，还应遵循科学性、逻辑性的原则，
建立严格的考据辨伪体系。在作家自己的历史叙事中，受外在或内在因素
影响，可能会隐晦或遮掩某些事实，研究者须用科学的判定思维来还原作
家的历史面貌。例如，用在国统区发表文章来证实柳青在延安整风运动中
被怀疑的原因，虽然具有问题意识，却是在缺乏"史识"基础上搭建的臆
想意识。延安整风运动的任务是号召全党"反对主观主义以整顿学风、反
对宗派主义以整顿党风、反对党八股以整顿文风"②，柳青是在"整风审
干"中被怀疑的，其在《自传》中说：

　　　　1943 年冬，我被调到县上的整风班审查。共住了四个月。开始的
　　半个月，我觉得出对我怀疑，感到很委曲。半个月以后，我看得出
　　来，整个的作法起了变化。整风班讨论过我的历史，认为我没有
　　问题。③

　　在同年的一月，柳青也被审查过，"文抗整风总结，并从思想上鉴定
每个同志，中组派专人住在文抗做总结工作。中央决定结束文抗，讨论一
个走一个，我是头一个讨论，头个分配出来"④。柳青的这次被审查，是整
风审干运动的审查，半个月后被委任整风班支部书记。柳青自己认为没问
题的原因是："一个是我出身农民阶级，成份好；另一个是我入党的时间
比较早，历史纯洁；第三个是我在整风以前所写的短篇小说都没有问题，

　　① 吴心海：《重庆柳青延安柳青各有其人——读〈柳青在延安整风时为什么受到怀疑?〉》，
《新文学史料》2012 年第 1 期。

　　② 《毛泽东选集》第 3 卷，人民出版社 1991 年版，第 812 页。

　　③ 蒙万夫等编：《柳青写作生涯》，百花文艺出版社 1985 年版，第 6 页。

　　④ 蒙万夫等编：《柳青写作生涯》，百花文艺出版社 1985 年版，第 17 页。

不管写的好坏，总是歌颂革命，歌颂人民的"。① 从柳青这三点总结可以看出，"整风审干"主要是从出身、思想上进行审查。王鹏程抓住"我觉得出对我怀疑，感到很委曲"中"怀疑"二字，用"柳青在梁实秋主编的《平明》副刊发表文章，而且批评了抗战文艺存在的一些突出问题，这应该是他受怀疑的主要原因"② 来诠释，是在缺乏"史实"基础上"拉郎配"的行为。然后走向"信口开河"毫无科学、逻辑性的推理，其推断柳青不被怀疑的原因：一是其大哥是大革命时期的党员，他自己 13 岁时即加入共产主义青年团，21 岁由李一氓、冯文彬等介绍（1936 年）入党；二是他 1937 年随博古和罗瑞卿同去延安，并和罗瑞卿同车。虽然其生活经历复杂，在《中央日报》副刊发过文章，但上级组织认为他在政治上应该是可靠的。③ 柳青不被怀疑与"随博古和罗瑞卿同去延安，并和罗瑞卿同车"完全是风马牛不相及的事，"史学家的职责在于根据资料来叙述历史。'他们以所知的史实，而不是以自己的评价来表述历史'"④。"史识"与历史真实环境下的史料在整体观照下，才能完成问题意识下的求证及表述，还原作家生平史实。

三

考证，不乏推理，但需要建立在实事求是的态度和求真的工作基础上。断章取义、忽略环节的重要性等，将成为求证路上的障碍，影响最终的结论。吴心海发现柳青的佚诗《抗战进行曲》，⑤ 其判断的依据之一是：

在 1935 年秋部分记录有柳青是上海《立报》的长期订户（14 页），1937 年 7 月去北平投考大学，因"卢沟桥事变"不得不在 8 月辗转返回西安，9 月经介绍担任《西北文化日报》副刊《战鼓》编辑（16 页）。据此判断，这首慷慨激昂的《抗战进行曲》的作者，就是

---

① 《中国当代文学研究资料》编辑委员会编：《中国当代文学研究资料柳青专集》，福建人民出版社 1982 年版，第 11 页。

② 王鹏程：《柳青在延安整风时为什么受到怀疑？》，《新文学史料》2010 年第 4 期。

③ 王鹏程：《柳青在延安整风时为什么受到怀疑？》，《新文学史料》2010 年第 4 期。另见王鹏程《柳青早期佚作散论》，《文学评论》2011 年第 4 期。

④ ［法］布洛赫：《文历史学家的技艺》，张和声、程郁译，上海社会科学院出版社 1992 年版，第 63 页。

⑤ 吴心海：《小说家柳青的佚诗〈抗战进行曲〉》，《中华读书报》2019 年 8 月 14 日第 7 版。

后来成为小说家的柳青。①

　　而后进行了数据查找，并举例不是柳倩的作品来旁证。事实如此吗？我们先看《立报》上的《抗战进行曲》，其实它属于一稿多投：1937 年 8 月 1 日在南京出版的《会声月报》（第 1 卷第 5 期）上发表，比《立报》早了三天。8 月 7 日，此诗又发表在《周报》（上海 1937）（第 1 卷第 4 期）上。"柳青是上海《立报》的长期订户"的论据在此不能说明问题了。而且吴心海也犯了一个先入为主的错误——他在质疑王鹏程时提出了"署名'柳青'的大有人在"，在自己的论述中却忽视了这个问题，导致又一篇伪佚文的产生。

　　关于《抗战进行曲》的问题，不妨多说几句，柳倩词、张曙曲的《抗战进行曲》曾发表在《战歌》（绍兴）（1939 年第 1 期）上，《决胜》（1939 年第 18 期，金华，丽水）上只选了少部分，并配了图画，但署名是柳青、张曙。这也说明了一个问题，笔名本是近现代作者方便发表作品的"代号"，很多情况下不会出现维权行为，正如柳青（刘蕴华）看到《文艺阵地》上将《牺牲者》署名为柳倩一样，只是不高兴，并未登报声明。推论不能将我们现代社会意识植入过去的历史与社会环境中去，按现代的思想去解决问题。《抗战进行曲》的作者是不是柳青（刘蕴华），我们首先思考的是其他"柳青"的存在，其次是柳青（刘蕴华）与贺绿汀是否存在关系？贺绿汀为什么选择柳青（刘蕴华）的诗歌，并在其发表不到 8 天的时间就谱完曲发表？且《大公报》所载《抗战进行曲》词已修改，修改者是谁？再次，从 7 月 7 日到 8 月 1 日发表《抗战进行曲》的二十余天内，柳青（刘蕴华）能否完成创作、向两地三处投稿（要考虑到北京到南京、上海的路途）的事情？查贺绿汀年表，七七事变时在上海，8 月"21 日离沪，随队去南京、武汉及陇海铁路沿线与西安等地演出两个月"②。根据刘蕴华与贺绿汀的履历，查不到 1937 年 8 月前二者相识的证据。最后，再考察《会声月报》，它是由军事委员会中央各军事学校毕业生调查处编辑，属于国民政府管辖的报刊，柳青（刘蕴华）在抗日民族统一战线形成前不可能向其投稿。这些事情捋清楚了，就没必要花大量的笔墨去求旁证。

---

① 吴心海：《小说家柳青的佚诗〈抗战进行曲〉》，《中华读书报》2019 年 8 月 14 日第 7 版。
② 王海初主编：《音乐大师贺绿汀》，岳麓书社 1998 年版，第 489 页。

新见郁达夫的几则史料

一　翻译小说《卖金》

《卖金》连载于《杭州新报》（1940 年 7 月 7 日—11 月 1 日），依据内容，应是郁达夫翻译日本的长篇小说，全文十余万字。在郁达夫翻译日本作品中，此为第二部，其价值不言而喻。小说主人公新子，本生于富裕家庭，但父亲去世，母亲不善理家，导致家庭生活陷入窘境。姐姐圭子一心痴迷于演剧，妹妹追逐于贵族生活，除新子外，她们母女三人还寄情于曾经的富贵生活。

（新子）"个把细洞，补上就得了。"

（美和子）"啊啊，能够补的，无有不备，现在再补也补不成了。"

美和子把袜子丢在姊姊的膝上，袜形如股，在膝盖附近的庞大之处，开着一个像虫啮过的细洞。

"像这样一点点，算得什么呢？涂上一点美容术上用 n m EMOL 毛又不会黏去，用洋服一掩，就充过去了。"

"喔，似的，但回来的路上，却非买新的不可了，请给我几个钱。"

"才拿去的五元，怎样了？"

"虽然还剩少些，但买了袜子，就没钱买谷了。"

"去！"含笑呵她一声，翻她一个白眼，给她二枚半元银币，美和子得了钱，就满意地下楼去了。

新子进了厨房，要准备午饭时，邻室中的姊姊，顷刻又在嚷："新子……"

拿出丸善书店的一张发票，交给新子。

新子不看细账，但约略见是洋书五册，合二十三元半。

……

他们的父亲，在台湾 X 制糖公司充当技师，为时颇久，领相当的高俸。待退职时，领到数万元的赠金。然而生活太奢侈了，所以前年害脑溢血症死时，剩钱已经无多，所传留给遗族的，只是奢侈的生活习惯，与蔑视钱财的宽泛性格。今年新年，才匆匆地搬到现在这家租金低廉的住宅，已是逼不得已。但是无人赚钱的家庭，除了步步踏入贫乏的深渊以外，已无法挽救。加以她们的母亲，对于生活又极无常识。[①]

为了维持家庭的生活，幸子去前川家当了家庭教师，在他家遇到女主人的敌意，却受到小太郎和祥子的喜欢，以及前川男主的尊敬。故事就此展开，并朝着多样化发展：美和子抢了幸子的恋人，圭子偷用了幸子寄回来的钱，而且后来还多次找前川"赞助"。在跌宕起伏的情节中，幸子与前川的情感越来越浓，幸子的付出，让前川明白，他的妻子只视自我为中心，自私自利，毫无亲情而言。几经磨难，美和子继承了白鹄酒店的经营权，母亲的后顾之忧也解决掉了，幸子与前川"若在日本不能安住时，同

---

① 《杭州新报》1940 年 7 月 7 日第 5 版。

往外国去住上三四年不也好吗"。

文章的结尾给人以遐想，标题"卖金"更令人深思，除了开头出现母亲卖金戒指的情景，再无第二次出现与"金"有关系的场面，但全篇却蕴含着一个与金钱挣不脱的暗线，牵动着故事的发展。虽为翻译小说，但在当时的国内，也给人以警醒。中国传统的孝道，承担养家糊口的责任，处理恋爱、婚姻关系，都是摆在时人面前的大事。尤其是幸子与前川的结合，是否被冠以破坏别人婚姻的"荡妇"之帽，对他们未来生活的猜想，更能引发国人的沉思，本小说的结尾，应该为几十年来"娜拉的出走"提供了谜底。

二　陈启修的党生活[①]

据北平来的人谈，在北平的大学教员中，胡适而外，陈启修可以算是一个红教授。这个所谓红，当然不是说他思想赤化，而是他尚为一般学生所欢迎的意思。陈教授也谈谈社会主义，马克思、恩格斯的名词，有时在陈教授口中，是时常出现的。但是他同时也骂共产党，表示他并不赤化。于是有人问他："陈先生，以前有没有加入过共产党？""没有！虽然仲甫（独秀）与守常拉过我好几次，但我为要维持我的学者的尊严，所以始终没有加入。"陈教授很率直的说。事实上是不是这样呢？不是，不是，绝对不是！

陈教授是加入过共产党的，但他在共产党内没有做过负责任的工作，这是一个事实。在下很荣幸，曾与陈教授有一度同事之雅，而且不瞒各位说，在下有一位朋友，曾一度加入共产党，与陈教授同过一个支部，所以对于陈教授与共产党的关系知之甚详。现在从实写来，如有半点虚诳，便要天诛地灭！

说起陈教授与共产党的历史，渊源甚长。还是远在十几年以前，陈教授在日本留学的时候，与周佛海、安体诚、于树德辈同学的时候，就沾染了一点不稳思想，但在这个时候，陈教授可还不是布尔塞维克。那是在北大教书的时候，李守常暗示我们陈教授，现在学生的

① 郁达夫：《陈启修的党生活》，《上海周报》（上海1932）1933年第2卷第15期；又见《当代史剩》，上海周报社1933年版，第337—346页。

思想很左倾，你如果加入了共产党，学生就会欢迎你的。"让我考虑一下"，陈教授这样答覆了李守常。

仅仅是考虑了两天，他决定加入共产党，但他在入党表上写了一个假名字"陈伟"，陈教授在北大有两位特别要好的朋友，一位是经济学系主任顾先生（孟余），一位就是李守常。他满以为入党以后，守常对他的关系当可更密切一些，但是事实恰恰相反，他入党以后，守常对他比以前冷淡了，到后来简直有点不大理他了。至于顾先生，仿佛是他的衣食父母，他对于顾先生的崇拜是无可形容的，但他始终对顾先生瞒着一件事，就是入共产党的事，这件事，顾先生一直到现在还睡在鼓里。

陈教授加入了共产党，实在有点失望。第一，是他的老朋友李守常对他比以前更冷淡了；第二，张特立（国焘）曾叫他去骂了一顿，说他不行。特立是他的学生，被学生骂，真有点难受；第三，他像做了贼，要瞒东瞒西，特别是对于顾先生，他良心很感觉到一点痛苦。顾先生曾问过他："近来有人说你加入了共产党，有没有这么一回事？"虽然陈教授很爽快的答覆了顾先生："没有这么一回事，外面的谣言真是可笑。"但他精神究竟感觉到了一点痛苦。或许在某一个时期，甚至在许多时期，他曾考虑脱党的问题，但他没有实行，这是因为他知道在共产党虽然没有什么好处，但如果一脱了党，就要被共产党徒起来鸣鼓而攻之，那不仅揭破了他的过去的黑幕，而且简直使他不能在北京立足，这样想时，不免有点寒心，所以他虽然有点后悔加入共产党，但退出又是没有这种勇气的，好在那时不比现在，做共产党是不会杀头的。

十四年冬天，北京民众实行"首都革命"的时候，我们陈教授失踪了，大约有七八天，谁都不知道陈教授到什么地方去了，有人还疑心陈教授是段执政秘密逮捕去了。但事情平静以后，陈教授又在北大第一院出现了。后来据他夫人告诉她的女朋友，陈教授听得北京城里风声紧起来了，赶快躲到六国饭店住了一夜，又转到协和医院，第二天索性跑到保定去玩去了。那时在北京负共产党责任的陈乔年（独秀的小儿子），对于陈教授这种近乎临阵脱逃的行为，极端不满，主张把他开除，但结果还是没有被开除。不久国民党在广州开第二次全国代表大会，永滋（于树德）和守常都来邀他去参加，但他拒绝了，据说因为他还有一个老母，"孝子不登高不临深"，到广州这赤化之邦去是很危险的，至少在北大的饭碗要发生问题，我们顾先生尚且不去，我去干吗？

但是后来陈教授有点后悔了，像江浩这种土老儿，居然会当选为中委，至少我陈启修比江浩行点，我去，这中委不是稳稳的到手了吗？想到这种，真有点难过！

"三一八"事变发生了，执政府前发生流血惨剧的时候，陈教授正在家里打牌，本来是事不干己，可以高枕无忧的。无如在这种年头，是非有点混乱，正是"人在家中坐，祸从天上来"，陈教授听到一个消息，说执政府要派兵来抓他了，连忙去找顾先生，不得了，顾先生躲到俄国大使馆去了，因为顾先生已被通缉。这还了得？连我们安分守己的顾先生尚且被通缉了，自己毫无疑义也是被通缉了。但是仔细一打听，自己倒没有被通缉，这倒心里宽了一宽，被通缉的是五个人：徐谦、李大钊、于右任、吴稚晖、顾孟余，顾先生是最后一个，而基督徒徐矮子，反而高居第一名，这在陈教授觉得有点出于意外。

这天晚上，倒在六国饭店安安稳稳睡了一夜，因为陈教授知道自己没有被通缉，所以很安心地以为没有他的事了，但是第二天一早，顾先生就派人来通知他，要他赶快躲起来，因为他虽然没有被公开通缉，但在秘密缉拿之列。后来一打听的才知道被秘密缉拿的，除他以外，尚有朱家骅、安体诚等多人，他们之所以不被公开通缉，据说是因为段祺瑞觉得他们够不上资格。于是陈教授立刻跑到俄使馆去。躲在俄使馆的人可多啦，有谭平山、邵力子、李大钊、徐谦、于树德、安体诚、顾先生、朱家骅、路友于等等，一共有几十人。而俄国人中，除了加拉罕大使以外，广州的鲍罗廷顾问也在这里，真是人才济济。陈教授觉得别的都不打紧，这位大肚子鲍罗廷却有点使人注目。而在这大肚子的面前，自己觉得渺小起来。在这里，陈教授开始尝到了一点"革命的味道"。

经过大家一度的商量，决定都到广东去，但是要走天津海道是不可能的，后来还是由加拉罕、徐谦去与鹿钟麟接洽，由鹿钟麟保护他们出南口到蒙古去，再由加拉罕致电莫斯科，交涉假道外蒙古库伦及远东共和国的赤塔，由西伯利亚到海参崴，再由海道赴广州。一切手续都妥了，陈教授也不得不离了他的第二故乡北京，跟着一群"赤老"，横断外蒙古到广东去了。

在路上，陈教授感觉到一点悲哀凄凉的意味，因为鲍罗廷是这一队的头子，但这大肚子似乎对陈教授特别冷淡，简直有点不把他放在眼内。朱家骅也有同样的感觉，于是陈教授自怨自艾起来，他觉得段祺瑞真有点可恶，要缉拿人，也得看清楚点，我陈某人又不曾去游行示威，也不曾向你请愿，犯不着来缉拿我。既退一万步说，既要来缉拿我，又何不公开通缉？让我也可以到广东去买几个钱，至少，也不致被这大肚子奚落为"无资格被通缉的人"。

到了广东，李大钊、徐谦、顾先生之流，都由中央党部国民政府正式招待去了，住的不是东山的大洋房，就是亚洲酒店的大房间。但陈教授是没人来理会的，住大饭店又有点力不胜任，于是只得和安体诚两个在财政厅前的南越旅店开了一个房间。生活问题总算解决了，在黄埔军校当了一名中校政治教官。而且不久，顾先生荣任了中央宣传部长，我们陈教授被任为广州《民国日报》的总编辑了。这时候，陈教授的胖太太也到了广州，同住在高第街的一间楼房中，又渐渐恢复了他的绅士的生活。

他到广州《民国日报》的第二天，张太雷以广东区委宣传部长的资格（共产党的），写了一个条子来派曾国钧为广州《民国日报》编辑。但是陈教授拒绝了张太雷的"非法任命"。据陈教授的理由，这报馆是国民党的机关，共产党不能用命令方式委派人来，而且他到差之前，顾先生已经一再叮嘱他，对于CP人物，一律开除（因为顾先生还不知道他自己是CP）。但是张太雷的态度也很倔强，表示陈大编辑如果不录用曾国钧，则即以违抗党命，开除党籍。虽然那时中山舰事件已经发生，但共产党在广州还是很有势力。陈教授当然还不敢公然与CP翻脸，所以用折中的办法，把曾国钧位置在与《民国日报》有密切关系的中央通讯社。

第二个问题发生了，就是陈教授的支部问题。本来他是属于黄埔特支（即黄埔军官学校特别支部的简称），但到了广州《民国日报》，区委就要把他编在"民报支部"，但陈教授觉得和这些无知无识的工人在一起开会，实在是有辱斯文，所以表示不愿意。后来是编入了"民中支部"（国民党中央党部支部之简称）。民中支部的书记是张太雷的夫人王一知（本是施存统的夫人）。因为陈教授时常不到会，而且所陈述的不到会理由又太欠充分，所以被警告了好几次。但严格的说来，也只有这一时期，陈教授的确过了些时党员的生活。

在支部会议上，有时要讨论到理论问题，同支部的人，以为陈教授既是经济学大家，自能多所发挥。然而陈教授却谈不出理论，所以江浩这老头子（他也是民中支部的）说陈教授是"肚里塞满草，嘴里含只鸟"。陈教授被这班"同志"弄得头晕脑痛，所以他是最怕去参加支部会议的。

陈教授是唯顾先生之马首是瞻的。中央党部到武汉去了，陈教授也跟顾先生到了武汉，做了《中央日报》的总编辑，但他依旧是主张不用 CP，所以副刊交给孙伏园，其余各部分的编辑事务，也交给了他的几个同乡和亲戚。这事曾引起张国焘（湖北共党省委书记）的抗议，使陈教授又受了一次警告。好在不久，武汉政府倒台了，于是陈教授的一笔党账，就此告一段落。

陈教授和 CP 的关系，当然是绝对没有了。但是人是政治的动物，陈教授自然不能忘情于政治，所以他在脱离 CP 以后，其间曾加入过第三党，也曾与取消派发生过关系，而现在，他是热烈地在干着社会民主主义的运动。

陈教授的党生活，就是如此！

二二·九·七

关于此文的价值，不仅能看出郁达夫与陈启修的密切关系，也可以修正当前论著对陈启修记载的谬误之处。陈启修加入共产党，应是李大钊介绍，时间在北大任职期间（1917—1923 年），使用化名陈伟。相比于当今一些记载"1925 年在莫斯科东方大学入党，朱德介绍"[①] 要早至少两年以上。

三　敬告日本朝野人士[②]

去年西安发生兵变，日本以非常之期待与悬念注视此事变之发

---

①　刘南燕主编：《中国农工民主党一干会议人物传略》，中国医药科技出版社 2006 年版，第 282 页。

②　郁达夫原作，百宁译：《敬告日本朝野人士》，《汗血周刊》1937 年第 9 卷第 2 期。

展。但我人自始即已认为是局部之小变动。其实，将中国全国共产化，以及从根柢倾覆现存之中央政权之事，今日已完全不能。盖因中国全国之民意，已集中于国家统一及近代国家之建设。

至于统一之实质，基础虽未能十分坚固，但赖现存有实力之政权，已逐渐加以修正，其成功亦在不远。

张学良过去在西安所呼喊之口号，乃系所谓"抗日联共"，故日本人间之一部分议论者，即已作中国赤化或共产化之论断，但是事实决不会如此简单。盖因：

第一，自民国十七年以来，国民党对于共产党之破坏宣传，已浸润中国全国。有产阶级以及中小资产阶级等将共产党视为蛇蝎者，固不必说。甚至无产阶级之大部分，亦畏之有如猛兽。由张学良等之吉望不高之人物所提倡，当如昙花之一现，即归消灭。

第二，中国目下最重要之问题，乃是对于日本。与日本之悬案若不解决，则内乱或政局微细变动而有影响全局者，民众已皆厌恶之。

第三，最近中国民族主义之抬头，即民族意识之高潮，在过去中国思想史上，未见其先例。国家主义之民族思想，与世界主义之共产思想，果能列为一谈乎？

最后，张学良过去在西安之叛变，仍为昔日军阀之气质。故以过去西安兵变而断定中国共产化者，未免过早。但使今后中国共产党之势力萎缩，则似有待于日本之如何对待中国。苟日本能停止军事之侵略，以好意赞助中央政府之统一，不干涉中国之内政，并在互惠平等原则之下，举行经济合作，则中国共产党之发展机会，必行减少。

依照日本方面所言，日本并无侵略中国，仅是防止共产势力侵入中国。但恐中国政府不能安心，故进而制造满洲伪国，以及非法树立冀察政权。日本一部分论客，或以此为正当之举，不知此种行动，反使中国激发共产思想，坚固共产党之势力。

日本之另一错误者，为将中国所有之抗日论者，一律称为共产党。满洲市场被夺之上海工商业资本家，丧失榨取人民地盘之大小军阀，彼等皆从自己之利害打算，故不得不成为抗日论者，乃自明之理。若将此等全部称为共产党，岂非滑天下之大稽乎？

日本又前后颠倒因果关系，将排日与抗日解释为同一意义。抗日为抵抗日本侵略之事，排日系排斥日货之意，排日与抗日虽有关系，惟行动未必一致。抗日为军事行动，是抵抗日本之侵略，侵略停止，抗日亦必停止。排日则含经济之成分较多，虽无军事侵略之时，亦能发生。中国最初之抵制外货，系对美国。据我人记忆，已属三十六七年前之事。原因为三位中国侨美商人被杀，或被监禁。但以后因狄多尔·罗斯福总统极力采取亲华政策，不论文化上、经济上，以及政治上，皆给予中国以莫大之援助。另一则为二十年前，中国亦曾对英国货物施行抵制。但今日一变而成为日本所称之"依存欧美"状态，故要将排日态度转变为亲日，实不能矫揉造作，而中国今日之所以如此者，乃是日本对华政策之变更所致。

然则中国一般对于日本之希望为何耶？以余个人观之，约有下列数点：

第一，日本实有再认识中国之必要。今日日本人间之所谓中国通，即明白中国各种事情之人虽多，但其大部分则仍失之偏歪，不知真实。例如官宪，以及长久放浪中国内地之壮士们，彼等多辱骂中国人民，以中国为上天赐给日本之礼物，并谓中国之军队，悉为匪徒；中国民众则系乌合之众。同时更谓中国人民完全无合作精神及国家观念，皆为自私自利之辈，将其当为大国民者，反成为侮辱。此种见解之日本人，正为所谓只知其一，不知其二，而过于看轻中国及中国之民族。反之，极少数之学者、文人及真正爱护中国之人，则又过于夸张与褒赞中国及中国民族，结果遂成为过与不及。但此两派之论断，岂非将日本对中国之政策导至谬误之境乎！

第二，日本对于中国之军事行动，最少应有限制。所谓防共，所谓保护侨民之生命财产，普通和平状态之警备，似无派遣如斯巨额之陆海军队至华北华南之必要。盖中国本部日本军队之增加，徒刺激中国人之猜疑心，增长对日本之恶感；日本大陆政策之侵略，遂使中国人间发生将行并吞中国全土之危惧。所谓不威胁不侵略之政策，若不见事实之证明，则中国人民虽欲相信亦不敢相信矣。

第三，关于经济合作事件，日本方面树立远大之计划，由广泛范围进行，岂非较为正当乎？所谓有无相通，均沾利益，乃为合作之基。日本资本与中国资本及劳力物产如能合作而起企业，则任何人皆不能反对。苟系独占利益，待遇不平，则难怪最近上海、青岛之发生劳动争议也。

中国之劳动者，不仅数量繁多，且其生活标准亦极低微。若非种种不得已之原因，决不喜行罢工等事。日本人间动辄以为共产党所策动，其实今日中国共产党之势力，尚不若十年前之普及全国都市之劳动者间。苟以国民党即共产党，则匪特曲解中国之现状，且可谓为盲动。

第四，促进两国亲善最有效之方法，莫若文化之沟通。科学者、艺术家等，系超越国境及时代，其理想皆置于真美善上，故不若军人及政治家等之注重利禄、权势及功名等。昔人谓归纳世上一切斗争纷扰之原因，不外为"名利"二字。因此，苟追求真理、道德及美感而不问名利者，自然不发生斗争。中国之科学进步较迟，技术专门之人材缺乏，卫生状态亦不十分进步，即文化各部门似皆不及日本。日本若能注意此方面，以最大之努力与牺牲，从事切实之援助或合作，则其效力恐比较千万外交使节，尤能获得更大之收获。

最后，日本之言论界，常有夸大中国抗日或排日记事之恶癖。日本揭载此种排日抗日记事之后，因与事实大相径庭，故使中国民众对日本之报复手段，不得不采排日抗日方法。然日本知识阶级之目的，或许系为唤起日本人之警惕心，但其结果反煽动中国人之抗日热。我等系从事文笔之人，今后对于此点，应互相注意，以期一扫两国间现存之误解。

《郁达夫全集》第八卷收录《日本朝野应重新认识中国》[①]，文本来自日本大阪《每日新闻》（一九三七年一月四日）。本文载于《汗血周刊》，在文前交代了出处，录如下：

本文为我国著名文学家郁达夫氏所作，登载最近出版之日文杂志《支那时报》上，从西安事变后我国之情况上指摘日本朝野人士对于中国现状之误解，以及暴露日本军人穷兵黩武之非计，促其朝野人士回头猛醒，以扫除两国之障碍。兹节译如下，以飨读者。

《郁达夫全集》所录与本文内容大致相同，但翻译文本出现较大差别。因笔者目前未找到《支那时报》原文，无法比对二者日文是否为一篇。但从译文上看，《敬告日本朝野人士》译文措辞严谨，表述清晰，指出日本政客妄图掩盖侵略中国之本质，并嫁祸于共产党，打消全国抗战积极性。此文

---

① 吴秀明主编：《郁达夫全集》第八卷杂文上，浙江大学出版社 2007 年版，第 266—276 页。

发表在抗日民族统一战线形成后，让中国百姓看清了日本的真侵略之本质，是日本文人政客罔顾事实，打文化交流之幌在国内煽动侵华战争的实证。

四　佚诗五题

在翻阅报刊过程中，还发现了郁达夫的旧体诗作。这些诗作，除了《感怀和毛君一鸥原韵》署名春江钓徒外，其他均署名郁达夫。《感怀和毛君一鸥原韵》中提到的毛一鸥，生卒年不详，《劝业场》上刊有他署名桐溪一鸥的作品，桐溪和富春江最后汇流到一起，可知二人为故知。所辑佚诗按发表时序录如下：

感怀和毛君一鸥原韵①

江山如此夜眠愁，遍地腥毡感不收。星曙关河三五月，风清沙渚一双鸥。

数将身世无边恨，负我头颅只自羞。晓卧闻鸡恒起舞，梧桐滴雨到深秋。

雄心壮志未全消，往事思量怒似潮。世事茫茫悲短景，愁怀郁郁叹无聊。

倚栏听雨虫声咽，对酒当歌烛影摇。秋到江南人共瘦，天涯知己本寥寥。

（毛君之感怀诗闻已刊入第二期《青年声》中，故不录，春江钓徒附志）

遥望中原战血有感②

战罢哀鸿已化猿，神州落日吊中原。悲看无定河边骨，碧血难填宿世冤。

铁血关中战马嘶，请缨拔剑正今时。卧薪尝胆男儿志，乱世杀贼恨我迟。

塞上秋风战马嘶，人天双恨有谁知。连年边骨威郊垒，将化神州碧血池。

中州旗指索烟城，百怪长吁戈自横。沧海无言群鬼寂，且闻魂魄

---

① 春江钓徒：《感怀和毛君一鸥原韵》，《劝业场》1919 年 4 月 23 日第 3 版。
② 郁达夫：《遥望中原战血有感》，《同泽月刊》1931 年第 3 卷第 1 期。

鼓弦声。

豪门使酒英雄忙，冷口原来是热肠。愿得战骑千万匹，漫天杀过大西洋。

江湖侠气化长虹，已陷神州百战中。坐看黑尘惊紫陌，荒原洒泪吊哀鸿。

横河落日马萧萧，岂有山僧赋大招。战罢英魂成焦垒，荒原惊看浙江潮。

醉后狂吟空寂寥，且望战后碧波潮。群黎岂识兴亡恨，尤看樱花过小桥。

游桐君山口占[①]

三面青山一面云，秋风江上吊桐君。鲈呈赪尾刚盈寸，霜染枫林未十分。

德祐宫中歌浩荡，翔翔襟上泪纷纭。凭栏目送归鸿去，酒意浓时日正曛。

东游杂诗[②]

咫尺三山梦寐通，青春一苇去乘风。浮槎击楫平生愿，水逝波流兴不穷。

峰坳海曲路弯环，梦里松声画里山。篱落花开鸡犬静，断无尘土涴柴关。（长崎云仙道中）

鼎镬无殊地狱名，沸流终古气如烹。瓢操沟引真源在，一试汤花百体清。（别府温泉，热逾沸鼎，烟水喷薄，响震山谷，其著者，有血池地狱、海地狱、十万地狱诸名，取水炼药，名曰汤花，可已诸疾。）

二九夭桃未解愁，殷勤能伴客中游？丝寸寸劳相引，可奈身如不系舟。（舟发别府）

清水何年殿阁开，几重花照几重台。春风莫问南朝寺，烟雨荒残劫后来。（京都多古寺，清水其一也）

鹿苑豪华栋楠金，御床香鼎画帘深。遗民一壁丹青在，谁省沉哀

---

① 郁达夫：《游桐君山口占》，《金钢钻》1934 年 11 月 2 日第 2 版。

② 《青鹤》1934 年第 2 卷第 18—19 期；又见《世界晨报》1936 年 8 月 14、15 日第 4 版；《国闻周报》1934 年第 11 卷第 23 期。各报刊版本不同，本文不做校勘。

去国心。（鹿苑寺，一名金阁寺，为义满将军故宅，天皇临幸宴游之所，遗物宛然。壁悬明遗民周之冕画，云是渡海避难时作）

画境如披北苑图，两三精构映山隅。回廊小阁皆临水，花拥溪桥路欲无。（岚山清泷桥）

白发红颜照水春，山花含笑正迎人。扁舟行尽清溪曲，水远花迷莫问津。（岚山千鸟渊）

翠嶂霏微一雨寒，乱流回首下危滩。莫愁飞沫侵罗袜，多恐余波损钓竿。（保津川）

禁树风溦燕雀骄，粼粼沟水二重桥。江南有客原多感，车马经过暮复朝。（东京宫城）

春镫滟滟路波长，步阵花楼百宝光。几处弹筝动歌舞，琐窗如水照新妆。（银座）

花影如云覆大堤，春衫人面总相迷。狂歌买尽江头醉，鸟语关关又一溪。（江户川堤）

德川祠庙郁嵯峨，万木阴阴与护呵。七宝雕镂金碧绚，天留霸业照山河。（日光东照宫，为德川氏家庙，栋壁镂绘经精。按德川氏，为强藩之一，累世秉政，明治维新时，始奉还大柄祠祀典，比于皇室云）

面面松杉步步泉，低窗倚枕听潺湲，深山一夜风兼雨，明日人间有逝川。（神桥山居）

忽然天半蹈琼瑰，湖上顽冻解不闻，真面此山窥未得，暂因奇赏一徘徊。（中禅寺湖，在日光山顶）

绝景当楼岳影重，碧琉璃照玉芙蓉，轻舟还爱斜阳好，恍忽西湖梦里踪。（箱根芦芦湖岳影楼，望富士山倒影）

夜山青拥月如眉，不断溪雷岸欲移，清景每丛幽独感，楼台灯火转相宜。（塔之泽）

溪光花影照窗明，若碗熏炉一座清。食看阶前鱼稔乱，分餐宁有羡鱼情？（环翠楼晓坐）

相好庄严我佛尊，客来顶礼问根源。满山麋鹿无机械，合是安心不二门。（奈良）

一路看花不计春，竹冈茶坞尽宜人。水面亦有桃千树，谁惜年年散作尘？（车行所见樱花以外，桃李亦繁，然不为游春者所重）

荒岛吟①

可（**却**）喜长空播玉音，灵犀一点此传心。凤凰浪迹成凡鸟，精卫临渊是怨禽。满地月明思故国，穷途裘敝感黄金。遥望前路思（**茫茫大难愁**）来日，聊（**剩**）把微情付苦吟。

《荒岛吟》一诗《郁达夫全集》已录入，但发现文字有差异，故录出，括号内黑体字为《郁达夫全集》本，特此说明。

西湖感旧②

湖山别来依旧，院前花木无恙，只是凉轩寂寂，不见去年人，前来自叙欢畅。

柳摇阶下，雀噪回廊，几扇窗门洞开，一如去年情况。

步出"三潭印月"，独坐"孤山"湖畔，湖中小艇上的船娘，向我细问：

去年的人儿何处去，为何今日独自无伴？

五夜无眠

五夜无眠，

明明白白，

或对"灯"明，

或对"月"明，

清绝的，是窗外的雪明；

五夜无眠，

明明白白，

或听"风"声，或听"雨"声，

楚恻的，是鼓角凄凄声。

一片心肠，

千缠万结，

半在亲边，

半在"友"边，

更添的在"她边"，

怎不思量遍。

---

① 郁达夫：《荒岛吟》，《益世报》（上海）1947 年 3 月 3 日第 8 版。

② 以下两首见《上海报》1934 年 1 月 17 日第 2 版。

陈梦家佚文拾遗

新月派的后期代表诗人陈梦家先生，一生著述宏富，早在20世纪30年代，就出版了《歌中之歌》（翻译作品，良友图书印刷公司，1932年）、《梦家诗集》（新月书店，1933年）、《梦家存诗》（时代图书公司，1936年）。当前，对陈梦家作品搜罗最完备的当属中华书局出版的《陈梦家著作集》（2006年），主要有《殷墟卜辞综述》《西周铜器断代》《汉简缀述》《尚书通论》《西周年代考》《六国纪年》《老子今释》《中国文字学》《中国古文献学概要》（英文稿）、《梦家诗集》，还将搜集到的陈梦家已刊和未刊之文辑为《梦甲室存文》（散文集）和《陈梦家学术论文集》。笔者在此基础上搜集到六篇佚文（内含一篇译作，信札五通），还发现一篇演讲报告的新闻报道稿，因涉及陈梦家先生的原话及其文物保存思想，故也辑录其后。

给卢韦①

前天看你谈菊花的小文，我欢喜，因为我正感着一样的迷茫。此地有比你所说的拉车老头儿更苦的老头儿，举不快步子、拉着最劣等的人力车（你们物理上所说的摩擦力、阻力太多了的原故），一聊起天来，这些人全是种田或当兵，到了没办法时再来这穷地方"唉！混穷"阿的。这些人又全是曾经小"抖"过了的，现在可是老弱残兵在不平的石子路七上八下的摇摆，踩出那最不讲理的心思和命运。我不知可告诉了你，上海洋车夫的副业是拾烟头，而北京西郊有个冬天棉衣里塞报纸的老车夫，他的副业是夜里拉空车子向人哭着脸讨钱的。年头儿真坏透了，昨天太古码头看见四个杠夫抬一条长木材，上浮桥时前面二个肩头吃不下压横着心向后一送，

---

① 《中央日报》1933年12月4日第8版，署名梦家；同月12日第8版，卢韦有《答梦家》。

把那条四丈长的大木材撞跌了后面的一个小工，半身伤了，没人踩他那快死的"男人的哀哭"。你别怕，这年头儿多半是男子汉也该流眼泪的，流汗流血以后，现在真到了流泪的坏年头儿。你小文上说看看菊花一看就忘了，而穷苦老人的慨感深过一朵花的艳，那不为别的：男子汉的哀哭比女人轻笑凶得像一把剑，刺得你重重的，何况是老头儿们？

我从前最怕二种怪声：一种是蹲在野地痛哭的男人，在南京城北我听过好几次全不近清明节，一种是冬天黄昏刮风沙时，有个老头儿每晚在成贤街四牌楼转角黏报窗一张一张撕去晒黄了带点厚糊的当天日报，他一定是拿回家烧。一年以来，我新近又复添了一种怪声，就是劳苦老头儿全有同声一调的哀祈，那就是"这年头儿的哀哭了"。

我今年没有心赏菊花，山上只有红透了的凤尾草，它是秋天最后一个足印，树叶一红全又吹去了，很自然的。——我要带着，纸不够了。你听说什么地方该又要打仗了吗？倒正是冬猎的时候。那儿有瘴气，白乐天《折臂翁歌》中的断臂老头儿，也是怕渡瘴水瘴死的一种"老头儿的哀哭"！恕无伦次。

十一月二十七日　狮子山

官书与民间书①

战国时通用的文字，照王静安的说法，分为东土、西土两大系统，东土的六国用古文，西土的秦用籀文。但是试取秦国的金文，来与六国的金文比较，他们的同点比异点更多。反之，同是六国的遗器，如六国的陶文、货币文和六国的金文差异却很大。因此我们不能满意于王氏的说法。

文字的差异有许多原因，简单的说有四：（一）因时代的不同；（二）因地域的不同；（三）因书契工具，与材料的不同；（四）因书写者阶级的不同。关于前者，固世所通晓，不必详说。现在先述书契的工具，与材料如何影响文字。古文字的写法大约有四类：一类是契法，就是用铁笔契刻于甲骨金石玉陶之上；一类是书法，就是用毛笔书写于竹木缣帛纸之上；一类是铸法，就是先将文字契刻于范母上，然后铸之于铜器；一类是印法，就是先将文字契刻于范或印，然后印在陶或泥上。铸法印法皆是间接的契法，他们的作用很像如今的铅字印刷法。甲骨性质脆弱，一经契刻，不能

---

① 《益世报》（昆明版）1939年2月21日第1版，署名陈梦家。

重修，所以他的字体不同于金文石文。金文多半是铸的，所以和石文近。秦公簋和陈猷釜的正文都是铸的，他们的边款是刻的，所以正文和边款字体不同。

文字因时因地因书契方法而各异其体，已如上述。最后还有一种原因使字体差异的，就是官书和民间书的不同了。秦以前若宗周和列国的铜器铭文，若秦国的碑碣刻辞，这些都是官书。在前叫做大篆（即籀文），在后叫做小篆，大小篆是一脉相承的。不但大小篆一脉相承，他并上承于宗周列国的金文，而两周金文上承商金文和甲骨文。他们的关系是：商甲骨文——商文——周金文——籀文——小篆，这些全属官书，而与东土西土无涉。春秋时史官，都由周王室派遣，所以列国官书自然相同，列国所铸宗庙重器，其铭文字体也都相同了。

所谓民间书者，并非与官书完全对立的。民间书是民间所通行的文字，他没有官书那样凝固与一致，是较为省易而多流动性的。看惯金文石文和小篆一类官书的文字，去认民间的陶文和货币文，自然觉得民间书更难读了。

六国时的民间书，可以从陶文货币文和说文的古文得其大概，这三种字体（并一部分的印玺文）都是一家眷属，因为他们既是同时又是同地（齐鲁为多）又同为民间书。但是写在竹简上的民间书，我们今日已无由得见，只有《说文》中的古文和《三体石经》的古文保存一些。在战国晚期，《诗》《书》、百家语都是写在竹帛上的民间书。自孔子以私人设学，教授《诗》《书》，《诗》《书》一定在民间流传起来了。

我们由秦世遗物来看，秦国是个尚法的国家，他的文字就只许通用官书。所谓小篆并非李斯等所创造，乃是经李斯等所审定的秦国历代所用的官书。故李斯等的《仓颉》三篇，乃是审定后官版的字书，人民一律以此为据。秦文既是官书，所以《说文序》说始皇同一文字，"罢其不与秦文合者"，是罢去秦文以外的民间书，《诗》《书》、百家语是用民间书写的，所以烧灭之；凡是要学的，"以吏为师"，就是只许官学不许私学。这个同一文字的严厉法律，虽为后世所诟病，使战国活泼的思想至此告终。然幸有始皇的同一文字，使二千年以来，同一的文字乃为中国统一的象征。同一文字的严厉法律，到汉代还是因仍不更，《艺文志》说尉律"吏民上书，字或不正，辄举劾"。

始皇的同一文字，实兼具同一思想之作用。因民间书一禁止，而

《诗》《书》、百家语也禁绝了。这些民间的书本子和字体，经秦的禁绝，至少有几十年不能通用。汉代秦，在种种制度是因仍不改的。所以后来大家要寻访秦所烧灭的经书，因为经书是用六国民间书写的，而这种字体被禁多年，士子只识官书，（汉代官书为小篆与隶，隶是篆的改变）目这种死了的字体叫做古文，且这些用死了的字体所写的经书为古文经。所以汉世的今古文之争，所争者是流传的官版本子与先秦的民间版本子，亦即官书与民间书。今古文不但是版子有官版民版之不同，并且因为版子之不同时代之不同而各异其内容。

"古文"既是战国时的民间书，所以无分东土西土。汉时传《尚书》的固然壁中书和伏生皆在东土。而杜林于西州得漆书古文《尚书》一卷，西州是秦地，是漆文《尚书》乃秦地民间所藏的旧书。汉书河间献王"从民得善书"，"皆古文先秦旧书，《周官》《尚书》《礼》《礼记》《孟子》《老子》之属"，是《尚书》不止壁中本、伏生本、西州本，犹有河间本。据《艺文志》说易学"民间有费高二家之说，刘向以中古文《易》校施孟梁丘经（皆官学），或脱去无咎悔亡，唯费氏经与古文同"，则古文《易》与民间《易》同而不同于官书。又北平侯张苍献《春秋左氏传》，一定也是先秦的民间书，所以也属于古文。

以上所述，汉世所谓"古文"，指先秦战国时东西土民所通用的文字，因为是民间书，所以合于陶文货币文，而不合于官书的以籀和小篆。这种文字，曾经禁绝不用了多少年，汉朝人认不得他，又因为是先秦旧书上的文字，所以叫做古文，意思是故文，如同"故书"的"故"一样。但是"古文"这一名称，有时泛指"古代的文字"，乃是一个相对的名词。所以同是"古文"，或以之指"战国时的民间书"，或以之指"古代的文字"。

说文序上提到"古文"共有十次，而其意义不同。（一）以古文为"古代的文字"，如说"大篆十五篇，与古文或异"，谓大篆与周宣王以前之古文或异；如说"初有隶书，以趋简约，而古文由此绝矣"，谓用隶书后，隶书以前的古文都绝了；如说"及亡新居摄……颇改定古文，书有六书"，谓王莽改定在他以前的文字；如说"郡国亦往往于山川得鼎彝，其铭即前代之古文，皆自相似"，谓鼎彝铭文皆汉以前的古文。（二）以古文指"战国时的民间书"。如说"至孔子书六经，左丘明述春秋传，皆以古文"，如说亡新六书"一曰古文，孔子壁中书也，二曰奇字，即古文而异者也"，侧壁中书皆是用古文写的。又说"皆不合孔氏古文，谬于史籀"

"今叙篆文，合以古籀，"以古文，与史籀并举，明是书体。又说"其称《易》孟氏、《书》孔氏、《诗》毛氏、《礼》周官、《春秋》左氏、《论语》《孝经》皆古文"，这些书皆是古文写的，古文兼有学派义。这些古文经，除了孟氏《易》为官学外，其余都采用民间的本子。

这个分法，与王静安的不同，王氏说："《说文·序》十次提到古文，'皆指汉时所存先秦文字言之。'"王氏说："'大篆十五篇与古文或异'的古文'似指仓颉以来迄五帝三王之世改易殊体之文字'，但因为古无拓墨法，许慎必定看不到真正的商周古文，所以此所谓'古文'是先秦文体。"我们觉得，许君可以提到某一种古代的文字，只据传闻，而不必目验，因为许君明明说"五帝三王之世，改易殊体，封于泰山者七十二代，靡有同焉"，也是据传闻而不凭目验。因此许君亦可据传闻而说大篆十五篇与周宣王以前的文字不同了。

根据我们的说法，战国时的文字，官书与民间书是两种不同的字体，而无分东西的，所以秦之烧灭《诗》《书》并非因《诗》《书》是东土的，而是因《诗》《书》用民间书写的。王氏说"六艺之书，行于齐鲁，爰及赵魏，而罕流于秦"，是要维持东土用古文之说的。然在秦土还发现烧余的漆文《尚书》，而我们由秦的猎碣刻辞和始皇刻石来看，秦国文字无不受《诗》《书》的影响。

这样看来，春秋战国东土西土的官书文字都是大同小异的，而官书和民间书是有差异的。官书和民间书不但战国时有此分别，而战国至今，无论何代皆有官书和民间书的分别，在此不能细说了。

二十八年二月十五日，牛角坡

镜子的起源①

现在我们所用的玻璃镜子以前，有两种鉴容的器具，最早的是盛水于盆中，俯盆而鉴容，《尚书》的酒诰说"古人有言曰：人无于水监，当于民监"，酒诰是周初的文书，引古人的谚语如此，则以水鉴容是在周初以前了。大约最古的时候，即于河流池沼监容，但是流水混沌不清，所以才储水于盆盘而监之。《荀子·解蔽》篇说"故人心譬如盘水，正错而勿动，则湛浊在下而清明在上，则足以见须眉而察理矣。微风过之，湛浊动乎

---

① 《益世报》（重庆）1940 年 5 月 16 日第 4 版，署名陈梦家。

下，清明乱乎上，则不可以得大形之正也。"《庄子·德充符》篇说"人莫鉴于流水而鉴于止水，唯止能止众止"。可知储水于盆盘而鉴，因是止水，易于照容。

"监""鉴""鑑"三个字，于古为一字。金文的"监"字象人俯就皿形，皿就是盆盘，所以这个字正像人俯就盘盆鉴容之形。监、鉴、鑑或者用作动词，就是照见的照；或者用作名词，就是镜鉴的鉴。传世的铜器自名为监的，共有二件，一是清代出土的攻吴王监，一是近年出土的智君子监，都是如盆面大，已经不单用作监容，同时是浴器了。监是铜制的盆盘，所以字或作鑑或作鉴。

我们也可以说，最初鉴容的盆同时就是洗面濯发的盆。

这个鉴容法到底是不大清楚的，所以到了战国的后半期就有了铜镜鉴容之法。当其时，冶铸之法已知道金与锡的比例，金锡各半之齐。据考工记说是"鉴燧之齐"，因为铜锡相半，故光亮可鉴。鉴燧之燧就是取火的阳燧，我们于今先看一看阳燧的制造与形状，然后就容易明白铜镜的来源了。

春秋之际，取火仍用木燧，《论语·阳货篇》宰我说"钻燧改火，期可已矣"。到了晚周，乃有取火于日之法。《礼记·内则》"左佩阳燧，右佩木燧，是二制并行"。《淮南子·天文》篇"阳燧见日则燃而为火"，高诱注云"阳燧，金也，取金杯无缘者，熟摩令热，日中时以当日下，以艾承之，则燃得火也"。一切经音义引《淮南子》许慎注云"阳燧，五石之铜精，圆以仰日，则得火"。古今注"阳燧以铜为之，形如镜，向日则火生，以义承之，则得火也"。《内则》"小镈金燧"，释文云"金燧，火镜也"。《太平御览》卷七一七引魏名臣高堂隆奏曰"阳符一名阳燧，取火于日，阴符一名阴燧，取水于月，并八铜作镜，名曰水火之镜"。按，阳燧如镜如符，所以叫阳符，又曰夫遂，《周礼》司烜氏"掌以夫遂取明火于日"。郑玄注云"夫遂，阳燧也"，夫即符。《旧唐书》卷二三李敬贞论封禅须明水实樽云"今司宰有阳燧，形如圆镜，以取明火"。商承祚《长沙古物闻见》记载近所出汉代的镈阳燧云"中凸起如圆，□与沿平而凹，径约八公分强，无纽，小穿鼻，斜据内沿"。

由以上所述，则阳燧是以铜为之，形圆如镜而凹，他的形状作用与今日玻璃的回光洼镜相同，以之置于日下，可以聚光焚艾。同时，阳燧是金锡相半，故光可鉴物；又因其是凹镜，所以因焦点之内外而照景成正倒。

《梦溪笔谈》卷三曰"阳燧面洼，以一指迫而照之则正，渐远则无所见，过此遂倒"。《墨子·经说下》"中之内鉴者，近中则所鉴大，景亦大，远中则所鉴小，景亦小，而必正。……中之外，鉴者近中则所鉴大，景亦大，远中则所鉴小，景亦小，而必易"。中即焦点，正易即正倒，唐钺有文论之。

阳燧可以照景，然因他是凹的，所以在焦点以内照出的景是正的，否则是反的。做《经说下》大约是晚周的人，已经知道这种光学现象了。猜想上去，当时必有人把凹面的阳燧改作为平面的，用他来鉴容，因为他可以照景，所以镜者景也。

我们现在在寿县、洛阳、长沙等地，所得战国晚期的铜镜不少，但没有比此更早的。从战国一直到清，铜镜传世的不可数计。

《管子·轻重己》篇"天子迎春带玉监，迎秋带锡监"，可知战国晚期与秦汉，镜有铜锡铸的，亦有玉摩的，洛阳所出有玉镜。因为镜是代监而作的，所以镜亦名曰监。

战后对于流传国外文物的处置①

近百年来，因中西交通的发达，中国文物在种种情形之下，继续不断的流传海外，其数目之巨、种类之杂，是无法统计的。这种有价值的文物，本来是文化遗产中最可珍贵的一部分，是历史家所凭藉用以叙述的实物，对于发扬中国文化实在是最不可缺少的材料。外国公私藏家对于我国古代文物的搜集与珍藏，其用意原是对于这种文化的重视与爱敬，自属无可怀疑。但既得之后，每因种种关系未能加以深刻的研究，以装饰和财宝为文物惟一的价值。我们今日提出战后对于流传国外文物的处置，则有两个动机：一是日寇这次的侵略战争，曾经大规模的劫掠我们的文物，将来战事胜利后如何补偿这次的损失。一是战后国际间永久的和平极有赖于文化的交流与合作，我国文化如何才能使西方的国家正确的了解，如何在友谊合作之下更加发扬光大。

就文物本身言，它本是我国历史的一部分，它与土地、人民同是属于国家的，是不应该作为个人的私产的。土地、人民不能为人劫夺，国家文物自然也不能任由盗发坟墓和走私商人脱离本土。国土人民的丧失，我们

---

① 《大公报》（重庆）1944年2月14日第3版，署名陈梦家。

要收回；国家文物的丧失，我们也要收回。国家虽有禁止古物出境的明令，但过去二三十年间，古物的偷运出境成为极普通的事实，而国外居然有专为不法行为出境古物经售的商行。既成的事实如何补救，也是目前很重要的问题。退一步说，已经出境的文物不必强力索回，然而如何利用它来发挥中国历史文化的作用，也是中国学者义不容辞的责任。今就管见所及，分三条略述如次。

一、重要文物收为国有。

所谓文物大别为二，一古器物，二图书。古器物，如骨器（甲骨附此）、金器（银铁器附此）、石器、玉器、陶器、瓷器、竹木器（漆器附此）等。图书分书籍（竹木简，写卷，木刻本，石刻本，其他印本）、图籍（舆图，图象等）、书画三项。以上各类就其价值可分为三种：1. 有历史价值的，2. 有艺术价值的，3. 兼具这两种价值的。每一种文物又可分为孤品的、复品的：前者如毛公鼎仅有一个，后者如小克鼎、颂鼎各有数具。

凡属于以下各条件之一的文物，一律收归国有：1. 有历史价值的，2. 孤品的，3. 有特殊的艺术价值的。此是指已经发现的文物而为私人所有者，至（于）新发现新出土者自不必说。

古物出境禁令之所以不能实行，一在国力不足以监视文物之出境，二在视古物为货物。我们现在若能将文物收归国有制为法令，那末出境的事必可大见减少。

二、流入轴心国的我国文物之收回。

此次战争，敌人对于我文化机关的摧残，极为严重。我国将来在和议中一定提出赔偿的条款，请即以轴心公私所藏中国文物作赔偿的一部分。

三、流入同盟国的我国文物之交换。

文物流入海外，不外乎大宗的偷运与个别的购买。前者全由专家入我内地（尤其西北西南边陲各省）大批捆载以去。后者多由商贾经手，比起前者尚属善意的采购。外国藏家当中固然有不少是专门的“中国学”者，颇能利用这些材料。但有不少只在表面上惊叹它制作的精美，时代的远古，而往往因历史语言文字的隔阂，对于此类稀贵的材料并不能尽量利用。外国收藏者常常不免有以下的缺陷：比较偏重艺术的价值而忽略其历史的价值（如选择铜器，以花纹形制为主而忽略最可贵的铭文）；不能正确的判断文物的真伪与其时代；因限于财力及其它原因，每一收藏者只是得到中国文物的某一小部门，不能看到中国文化的全面目。

我们以为在情理上由以下两种方法取去的文物有收回的正当理由：1. 大宗偷运出境者，如敦煌石室写经，参看斯坦因的《中亚细亚探险谈》，王国维有译本；2. 战争的劫掠物，如八国联军之役所得者，参看瓦德西的《拳乱笔记》，有王光所译本。为求学术研究的合作起见，有些文物可由两种方法交换：1. 由中国组织调查团，将流传国外的文物全部详细调查，摄影、拓摹、测量，汇印成册，以备学者的参考；2. 由政府交涉，将有历史价值的孤品的文物收回，而以复品或复制的模型抵偿。3. 希望每一国家有一博物馆或图书馆集中收藏中国文物，中国政府长期以可以交换或赠送的文物（包括近代出版图籍）分送各国。

我的老笔杆①

约有一周以上没有摸过笔了，整整的七天我没有写任何东西，甚至连一封信也没有写，除了一两次病时，这样的事情在我的过去生活中是没有的。我的生活是以焦忧的辛劳来维持的，我和别人一样并不是为生活而生活的，而是生活在戒惧的激励之下，挣钱也只是为了达到生活目的的手段，卅余年来（从十六岁我就开始维持自己生活），我是坚守这个信念的。

我可以想象到我的老笔杆会谴责我，难道它没有好好地替我服役吗？在我快乐的时候却为什么疏忽了它，让它躺在那里被灰尘遮盖呢？同是这一支笔，在以前它曾经每天夹在我的指头之间，多少年呀？至少也有二十年了，我记得这支笔是在托吞汉考路一家店铺中买来的，同时我还买了一个压纸器，这使我花去了整整一个先令，这样的耗费会使我发颤，那时笔杆发着崭新的光彩，现在它从头到尾都剥落成褐色的木杆了，我的手指也磨出茧皮来了。

是老伴侣，也是老仇敌！好多次每当我拿起这支笔时，憎恶就沉重地压在心头，我的手在颤抖，我的眼也昏花了，我是如何的怕看那给我写满字的白纸啊！尤其当春神碧蓝的眼睛从玫瑰色云中露出时，当阳光照在我

---

① 《中央日报》（重庆）1945 年 10 月 29 日第 6 版，署名 G. gissiug 梦家，此为翻译作品，原著者 G. gissiug，现译乔治·吉辛（1857—1903），英国小说家，著有 20 多部小说。具有代表性的有 *Workers in the dawn*（1880）、*New Grub Street*（1891）、*Charles Dickens：A Critical Study*（1898）、*The PrivatePapers of Henry Ryecroft*（1903）。

的书桌上闪闪发光时，还有那开遍野花的土地，山边落叶松的□翠，以及草原上空云雀的高唱，都深深地要使我发狂了。

有一次，大概是很久以前童年时的事，当我怀着渴望的心拿起笔时，假使我的手在发抖，就是因为我怀着希望，可是这希望也就愚弄了我。因为那时我所写的却没有一页能保留到现在，我现在这样说起来并没有一点伤感，有伤感就是幼稚的错误，也只是环境的力量会使这错误拖得更久。世人对我没有一点不公，感谢上苍，使我的智力已有了足够的增长，不会再因此愤恨不平。

可是为什么还有些人为着他的作品（即使这作品是不朽的）而恨怒于世人的疏忽呢？有谁请求你出版吗？有谁答应你聆教呢？又有谁对他失了信用呢？假使我的鞋匠替我做了一双美好的靴子，可是我却无理的恶意的立刻将靴子掷回他的手中，这鞋匠是有正当理由抱怨的。但是你的诗，你的小说，有谁和你订下合同要它呢？假使它是最好的手工产品，但却没有买主，顶多你也只能把自己看做一个不幸的商人。假如它是上等材料做成的，你又能怎样合理的生出烦恼与发怒，因为别人没有付出重价收买呢，人们的心理对你的工作只是一个试验，而且也只有这一个评判结论的世纪是还未到来的。假如你有一部伟大的著作，未来的世界是可以知道的。但是你不关心身后的光荣，你却想坐在圈椅中立刻享受声誉。啊！这完全是另外一回事了，只可以使你对欲望生出勇气而已。你就把自己看成一个商人吧，你向上帝和人们宣称你所出售的货品都是最好的质料，所以应该卖高的价格。也许你是对的，但是当时时髦人士都不光顾你的店铺时，那就使得你更外的难堪了。

卅四年九月二十日，北碚

平市一演讲会上陈梦家畅论古物认为国宝最好留在国内[①]

本报北平十一日专电　北平历史博物馆配合中国文物照片特展，特别举行学术讲演会，清华酒器及考古学教授陈梦家十一日在末次讲演中称：

以我近四年来在欧美的认识，几十亿元的宣传费等于虚掷，而使外国人能对古代中国起若干崇敬的，这是靠着一些破纸及烂铜的宣扬。

又说：

---

① 《大公报》（上海）1948 年 1 月 13 日第 8 版。

在文化上，纽约已代替了巴黎的地位。美国对日本艺术的兴趣已由中国艺术取而代之。在领导上，美国专家自己已能负起责任，这只是近四十年的事，使中国人到那里作研究，不能不悲喜交集，悲的是中国文物只有外国能看得见，喜的是还有人作最好的保藏。

陈氏这次在纽约得到七十岁的面粉大王的伴同，参观所藏。六十岁的瑞典皇太子在叔父死后第三天，以专家资格与他做学术的讨论。离伦敦四小时火车的田庄内，一位爵士陪他作半日调研，而使爵士的太太大为不满，以为对黄人太过分了。陈氏指出外国人对古物铜器只重美感而不能更进一步的认识，中国人自己在研究学术上勿再落人之后。他对于从事古物出口的山中商会的日本人、犹太人及纽约的中国商人表示功罪兼有，以功为多。中国的禁止古物出口的条文虽有，但没有用。他希望他们能更进一步把能供中级社会家庭用品介绍出去，同时要作交换的工作，最好的国宝还是留在国内好。

陈梦家致王献唐札（四通）①
其一

献唐先生：

奉上月廿八日手书，快同晤谈。连日因所中部分迁移，经常开会，既无暇研究，几乎甚少握管，终日碌碌而一事无成，常觉不安之极。邿国铊鼎前曾借至斋中观摩，已归还主人，容请人拓奉。因近来不知拓工何往，故需稍待定可办到也。承兄启箧寻捡甲骨拓本，感谢感谢。甲骨之事非常琐碎，而明年需作一总结报告，甚盼一气作成，以后不再做它，以了结此缘法。惟在此一年中总当尽可能努力搜寻一番，藉可彻底为公家作一总结，亦为自己作一总结也。

春暖北来小聚，闻之甚喜。梦年过四十，去老尚远，然冬季依然长袍，但取其暖，何必管他人之短装。我等所治容有过时之嫌，然其中材料总有用处。近来考古之学渐有兴盛之势，以后经济建设工程中，恐被动抢

---

① 安可荇、王书林手稿整理，杜泽逊编校整理：《王献唐师友书札》，青岛出版社 2009 年版。需说明的是：笔者于 2014 年将其录入文本，今见《陈梦家年谱》（陈思和、王德威主编：《史料与阐释》第五期，复旦大学出版社 2017 年版）收录，但发现其录入时文字识别有误，故列此。

救出土古物之工作必定频繁，从而可增加许多新知可断言也。此间考古训练班业已结束，彼等需到郑、洛实习，郑州有早期殷代遗址，亦出卜骨，（钻而不凿，尚未开箱）其地实仲丁祖乙之所居，殷墟之又一地也。又昨见洛阳出土卜甲（龟腹甲），有钻凿，卜片而未刻字，似属殷代而较晚者。如此出甲骨之地域又增多几处。

关于祭器与殉葬器一事，鄙见如下：所谓殉葬器者，包括用器（包括战获品等）、祭器及专为殉葬而作之名器。所谓祭器分为两项，一为地上宗庙之祭器，即微子所持者，《左传》所记宗器等均是（出土宗器均是）；一为地下墓室之祭器（明器及专为殉葬而作之祭器）。因此，出土父某旦某之器可以是地上宗庙之殉葬者，可以是专为墓室而作之祭器，凡属于前者（即宗庙祭器之殉葬者），可以是所殉殉者若祖若父之祭器。

关于黑陶公布一事，因思永长病以外，近复有临时之病，冬季于彼不利，故未能出门。夏作铭亦甚忙碌，无暇作清谈，兹将所知并平日与彼等所谈者简答如下（此信写了数天，非早覆不可矣。有不完整处，容稍暇再问夏君）：

1. 思永对小屯、龙山与仰韶之看法，并无改变。此三种文化之先后次序，似乎已成"定论"。鄙意亦赞同此说。

2. 现在可以山东为黑陶发源地。黑陶不止一种，以后似当详细比较，再行分小类，定先后。鄙意以为应该说华北平原是黑陶区域，黄土高原是彩陶区域。

3. 龙山文化一定晚于仰韶。三层文化先后次序，应无可疑。最近考古训练班在郑州郊外发掘殷代遗址，殷文化层之下为龙山文化层，在其附近有单独的仰韶文化，不相混淆。

4. 裴所引浚县、辛庄等地之龙山文化，系前中研院所作，可参看《安阳发掘报告》《田野考古报告》均有记载（不甚详细）。又可参看郭宝钧《河南古迹保管会第二次展览》小册，此册不易找到。

5. 解放前后之黑陶发现，可参看《科学画报》，《文物参考资料》或者亦有一点。

匆覆不一，叩请撰安。

陈梦家谨上
一九五二年十二月十二日

其二

献老：

五月廿一手教，接到多日，并非懒，也非忘记，也非忙，总想好好拜覆，因此迟延下来。信到之日，郑公恰好自南回来，在我斋中，相顾大笑，以为献老真可爱也。去曲阜之人已回，惊叹之极，方消我胸中之气。从前为了你们山东老赶，为了我说山东东西好，受了一肚子气，已经好几年了。让这些人多上圣人之地，亦会沾染一点圣气，洗刷一下流俗闭塞。天地之大，不跑跑是不会知道的。可恨好些人坐在屋里睁眼说瞎话，我想此后这些都要改好，百家争鸣以后，各种声音也许多一点，不会太单调了。（我与先生写信，是谈知心话，千万别传播，因世人有无知趣者。）

郑公回来后，犯了陶迷，天天瓦当。我们现在不抬杠了，偶尔共饮啤酒清谈。这两天森老北来，看了五省出土文物，石鼓也当他面开了一个，还不错。我昨日冒雨与老郑去看，开开眼，原来就是一块石头。

关于赤山农一卣器盖异文，是变例中可贵者。郑公闻已归"院长"，希望你们设法留下来吧。王廉生金文目，闻之甚钦慕，因我所去年买了王廉生稿的一部分，却无此物。王海如何，不管他造假不造假，总是人才。北京修理铜器的宗派主义，一定要打倒。潍工为封建服务，似稍胜于为洋人服务也。

你已把全部砖瓦鉴而定之，功德无量。我总希望你即刻就编一部著录，一定胜于上匋室。可否见告内容、篇幅、完成日期。我总想早点出书，是一件大大要紧的事。近来消极，不想多管别人的闲事，但这件事，忍不住和领导们谈了，大家都乐观其成。能不能赏一个脸，以便订入出版计划。你若要自由的做，也可，做完了再告诉我。一切听尊便。此间忽又落雨，下之不完，我本定今日搬家，又搬不成了。千头万绪，书阿桌阿，思之烦心。

匆草即请

撰安

一九五六年六月十六日

其三

献老：

你五月十二日手教，到底来了。在此时如此心情中，得你庄谐的教言，使我感激。上次写信时，仿佛是我妻子大病初愈，出院回家的几天，那时我尚觉安定一些。岂知病未好透，出院廿天，已一切照常，忽于前数日有重行爆发之势，积至昨日（即前日午夜），忽山崩海沸，令人惊愕。我只得黑夜重行送院急诊，候至昨晨八时，历经哀求，始得重入病房。病人多，床少，挤进去争一席之地有如此之难。此是我第二次经历，化险为夷，此刻已较平静。然经此激动，我之心情，你当可想而知。我与她共甘苦已廿五载，昨日重送入院，抱头痛哭而别，才真正尝到了这种滋味。人生需为此而来，夫复何言。

承勉仍要继续断代，并扩至东周，此意我于数月前已着手，无奈两个半月来，为病人之事着急，又已丢开。我自当从先生的鼓励，重行鼓足干劲作下去，并盼你常加督促，恐天下之大，我只有对先生寄如此的希望了。我云前数月重写西周断代，曾经想彻底改动一下，好好大做一番，心中拟了个大纲。

以上还是十四日写的，后来病况又有恶化，至觉不安之极。我原拟将重编《西周铜器断代》的计划向你说一说，留待下次罢。《尚书通论》，闻西北有人要批评它，说书中"笑话"有十多处，我正等候看此评，但只有笑话十多处，未免太少，该书的错误实应不止此数也。

承告长清又出殷墓，是好消息。1919 年该县崮山驿（图见梅原《形态学》）出铜器七件，（田告铭），我恍惚记得是殷代的，此次三墓大略同此。考古所去年派了几个人上山东调查，□□，□□□□□（是队长）□向你请教一切，将来有什么好消息，你"走私"告诉我一些吧。

今早一大早即起，小小庭院中，太太心爱的月季业已放苞待放，令箭荷花射出了血红的几箭，最可痛心者是一群黄颜色的美人蕉全开了。美人蕉啊，何以名之为蕉？憔悴乎？心焦乎？

不多写了，下次还想请教你关于三礼如何着手的问题。

匆匆即请

撰安

晚　陈梦家敬上
五月十六日午前

按：此函与下函均写于 1958 年。

其四

献老：

您八月三日的手教，早已收到了。天气已转凉，大约你们那儿的会也开得差不多了。我们这儿，也开了很多会，近来是人都已回到工地，所以北京所中很冷静，森老这样跌跌冲冲地跑路，真叫人担心。听说他回沪又生了一场病。

我的老伴儿近来好些了，上香山住了半个月，最近还要再去住一个月。她体力弱些，爬爬小山坡，呼吸新鲜空气，总是好的。问题还是在睡觉。我近日干了几次义务劳动，蛮有劲，因此报名到科学院的公社劳动一个月，大约下旬（决定廿五日出发矣）就去，地点正在居庸关下。

我现在学看新小说和理论书，渐有兴趣。一个人总得改，不容易改得太快，但不改不行的。旧玩艺儿，还是暂且搁下一边再说吧。秋高气爽，敬祝

您身体好！

梦家上

九月十九日

致董作宾信札①

彦堂先生赐鉴：

日前下乡亲聆教益，至为快慰。又承尊夫人殷勤款待，尤为感激。

昨日守和先生来谈，述及《甲骨丛编》之计划，彼甚热心赞成，并先由图书馆自印出版。关于报酬办法，已由馆方草拟方案寄来，嘱代寄奉于先生，尊意如何？并可提出修改，版税抽百分十五并预支千元，至分期出版，期限二月似太短促，凡此皆可从长计议者也。《殷墟文字外编》编成后，似可续编此书。将来全书告成，实契学空前之大著也。

昨途遇立庵先生，因天雨并未去呈贡。彼下季决开"六国文字研究"。云联大迁徙与否，尚在未定之中。何日入城，请临舍详谈，并望下榻此间也。专此。并请

撰安

梦家谨上

十月七日

---

① 冯远主编：《尺素情怀：清华学人手札展》，清华大学出版社2016年版，第289页。

承先赐书之件，亦盼早日书就带下。

按：此函收入《陈梦家年谱》，但错字太多，尤其是日期误识为 1937 年七月七日。《尺素情怀：清华学人手札展》只是笼统地说写于 20 世纪 40 年代，也存在错字。信函中有"因天雨并未去呈贡""联大迁徙与否，尚在未定之中"，可知陈梦家时在昆明，关于"联大迁徙事"，查西南联大史，1937 年 10 月 26 日才举行开学典礼，11 月 1 日开始上课。1940 年法国投降，日军进入越南（当时称安南），日机由越南起飞频繁来袭，因此又起迁校之议。1940 年 11 月，决定在四川叙永成立分校……1941 年 1 月 6 日，叙永分校开始上课……8 月，分校师生迁回昆明。[①] 另，董作宾在《甲骨丛编》（未刊稿）"自序"中有"客秋偶与陈梦家先生谈及此业，出写本示之，以告袁守和先生，愿为出资印刷并力促其成，高谊至为可感。乃于迁川期间，发奋编此第一集"[②]。落款"民国三十年三月一日，董作宾自序于西川之板栗坳寄庐"。由此可知，此函当在此书稿完成前，应为 1940 年 10 月 7 日。

---

① 刘宜庆：《绝代风流：西南联大生活录》，辽宁人民出版社 2020 年版，第 370 页。

② 胡辉平：《董作宾未刊稿〈甲骨丛编〉述略》，《甲骨文与殷商史》2021 年第 1 期。胡辉平将其认定 1937 年作。

卢前笔名考及著述拾遗

2006 年，中华书局出版的《冀野文钞》丛书（四卷本），包含其学术著作、散文随笔和诗词曲创作，为卢前去世后对其作品的第一次整理，但编者着重选择具有文史资料价值的代表作，故尚有很多作品没有纳入丛书。2019 年，《卢前文献辑刊》出版，① 结集出版的单行本著作有五十余部，编辑整理的著述近 90 部，是卢前文献之集大成者，给学界开展卢前研究带来便利，功不可没。卢前于 1923 年加入新南社，与南社社友吴梅、陈去病等为师徒关系，笔者在从事南社史料研究时，发现大量的卢前创作资料，经与上述著作和零散的学术论著比对，发现还有不少未被提及者，今拈出以飨学界。同时，发现《冀野文钞》存在几处错讹之处，一并指出。

一

整理晚清民国作家作品，最大的困难是其笔名字号问题，一着不慎，错误连篇。例如卢前，学界介绍他时，作如是说：

1. 卢前原名正绅，字冀野，自号小疏，别号饮虹；别署有：江南才子、饮虹簃主人、饮虹园丁、冀翁等。②

2. 卢前别署又有小疏斋、碛戋、中兴鼓吹者、求诸室、膏渥居、愧庵等。③

3. 卢前（1905—1951），江苏江宁（南京）人。原名正绅（1921年《新人》杂志，有署名卢正绅者，录此备考），字冀野（所著常署，有《词曲研究》《中国戏剧概论》等。散见《创造日》《文学》及《中苏文化》等），号小疏［慕元卢挚（疏斋）散曲名，因号］，别号

---

① 袁晓聪、曹辛华辑：《卢前文献辑刊》，燕山出版社 2019 年版。

② 朱喜：《卢前大事年表》，《文教资料》1989 年第 5 期。

③ 刘奉文：《〈卢前大事年表〉与〈卢前书目〉补》，《文教资料》1991 年第 4 期。

饮虹（有《饮虹乐府》等），别署江南才子、冀翁、老翼、中兴歌吹者（著《中兴鼓吹》署名），室名饮虹簃（有《饮虹簃所刻曲》）、饮虹园（在南京，出生于此），自号饮虹簃主人、饮虹园丁，又署疏斋（1935 撰《疏斋小令跋》）、侨庵（1937 撰《侨庵乐府跋》）、不殊堂（1934 撰《不殊堂近草补遗跋》）、芳如园（1934 撰《芳如园乐府跋》）、葵轩（1935 撰《葵轩词余跋》）、小疏斋、碛宪、愧庵、求诸室、膏渥居。①

4. 卢冀野（1905—1951），原名正绅，后自己改名为前，字冀野，号小疏、饮虹，别署饮虹园丁、冀翁等，南京人。②

5. 卢前（1905—1951），原名正绅，字冀野、又字慕庐挚，号小疏，又号饮虹，别署江南才子、饮虹簃主人，江苏江宁人。③

6. 先生原名正坤，后改为前，字冀野，号饮虹等。④

以上是学界对卢前的名、字、号的认定，其中陈玉堂先生论述清晰且谨慎，蔡鸿源引用错误明显，不足为用。依据陈玉堂先生的提示，笔者在《新人》（1921 年第 1 卷第 7—8 期）查到了署名卢正绅的文章，乃与李祖荫共同翻译的泰戈尔的《新月集》，⑤ 此卢正绅是不是卢前的问题，很快得以解决。顺着线索，笔者查到了《玫瑰社宣言》⑥（卢前为"玫瑰社"主席），宣言署名有：吴江冷、李祖荫、洪白苹、卢冀野、洪为法、王兆俊、洪瑞钊、吴俊升、张履芬、赵茜。同时，在《新晓》上还有他们二人合译的《太谷儿诗：元始》。⑦ 由此可见，李祖荫和卢前相交甚密。另，署名卢正绅的作品还有《新的小说》上的《一夜》、⑧《中等教育》上的《泰戈尔之 Shaouti-Niketan 学校》，⑨ 亦为卢前早期发表的作品。

---

① 陈玉堂编著：《中国近现代人物名号大辞典》，浙江古籍出版社 1993 年版，第 100 页。

② 徐雁：《雁斋书灯录》，陕西师范大学出版社 1998 年版，第 193 页。

③ 蔡鸿源主编：《民国人物别名索引》，吉林人民出版社 2001 年版，第 286 页。

④ 苗怀明：《卢前先生学术年表》，卢前《卢前曲学论著三种》，商务印书馆 2017 年版，第 528 页。

⑤ 见《新人》1921 年第 1 卷第 7—8 期，第 152—169 页，主要有《半神的勇者》《希望》《最初的茉莉》《玩具》《纸船》《怜恤》《赠品》《小伟人》《我的歌》《天文家》《配流的地方》。

⑥ 吴江冷、李祖荫、卢冀野：《玫瑰社宣言》，《民国日报·觉悟》1922 年第 7 卷第 30 期。

⑦ 李祖荫、卢正绅：《太谷儿诗：元始》，《新晓》1921 年第 3 卷第 1 期。

⑧ 卢正绅：《一夜》，《新的小说》1921 年第 2 卷第 4 期。

⑨ 卢正绅：《泰戈尔之 Shaouti-Niketan 学校》，《中等教育》1921 年第 1 期。

卢前早期另一个笔名"园丁"鲜为人知，只有瞿骏在《胡适、"园丁"与〈燃犀〉》中提及，并举证了四条理由。① 前三条为旁证，第四条为直证。笔者又找到了一条最直接的证据，是在《开明》（上海 1928）登载署名"园丁"的《诗历》一文，全文历数了自己的学诗过程，因文献重要，故录全文如下：

> 我与诗结缘，已记不起是在那一年，大约那时我不过三四岁光景。我的曾祖母梁太夫人，每当秋窗夜坐，或者夏院纳凉的时候，往往对我低吟着古诗人的名句，同时使我默默的记着。所以有许多佳作，早在这时输入我的记忆里。曾几何时，我汗颜的自己也写诗示人，而我曾祖母的坟前墓木已拱！回想当年，不禁泪下！

> 先父益卿府君开始示我以诗律，这也想不出是那一年的事。十年以来，先父游宦在外，其间我曾短期的随侍过几次。旅邸训诲，不是说做人之法，便是讲做诗之法。并常常为我不善治生产事为虑，一再警戒我莫沾染旧名士习气。而不肖的我，终无以自拔。高车怒马，同学少年多已不贱，我依然碌碌自吐辛酸。恐先父在九原，又要拈髭而笑，朗吟着"生子当如李亚子，胡为亦读乃公书"的旧句了！

> 我沉湎于诗，看、读、作最起劲是在十五岁那一年。这我最记得：好像正在南高附中二三年级读书，同级有舒城蔡达理君（剑泉），是我的畏友。不过这时我只乱读乱作，于诗并没有深切的认识。在这当儿新文化运动又渐渐地扩大起来，"诗体改革说"甚嚣尘上，苦的我彷徨歧路，在这里面荒废了好几年。不知道涵养自己的诗趣，领略真实的诗境，探讨古贤的诗绩。徒徒想什么写什么，不加思索，不加锻炼。至今想起。悔已无及。但是想不到也竟有人加以赞许，说我的新体还是从旧体蜕变出来的。一般相好的朋友，你捧我抬，于是浪得才名，虚声载道，几乎活活的贻误了我一生的诗福。

> 后来，到东南大学读书，那时我已有十八九岁。与绩溪胡梦华君办《文艺评论》，结识的朋友不少：如郭沫若君、梁实秋君、朱湘君等……我写的诗这时也特别多。我当时写诗的标准是以词曲的句调融化一点西洋诗的味道，所谓以词曲的句调似新体，本是我最敬爱的吴

---

① 瞿骏：《花落春仍在：20 世纪前期中国的困境与新路》，生活·读书·新知三联书店 2017 年版，第 96 页。

瞿安师的主张。所以文字尚能优美，情调也还够咀嚼。只是我后来自己的批评终嫌不能深入，境界也嫌太小。读一两遍有余，多读几遍便觉索然寡味。有一位南通翟秀峰君评我的诗是如妙龄女郎，徘徊玫瑰花前。仪征厉小通君，于《北征》《阳关曲》几首，颇为赞叹。这其间启迪我的诗思，厥功不可没的。是伊如君，她差不多就是这时所写诗的对象。现在所遗留的痕迹，便是《春雨集》。"春雨"二字的确可以象征我当日的生活。

此际在东南大学任诗学教授者，是吴江陈巢南师（去病）。陈老诗人所给予我的诗兴颇多。虽然我一方面在写新体，一方面也常填一些小令，也常写一点绝句。陈师也时有奖语，不过我所常看的也只是曼殊大师、黄仲则等人的诗，终不免浅薄幼稚。尤可笑的，我在二十岁生日前，印了一本绝句赠送师友。那一本绝句集完全展发我的浅薄，如今也悔之无及，虽然有些性灵语，毕竟没有刻苦的向诗境里追寻过。后来辑二十前的诗词，删损一番，成了两本薄薄的《弱冠集》《红冰词》，总算了一层公案，而留一点纪念品到今日。

长沙欧阳翥君、辽东王西徵君，是我两位老哥，他们也是拖我与新体隔绝的人。我此时才正式埋首古籍，经过李审言先生、胡步曾先生、王伯沆先生的指点，尚友古之诗人，与杜韩苏黄周旋一番，更从后山入手，这时写的诗，多半与现实生活接近，没有什么藻饰的词头了。旧体的雕缋夸大两弊病，幸已戒除，并发觉旧体并没有完全铲除的必要，而且还可以从中辟一条出路。我于近代诗人并不顶爱同乡金亚匏先生，而酷羡遵义郑子尹先生。并世的义宁陈散原先生，的确是以诗为命的人。我也最敬佩我的《南雍集》，是大学生活最后一年的记载，也可以代表这一时期诗的作风。

还有需要去补叙的，就是二十以后从瞿安师治词曲下了一些功夫。我于散曲颇有意见，觉得散曲是诗体中最流动、最扩大、最自然的创造。从时间性上讲起来，也算最接近现代的新体。而自元明以后，非常坠落。无怪我那本《晓风残月曲》，任二北兄说"二百年来亦何尝有"。而且真正诗乐合一的体裁，惟有散曲理应加以提倡。无奈以律严而问津者少，于是我遂大胆的尽量以做散曲者去另创一体，并兼用西洋诗体，《绿帘集》就是这样产生的。但不久，二北兄颇不以我离曲而作此畸形品为然，我也稍稍收拾，不敢再率尔操觚了。

　　近两三年来，奔走四方，且惭愧的也居大学而为师。因自念当日错走门路，便是误信人言。现在自己不敢误人，言论还是谨慎些好。我最爱蕲水闻一多君，只直率的写着自己的诗，不求人知的态度。所以闭门造车，自行其是。有一年忽想以乐府体写我所身处的新环境中一切情景，反觉得较曲所变化之新体沉着一些，然而尚不敢自信其成。江津吴芳吉君（碧柳），早年便慕其名，顷自蜀，赐读白屋吴生诗稿，我深致景服之意，篇中虽不免有拖泥带水稍嫌冗杂处，然其诗的魄力，为诗的态度，在在可取。我爱他有两句叫做"我爱英人言，旧坛盛新体"。所以近年所作，我想名以"新体吟"。实在，我们与其创半生半熟的新体，不如作以新材料入旧格律的第一步预备工夫。譬如父执胡小石先生在他的诗里，就充满着新鲜的趣味，律严字工，具时代的精神，又何能以骸骨讥之呢？还有些同辈中少年诗人，如郦仲廉衡三兄弟为诗清逸俊爽，超然不群，都使我向慕一致。尤以胡三丈（翔冬）那样的苦吟，使我们不敢逼视。他说："做诗有三阶级：（一）服从，（二）反戈，（三）革命；绝对照从之后，才能推翻他人，推翻他人之后，才能自己树立。"

　　此后，我们最好只问诗好不好，不问他是新是旧，自笑拼命的想去创造新体，而不知新体自然有成熟的日子，又何必人为的、勉强的使它早产，而不克享其天年，又何与于诗！

　　我忽忽的行年已二十有五，在诗国中享受了十几年，摸索了十几年，有古人在那里指引，有师友在这里扶植，茫茫来日，究竟如何？我终于在此迷惘中停笔了。①

　　从这篇文章的内容可以直接认定"园丁"为卢前早期发表作品的笔名之一。另发表在《饮虹周刊》上署名"园丁"的《帘底月》《两不忘》《花鸟吟》《蛾眉曲》收入《绿帘》。至此，卢前早期发表作品时署名"卢正绅""园丁"，确凿无误。

二

　　关于卢前的创作，除了已经被学者整理出来的著述文献外，笔者整理

---

　　①　园丁：《诗历》，《开明》（上海1928），1929年第2卷第4期。

了尚未被学界发掘的新史料，以发表时间为序，按编年的方式列表如下。

题名	署名	刊物	时间
1920 年			
"盛于斯"	园丁	《开明》（上海 1928）	1920 年第 25—27 期
1921 年			
飞鸟	冀野	《黄报》	1922 年 4 月 15 日
玫瑰社宣言	卢冀野等	《民国日报》	1922 年 7 月 30 日；《心潮》1923 年第 1 卷第 1 期
通讯：编剧和绍介社员底商量	卢冀野 汪仲贤	《戏剧》	1922 年第 2 卷第 1 期
《工厂主》这剧，我久有试演的意思	卢冀野	《戏剧》	1922 年第 2 卷第 2 期
记者：今年一月十三号这一天	冀野	《戏剧》	1921 年第 1 卷第 5 期
哥德与 Faust	卢冀野	《学生》	1921 年第 8 卷第 11 期
南高附属中学学生生活之一日	卢冀野	《学生》	1922 年第 9 卷第 7 期
1923 年			
归：我其归来了	卢冀野	《心潮》	1923 年第 1 卷第 1 期
燕子与蝴蝶（童话剧）	卢冀野	《心潮》	1923 年第 1 卷第 1 期
猴子与豌豆（托尔斯泰·小说）	冀野	《心潮》	1923 年第 1 卷第 1 期
海有他的珠（德·海涅）	卢冀野	《心潮》	1923 年第 1 卷第 1 期
猫头鹰与太阳	冀野	《心潮》	1923 年第 1 卷第 1 期
玫瑰复活歌：呈侯曜兄	卢冀野	《心潮》	1923 年第 1 卷第 1 期
愿这些文人的心血	卢冀野等	《心潮》	1923 年第 1 卷第 1 期
童子御车	冀野	《心潮》	1923 年第 1 卷第 1 期
夕阳之下（散文诗）	卢冀野	《心潮》	1923 年第 1 卷第 1 期
小小的……	卢冀野	《心潮》	1923 年第 1 卷第 2 期
梦的诱惑	卢冀野	《心潮》	1923 年第 1 卷第 2 期
讴歌者之悲哀	卢冀野	《心潮》	1923 年第 1 卷第 2 期

续表

题名	署名	刊物	时间
不幸的弦琴（现代诗）	冀野	《心潮》	1923 年第 1 卷第 2 期
大车之歌（诗歌）	卢冀野	《创造日汇刊》	1923 年第 1—101 期
故乡曲（五首）	卢冀野	《民铎杂志》	1923 年第 4 卷第 1 期
劫火（诗歌）	卢冀野	《民铎杂志》	1923 年第 4 卷第 1 期
考试（小说）	卢冀野	《教育与人生》	1923 年第 3—5 期
中学生对于文艺的兴趣及读物之统计	卢冀野	《教育与人生》	1923 年第 9 期
1924 年			
谈秀珍	冀野	《大世界》	1924 年 10 月 12 日
秋风里的落叶（散记）	卢冀野	《教育与人生》	1924 年第 15 期
游春咏（诗词）	卢冀野	《教育与人生》	1924 年第 36 期
柏伦之精神为柏伦百年忌作（附图）	卢冀野	《教育与人生》	1924 年第 43 期
1925 年			
甲子来主民中讲席即赠同尘校长（诗词）	冀野	《醒狮》	1925 年第 15 期
落花时节	卢冀野	《小说月报》	1925 年第 16 卷第 7 期
1926 年			
泰州学派源流述略	卢冀野	《东南论衡》	1926 年第 7 期
春雨琴声	卢冀野	《东南论衡》	1926 年第 8 期
仇宛娘碧海恨深（杂剧）	卢冀野	《东南论衡》	1926 年第 17 期
再论泰州学派（通讯）	卢冀野	《东南论衡》	1926 年第 24 期
小桃红	卢冀野	《东南论衡》	1926 年第 25 期
荼蘼会	卢冀野 吴瞿安	《东南论衡》	1926 年第 29 期
1927 年			
桂圆带壳吃	冀野	《东方时报》	1927 年 4 月 18 日

题名	署名	刊物	时间
某督办之养志	冀野	《黄报》	1927 年 5 月 4 日
论太谷学派与宗教答章行严	卢冀野	《国闻周报》	1927 年第 4 卷第 18 期
艺林闲话（未完）	卢冀野	《国闻周报》	1927 年第 4 卷第 24 期
南唐二主词笺补正	刘继增 卢前	《金陵周刊》	1927 年第 4 期
1928 年			
"五一"之伟大的启示	园丁	《京报副刊：社会问题》	1928 年第 1 期
好兄弟（短剧）	园丁	《京报副刊：文艺思潮》	1928 年第 7 期
还珠（独幕剧）	园丁	《京报副刊：文艺思潮》	1928 年第 11 期
歌女（小说）	园丁	《京报副刊：文艺思潮》	1928 年第 15 期
新兴文艺之前驱	卢园丁	《京报副刊：文艺思潮》	1928 年第 19 期
哀陆雪：（诗歌）尉迟威土	园丁	《饮虹周刊》	1928 年第 4 期
燃犀（长篇小说）	园丁	《饮虹周刊》	1928 年第 4—9 期
王霞举的写景诗	园丁	《饮虹周刊》	1928 年第 4 期
论新诗质东亚病夫先生	园丁	《饮虹周刊》	1928 年第 5 期
再论新诗质闻一多兄	园丁	《饮虹周刊》	1928 年第 6—7 期
关于"燃犀"答胡适之先生	园丁	《饮虹周刊》	1928 年第 7 期
三论新诗向胡适之先生旧话重提	园丁	《饮虹周刊》	1928 年第 8—9 期
1929 年			
茶座琐语	冀野	《中央日报》	1929 年 8 月 8 日、9 日、11 日、13—16 日；《京报》（北京）1930 年 7 月 22—31 日，8 月 1 日

续表

题名	署名	刊物	时间
诗历	园丁	《开明》（上海 1928）	1929 年第 2 卷第 4 期
我之新诗观	园丁	《开明》（上海 1928）	1929 年第 2 卷第 4 期
1930 年			
西游词草：壶中天·偕文通苹村小饮枕江楼作；浣溪纱·抵成都；生查子·重阳有忆；卜算子·湖口望月；减兰·投宿榆城；忆秦娥·过夔府	卢前	《国立成都大学校刊》	1930 年第 2—3 期
大河坝寄妇（十月二十二日）	卢前	《国立成都大学校刊》	1930 年第 4 期
巫山县舟次上吴瞿安师（十月十七日）	卢前	《国立成都大学校刊》	1930 年第 4 期
灯窗夜语（曲录）	卢前	《小雅》	1930 年第 1 期
千山鸟飞吟（诗录）	卢前	《小雅》	1930 年第 1 期
诗及诗趣	卢冀野	《中学生》	1930 年创刊号
怎样写成我们的诗	卢冀野	《中学生》	1930 年第 4 期
1931 年			
学文三要序	卢前	《小雅》	1931 年第 4 期
愿视草抄（丙戊间旧作）：城北行奉怀唐大圆；（诗词）书碧柳婉容词后；悠悠饮；鳌峰遇虬髯	卢前	《国立成都大学校刊》	1931 年第 5 期
1932 年			
教师节答客问	卢冀野	《申报》	1932 年 6 月 6 日
吴碧柳挽诗	卢前	《大公报》（天津）	1932 年 10 月 24 日；《国风》（南京）1932 年第 4 期

题名	署名	刊物	时间
南雍遗均（曲）	卢前	《河南大学周刊》	1932 年第 1 期
中秋味莼楼待月不至（诗）	冀野	《河南大学周刊》	1932 年第 1 期
巢经巢逸诗跋	冀野	《河南大学周刊》	1932 年第 2 期
登龙亭（诗词）	卢前	《河南大学周刊》	1932 年第 5 期
蜀游两简（文）	卢前	《会友》	1932 年第 1 期
峨眉伏虎寺壁记（文）	卢前	《会友》	1932 年第 2 期；《民族诗坛》1939 年第 2 卷第 3 期；《江苏教育》（苏州 1932）1932 年第 1 卷第 2 期
辛未五月三十夜与鉴泉柏荣二兄李子孝侯游桂湖坐翼然亭作	冀野	《会友》	1932 年第 3 期
书麻乡约（文）	卢前	《会友》	1932 年第 7 期
凤阳得珥妹书（诗）	冀野	《会友》	1932 年第 8 期
减兰·己巳三过吴门，访儿时巷陌，感而赋此（诗歌）	卢前	《江苏教育》（苏州 1932）	1932 年第 1 卷第 1 期
东归示苹村（诗歌）	卢前	《江苏教育》（苏州 1932）	1932 年第 1 卷第 2 期
所望于今之文人者	卢前	《庠声》	1932 年第 1 期
梁苑曲录：南昌干荷集，辽阳鹤十首	冀野	《庠声》	1932 年第 3 期
观河南梆子戏答客问	冀野	《庠声》	1932 年第 4 期
辽阳鹤痛难言……	冀野	《庠声》	1932 年第 5 期
得仔侃两儿来禀率书寄内子之慧金陵	冀野	《庠声》	1932 年第 6 期

续表

题名	署名	刊物	时间
内子得前诗来书谓有誉妇之嫌因再报以晨句	冀野	《庠声》	1932 年第 7 期
次公文示余再和美城金陵怀古词蒿云先生继其声余家近秦淮于是能无一言乎爰谱青溪故事勉成此解	冀野	《心音》	1932 年第 2 期
1933 年			
初校分得六十七卷颇有佳作；闱中书感	卢冀野	《中央日报》	1933 年 11 月 6 日
幕次和太维原韵	卢冀野	《中央日报》	1933 年 11 月 7 日
题许公武农隐园图	卢冀野	《中央日报》	1933 年 11 月 13 日
曲录：投河中（四禅天之一）	卢前	《国风》（南京）	1933 年第 3 卷第 11 期
蝶恋花（甲子春日）	冀野	《国闻周报》	1933 年第 10 卷第 44 期
朴村诗集序	冀野	《国学周刊》	1933 年第 1—10 期
散曲书目初稿	卢前	《河南图书馆馆刊》	1933 年第 1 期
唐诗绝句补注序	冀野	《河南大学周刊》	1933 年第 17 期
书无名女郎归山词后	冀野	《河南大学周刊》	1933 年第 18 期
黄仲素语录	冀野	《河南大学周刊》	1933 年第 24 期
遁迹	冀野	《庠声》	1933 年第 10 期
太石初生月儿（诗词）	冀野	《庠声》	1933 年第 18 期
徐州早发车中与凌放庵陆少执联句	冀野	《庠声》	1933 年第 24 期
榆关（诗）；两相望歌（曲）	卢前冀野	《新西北》（开封）	1933 年创刊号

题名	署名	刊物	时间
		1934 年	
小疏笔谈	冀野	《中央日报》	1934 年 2 月 8 日、10 日、13 日、15—17 日、19—28 日、3 月 2 日、5—6 日、10 日、13—15 日
乐王陈大声事辑	卢前	《武汉日报》	1934 年 9 月 6 日、20 日
评"中国戏剧概论"	马彦祥 卢冀野	《中央日报》	1934 年 10 月 9 日
白鹭小稿（一）	卢前	《国风》（南京）	1934 年第 5 卷第 5 期
令词引论	卢前	《词学季刊》	1934 年第 2 卷第 1 期
奉怀众异匡庐再次缠蘅均（诗词）	冀野	《国闻周报》	1934 年第 11 卷第 35 期
"归有光生平及其文"序	卢冀野	《江苏学生》	1934 年第 3 卷第 4 期
河海余音	卢前	《国风》（南京）	1934 年第 4 卷第 5 期
浣溪纱（甲戌三月映庵众异霜腴偕至真茹张氏园后作此调余与榆生复赓和之）	冀野	《青鹤》	1934 年第 2 卷第 16 期
壶中天（成都秋思）	冀野	《青鹤》	1934 年第 2 卷第 24 期
"睢阳节"与"厓山烈"	卢冀野	《文艺月刊》	1934 年第 7 卷第 1 期
		1935 年	
诗家相矫之论	冀野	《武汉日报》	1935 年 6 月 20 日
论诗品	冀野	《武汉日报》	1935 年 7 月 4 日
水龙吟	冀野	《四川晨报》	1935 年 7 月 13 日
看戏行	冀野	《戏世界》	1935 年 9 月 16 日
酒人今记	冀野	《世界日报》	1935 年 10 月 5 日；《大同报》10 月 29 日；《立报》1935 年 9 月 23 日

续表

题名	署名	刊物	时间
青楼曲语	小疏	《时代日报》	1935 年 10 月 29 日——11 月 5 日
灯下散记；甲戌游扬州同龙七作	卢冀野	《时代日报》	1935 年 11 月 12 日
送惕子随节内蒙古	卢冀野	《时代日报》	1935 年 11 月 15 日
题拔可黄山游草兼为六十寿	卢冀野	《时代日报》	1935 年 12 月 3 日
北腔韵类之重刊		《词学季刊》	1935 年第 2 卷第 3 期
陈大声评记辑	卢前	《词学季刊》	1935 年第 2 卷第 4 期
陈大声及其词	卢冀野	《青年界》	1935 年第 7 卷第 1 期
我在青年时代所爱读的书：爱读书四种	卢冀野	《青年界》	1935 年第 8 卷第 1 期
小疏曲谈	卢冀野	《十日杂志》	1935—1936 年第 6—20 期
《朱砂痣》的作者余治	卢冀野	《文学》（上海 1933）	1935 年第 5 卷第 1 期
杨夫人别传	卢前	《制言》	1935 年第 5 期；《书报展望》1935 年第 1 卷第 1 期
南渡后几个爱国的词人	卢冀野	《国防论坛》	1935 年第 3 卷第 8—9 期
1936 年			
词录：八声甘州·题讱盒填词图	卢前	《艺文》	1936 年第 1 卷第 2 期
兆丰公园与蒋苏龛黄公渚李仲干同作	冀野	《南京日报》	1936 年 1 月 29 日
咏洋诗人	冀野	《东南日报》	1936 年 2 月 20 日
湖上杂题	卢冀野	《东南日报》	1936 年 5 月 17—18 日
盲词之可爱	冀野	《南京日报》	1936 年 7 月 6 日
卢冀野讲演《民族音乐》		《南京晚报》	1936 年 7 月 31 日

题名	署名	刊物	时间
《苦蜜》谈	冀野	《南京日报》	1936 年 7 月 17 日
同光以来吾乡文坛大概	冀野	《新民报》（南京）	1936 年 9 月 9 日
小圃老人挽词	冀野	《新民报》（南京）	1936 年 9 月 11 日
先编修公遗事	冀野	《新民报》（南京）	1936 年 9 月 12 日
近三十年中国文学史料之发现及处置方法（演讲）	卢冀野先生讲，杨志溥记	《国立中央大学日刊》	1936 年第 1799、1801 期
暑期生活特辑：暑期生活	卢冀野	《青年界》	1936 年第 10 卷第 1 期
我的职业生活特辑：执鞭之始	卢冀野	《青年界》	1936 年第 9 卷第 1 期
柴室杂缀	卢冀野	《十日杂志》	1936 年第 21—24 期
摹天小记：郑振铎先生；龙榆生先生；易君左先生；任中敏先生；卢晋侯先生；龚稼农先生；李清悚先生	卢冀野	《十日杂志》	1936 年第 17—20 期，23—24 期
"三毛"题记	卢冀野	《书报展望》	1936 年第 1 卷第 8 期
灯前九叹	卢前	《天文台》	1936 年新 42 期
汉高祖回乡（附图）	卢冀野	《万象图画月刊》	1936 年第 1 期
其五十一得疾字	卢前	《新亚细亚》	1936 年第 12 卷第 2 期
饮虹簃曲话：辽阳稿曲承诗说；王注中原音韵；何春巢咏债、许宝善和马；君山茶农曲、朱少滨清曲叙；闻妙香室曲	卢前	《艺文》	1936 年第 1 卷第 1—5 期
词录：洞仙歌：赋柳寄中敏白门；来阁意中人眼中景都非昨淡黄柳；咏寒山限质职韵；次韵送榆生南游兼呈映庵墨巢颙士	卢前	《艺文》	1936 年第 1 卷第 1 期
词录：八声甘州·题讱盦填词图	卢前	《艺文》	1936 年第 1 卷第 2 期

题名	署名	刊物	时间
问礼亭诗初集：咏问礼亭（得疾字）	卢前	《艺文》	1936 年第 1 卷第 3 期；《新亚细亚》1936 年第 12 卷第 2 期
述编修公事	卢前	《艺文》	1936 年第 1 卷第 3 期；《南京文献》1947 年第 1 期
游灵隐经玉泉寺不入（诗词）	卢前	《艺文》	1936 年第 1 卷第 5 期
谒随爵三丈时予方归自海上（诗词）	卢前	《艺文》	1936 年第 1 卷第 6 期
我对于文学的信念	卢冀野	《中国学生》（上海 1935）	1936 年第 3 卷第 12 期
曲海浮生	卢冀野	《中学生》	1936 年第 61 期
读道藏中之自然集（书评）	卢前	《暨南学报》	1936 年第 1 卷第 2 期
乃文乃武	卢冀野	《上海漫画》（1936）	1936 年第 1 卷第 1 期
酒之话	冀野	《上海漫画》（1936）	1936 年第 1 卷第 3 期
民族音乐	卢冀野	《广播周报》	1936 年第 99 期
1937 年			
曹氏藏钞本戏曲叙录	卢前	暨南学报	1937 年第 2 卷第 2 期
雪社六友歌	卢冀野	《辞典馆月刊》	1937 年第 8—9 期
和小鲁移居诗即次其韵		《国闻周报》	1937 年第 14 卷第 3 期；《绥远日报》1937 年 1 月 17 日
笳声	冀翁	《火线》	1937 年第 2 期
柴室杂缀·一半儿词；虎跑向何处；挽王光祈；白话诗译评；狗屁不通；袁筱孙挽词	冀野	《新民报》（南京）	1937 年 5 月 4—7 日、9 日

题名	署名	刊物	时间
雪展序幕曲（录自二月八日《南京日报》）	卢冀野	辞典馆月刊	1937 年第 8—9 期
明清戏曲史	卢前	国立编译馆馆刊	1937 年第 25 期
1938 年			
下城	卢前	《民族诗坛》	1938 年第 6 期
双七节歌·调寄满江红	卢前	《武汉日报》	1938 年 7 月 7 日
北湖：南京山川人物之一	卢冀野	《弹花》	1938 年第 5 期
贤街：南京山川人物之一	冀野	《国魂》	1938 年第 10 期
节约行；征难行；至上行	卢前	《国民参政论坛》	1938 年第 2 期
关于高中国文教材问题：形式应重于内容	卢冀野	《教育通讯》（汉口）	1938 年第 10 期
鹧鸪天	卢冀野	《教育通讯》（汉口）	1938 年第 11 期
众口（诗歌）	卢冀野	《民意》（汉口）	1938 年第 32 期
临江仙：待张佛千至	卢前	《民族诗坛》	1938 年第 1 期
抗战期中征求诗歌之揭晓	冀野	《民族诗坛》	1938 年第 1 期
武汉文协会席上作	卢前	《民族诗坛》	1938 年第 1 期
烽火集	卢前	《民族诗坛》	1938 年第 2 期
母子零丁	冀野	《民族诗坛》	1938 年第 2 期
至武昌已不复见南楼刘禹生有诗予于北楼亦不能去诸怀也	卢前	《民族诗坛》	1938 年第 4 期
受参五首	卢前	《民族诗坛》	1938 年第 4 期
琵琶仙：答巽观	卢前	《民族诗坛》	1938 年第 4 期
黄帝魂：五月七日	冀野	《民族诗坛》	1938 年第 4 期
十月十一夜	卢前	《民族诗坛》	1938 年第 2 卷第 1 期
书空军四烈士	卢前	《民族诗坛》	1938 年第 2 卷第 1 期

题名	署名	刊物	时间
书史贯一	卢前	《民族诗坛》	1938 年第 2 卷第 1 期；《中山半月刊》1938 年第 1 卷第 3 期
空军礼赞	卢冀野	《少年先锋》	1938 年第 9 期
粉碎了自西徂东的梦想	卢冀野	《文艺月刊》	1938 年战时特刊 2
临江仙	卢冀野	《中山周刊》	1938 年第 5 期
杨复明：南京人物山水之一	冀野	《民意》（汉口）	1938 年第 23 期
满江红（诗歌）	卢冀野	《民意》（汉口）	1938 年第 24 期
思想革命家王虎臣先生：南京人物山水之二	冀野	《民意》（汉口）	1938 年第 25 期
众口	卢冀野	《民意周刊》（1937 年）	1938 年第 32 期
1939 年			
送仔就学江津；元旦	卢前	《中央日报》（重庆）	1939 年 1 月 21 日
夜袭（寄友）	冀野	《前线日报》	1939 年 7 月 14 日
孰主议和曰佞！	冀野	《前线日报》	1939 年 9 月 12 日
思东北	冀野	《前线日报》	1939 年 9 月 18 日
昨梦（西江月）	冀野	《前线日报》	1939 年 9 月 26 日
歌乐山；峨眉伏虎寺壁记；朱仙镇谒鄂王词记	卢前	《民族诗坛》	1939 年第 2 卷第 3 期
下金刚坡失道久始至青木关	卢前	《民族诗坛》	1939 年第 2 卷第 4 期
短歌赠赵侗；温泉寺题壁	卢前	《民族诗坛》	1939 年第 2 卷第 5 期
示东山少年三首	卢前	《民族诗坛》	1939 年第 2 卷第 6 期
碧血（革命先烈纪念歌）	卢冀野 江定仙	《民族诗坛》	1939 年第 3 卷第 1 期；《乐风》1943 年第 3 卷第 1 期

题名	署名	刊物	时间
悼阵亡将士歌；兵农对；资阳过苌弘故里	冀野	《民族诗坛》	1939 年第 3 卷第 1 期
木兰花慢	卢前	《民族诗坛》	1939 年第 3 卷第 3 期
江津	卢前	《民族诗坛》	1939 年第 3 卷第 4 期
重晤行严先生有诗见赠率尔奉答	卢前	《民族诗坛》	1939 年第 3 卷第 4 期；《时代精神》1940 年第 1 卷第 6 期
暮归；书张表老自箴志后	卢前	《民族诗坛》	1939 年第 3 卷第 5 期
潜社渝集	卢前	《民族诗坛》	1939 年第 3 卷第 6 期
沈卢唱和沈尹点	卢前	《时代精神》	1939 年第 1 卷第 5 期
映庵众异既相约赋舞诗铁尊翁谱为此调爱倚声和之（倚风娇近）	卢前	《新命》（南京）	1939 年第 1 期
吴瞿安先生事略	卢前	《新新新闻每旬增刊》	1939 年第 29 期
做人与作文	卢冀野	《民意》（汉口）	1939 年第 70 期；《北碚日报》1949 年 5 月 23 日
1940 年			
蜀秦道上	卢冀野	《黄河》（西安）	1940 年创刊号
征鸿；冰莹；长安别后……	卢冀野	《黄河》（西安）	1940 年第 4 期
聚奎书院创办人邓石泉先生传；双调清江引；校董邓蟾秋先生七十寿言；中吕红绣鞋（送侃入山应试）；中吕醉高歌	卢前	《聚奎六十周年纪念刊》	1940 年卷期不详
中学国文教学三个谜	卢冀野	《教育通讯周刊》	1940 年第 3 卷第 40 期
吴瞿安先生年谱	卢前	《时代精神》	1940 年第 2 卷第 1 期
楚巴鼓角	卢冀野	《新西北》	1940 年第 2 卷第 3—4、6 期

续表

题名	署名	刊物	时间
张自忠将军慷慨殉国曲	卢前	《行健》	1940 年第 1 卷第 11 期；《前线日报》1940 年 8 月 18 日
文艺之短信		《抗战文艺》	1940 年第 6 卷第 3 期
拉纤行（歌曲）	卢冀野 应尚能	《乐风》	1940 年第 1 卷第 1 期；《中等教育》1943 年第 9 期；《邮汇生活》1946 年第 3 期；《广播周报》1948 年复 76 期
1941 年			
所谓"尊皇爱国诗集"	卢前	《大公报》（重庆）	1941 年 3 月 9 日
孙寒冰先生挽诗陈果夫梁寒操	卢前	《大公报》（重庆）	1941 年 3 月 16 日
空军烈士陈怀民纪念塔碑	卢前	《扫荡报》（桂林）	1941 年 4 月 30 日
文学史上的贵州	冀野	《武汉日报》	1941 年 11 月 23 日
一个新的动机：借实施考试制度的机会推行社教	卢前	《教育通讯》（汉口）	1941 年第 4 卷第 10 期
凯旋（歌曲）	卢冀野 张佩萱	《乐风》	1941 年新 1 第 11—12 期
国殇	卢冀野	《时代精神》	1941 年第 4 卷第 4 期
评盐谷温元曲概说	卢前	《说文月刊》	1941 年第 2 卷第 11 期
胡翔冬先生挽词：中吕·醉高歌（二首）	卢前	《斯文》	1941 年第 1 卷第 8 期
山居何处难忘酒	卢前	《天文台》	1941 年第 448 期
抗战以来之中国诗歌	卢冀野	《中苏文化杂志》	1941 年第 9 卷第 1 期
从荆轲插曲谈到新歌剧	卢冀野	《中央周刊》	1941 年第 3 卷第 34 期

题名	署名	刊物	时间
夏完淳（歌剧）	卢冀野	《中央周刊》	1941 年第 3 卷第 47 期；《东南青年》1941 年第 1 卷第 3 期
黔游心影	卢冀野	《文讯》	1941 年第 2 期
1942 年			
阮郎归·送毅成兄东返方岩	卢前	《东南日报》	1942 年 2 月 7 日
词之末路	冀野	《建康日报》	1942 年 5 月 14 日
哥儿的悲哀	冀野	《达县日报》	1942 年 5 月 15 日
诗：九一八史	冀野	《达县日报》	1942 年 5 月 24 日
蒲松龄记	冀野	《达县日报》	1942 年 9 月 29 日；《正义日报》1946 年 9 月 6 日
打油诗嘲某画家	卢前	《民国日报》（赣南）	1942 年 10 月 5 日
三励（混声四部）	卢冀野 应尚能	《青年音乐》	1942 年第 1 卷第 2 期
国殇（歌曲）	卢冀野 江定仙	《青年音乐》	1942 年第 1 卷第 4 期
机械化部队进行曲（歌曲）	卢冀野 吴伯超	《青年音乐》	1942 年第 1 卷第 4 期；《艺术轻骑》1942 年第 11 期
示现（独唱或齐唱）	卢冀野 应尚能	《青年音乐》	1942 年第 1 卷第 5 期
萧爽（歌曲）	卢冀野 应尚能	《青年音乐》	1942 年第 2 卷第 4 期
六言译诗二首：花坡诗；里中辟妮词	卢前	《沙磁文化月刊》	1942 年第 2 卷第 1—2 期
霜厓先生年谱	卢前	《戏曲月辑》	1942 年第 1 卷第 3 期

续表

题名	署名	刊物	时间
娄山关（诗词）	冀野	《新新新闻每旬增刊》	1942 年第 4 卷第 18 期
访问杏花村夷寨	冀野	《新新新闻每旬增刊》	1942 年第 4 卷第 21 期
渝州赠王孙（诗词）	冀野	《新新新闻每旬增刊》	1942 年第 4 卷第 32—33 期
荒城六首（诗词）	冀野	《新新新闻每旬增刊》	1942 年第 5 卷第 9—10 期
河梁话别：清唱剧（歌曲）	卢冀野陈田鹤	《音乐月刊》	1942 年第 1 卷第 4/5、6 期
饮虹曲话金陵	卢前冀野	《艺林月刊》	1942 年第 118 期
1943 年			
夏丏翁羊毛婚倡和诗：十一、卢冀野先生和作		《万象》	1943 年第 3 卷第 3 期
元人杂剧序说（青木正儿撰，隋树森译，徐调孚校补）	冀野	《图书月刊》	1943 年第 3 卷第 1 期
答赠喜饶大师；复兴关应	卢前	《民族诗坛》	1943 年第 5 卷第 2 期
天风五石	卢前	《民族诗坛》	1943 年第 5 卷第 2 期；《文史杂志》1944 年第 3 卷第 5—6 期
西夏文化轮廓	卢前	《新中华》	1943 年复 1 第 10 期
1944 年			
斥陈柱尊	卢前	《东南日报》	1944 年 1 月 22 日
青年七大信条歌	冀野	《文化新闻》	1944 年 2 月 5 日；《建康日报》1944 年 2 月 26 日；《武汉日报》1944 年 3 月 2 日；《台湾青年》1944 年 3 月 29 日；《民国日报》（赣南）1944 年 4 月 9 日；《山西青年》1944 年第 3 卷第 8 期

题名	署名	刊物	时间
谈油水	冀野	《中央日报》（贵阳）	1944 年 10 月 15 日
百灵庙歌曲	卢冀野 刘天浪	《乐风》	1944 年第 18 期
题唐玄宗戊寅投紫盖洞铜简	卢前	《书学》	1944 年第 3 期
代论：言必能行：本届参政会的希望	卢前	《万象周刊》	1944 年第 64 期
孔诞与教师节：何尝与"苍生"无关！	卢前	《万象周刊》	1944 年第 66 期
哀施超（诗歌）	卢冀野	《万象周刊》	1944 年第 72 期
中印古乐对比	卢前	《文风杂志》	1944 年第 1 卷第 2 期
题冰柱雪车诗注二首	卢前	《文史杂志》	1944 年第 3 卷第 9/10 期
中国戏曲所受印度文学及佛教之影响；吴著"南北词简谱"后序	卢前	《文史杂志》	1944 年第 4 卷第 11/12 期
中国文学史上一个转变的时代	卢前	《新中华》	1944 年复 2 第 4 期
从军乐（歌曲）	卢冀野 林广安	《青年》	1944 年第 2 期
曲选序	卢前	《中国文学》（重庆）	1944 年第 1 卷第 2 期
吉山夜月	卢冀野	《力行月刊》（1944 年）	1944 年第 1 卷第 1 期
1945 年			
衣服放谈	冀野	《前线日报》	1945 年 2 月 2 日
烟戬	冀野	《西北文化日报》	1945 年 3 月 4 日
送甲申	卢前	《民报晚刊》	1945 年 3 月 7 日

续表

题名	署名	刊物	时间
书要天才尤需工力	冀野	《中央日报》（重庆）	1945 年 6 月 10 日；《中央日报》1948 年 4 月 10 日
梅花联韵录（二）和实先朱梅四首	卢前	《新蜀报》	1945 年 6 月 6 日
再和实先朱梅韵	卢前	《新蜀报》	1945 年 6 月 27 日
珍贵的戏剧史料	冀野	《中央日报》（重庆）	1945 年 8 月 16 日
南京能成为工业区吗？	卢前	《中央日报》（重庆）	1945 年 8 月 25 日
十二月二十日自渝抵京作	卢前	《南京晚报》	1945 年 12 月 24 日
中国音乐史话	卢冀野	《教育部公报》	1945 年第 17 卷第 7 期
重庆重来	冀野	《旅行杂志》	1945 年第 19 卷第 1 期
停艇听笛	冀野	《南风》（重庆）	1945 年第 1 卷第 1 期
题逍遥优俪集：点绛唇次姜白石韵（诗词）	卢前	《南风》（重庆）	1945 年第 1 卷第 2 期
疗贫的医生	冀野	《书报精华》	1945 年第 1 期；《前线日报》1945 年 5 月 16 日；《光明日报》1946 年 6 月 22 日；《泉州日报》1946 年 7 月 22 日
真正的民意何在	卢前	《书报精华》	1945 年第 12 期
平凡的童年	卢冀野	《小朋友》	1945 年复刊第 8—10 期
居延残简	卢前	《书学》	1945 年第 4 期；《中华乐府》1945 年第 1 卷第 1 期；《中央日报》1946 年 3 月 18 日

题名	署名	刊物	时间
1946 年			
辽鹤哀音之九乡人之心理苦闷	饮虹	《中央日报》	1946 年 2 月 1 日
乙酉岁除之晨始得飞□陪京暂别都门亲友作		《中央日报》	1946 年 2 月 2 日
荷兰高罗佩介索余新词即席赋赠；书新唐之役	卢前	《中央日报》	1946 年 2 月 16 日
散曲与天主教	冀野	《中央日报》	1946 年 2 月 25 日
渝州元宵八唱	冀野	《中央日报》	1946 年 3 月 1 日
题半瓢词集	卢前	《中央日报》	1946 年 3 月 2 日
仓洋嘉错雪夜行	饮虹	《中央日报》	1946 年 3 月 7 日
止酒咏		《中央日报》（贵阳）	1946 年 3 月 20 日；《中央日报》1946 年 3 月 9 日
白屋精华录序	卢前	《中央日报》	1946 年 3 月 16 日
陈铎金銮辑传	卢前	《中央日报》	1946 年 3 月 17 日
邓石泉先生传	卢前	《中央日报》	1946 年 3 月 20 日
金陵杨仲子契文集题□（上）	卢冀野	《中央日报》	1946 年 4 月 18 日
十六日奉母还金陵作	卢前	《中央日报》	1946 年 4 月 18 日
感逝篇（商调集贤宾）	饮虹	《中央日报》	1946 年 4 月 20 日
市参议会初集公余联欢社十六年蒋先生驻节处也诚彰翁属记以诗	卢前	《中央日报》	1946 年 4 月 22 日
哀丏尊翁	冀野	《中央日报》	1946 年 4 月 28 日
十六日从江津县城还白沙舟过金刚沱几遭覆灭之祸山中亲友争来慰问戏赋南词以谢	饮虹	《中央日报》	1946 年 4 月 29 日
寄题朴园书藏	饮虹	《中央日报》	1946 年 5 月 3 日
吴子我盛静报招游柑林	饮虹	《中央日报》	1946 年 5 月 4 日

题名	署名	刊物	时间
卢冀野撰颂词		《前线日报》	1946 年 5 月 6 日
满沙街夜话上右任先生	冀野	《中央日报》	1946 年 5 月 10 日
说耻	冀野 云青	《中央日报》	1946 年 5 月 11 日
鹧鸪天·喜啸天至	饮虹	《中央日报》	1946 年 5 月 13 日
金鸡岭遇险记	冀野	《中央日报》	1946 年 5 月 16 日
歌谣的搜集与拟作	冀野	《中央日报》 （永安）	1946 年 5 月 23 日
我怎样写"中兴鼓吹"的？	冀野	《中央日报》	1946 年 5 月 23 日；改进 1943 年第 6 卷第 11 期
中兴鼓吹亭记	卢前	《中央日报》	1946 年 5 月 23 日
论北曲中豪语	冀野	《和平日报》	1946 年 6 月 8—9 日；《新蜀夜报》1946 年 1 月 11—12 日
散曲该怎样学？答渌音女士问	卢冀野	《中央日报》	1946 年 6 月 2 日；《京沪周刊》1947 年第 1 卷第 31 期
"儒林外史"中所见之南京	卢冀野	《中央日报》	1946 年 6 月 3 日
乐王陈铎（上）	冀野	《中央日报》	1946 年 6 月 4 日
陈沂"献花岩志"（上）	卢冀野	《中央日报》	1946 年 6 月 17 日
女诗人	冀野	《中央日报》	1946 年 6 月 20 日
壁山后伺拔	卢冀野	《和平日报》	1946 年 6 月 29 日
维族在中国文学史上的贡献	卢前	《新疆日报》	1946 年 6 月 30 日；《中央日报》1946 年 8 月 17 日
七月一日为新疆和平大会献颂辞	卢前	《新疆日报》	1946 年 7 月 6 日

续表

题名	署名	刊物	时间
鲜卑语	冀野	《中央日报》（永安）	1946 年 7 月 9 日
丙戌初夏偕仲文翁过北湖别已九年矣	饮虹	《中央日报》	1946 年 7 月 14 日
从鸠摩罗什贯云石说起	卢前	《新疆日报》	1946 年 8 月 8 日
饮虹近词	卢前	《新疆日报》	1946 年 8 月 11 日；《中央日报》1946 年 8 月 28 日
庙儿沟	冀野	《中央日报》	1946 年 8 月 12 日
完全草率从事·竟是赔本生意香港电影界的怪现状女主角怕追求出走了事开末拉出毛病前功尽弃	卢前	《铁报》	1946 年 8 月 18 日
西行通讯	冀野	《中央日报》	1946 年 8 月 19 日
越调天净沙·西行词纪	冀野	《中央日报》	1946 年 8 月 20 日
调寄天净沙·西行词纪	冀野	《中央日报》	1946 年 8 月 21 日
两日到迪化	卢冀野	《中央日报》	1946 年 8 月 23 日
西行散记	卢冀野	《青岛晚报》	1946 年 8 月 20 日；《中央日报》1946 年 8 月 23 日
兰州杂诗	冀野	《西北日报》	1946 年 8 月 24 日
文艺座谈	卢冀野	《中央日报》	1946 年 8 月 24 日
瑶池行	饮虹	《中央日报》	1946 年 8 月 29 日
马九皋词辑本题记	冀野	《中央日报》	1946 年 9 月 1 日
新疆妇女	冀野	《中央日报》	1946 年 9 月 5 日
李丽华赴港的烟幕	卢前	《铁报》	1946 年 9 月 6 日
谒成陵	冀野	《中央日报》	1946 年 9 月 6 日

续表

题名	署名	刊物	时间
迪化月夜杂诗	冀野	《中央日报》	1946 年 9 月 8 日；《粤秀文垒》1946 年第 1 卷第 7 期
北泉集	卢前	《中央日报》	1946 年 9 月 9 日
本报的副刊专刊与画刊	卢冀野	《中央日报》	1946 年 9 月 10 日
香闺中陈设比以前还要富丽访隐息中的王丹凤	卢前	《铁报》	1946 年 9 月 11 日
为古林寺迁可园老人墓事致吴伯超院长的一封公开信	卢前	《中央日报》	1946 年 9 月 15 日
孝通陈先生别传（旧作）	卢前	《中央日报》	1946 年 9 月 17 日
我们的母亲	卢冀野	《中央日报》	1946 年 9 月 26 日，10 月 3 日、10 日、17 日
瓠瓜庵小令序	卢前	《中央日报》	1946 年 10 月 2 日
灵山	卢前	《中央日报》	1946 年 10 月 3 日
怀旧中之怀旧	卢前	《新民报》（南京）	1946 年 10 月 10 日
教育会必须由教育工作者组织！	卢前	《中央日报》	1946 年 10 月 16 日
"春晓"因李清悚的诗想起	冀野	《中央日报》	1946 年 10 月 17 日
也算一段掌故	冀野	《中央日报》	1946 年 10 月 19 日
祝寿歌	卢冀野	《南京晚报》	1946 年 10 月 28 日；《川南时报》1946 年 10 月 31 日；《民国日报》1946 年 10 月 31 日
祝词	冀野	《新民报》（南京）	1946 年 10 月 31 日
铁笔在王孙的手里	卢前	《中央日报》	1946 年 11 月 6 日
米花笔屑	冀野	《中央晚报》	1946 年 11 月 30 日，12 月 1 日、4 日、6—12 日、28 日

续表

题名	署名	刊物	时间
我的女儿们	冀野	《中央日报》	1946 年 12 月 26 日，1947 年 1 月 9 日
北碚赋	卢前	《大光明》	1946 年第 4 期
本事（二部合唱）：［歌曲］	卢冀野 黄自	《日月谭》	1946 年第 16 期；《邮汇生活》1946 年第 2 期
辽鹤哀音	卢前	《客观》	1946 年第 17 期
朋友快回到祖国的怀抱里来吧（书信）	卢冀野	《新政论》	1946 年第 2 期
1947 年			
新年在南京	冀野	《社会日报》（南京）	1947 年 1 月 1 日
月	冀野	《中央日报》	1947 年 3 月 5 日
陆玄南传	卢前	《中央日报》	1947 年 3 月 20 日
次韵答马琰女士问诗	冀野	《中央日报》	1947 年 3 月 24 日
菩萨蛮	冀野	《中央日报》	1947 年 3 月 24 日
陈觉吾传	卢前	《中央日报》	1947 年 3 月 29 日
为太师回向	冀野	《中央日报》（永安）	1947 年 4 月 2 日；《人间佛教》1947 年第 7—8 期
最后一餐写我哀思	冀野	《中央日报》	1947 年 4 月 14 日
南京的今昔	卢冀野	《中央日报》	1947 年 4 月 18 日
河梁话别引	卢前	《中央日报》	1947 年 5 月 25 日
寿庵诗存序	卢前	《南京文献》	1949 年第 25 期；《中央日报》1947 年 5 月 28 日
小诗二章	冀野	《中央日报》	1947 年 5 月 30 日

续表

题名	署名	刊物	时间
双调新水令	卢前	《中央日报》	1947 年 6 月 30 日
渝茗轩新额记	卢前	《中央日报》	1947 年 7 月 20 日
夏湛初别传	卢前	《中央日报》	1947 年 8 月 1 日
跋石承藕香馆曲	卢前	《中央日报》	1947 年 8 月 6 日
挽常燕生先生	卢前	《中央日报》	1947 年 8 月 17 日
牧龙亭相传为秦会之葬处	冀野	《中央日报》	1947 年 8 月 27 日
奖助清寒学生与学侩	冀野	《中央日报》	1947 年 8 月 30 日
右老招偕延涛士香夫妇胡公石游采石几登太白楼小憩广济寺青山在望不得一展青莲墓归后始成此作	卢前	《中央日报》	1947 年 8 月 25 日；《中央日报》（永安）1947 年 9 月 9 日
偕宋荫国将军希濂兴龙山谒成吉思汗陵用碧山套式	卢前	《中央日报》	1947 年 9 月 21 日；《中央日报》（永安）1947 年 10 月 3 日
水调歌头	卢前	《中央日报》	1947 年 9 月 29 日
地方民意机关内不应有遴选人员		《立报》	1947 年 10 月 2 日
反对透选参议员		《大公报》（天津）	1947 年 10 月 4 日
丁亥九日右任溥泉煜如三先生邀往钟山天文台登高，念三十年前与李子清悚尝留宿山下，俯仰今昔，光景郁非，归涂感成此诗	卢前	《中央日报》	1947 年 10 月 24 日
康巴尔罕之舞	卢前	《中央日报》	1947 年 10 月 29 日
新疆同胞献主席祝寿诗	卢前	《四国华报》	1947 年 11 月 13 日
痛定思痛！	卢前	《中央日报》	1947 年 12 月 13 日
挽张溥老联	卢前	《中央日报》	1947 年 12 月 25 日
赴库尔勒行戈壁中哀弃驴（曲）	卢前	《草书月刊》	1947 年第 1 卷第 4 期

题名	署名	刊物	时间
道藏及大藏经中散曲之结集：附论回回曲	卢前	《复旦学报》	1947 年复刊 3
维护海关主权	卢前	《关声》	1947 年复刊 4
读者来书（抑扬褒贬并照原文）焕镳叶秀峰	卢前	《集成》	1947 年第 2 期
桃花扇"余韵"出中哀江南曲之本来面目	卢冀野	《京沪周刊》	1947 年第 1 卷第 4 期
为太虚回向	卢冀野	《觉有情》	1947 年第 187—188 期
北泉议礼；记大汉（诗词）	卢前	《新重庆》	1947 年创刊号
诗选：谒曾王母墓作	卢前	《亚洲世纪》	1947 年创刊号
人生即是艺术	卢冀野	《艺术家》	1947 年第 3 期
浣溪纱（诗词二首）	冀野	《粤秀文全》	1947 年第 2 卷第 8 期
罗钧任狱中谈法	卢前	《中央日报周刊》	1947 年创刊号
小疏谈往：褚筠心神游西域	卢前	《中央日报周刊》	1947 年第 1 卷第 3 期
刘潜翁慷慨话警政	卢前	《中央日报周刊》	1947 年第 1 卷第 4 期
金仍珠之才识	卢前	《中央日报周刊》	1947 年第 1 卷第 5 期
涉园藏书目	卢前	《中央日报周刊》	1947 年第 1 卷第 6 期
黄思永之厄运	卢前	《中央日报周刊》	1947 年第 1 卷第 7 期
孔庙之营缮（附图）	卢前	《中央日报周刊》	1947 年第 1 卷第 8 期
"罗霄醉语"论中国文字	卢前	《中央日报周刊》	1947 年第 1 卷第 9 期
寇连材之死（上）	卢前	《中央日报周刊》	1947 年第 1 卷第 10 期
翼騆稗编	卢前	《中央日报周刊》	1947 年第 1 卷第 12 期
人境庐散曲	卢前	《南京·中央日报周刊》	1947 年第 2 卷第 1 期
晚清浙东之匪与教案	卢前	《南京·中央日报周刊》	1947 年第 2 卷第 2 期

题名	署名	刊物	时间
觉谛山人词坛点将	卢前	《南京·中央日报周刊》	1947 年第 2 卷第 4 期
国府地址考证（附照片）	卢前	《南京·中央日报周刊》	1947 年第 2 卷第 5 期
孙学修建议译书	卢前	《南京·中央日报周刊》	1947 年第 2 卷第 6 期
小银元铸造用欧斐理议	卢前	《南京·中央日报周刊》	1947 年第 2 卷第 7—8 期
民国纪元前九年之经济特科考试	卢前	《南京·中央日报周刊》	1947 年第 2 卷第 9 期
新年杂忆	卢前	《南京·中央日报周刊》	1947 年第 2 卷第 10 期
朴素的村姑过去南京的怀恋	卢冀野	《南京市政府公报》	1947 年第 3 卷第 8 期
南京对世界文化的贡献	卢冀野	《广播周报》	1947 年复刊第 35 期
世界局势与中国外交政策之检讨	冀野黄	《太平洋杂志》（北平）	1947 年第 2 期
1948 年			
与张简斋伍仲文二先生书	卢前	《中央日报》	1948 年 1 月 12 日
徐长统烈士墓表铭	卢前	《中央日报》	1948 年 1 月 26 日
爨余杂咏序	卢前	《中央日报》	1948 年 1 月 29 日
灯节在夫子庙	饮虹	《中央日报》	1948 年 2 月 19 日
迪化谢永存塔铭；腾冲战役纪念碑；宣城吴良骊墓志铭	卢前	《中央日报》	1948 年 2 月 19 日
梦甘地	饮虹	《中央日报》	1948 年 2 月 19 日

题名	署名	刊物	时间
江宁皇甫氏族谱序	卢前	《中央日报》	1948 年 2 月 20 日
挽王东培先生李清悚	冀野	《中央日报》	1948 年 3 月 11 日
随园老人及其遗裔	冀野	《中央日报》	1948 年 4 月 7 日
南京女儿	卢冀野	《中央日报》	1948 年 4 月 22 日；《中央日报》（永安）1948 年 5 月 5 日
沪改为八万五千亿		《中央日报》	1948 年 5 月 7 日
东坡"卜算子"词考	任蒱 冀野	《中央日报》	1948 年 5 月 10 日
胡适的母亲	冀野	《中央日报》	1948 年 5 月 13 日
题重庆来苏堂集词	卢前	《四川时报》	1948 年 5 月 16 日
国立政治大学同学会兴建介寿堂恭献蒋会长颂词	冀野	《中央日报》	1948 年 5 月 19 日
次和枝巢翁兼促南归；钟馗捉鬼戊子端阳节	卢前	《中央日报》	1948 年 6 月 12 日
赵五娘论		《中央日报》	1948 年 7 月 8 日；《中央日报》（永安）1949 年 2 月 27 日
田园诗人陆鲁望遗山论诗误郑笺任蒱	冀野	《中央日报》	1948 年 7 月 12 日
牛小姐论	冀野	《中央日报》	1948 年 7 月 15 日
大的女性赵娘	冀野	《中兴日报》	1948 年 7 月 21 日
京沪夜快车于右任创始	冀野	《小日报》	1948 年 8 月 12 日
沈琼枝论	冀野	《中央日报》	1948 年 8 月 12 日
张溥泉饮酒看山	冀野	《小日报》	1948 年 8 月 14 日
书生习气	冀野	《工商导报晚刊》	1948 年 8 月 18 日

续表

题名	署名	刊物	时间
候志黄久不至过鸠江亦得见赋此招之未	卢前	《中央日报》	1948 年 8 月 19 日
悼念朱自清	冀野	《小日报》	1948 年 8 月 20 日
次均奉和北海吾兄归省惠州之作	冀野	《广东日报》	1948 年 8 月 23 日
马君武风趣	冀野	《小日报》	1948 年 8 月 24 日
蒋总统少喜游泳	冀野	《小日报》	1948 年 8 月 26 日
扈三娘论	冀野	《中央日报》	1948 年 8 月 26 日；《大光晚报》1948 年 9 月 2—3 日；《时事日报》1948 年 9 月 16 日；《中央日报》（永安）1949 年 2 月 22 日、27 日
教师节说两句本心话	冀野	《中央日报》	1948 年 8 月 27 日
红娘论	冀野	《中央日报》	1948 年 9 月 2 日；《益世报》（上海）1949 年 4 月 6 日；《宁波日报》1949 年 4 月 9 日
史湘云论	冀野	《中央日报》	1948 年 9 月 9 日
总统少喜游泳	冀野	《工商导报晚刊》	1948 年 9 月 9 日
三年来的泱泱	冀野	《中央日报》	1948 年 9 月 10 日
传达斋先生七十寿序	卢前	《中央日报》	1948 年 9 月 30 日
次韵喜稊园至	饮虹	《中央日报》	1948 年 9 月 30 日
王熙凤论	冀野	《中央日报》	1948 年 9 月 30 日
傅达斋先生十七寿序	卢前	《中央日报》（永安）	1948 年 10 月 9 日
敬悼香宋老人	卢冀野	《中央日报》（重庆）	1948 年 10 月 13 日

题名	署名	刊物	时间
尤三姐与花袭人	冀野	《中央日报》	1948 年 10 月 14 日
吊陈树人先生	卢前	《中央日报》（永安）	1948 年 10 月 23 日
浣溪纱	卢前	《中央日报》	1948 年 11 月 17 日、18 日、20 日
暮秋游雁滩	卢前	《西北日报》	1948 年 11 月 2 日
瘦湖春泛	卢冀野	《建中周报》	1948 年第 1 卷第 3 期
谈奉天大鼓	卢前	《物调旬刊》	1948 年第 39 期
新闻与旧闻	卢前	《报学杂志》	1948 年第 1 卷第 3 期
理想中的副刊	卢冀野	《报学杂志》	1948 年第 1 卷第 5 期
晏打臣与夏思美	卢前	《南京·中央日报周刊》	1948 年第 2 卷第 11—12 期
海刚峰之土风观	卢前	《南京·中央日报周刊》	1948 年第 3 卷第 1 期
蒋百里之又一预言	卢前	《南京·中央日报周刊》	1948 年第 3 卷第 2 期
南京之古墓	卢前	《南京·中央日报周刊》	1948 年第 3 卷第 3 期；《南京市政府公报》1948 年第 4 卷第 3 期
濯垢闲谭	卢前	《南京·中央日报周刊》	1948 年第 3 卷第 4 期
春节谈奉鼓	卢前	《南京·中央日报周刊》	1948 年第 3 卷第 5 期
秦桧二三事	卢前	《南京·中央日报周刊》	1948 年第 3 卷第 6 期

续表

题名	署名	刊物	时间
译界前辈周桂笙	卢前	《南京·中央日报周刊》	1948 年第 3 卷第 7 期
旧女性中一颗彗星：王贞仪	卢前	《南京·中央日报周刊》	1948 年第 3 卷第 8 期
武闱规则	卢前	《南京·中央日报周刊》	1948 年第 3 卷第 9 期
冯梦龙在晚明	卢前	《南京·中央日报周刊》	1948 年第 3 卷第 10 期
唐髯无髯	卢前	《南京·中央日报周刊》	1948 年第 3 卷第 11 期
叶楚伧遗笔	卢前	《南京·中央日报周刊》	1948 年第 3 卷第 12 期
娱目翁	卢前	《南京·中央日报周刊》	1948 年第 4 卷第 1 期
香梦词人小说	卢前	《南京·中央日报周刊》	1948 年第 4 卷第 5 期
田北湖发现鸭蛋岛	卢前	《南京·中央日报周刊》	1948 年第 4 卷第 7 期
徐燕公话台湾	卢前	《南京·中央日报周刊》	1948 年第 4 卷第 8 期
司谳者必读之书	卢前	《南京·中央日报周刊》	1948 年第 4 卷第 9—10 期
钱币之诅咒	卢前	《南京·中央日报周刊》	1948 年第 4 卷第 11—12 期

题名	署名	刊物	时间
金圣欢之真评价	卢前	《南京·中央日报周刊》	1948 年第 5 卷第 1 期
明太祖逸闻	卢前	《南京·中央日报周刊》	1948 年第 5 卷第 2—3 期
南京一异人：史忠	卢前	《南京·中央日报周刊》	1948 年第 5 卷第 4 期
鄂州约法	卢前	《南京·中央日报周刊》	1948 年第 5 卷第 7—8 期
田撰异谈铸银钱	卢前	《南京·中央日报周刊》	1948 年第 5 卷第 10 期
寿州古迹发掘计划	卢前	《南京·中央日报周刊》	1948 年第 5 卷第 11 期
何子清投水自杀	卢前	《南京·中央日报周刊》	1948 年第 5 卷第 12 期
奢与俭之对比	卢前	《南京·中央日报周刊》	1948 年第 6 卷第 1 期
1949 年			
西域诗人眼中之上海	卢前冀野	《铁报》	1949 年 2 月 27 日
春游曲	冀野	《南京晚报》	1949 年 2 月 28 日
返京道中见新柳	卢冀野	《铁报》	1949 年 3 月 16 日
杭游诗卷	卢冀野	《铁报》	1949 年 3 月 21 日
齐白石翁新画采桑子	冀野	《新民报》（南京）	1949 年 7 月 27 日
新文友颂醉乡春	冀野	《新民报》（南京）	1949 年 7 月 28 日

续表

题名	署名	刊物	时间
战洪水·沁园春	冀野	《新民报》（南京）	1949 年 7 月 29 日
祭雨花台	冀野	《新民报》（南京）	1949 年 7 月 30 日
位女迎往文工团看《李闯王》话剧（词）最高楼	冀野	《新民报》（南京）	1949 年 8 月 2 日
工界庆功会·减字木兰花	冀野	《新民报》（南京）	1949 年 8 月 4 日
丹娘·木兰花慢	冀野	《新民报》（南京）	1949 年 8 月 5 日
西南服务团将启程词以饯别	冀野	《新民报》（南京）	1949 年 8 月 7 日
列宁·满江红	冀野	《新民报》（南京）	1949 年 8 月 10 日
寄一书至云恩来意极关切以余近况见询故望早日北上词以答之	冀野	《新民报》（南京）	1949 年 8 月 16 日
本事	冀野	《国华报》	1949 年 9 月 8 日
一百年来的秦淮河	冀野	《新民报》（南京）	1949 年 11 月 20 日
富有民族意识的明孝陵	冀野	《新民报》（南京）	1949 年 11 月 27 日
二月十一日天京是这样建立的	冀野	《新民报》（南京）	1949 年 12 月 4 日
从半山寺想起"争墩"的故事	冀野	《新民报》（南京）	1949 年 12 月 25 日
次韵别李独清柴晓莲二兄	卢冀野	《贵州文献汇刊》	1949 年第 5 期

题名	署名	刊物	时间
戴传贤一生三变	卢冀野	《新希望》	1949 年第 2 期
谈相（附照片）	卢冀野	《新希望》	1949 年第 7 期
杨龙友的"山水移"	卢冀野	《子曰丛刊》	1949 年第 6 期
1950 年			
跋嘉道旧刻《金陵省城全图》	冀野	《新民报》（南京）	1950 年 1 月 15 日
续冶城话旧傅义和	饮虹	《新民报》（南京）	1950 年 1 月 15 日
天京纪年	冀野	《新民报》（南京）	1950 年 1 月 29 日
玄武湖的生产	冀野	《新民报》（南京）	1950 年 2 月 5 日
天京是这样沦陷的	冀野	《新民报》（南京）	1950 年 2 月 12 日
毛夫人庙续冶城话旧	饮虹	《新民报》（南京）	1950 年 3 月 5 日
校订写本金陵景小唱上	冀野	《新民报》（南京）	1950 年 3 月 26 日；4 月 2 日
春牛首下	冀野	《新民报》（南京）	1950 年 4 月 16 日
燕子矶之春	冀野	《新民报》（南京）	1950 年 4 月 16 日

三

　　因卢前发表在报刊上的作品和单行本在内容上常常出现改动，导致版本不同及出现错讹，今仅以中华书局版《冀野文钞·卢前诗词曲选》为例，将见到的部分报刊作品与之进行校勘，日后若出版《卢前集》，或可资参考。

卢前诗词曲选	报刊
霞海①	
晚潮	汐潮
海外飞来	海外飞来了
舞动起无稽	舞动了无稽的
星晴	星儿
感明月楼往事②	
明月楼	得月台前
望	见
明月皎	缺此句
怕见	不为
更怕踏遍离离草	只怕他日迷离草
帘底月③	
衷肠	哀肠
为爱居阁题渔洋手稿二绝句④	
吟时	吟诗

---

　　①　《创造日汇刊》1923 年第 1—101 期。
　　②　《中国评论》1925 年第 1 卷第 11 期。有序，如下：明月楼，倭人捕韩国独立党领袖孙秉熙处也。楼在朝鲜京城。
　　③　《饮虹周刊》1928 年第 8 期。
　　④　《艺文》1936 年第 1 卷第 1 期；另，《国闻周报》题为《为众异题渔洋手稿》，1936 年第 13 卷第 16 期；另见《绥远日报》1936 年 5 月 4 日。

续表

卢前诗词曲选	报刊
受参①	
愧台（三）	隗台
蟠龙（五）	翻龙（《新西北》误）
雨②	
可忆	可怜
龙池鲫	龙池
分明	分易
游南北温泉诗③	
泷湫	陇湫（《中央日报》（重庆））
秋思八首，同李证刚、方东美作④	
题延光四年砖次沫若鞭字诗韵⑤	
惟此	空余
贵	利
文藻	花纹
安帝永初元年倭使来朝	黄泉后安帝永初元年倭使来朝
孰不知	人孰不
橅	抚
练存轩杂作⑥	
不草（六）	下草
二十年（九）	三十年
来黄莺（十）	闻黄莺

---

① 《新西北》1940 年第 2 卷第 3—4 期，另见《民族诗坛》1938 年第 4 期。

② 《民族诗坛》1938 年第 2 卷第 1 期。

③ 《民族诗坛》1939 年第 2 卷第 4 期，另见《中央日报》（重庆）1939 年 1 月 10 日第 6 版；《新西北》1940 年第 2 卷第 6 期。全诗共八首，《卢前诗词曲选》将一和二、四和五混成一首。

④ 《时代精神》1940 年第 2 卷第 5 期，题为《秋思八首和李证刚教授》。

⑤ 《说文月刊》1941 年第 2 卷第 10 期，题为《题延光砖拓本次沫若韵》。

⑥ 《中央日报》1946 年 5 月 14 日第 6 版。

续表

卢前诗词曲选	报刊
行后（十九）	行役
闻吴氏从母没于湘桂道中①	
避暑杂咏②	
示吴清俊（二）	答赠小友
二主诗（三）	二主词
皇阁（四） 如此江南亦可哀 玉楼	王阁 如此往事亦大哀 玉檐
渝州元夕丙戌③	
莲花	莲船
满江红·送往古北口者④	
几家	八千
且按剑，从新誓，岂肯洒，英雄泪。纵天真亡我，	时不利，驹何逝。流不尽，虞兮泪。纵天亡项羽，
江城子·喜中敏北归之讯⑤	
三百兆	三百万
不分明	分明
报国	振国
太常引⑥	
敢言	岂知

---

① 《中华乐府》1945 年第 1 卷第 1 期，题目为《闻吴氏从母殁于湘桂道中》。

② 《中央日报》1946 年 7 月 11 日第 7 版。另，《中央日报》上第三、四、七首《卢前诗词曲选》未录。

③ 《中央日报》1946 年 3 月 1 日第 6 版，题目为《渝州元宵八唱》，共八首，《卢前诗词曲选》只录前三首。

④ 《国闻周报》1937 年第 14 卷第 5 期。另，《八声甘州》《水龙吟·读徽音记忆诗极幽婉之致以为与白石同趣也以词谱之》《糖多令·呈季父石青先生兼示曼君》为书中未收。

⑤ 《京报》（北京）1935 年 8 月 22 日第 9 版，题目为《江城子·喜二北北归之讯》。

⑥ 《京报》（北京）1935 年 8 月 31 日第 9 版，题目为《太常引·书愤且以慰榆生》。

续表

卢前诗词曲选	报刊
一穴尚纷争	卷土计难行
都不解	却不道
此愿	怀抱
大鸟止王庭	有事终成
好事近①	
何家	谁家
水调歌头②	
叔清、可瑞	王叔清、张可瑞
达云在长沙	达云练兵长沙
不与	不及
冰蟾	水（误）蟾
欢乐	欲乐

---

① 《中央日报》1948 年 1 月 1 日第 6 版。
② 《中央日报》1948 年 9 月 20 日第 6 版。

《姚光全集》佚文拾遗

南社社友姚光（1891—1945），字石子，号凤石、复庐，上海金山张堰人。曾继柳亚子主政南社，为《南社丛刻》22、23集出版倾囊相助。钱仲联《南社吟坛点将录》将其点为"天闲星入云龙公孙胜"，评语云：石子毹毹，金山之英。龙德而隐，脱略公卿。胸中丘壑，泉石移情。跌宕文史，坐拥百城。天放之闲，早计埋名。亚子辞位，群推主盟。登坛振旅，一军皆惊。意在辅弼，承乏经营。飞龙升云，功有众评。① 生前著作等身，有《浮梅草》《荒江樵唱》《倚剑吹箫楼诗集》等，并且嗜书如命，自称"书淫"，藏书宏富，是江南著名藏书家。姚光去世后，其后人将藏书捐赠给了上海图书馆，又搜集著作集成《姚光全集》。《姚光全集》的整理者在后记中写道："尚有《读书札记》《倚剑吹箫楼诗话》《闲情偶笔》《怀旧楼丛录》等，当时恐亦未抄录成册，现均已散失，偶尔发现片纸只字而已，均已无从刊印。"② 《倚剑吹箫楼诗话》已发现于上海图书馆，③ 笔者查阅报刊文献时，发现《汉书札记》《怀旧楼丛录》《闲情漫笔》等，还有部分文献为《姚光全集》未收，今一并拈出，以飨学界。

一　读《石头记》杂说④

《读〈石头记〉杂说》数则，为吾友石子所著。余既付何君，刊入

① 钱仲联：《南社吟坛点将录》，《苏州大学学报》（哲学社会科学版）1994年第1期。

② 姚昆群、昆田、昆遗：《姚光全集》，社会科学文献出版社2007年版，第758页。

③ 李清华：《上海图书馆藏姚光〈倚剑吹箫楼诗话〉稿本考述》，《图书馆杂志》2021年第2期。

④ 《白相朋友》1914年第8期，署姚光石子；另《生活日报》（1914年1月4日、15日第12版）、《香艳小品》（1914年第3期）为未完本。《申报》（1925年5月31日第17版）载刘家铭《读〈石头记〉杂说》，除"病羊"为"吾友"、"《张船山诗集》载红楼后二十四回"为"二十四回之后，据《张船山诗集》所载"不同外，其余完全相同。查周汝昌《红楼梦新证》（人民文学出版社1976年版）附记中有"按刘氏所记盖在民初"语，故此文在未找到刘家铭最早发表的原文前，暂归姚光名下。

《香艳小品》。昨石子复以续稿寄示，因并刊于此，以飨读者。编者记。

《石头记》笔法完密，有起有伏，有提有补，无一闲笔，无一漏笔，前后皆有呼应，读之于作文之道，亦思过半矣。

《石头记》于家庭社会情形，描摹尽致，故言情小说而实兼家庭社会小说也。读之于世故人情，当知不少。

或谓《石头记》为诲淫，大谬，是不知情与淫之别也。旧小说之下乘无论矣，即高如《西厢记》等，亦不免于苟合，此则近于诲淫也。《石头记》中凡值宝玉、黛玉相逢，每有一片缠绵悱恻，不忍辜负之苦心，而终不及于乱，《诗》之好色不淫，发乎情止乎礼义，宝、黛二人有焉。故情与淫，判若霄壤，《石头记》者，天下第一言情之作也。

《石头记》一书，《郎潜纪闻》谓记清相明珠家事，和者颇多。《醒吾丛谈》则谓记清初诸大事，勉强附会，余极不取。此书虽未必一无所因，惟读者亦不必强索以证实其事，赏其文会其意可也。

黛玉孤高自赏，正如空谷幽兰。病羊谓是书作者精神，全注意于黛玉，譬诸黛玉花也，紫鹃护花牖也。宝玉水也，贾母瓶也。岫烟、宝琴、湘云、元春、探春、惜春、香菱、平儿诸人，蜂蝶也。宝钗、袭人淫雨狂风也，凤姐剪也。无根无叶本难久延，况复雨妒风摧，正欲开时，陡然为剪所伤，命根断矣。然颦卿之意，甘使雨妒风摧，陡然一剪，必不可漂泊粪土。各种续《红楼梦》，皆粪土也，旨哉言乎，可为颦卿知己。

沈阳平康名校书玉婷婷之言曰："世人读《石头记》一书，咸称宝玉为多情种子，吾独绝对的不表同情。盖宝玉不过一好色之浪子，实不解爱情为何物，使若真知爱情，则绝不肯于黛玉而外，更滥用其情于宝钗、晴雯诸人。"其言诚独具只眼，然而持论太苛矣。又曰："迨宝玉既娶宝钗，而黛玉殉焉，其钟情于宝玉者，固不可谓不厚。然使我身处黛玉之地位，断不肯牺牲生命以殉此无味之爱情。"是则薄幸之罪，宝玉固不容辞，此未免平康口吻。盖黛玉之殉，正以见其用情之专也。又曰："若再为宝、黛两人进一步想，设使当时若能自由结婚，则一双玉人儿，已早成完全美满之眷属矣。"呜呼，世之痴男痴女，死于情者，无一非结婚不自由耳！

李纨、探春代凤姐理事，而插入宝钗，可知贾母、王夫人之属意已久矣。

六十二回中，宝玉对黛玉说探春所干之事，黛玉道："要这样才好，咱们家里也太花费了。我虽不管事，心里每常闲了，替算着出的多进的少，如今若不省俭，致后手不接。"又六十三回中，怡红院开夜宴，黛玉笑向宝钗、李纨、探春等道："你们日日说人夜饮聚赌，今儿我们自己也如此，以后怎么说人？"观此，孰谓颦卿无经济哉！惟不欲多言以自矜耳！其过人远矣！

《石头记》一书，语妙天下。病羊谓事迹本属平淡无奇，如令俗手为之，不知要作几许丑恶态。作者偏能细摹入骨，写照如生，笔力心思，无出其右。其他小说之庸恶陋劣者，非事不足述，实笔不能述也。如《红楼梦》者，其事本无可述，而一经妙手摹写，尽态极妍，令人愈看愈爱，旨哉言乎！然不善观者，仍是味同嚼蜡，误会者且以为诲淫矣。故《石头记》一书，未许人人读也。

大观园专为省亲而设，宝玉之题联额，乃偶然唤来。实则大观园特为诸艳而设，宝玉为诸艳领袖，须先由其题跋。黛玉、宝钗为诸艳之冠，亦有凹晶凸碧之命名，故"贾元春才选凤藻宫"一回，似主而实宾。"大观园试才题对额"一回，似宾而实主也。

二十七回，宝钗既闻红玉失帕事，而故为觅黛玉以嫁祸于人，其心不可问。

近人欲将《石头记》编为剧本，演之歌场者，然头绪纷繁，前后极难一气呼成，非大手笔不办。尝见《红楼梦》散套，为荆石山民填词，娄东黄兆魁订谱，颇佳。故欲演者可取其一节而演之也。然而演者、观者又非解人不可，不然，仍是非平淡即诲淫矣。以余所见旦角而论，以冯春航饰林黛玉，毛韵珂饰史湘云，贾碧云饰薛宝钗，最为相宜。春航每有一种多愁多病之态，而言外有余意。韵珂豪爽，加之生成口吃。碧云善媚，皆与林史薛三人妙合也。

《张船山诗集》载《红楼梦》后二十四回，系他手所续，此说之确否，姑不深考。以余意而论，后二十四回殊无接续痕迹。且前后呼应，必不可少也。坊间新出有清初钞本、原本《红楼梦》者，其字句之间，确有与向所流行本不同，且较妥帖。然止八十回而无结束，则即使原本，亦非完全矣。

姚光《读〈石头记〉杂说》自问世以来，鲜见研究者提及。此文早于王梦阮、沈瓶庵的《红楼梦索隐》和成之的《小说丛话》，① 主要在驳斥当时将《红楼梦》定位于"诲淫"一说。姚光认为宝、黛二人之间的情"终不及于乱，时之好色不淫，发乎情止乎礼义"，并没有逾越伦理纲常，不足以称之为"淫"。接下来评价了黛玉、宝玉的性情，黛玉的清高，如无根之花，虽有贾母的偏惜，但处在淫雨狂风的环境中，必遭摧残，致其命者凤姐。细考究，家族利益高于一切才是祸根，贾母等选择宝钗是家族命运所决定的，即便黛玉有经济头脑、治家本领，也不会摆脱她"孤家寡人"的地位。

《读〈石头记〉杂说》不仅为《红楼梦》正名，极力推崇它为第一言情小说，对写情手法予以赞扬。同时，也为我们提供了晚清以来《红楼梦》在版本、流传、研究及演绎等方面的史料价值。如关于索引派认为是明珠家事或清初诸大事，作者持反对的态度，认为阅读者只管"赏其文会其意可也"，是为当时索引派正兴之际，能出此言，既有作者对红学研究动态的关注，也有其文学研究的独到视野，为索引、考证两派之外的研究视角。《红楼梦》搬上舞台乃民初之事，但传奇剧本的创作早在清中叶就出现了，文中所提《红楼梦》散套，创作于嘉庆年间，于 1900 年发表在《游戏世界》（杭州）上。② 1914 年新民社、春柳社开始上演《红楼梦》片段戏。姚光记载的是春柳社事，因冯春航与姚光同为南社社友，有交往记忆，此文提及此事，文献价值颇实。

二　明高丽本《李义山诗集》校记③

　　吾友陈君乃乾，得一玉溪生诗，署题为《李商隐诗集》，分体编次，厘为十卷，又补遗一卷，而补遗之诗，为目录所不载。每半页九行，每行十七字，板框字体，皆极阔大。故除目录外，无序跋及编校

---

　　① 《红楼梦》在晚清传播广泛，影响深远，并逐渐形成索引与考证二派。索引派以王梦阮、沈瓶庵的《红楼梦索隐》为发凡，其曾在《中华小说界》1914 年第 6—7 期发表《红楼梦索隐提要》。随后《中华小说界》第 7 期发表成之的《小说丛话》，公然反对索引说。

　　② 《游戏世界》（杭州）1900 年第 10、14—15 期，作者为荆石山民，永兴寅半生校刊。后又载《双星杂志》（1915 年第 1—4 期）、《文星杂志》（1915—1916 年第 1—4 期）、《先施乐园日报》（1919 年 12 月 28—30 日第 4 版），荆石山民为吴镐还是黄兆魁，尚有争议。

　　③ 《民国日报》1931 年 10 月 26 日第 8 版。

姓氏、刊版年月等只字。度其纸张装订款式，当属明时高丽刻本，共计五百三十三题，以与我家所刻平山先生（培谦）笺注本相校，内为笺注本所无者有九题（《题剑门先寄上司徒杜公》《赠茅山高拾遗二首》《章野人幽居》《感兴寄友》《游灵伽寺》《金灯花》《洛阳》《无题二首》《木兰花》），笺注本有此本无者，亦有十题（《牡丹》《怀求古翁》《清夜怨》《赠送前刘五经映三十四韵》《寄太原卢司空三十韵》《垂柳》《出关宿盘豆馆对丛芦有感》《送阿龟归华》《赤壁》《定子》）。而全书署题字句之不同甚多，如《贵公主》题之作《贵公子》，诗句"明朝金井露"，"金井"之作"含新"；《齐梁情云》题中"如妒柳绵飘"之作"低随柳线飘"；《和郑愚赠汝阳王孙家筝妓二十韵》题中"孤猿耿幽寂"之作"孤耿长幽寂"；《骄儿诗》题中"将养如痼疾""痼"之作"探"，"探雏入虎穴"之作"攫雏入虎窟"，"勿守一经帙"，"帙"之作"说"；《行次西郊作一百韵》题中"存者皆面啼"，"皆"之作"背"，"暖热迥苍旻"，"热"之作"玉"，"在人不在天"之作"系人不系天"；《韩碑》题中"彼何人哉轩与羲"，"哉"之作"斯"，"帝得圣相相曰度"之作"帝得圣相曰裴度"；《无愁果有愁曲》题下之无"北齐歌"三字；《安平公诗》题中"陈留阮家诸侄秀"之作"玙璠并列诸侄秀"，"遣我草诏随车牙"之作"遣我草檄随车牙"，"呜呼大贤苦不寿"，"呜呼"之作"吁嗟"，"明年徒步吊京国"，"步"之作"梦"，"隙光斜照旧燕窠"，"隙"之作"隙"；《寄罗劭兴》题中"燕重远兼泥"，"兼"之作"嫌"；《鄠杜马上念汉书》题下注有"一云《五陵怀古》"；《柳》题中"解有相思苦"，"苦"之作"否"；《闻著明凶问哭寄飞卿》题"凶"之作"幽"，诗句"江势翻银砾""砾"之作"汉"；《陈后官》两题之皆作《陈后主官》；《北禽》题中"为恋巴江好"，"好"之作"暖"，"纵能朝杜宇"，"朝"之作"怜"，"可得值苍鹰"，"值"之作"羡"；《少将》题中"上马即如飞"之作"马上疾如飞"。《无题》题中"归去横塘晚"，"晚"之作"晓"，《月》题之作《秋月》；《晓坐》题下注有"一云《后阁》，诗句"得失在当年"，"当"之作"中"；《荷花》题中"预想前秋别"，"别"之作"梦"，"离居梦棹歌"之作"沧浪更棹歌"；《昭州》题之作《韶州》，诗句"昭川日正西"之作"韶州日正西"；《小园独酌》题中"花房未肯开"，"花房"之作"心

期"，"虚信岁前梅"之作"空信岁前回"；《离席》题中"杨朱不用
劝"，"劝"之作"恸"；《俳偕》题中，"柳讶眉双浅"，"双"之作
"伤"，"吾岂怯生平"之作"吾敢悌生平"；《因书》题之作《因言》，
诗句"别夜对凝缸"，"凝"之作"银"；《故番禺侯以赃罪致不辜事
觉母者他日过其门》题中之无"事觉母者"四字；《有怀在蒙飞卿》
题之作《有怀在家温飞卿》；《药转》题之"转"之作"轩"；《玉山》
题中"赤箫吹罢好相携"，"赤箫"之作"清商"；《酬崔八早梅有赠
兼示之作》题中"知访寒梅过野塘"，"知"之作"始"；《促漏》题
下注有"此篇拟《深宫怨》而作"；《和友人戏赠》题之作《和令狐
绹戏赠二首》；《题二首后重有戏赠任秀才》题上之无"题二首后重
有"六字，诗句"一丈红蔷拥翠筠"之作"一丈蔷薇隔翠筠"；《随
师东》题之作《随师东征》；《九日》题之作《九日谒令狐陶不见》；
《早起》题中"莺花啼又笑"作"鸟啼花又笑"；《夜雨寄北》题之
"北"之作"内"；《华清宫》题中"当日不来高处舞"之作"当日不
来歌舞处"；《汉宫》题中"王母不来方朔去"之作"王母西归方朔
去"。凡此所举，皆于义为胜。此外字异文，尚处处皆是。至《药转》
一题，自来笺注者皆不得其解，而曲为之说，岂知为《药轩》之误。
得此一字之正，而遂觉全篇释然，盖不啻一字千金矣！其余篇章之分
合次序，亦与今所流行之本绝异。若其字体形似之讹，亦所不免。总
之，其校刊却未必佳，惟其所据，决非宋元以来传刊之本。高丽于唐
代交通甚繁，或即依当时传写所得之本，亦未可知耳。乃乾以此本见
示，余既校录一过，而复摘记如次。时当盛暑，以故乡匪患，羁旅沪
上。跼踏小楼，挥汗研朱，而自谓亦一适也。

　　中华民国十九年八月一日金山姚光识于沪西慕尔鸣路之鸿远里

　　按：当前学界考订出在《文苑英华》修纂时，李商隐诗尚未汇总刻
播，并推出在真宗大中祥符二年（1009）未编集成帙。考王尧臣于仁宗宝
元元年（1038）上《崇文总目》时，称有"《李义山诗》三卷"，李商隐
诗编定成集当不迟于是年。① 在明之前，未见分体刊本。直到明嘉靖二十
九年（1550），出现毗陵蒋孝刻《中唐人集十二家》本《李义山诗集》六
卷本（四部丛刊本据此影印）、明姜道生刻《唐三家集》本《李商隐诗

---

① 黄世中：《李商隐诗版本考》，《文学遗产》1997 年第 2 期。

集》七卷本、明胡震亨辑《唐音统签·戊》李商隐诗十卷本。① 从分体刊本卷本上看，高丽本《李义山诗集》接近《唐音统签·戊》本，② 但从姚光校勘记提供的文本信息与《唐音统签·戊》本比对，二者又不同：

《俳偕》"吾敢悕生平"（《唐音统签·戊》）

《北禽》"为恋巴江暖"（《唐音统签·戊》）

《汉宫》"王母西归方朔去"（《唐音统签·戊》)③

《少将》"上马即如飞"一作"马上疾如飞"（《唐音统签·戊》）

《闻著明凶问哭寄飞卿》"江势翻银砾"，"砾"一作"漠"（《唐音统签·戊》）

《早起》"莺花啼又笑"一作"鸟啼花又笑"（《唐音统签·戊》）

《骄儿诗》"将养如探疾""痼雏入虎窟"（《唐音统签·戊》）

《行次西郊作一百韵》"存者尚迁延""系人不系天"（《唐音统签·戊》）

《齐梁情云》题目为《效齐梁情云》（《唐音统签·戊》）

《昭州》题目为《昭郡》（《唐音统签·戊》）

在姚光举证的三十五题中，有三题（《俳偕》《北禽》《汉宫》）高丽本与《唐音统签·戊》本完全相同；有三题（《少将》《闻著明凶问哭寄飞卿》《早起》）为高丽本的二选一；有两题（《骄儿诗》《行次西郊作一百韵》）《唐音统签·戊》部分同高丽本同，其余三者不同；有两题（《齐梁情云》《昭州》）三者之间各不相同；其余二十五题姚培谦《李义山诗笺注》本与《唐音统签·戊》本相同。

---

① 刘学锴：《李商隐诗集版本系统考略》，《安徽师大学报》（哲学社会科学版）1997 年第 4 期。

② （明）胡震亨编：《唐音统签 6》，上海古籍出版社 2003 年版，第 68—138 页。《唐音统签》载"自称玉溪子诗十卷（唐志诗三卷、宋志集八卷，内五卷为诗）"。另，以下为行文方便，高丽本《李义山诗集》简称高丽本。

③ 另见《文苑英华选》（吉林人民出版社 1998 年版，第 256 页）；《万首唐人绝句》下，（上海科学技术文献出版社 2019 年版，第 812 页）。《唐人万首绝句选》中做了补注："王母西归"一作"王母不来"，见（清）王士禛选、史海阳等注《唐人万首绝句选》，华夏出版社 1999 年版，第 354 页。

再看高丽本多出来的十首诗：

题剑门先寄上司徒杜公

峭壁横空限一隅，划开元气建洪枢。梯航百货通邦计，键闭诸蛮屏帝都。

西戾犬戎威北狄，南吞荆郢制东吴。千年管钥谁熔范，只是先天造化炉。

按：此诗《全唐诗》卷五四八收入，题作《题剑门先寄上西蜀杜司徒》，作者薛逢；①《文苑英华》卷二六三收入，亦属薛逢。

赠茅山高拾遗二首

谏猎归来绮里歌，大茅峰影薄秋波。山斋留客扫红叶，野艇送僧披绿莎。

长覆旧图棋势尽，偏添新品药名多。云中黄鹄日千里，自宿自飞无网罗。

一笛迎风万叶聚，强携刀笔换征衣。潮寒水国秋砧早，月暗山城晓漏迟。

岩乡远催行客过，浦深遥送钓舣归。中年未识从军乐，虚近三茅望少微。

按：第一首见《全唐诗》②《景定建康志》③，晚见《中晚唐诗叩弹集》（康熙甲申年编）④；第二首在《全唐诗》题为《祗命许昌自郊居移就公馆秋日寄茅山高拾遗》，作者许浑，但诗句用词有变：

一笛迎风万叶飞，强携刀笔换荷衣。潮寒水国秋砧早，月暗山城夜漏稀。

岩响远闻樵客过，浦深遥送钓童归。中年未识从军乐，虚近三茅望少微。⑤

---

① 周振甫主编：《全唐诗》第 11 册，黄山书社 1999 年版，第 4120 页。另，"只是"《全唐诗》作"只自"。

② 周振甫主编：《全唐诗》第 10 册，黄山书社 1999 年版，第 3971 页。另，"里"《全唐诗》作"季"；"薄"作"满"。

③ 《南京稀见文献丛刊·景定建康志 3》，南京出版社 2010 年版，第 921 页。

④ 杜紫纶、杜诒毂撰：《中晚唐诗叩弹集》上，中国书店出版社 1984 年版，第 7 页。

⑤ 周振甫主编：《全唐诗》第 10 册，黄山书社 1999 年版，第 3973 页。

在明本《茅山志》中，刘大彬将二首统归于李商隐名下，只第二首出现两处不同，"聚"为"飞"，"舩"为"船"①。

章野人幽居

帝郭茅亭诗性侥，回看一径倚危桥。门开山色能深浅，壁静湖光自动摇。

幽花散落填书帙，戏鸟低飞碍柳条。向此隐来机自息，如今已是□□豪。

按：此诗在《全唐诗》中归秦系名下，内容有出入，录如下：

题章野人山居——作马戴诗

带郭茅亭诗兴侥，回看一曲倚危桥。门前山色能深浅，壁上湖光自动摇。

闲花散落填书帙，戏鸟低飞碍柳条。向此隐来经几载，如今已是汉家朝。②

感兴寄友

十年京国总忘忧，诗酒淋漓共贵游。汉月夜吟鸂鹊观，苑云春让鹔鹴裘。

书来慰我临池上，秋去思君到水头。为忆晋人张处士，于于江海尚淹留。

按：彭尤隆在《张雨集》做校勘时写道：

诗题，底本、毛本卷中、钞校本卷五作《寄京师吴养浩修撰薛玄卿法师兼怀张仲举右谒因寄》，疑有误，据元本卷五改。按：原作三首，元本卷五只有"百壶美酒那消忧"一首；钞校本卷五"十年京国总忘忧"诗上注："此首徐本有之，但薛玄羲所作，非贞居诗也"，范德机《木天禁语》（《历代诗话》卷六十七）题作《感兴寄友》（未署作者）。依元本卷五诗题之《张仲举有作同附》，疑《风起春城散客忧》诗为张翥（仲举）所作。因此，将此二诗附列于后。

十年京国总忘忧，诗酒风流共贵游。溪月夜游鸂鹊观，滦云晓湿鹔鹴裘。

---

① （明）刘大彬编，（明）江永年增补，王岗点校：《茅山志》下，上海古籍出版社 2016 年版，第 434—435 页。

② 周振甫主编：《全唐诗》第 11 册，黄山书社 1999 年版，第 4201 页；另金圣叹归秦系名下，见金圣叹选批《金圣叹选批唐诗六百首》，北京联合出版公司 2018 年版，第 87 页。

书来慰我临池上，秋去思君到水头。更忆可人张仲举，于今江海为谁留。（元锡按：徐兴公旧抄，此首作薛羲作。）①

《木天禁语》中的诗与高丽本基本吻合。（"春让"《木天禁语》作"春酿"；"于于"作"于今"，估计是姚光或排版者弄错。）

游灵伽寺

碧波秋寺泛湖来，水浸城根古堞摧。

尽日伤心人不见，石榴花满旧琴台。（波一作烟）

按：《全唐诗重出误收考》记此诗为许浑作。②

金灯花

兰膏爇处心犹浅，银烛烧残焰不馨。

好向书生窗畔种，免教辛苦更囊萤。

按：此诗前人已证为晏殊诗。③

洛阳

巩树先春雪满枝，上阳宫柳啭黄鹂。

桓谭未便忘西笑，岂为长安有凤池。

按：此诗为温庭筠作。④

无题二首

待得郎来月已低，寒暄不道醉如泥。五更又欲向何处，骑马出门乌夜啼。

户外重阴晴不开，含羞迎夜复临台。潇湘浪上有烟景，安得亲风吹汝来。

按：《全唐诗》录为李商隐作，题为《留赠畏之》，"晴"在《万首唐人绝句》下作"黯"；"亲"在《全唐诗》《万首唐人绝句》下作"好"。⑤

---

① （元）张雨撰；彭尤隆点校：《张雨集上》，浙江古籍出版社2015年版，第190—191页。

② 佟培基编撰：《全唐诗重出误收考》，陕西人民教育出版社1996年版，第411页。

③ 黄世中注疏：《类纂李商隐诗笺注疏解》第5册，黄山书社2009年版，第3994—3995页。

④ 周振甫主编：《全唐诗》第11册，黄山书社1999年版，第4383页；另见（宋）潘永因原编《万首唐人绝句》下，上海科学技术文献出版社2019年版，第859页。

⑤ 周振甫主编：《全唐诗》第10册，黄山书社1999年版，第4020页；另稿本唐诗作《留赠畏之二首》，见文怀沙主编《四部文明隋唐文明卷83》，陕西人民出版社2007年版，第145页；《唐音统签·戊》作《留赠畏之·留赠三首，其一首前七律内》，见（明）胡震亨编：《唐音统签6》，上海古籍出版社2003年版，第127页；《万首唐人绝句》作《无题二首》，见（宋）潘永因原编《万首唐人绝句》下，上海科学技术文献出版社2019年版，第810页。

木兰花

洞庭波冷晓侵云，日日征帆送远人。

几度木兰舟上望，不知元是此花身。

按：《全唐诗》陆龟蒙名下有《木兰堂》，题下曰：一作李商隐诗。[①]
《万首唐人绝句》归李商隐名下，题为《木兰花》。[②]《诗话总龟》归为李
商隐诗，又注云"《古今诗话》《零陵总记》载《木兰花》诗是陆龟蒙所
作"[③]。今人熊艳娥通过考证，认为此诗为陆龟蒙作。[④]

通过以上考略，《感兴寄友》诗不管是张翥或薛羲作，二人为元朝人，
故高丽本应为元或元之后编辑本。同时，高丽本中出现与《唐音统签·
戊》本相同之处，且在明前未见分体刊本，故高丽本《李义山诗集》应为
明版分体刊本的另一个版本。姚光的校勘记还给我们提供了一个重要信
息：当今《李商隐集》所有版本诗题中的《药转》应更正为《药轩》；
《游灵伽寺》《木兰花》不应收入《李商隐全集》中。

三 《怀旧楼丛录》·《汉书札记》·《檀弓志疑》·《闲情漫笔》

《怀旧楼丛录》最早在《太平洋报》[⑤]上刊载，目次如下：开篇叙述
姚氏祖先源流，继而复叙张堰钱氏藏书、先贤黄梨州佚书目录51种、自藏
毛子晋编《六十种曲》汲古阁刻本（不全本）、家君藏查晶印、汪叔纯原
藏大同瓦、黄妃塔纪略、顾尚之著述二十八种提要等。1914年的《文艺杂
志》[⑥]、1926—1927年的《国学》[⑦]，都登载了《怀旧楼丛录》，内容与
《太平洋报》有重复。[⑧]其补充有姚氏宗祠祭文、《南雷全集》补述、陈卧

---

① 周振甫主编：《全唐诗》第12册，黄山书社1999年版，第4678页。另"冷晓侵云"在
《全唐诗》中作"浪渺无律"。

② （宋）潘永因原编：《万首唐人绝句下》，上海科学技术文献出版社2019年版，第828页。

③ 阮阅编，周本淳校点：《诗话总龟》，人民文学出版社1998年版，第222页。

④ 熊艳娥：《陆龟蒙研究》，陕西师范大学出版社2012年版，第136—137页。

⑤ 《太平洋报》1912年4月29日，5月1日、3—4日，7月15、17日，10月10、14、17日。

⑥ 《文艺杂志》（上海1914）1914年第8—9期，其第9期名为《怀旧庐丛录》。

⑦ 《国学》（上海）1926年第1卷第3期，第1—6页。

⑧ 《国学》（上海）1927年第1卷第4期，第1—8页，因目前只见第四期，而文末标注未
完，其余下落不明。

子著述、殉节乞丐诗、黄浦之役、吴胜兆事略、胜兆之役、恢复中兴条约、柳如是事略、吴月千诗补遗、月千送宋峨修典学至圣宫序节录、月千慧解上人塔铭、香囊记、大同瓦题咏（高吹万《满江红》、高旭《虞美人》、蔡守诗1首、宁调元和姚光各2首）。

《汉书札记》① 共二十五则，主要是对《汉书》的释读。如：

《高后纪中》荀悦注：吕后，讳雉，之字曰野鸡。余意古人本以妇女干预外事为牝鸡司晨，故雉也。野鸡也，皆因吕后之专横而有此称也。

《食货志·上》中，"朝令而暮改当具，有者半贾而卖"此"改"字似衍，而以"朝令而暮当具"为一句，"有者半贾而卖"为一句。惟《评林》本"具"作"其"，则当以"朝令而暮改"为一句，"当其有者半贾而卖"为一句矣。

《地理志》所载儋耳、珠厓郡以外之都元、邑卢没、谌离、夫甘都卢、黄支等国，当即为今之南洋群岛。

《檀弓志疑》② 共四则，录如下：

曾元曰：夫子之病革矣。此"曾元曰"，观上下文义，似应作"子春曰"。且子称父曰夫子，亦属不合。

古不修墓，"易墓非古也。"注疏家言古人所以不修墓者，敬谨之至，无事于修也。"易谓芟治草木，不使荒秽。"古者殷以前墓而不坟，不易治也。窃意葬者藏也，藏欲其安固，墓茔域也，封土为垄曰坟，墓而不坟，已失于安固，虽欲③谨之至，难必其历久不坏，子孙而能世守先代邱垄，固属难能可贵之事。若任其荒秽，于心忍乎？故不修墓之礼，于古失之。

凡朋友之道，有过则直诤之可也，婉劝之可也。否则置之而与之绝，亦无不可也。司寇惠子之丧，废嫡而立庶，实为非礼。乃子游故为过情之服，在彼尚不自觉，而为一再之辞，在此曰"礼"也。曰：固以请，似涉于玩弄嘲笑，非朋友诤劝之道。《檀弓》之免公仪仲子

---

① 见《国学周刊》（1923年第29、33期）、《国学汇编》（1924年2D，2—6页）、《民国日报》（1923年11月21日、12月19日）。

② 《国学周刊》（1923年第4期）、《国学汇编》（1923年1D第18—19页）、《民国日报》1923年5月30日第2版。

③ 《国学汇编》作"敬"。

之丧，亦然。

子之哭亲，出于情之所不自己，哀至斯哭耳。抚心跳跃，皆自然而然，惟恐伤父母遗体。念始之者而有以自节之耳。今必曰："有算，为之节文也。"注疏家更曰："每一踊三跳，三踊九跳为一节，士三日有三次踊，大夫四日五踊，诸侯六日七踊，天子八日九踊，故云为之节文也，则伪矣。"我恐制体之本意，必不如此也。

按：《檀弓志疑》在发表时标为"读书杂记"，从内容上看，《檀弓志疑》与《汉书札记》都属于读书杂记，与《姚光全集》第五卷读书杂记体例相同。

《闲情漫笔》载《生活日报》[①]，目前仅见一则，录如下：

余喜观剧，而尤喜观柔情哀艳风光旖旎之剧。于近来海上花旦，推冯春航、毛韵珂、贾璧云。三人各有所长，然春航缠绵悱恻、凄馨冷艳，演《血泪碑》等剧，使人观之，沉沉泪下，盖弦外余音，寄托遥深，而知者实鲜矣。此固伤心人别有怀抱，而余尤所倾倒者也。

君深盛称坤角王克琴于余，谓："汝一见必倾倒。"余因特往顾焉，归而驰函告君深曰："克琴以女郎本色而明媚，不及璧云远甚。"君深来书辩曰："克琴色艺，确似较逊璧云，然弟独爱其《小上坟》一剧，当其素服登场，回翔作羽衣舞，风吹败絮，不足喻其轻，两过衢塘，不足喻其疾。又复流莺百啭，高唱入云，不知者几疑其为仙响也。吾知足下见此，亦必击节叹赏。特不知足下前次往顾时，所演何剧？如果一无足取，则或系剧本之各有所短长是也。"君深之言如此，其倾倒于克琴至矣。余前次所往顾时，乃演《卖胭脂》一剧。前言专指其色，而不及其艺，盖其身段太笨，面庞太平，光彩未见焕发。至其声调，君深所谓"流莺百啭"，所谓"几疑仙响"，则余终未敢然也。若乎其表情，则荡矣、荡矣。

四　杂文

笔者在翻阅报刊时，还发现姚光所作祭文1篇、信函3通（2通联合

---

① 《生活日报》1913年12月29日第12版。

署名，不录①）、广告 1 篇、题词 1 首、灯谜②、札记 1 篇③，著作 1 部（联合署名）④，今录部分：

祭高望之先生文⑤

　　金山高望之孝廉，登甲午科举。道德文章，海隅硕望。介弟吹万先生，文名籍甚，轼辙并称。丁丑之乱，孝廉避地来沪。卧病三年，卒于本年二月，寿终沪寓，春秋七十有六。其家将于本月十一日（星期日），在槟榔路玉佛寺讽经设奠。兹觅得其甥姚君石子所撰祭文一篇，古雅可诵，且亦可觇孝廉持身为学之一斑，原文录下：

　　呜呼！洙泗既远，大训渐芜！哀我民萌，非愚则诬。汉师力勤，宋儒道大。如日再中，万世攸赖。西风东被，士夫用夷。历百十载，益以陵迟。维吾外家，服畴海徼。嘉德弗彰，自他有曜。笃生舅氏，经师人师。恪守程朱，旁无他驰。世衰道微，先生所叹。伦纪废坠，卒召悔难。尝语小子，人心惟危。系于文教，默化潜移。天下至圣，中国一人。参赞天地，振古如新。四子之书，实为枢楗。大学一篇，规模阔远。揆厥精义，尤在首章。丽有五字，揭领提纲。修己治人，由本及末。拨乱反正，其易犹掇。悉心体验，余五十年。云何时人，见异思迁。先生立身，严气正性。先生为学，明诚笃敬。求志味道，名登贤者。悦亲终养，不曳轻裾。思以所学，化成斯世。遭时不造，勤修勿替。自操几杖，娄辱话言。穷理之奥，涉道之藩。始于人伦，终于治平。易箦之际，仍是□□。惜予愚蒙，未克会领。顿失瞻依，孰发深省。幼侍萱闱，常亲色笑。负笈实枚，更饫德教。年甫逾立，叠罹大故。鲜民之生，自伤孤露。感吾舅氏，顾复恩勤。谆谆启示，情意尤殷。期望切深，奖掖备至。非止吾身，爱及吾嗣。嗟予小子，愧负实多。而今而后，当勉则那。舅典于学，老至不怠。卧疾二载，枕经咀史。虽云卧疾，神明湛然。私喜音容，不减曩年。方期颐养，

---

　　①　《金山义教期成会名誉会长高燮姚后超代电》，《申报》1922 年 2 月 23 日第 6 版；《金山县张堰图书馆捐募基金及图书启》，《时报》1925 年 11 月 22 日第 4 版，另见《国学》（上海）1926 年第 1 卷第 2 期。

　　②　《白相朋友》1914 年第 3 期。

　　③　姚石子：《记赵烈文能静居日记》，《永安月刊》1944 年第 59 期。

　　④　朱履仁、姚石子、王杰士、丁迪光编述：《金山县鉴》，金山县鉴社 1937 年版。

　　⑤　《新闻报》1943 年 4 月 5 日第 4 版。

徐俟河清。重游泮水，重赋鹿鸣。驯至耄耋，为国人瑞。胡不慭遗，邦国殄瘁。寝门一恸，据兹哀衷。陈词莫罄，悲其有穷。尚飨。

姚石子来函①

敬启者：

顷见八日贵报"地方消息"栏内所载金山政治监察员就职一节，其中聘任县党部改组委员有贱名在列。窃鄙人于四日下午确由毕君静谦持到聘任书一件，然鄙人不能胜任，即行谢绝，该件当日亦以退去。尚祈迅将此书登入来函栏内，以昭事实为荷。

姚石子启五月九日

吴日千先生集②

吴日千先生文章节义，为明末第一流人物，著作极富。如《颇领集》等，当时皆已刊行，后多散佚不传。是集诗文词赋各数十首，皆极有价值之作，向未刊过。兹由国学商兑会同人校录付刊，印刷精良，加以序跋、传记，都一厚册，定价洋三角，上海时中书局、国粹学报社、广益书局皆有寄售，为特介绍于留心文献之士。

兰皋属题梅兰芳集成十六字③

是兰之芬，是梅之魂。幽艳凄馨，克副厥名。

---

① 《时报》1927 年 5 月 12 日第 4 版。
② 《生活日报》1913 年 12 月 25 日第 12 版。
③ 《中华实业丛报》1914 年《梅陆集增刊》第 9 页。

附：芸阁藏本《李商隐诗集》考

关于《李商隐诗集》成书时间和版本问题学界已有考述[1]，并称之"现存李商隐诗集实为一个大系统之下四种不同的次版本系统"[2]。在明代分体刊本系统中，南社社友姚光曾提到明高丽本《李商隐诗集》，并与家藏平山先生（培谦）笺注本进行了校勘。[3] 在追寻姚光所提高丽本过程中，却意外发现哈佛图书馆藏《李商隐诗集》（依据其上所盖"芸阁藏"印章，故将其命之"芸阁藏《李商隐诗集》"[4]）及一部残卷手写本。[5] 通过研究考证，发现芸阁藏《李商隐诗集》与北京国家图书馆、辽宁省图书馆藏朝鲜刻本为同一底本的三个翻刻本，与明分卷体的毗陵蒋孝刻《中唐人集十二家》中《李义山诗集》六卷本（明嘉靖二十九年，四部丛刊本据此影印）、明姜道生刻《唐三家集》中《李商隐诗集》七卷本、明胡震亨辑《唐音统签·戊》李商隐诗十卷本版本、内容不同，[6] 与上海图书馆藏清影宋抄本亦不同，同时还发现芸阁藏《李商隐诗集》文本中的问题，尤其是揭开了"药转"为"药轩"之误。

---

① 黄世中：《李商隐诗宋刻初刊及宋椠流播考述》，《中国文学研究》1991 年第 4 期；黄世中：《李商隐诗版本考》，《文学遗产》1997 年第 2 期；刘学锴：《李商隐诗集版本系统考略》，《安徽师大学报》（哲学社会科学版）1997 年第 4 期。

② 刘学锴：《李商隐诗集版本系统考略》，《安徽师大学报》（哲学社会科学版）1997 年第 4 期。

③ 姚石子：《明高丽本〈李义山诗集〉校记》，《民国日报》1931 年 10 月 26 日第八版。

④ 为行文方便，以下芸阁藏《李商隐诗集》简称为芸阁藏本。

⑤ 哈佛图书馆藏，残本，分卷手写体。从存本看，为十卷本。因无法判断来源，难以确定其版本，但具有一定的参考价值。

⑥ 刘学锴先生考证此三者祖本"可能就是《直斋书录解题》所著录的《李义山集》三卷本"，见刘学锴《李商隐诗集版本系统考略》，《安徽师大学报》（哲学社会科学版）1997 年第 4 期。

一　芸阁藏《李商隐诗集》版本

　　《李商隐诗集》在哈佛图书馆著录上标记：朝鲜，汉城：芸阁藏版，16——]，书分上下册，封面题"李商隐诗集上（下）"，在上册第一页钤"芸阁藏""晋阳世家"两印，下册第一页钤"姜彝福印"，末钤"何好"印。全书分体编次，共十卷，附补遗。正文每页九行，每行十七个字。各卷具体为：第一卷：五言古诗，15 题 17 首；第二卷：七言古诗，21 题 21首；第三卷：五言律诗，69 题 73 首；第四卷：五言律诗，64 题 70 首；第五卷：五言排律，30 题 31 首；第六卷：五言排律，18 题 18 首；第七卷：七言律诗，58 题 63 首；第八卷：七言律诗，51 题 59 首；第九卷：五言绝句，31 题 37 首，七言绝句，74 题 80 首；第十卷：七言绝句，85 题 101首；补遗：七绝 21 题 26 首；总计 537 题 596 首，其中：五古 17 首，七古21 首，五律 143 首，五排 49 首，七律 122 首，五绝 37 首，七绝 207 首。另：同题诗《一片》两首，七律、七绝各一。从第五卷开始，目录和正文诗题有出入，列表如下：

卷次	目录	正文诗题
第五卷	远念	念远
	魏侯第东北楼堂郢叔言别	魏侯第东北楼堂郢叔言别聊用书所见成篇
第六卷	送千牛李将军赴阙五十韵	送千牛李将军赴阙五十韵后采十字作注
	今月二日以诗干渎伏蒙奖逾其实辄复五言四十韵诗一章献上	今月二日不自量度辄以诗一百首四十韵尊严伏蒙仁恩俯赐披览奖逾其实情溢于词顾惟疎芜曷用酬戴辄复五言四十韵诗一章献上亦诗人咏叹不足之义也
	五言述德抒情献上杜七兄仆射相公	五言述德抒情诗一首四十韵献上杜七兄仆射相公
	病中闻河东公乐营置酒寄上	病中闻河东公乐营置酒口占寄上
	送从翁东川弘农尚书幕	有两首，同题而内容不同

续表

卷次	目录	正文诗题
第七卷	促漏	促漏此篇拟深宫怨而作
	留赠畏之	留赠畏之时将赴职梓潼遇韩朝回
	对雪二首	对雪二首时欲之东
第七卷	与同年李定言曲水闲话	与同年李定言曲水闲话戏作
	赠别前蔚州契苾使君	赠别前蔚州契苾使君远祖国初功臣也
	送户部李郎中	送户部李郎中充昭义攻讨时行次昭应县道上
	天平公座中呈令狐公	天平公座中呈令狐公时蔡京在坐京曾为僧徒故有第五句
	题剑门先寄司徒杜公	题剑门先寄上司徒杜公
	奉和太原公送前杨秀才	奉和太原公送前杨秀才戴兼招杨正字戎
	奉同诸公题河中任中丞	奉同诸公题河中任中丞新创河亭四韵之作
	过故府中武威公旧庄	过故府中武威公交城旧庄感事
	和人题真娘墓	和人题真娘墓真娘吴中乐妓墓在虎丘山下寺中
	喜闻太原同院崔侍御台	喜闻太原同院崔侍御台拜兼寄在台三同年之什
第八卷	赠华阳宋真人	赠华阳宋真人兼寄清都刘先生
	利州江潭作	利州江潭作感孕金轮所
	赴职潼梓留别畏之	赴职潼梓留别畏之员外同年
	三十二兄与畏之相访招饮	三十二兄与畏之员外相访见招小饮时予以悼亡日近不去因寄
	酬崔八早梅有赠	酬崔八早梅有赠兼示之作
	及第东归寄同年	及第东归次灞上却寄同年
	十字水期韦潘侍郎不至	十字水期韦潘侍郎同年不至时韦寓居水次故郭汾阳宅
	题道靖院	题道靖院院在中条山故王颜中丞所置虢州刺史舍官居此今写真存焉
第九卷	夜雨寄北	夜雨寄内
	夕阳楼	夕阳楼在荥阳是今遂守萧侍郎牧荥阳日作
	寄成都高苗二从事二首	寄成都高苗二从事二首时二公从事尚隐座主府

续表

卷次	目录	正文诗题
第九卷	望喜驿别嘉陵二首	望喜驿别嘉陵江水二绝
	代秘书赠诸校书	代秘书赠弘文馆诸校书
	白云夫旧居	同学彭道士参寥
	病中早访招国李十将军	病中早访招国李十将军遇挈家游曲江
	任弘农尉献州刺史	任弘农尉献州刺史乞假归京
第十卷	席上作	席上作一云予为桂林从事敬府郑公出家妓令赋高唐诗
	赠白道者	赠白道者一云咏史
	隋宫	隋宫一云隋堤
	赠庾十二朱版	赠庾十二朱版时庾在翰林朱书版上
	代魏宫私赠	代魏宫私赠黄初三年已隔存没追代其意何必同时亦广于夜鬼之歌流
	韩冬郎即席为诗相送因成二绝寄酬	韩望郎即席为诗相送一座尽惊他日余方追吟连宵侍坐徘徊久之句有老成之风因成二绝寄酬兼呈畏之员外
	评事翁寄赐饧粥	评事翁寄赐饧粥走笔为答
	妓席送独孤云之武昌	妓席暗记送同年独孤云之武昌
	和韦潘夜泊池州	和韦潘前辈七月十二日夜泊池州城下先寄上李使君
补遗	《复京》《漫成》《无题二首》《壬申闰秋题赠乌鹊》《江东》《东南》《西南行却寄相送者》《平公门下》《读任彦升碑》《江上忆严五》《白云夫旧居》《假日》《寄赵行军》《木兰花》《失猿》《戏题友人壁》《寄远》《旧将军》《曼倩词》《漫成五章》《五松驿》	

芸阁藏本存误收之诗，如《赠茅山高拾遗二首》，作者许浑。第一首见《全唐诗》①《景定建康志》②，晚见《中晚唐诗叩弹集》（康熙甲申年编）③；

---

① 周振甫主编：《全唐诗》第 10 册，黄山书社 1999 年版，第 3971 页。

② （宋）周应合纂：《南京稀见文献丛刊·景定建康志3》，南京出版社 2010 年版，第 921 页。

③ 杜紫纶、杜诒榖撰：《中晚唐诗叩弹集》上，中国书店出版社 1984 年版，第 7 页。

第二首在《全唐诗》题为《祗命许昌自郊居移就公馆秋日寄茅山高拾遗》，但诗句用词有变：

> 一笛迎风万叶飞，强携刀笔换荷衣。潮寒水国秋砧早，月暗山城夜漏稀。
>
> 岩响远闻樵客过，浦深遥送钓童归。中年未识从军乐，虚近三茅望少微。①

在明本《茅山志》中，刘大彬将二首统归于李商隐名下，只是第二首出现两处不同："聚"为"飞"，"舡"为"船"。②

《章野人幽居》在《全唐诗》中归秦系名下，内容有出入，录如下：

题章野人山居一作马戴诗

> 带郭茅亭诗兴饶，回看一曲倚危桥。门前山色能深浅，壁上湖光自动摇。
>
> 闲花散落填书帙，戏鸟低飞碍柳条。向此隐来经几载，如今已是汉家朝。③

《题剑门先寄上司徒杜公》被《全唐诗》卷五四八（题作《题剑门先寄上西蜀杜司徒》）、《文苑英华》卷二六三收入，作者薛逢；④《游灵伽寺》在《全唐诗重出误收考》中归许浑作；⑤《金灯花》前人已证为晏殊诗；⑥《洛阳》为温庭筠作；⑦《木兰花》（芸阁藏本补遗诗中）在《全唐诗》中陆龟蒙名下，题作《木兰堂》，题下曰：一作李商隐诗。⑧《万首唐人绝句》归李商隐名下，题为《木兰花》。⑨《诗话总龟》归为李商隐诗，又注云"《古今诗话》《零陵总记》载《木兰花》诗是陆龟蒙所作"⑩。今

① 周振甫主编：《全唐诗》第 10 册，黄山书社 1999 年版，第 3973 页。

② （元）刘大彬编，（明）江永年增补，王岗点校：《茅山志》下，上海古籍出版社 2016 年版，第 434—435 页。

③ 周振甫主编：《全唐诗》第 11 册，黄山书社 1999 年版，第 4201 页；另金圣叹归秦系名下，见金圣叹选批唐诗《金圣叹选批唐诗六百首》，北京联合出版公司 2018 年版，第 87 页。

④ 周振甫主编：《全唐诗》第 11 册，黄山书社 1999 年版，第 4120 页。

⑤ 佟培基编撰：《全唐诗重出误收考》，陕西人民教育出版社 1996 年版，第 411 页。

⑥ 黄世中注疏：《类纂李商隐诗笺注疏解》第 5 册，黄山书社 2009 年版，第 3994—3995 页。

⑦ 周振甫主编：《全唐诗》第 11 册，黄山书社 1999 年版，第 4383 页；另见（宋）潘永因原编《万首唐人绝句》下，上海科学技术文献出版社 2019 年版，第 859 页。

⑧ 周振甫主编：《全唐诗》第 12 册，黄山书社 1999 年版，第 4678 页。

⑨ （宋）潘永因原编：《万首唐人绝句》下，上海科学技术文献出版社 2019 年版，第 828 页。

⑩ 阮阅编，周本淳校点：《诗话总龟》，人民文学出版社 1998 年版，第 222 页。

人熊艳娥通过考证，认为此诗作者为陆龟蒙。①

最后看《感兴寄友》诗，彭尤隆在《张雨集》做校勘时写道：

> 诗题，底本、毛本卷中、钞校本卷五作《寄京师吴养浩修撰薛玄卿法师兼怀张仲举右谒因寄》，疑有误，据元本卷五改。

原作三首，元本卷五只有"百壶美酒那消忧"一首，钞校本卷五"十年京国总忘忧"诗上注："此首徐本有之，但薛玄羲所作，非贞居诗也。"范德机《木天禁语》（《历代诗话》卷六十七）题作《感兴寄友》（未署作者）。依元本卷五诗题之《张仲举有作同附》，疑《风起春城散客忧》诗为张翥（仲举）所作，二诗附列于后。

> 十年京国总忘忧，诗酒风流共贵游。溪月夜游鵁鶄观，滦云晓湿鹔鹴裘。

> 书来慰我临池上，秋去思君到水头。更忆可人张仲举，于今江海为谁留。元锡按：徐兴公旧抄，此首作薛羲作。②

《木天禁语》中的诗与芸阁藏本基本吻合。《感兴寄友》诗不管是张翥或薛羲作，二人为元朝人，故芸阁藏本为误植，由此也可证芸阁藏本应为元或元之后编辑本。

二　芸阁藏本《李商隐诗集》与存世诸本异同

目前学界已证，在明之前，李商隐诗未见分体刊本。直到明嘉靖二十九年（1550），出现毗陵蒋孝刻《中唐人集十二家》本《李义山诗集》六卷本（四部丛刊本据此影印）、明姜道生刻《唐三家集》本《李商隐诗集》七卷本、明胡震亨辑《唐音统签·戊》李商隐诗十卷本。③从分体刊本卷本上看，芸阁藏本与《唐音统签·戊》本体例和数量上接近，④但经比对，二者又不同：如《齐梁情云》（芸阁藏本），《唐音统签·戊》本为

---

① 熊艳娥：《陆龟蒙研究》，陕西师范大学出版社2012年版，第136—137页。

② （元）张雨撰，彭尤隆点校：《张雨集》上，浙江古籍出版社2015年版，第190页。

③ 刘学锴：《李商隐诗集版本系统考略》，《安徽师大学报》（哲学社会科学版）1997年第4期。

④ （明）胡震亨编：《唐音统签》6，上海古籍出版社2003年版，第68—138页。《唐音统签》载"自称玉溪子诗十卷（唐志诗三卷、宋志集八卷，内五卷为诗）"。

《效齐梁情云》；《昭州》（芸阁藏本），《唐音统签·戊》本为《昭郡》。因芸阁藏本与现存手写残本诗序相同，与《唐音统签·戊》本同为分体十卷本，与清影宋抄本存诗相近，且为目前李商隐诗集存世最早的本子，① 故用四者做了诗文比较。以现存手写残本存诗370题414首为参照，芸阁藏本与手写残本内容相同者计约296首，手写残本与影宋本相同者计约146首，芸阁藏与影宋本相同者计约167首。仅以芸阁藏第七卷七言律诗排序为例（因手写残本以第七卷七言律诗起），列表如下：

诗题	版本				附注
	芸阁藏本	手写残本	影宋抄本	《唐音统签·戊》本	
潭州	承	承	丞	承	芸阁藏本和手写本"承"字皆缺笔
赠刘司户蕡	难 欲自	难 欲自	诏 自欲	诏 自欲	
南朝	水	水	木	木	
送崔班往西川	班 洗 好为	班 洗 好为	珏 浣 好好	珏 浣 好好	影本"珏"字缺一个"点" 手写本天头有批注：班疑珏
和令狐陶戏赠二首（第二首）	香	香	燻	香	影本、唐本题作和友人戏赠二首 影本第一首"殷"字缺笔
隋宫	渊	泉	渊	泉	
筹笔驿	胥 终 祠 甫	胥 终 祠 甫	昺 真 初 父	胥 终 祠 父	

---

① （唐）李商隐撰：《李商隐诗集》三卷，清影宋抄本徐乃昌跋。框高21.1厘米，宽14.8厘米。每半页十行，行十七字，白口，左右双边。此本与国家图书馆藏吴兴刘氏嘉业堂藏书本相同，存诗595首。

续表

诗题	版本				附注
	芸阁藏本	手写残本	影宋抄本	《唐音统签·戊》本	
九成宫	霓骏枝泽	霓骏枝泽	蜺马支幸	霓马枝幸	
马嵬					影宋本、手写本、唐本题作《马嵬驿》。芸阁藏本和手写本在诗尾、影宋本和唐本在首句后有注：九州邹衍云九州之外（此处芸阁藏本、手写本多"更"字）有九洲。
茂陵	唧金屋妆成	唧金玉妆成	含金屋修成	含金屋修成	芸阁藏本和手写本诗尾均有小注：妆一作修 手写本天头有批注：屋 唐首二句误出韵
碧城三首	墙雨珠晶更惆怅网举	墙两星晶更惆怅纲举	床雨珠精又怅望网与	墙雨珠精又怅望网与	影宋本"弦"字缺笔 手写本第一首天头有批注：两疑雨 手写本第三首天头有批注：纲疑网
题僧壁	么兼具	么廉具	应兼贝	应兼贝	手写本天头有批注：具疑贝 唐本第六句尾有注：旧松生前新桂来生通三生才得一悟法故如是
饮席戏赠同舍	旧畹缘屏绿	旧畹缘屏绿	旧蘅屏缘绿	旧蘅屏缘绿	

续表

诗题	版本				附注
	芸阁藏本	手写残本	影宋抄本	《唐音统签·戊》本	
令狐八拾遗陶见招送裴十四归华州					
荆门西下	安绝	安绝	安绝	纪复	
药轩	药轩	药轩	药转	药转	《药轩》见芸阁藏本、手写本、朝鲜刻本，本文所提其他诸本均作《药转》。
富平少侯	莫道	莫道	不报	不报	芸阁藏本和手写本诗后均有小注：彩树一作绿树，影本、唐本无。
少年	有	有	自	有	
促漏此篇拟深宫怨而作	云蒲	文蒲	云满	云蒲	影宋、唐本无题注
闻歌	敛台炧	敛墓炧	剑壶地	歆台炧	
锦瑟					影宋本"弦"字缺笔
写意					手写本天头有批注：坐一作叠
哭刘蕡	深居广寒诔	深居广寒诔	深宫广陵诔	深宫广陵诔	手写本天头有批注：诔疑诔
重过圣女祠	沦华天涯	沦花天涯	论华天阶	沦华天阶	唐本四句尾有注吕东莱爱此句，以为有不尽之意
重有感	陶令曾鹰泣	陶侃曾鹰雁泣	陶侃愁鹰哭	陶侃愁鹰哭	

续表

诗题	版本				附注
	芸阁藏本	手写残本	影宋抄本	《唐音统签·戊》本	
杜工部蜀中离席	世人 天外使	世人 天使外	人生 天外使	人生 天外使	
二月二日	宅 悮 夜雨	井 悮 夜雨	井 悟 雨夜	井 悮 雨后	
深宫	香销 飚风 斑竹岭边	香销 飚风 斑竹帘边	销香 狂飙 班竹岭边	销香 狂飙 斑竹岭边	
留赠畏之时将赴职梓潼遇韩朝回	讳 侍	讳 侍	遣 侍	遣 侍	手写本天头有批注：待疑侍 留赠畏之时将赴职梓潼遇回三首内二首堕绝句中 影宋本题为《留赠畏之时将赴职梓潼遇韩朝回三首》
对雪二首时欲之东	三月	三月	二月	二月	
牡丹	招	招	招	折	芸阁藏本和手写本诗尾有小注：锦帏典略云夫子见南子在锦帏之中。 影宋本在第一句后有小注：典略云夫子见雨子在锦帏之中。 影宋本另有同题诗："压迳复绿沟，当窗又映楼。终销一国破，不奢万金求。鸾凤戏三岛，神仙居十洲。应怜萱草淡，却得号忘忧。"

诗题	版本				附注
	芸阁藏本	手写残本	影宋抄本	《唐音统签·戊》本	
圣女祠					
野菊	南园 樽	南园 樽	园南 鐏	园南 鐏	
子初郊墅	田舍	田舍	烟舍	烟舍	
井络	天设 烟江石 柝	天设 烟江石 拆	大设 燕江口 拆	天设 燕一作烟口 拆	
宋玉	荆门 独教 托	荆门 独教 托	荆台 唯教 托	荆台 唯一作独教托	
赠别前尉州契苾使君	卷 暮 遥认郊都鹰	卷 暮 遥认到都雁	卷 晚 遥识郊都鹰	掩 晚 遥识到都鹰	手写本题尾、唐本题后有注：使君远祖国初功臣也
送户部李郎中充昭义攻讨时行次昭应县道上	文臣 （文臣一作名贤） 釜 禁闱	文（文臣一作名贤） 釜 禁闱	名贤 鼎 汉庭	名贤 鼎 汉庭	手写本第三句多一"故"字，当为误书。唐本题作：时行次昭应县道上送户部李郎中充昭义攻讨
中元	飘飘 万国 臺 曾	飘飘 万国 台 会	飘飖 宫国 台 曾	飘飖 空国 台 曾	影宋本、唐本题作《中元作》，芸阁藏本作《中元》。
隋宫守岁	回 沉香甲 酥 倾城色 莲	回 沉香申 酥 倾城色 连	廻 沉香夹 苏 倾城客 莲	廻 沉香甲 苏 倾城客 莲	手写本天头有批注：申一本亦作甲，未详；连一本亦作莲，未详。芸阁藏本和手写本诗后有注：是一作有

续表

诗题	版本				附注
	芸阁藏本	手写残本	影宋抄本	《唐音统签·戊》本	
天平公座中呈令狐公时蔡京在坐京曾为僧徒故有第五句	谩蛾娇仔细	谩娥娇仔细	慢蛾眉子细	慢蛾眉子细	
寄令狐学士	祕岂辞	祕岂辞	秘岂知	秘岂知	
汉南书事	台	墓	台	台	
当句有对	二星	三星	三星	三星	
隋师东征	莾	莾	莾	莾自注平吴之役上言得欵，吴平孙尚在	影宋抄本、唐作《隋师东》，手写本亦作《隋师东征》。影宋本"玄"字缺笔。
韩同年新居饯韩西迎家室戏赠	谩	谩	漫	漫	
奉和太原公送前杨秀才戴兼招杨正字戎					手写本题中为"阳秀才"。手写本第三句漏"日"字。
正月崇让宅	背灯	背烛	背灯	背灯	
奉同诸公题河中任中丞新创河亭四韵之作	惊逢	惊逢	遥惊	遥惊	手写本第一句漏"能"字。
过故府中武威公交城旧庄感事	山下抵今黄绢子	山下祗今黄绢字	山下祗今黄绢字	山下祗今黄绢字	

续表

诗题	版本				附注
	芸阁藏本	手写残本	影宋抄本	《唐音统签·戊》本	
赠田叟	映	映	暎	映	
和人题真娘墓真娘吴中乐妓墓在虎丘山下寺中	效祇应江上泣婵娟	效祇应江上独婵娟	傚祇应江上独婵娟	效祇应江上独婵娟	唐本题为：和人题真娘墓 手写本"叹"字错写，最后一句漏"上"字。
人日即事	翦	煎	翦	翦	
和马郎中移白菊见示					手写本第四句漏"疑"字。
赠茅山高拾遗二首					芸阁藏本、手写本收入，影宋抄本、唐本未收。
喜闻太原同院崔侍御台拜兼寄在台三二同年之作	莺	莺	鸎	鸎	

　　上表共举例 56 题 61 首诗，完全相同有 3 首《令狐八拾遗陶见招送裴十四归华州》《锦瑟》《圣女祠》；诗题不同内容相同者有 3 首：《马嵬》《奉和太原公送前杨秀才戴兼招杨正字戎》《和马郎中移白菊见示》。除此之外，芸阁藏本、手写本相同者 25 首；芸阁藏本、手写本、影宋抄本相同者 2 首：《荆门西下》《牡丹》；芸阁藏本、手写本、《唐音统鉴·戊》本相同者 6 首：《潭州》《和令狐陶戏赠二首》（第二首）《少年》《正月崇让宅》《赠田叟》《人日即事》；芸阁藏本、影宋本相同者 6 首；芸阁藏本、《唐音统鉴·戊》本相同者 7 首。从全书比对结果看，芸阁藏本与手写本应是一个底本，他们与影宋抄本、《唐音统鉴·戊》本相差太多，为两个底本。

　　需要特别指出的是，当今《李商隐集》所有版本中的《药转》诗，诸家给予不同注笺：

1. 此篇淫媟之辞，朱竹垞以为"药转"字出道书，如厕之义也。（程梦星《李义山诗集笺注》）①

2. 朱鹤龄注云《神仙传》："药之上者，有九转还丹、太乙金液。"僧中疶诗："炉烧九转药新成。"②

3. 在《义山集》中，亦是无题一类，观"忆事怀人"句可见。（清·陆昆曾《李义山诗解》）③

4. 玩诗意，必有以如侠如红线之类隐青衣中为厕婢者，故于其去后思之。处金堂画楼之地，而独得移形换骨之方。（清·姚培谦《李义山诗集笺注》）④

5. 堂北楼东便有换骨神药。露连青桂，风猎兰丛，声可闻，气可通，而人不可见也。五六往事，七紧承五六，翠衾归卧，无聊之思也。未必输，言忏悔之也；何劳问，往来已久也。（清·屈复《玉溪生诗意》）⑤

6. （冯浩注）《真浩》："仙道有九转神丹。""浩曰：此篇旧人未解，而妄谈者讬之竹垞先生，以为药转乃如厕之意，本道书，午桥采以入笺。余曾叩之竹垞文孙稼翁，力辨其诬也。颇似咏闺人之私产者。"⑥

7. "题与诗均难解。说者托之朱竹垞，谓如厕之义。冯氏又以私产解之，皆非也。余细审之：此盖咏人之以药堕胎者耳。当时或有此事，为朋辈所述。义山偶尔弄笔，以博笑谑。观结语'忆事怀人兼得句'，可以见矣。"⑦

8. 玉溪生《药转》诗向无明解，江都陈午桥太史笺注，谓闻之朱竹垞云："是如厕之义。"本道书，然亦只五六一联用如厕故事耳。又有以为男色者，亦苦无据。近有注义山诗者云："此系咏闺人弃私

① （清）曾国藩纂：《十八家诗钞》下，岳麓书社 2015 年版，第 916 页。

② （唐）李商隐著，（清）朱鹤龄笺注，田松青点校：《李商隐诗集》，上海古籍出版社 2015 年版，第 57 页。

③ （清）陆昆曾：《李义山诗解》，上海书店出版社 1985 年版，第 12 页。

④ （清）姚培谦：《李义山诗集笺注》，姚氏松桂读书堂刻本，第 7542 页。

⑤ （唐）李商隐撰，（清）朱鹤龄、屈复注：《玉溪生诗意》下，文物出版社 2020 年版。

⑥ （唐）韩愈，（清）冯浩笺注：《玉溪生诗集笺注》，上海古籍出版社 1979 年版，第 560 页。

⑦ 张采田：《玉溪生年谱会笺外 1 种》，上海古籍出版社 2010 年版。

产者，次句换骨者，谓饮药堕之，三四谓弃之后苑，五六借以对衬，结则指归卧养疴也。"此说奇辟，然不知何本。①

9. 此诗题目"药转"二字，自来无人能解，冯浩也置之不论，我现在来试解一下：胎儿本居子宫，古人却误为在肠子里。人肠弯曲盘绕，故伤痛曰"回肠"，又曰"九回肠"，《古乐府》："心思不能言，肠中车轮转。"堕胎，就是用药将胎自肠中转出，故诗题曰《药转》。在这里，"转"字是个动词。②

10. ［黄按］据诗意，此"药转"之"药"，似指内丹之"药物"，即指人之精、气、神。③

从以上十家的注解看，并没有一个肯定的解释，多在猜测。今芸阁藏本、手写本、国图藏本、辽宁省图藏本均为"药轩"，根据"轩"之意，"药轩"可解释为熬药或制药的屋子。结合全诗，前四句为药屋的位置和周边自然环境。由此，可纠正诸家之误。

芸阁藏本在十卷后补遗了21题26首诗，其中《无题二首》被《全唐诗》录为李商隐作，题为《留赠畏之》，"亲"在《全唐诗》作"好"。④同时为影宋本《留赠畏之时将赴职梓潼遇韩朝回三首》之二、三。《寄赵行军》影宋本题为《南山赵行军新诗盛称游宴之洽因寄一绝》，《江上忆严五》影宋本题为《江上忆严五广休》。除《木兰花》外，其余均见影宋本。二者还存在同题不同诗的问题，如《与同年李定言曲水闲话戏作》：

芦叶梢梢夏景深，邮亭暂欲洒尘襟。昔年曾是江南客，此日初为关外心。思子台边风自急，玉娘湖上月应沉。清声不及行人去，一世芳尘半夜砧。芳尘一作荒城（芸阁藏本）

海燕参差沟水流，同君身世属离忧。相携花下非秦赘，对泣春天类楚囚。碧草暗侵穿苑路，珠帘不卷枕江楼。莫惊五胜埋香骨，地下

---

① （清）梁绍壬撰：《历代笔记小说大观　两般秋雨盦随笔》，上海古籍出版社2012年版，第24页。

② 苏雪林：《苏雪林文编》第3卷，中央编译出版社2018年版，第381页。

③ 黄世中注疏：《类纂李商隐诗笺注疏解》第5册，黄山书社2009年版，第3932页。

④ 周振甫主编：《全唐诗》第10册，黄山书社1999年版，第4020页；另稿本唐诗作《留赠畏之二首》，见文怀沙主编《四部文明隋唐文明卷83》，陕西人民出版社2007年版，第145页；《唐音统签·戊》作《留赠畏之·留赠三首，其一首前七律内》，见（明）胡震亨编《唐音统签》6，上海古籍出版社2003年版，第127页；《万首唐人绝句》作《无题二首》，见（宋）潘永因原编《万首唐人绝句》下，上海科学技术文献出版社2019年版，第810页。

伤春亦白头。（影宋抄本）

从补遗诗可以确定芸阁藏本编者未见影宋本，不存在芸阁藏本以影宋本为底本的关系。同时，芸阁藏本中《忆匡一师》，手写本、毛氏翻刻本与之同，影宋抄、钱校本、席本、蒋本、姜本、《唐音统鉴·戊》本、季抄、朱注本及全唐诗均将"匡"误作"住"；《昨日》"笑倚墙匡梅树花"句，芸阁藏本与手写本同，毛氏翻刻"匡"作"匡"字，影宋抄、钱校本、席本、蒋本、姜本、《唐音统鉴·戊》本、季抄、朱注本、全唐诗均作"边"，悟抄作"压"。若"墙匡"为"墙匡"之误成立，"因宋刻避太祖讳改'匡'为'边'"① 在此则说不通。观芸阁藏本及手写本，并未出现"敬"之嫌名"驚""警""檠"字中"敬"字及"恒""祯""贞""征"字缺末笔等现象，故可以确定二本底本与影宋本不是一个底本，它们的底本应早于影宋本。学者刘学锴比对明嘉靖二十九年（1550）毗陵蒋孝刻《中唐人集十二家》本《李义山诗集》六卷本（四部丛刊本据此影印）、明姜道生刻《唐三家集》本《李商隐诗集》七卷本、明胡震亨辑《唐音统鉴·戊》李商隐诗十卷本、明悟言堂抄本四者同属一系统，② 经过与明分体刊本四家全文比对，发现芸阁藏本与四家差异明显，可以确定不属于一个系统。至此，可以确定的是，芸阁藏本、手写本属于一个系统，与现存诸本底本不同，它们之间是否为一个祖本两大体系，因缺乏实据尚不能定论。

金成宇教授在考察《玉溪生集篡解》的"东本"问题时，提到朝鲜刻本《李商隐诗集》在韩国、日本多有馆藏，并且中国国家图书馆、辽宁省图书馆馆亦有馆藏。通过翻阅中国两处馆藏，发现端倪。国图藏本为乌程蒋祖诒藏本，辽宁省图藏本为稻叶岩吉旧藏。二者均存在瑕疵，不如芸阁藏本保存完整、清晰。他们之间在目录、内容与版式上无大的差别，但在字体上存在差别（见下图：1 为芸阁藏本，2 为国图藏本，3 为辽宁省图藏本），可以明确三者为同一底本的翻刻本。（因笔者未见韩国及日本所藏版本，不敢妄论其与上述二本异同）

---

① 刘学锴：《李商隐诗集版本系统考略》，《安徽师大学报》（哲学社会科学版）1997 年第4 期。

② 刘学锴：《李商隐诗集版本系统考略》，《安徽师大学报》（哲学社会科学版）1997 年第4 期。

行低		出贴		公子			送从		
1	2	1	2	1	2	3	1	2	3

　　关于朝鲜刻《李商隐诗集》十卷本版本问题，日本学者荒井健曾提出一个大胆的推测，认为有可能在元朝中期之前就出现了义山的十卷诗集，并成为编纂《唐诗鼓吹》的材料之一，但它在中国消亡，后来流传到朝鲜。[1] 金程宇认为朝鲜刻本《李商隐诗集》"由乙亥字本覆刻而来"，"乙亥字本《李商隐诗集》，大概印刷于 1455 年或稍后数年"[2]。值得注意的是，虽然《唐诗鼓吹》初刊于元至大戊申（1308），其成书却早，最迟在编者元好问（1190—1257）去世之前，故今存《李商隐诗集》十卷本的底本应在宋金时期就存在了。芸阁藏《李商隐诗集》误收《感兴寄友》诗，从其作者张翥（1287—1368）或薛羲（1289—1345）的生卒年看，都晚于元好问，故其成书应在元后期。考察芸阁藏本全书所钤"芸阁藏"印（"云阁"即"云香阁"，是秘书省的别称。因秘书省司典图籍，故亦以指省中藏书、校书处），应为中国官方藏本，其末所钤"何好"印，若为刻工所钤，则可推为明洪武初刻字工人何好。[3] 若此论成立，芸阁藏本要早乙亥字本半个多世纪。

　　至此，虽不能证实芸阁藏《李商隐诗集》刊刻的具体时间，但可以确证它及国图藏本、辽宁省图藏本、韩国藏本、日本藏本与手写本为一个祖本，在宋元时期就存在分体本，与影宋抄本等属于两大系统。

---

① ［日］荒井健：《李商隐诗集再考》，《东方学报》第 62 册，1990 年。

② 金程宇：《朴泰淳〈玉溪生集纂解〉考略》，《域外汉籍研究集刊》2021 年第 1 期。

③ 见瞿冕良编：《中国古籍版刻辞典》"何好"条，苏州大学出版社 2009 年版，第 368 页。

缘来缘去长相忆（后记）

"抬头的一片天，是男儿的一片天。曾经在满天的星光下做梦的少年……星星点灯，照亮我的家门，让迷失的孩子，找到来时的路。星星点灯，照亮我的前程，用一点光，温暖孩子的心。"听到这首歌，我又回到了二十年前，那时的我，于迷茫中徘徊，不知道自己将走向何方，唯一尚存的是求知的欲望，明晰且执着。这时候有人给我点亮一盏明灯，让我热血沸腾，让我走向前程。

第一盏灯的点亮者是我学术启蒙老师吴晓峰先生，与之相识似乎是冥冥之中的缘分。我大学快毕业时在学院办公室帮忙，偶尔会打电话通知老师开会，那时她在读博。而后了解到她主攻先秦文学，兼《昭明文选》研究。那是乍暖还寒的春天，我去文理学院教室听了她一节课，心为之动，决定跟随她学习。于是，我在这盏明灯的指引下，迈上求知的学术征程。我放弃了大学时期对"五四"新文学的热爱，转向慷慨悲歌的魏晋南北朝文学。转向后面临的最大难题是我的古汉语与古文功底薄弱，阅读文献吃力。吴老师没嫌弃我学历低，愚笨，让我跟2000级的陈明华、赵世强、褚丽娟、徐瑛静、牛薇一起学习，他们做本科毕业论文，让我自己选题也写一篇。于是，我从《诗经》读起，从三曹的诗歌读起，而后选择竹林七贤之一阮籍去读，写出了人生第一篇文章《漫谈阮籍生命哲学的二重性》。经过吴老师的点拨与汗水浇灌，我这粒先天不足的种子开始发芽。文科楼二楼西侧最里边的小屋，成为我求知的乐园，也是我人生观重塑的起点。至今犹忆，徐明华他们四人快毕业了，我包粽子为他们饯行，吴老师也加入其中。从不做饭的她，还邀请我们去家里吃饺子，结果是徐老师主厨，我们配合，她成闲人。本想沿着这条道路走下去，去饱览魏晋文人之生态，没想到的是，明灯之后是火把，很快把我推向了另一个领域，扎进去砥砺前行，更没想到改变了我的一生。

时间流逝，等送走了徐明华他们四人，小屋里又来了一位老者，也是吴老师的老师郭长海先生。已退休的他由文学院聘请给 2001 级学生上课，中午在教工食堂吃完饭后，郭老常去小屋里和吴老师聊天。聊天中谈及人生四大憾事：一是没读过硕士、博士研究生；二是没带过研究生；三是自己的论文想整理出来汇成论文集；四是没有接班人。吴老师说："我帮你解决后两个。接班人就让建鹏试试吧。"郭老说："他行吗，专科生，功底浅，多少年能带出来呀？"吴老师道："行不行先试试，不行还让他跟我学。"郭老当时没有回应，转到别的话题了。我知道，郭老是做秋瑾研究起家，于是，我找到他整理出版的《秋瑾全集笺注》来读，很快就发现了问题：秋瑾供词、绝命词是否存在，为什么《秋瑾全集笺注》中没有明确答案；秋瑾诗《咏白梅》失收。于是，我与郭老有了更多的联系，逐渐走入近代文学领域，爬梳于近现代报刊的海洋里。在郭老高擎火把的照耀下，我的视野逐渐开阔。在他们二人的呵护下，我在治学之路上渐渐长大。

相聚之后常常是离别，2005 年，吴老师调离长春师范学院，到黄冈师范学院任教。没有了小屋，我和郭老也聚少离多，只能靠电话联系。2007年，在绍兴召开秋瑾就义一百周年学术研讨会，此时吴老师已到江苏大学任教，特意赶来见老师和我，这也是我们师徒三人最后一次见面。如今，郭老已仙逝，我离母校长春师范大学渐行渐远。我内心愧疚的是，郭老在长春师范大学的泽惠我没有赓续下去。不会忘记的是那份恩情，那个让我倚靠瞭望星空的臂膀。长者已安息，我无蹭逝者流量为自己增彩之欲望，更无在学林标榜师出名门之贪念，只能道一声：不忘师恩，愿吾师含笑天堂。

2013 年秋，在郭老的推荐下，我拜在吉林大学孟兆臣先生门下读博士研究生。其间，我每天所做的事情就是读报、查资料。孟老师对我厚爱有加，遵从我的意愿，将博士论文定为《南社报刊文学史料研究》。在孟老师与郭老的引导指教下，2018 年 12 月，我以论文盲审 3A、答辩优秀顺利获得博士学位。2019 年元旦后，经过十三年的努力，我实现了拜师孙之梅先生门下的夙愿，跟随孙老师徜徉于南社与近代文学。在孙老师的呵护下，我再次成长。山东大学三年，每天早 7 点半去蒋震图书馆占座，晚上9 点回家，当我博士后出站离开时，桌子已经让我磨去原来的光泽。在我的视野里，治学无历史时间段的限制，也无流派之纷争，自己坚持的，只是

"做自己喜欢的事，为后世留下点什么"，这也是郭老曾经和我说过的话。

本书的集结，是我在报海游览的收获，共收论文22篇（其中7篇发表在报刊上，需特别说明的是，《冯沅君、陆侃如史料辑考》中部分内容与孙之梅先生共同合作完成，发表在《新文学史料》《中国小说论坛》及学术会议上宣读）。因《秋瑾供词与绝命词考》是我走进近代文学领域第一篇论文，收入以示纪念，其余均为近几年撰写之作。选题比较零散，但每一篇都是用心去做，认真考证，坚持"吾爱吾师，吾更爱真理"。如关于柳青的集外佚文，并没有因其发表在《文学评论》上而放弃辨析。《记大通学堂秋瑾被杀事》一文，吾师郭长海与夏晓虹先生著述时称引自《时报》1907年7月21日，第一次查《时报》未见，但从《广益丛报》上获得原文。因怀疑二位先生不可能都出现错误，经二次查找《时报》，始见。史料查找如此艰辛，甘苦自知。

从《新见〈阿Q正传〉的十二部续写本》到《云阁藏本〈李商隐诗集〉版本考》，为入职聊城大学文学院后所写，之所以能在短时间内写出十多篇论文，得益于文学院温馨的环境。写老舍佚文时需要翻阅最新版《老舍全集》，图书馆有，但样本不借阅。于是找院长卢军教授，当她知道我的诉求后，马上让负责图书管理的宋来清老师买2套供我使用。第三天上午，宋老师通知我取书，这速度让我感动。本书的完成，得益于我的研究生张昊为、李成香、王英琦、高均超及本科生陈迦勒、刘雨涵、孟欣如、韩迁迁，他们完成了书稿的初稿校对工作。感谢刘鑫泉、桑靖博、励盼儿、闫禧凤的友情支持，在他们忙于撰写开题报告之际，挤出时间帮忙校对。我的挚友安徽马鞍山张良强先生，相识于2015年，九年来一直协助我的工作，每次都认认真真地帮我完成书稿、论文的校订，无怨无悔。

最后，要向读者说明的是：因晚清民国报刊（尤其小报）在编辑、校对、印刷过程中出现的诸多问题，导致一些字体漫漶不清、缺字漏字、不符合现代汉语语法等现象，故本书所引文献尽量保持原貌，无特殊情况不做校勘。

走进近代报刊文学领域完全是一个偶然，一路风雨，一路兼程，至今已行走近二十年。路还在延伸，我不再是那个迷茫的少年，曾经照耀我前行的星光，永远灿烂于心海。

郭建鹏
草于昌黎三元堂